监狱长

桥横 著

时代文艺出版社

图书在版编目（CIP）数据

监狱长 / 桥横著．—3版．—长春：时代文艺出版社，2017.2

ISBN 978-7-5387-5293-9

Ⅰ．①监… Ⅱ．①桥… Ⅲ．①长篇小说－中国－当代 Ⅳ．①I247.5

中国版本图书馆CIP数据核字（2016）第236818号

出品人　陈　琛
产品总监　郭力家
责任编辑　刘瑀婷
装帧设计　黄　龙
排版制作　隋淑凤

监狱长

桥横 著

出版发行 / 时代文艺出版社
地址 / 长春市泰来街1825号 时代文艺出版社 邮编 / 130011
总编办 / 0431-86012927 发行部 / 0431-86012957 北京开发部 / 010-63108163
官方微博 / weibo.com / tlapress 天猫旗舰店 / sdwycbsgf.tmall.com
印刷 / 三河市万龙印装有限公司
开本 / 710mm × 1000mm 1 / 16 字数 / 700千字 印张 / 38
版次 / 2017年2月第3版 印次 / 2017年2月第1次印刷 定价 / 50.00元

图书如有印装错误 请寄回印厂调换

如果有一天这个世界上没有了监狱，没有了警察，当然也没有了犯罪，那将会是一个什么样子？人类是否又回到了原始的社会状况，所有的生活都是绿色的，一切活动都遵循着“物竞天择，适者生存”的自然法则……而这样的生活又有多少人愿意接受呢？在这个充满矛盾的世界里，只要正义与邪恶的搏击没有终止，人类社会的发展就永远需要一批献身者。

——题记

目录

引　　子　拂晓枪声 / 001

拂晓，沅山监狱警报猛然低沉地响起，伴随着几声清脆的枪声，有人大叫："白鹏飞越狱跑了。"沉重的狱门隆隆开启，一辆辆警车闪着警灯呼啸着奔驰而出。

第 一 章　冤家路窄 / 012

监狱以它有形的尊严向人们昭示了监狱的内涵——对自由的禁锢。不管你过去的地位多么显赫，曾经多么富有，这一切在法律面前都无情地成为了过去，成为了历史。

第 二 章　神秘字条 / 032

施弢目测着岗楼与逃跑地点间的距离，完全是在哨兵的视线之内。他突然觉着有个什么车西砸在他的头部，他弯腰捡起一看是个小纸团，随手揣进兜里。他环视一周想知道纸团是从哪里扔过来的，可四周除了高墙电网外，连个人影都没有。

第 三 章　狱夜怪影 / 054

那年，监狱里先后发生了几起杀人案件，大家都吓坏了，半夜起来撒尿都不敢。监狱费了好大的力气把案子破了，原来是一个犯人在夜游时杀人。

第 四 章　瞒天过海 / 083

现场为什么会出现两把同一牌子的铁锁呢？稍有点侦查常识的

人都懂得，这是有人使用了调包计，用钥匙开完东狱墙铁门的锁头后，将事先已经砸碎的另一把同一牌子的铁锁扔在了现场，慌乱中将原来门上的锁头也遗失在了现场。

第五章　石榴裙下 / 103

像我这样的女人是出卖了自己的身体，但我也是为了生存，为了赚钱。你们高官玩弄女人，出卖的是什么，出卖的是自己的灵魂，是国家的利益，是老百姓的血汗。

第六章　买凶伤人 / 125

龙啸天在车里眯着眼睛听着音乐，隐约听到好像蒙丽莎在喊他，他迟疑地打开了车门。看见了两个男人骑在蒙丽莎的身上，蒙丽莎尖叫着，龙啸天猛地跑了过去："不许打人！"

第七章　峰回路转 / 149

荀河瞅瞅小安子咬紧了牙关，他原本想说，我决不和别人把菜窖的事情说出去。但一见小安子那个凶样，太欺负人了。荀河狠下心来，我就不表态，看你们能把我怎么样。

第八章　冰山一角 / 168

一封厚厚的举报信揭露了龙啸天、焦成金等人五年卖刑赚钱的种种罪行，他们共实得卖刑款一百余万元。这笔钱成为他们肆意使用的小金库。举报人署名：余声。显然这是狱声的谐音。从举报的内容来看，举报人充分了解沅山监狱的内情，笔锋犀利，不平之情溢于信的字里行间。信中特别点到白鹏飞就是用钱买通监狱后逃掉的。

第九章　狱内秘道 / 188

荀河留下的材料施弢看得触目惊心，监狱里的黑幕尽现眼前。在荀河的材料中反映出这样一个情况，说白鹏飞挖过一条地道，后来又填上了。地道的地点就在菜窖附近。

第十章　血债血偿 / 213

"你知道我为什么要杀你吗，我让你死个明白。我告诉你，被你糟蹋的那个女人是我的亲姐姐。我姐姐至死眼睛都没有闭上，我今天就是替她报仇了，我要把你祸害人的家什割下来喂狗。"

第十一章　卧底出手 / 235

黄青打量着秦雨农更衣箱的四周，有一块板有个缝隙，他轻轻一按，板开了，里面是一个小夹层，放着一部小巧玲珑的手机。

第十二章　忘年恋情 / 254

施弢整整大欧阳惠雪二十岁。欧阳惠雪从接触施弢的第一天起就从心里喜欢这条硬汉，两人的关系能发展得这么快，应该与欧阳惠雪对施弢火辣辣的表白有关系。

第十三章　粉墨登场 / 276

白鹏飞的穿着体面潇洒，身着一套法国西服，唇上留着一撮黑黑的短胡须，戴着一副墨镜，无名指上戴着一只新颖、别致的绿宝石戒指，看起来价格不菲。俨然是一个从国外归来的富商。

第十四章　刀下留人 / 289

时间到了，马上就要执行死刑了，行刑法警的枪支子弹已经上膛，枪就要响了。突然，孙德华高喊起来：“我冤枉，我冤枉啊……我要见施监狱长，我有话要单独和他说，有重大案件向他举报。”

第十五章　凶徒落网 / 316

天都要亮了，对强子的审讯在看守所的提审室继续进行着。强子就是不承认他是去杀人，他一再说自己不认识荀河，他去房间是为了盗窃，带的折刀是为了防身。

第十六章　杀人灭口 / 333

尚杰忠仰面躺在门前几步远的草坪上。他被一枪击中了头部，一枪击中了下颚，两枪全是致命伤。

第十七章　清监暗捕 / 355

凌晨，参加清监的防暴队员悄然进入了狱内。大家都脚步轻轻，沿着巡廊逐个监舍巡查。有的直接进入了预定要检查的监舍。整个清监活动井然有序地进行。

第十八章　狱内相残 / 367

焦成金带领防暴大队人员赶到了现场。严管队现场一片狼藉。

朱天游等人横七竖八地倒在地上呻吟着。

第十九章　红颜梦断 / 393
她竟然怀孕了，要给我生孩子，你说这不是坑我吗？我这个身份地位，她这不是故意让我身败名裂吗？魏裕民绝不能允许事态发展下去，要快刀斩乱麻，立即了断这件事情。

第 二 十 章　虎穴会面 / 417
邓文龙坐在床上把皮衣摊开慢慢地捋着。他在衣服的胸脯处摸到了一个硬东西，仔细一摸是一把枪，弹夹压满了子弹。

第二十一章　警匪畸恋 / 436
白鹏飞真有手段，使王文娟这么漂亮的女警官投入了他的怀抱。这是一种畸形的关系，一种扭曲的关系。

第二十二章　终吐真言 / 455
“施监狱长，我有话要单独和你说……”郑五常示意人们出去。施弢朝大家摆摆手，人都出去了。郑五常要从胸部掏什么，“你别动，我来，我来。”施弢从他的衬衣兜里掏出了一封信。郑五常用手指着信说：“我要说……都在这……这封信我早就应该给你，我犹豫了挺长时间……都是要死的人了……我也没有顾忌的了……”他嘴角嚅动着不知还说着什么话。

第二十三章　马仔之死 / 461
半夜，突然有人叫起来：“小安子上吊了！”监区的人拥向厕所。小安子直挺挺地吊在棚角的暖气管子上，已经死了挺长时间了。

第二十四章　藏枪龙潭 / 479
“沅江的上游大峡谷处，方圆十里八村没有人家，有一个山洞，洞里住着两条大蟒蛇，能有一百多岁了。我们就把枪藏到那个洞里，有两条蛇看着，再安全不过了。”

第二十五章　蛇窝遇险 / 499
忽然，草丛嗞嗞地响了起来，十几条蛇窜了过来。北方山里的人都知道，这种蛇叫作野鸡脖子，它的头像野鸡脖子一样美丽，尤其是在阳光的照射下，十分耀眼。它在草尖上行动迅速，人们都称它草上飞。

第二十六章　拨云见日 / 518

老人临终前终于向施弢道出了心中的秘密，老人说得是那样清晰。施弢的脑海中映现出沅山脚下一幢不显眼的农家小房……

第二十七章　束手就擒 / 537

白鹏飞举着双手穿着一件军大衣从地洞里出来了，他被熏得满脸鼻涕、泪水，沮丧地说："我服了，陈处长，你们好厉害呀，来得这么快，我盼望的这一天终于到了！"

第二十八章　狂徒末日 / 559

施弢被一颗子弹射中了头部，受伤了。陈剑虹一看施弢受伤急了眼，大叫一声："邓文龙，我和你们拼了！"他探出身子，端着枪朝山上扫过去一排子弹，对方又有人大叫一声中弹，伏击的人又扔了过来一颗手榴弹，手榴弹扔过了头掉进山涧爆炸了。

第二十九章　苍天有眼 / 582

匿名电话让陈剑虹对自己的判断动摇了，他是多么希望施弢真的没有死啊！

第 三 十 章　英魂永在 / 595

三版后记　/ 597

引子　拂晓枪声

拂晓，沉山监狱警报猛然低沉地响起，伴随着几声清脆的枪声，有人大叫：“白鹏飞越狱跑了。”沉重的狱门隆隆开启，一辆辆警车闪着警灯呼啸着奔驰而出。

1.

沅江市——北方黑土地上一颗璀璨的明珠。

初春的沅江是那样的透明闪亮，从高空中俯视沅江就像一条飘舞的银带缠住了沅江市的腰眼。滔滔的沅江水从高山峡谷中呼啸而出，当它流到沉山时霎时变得平静了，沉山就像一条巨大的锁链锁住了沅江这条翻腾狂舞的银龙，江水围着沉山走了一个S形的弯，缓缓地从坐落在沉山南麓的监狱门前流过。沅江水仿佛在无声地诉说着沉山监狱百年的历史，见证着沅江市的今昔。

拂晓，沉山监狱警报猛然低沉地响起，伴随着几声清脆的枪声，有人大叫：“白鹏飞越狱跑了。”沉重的狱门隆隆开启，一辆辆警车闪着警灯呼啸着奔驰而出。

白鹏飞，男，四十五岁，绰号草上飞，一身好武功，精通散打，他曾担任过沅江市武术协会的副主席，是沅江市非常有影响力的人物。他自任沅江市东川消防器材有限责任公司董事长、总经理。他广交朋友，打打杀杀，几年的工夫公司资产竟然膨胀到亿元。他曾在沅江市制造和参与了多起大要案，公安局对他是抓了又放，放了又抓。他自己叫嚣说：我就是中国的黑手党，没有一百多次你们谁也处理不了我。他因抢劫、伤害、流氓罪被数罪并罚，以抢劫罪被判处死刑缓期二年执行，剥夺政治权利终身。已投入沉山监狱服刑三年，越狱脱逃前有人揭发他涉嫌南山街银行特大抢劫、杀人案。他因在监狱内组织斗殴被关进禁闭室，三天后越狱逃跑。

清晨，大雪飘舞。沅江市的车站、码头和各个交通要道、公路收费站和去往机场的路途布满了荷枪实弹的武警和监狱警察，他们在检查着来往的车辆，盘查着可疑的过往行人。同时，一些警察在散发着通缉令。街头上不时地有警车鸣着警笛驶过，马路上的车辆早早地就停下来躲在一旁。司机都看出了火候，这是动真格的了，市民已经有年头没有看见这样的场面了。

社会上议论纷纷，“沅山监狱跑人了！”“监狱跑的是一个重刑罪犯，这小子抓回去就得枪毙，他没有退路了，见谁杀谁，他要干案件就得干大的。”“昨天夜里有一个女出租车司机被人强奸后杀死了，这大冷天给扒个溜光，扔到江边了，好惨啊！现在凶犯还没有抓到，下一个目标不知道要杀谁呢！”“就那个姓白的跑了，这个人可厉害了，武术比赛还获得过冠军呢，十个八个人和他交手都到不了跟前，在沅江市几乎没有人能干过他。那人是没个抓着。”“还堵个啥劲，人早就跑出沅江市了，傻子才不跑呢，备不住打飞机跑了呢！”

白鹏飞的脱逃给市民们带来了一阵恐慌……

中央高层领导迅即做出了重要批示：必须在最短的时间内将逃犯追捕归案，必须对相关人严肃追究责任。

市委和省监狱管理局联合工作组进驻沅山监狱，沅山监狱班子进行改组。追捕逃犯白鹏飞的斗争全面展开……

2.

春天来了，天老爷不知生了什么气，这些天里雪没完没了地下个不停，全城笼罩在一片雪雾之中。

市民几乎都在议论着：“这天是咋的了，冬天没见下几场雪，现在却把雪都倒腾到春天来了。”这时候的积雪成了城市里的多余物，人们担心今年的雨水要大，会不会涝啊！实际上这种担心是多余的，沅江市是一块儿风水宝地，历史上从来没有发生过大旱和大涝的灾难。

天空中飘舞着一片片雪花，沅江堤岸旁边粗壮的柳树枝条上挂着厚厚的一层冰，形成了一串串的冰条。马路上的冰雪积有半尺多厚，落地的雪都化了，一层层融化的雪冻了一宿成了冰，路面变成了冰镜。

早晨正是上班的高峰，沅江市的交通要道江滨路，车流涌动，车灯闪亮，喇叭声此起彼伏。车辆相拥抢道，互不相让。路上不时地有行人和骑自行车的人摔倒，他们爬起来后拍打着身上的雪咒骂着：这折磨人的鬼天气！值勤的交警站在路中心也束手无策，喊着也没有谁听，他们也只能任凭着车龙缓缓地蠕动。

沅山监狱监狱长施弢坐在奥迪车的后座位上一个劲儿叮嘱着司机邵俨："不要着急，你没看市长的车都在前面堵着呢，我们也别抢了，别刮着车。今天上班怎么也迟到了，谁也不怨，是天老爷不给面子。"

"监狱长，车箍堆了，要是不抢，不知道猴年马月能走出这封锁线。干脆，我开警笛吧。"邵俨嘟囔着。监狱长的座车是公安专段号，属于警车，车顶上粘着一个小巧玲珑的磁浮警灯。

"开警笛也没有用，这种状况交警也无能为力。慢慢地开吧，安全第一，千万别和老百姓发生纠纷。"施弢劝着邵俨，多年来的政法工作，铸就了施弢这种不温不火的性格，方正脸庞上的两道浓眉微微闪动，显示出他对一切事情都充满着公正和自信。

江滨路是施弢去监狱上班的必经之路。施弢在劝着司机，其实他心里早已急冒了火。今天一上班要主持召开追捕工作专门汇报会议，大家都在等着他呢。车子时走时停，慢腾腾地总算走出了这条市内风景最优美、交通最拥挤的江滨路。

施弢由市公安局常务副局长的任职上调到沅山监狱工作已经整整一个月了。市府机关内议论纷纷，有的人说他受贬了，一个五百万人口大市的公安局常务副局长怎么能这样安排，那监狱长是个什么官呀！也有的人说他被重用了，监狱里的人员复杂，又和社会有着千丝万缕的联系，只有他这样的硬汉子去挑摊才能整得了。还有的人给他预测，说他肯定留在监狱退休了，监狱是个憋死牛的地方，谁到监狱当官都别想顺利地走出来。多年来，很少有人在监狱长的位置上得到提拔重用的，能保证监狱长的位置做到善始善终就不错了。

市委领导在找施弢谈话时，说得很简单，施弢你去吧，选来选去，我们反复考虑了，那大监狱就得你去，委屈你了。多则三年，少则二年，不让你干长。市委知道监狱对你来说是既熟悉又陌生，反正监狱是交给你了。市委常委会议和省监狱管理局党委会议已经讨论决定了，施弢还能有什么选择的余地，只有两个字，服从。

施弢坐在车里不停地思考着，中央高层领导关于"两个必须"的重要批示像两把刀子悬在他的头上！市委、省监狱管理局施加的压力把他压得有些喘不过气来，他知道自己来到了这个监狱就坐到了火山口上。白鹏飞这个逃犯能跑到哪里去了，莫非白鹏飞的逃跑和自己的到来有关系，肯定是内部有人给白鹏飞透风，他听到了什么对自己不利的消息，突然间决定逃跑的。

施弢知道像白鹏飞这样的一名重刑案犯跑了，对社会该有多大的压力。他到监狱后，深深感受到了来自各个方面的压力，特别是监狱内部的压力，他从民警的眼光中看到了对他的疑惑，有的明显表现出对他的不信任感。他是孤身进入监狱的，原监狱长郑五常和他交接完握手告别时话里有话地说，我把这个监狱正式移交给你了，监狱长这个官不好当啊，你可要挺住呀。然后，上车走了。沅山监狱的情况郑五常也没有和他介绍，他说自己是一个退休的人了，还讨什么嫌，说那些干什么呢！

沅江市委对沅山监狱领导班子的调整实际上早就有打算，市委书记办公会曾先后酝酿了几次，可不知道什么原因市委迟迟没有下决心。在白鹏飞逃跑的前一周，市委书记办公会还议过一次，但在人选上仍然有分歧。白鹏飞逃跑后第三天，市委临时召开会议讨论通过后，正式征求了省监狱管理局的意见，省局对市委选送的干部非常满意。施彧，年龄四十五周岁，公安局常务副局长，刑警出身，曾在刑警学院进修三年，公安部一级英模，响当当的打黑专家，多年来始终拼杀在公安战斗一线。

施彧到沅山监狱以后，才知道自己过去对监狱的了解是“九牛一毛”，他深深体会到了隔行如隔山这句话的含义。虽说监狱过去曾属于公安系统，老班底都是公安机关的人员，但现在监狱机关和公安机关是两个行道呀！施彧这些年来对工作调动也习惯了，对改任监狱长到底是重用还是受贬他自己也说不清楚，他也不想去论证。但不管怎样调动，监狱机关也是属于政法系统，正局级单位，只要是不脱警服、继续从事政法工作，他在心理上是能够接受的。

沅山监狱的禁闭室安全设施在全省是一流的，红外线报警设施全天候开放，电视监控、电子门禁都没有挡住白鹏飞。对于白鹏飞的逃跑，社会上传得沸沸扬扬：有人说白鹏飞能打开任何铐子、镣子；有人说他轻功相当厉害，五米多高的监狱大墙他能腾身一跃而过；有人说他有特异功能，高压电网电不死他，还有人说……总之说法是太多了。

平常从沅江市中心到沅山监狱也就二十多分钟的路程，今天早晨却走了整整一个小时。一路上，施彧始终陷在深深的思考之中。

3.

沉重的银灰色监狱电动大门，被冻了一宿不情愿地缓缓向左右两边启动，发出坦克车般的低沉轰鸣声。

监狱门楼格调简洁，造型犹如两把交叉的利剑，在晨雪中显得尤为雄伟壮观，再加之门前摆放的一对用沅江市深山里特产的优质灰白色花岗岩雕琢的雄狮，更加体现出了监狱的尊严，令人望而生畏，无论是谁步入这道狱门都有一种胆怯的心理。是的，没有啥事，谁愿意走进监狱呢？实际上正如有些人说的那样，火化场建得再漂亮，瞅着永远是难受的。监狱建得再舒服，谁愿意来呢！

监狱到了。“吱——”车在雪地上溜出一道痕迹。门岗的武警战士挎着冲锋枪向施弢敬礼致意，施弢举手还礼。一条十米宽的混凝土马路径达狱内。据史书记载，当年乾隆皇帝就是从这条路上的沅山，望祭长白山神。这条道路修完后，监狱起名为望神大道。马路两旁栽种的柏树、松树郁郁葱葱，一群聒噪的灰喜鹊在丛林里飞来飞去，成为监狱一道亮丽的风景线。这应该是前任监狱长郑五常的功劳，当时别人都让他栽一些观赏类的树种，他说那东西中看不中用，我得给后代子孙留点东西。有的人说活人没有栽松树和柏树的，不吉利。可郑五常说活人不能栽松柏，那么多的松树柏树都是死人栽的，是天上掉下来的？他就是不听邪，硬是组织监狱的服刑人员栽了这一大片林子。十年松柏树已经长成林了，这道两旁的树少说也能值百八十万元。

监狱大门对面，镶嵌着白色大理石板的影壁上挂满了白雪，壁上用金色字体镌刻着毛泽东的名言：我们的监狱不是过去的监狱。我们的监狱其实是学校，也是工厂，或者是农场。字体是用毛泽东的字拼起来的，从整体上看形成一部完整的书法作品，飘逸潇洒，显现出一代伟人的风范。现在有人对毛泽东的这段话有了异议，说是老人家混淆了监狱的性质。那毛主席是何等人物，岂能不知道监狱的专政性质这样起码的常识？只不过当时老人家是站在一定的角度讲这番话的，他的真实用意是强调社会主义监狱的改造宗旨，这样深刻的话语只能是出自他老人家之口。监狱里也有人提出要把毛泽东的这段话撤下来，施弢没有同意，他说历史客观存在的事实，不能成为政治家炒作的游戏。施弢来了以后，组织人员把这块影壁又修缮一新。

汽车缓缓右转，进入了监狱的行政区，宽阔的监狱文化广场被皑皑白雪覆盖着。值勤的早班民警正组织服刑人员扫雪，路面已清理得干干净净，路旁还堆着几个雪人。蓝色条纹的囚服十分显眼，不时有服刑人员用雪球打闹，民警大声呵斥着：“不许打闹，抓紧干活。”“是，我们知道了。”服刑人员应声答道。

施弢乘坐的车缓缓驶过来时，服刑人员纷纷背向而立。风雪中，只见一名长得眉清目秀，穿着一件单衣，袒胸露臂，几乎光着膀子的服刑人员挥锹铲雪，别人穿着衣服都冻得呲哈呲哈的，可他的身上却还冒着热气。

“邵俨，这个人是谁？我来了这么长时间怎么没有见过他？”施弢到沅山监狱以后，也是第一次在狱内见到这么多的服刑人员，他趴在车窗上往外看着。

“大家都叫他火娃，他的真名叫易新洲。他几乎长年不穿衣服，还热得慌，据说他要穿衣服就得热死。他在监狱的表现非常好，有一次监狱的工厂着火，他冲进火场救出了两个人，救火立了大功，被减刑了两年。”

“世界之大，真是无奇不有，我倒真的听说过，外国有一个人自己身上突然着火把自己烧死了。这个火娃他要是生在南方可怎么办呢？他在哪个监区，是什么岗位？”施弢听过邵俨的介绍，对火娃产生了兴趣。这监狱真是个小社会，无奇不有，“你把车开慢一点，我和他说几句话。”

“火娃在会见室厨房做饭，人挺本分的，始终表现不错，是监狱里多年的劳动改造积极分子。”邵俨一边介绍情况一边把车速放慢到最低限度，慢慢滑行着。

“他是犯什么罪进来的，家是哪里的？”施弢问着细情。

“放火。他们家离我们监狱不远，据说是他的姐姐被人强奸了，他去镇里的派出所报案，值班的警察没有搭理他，他和警察吵了起来，一怒之下，他放火把派出所给点了，没烧着什么，就是烧了派出所门口的一个破纸堆，火刚着起来就被扑灭了。虽然没有造成什么后果，但放火烧派出所性质是太严重了，罪是逃不了的。结果是强奸她姐姐的罪犯没有抓到，他反倒被判了十年徒刑。他的刑期已经过半了，他家的人通过熟人找我了，也不知道他能不能假释。”

“真是个火娃呀，火气竟然这样大。”施弢感叹道。有很多人就是这样，为出一口气，而带来终身的痛苦，这就是我们国人的悲哀。他转问道：“邵俨，你对他的情况知道得不少呀！”

“我一个开车的能知道啥，我也是听监狱的民警说的。”邵俨笑笑不吱声了。实际上他是火娃的亲属，他没有把话往下唠。

车缓缓停下了。“火娃，你冷不冷啊？”施弢把车窗玻璃落下来，把头探到车窗外和火娃打着招呼，同时上下打量着他。圆圆的脑袋，脸庞长得像“小兵张嘎”，身体确实很结实，两条胳膊就像木头杠子，现在是市场经济，这壮小伙子要是在监狱外是个多好的劳动力啊，干啥都能吃碗饭。

“监狱长你怎么知道我叫火娃？我的真名叫易新洲。”火娃傻笑着立正回答，“报告监狱长，我不冷，习惯了。”

施弢面带关切地微笑道：“小伙子，快穿上衣服吧，别冻感冒了。”

“谢谢监狱长，我没事的。谢谢监狱长了，谢谢政府！”火娃给施弢鞠躬致谢，头和腿几乎贴到了一起，问候道：“监狱长吉祥！”

施弢一听火娃这样的问候语，问道：“你是满族？”

“对，我是正宗的满族，镶黄旗，我们家从来不吃狗肉。”满族以不吃狗肉有别于汉族的饮食习惯。

施弢从火娃的问候语中听出他是满族，随即说了一句：“我也是满族，我们都是炎黄子孙，你好好改造吧，一个人一生不怕走错路，怕的是错了还不知道悔改。你还年轻，还是大有前途的。”

“监狱长，我们都知道白鹏飞不跑你不可能到这个监狱来工作，其实监狱长，抓他只要把——”火娃有话要说。“火娃你胡咧什么，赶紧干活去。”民警发火了，火娃的话被打断了。民警和施弢解释：“监狱长，你不知道这些犯人要是不管，他和你胡说起来没个完，没有几句是真的，就是为了和你套近乎。”施弢笑了：“是吗，我初来乍到的，还得向你们学习呀！”

汽车在监狱行政区的混凝土马路上继续缓缓地开着，监狱行政区占地近十万平方米，汽车慢跑一圈也得十分八分的。监狱民警的通勤大客车也到了，民警陆续在停车场下车了，顿时监狱广场上充满了生气。

邵俨继续向施弢介绍着监狱的情况：“监狱长，像火娃这样的人在我们监狱里是太多了，你不用为他们惋惜，有些人的犯罪是非常可恨的。前几天，我们家的邻居被盗了，小偷没有偷去什么东西，把豆油给倒了一床，被褥都油了，小偷还拉了一地的大小便。听说有的家庭在早晨上班走后，都留点零钱，不让小偷扑空。你说可恨不可恨，他们和我说：关到你们监狱后一定要狠狠地收拾他，该揍的就不要手软。”

施弢笑了：“你听谁说的这些事情，是真的吗？按照犯罪心理学的观点，罪犯在作完案件后，他高度兴奋的生理机能失控，往往出现大小便不能控制，因而在现场有他们的遗留物。你今天说的倒豆油我是第一回听说，是够坏的了，这是心理变态了。”

“实际上到监狱来的有些人不简单，很少有头脑白给的人。”邵俨说着用手指着车窗外正在铲雪的一个老年囚犯，“监狱长，你看那个人，原来是市劳动局的副局长，姓汪，由于受贿十万元被判了十年，劳动局长真正地体会到劳动的滋味了。监狱里的人都管他叫‘华子良’，每天放风时他都要跑上几圈，一点脾气都没有了，对谁都笑呵呵的，和别的囚犯没有什么区别。他过去也是一个老共产党员，现在蹲到了自己政府的监狱，听说他的事也挺冤的，我琢磨他过去也是八面威风，现在到监狱来看他的人几乎一个也没有了，政府机关的人最不讲究！”

“汪局长，他是不是叫汪道渠？我认识他呀，他怎么关在这里？这个人在市里的威信挺高的，听说是给外县一个劳动局从国家计委要了三百多万盖办公楼，县劳动局为了答谢他，给他送了十万元钱，他退了几次，人家又给送回来了。后来赶上他的一个妹妹患癌症动手术，他就这样把钱收下了，还留了一个欠条。结果是他家里为救他妹妹把几十万搭进去了，他妹妹的命也没有保住，他也进了监狱。你把车停一下，我和他说几句话。”施弢和汪道渠有着特殊的感情，在他所熟悉的沅江市的局级领导干部中汪道渠可以算得上是一个老实人。

“监狱长，一个犯人你和他说啥呀，他的神经都麻木了，都不一定认识你了，现在你和他说啥都糊里糊涂的，他的耳朵还聋，不信你就试试。”邵俨不情愿地把车停下了。

车停了，施弢从车里出来直接奔汪道渠走过去，走到跟前以后大声地说：“老汪，你还认识我不？我是市公安局的施弢。”

“你说什么？”汪道渠拄着锹侧过身子，他没有听清。

施弢又大声说了一遍：“我是施弢啊，是公安局的施局长！”

汪道渠嘿嘿地傻笑着：“我不认识你呀！我的记忆力完了，过去的事情我都不记得了，我瞅着你挺面熟的，想不起来了。”

“你还记着不，我们公安局那批工人不都是你帮着办的吗？”施弢指的那批工人是他在公安局工作期间，司机和食堂的人员编制问题，这些人都是多年的临时工人。公安局多次给政府打报告要求增编，当时人事局推到劳动局，劳动局推给了人事局，推了好几年。后来汪道渠说，你们都不敢批我批，我签字。多年遗留的这个问题就这样解决了，公安局请汪道渠在机关食堂吃了一顿饭就算是答谢了。

汪道渠晃着脑袋：“哦，哦，什么工人不工人的事情我记不得了。你是——”

邵俨也下车过来提醒着：“老汪头，他是我们新来的监狱长施弢，原来是公安局的常务副局长，你不记得了？”

“哦，我想起来了，你是市公安局的施局长，你怎么调到监狱这里来了，我还真不知道。”汪道渠舞动了几下铁锹。

“老汪头你净瞎说，全监狱谁不知道新来的施监狱长，看来你真是老糊涂了。”监管的民警训斥了汪道渠一句。

施弢摆摆手，示意民警不要说话：“如果我没记错的话，老汪，你今年是六十二岁了吧？”

“是的，你的记忆力真好，我今年满六十二周岁了，我是属牛的。我老了，我已经蹲了四年监狱，还有六年刑期，弄不好我就老在这里了，家里也没有什么人了。唉，我那个苦命的妹妹在手术后的第二年就死了，我也没有救得了她，都是这十万元坏的事。我当时真的是借的呀，那欠条是我打的呀！没有管我的人了，哪里还有什么朋友了，亲属都不来了。”

“事情都过去了，你也别太难过了，我们共产党最讲政策，对犯了罪的人组织上也不会抛弃他的，你当年也是有贡献的人。你在这里还好吧，一切都适应了吧？”施弢上下打量了汪道渠一番。只见汪道渠光光的脑袋，腮上的胡子蓬松花白，不停地抽搭着鼻涕，戴着一顶破帽子，穿着一身肥大的棉囚服，就像一个农村看护场院的老头。施弢安慰着汪道渠，他的心里也酸酸的，才几年的时间人就变成了这个样子了。人的精神要是没有了，那就真的剩下了一副只知道吃喝拉撒的躯壳。

“行，挺好的，人哪，是没有遭不了的罪，唉，只有享不了的福。这不，我的高血压也没有了，高血脂也没有了，原来这不能吃那不能吃的，现在啥都能吃，啥都想吃，吃不着了。高血糖也低了，现在是缺糖了。这不也适应了吗，生活比我小的时候还要好，大锅饭菜，我吃着香。在监狱里感悟人生，真可以写一本好书啊。”汪道渠还保留着领导的风范，说起话来有板有眼。

“老嫂子怎么样了，她好吗？她可是一个好人呀，那几年我没少吃她做的饭，尤其是她那饺子包得真好。”

“哪里还有什么嫂子啊！都是我坑了她，为了那两个钱，弄得倾家荡产。一股急火，她去世已经两年了，临死我都没有看上她一眼。”汪道渠说着眼泪从眼角流了下来。

施弢后悔不应该问这个问题，心里像打翻了五味瓶似的不是个滋味：“老汪，你多保重身体吧，有啥困难可以直接和我说，只要在法律允许的范围内我会帮助你的，等我和他们交代一下，这么大的岁数了，就别出来干活了。”

“我能有啥困难，这么大的岁数了，能有吃的就行了。施监狱长，天这么冷，你快上车吧，别感冒了。我这样的人不足以让你可怜了。”汪道渠佝偻的身体中也透出一种坚强，他似乎还想和施弢说什么，但监管民警的眼睛死盯着他。在监狱都特别忌讳谁偷着往上打小报告，一旦被发现了，他在监狱里就甭想呆了。

施弢从汪道渠的目光中看出来他是什么都明白的，那是一双向他求助的目光，一双期盼的目光，一双可怜的目光。他又能说什么呢！他若有所思地和汪道渠交代着："我当这个监狱长也不容易，你在里面听到和看到什么情况应该及时和监狱反映，好自为之吧，你和他们还是不一样的。我走了，哪天我专门找你谈谈。"他问候了民警一句上车走了。

"不一样，有啥不一样呢，到这里来都一个德行喽。"汪道渠望着施弢远去的背影自语着，"唉，人哪，缺啥别缺钱，有啥别有病，干啥别犯罪呀。"

清雪的服刑人员见施弢的车走远了，纷纷围了过来，七嘴八舌地逗着汪道渠，怎么称呼的都有："老汪头，挺厉害呀，监狱长都给你面子，特意下车和你说话，你和他说说给你帮帮忙，早点出去吧，就你那点事儿够不够罪都两说呢。""老汪头，给我说一说，我分够了，报个假释。我家愿意花钱。""汪大爷，帮我调个监区，我拿一千块钱。""汪大老爷，帮忙和法院说说，要是能给我改判，我把我妹妹搭上。""你那妹妹丑得像猪八戒他二姨似的，白给我都不要。""那就把你妹妹搭上，不行的话还反搭上你妈！""你小子骂人，我他妈的和你不客气了！"……

监管的民警过来了，喝道："别再扯皮子了，快干活吧。老汪头是谁呀，他是监狱长的爹呀，他说啥好使？不自量力。"民警白了汪道渠一眼。

扫雪的犯人们老实了，谁也不敢吱声了，一个个静静地干活。大家都知道再不老实要挨收拾了，谁也不想在这大清早惹怒民警。

沅山监狱的办公楼造型独特，坐北朝南。欧式古堡型的建筑再辅以灰白的颜色。楼的正面装饰有八根水泥圆柱，高度径达四楼，给人以坚如磐石的感觉。楼顶额部正中高悬着一块直径一米的警徽。

车在监狱办公楼门前缓缓停下了，施弢还沉浸在刚才和汪道渠见面的情形中。这人是说完就完了，昔日的座上宾，转眼就是阶下囚。就汪道渠的问题够罪吗？怎么到关键的时候都不给他证实了呢，那欠条怎么看？他感觉到监狱的民警不愿意他和更多的服刑人员接触，在和他回避什么。

邵俨提醒道："监狱长下车了。"他走过来给施弢打开车门，扶着施弢："道滑，小心点。"

施弢刚迈出车门一条腿，交代邵俨说："哦，我今天主持狱务会，研究听取追逃情况的全面汇报，你去替我办一件事情。我听说郑监狱长有病住院了，你买点水果去看看，我这两天忙活完这堆事再去看他。"

"行，我一定办好。监狱长，我说一句不该说的话，我觉得白鹏飞就藏在沅江市，这个人我接触过，他是胆量过人的人，他这个人的家乡观念极重。我敢打赌，他要是在外地我把脑袋扭下来给你。"邵俨想了几天了，他听施弢一说今天开会就把憋在肚子里的话说了出来。

施彧没想到邵俨突然和他提起这个问题，笑道：“嘿，是吗，你这么自信，不怕把脑袋丢了？”

“我不怕，白鹏飞在沅江市是个大手，他离不开这块儿地。”邵俨把“地”字咬得很脆，像北京人的发音。邵俨是四任监狱长的司机，人品非常好，他的最大特点是嘴特别的严，从不参与监狱的政事，一天就是闷头开自己的车。这些天他见施彧眼睛都熬红了，就忍不住了，第一次和监狱长直言，“恕我直言，我就是一个司机，没有别的意思，我从来不参政，今天是我多嘴了。我有不对处，监狱长可以批评我。”

施彧心里倒是赞成邵俨的看法的，罪犯是不会轻易地离开巢穴的，这是犯罪基本的规律。但兔子还有三个窟呢，只有傻狍子才呆在一个地方不挪窝。他安慰着邵俨：“这话说哪去了。你是一名监狱人民警察，你有参政的权利，如果沅山监狱的警察都能做到这样，我们监狱的工作就一定能搞上去。好，会议时间到了，待有时间和我说说你的理由。”施彧从心里喜欢邵俨，他非常聪明，勤快，正派。但施彧从不在表情上流露出来。他到沅山监狱后，办公室征求他的意见问司机用谁，他一点都没有犹豫地说，就用原来的司机。有人说“文革”时，对领导干部坏事就是三个人，司机、秘书、老婆。但施彧不这样看，他说那是一个特殊的年代，人都发疯了，灵魂扭曲了，是非也颠倒了，人都变得残酷无情。我没有什么见不得人的事情，我怕什么司机。施彧反对什么一朝天子一朝臣，搞什么新官上任三把火，他自诩也不是什么新官，烧什么火。因而，他来了几个月一切都依旧运行。

一进办公楼是宽敞的天井大厅，楼里温暖如春，花架上的杜鹃花姹紫嫣红，大盆的马蹄莲散发出浓浓的香气。迎面天井楣部不锈钢围栏上悬挂着一块“铜墙铁壁铸警魂”的横匾，一看就知道书法是出自名家之手，字体遒劲有力。门厅迎面是一面宽大的正衣镜，只要一步入厅内你的形象一目了然。大厅和走廊的大理石地面晶莹闪光，干净得几乎没有一丝灰尘。

施彧径直奔往三楼的办公室，对面走来的民警不时地和他打着招呼、敬礼、问候，施彧点头示意或还着礼。监狱的这种军事化氛围，施彧非常喜欢，他特别推崇军营文化，人民警察是国家的准军事武装力量，警察就得像个军人，要有个形象。警服体现法律的权威，它是警察和罪犯的隔离带，是和老百姓区别的标志。监狱警察不按规定着装者，是不得进入狱内的。

沉重的狱门，沉重的压力，施彧深深地感受到了监狱工作的沉重负荷，没有成熟的心理素质是当不了这个监狱长的，监狱长的责任太大了。

第一章　冤家路窄

监狱以它有形的尊严向人们昭示了监狱的内涵——对自由的禁锢。不管你过去的地位多么显赫，曾经多么富有，这一切在法律面前都无情地成为了过去，成为了历史。

4.

天黑了，郊外的夜晚在城市灯光衬托下格外黑暗。沉山的黑影像一个巨大的怪兽，不停地变换着身姿，在黑暗中飘动着。沉山监狱完全笼罩在巨大的山影之中。

沉重的银灰色监狱大门，背负着无形的压力紧紧地关闭着，没有丝毫的缝隙。现代化的电动监狱大门上还额外加挂了一只硕大的黑色将军锁，遗留着古老的“人防”印记，它似乎在向人们昭示：监狱大门永远是不会轻易开启的。监狱四周的银灰色高墙显得格外阴森，高墙横竖交叉的电网更给人增添了恐怖感。谁都知道那个高压电网一旦碰上就必死无疑，无论是何人，只要被电网粘住了就烧成了糊家雀。岗楼上摇动的探照灯，不时地扫过来，扫过去，行人走到此处一看就知道这是监狱。

监狱以它有形的尊严向人们昭示了监狱的内涵——对自由的禁锢。不管你过去的地位多么显赫，曾经多么富有，这一切在法律面前都无情地成为了过去，成为了历史。监狱里有一句名言：你他妈的都到监狱了，还装什么？不服，有能耐你就别进来呀。谁能说得清楚，进监狱的人是大手、高手，还是笨手、不够手。

沉山监狱船形的监舍大楼，寓意为从这里走向新生的彼岸。步入监舍大门迎面是一块十分醒目的蓝地红字的警示板，写着：“当你来到这里，新的人生就开始了。”

北方监狱的监舍和南方监狱的监舍不同，为了取暖的方便，完全是按照传统的方式设计的。服刑人员居住的每个房间有四十平方米，双层睡铺可容纳四十名服刑人员。

晚饭后是服刑人员的世界。监狱里常说这样一句话：杠门一关，无法无天。劳作了一天的服刑人员陆续回到监舍，回到了杠门里这个封闭的小社会，进入了自由活动的时间，他们享有的有限权利在这个空间里得以行使。

监舍里的人有的在玩纸牌、扑克，有的在下象棋，有的在吹嘘着自己过去的光荣历史，有的头枕着双手望着楼板默默地静思，有的在绘声绘色地讲着淫秽的故事，有的在无聊地厮打，有的躲在屋角静处看书，有的在偷着听收音机……这么多的男性在一块儿能干些什么呢?

监狱工作单调、呆板，监狱民警的心里难免会感到腻歪。

监狱工作的原则就是，安全稳定第一。几千名罪犯聚集在一块管理，不是件容易的事情。有人说，情绪浮躁是现代人的普遍特点，现在的人火气大。民警每天将服刑人员押回监狱，送进监舍杠门里头他们才松了口气，一天的工作就算是结束了。

今天刚从新入监区分到后勤监区的服刑人员邓文龙，盘腿正坐在下铺的铺头，腰板拔得溜直。他的头发剃得光光的，穿着一套崭新的囚服，微眯着双眼，就像一个正在打坐的出家人。铺头在下铺把一头，临窗户、靠暖气，床位比其他人宽一米，铺着厚厚的床垫，床头上还配有一盏台灯。按照监狱内服刑人员多年形成的不成文的规矩，睡位在铺头的人都是“够手”的，过去在社会上或家里都是有一定的实力的，也有的人是进入监狱后靠自己单打独斗拼出来的。他社会上的朋友前几天已经专门和监狱的头头打了招呼，他到监狱后直接被分到了服刑人员都渴望去的后勤监区。邓文龙的名字在社会上何其了得，家有资产千万，“黑白”两道无所不通，监狱里的服刑人员多数都知道他在社会上的威力，他的一双铁拳“威震”沅江大地，他的拳速快得出神入化，人称快三拳，一般人过不了他的三拳。他有这么大的来头，监狱里有谁敢碰他一个手指头。他在社会上的实力决定了他一进到监狱里就是老大的地位，监狱里来了“大手”，白天监狱里的“头脸”人物陆续来拜访他了。过去他常说，在沅江市我怕谁。可这次他彻底地“栽”了，他领悟到了法律的威力。在强大的法律面前，他真的狗屁不是。

白鹏飞出逃后，后勤监区的服刑人员小安子占据了白鹏飞的铺头。小安子原名安文山，在社会上时，他是白鹏飞的马仔，两个人同时进入沅山监狱。他在社会上整天跟在白鹏飞的身边转，像个太监似的，人们给他起了个外号叫小安子，来到监狱后他的绰号也带到了狱内。小安子昨天就接到了狱外“大哥”捎的话，邓文龙就要分到后勤监区了，让他给伺候好，今后一切要听邓文龙的。虽说安文山在社会上小有名气，但和邓文龙比起来还是小巫见大巫。他知道邓文龙在社会上是个“大手”，借他个胆都不敢惹邓文龙。论混社会的年头，与邓文龙比他只能是小字辈的。从年龄上邓文龙比小安子大十多岁。邓文龙和白鹏飞是铁哥们。两个人的交情是人所共知的。上午监狱民警王清远把邓文龙送来了，只是简单地说了一句：“小安子，我把人交给你了，照顾得怎么样今后就是你的事情了。”王清远多一句话都没有说就走了。

小安子明白王清远话里有话，他心里说，邓文龙是一米八〇的大块头，交给我，我在监狱是个什么人物，我能管得了他吗？他唯一能做到的，就是无条件地臣服。在邓文龙还没有进来前，他就做好了准备工作。见面后，他做的第一件事情就是乖乖地让出了自己睡的铺头，把邓文龙的生活安置得细微无漏。

“妈了×的，愣瞅什么，这么晚了邓哥得休息了，快给邓哥铺床。”小安子骂骂咧咧的，抬腿踢了跟前一个服刑人员一脚。

“知道了，安哥你别发火，气坏了身子。”四五个服刑人员齐声应道，连忙动手给邓文龙铺床。

“鹏哥走了，邓哥你来了，我以后就得靠你了。外头的大哥已经给我捎话，让小弟我伺候好邓哥，邓哥你需要什么和我说就行了。在这个监狱邓哥只要你喜欢什么，小弟一切都可以给你搞到。”小安子一脸媚笑，邓哥叫得甜甜的。

“我没来的时候，鹏哥就走了，你是怎么知道我必然会进来呢？社会上哪个大哥和你交代的？监狱是你家开的，你又什么都能搞得到，好狂啊！”邓文龙瞟了小安子一眼，不冷不热地说。

“邓哥，弟弟我可不是狂，这个监狱从现在开始只要有你在这儿镇着，谁他妈的也别想狂起来。今天先不说这个，和邓哥相处的时间长着呢，以后慢慢地唠吧。”

“邓哥您动一下，您先坐对面铺去，床一会儿就给您铺好。”一名二十来岁的服刑人员笑眯眯地过来搀扶邓文龙。

邓文龙瞅了他一眼，哼了一声懒懒地坐到了对面铺头上，半眯着双眼。

“邓哥，你还没有吃晚饭呢，想吃点什么，我给你安排去。”小安子伏在邓文龙的耳边轻声问道。

“我想吃啥，你这里是饭店吗，要啥有啥，你挂几个幌儿？”邓文龙疑惑地问。

“邓哥，你刚进监狱就有所不知了，这里虽说是监狱，但监狱里有的东西社会上还真不见得有，时间长了你就知道了。今天你刚分到咱们这个监区，小弟我理应尽地主之谊，给你接风洗尘。”小安子诡秘地说：“这样吧，就按当年鹏哥定的标准，我让他们给邓哥搞一桌子可口的饭菜，喝点好酒。”小安子说完招呼几个服刑人员过来低声嘀咕着。“安哥，你等好吧。”几个服刑人员答应着颠颠地出去了。

铺位整理好了，邓文龙躺了下来，立即过来了两个人给他按腿捶腰。小安子站在床前就像汇报工作似的一一介绍着沅山监狱里的情况。邓文龙闭着眼睛不时地哼一声，表示他始终在听着。过了不到一个小时，一位服刑人员蹑手蹑脚地进来轻声叫道：“安哥，菜备好了，请邓哥上桌吧。”“好。”小安子弯下身去伏耳唤道：“邓哥，起来吧，菜饭都好了。”

“啊，饭好了，我还真的饿了。你说得很好，我以后还要听你介绍情况，你小子有头脑啊。”邓文龙伸了一个懒腰，打了一个哈欠。

“谢谢邓哥夸奖，我还有更尖端的事儿没有和你说呢。”小安子把邓文龙扶起来，弯腰给他穿上了鞋，搀扶着他往门口走去。两名服刑人员在门口打着请的手势。

“上哪儿，挺远吗？”邓文龙问。“上咱们的包房呀，那条件不亚于宾馆呀！”小安子扬手吹嘘着。“包房，和我装啊？”邓文龙迷惑不解，推开小安子站着不走了。“走吧，邓哥，到那儿你就知道了。”小安子轻轻地推着。

邓文龙在几个人的前呼后拥下来到了走廊的尽头，进到了紧挨卫生间的一个房间。小安子所说的包房，实际上是储藏间里面的小沐浴间，由于监狱不经常供水，被服刑人员偷偷地改造成了食品间。邓文龙一进入房间顿时惊呆了，只见一个老式的紫檀色餐桌上竟然铺着一块雪白的桌布，很讲究地摆着八个菜，精美极了。四个凉盘，有酱牛肉、油炒花生米、红烧猪肉罐头、小葱拌豆腐。四个热菜是：清炒里脊肉丝、木耳炒白菜、火腿肠炒瓜片，红烧鱼。另外，还摆放着几瓶茅台酒，餐桌中间还用萝卜雕了个龙。绝了！连自己是属龙的都想到了。“这么一会儿的工夫，你们就搞出来这么多的菜，好厉害呀！”

“小意思。”小安子得意地说，“不瞒你说，邓哥，在这沅山监狱里只要你不闹监、不逃跑，没有办不了的事。小弟保证把你伺候得舒舒服服的，待在监狱里有家的感觉，遗憾的是嫂子不能天天来陪伴你老人家。”

“是的，邓哥你要保重身体，我们哥几个一定好好地照料你。”四名服刑人员站在餐桌旁边齐刷刷地说。

“这菜是怎么炒出来的？”邓文龙打量着，菜炒得火候还真不错。

“很简单点事儿，我们有酒精炉。邓哥，我给你介绍一下。”小安子介绍着旁边的一个人，“这是二小，在巴虎区域一带管事。擅长开各类锁，特别是汽车门锁，没有他打不开的。越高级的车锁他越有办法弄开，这是他的绝活。监狱的门锁那就更不在话下了，他进出就像走城门似的。”

二小一副瘦长的身材，长着一双绿豆眼。他双手抱拳作揖冲着邓文龙点点头说：“邓哥，久闻大名，今天有幸相见，以后你就是我们的大哥了，一切听大哥的。”

“有这么好的手把，怎么还进来了？”邓文龙看他特别像昆剧《十五贯》里的娄阿鼠。

“一位大哥委托我一定给他弄一部奔驰车玩玩，玩大了，整到了一个款爷的手里，把我送进来了，判了我十年徒刑，哥们帮忙到位了，法院按底线判的，照顾我了。”

“哪个款爷这么厉害，说送就把你送进来了？”邓文龙狐疑。“那个爹可太厉害了，搞石油的，别说送我就是送……以后我再和你说是谁吧。”二小的话打住了。

邓文龙把话挑明了：“我知道你说的是什么意思，那个人你不说我也知道是谁，他既然有那能耐把你送进来，就还能把你弄出去。你的手艺可别废了，以后会大有用处的。”

“废不了，在监狱里我的一手活是大有用处的。那天监狱财务处的保险柜打不开了，把我请去了，不到十分钟我给打开了，他们全服了，在监狱食堂还请我吃了一顿好饭菜。”“你净瞎吹，什么一桌饭菜，就是很普通的四菜一汤。”小安子揭着二小的短处。

“那也不简单，监狱能请犯人吃饭，也算是给面子了，对不小安子？”邓文龙对二小很欣赏。“那是，那是。”小安子连连点头称是，继续往下介绍。

他又指着一个高大英俊的男子介绍说：“这是秦哥，原城西宾馆的经理，特一级厨师，因强奸罪被判了八年。现在监狱会见室当厨师，这一桌子菜都是他的手艺。”

“我说这菜怎么做得这么好！你就是秦雨农？秦哥，你犯的是强奸罪？”邓文龙脸上的肌肉抖动了一下，激动地说，“真没想到你在沅山监狱，社会传闻你被乱枪打死了，好多人都不知道你在哪里，你应该在北大荒的监狱服刑，怎么转到沅山监狱了？”

秦雨农用眼睛使劲儿盯着邓文龙，眉头极快地皱了一下，完全是一副不希望邓文龙说什么的表情：“过去的事情不提了。今后的一切还仰仗文龙老弟多照顾。”他把“仰仗”二字吐得很重。

“秦哥是鹏哥的铁哥们，他们哥们的感情那是没说的，鹏哥走的时候和秦哥难舍难分，那场面太感人了。”小安子连说带比画着。

“别瞎说，他走的时候我在哪里呢，和我有什么关系？”秦雨农狠狠地瞪了小安子一眼。

“对，秦哥说得对，我这臭嘴，找打。”小安子明白自己刚才的话说走嘴了。他瞅了瞅双方的脸色，搭讪问：“邓哥，你们过去认识？”

“不认识，不认识。”邓文龙连连否认，他双手抱拳道谢，“承蒙秦哥亲自给我上灶，多谢了！”

在监狱里强奸犯是最不受人尊重的，只要哪个强奸罪犯一进来，大伙就得逼着他讲一讲强奸的过程，就权当听“故事”了。可秦雨农进来后，没有一个人敢让他讲“故事”。他性格孤僻，几乎不和任何人说话，但他出手大方，社会上有人定时给他存款，来钱他就花光，从不留钱。他的钱这么厚，是谁在背后赞助他？大家瞅他都是个谜。围着他跟前转的人都是吃他的，喝他的。他在监狱里威信很高，和民警的关系也很好。

“邓哥，这位是……”小安子继续往下介绍着一个大个子服刑人员。

“不用介绍，扒了皮我也认识他的骨头。”邓文龙脸沉了下来，一拍桌子，“黄青，你小子也能有今天！”

大家“刷”地把目光都投向了黄青。黄青惶恐不安地站在旁边，就像是一个犯了错误的小学生，一句话也不敢说，不停地颤抖着。黄青一米八〇的大块头，光光的大脑袋，一双大眼睛，穿着一套大号的囚服，双臂过膝，佝偻着腰，就像是一个侍从。

“这是怎么回事，怎么你俩有过节儿？”小安子不解地问，“黄青，你到大哥跟前来，把话说清楚。”

“妈的，你自己说吧，你是不是人！”邓文龙气愤地一把拽住了黄青的脖领，举起了拳头。

那是两年前的事情：

黄青，原来是沅江市朝阳公安分局治安科科长。因为钱的事情和邓文龙发生了几次纠葛，邓文龙说黄青不够手，黄青说邓文龙差事。邓文龙说，你警察有什么了不起的，我他妈的也没有犯到你的手里。黄青也放出风来，能不能犯到我手里咱们走着瞧。当时邓文龙开了一个“银河洗浴城”，全市规模最大的，服务设施齐全，服务项目繁多，效益非常好，一天可以获利几万元，三个月下来，他的本钱就收回了。同行业的人见他发了大财都红了眼。黄青借工作检查之机经常到洗浴城来玩。一天晚上黄青来玩麻将，一宿下来输了十几万。黄青说邓文龙捣鬼，他非要邓文龙把赢的钱给退回来。邓文龙说：“你自己愿意玩，我也没有逼你，你赢钱的时候怎么什么也不说呢。你输了钱，愿赌服输，你让我退这笔钱是啥道理。”邓文龙拒绝了黄青。大家都劝邓文龙把那几个钱给黄青得了。邓文龙说，给他钱可以，但事不是那么回事，话也不是那么说的，我现在把钱给他，我在社会上还有名吗？黄青见邓文龙不给他面子，急了，骂道：“你他妈的怎么发的财谁不知道，我能让你挣钱也能让你赔钱，我整黄你！”不出两天，黄青就指挥治安科的人把洗浴城端了，把玩麻将的和嫖娼的人员逮了个正着，后以容留组织妇女卖淫的名义查封了洗浴城。洗浴城被查封了，邓文龙栽到了黄青的手里。邓文龙作为鸡头被追查。

晚上，邓文龙的妻子苗翠竹被黄青传到分局讯问。讯问到夜间十一点时，黄青说饿了，让那个年轻的民警出去买点吃的。屋里就剩黄青和苗翠竹两个人。黄青换了一副面孔：“苗翠竹，你要救邓文龙就得满足我的要求。”黄青两只眼睛直盯着苗翠竹。

苗翠竹是一个非常漂亮的女人，长着一头美丽的秀发，一双摄人魂魄的大眼睛，两个深深的酒窝，饱含着柔情蜜意。她小邓文龙二十岁，和邓文龙是二婚，她原来是沅江市城西宾馆的服务员，邓文龙在城西宾馆接待客商的时候认识了她，后邓文龙正式和她结婚。作为男人最值得骄傲的是征服天下最漂亮的女人。然而，黄青错了，他忘记了自己是人民警察。他选择的是道德沦丧，无耻犯罪。邓文龙案件在黄青的手里，苗翠竹默默的不说话，咬着牙，泪水哗哗地淌了下来：“你是警察，你这样做是犯罪呀！”苗翠竹轻声拒绝着。

“什么警察，穿上衣服我是警察，褪下裤子我也是男人。你少和我装，你这样的女人我玩的多了。”黄青说着扑过去，扒掉苗翠竹的裤子，把她抱到桌子上……苗翠竹屈辱地闭上眼睛，任凭着黄青的摧残。苗翠竹浑身上下被黄青掐捏得青一块、紫一块。事毕，黄青许诺洗浴城卖淫嫖娼的问题不查了，只做象征性的罚款，但条件是今后苗翠竹要随叫随到，苗翠竹深知这随叫随到的含义。邓文龙很快被放回来了，苗翠竹哭泣着向他讲述了事情的经过。

“不行，坚决告他，我要扒掉这个混蛋禽兽不如的狗皮。”邓文龙像一头狮子似的愤怒地吼着。

“文龙，那咱们的洗浴城就彻底完了。他毕竟放咱们一马了，我们也确实有问题，斗不过人家。”苗翠竹劝着邓文龙。

“不行，我咽不下这口气，就当老子没有这个店，我宁可蹲监狱也要坚决把他送进去。”

黄青面对留有自己罪证的内裤和收受礼金的账本，哑口无言，被检察机关追究了刑事责任。因受贿、强奸罪并罚被判处有期徒刑十二年。按照管辖，黄青本应送省城专门的监狱服刑，通过关系黄青留在了沅山监狱。现在，他已经在监狱服刑一年多了。

邓文龙的洗浴城关闭了，留下一大笔债，被逼无奈，邓文龙和几个人合伙去抢劫出租车，案发后被逮捕归案，他被数罪并罚，判处有期徒刑二十年。

这过去情形，邓文龙历历在目。“妈的。”邓文龙扯着黄青的脖领子，把黄青拽了一个圈，朝黄青的面部就是一拳，血登时从黄青的嘴角流了下来。“你小子是天底下最不地道、最贪心、最坏、最不讲究的人。”邓文龙连续用了四个最字痛骂着黄青，把黄青摁倒了连踢带打，根本不容大家去拉。

小安子后悔了，他要是知道黄青和邓文龙有这种过节儿，今天就不应该让黄青参加晚上的“宴会”。他死死地拉着邓文龙：“邓哥，算了吧，打几下出出气就行了，同是天涯沦落人，你就当他是叛徒甫志高，得饶人处且饶人，今天是你到监区来的第一天，图个吉利吧。邓哥，你不知道，黄青进来以后对弟兄们非常好，一点不摆警察的架子，法律上的难事全靠他摆平，他是弟兄们的法律顾问，经济上有什么困难，都是他帮忙，大家没少花他的钱。他也是一时糊涂才干出那种缺德的事情，他也很后悔。”实际上小安子也听说邓文龙当时差事的地方也挺多的，发财了，哥们到他洗浴城去玩一分钱也不免，对此哥们都不满意。他和黄青搞僵了，也有他的不对。黄青去洗浴城玩他也是照收澡费。黄青就放出话来，我非得整整他，让他知道钱不是一个人挣的，也不是一个人花的。

“邓哥，我错了，我自己打，我不是人，你打死我吧。”黄青说着双手左右开弓打着自己的嘴巴，双腿一软，给邓文龙跪了下来。

“邓哥，您就原谅他吧，都挺不容易的。他也是够可怜了，进来快一年了家里没有一个人来看他，存的那两个钱也都给弟兄们花了，有挣高分的活他也都让给了别人。”旁边的服刑人员都帮助黄青说情，并把黄青拽了起来。

邓文龙也看出来黄青的人缘不错，比他早进来这一年把人都交下了。他也就顺水推舟：“既然你们大家求情，我不说什么了，黄青，看你以后的表现，主要看你对弟兄们怎么样。”

“邓哥，要说青哥对我们大家那是没什么说的，有什么困难他都帮忙，你就放心吧，他要是差事我们都饶不了他，弟兄们早归拢他了。”旁边的人替黄青应着。

“好了，邓哥，他也认错了，过去的恩怨一笔勾销吧。人为财死，鸟为食亡。喝一杯吧。今天的酒还是他给你准备的呢。”小安子打着哈哈，“邓哥，咱们还有一道菜没上呢，你慢吃。你猜猜我们请你吃什么？”

“吃什么，你们还能请我吃涮羊肉啊！”邓文龙顺嘴说了这么一句，他喜欢吃涮羊肉，哥们间都知道他的这一嗜好。

“邓哥，你还真的猜对了，我们真的给你准备了涮羊肉。”小安子拍了两下掌，像变戏法似的，每个人的眼前上了一只酒精锅，吃羊肉片，每人一袋冻羊肉片，肥瘦相间肉，作料已经调好。

简直神了！邓文龙没有想到在监狱里还能过上这种生活。难怪有人说，其实监狱在你没进来的时候挺可怕的，待上一段时间后也就适应了，监狱是天底下最清净、最淳朴的地方，人的真实本性在监狱里得到了充分的体现。

“邓哥，过去我们是以鹏哥为头，这个监狱里有谁不给鹏哥面子！他走了，现在你来了，我们又有靠山了，只有你有资格当我们的头，你的大名谁人不知，你的刚烈谁人不晓，你威震沅山，今后你就是我们的大哥了。来，我们共同敬大哥一杯。”小安子说得十分动情。

邓文龙的刚烈在社会上是有名的。一次为报复他人，他伙同他人，将一名社会上的脸面人物殴打致死。几个同案犯都跑了，公安机关将他抓去，连续突审他三天三夜，软招、硬招都用尽了，硬是没有从他嘴里抠出来一个字，没有证据，只好把他放了。同案的人非常敬重他。为了保哥们，现在他进来了，外面不时地有人给他送钱、送物。其中有一个兄弟在北京开洗浴，他一个月给邓文龙汇款三千五千不等，邓文龙月月都不缺钱的。

“干！”大家齐声喊道，共同举起了杯。

邓文龙咂咂嘴，这酒是纯正的茅台。他高兴了，他没有想到小安子的口才这么好，荤的素的嗑都挺会说的，政治上的事情也能唠个十句八句的，国家的大政方针更是知道不少。他连喝了三杯：“谢谢大家，谢谢大家，今后我们都是哥们了，咱们有福同享，有难同当。只要看得起我邓文龙，我一定对得起弟兄们。”一看黄青还站在那里，他的心软了：“黄青，你也过来吃吧，现在我们都是一个道上的人了。”

“我不过去，我就站在这伺候邓哥。”黄青不动地方，站得直溜溜像根棍似的。

“你伺候什么，有的是人，好歹你也是一个有脸面的人，你有文化，和我们不一样，兄弟我始终是高看你一眼的。”小安子把黄青拽了过来，坐在了邓文龙的身边。

大家唠着、扯着，三瓶茅台进肚了。这群服刑人员被酒精烧得兴奋起来，各自敞开心扉，畅说着自己的种种“光荣”历史，在沅江市不服这个那个的。

“都少他妈的吹点吧，你们那点破事和邓哥比起来算个屁。咱邓哥那才真叫大哥，你们充其量是一群小瘪三。”小安子打断了他们的话。

“小安子，怎么能这么贬斥自己的弟兄呢？”邓文龙的脸撂了下来，训斥着小安子：“寸有所长，尺有所短，人就是各有所长，我有本事就不进监狱了。黄青你说我说得对不对，是不是这么回事儿？”

“对，邓哥你说得对，我也不过如此嘛！也属于狗屁不如那伙的，当了半辈子警察还把自己送进来了。”

“邓哥，我错了，话说大了，我罚一杯酒。”小安子边说边点头，双手作揖喝了一杯酒。

一个服刑人员进来伏在小安子耳边，悄声说道：“安哥，王队长进来查监了，火气挺大的。”

“不用怕他，这小子没有咱们哥们他活不了，我们是他的衣食父母，我有的是招对付他。”小安子嗓门大了起来。

王清远敞着怀穿着警服上衣，戴的帽子几乎就是压在脑瓜皮上，下身穿着一条八七式的警裤，叼着烟，满口酒气，在走廊的杠门口嚷着：“赶紧清扫卫生，瞅你们监区造的这么厉害，这他妈是猪圈，还是监舍，你们怎么能待下去呢？”他探了一下头没有往里面走。

“王队长挺负责呀，刚接班就进来巡查了。”小安子从里面出来，顺手从杠门里伸出手塞给王清远两盒烟。

“快早点休息吧。现在不比过去了，新监狱长来了，可要动真格的了。你们小心点，别撞枪口上，我可救不了你们，到时候别说哥们我不够意思。”王清远的舌头都硬了，连连打着酒嗝。

“王队长，你放心，我们向来是遵监守纪，可从没给政府添过麻烦。这不晚上我给邓哥安排一下，你不是也有交代吗！”小安子油腔滑调地说。

“你少来这套，我还不知道你是啥样人，消停点儿比啥都强。”王清远晃晃悠悠地走了。

“邓哥，我把他打发走了，一提你好使。”小安子卖着乖。

邓文龙望着王清远的背影，不屑一顾地说：“这他妈的是什么警察，简直就是一个活脱脱的国民党逃兵，靠这号人还能管好码头？黄青，你看到了，这就是你们警察的形象，他连我们公司烧锅炉的都不如。”

“邓哥，你别和他生气，王队长人不坏，就是好贪个小便宜，家里挺困难的，有时候偷着倒卖点东西。监狱得有这样的人，要不我们怎么活呀？如果都是这样的人，监狱真的就是我们的天下了。”小安子的话还挺入情入理，大家都很赞同。

“安哥，水烧好了，请邓哥洗澡吧。”一名服刑人员进来说。

“那好，邓哥，酒就这样吧，不喝了，你也累一天了，你洗一洗吧。领邓哥去洗澡间。”小安子就是有这个本事，只一天的时间就可以借着邓文龙的威望发号施令了。

“洗澡？”邓文龙带着疑问被几名服刑人员领进“洗澡间”，这是监舍里面的一个小库房，被改造成了洗澡间。浴缸是一只装油的大铁桶，里面灌满了热水。一只硕大的电热器在铁桶里烧着热水。

邓文龙泡在“浴缸里”，有人给他往身子上撩着水，搓着身子，有人给打着香皂，有人给他往头发上涂抹着洗发膏，按摩着头部，几个人俨然在伺候着一个大款。

“多少天没洗澡了，真舒服啊。”邓文龙从打进看守所后，就没洗过澡，他在“浴缸”里十分惬意地闭上眼睛，想着他过去的一切，似乎他还是在桑拿浴房里。人真是这样，只有享不了的福，没有遭不了的罪。过去那是一种什么日子呀，金钱、美女、汽车、豪宅，就差天上的月亮和太阳没有了。一切都过去了，他想着想着睡着了。当他醒来时，已经躺在自己的床铺上了。床铺得软软的，他摸了一下身底下，是一张弹簧垫子：“小安子，我是怎么回来的？”

“邓哥，您睡着了，太累了，我们把您包好抬回来的。茶水已经给您沏好了，我让人给您泡了您喜欢喝的铁观音。”小安子恭敬地回答着，然后喊道：“给邓哥上茶，用我那把最好的宜兴紫砂壶。”

“安弟你想得挺细呀，真是一个秘书的好料子。等我有那一天的时候，我一定给你安排个秘书长。”

一轮明月高悬在夜空，银色的月光洒满了监狱大院。电视关掉了，到了监狱就寝的时间了。监舍的房间里非常暖和，服刑人员大都脱光了衣服睡觉。小安子躺在了邓文龙的床铺边，和邓文龙聊着。

“我晚上就愿意坐在家里阳台的落地窗前看月亮，我默默地数着星星，回想着往事。”邓文龙望着窗外若有所思。邓文龙的家住在沅江边的高级住宅小区里，是属于沅江市最讲究的望江楼。唉，一切都没有了。这时候也不知道媳妇和谁睡了，媳妇是别人的，孩子是自己的，这话说得是太对了。他知道自己的媳妇不是那样的人，她属于小鸟依人型的，没有那个胆量。但也不能绝对化，和他不是也好了吗。女人也都不是铁板一块，关键是遇到什么样的男人。

“邓哥，你别伤心，别看你是二十年的有期徒刑，你也就蹲个三年五年的时间，到时候办个保外，一眨眼就过去了。嫂子她得老老实实地等着你，谁敢碰她一根汗毛，哥你吱一声，我把他的那东西割下来。”

“你还有这么大的本事，我没有看出来。你知道白鹏飞现在藏在哪儿吗？怎么都说他藏在中越边境一带呢？”

“中越边境？哼，抓吧，鹏哥可不是白给的。监狱要是能把他抓住，我把眼睛抠出来晒干。”小安子没再往下说，从口气上看他似乎知道白鹏飞的情况。

“你小子也太狂了，监狱的人都是吃干饭的？尤其是新来的监狱长施弢，是老公安了，这个人听说是很厉害的。”

“哪里呢，他和邓哥你比是狗屁不是。你是一座高山，他是一抔黄土。你是汪洋大海，他是大海里的一滴水。”

“得了，你别和我绕弯子了，你说白鹏飞到底在哪里呢？”

“这个，这个，我也说不清，到时候你就知道了。”邓文龙还要往下问，小安子支吾着，困意上来，睡着了，打起了呼噜。

监狱的灯夜里永远是亮着的。耀眼的管灯照得邓文龙睡不着。他翻来覆去，想起了妻子苗翠竹和孩子。好人和坏人的区别也就是一步之遥。多么好的家啊，说毁就毁了。他现在才明白了自己是沅江市最不够手的人，那么多的大款爷都在外面活得潇潇洒洒，就他进来了。他后悔了，当时要是不和黄青较劲，舍点钱，事儿也就一了百了。现在人进监狱了，钱还有什么用？

夜深了，对面铺上，有两个人在被窝里蠕动，不时地传来喘息声，呻吟声。有的人说着梦话，有的人咬牙，吧嗒着嘴，有人梦魇狂叫起来，四十多人的监舍啥声音都有，千奇百怪，梦幻般的世界。

楼层里的巡逻民警不时地进来巡岗。邓文龙两眼圆睁着，想着。邓文龙在看守所时，曾有人给他捎信，白鹏飞说让他一定要到沅山监狱来服刑，一切都由他来安排，届时白鹏飞会和他取得联系的。他想着，他要和我联系什么呢？他已经跑掉了。他知道白鹏飞这个人说到做到，从不忽悠。小安子话里话外流露出来，说白鹏飞一定要把邓文龙弄出去，可怎么弄小安子没有说。只是说到时候自然会让他知道的。“跑，往哪跑呢？与其亡命天涯，还不如待在监狱舒服。”开弓没有回头箭。邓文龙知道一旦逃出监狱那就是一条不归的路了。

5.

暴风雪在肆虐着，雪下得格外大，地上的积雪足足存有一尺多厚，好像这是春天最后的一场雪了。今天又是一个大雪天，近些日子已经接连出现了这样的天气。市里的一切清雪工具都动用起来了，监狱也奉命出动了五百名服刑人员去市内和解放军战士们一块儿清雪。

沅山监狱第二会议室，墨绿色的幕布衬托着悬挂在正面墙壁上的警徽。会议室的条桌上齐刷刷地摆着警帽。排风都已经打开了，可室内仍然烟雾缭绕，与会的人员几乎没有不吸烟的。施弢坐在条桌的尽头，主持着狱务会，听取追捕罪犯白鹏飞情况的汇报。他不时地用手拂着飘过来的烟雾，跟前的几个人不好意思地把烟掐灭了。派出的省内外四个追捕组都回来了，各个追捕组逐个汇报追逃的情况。

焦成金，沅山监狱狱政处处长，四十岁，高高的额头，宽阔赤红的国字脸庞，蒙古族，说话声音洪亮。他负责市区范围内的追捕。他和施弢打了个招呼后首先开始汇报：“我们在全市的车站、码头、高速公路都进行了布控，对白鹏飞在市内的亲属、朋友进行了全面的调查，重点人的家里始终有人在蹲坑，电话进行了监控。白鹏飞就是不露头，太狡猾了，要是一般的逃犯早露头了。同志们已经连续二十多天人不脱衣马不卸鞍呀，没有吃过一次热乎饭菜，太辛苦了，可是到目前没有发现任何的线索。我也是江郎才尽了。”焦成金双手摊开做出了无可奈何状。

坐在施弢旁边的沅山监狱分管狱政的常务副监狱长龙啸天，望着施弢插了一句：“是啊，施监狱长，追逃不上线索是最令人心焦的，那滋味是太难受了，煎熬人呀！我多嘴了，焦处长，你快接着说吧。”

龙啸天戴着一副金丝边眼镜，从面容上能看出他保养良好，皮肤红润光滑，满头黑发整齐地向一边梳着。他穿着一身笔挺的警服，正襟危坐，气宇轩昂，不苟言笑，说话的发音平卷舌分得是那样准确，完全是一副学者的派头。施弢对龙啸天的第一印象是觉得他像历史上张学良跟前的“杨宇霆”，龙啸天说话的口吻、派头和“杨宇霆”十分相像。龙啸天完全称得上沅山监狱的资深警官，四十五岁，已经当了十五年副监狱长，他是当年省内提拔的最年轻的副监狱长。施弢来了以后，龙啸天对他的态度不冷不热，你怎么说我就怎么办，尽量不和施弢发生争执。

施弢瞟了龙啸天一眼，心里暗自不满。他最讨厌在别人汇报时乱插话的人，对龙啸天的插话他能说什么呢，他只能面无声色地听着。施弢也认识龙啸天多年了，但是两个人来往不多，每次见面互相问候着，表面上还是挺亲热的。施弢到监狱和龙啸天见面后的第一句话是，啸天对不起了，这监狱长的位置应是由你干嘛，歪打正着不知怎么把我选上了。龙啸天连连表白，哪里，哪里，这个监狱必须你来管呀，市委好眼力，我一听你来我高兴坏了，沅山监狱这下子有救了。你不知道啊，现在监狱是内外交困，我这个副监狱长也不知道能不能干长了。我把人抓回来交差后就辞职不干了，只要保住我的副县级待遇就行了。是的，龙啸天已经不止一次和他说过这话了，施弢相信他的话至少有一半是真的，跑了一个重刑犯没有追究他的责任就是照顾他了。

施弢到监狱后，龙啸天在班子会上明确表态要保证配合好施弢的工作。这一段时间的追捕，他的工作积极性始终很高，和施弢的关系总是客客气气的，请示汇报工作毕恭毕敬。他几次和施弢表态，白鹏飞跑了，他应该承担具体的领导责任，他立下了誓言，保证把白鹏飞抓回来将功补过。如果抓不回来白鹏飞，他这个副监狱长就坚决辞职不干了。他说过去郑五常监狱长对追逃这样的事情从来不参与，都是由分管的监狱长负责。施弢不同意，他说对监狱追逃这样的大事，特别是追捕白鹏飞这样的重大案犯，他身为监狱长怎能置身事外呢。正是由于龙啸天推三阻四，追逃汇报会拖至今天才召开。

焦成金看着笔记本继续汇报：“在白鹏飞逃跑的第三天，他给在平阳市的同学打了一个电话，经查是我们沅江市白水区的公用电话。”

施弢插了一句，追问：“白水区不正是我们监狱所在的区吗，这么说白鹏飞他在逃跑的第三天，竟然还在沅山监狱的周围转悠呢！这么重要的线索怎么到现在才报上来，你们过去一点不知道吗？”

“我们早就掌握了，而且布置了电话监控。可白鹏飞再就没有打电话，线索彻底断了。我们再深挖他在外地的亲属，包括他死去前妻的亲属，他还有一个八十多岁的老舅舅，我们也都找过了。”

龙啸天扫了焦成金一眼，意思是没有必要的情节你就别说那么细了，可焦成金丝毫没有理解龙啸天的意思，继续循着自己的思路侃侃而谈。

“我们又查到了和白鹏飞过去有染的几个女人，但这些女人一再声称，我们都老得没有模样了，白鹏飞多少年都不搭理我们了……”

施弢也觉得焦成金绕的圈子远了，打断了他的汇报，问道：“焦处长，白鹏飞他为什么不马上走呢，难道是他逃出包围圈后又折回来了，这是和我们玩什么心眼呢？”

“我们也在琢磨着，这是个谜。我们总感觉他是在等什么，他不想离开沅江市。”焦成金的解释难以令人相信。

“焦处长，也不一定像你说的那样，白鹏飞也许是在故意制造假象，迷惑我们追捕的方向，他早就从我们的堵截中溜了出去。”龙啸天又插了一句。

……

最后汇报的是赴广西的追捕组，组长是监狱狱侦处处长陈剑虹：“白鹏飞在北海市的熟人很多，我们已经和北海市的公安局取得了联系，他们表示要全力配合我们，布置了监控设施。我们蹲了那么多天，没有发现半点白鹏飞逃到北海市的迹象。我们的经费有限，只好撤回来了……”

“施监狱长，各组汇报就是这些情况。总的看没有什么收获。这次追逃我们共组织四个追逃小组，动用警力二百余人次，专门成立了追捕逃犯指挥中心，监狱主要领导亲自坐镇指挥，监狱党委对追逃工作给予了高度的重视，多次专门例会研究追逃方案。狱政处长焦成金几天几夜吃住在监狱……”龙啸天在归纳概括着整个汇报情况，他一二三四地往下梳理着要点。

“龙监狱长，你就不要讲过程了，现在还不是总结经验和摆功劳的时候。”施弢铁青着脸向龙啸天打了个停的手势。会议不能再这样磨叽地开下去了，必须马上切入主题。从他的表情可以看出来，他对汇报的结果不满意，组织了这么多的警力，几乎把老本都搭上了，追了一个月了连个人影也没见到。施弢在政法机关干了这么多年，最讨厌汇报过程讲得冗长。他常说汇报就是汇报，不是开什么经验交流会，你讲什么过程呢？政法机关是只看结果不讲过程的地方。到监狱工作以后，施弢更是深深地体会到了这一点。尤其是一个监狱机关，有谁愿意听监狱的工作过程。

“大家谈了这么长的时间，说来说去不还是没有啥线索吗？”施弢质问道。

焦成金接着施弢的话头说：“施监狱长，也不完全是这样的，现在线索和情况还都搅和在一块儿，需要进一步梳理。这个白鹏飞确实够狡猾，他是我所见到的最难抓的罪犯，他对我们监狱抓人的招数太熟悉不过了，轻易是不会上钩的。同志们都尽力了，施监狱长你也不要生气着急。”焦成金的话语气平和，没有丝毫对施弢不恭的意思，他的话赢得了大家的赞许。

“我不是生气，我讨厌啰唆，没有实际的内容说出个花来也是没有线索。我知道同志们很辛苦，我干了二十来年的公安工作，追逃的痛苦滋味我尝过多少次了。”施弢若有所思地说，“我们监狱的辛苦是无形的，和公安破案是两回事，追逃追求的就是一个结果，公安破案期盼的是一个胜利，监狱工作要出成绩难啊。”他站了起来走到窗户跟前，打开了窗户，冷风袭了进来，窗帘飘荡着，他的头脑更清醒了。

会议的气氛陡然沉默下来，没有人说话，没有人敢吱声，监狱系统讲究的是资历和威望。施弢来到监狱以后，他以威望和资历镇住了监狱，像他这样资深的人出任监狱长谁敢不服，没有人怀疑他的水平能力问题，大家担心的是他干不长。监狱民警的平均文化程度和公安检察法院比可能要低一些，但监狱民警重感情、讲奉献、吃苦耐劳的精神是一流的。他们的生活欲望要求不高，施弢多次去过新疆的石河子建设兵团，从监狱这支民警队伍的身上他看到了还保留的军垦战士精神。会议室里静得连呼吸喘气声都能听出来，偶尔有人咳嗽一声清清嗓子，场面显得十分尴尬。

施弢看到许多人嘴上透明的燎泡，黑黑的眼圈，凌乱的头发，浑身的烟味、汗味，监狱警察这碗饭吃得实在是不容易！他的心软了下来，换了一种口气说：“同志们，我也不是不讲人情，大家的苦处我何尝不知道呢？我绝不能撂下棍子打花子吧。大家动动脑筋，认真分析分析，白鹏飞能跑到哪里去，我们总不能在全国撒大网吧？每个人都谈一下自己的看法，广开言论，不抓辫子，不打棍子。”

施弢这样一说，会议室的紧张气氛缓了过来。大家七嘴八舌地议论起来，话语也多了，还有的互相争论着，各不相让。

“大家别这样零散议论，集中一下，谁先谈？”施弢环视着与会的人员，目光停在了陈剑虹的脸上。狱侦处是监狱负责追逃的主要部门，追逃的线索大都是该处提供的。

陈剑虹明白了施弢的意思，到自己说话的时候了，他首先发言：“施监狱长，我谈点不同的看法，也算是抛砖引玉吧。我认为白鹏飞这个人现还在本市，他在沅山市有这么多的社会关系，他不会轻易往外跑。”

“他不可能留在本市，白鹏飞知道监狱肯定要在市内追他，他的社会关系一般人都知道，留在市内岂不是自投罗网？”焦成金第一个反对陈剑虹的这种说法。

“有人说白鹏飞在广西北海市待过很长一段时间，有可能这次他要越境去越南，找个地方潜伏下来，只要不作案谁也抓不着。”

“我看白鹏飞的逃跑和我们内部人员有关，没有人配合，铁门是砸不开的。这话我是憋了挺长时间就想说了，我不怕大家反对我、谴责我。要查就首先从监狱内部查，要动真格地查。”陈剑虹说出了和大家不同的看法，他把追逃的方向指向了狱内。

“和内部人员有关？”与会人员一下子被镇住了，会议的主题被扭转了，会场立即静了下来。

龙啸天一反常态，厉声说道：“简直是瞎分析，有啥证据？陈处长，你这不是故意给监狱抹黑吗？白鹏飞是强行越狱脱逃，性质是十分清楚的。这是你们侦查的结果，你今天又提出这样的观点，这不是故意搅乱视线吗？我真不知道你是怎么想的。”

“讨论嘛，施监狱长有话，大家可以随便谈自己的看法。侦查结论我不否认，但我个人是有看法的，过去我也和领导争论过。”陈剑虹不冷不热地回敬了一句。

“好，陈处长那你接着说。”龙啸天又恢复了常态，面带微笑。

会议争论起来了，与会人员围绕白鹏飞是在市内还是在外地形成了外地说和本地说两种不同的意见，两伙人争论得非常激烈，各持已见，互不相让，但都谈不出更多的证据。

龙啸天沉吟了一会儿打断了大家的议论：“你们就别瞎议论了，听听施监狱长的意见吧。施监狱长在公安管了那么多年的刑侦，比我们谁都在行。我们戗戗来戗戗去，意义不大。让施局长，不，施监狱长给点拨一下吧，我们鼓掌欢迎施监狱长做指示。”

龙啸天这样一鼓动，把会议的气氛给扭过来了，就像欢迎施弢刚来似的。大家不约而同地赞成说：“好！”掌声热烈地响了起来。

施弢站了起来，示意一下，会议室静了下来，参加会议的人员把目光都投向了施弢。面对这种情形，只能就范了。他清了一下嗓子，语气平缓地说：“这样吧，既然龙监狱长恭敬我，大家欢迎我，那我就从命了，我说一下我的看法，不是什么指示，有不同意见的欢迎和我争论。”

大家都屏住呼吸注视着施弢，拿着笔等着记录，抽烟的人也停了下来，听听施弢有什么高论。会议开了大半天了，施弢几乎就是听汇报，偶尔有几句简单的问话。

施弢环视一下四周，知道大家把注意力都集中到他的身上了，笑笑说：“不用记，我对监狱工作的了解和在座的同志们比还是门外汉，不谦虚地说，对公安侦查工作我略通一二，但狱内侦查有它的特殊性，我不懂。我也认为白鹏飞已经不在市内了，白鹏飞知道自己目标大，在市内很容易暴露出身份。他的社会关系是明摆着的，我们也很容易顺藤摸瓜把他摸出来。按一般常规他要远走高飞的。是的，这些都是人所共知的明摆着的情况。但是他能跑哪去呢？我认为，广西中越边境一带很可能是他理想的藏身之地。因为他过去多年在那一带打工经商，做过多年的生意。”施弢站了起来，指着墙上的地图说：“假如真的是这样，我们也是鞭长莫及，无能为力，大撒网监狱确实也没有那个经济能力，怎么办呢？”施弢停顿了一下看看大家问道，接着他又坐下了。

大家都看着施弢能说出来什么看法，怎么办？你说怎么办？问题是你监狱长提出来的嘛，你不能把球反踢给我们，我们要是能说出来什么看法还让你监狱长说什么呀！

施弢看出大家在暗暗和他叫板，微笑道：“我看，我们还得将追逃的重点放在市内线索上，白鹏飞肯定要和市内的关系联络，我们要紧紧抓住这些线索不放，架网设伏，一条条地排查，一个点也不放过。只要有了他在广西确切的线索，我们立即组织警力前去广西追捕。这叫作北擒南纵吧。”

与会人员对施弢的意见听出了个数，都点头表示赞同。大家心中不约而同地赞道，到底是公安局长出身，谈的意见确实在行，简单几句话就切中要害，重点突出。有人嘀咕着，要是早这样指挥人可能早就抓回来了。监狱采取的是撒大网的办法，到处都是重点，实际上就是没有重点。监狱的警力有限，时间长了也实在是耗费不起。追捕的总指挥是龙啸天，大家都琢磨不透他的意图。

龙啸天听了施弢的分析发言，嘴角露出一丝别人觉察不出来的微笑。他挥挥手大度地说：“好，我赞成施监狱长的意见。各组继续追逃，不能有半点懈怠，抓回来白鹏飞，我请大家喝茅台。”他首先表态赞成施弢的意见。

“大家有什么意见尽可以说，我的看法毕竟是一个人的意见。同志们这些年来积累了丰富的专门的追捕经验，就这一点上可以说已经远远超过了公安机关。”施弢的话谦虚中带着鼓励。

“我们就按照施监狱长的意见办，施监狱长的意见是完全正确的，符合我们监狱的实际。看来我们过去追捕的面铺得大了些，责任在我，我做检讨，但追捕的规律是一开始总要把网撒得大一些的，我们收的是晚了一些。从今天开始对路口的布控撤销，我们要把伸出的巴掌变成拳头。一般来说，追逃的最佳时机是罪犯逃后三天之内，堵一个月了，继续堵下去已经没有啥必要了。施监狱长你看这样行不行？”龙啸天的口气是在请示。

“我看可以。狱侦处再详细排查一下白鹏飞在市内的线索。今后追捕的具体工作继续由龙监狱长负责。我再讲几句话，同志们，我们必须把追捕白鹏飞作为一项重大的政治任务来完成。我们监狱机关发生罪犯脱逃就是严重的失职，一名重刑犯的脱逃要给社会、人民群众的生命和财产安全带来多么大的威胁呀！白鹏飞必须追捕归案，要不惜一切力量！做不到这一点，人民群众不答应，市委、市政府对我们不满意，省监狱管理局对我们也不会放过，我们沅山监狱在社会上乃至罪犯中也就失去了应有的权威。我还有什么资格当这个监狱长呢？总不能说跑人时不是我当监狱长，我就有理由推卸责任吧？”

施弢神情凝重地说：“我们是共产党人，是人民警察，追捕是一件生死攸关的事情，可能要付出鲜血和生命，我们当了人民的警察就不能怕死，就不能退却，就不能当叛徒。在我从事政法工作的第一天起，我就将个人的生死置之度外了。可能有的人会说，监狱长你说的是官话，但是只要你选择了警察这个职业，死神就在你的身边徘徊，一旦有一天摆在我们面前的是生与死的抉择，这是没有中间路线可走的。”

施弢的话语像一块石头一样沉重地压在大家的心头。会议散了，与会人员带着各自的心事默默地走出了会议室。

龙啸天叫住了施弢：“施监狱长，你来这么长的时间了，我一直替你代管财务，你看是不是把财务接过去，我就交差了。”

监狱的财务是个穷财务，谁管谁遭罪，施弢对龙啸天突然和他提出这个问题不解，这不是在向他发难吗？“不，你就继续管着吧，我现在不管，就是今后也不管，你作为常务副监狱长分管财务是很正常的。我不赞成一个单位的一把手直接管钱物，这样容易滋生腐败，失去监督。班子成员的分工都维持现状，什么时候调整以后再考虑。”

龙啸天不再坚持己见，但他又提出：“那你就把追捕的总指挥接过去吧，你是专家呀。”

“不，管还是由你管的，我当前主要是集中研究一下白鹏飞的藏身之处。”

“你还是接过去吧，我的脑袋也木了。当事者迷，旁观者清。”龙啸天真的是不愿意管了，追逃是费力不讨好的活。

“好，也可以。反正监狱的全面工作我还没接手，我着力研究一下白鹏飞脱逃案。搞了一辈子案件了，不办案子手痒痒呀。但龙监狱长你可不能大撒手啊，你是知道的，我对监狱工作是门外汉，到现在我进监狱大院还转向呢。”施弢说的倒是实话，监狱大院建筑格局复杂，一道道的内护网、隔离带、杠门，就像一幅八卦图，其主要目的是为了最大限度地控制服刑人员的爆发力。

“那哪能呢，我是在监狱长的领导下，我随时听候召唤，我的手机全天候开机，你随时给我打电话。”

“龙监狱长，你说白鹏飞到底在不在咱沅江市了？我不知道我今天的分析能不能在导向上出现错误。”施弢今天是把追捕的方向扭了过来，没有谁提出不同的意见。在决策上“一边倒”有时也不是正常的现象。陈剑虹的一句“白鹏飞逃跑和监狱内部人员有关”，无疑是扔下了一枚重磅炸弹，施弢没有在会上引爆，对沅山监狱最知情的龙啸天是什么态度？这是最想知道的。

“施监狱长，你太谦虚了，要说搞侦查你是我们沅江市的福尔摩斯，白鹏飞在不在沅江市你心里最清楚不过了，我相信你的判断，我们看结果吧。”龙啸天不冷不热地扔下这么一句话高挺着胸脯走了。

施弢望着龙啸天的背影隐约感觉到了一股暗流，一股波涛汹涌的暗流。他在思考着监狱是什么。

第二章　神秘字条

施弢目测着岗楼与逃跑地点间的距离，完全是在哨兵的视线之内。他突然觉着有个什么车西砸在他的头部，他弯腰捡起一看是个小纸团，随手揣进兜里。他环视一周想知道纸团是从哪里扔过来的，可四周除了高墙电网外，连个人影都没有。

6.

天地苍茫，外面的雪下得更大更凶猛了，大片儿的雪花儿在风中飘舞，寒风无情地袭击着地面上的一切物体，天色昏暗了，大地还原出一个真实的北国风光。特殊的气候造就了东北人豪爽的性格。

午后，施弢来到一楼狱政处处长室，打量着房间的四周："哦，挺漂亮嘛，真有军人的味道。"办公用品摆得井井有条，窗台上摆着四盆盛开的君子兰花，正面墙壁上挂着一幅焦成金自书的"树欲静而风不止"的横匾。施弢赞叹道："好字，有黄体的风范，清瘦、俊秀、刚劲、挺拔、有力，行草兼备。"

焦成金不好意思地笑笑说："监狱长你过奖了，我是照葫芦画瓢，我都练了一辈子的字了，就学会写这几个字，还把你蒙住了。监狱长有事吗？"他猜疑着，刚开完会施弢就来找他干什么。

"走，焦处长，我们到白鹏飞脱逃的现场看看去，我也顺便看一看监狱的周边环境。"

"要是转一圈得挺长时间呢，外面还刮着风下着雪，道眼儿都看不见了，干脆开车转吧？"

"不，咱们俩驾步量，这雪天才有味道呢。"施弢喜欢雪，看见了雪就能引起他的兴奋点。他总认为世界上没有比雪更洁白更纯洁的东西了。

焦成金边穿衣服边问道："现在就去，还招呼谁吗？"他想总得把龙监狱长叫着吧。

施弢没有找别人的意思，摇了一下头说：“现在就去，不找别人了，人家都忙着呢，就咱们俩，你带路。”

“监狱长，你那身衣服薄了点，你把我的大衣穿上，我再找一件衣服。”焦成金拿过来一件警察大衣给施弢披上。

施弢和焦成金走出监狱办公大楼，循着白鹏飞逃跑的路线慢慢地走着，观察着。路面的雪积得很厚了，焦成金在前面开路，他们不时背过身来躲着迎面刮来的风雪。

“这就是白鹏飞的逃跑地点。”焦成金在监狱会见室东墙的铁门前停了下来，指着铁门介绍着情况，“白鹏飞就是把这道门给砸开了。”

当时现场勘查结果：现场留有被砸碎的外面那道门的锁头。监狱东墙铁门的门锁是监狱自焊的传统式铁棍门锁，如果没有外人配合，在狱门里头没有焊枪是撬不开的。但为什么外面的这道门锁被撬碎了呢？如果采取外力的作用，砸碎门锁，肯定是要出声响的，岗哨必然要听到声音。

监狱东墙迎面是一大片菜地，整齐排列着农民扣的塑料大棚。地面上覆盖的白雪能有一尺多厚，距狱墙六米远有一条混凝土马路，供来探监的人和车辆使用。这几天的天气明显变暖，田野里许多地方露出了地面，朝阳坡地上的小草露出了绿芽。施弢眼睛一亮，发现在距监狱会见室东门外五十米左右雪地里的垄台上有一把铁锁。焦成金径直往前走着，施弢佯装系鞋带将这把锁拾起来，揣进兜里。

施弢继续不露声色地观察着，焦成金边走边向施弢介绍着白鹏飞当天逃跑的情况，并且不时地回答着施弢提出的问题。“焦处长，这外面的门锁是怎么砸碎的呢？”“外面有人配合，砸碎了门锁。”“能肯定吗？”“能，锁门的那把铁锁都砸碎了。”焦成金肯定地回答。“这么大的声音，岗哨听不到吗？”

“唉，现在这岗哨一过十点钟就睡觉了。这里头的武警素质可不像外面那些武警，多数都是城市兵、独生子，极个别的还敢捎信儿、偷着往狱内倒腾东西……”焦成金数落着。

施弢打断了他的话：“咋说，总不能将逃跑的责任推到武警战士身上吧。”

“那倒是，但是按照规定，从大墙跑人，武警要承担百分之百的责任。从监狱这边查找原因主要是我们监狱敌情观念不强，疏于管理，致成脱逃。”焦成金说得很是诚恳。

施弢知道，经过调查证实，当天晚上值勤的武警战士确实没有睡觉。焦成金介绍说，对这一点，武警战士没有说假话。那天晚上值班的是班长鲍天书。他是武警系统的先进典型。据他讲，那天半夜时，好像看见一个人影在东铁门外，似乎有开门声，人影一晃就不见了。

施骈态度严肃地追问："对这么重要的情节你们认真查了吗？都做了哪些工作？"

"在讨论研究中大家都认为没有必要，就没往下查。查案是归狱侦处负责的，和我们狱政处无关。"

"这么重要的情节为什么不查呢？"施骈不解，他看出来焦成金是在竭力回避这一点。

"省监狱管理局已经将这起脱逃事件性质定为强行脱逃，我们已经没有再查的必要了，监狱不能自己往身上揽责任呀。"焦成金的说法和今天龙啸天在会上的态度一样，如出一辙。

"哦，性质已经定了。"施骈点点头，觉得焦成金说的也在理，出了这么大的事故，谁愿意往自己的身上沾事呀。他用手拂着雪，仰望着高墙若有所思道："省局不也是根据我们报告的情况研究定的，第一手材料不是监狱掌握的吗？"

"是的，我们报的也是实际情况。报告是我起草的，报告的调子是当时的监狱长郑五常定的，他还亲自改了一遍。经监狱党委正式研究讨论通过后，上报给省监狱管理局的。省局专门派了一个调查组，蹲了十天，他们把有关的人找了一遍，市检察院的人也介入了，两家的意见是一致的。这不，你也来了。"

雪下得更大了，已经完全看不出道眼儿了。沅山监狱占地面积很大，监狱的周边长达两万多延长米。两人边走边谈，话题越扯越多，监狱的外围走了还不到四分之一。他们来到了二号岗楼底下，岗楼上的哨兵端着枪注视着他们，圆形平顶银灰色的岗楼，在风雪中显得异常缥缈，远远望去更像是一座塔，似乎也像是一棵大树，哨兵就像一尊银色的雕塑。

"这名战士就是当天夜里值勤的鲍天书。"焦成金指着岗楼上的哨兵告诉施骈。鲍天书双手端着冲锋枪目不转睛地凝视着远方。

施骈目测着岗楼与罪犯逃跑地点间的距离，完全是在哨兵的视线之内。他突然觉着有个什么东西砸在他的头部，他弯腰捡起一看是个小纸团，随手揣进兜里。他环视一周想知道纸团是从哪里扔过来的，可四周除了高墙电网外，连个人影都没有，雪花在继续大片大片地飘落着，岗楼上的战士还是原来的姿势动都没动，焦成金在前面大步流星地走着。施骈感觉事情蹊跷，焦成金刚才似乎在他的后面，什么时候跑到他前面去了。

施弢踏雪转了一圈，觉得很累。焦成金在前面走得很快，他走走停停，等着施弢。他对监狱周边的情况十分熟悉，围墙周边的老乡不时地同他打着招呼。

田地里运粪的一个戴着黄色长毛狗皮帽子的小个儿老头热情地和焦成金说话："焦处长巡视呢，好长时间没有看见你往这边来了。"

"这段时间太忙了，今天是陪我们新来的施监狱长转一转。真巧，这大雪天还碰见你这个老干部了。"

"这么大的风雪天你们还出来了，真是共产党的好干部呀！"小个儿老头笑着道。

"什么好不好干部，我们就是吃这碗饭的，也是没办法的事情，比不上你这当父母官的村长活的那么潇洒，要啥有啥。"

"你们吃国家粮食的看的都是表面现象，以为村长有多大权力呢，我们的难处你是不知道的。这不前几天又发现一个超生的，眼瞅着要生了，你有什么办法，要死要活的。唉，这大冷天我和你说这些干什么。监狱跑的人还没有抓回来呀？弄得我们跟前的老百姓也人心惶惶，听说新疆跑的那个犯人杀了十多个人！这小子能跑到哪里去，我看他跑不太远，可能就在监狱附近转悠呢。"小个儿老头很健谈。

"老董头你可别瞎说，别以为你当村长就什么事情都懂。你六十多岁的人了，说话可要有个把门的。新疆跑的那个人在围追中已经自杀了，他就是伤害了几个人，哪里杀了十多个人，胡说八道。你没有看见施监狱长在这里吗？你姓董，追逃的事情你也懂？弄你的粪去得了。你懂侦查，要不就把你调监狱得了，我替你当村长。"焦成金半真半假地损了老董头几句。

老董头不好意思了，把话往回收："我这个人一辈子就好要个小聪明，要不怎么叫农民呢。不过，话又说回来，就你们监狱那点事情旁边的老百姓什么不知道，你们监狱抓人多少年来就几招子，逃犯要是不往家里跑，你们是啥招也没有。我要跑的话我就不回家，看你能抓住我？"

施弢始终默默地听着他们的对话，忍不住笑吟吟地说："老大哥你确实挺懂行呀，说的都是监狱的行话，这些年里监狱的管理知识让你给学去不少啊。"

焦成金见施弢说话了，赶紧把话接过去。怕老董头再胡咧些什么，他以呵斥的口气说："老董头，让你瞎说吧，这是我们新来的施监狱长，撞枪口上了吧，你就白话吧。"

"监狱长让你见笑了，我是一个农民，啥也不懂，就是敢说话。我在弄大粪呢，就不和你握手了。但我琢磨着，这大监狱要是没有家贼跑不了人，我们周围的老百姓都是这样看的。我们家几辈子都在监狱这跟前住，我们是看着沅山监狱发展起来的，很多小民警我都是看着他们长大的，我家一个孩子也在你们监狱工作。”

“是吗，你是监狱家属，孩子叫什么名字，董荷琴，我记住了。好啊，警民一家，欢迎你们给监狱工作多提宝贵意见，我们是一家人呀！”

“我那姑娘脾气死拉地犟，监狱长你们让着她点，荷琴的心眼倒是不坏的，她吃软不吃硬的。”

“行了，你可别咧咧了，你家的那点事我们都知道了。这大冷天的，愿意唠到你们家去。”焦成金损了老董头一句，“你家姑娘脾气不好别人就得让着，就你从小给惯的，还好意思说呢。”

“那好了，算我不对，今天能遇上施监狱长是我的缘分，施监狱长你不知道，监狱和我们村的关系可密切了，每年我们都不少麻烦人家监狱，用个车人啥的没有一次不行的，扶贫、赞助款、抗洪救灾没有一件事落下的。”老董头也是借机替监狱撑口袋说好话，“那些警察和我里外不分，都管我叫老丈人。给我个面子，前面的那间房子就是我家，到家里坐一会儿吧，这大雪天的别往前走了。不见外的话，就在我家喝几盅，大棚里有现成的青菜，炒几个笨鸡子、杀个小笨鸡炖酸菜，炕头可热乎了，往上一烙一天的疲劳就全都没有了。”

老董头的脾气倒是蛮好的，焦成金用话怎么损他、敲打他，他笑呵呵的就是不在乎。施弢看出了他们关系不错，互相都不见外，摆摆手表示了谢意：“谢谢，老大哥。今天就不去了，改日我去看望你！”

“请客你提前安排，今天算怎么回事儿，谁刚认识你就到你家吃饭，你以为是你们农村人呢，到监狱后撵你都不走，厚着脸皮要酒喝。好了，今天没有时间和你磨牙了，我们往前走了。”

“监狱长，你看看监狱的人多小气，我就那次在监狱吃一顿饭，让他给记住了。那次我也是公务，代表村委会去的，当时是要过年了，我给送点大米表示慰问。”

“你还村委会呢，就不怕官大。送了点破大米过后不是都给你钱了吗，你们农民就是小气，想着法赚监狱的便宜。”

“好了，你焦处长能说，我说不过你，换监狱长了，我们便宜还是要赚的，靠山吃山嘛，你们家大业大，不在乎给我们那点东西。监狱长你走好，好东西我给你留着，瞧得起我们就早点过来做客，别听焦处长的，我们农民现在有钱了。你有时间到沅山去看看，那山神着呢，想啥就有啥。”

老董头话里有话，施弢听出了弦外之音，他答应着：“好，我听老哥的，你家里的小笨鸡我是一定要吃的。等天晴了，我去爬一趟沅山，领略一下它的风采。”

“监狱长你别听他的忽悠，那沅山有什么神秘的呀，我去过多少回了，不就是一座光秃秃的小山，就你们菜社的这些人好炫耀，搞什么旅游开发，想法子骗外地人弄俩钱花。”

“焦处长你说得不对，那可是祖宗留下来的宝贵财富，我们这些年就指望沅山活着呢，将来这地方一开发出来我们都得发财，你们监狱也得搬走，那时候你就知道我说得对了。”老董头驳斥着焦成金。

“得了吧，还宝贵财富呢，树都让你们村里的人给砍了不少，庙也给扒了，砖也都让你们拆回去砌猪圈了，还好意思说呢。好了，不和你扯了，我们往前走了。”

焦成金对监狱狱政设施情况非常熟悉，当时是怎么建的，哪个地段存在什么问题都说得一清二楚。他指着一段裂璺大墙说：“这段大墙得维修了，地基也不行了。这段大墙的高度不够，需要加高。我们的电网也落后了，现在都是高压脉冲电网……”

“你的意见很对，你们狱政处写出报告，党委统一研究一下。焦处长，有个事你看能不能办一下。那天我在狱内看到了原市劳动局的副局长汪道渠，他已经是六十二岁的老人了，给他调到教育处干点什么，别再让他参加劳动了，过一半刑期后考虑一下他的假释问题。另外，过一段时间你陪我去转一转外役劳动现场。”

“好，我回去就落实，给他调个监区。但假释是归刑罚处负责的，你得和处长田光说说。什么时候去检查外役劳动现场我听你的通知。”焦成金的电话响了，是龙啸天打过来的，让他回去一趟，市公安局监管支队的领导来了，找他有事情。他请示道：“监狱长你看怎么办好？”

“你回去吧，我自己转一转，我一会儿还要去白鹏飞蹲的禁闭室看一看。”

“那我先回去了。天要黑了，回去我马上给你派个人过来，给你领路。”焦成金对自己扔下监狱长一个人走觉得很过意不去。

“不用了，我能找到道。”焦成金走了。这是个什么人呢？施弢望着焦成金魁梧的背影揣测着。这个蒙古族汉子一米八〇的个头，身上洋溢着军人的气质，给人的感觉是豪爽正直。步伐迈得是那样稳健，标准的军人身材，真是一块狱政处长的材料。

人是太复杂了，你从外表上是永远看不透。东方民族讲究的是含蓄，一个人是永远不会了解透另一个人的，甚至是一辈子都解不开。就是夫妻在一个被窝里睡了那么多年，往往有些事情到老了都没有解开。

施弢从会见室进入狱内，他来到了监狱惩教中心的禁闭室。焦成金安排狱政处副处长曾祥文过来陪施弢，曾祥文已经先到了。施弢突然到来，值勤民警都有些毛了。禁闭室是一座东西走向的欧式白楼，他前后打量着禁闭室的房间，电视监控和红外线报警设施齐备。白鹏飞膂力超人，利用禁闭室在设计上两墙距离过近的缺陷，硬是支撑着两臂爬过了禁闭室的观察窗，翻墙逃出了禁闭室。他伸开了两臂试验了一下，一般人是没有这个膂力的。他佩服白鹏飞的智力，真聪明呀！当天夜里的值班民警已经因涉嫌玩忽职守致使罪犯脱逃罪被检察机关逮捕了。这名民警不服，一个劲地喊冤。惩教中心和狱政处是平行的机构，都归龙啸天分管。

7.

施弢从狱内回到了办公室。机关的人员忙迎上来给他扫着身上的雪。机要员董凤交给施弢一个沉甸甸的挂号信。施弢拆开信一看，是几张明信片，一张上面写着：“施弢：要是识相点，早点走吧。弟兄们不会亏待你。不然有你好果子吃。”还有一张上面写着：“白鹏飞你是抓不到的，如果你真的把他抓回来，他回来之时，就是你的死亡之日。”明信片上还画着一把匕首和一颗子弹。另一张写着：“施弢，明天你家的报箱里有十万元钱，只要你给弟兄留个面子，以后每个月都给你一万元。”

施弢正看着信，监狱教育处的女民警欧阳惠雪来了：“监狱长，你在忙着呢，我们教育处明天召开服刑人员现身说法大会，处长说请你参加，希望你给讲讲话。”

“啊，明天教育处开会，我看看明天是怎么安排的……”施弢算计着，“行，我参加。我一定讲一讲。欧阳，我来这么长的时间了，监狱对我有什么反应啊？”

“我听到的都是不错的，大家都把希望寄托在您身上。”

“没反应，那不可能吧。欧阳你看看，这势头挺猛啊！”施弢指着这几张明信片。

“施监狱长，沅山监狱的工作太不好干了，你可得挺住啊。”欧阳惠雪看完明信片，睁着一双明亮的大眼睛凝望着施弢，眸子里闪着光彩。

欧阳惠雪，二十六岁，中国刑警学院毕业的大学生。她是个很有性格的姑娘，很有北方姑娘的气质和体态，打扮得就像是部队的女兵。一米七五的个头，人不甚漂亮，但不失北方姑娘的矫健壮美。施弢喜欢看女民警身着警服，他觉得警服穿在女人身上有种特殊的美。

“施监狱长，我们监狱应该加大心理矫治工作。监狱无疑是改造的场所，我们的监狱更应该成为一个医院。罪犯实际上也是一个病人，是一个心理上有病的人。”欧阳惠雪直率地谈着自己的看法。

“说得好，从监狱出去的人应该是一个心理健康的人。这样监狱才能出成品，我们是医院，而不是大染缸。”

“心理医生在发达的国家早就有了，可我们国家才开展。我建议能尽快地成立心理矫治机构，开展罪犯心理矫治研究工作。”

“好啊，我赞成你的意见。监狱马上例会研究这个问题，你可以详细写一个报告，列席会议，让大家都听听你的想法。”

“列席会议？那可不行，我是什么身份！”欧阳惠雪推辞道。在监狱里一个普通民警见一次监狱长并不容易。

“你是我们监狱的一员，你是专门学心理学的，你是监狱唯一的心理咨询师，你有这个权利嘛。”

欧阳惠雪不好再说什么了，“既然监狱长这样说我就参加，我一个小民警怕什么。”

“监狱是大家的，每一名民警都有参与的权利。现在的时代和过去不同了，领导一个国家、一个部门、一个单位要靠集体的智慧，作为领导者主要不在于他干了什么，而是他决策了什么。”

“你当公安局长多好啊，要风有风，要雨得雨，你为什么要到沅山监狱来呢？”欧阳惠雪幼稚地说。

“那可不是我想干什么就干什么的呀，我是共产党的干部，怎么安排我不是个人能说了算的。”施弢何尝不留恋公安工作，那是一种火热的生活，他说，一个铁血男人就应该干公安。

“听你一讲话就是讲政治。这沅山监狱可复杂了，你可要小心呀！”欧阳惠雪的话语中充满了女性的温柔。

“谢谢你，我这个人这辈子的最大弱点是自信，我是不碰南墙不回头，有时候碰了南墙也不回头。我就是喜欢项羽胜过刘邦，刘邦这个人太狡猾了，项羽在鸿门宴上没有杀刘邦是犯了历史性的错误，乃至李清照能写下那样的千古绝唱……”

“我知道，我给你背出来：‘生当作人杰，死亦为鬼雄。至今思项羽，不肯过江东。’”欧阳惠雪背诵得抑扬顿挫，有板有眼。

“我不相信项羽真的不肯过江东。实际上都是史学家炒作出来的。他要是能够逃到江东去，东山再起，岂能不去，何必自刎于乌江江畔？我这是戏说史书，是一家之言，你千万别信。”施弢喜欢读历史和人物传记。

“施监狱长，你的见解太精辟了，以后我有时间再聆听教诲。我不打扰你了，耽误你这么长的时间了，我走了。你多保重身体吧。”

“我施弢啥也不怕。我既然当了这个监狱长，就决不后悔，坚决把这条路走到底，希望你们能支持我。”施弢正说着，办公桌上的电话响了，他操起话筒问道：“喂，你是谁？对，我是施弢。”

“我是谁倒不重要。施监狱长，邮给你的东西见到了吧，小意思了。”对方冷笑着。

“哈哈，”施弢大笑起来，顺手拿过来摆在桌子上妻子的遗像抚摸着，说：“你少给我来这套。你以为我会怕你吗？告诉你，从我选择警察职业的那天起，我就把生死置之度外了。人早晚都是要离开这个世界的，关键要看他是怎么死的，如果你们要杀我，谢谢，你们成全我了。我将为自己死得轰轰烈烈而高兴，我将笑对死亡。先生，请你记着我是不怕死的，你看着吧。”施弢字字铿锵地说着。干了二十来年的政法工作，对这样的事情他已经司空见惯了。

“您别发火，我也不和您争论了，我的话您听懂了就行了，我也是好心打扰了！”对方非常客气地挂上了电话。

“欧阳，你听见了吧，我才到监狱这么几天，他们就沉不住气了，想着办法在威胁和恫吓我。他们以为我会怕，那他们就大错而特错了。”施弢说完见欧阳惠雪没有反应，便回头瞧欧阳惠雪，只见两颗晶莹的泪珠从她的眼睛里滚出，不觉有些沉疑。

“不管咋说，监狱长你也要小心些，你毕竟在明处啊。我走了。”

“谢谢你，你顺便把陈剑虹处长找来。”

“好，我去找。”欧阳惠雪的眼神中闪现出对施弢的关切。她有些羞涩，为掩饰无意中的流露，她轻轻地关上门走了。

陈剑虹推门进来了：“监狱长你找我？”陈剑虹是部队侦查连长转业到监狱工作的，精明强干，给人以干净利落的感觉。

陈剑虹这么快就来了，施弢似有些慌乱，连忙将妻子的遗像放进了抽屉：“你今天的汇报不错，特别是谈的观点我是赞成的。既然你认为白鹏飞的逃跑和监狱内部有关，你们就应该采取一些措施。”

“监狱长，你不知道，我的观点他们都不赞成，我是孤立没有市场的。”陈剑虹有些委屈地说。

“你现在不孤立了，不是还有我一个了吗，我站在你这一边。我们的目标就是一个，以抓回来白鹏飞论成败。”

“那太谢谢监狱长了，我还有很多的话要个别和监狱长说呢。”

“好，我们专门找个时间谈，把你的心里话都说出来。你去把白鹏飞的档案给我调过来，我要看看，然后你给我介绍一下情况。”

“是！”陈剑虹双脚并立，完全是一副军人的派头，“我马上就去办，你等着吧。”他大步流星地走了。

很快，白鹏飞的档案调来了。白鹏飞的档案材料不多，施弢先大致翻了一遍。他想从白鹏飞的档案中找出点蛛丝马迹，可档案记载的情况简单得出奇。施弢望着白鹏飞的原籍暗暗称奇。白鹏飞原籍是山东省阳谷县，从小随父亲到东北，1950年生人。白鹏飞虽然剃着光头，但仍然不失为一个美男子。其父白玉棠是沅江市的一位武术家，八卦掌高手。提起白老爷子，当地武术界都敬畏三分。白父在“文革”期间被迫害致死，白母也相继去世。白鹏飞从那时起对社会产生了强烈的敌意。他在社会上广交朋友，仗义疏财，大有侠客之风。在一次殴斗中，白鹏飞一脚将人伤害致死。

陈剑虹介绍着：“对于白鹏飞，监狱里评价不一。有人说他是好人，有人说他是坏人。白鹏飞确实是一个复杂的人物。有的人说，有他在，监狱内部的管理秩序好多了，他一个人顶得上十个民警。”

施弢缓缓地合上了白鹏飞的卷宗，沉思着：“不管人们如何评价，任何人只要敌视社会，向社会秩序挑战，其结果必然成为社会的敌人。我们堂堂的人民警察，威信竟然不如一个罪犯！”施弢愤愤地自语。

陈剑虹给施弢沏了一杯茶，继续介绍着：“施监狱长，在我们沅山监狱，有个别民警花过白鹏飞的钱。狱警田园的父亲患尿毒症手术时，钱不够，急得卖血，白鹏飞暗中塞给他人民币一万块钱。”

施弢呷了一口茶水：“白鹏飞为什么要跑呢？在这个监狱里他是吃香的喝辣的，不干活得满分，还有什么不满足的？”

“监狱长，你来了，他的这种生活还能维持多久呢，再减刑，他也得实蹲十年。我觉得这就是他要跑的原因。跑了又能怎么的，只要不作案，就是抓回来加刑有二年挡住了。在外头痛快一天是一天。过去哪年监狱不得跑几个，这两年省局要求的严了，没有脱逃指标了。”

“这么说跑一个不是什么问题了，不抓也行了？”施弢不客气地质问陈剑虹。

“那可不行，他是重刑犯，他的脱逃已经轰动了全省，对社会的危害太大了。”陈剑虹答道。

“白鹏飞这个人和监狱领导层的关系怎么样？”施弢又提出了一个更深层次的问题。

“这个问题让我说……”陈剑虹话语支吾，“我是监狱的侦查处长，这个我可说不清楚。”

施弢也感觉到自己这个问题提得不妥：“你再说说监狱犯人的情况吧。”

“这个监狱的服刑人员一直是分为两派的，一派是以白鹏飞为首，另一派是以宋德玉为首。两派人员经常寻衅互争高低。这不白鹏飞跑了，白派群龙无首，宋派现在一手遮天。”陈剑虹继续向施弢介绍着情况。

“反了，简直是反了。这里难道不是共产党的天下吗？我就不信惩治不了这伙人。”施弢气得一掌拍在桌面上，把茶杯盖都震蹦了起来。

“施监狱长，你也不必着急，监狱是一个小社会。有些问题你着急也是没有用的。实际上有些事情是很简单的，但关键是有我们内部人掺和，再加上社会关系就复杂了。现在好在有了一部《监狱法》，可是监狱的单位性质不明确，企业不企业，事业不事业的，我们现在连公务员还不是呢。”

“快了，我都听说了，中央有精神，监狱要推行公务员体制了。好了，今天我们先不谈这些。今后面上的追逃由我亲自负责，隐蔽战线线索挖掘由你负责，你把狱内人员给我彻底地筛选一遍。有什么情况你可以直接对我说，和任何人也不要说。侦查必须得这样，绝对保证秘密，否则就不是侦查了，而是公开调查了。”

“是，我从今天开始，对监狱的犯人一个个地过筛子，重点是白鹏飞待过的监区。还有一个情况，我们在白鹏飞的会见记录上发现了一张他和一个女人的会见记录，与这个女人的关系是夫妻，可是他的妻子已经去世多年了。显然这个女人不是他的妻子，我们现在就着手找这个人。”

“这个线索太重要了，你要是能找到这个女人，说不准就能从这个女人的身上找到突破口。”施弢不明白这么重要的线索为什么都漏掉了。

“我们已经和公安局户籍部门联系了，确实有这个人，但同名的好几个，需要一个一个对。狱侦要是有一个女同志开展这项工作就更方便了。”

“陈处长，那就把欧阳这个人给你们狱侦处怎么样，她是公安大学刑侦专业毕业的，专门学刑侦专业的，别在教育处了。我们监狱缺这样的人才，到一线去培养锻炼一下会是一把好手的。”

“监狱长推荐我是求之不得的，我过去要了几回，人家不给，特别是郑监狱长都不赞成，现在给我们处太好了，正是用人的时候。”

“你要是没有意见，我和政治部说说，这两天我就提交党委会。”

“监狱长，你知道欧阳和谁是亲属关系不？”

“我不知道，这和我们调动她的工作有什么关系吗？”陈剑虹赶紧表白道：“没有，我就是随便说说，监狱长您别误会。”

“那你就不用说了，我们用的人，和她的亲戚没有什么关系，别人为地把事情复杂化，就是调动一个普通的民警没有什么可炒作的。”

陈剑虹不明白施弢为什么不让他把话说完，莫非是谁做施弢的工作了？既然他不愿意听他说，那就不说了。

很快，政治部把欧阳惠雪的工作岗位调动提交党委。大家对欧阳惠雪的调动感到很突然，不知道施弢的真实用意是什么，对一名普通民警的调动施弢是这样的上心。但对一把手的用意谁也不能说什么，施弢是按党委会议程序办事的。

“龙监狱长，你看把欧阳调到监狱狱侦处工作怎么样？”施弢先征求龙啸天的意见。

“行，我过去也提出过这个意见，但当时的郑监狱长把这件事情给弄偏了，我是没有任何私心的。欧阳这个女同志非常直爽，为人正派，是专门学校毕业的，很有发展前途。”龙啸天的结尾用了一句发展，他的用语没有用培养是有分寸的。

“贺政委你有什么意见，你是管干部的监狱领导？”施弢见贺海东不吱声，出于对贺海东的尊重，他直接征求贺海东的意见。

“我听大家的意见，我说不出来什么，你认为合适就调过去吧。”贺海东的表情上表现出的是不大乐意。

施弢不解，他为什么是这样的态度。相反龙啸天的态度倒是非常积极，其他委员也都非常赞成把欧阳惠雪安排到狱侦处工作，一再地说这个女同志不错，干一段看看，如果确实行的话，可以提拔起来。

“大家都没有什么意见就这样定了吧。”

党委会议结束了。贺海东刚要出门，施弢叫住了他：“贺政委，我看你在今天的会议上好像有什么话没有说出来，调动一个普通的民警还有什么说道吗？”

“没有，你可能误解了。我不是对欧阳个人有什么意见，我是对……算了吧，以后有时间你就清楚是怎么回事了。”

贺海东是80年代初由部队转业到监狱工作的一名正团职干部。他先任监狱政治部主任，后提拔为副政委。贺海东是和共和国同龄，为人耿直，作风正派，完全还是部队那种军人作风。

欧阳惠雪来到办公室找施弢。她见施弢正在批阅文件，就悄声说：“施监狱长，我们等你开会呢。”

“哦，你不来找我都忘了，我马上就去。今天的党委会议已经决定了，你到狱侦处工作，明天就报到。”

“监狱长，是你主动提出把我调到狱侦处工作，我又是一个女警察，不怕别人议论你呀？”欧阳惠雪很随便地和施弢说。

“我有什么可怕的，这是正常的调动。我作为监狱党委书记，提出一个人员调动的问题，并不违反组织原则，你们的分管监狱长也是赞成的。”

“我不和你说了，以后你就知道怎么回事了。”欧阳惠雪一阵风似的走了。

“以后我知道什么，调动一个欧阳就那么复杂吗？”施弢感觉大家似乎对他都隐瞒着什么，有什么话不可以和他说呢?

陈剑虹急急忙忙地进屋了，他给施弢看一个电话记录：“施监狱长，有个重要情况，我们监控的邻省平阳市白鹏飞朋友家的电话响了，当我们蹲坑的侦查员接起电话时对方立即把电话撂了。经查，沅江市这边打的是白水区的公用电话，可能是白鹏飞打的电话。”

施弢的眼睛一亮：“这么说，白鹏飞还没有走，他就在我们附近和我们捉迷藏呢。”

“监狱长，你的分析判断是准确的，白鹏飞他太狂了，根本就不把我们放在眼里。他自以为沅江市有保护伞。”

“你们一定要死死地咬住他，他胆敢露头就跑不了，要把沅江市的外围彻底封住，要外紧内松，给他留一个出气口。监狱党委开完会了，欧阳明天就到你们处里报到。”

“把欧阳这样好的同志放到我们侦查处工作，我一定能够带好她。我准备按照你今天提出的思路重新制定一个追逃方案，提交党委会讨论批准。”

“党委讨论，那不都知道了吗？沅山监狱怎么养成了这样的一个习惯，必须扭过来。直接报给我个别研究，要绝对保密。”施弢不明白侦查案件还要经党委会讨论研究，这是什么规矩。

“别人都是次要的，主要是龙监狱长，他过去一直分管我，他肯定是会有想法的。他今天还给我打电话问追逃有什么新进展，我没有告诉他什么情况，他说我和他摆架子，现在就跟一把手跑了。”陈剑虹明显感觉到了龙啸天对他的不满。

“除了我以外，监狱任何人过问案情都不行，分工已经调整了，你就对我一个人负责，这不是权力之争，是工作需要。等把人抓回来，我把这项分工交回去。”施弢把对他一个人负责说得很重。

“施监狱长，你是专家，你亲自抓追逃工作，我心里就有底了。我一定挖出新的线索，扩大侦查面。白鹏飞就在沅江市，在什么广西、俄罗斯，那是掩人耳目。”陈剑虹明确地表明了自己的态度：“是我们监狱自己把自己转迷糊的，画了一个那么大的圈，横跨了半个中国。”

“你真的是这么看的？”

“他跑的第二天我就是这么看的，可多数人不赞成我的看法，说我这个人看问题左。”

施弢拿出来那个皱皱巴巴的字条，递给了陈剑虹：“你看看这个字条是怎么回事。这是我那天……”施弢简单地介绍了他那天和焦成金勘验现场的经过：“我不知道这个神秘的人是什么意思，他为什么不站出来公开和我谈呢？”

“沅山监狱就是怪事多。”陈剑虹浏览了一遍字条，字迹工整流畅，一看就是个有文字能力的人写的，纸就是监狱的便笺纸，这么明晃晃地给施弢肯定是有用意的：“这字条肯定是我们内部的人写给你的。但他为什么不站出来呢？总不能是焦处长扔给你的吧，现场再没有谁了，也不能是大墙里面的人扔出来的呀！”

“你再看看我捡的这把锁和你们原来掌握的那把锁有什么区别？”

陈剑虹接过了锁端详着：“监狱长你的收获真大呀，我们对现场勘验了几遍也没有发现这把锁，这是很清楚了，有人伪造现场，搞成罪犯强行越狱脱逃的迹象。大家都知道从大墙跑人武警要承担主要的责任。”

“我不明白，过去你们怎么就没有发现这把锁呢？字条、锁、会见室的神秘女人，这几天里一系列线索都出来了。”

“都去忙于抓人了，对现场勘验都忽视了，就是几个侦查员粗略地转了一圈，照片都是你来了以后补上的。今天你这样一说，案情是真的复杂了，我感觉我们似乎都上当了。”

“不会吧，现场勘验不至于那么粗呀，你们也不是那样的人，就凭你的水平能把现场勘验成那样，连足迹都没有取，你们怎么能认定白鹏飞就是在铁门那个地方越狱的呢？”施弢的话一针见血。

施弢的话刺痛了陈剑虹，陈剑虹张张嘴，似乎有苦难言，他晃晃头：“监狱长，你来的时间短，有些事情不是一两句话就能说清楚的。”施弢又说了遇见老董头的情况。

“那个小老头鬼着呢，沅山监狱的事情几乎他都知道，经常有人到他家里喝酒吃饭。他说让你上沅山看看里面肯定有他的道理。”陈剑虹点头猜测着。

欧阳惠雪又来招呼施弢去开会：“施监狱长，大家都等您讲话呢，快点过去吧。”

“你心里有数吧，我们就谈到这。开完会后我再找你，我们俩好好地研究一下。”施弢也想和陈剑虹好好地谈谈。

“那好，监狱长我在办公室等你。”陈剑虹起身要走。

欧阳惠雪叫住了他：“陈处长，要是有时间的话你也去吧，也算是对我们教育工作的支持，给小妹一个面子吧。”

电话响了，施弢操起了电话：“你是谁，姓董？哦，是老董大哥，你好，你好……有话和我说，跟前有没有外人，没有！”施弢示意陈剑虹和欧阳惠雪回避，他们俩出去了。“嗯，好，太好了，谢谢你了，给我们提供了这么重要的线索。我一定按老大哥说的到沅山看看。好，常联系，我一定去你家里做客。”

“你们俩进来吧。”施弢招呼着在外间的陈剑虹和欧阳惠雪，“陈处长，开会你就参加吧，人家欧阳这样求你，你就去吧，小民警找你一次不容易。”施弢笑呵呵地帮欧阳惠雪说话。

“我去算怎么回事呢，你们处长也没有请我。”陈剑虹发自内心不想去。

“我请你还不行吗，况且监狱长也有话了，还请不动你呀！”欧阳惠雪将着陈剑虹。

“好，我去，恭敬不如从命，欧阳，你真有面子，施监狱长都替你说话了，我不去就是抗命不从了。”陈剑虹怎能说不去，他只能服从了。

三个人一路说笑着来到了会场，教育处处长谢连丰迎了出来。

8.

晚上，施弢夹着公文包从监狱办公楼里出来了，不时地有问候他的民警，他简单地应着，沉着脸一句话没有说就钻进了停在门前的车里，一屁股坐在了副驾驶的座位上，一般情况他是不坐这个位置的。他紧闭着双眼思索着，半天没有要开车的意思。

邵俨忍不住问了一句：“监狱长，往哪开？”见施弢的情绪不好，他为自己那天早晨的多言而后悔，埋怨自己不应该参与监狱的事情，犯了司机多嘴参政的大忌。当初他父亲给他起这个名字就是为了让他寡言少语，父亲是蹬了一辈子三轮车的老工人，到他这辈子开上小车了，就是他家的祖坟冒青气了，老人家就一再告诉他，祸端皆从口中起，开车的一定要少说话。

施弢吩咐道：“上我父母家去看看，我已经一个多月没有去了。”车还是没有动，发动机在嗡嗡响着。施弢见车不走，问道：“怎么还不走，你等什么？”“监狱长，往哪个方向开呀？”邵俨摊开握着方向盘的双手问道。“啊，你看我都忙糊涂了，忘了你不知道我父母住在哪里了。东江滩……”

施弢在家里是长子，他还有一个弟弟、一个妹妹。弟弟在美国留学，妹妹在上海的一家合资公司工作，一年就回来一趟。他的父母家住在沅江畔的部队老干部住宅区，一幢独立的二层小楼。父亲施冬青是老红军，在军分区司令员的职位上离休，少将军衔，享受军级待遇。母亲李薇也是建国前的老干部，团职待遇。

一路无话，车到家了。施弢打开了车门一条腿搭到了车外，和邵俨说：“一块儿进去认认门吧，晚上我们就在家里吃饭。”

“监狱长您先进去，我在附近擦擦车，一会儿就进屋。”

施母正在家里忙活着，见是儿子来了，放下了手里的活计。母亲对儿子的到来非常高兴。施弢迎了上去，握着母亲的手关切地问：“妈，您老的身体好吗？”

“还是老毛病，就是腿疼，走路都困难了。你这段时间这么忙吗，都一个多月没有过来了，连个电话也没有。”

“监狱的工作责任非常大，和公安局完全是两个性质的工作。我又是刚去，要办的事情太多了，实在是脱不开身。我爸呢，他没有在家吗？”施弢往楼上看了看，父亲的房门是关着的。

“去军区老干部活动中心了，他们今天是老干部体检。施雨怎么样，她好吗？”施母关心地问起孙女的情况。

施雨是施弢的女儿，现在省城念大学，已经读到大二了。

“她也很长时间没有给我来电话了，我明天去省城，顺便去看看她。现在真是反了，赵本山说得对，是老的给少的拜年。我不给她去电话，她就不给我来电话，最多就是给我发个信息。我听说她搞对象了，我问了她几次，她也不正经和我说，一再说你先别管了，她有自己的想法。”

施母驳斥着儿子：“你不能那么简单地说孩子，你体会不出来没有妈的滋味，对待孩子要有耐心。”

“都多大了，这样不懂事，我像她那么大的时候都当团委书记了。”

“你那时候是什么年代，现在的条件不一样了，就一个孩子，家家都像宝贝似的，施雨够懂事的了，不讲究吃，不讲究穿，每天就是学习。”

施弢觉得母亲说的倒是实话，施雨几乎没有让他操什么心就默默地上了大学。姑娘的倔强劲太像他了。他在姑娘身上欠的爱抚太多了，他一想到这儿心里就有一种内疚。

院门口响起了车声。司机搀着施父进屋，随后走了。

“小弢回来了。”施父道，他见儿子回来也挺高兴的。

“爸，您好吗？”施弢迎上去接过了父亲脱下的军大衣。

施冬青身材挺拔，留着齐刷刷的平头，穿着一身将军呢，那还是当年授衔的时候穿的那套衣服。“好，好，好，一时半会儿还死不了。托组织上照顾得好，这不今天又去体检了，除了耳朵有点背之外，还真的没有什么毛病。人老了常检查检查身体有好处，心里也有个底，给组织上也有个交代。”

“爸，您的身体是够硬实的了，怎么也看不出来是八十岁的年龄，我到这年龄时还赶不上您呢。”

“我的身体，是战争年代磕打出来的，日子那么苦身体却没有受到伤害，除了老了，没有什么大病，你是比不上的。”施冬青对自己的身体是很自豪的，同时期和他参加革命的那一批人在世的不多了，整个沅江市老红军也没有几个了。

“别光说你们父子俩的事情，我关心的就是孙女的事情，小弢，施雨的事情你一定要关心，工作是没完到了的，是永远干不完的……”施母絮叨着。

“小弢是不是还没有吃饭呢，老太婆，你也别磨叽了，我也饿了，快做饭吧。”施冬青训斥着老伴。

“你别管我，你现在和我一样都是老百姓了，你也不是什么司令员了。现在家里是我说了算了。小弢，你吃什么，妈给你做去。”

“我吃炸酱面。”施弢知道要是不在家里吃顿饭，母亲会不高兴的。

施母和着面，看着儿子憔悴的面容，心疼地说：“你也是往五十岁奔的人了，要注意自己的身体。我和你爸都这么大年龄了，可别让我们白发人送黑发人……”

“得得得，老太婆，你这是老糊涂了，儿子今天来了，你说的是什么话。我儿子福大命大，我还活着呢，要是见马克思还轮不到他的。”每次施弢回到家里，施母都是这番话，当妈的对儿子是真的担心呀。施冬青埋怨老伴净说些不吉利的话。

施弢看着两位老人家斗嘴笑了，人老了天天就是这样的打打闹闹，也是一种生活乐趣，也是活跃大脑的一种方式，到这个年龄了谁也离不开谁了。他劝慰着父亲：“爸，妈说得也不一定不对，干我们这行的随时都要有牺牲的准备，我不怕。爸，您说得对，你儿子命大，死不了。”他对母亲的话毫不介意。

“小弢，只要你行得正，走得正，就什么都不要怕。爸爸支持你，事情不是你怕不怕的问题。”

施母心疼地摸着儿子额头的伤疤，就这一枪打得再往下一点就把施弢的脑袋掀开了。那天施母去看他时，他和母亲说的第一句话是：“妈，我的寿禄没到，阎王爷不收我。”

1983年夏天“严打”时，施弢是市公安局刑警大队的大队长，他带领民警追捕两名持枪抢劫的罪犯，被一枪击中了头部。当时医生都认为他活不成了，即使活过来也是一个“麦贤德”，可他却奇迹般地活了过来，还没有留下什么后遗症。1985年他被提拔为市公安局副局长。

“这么多的面条，小弢你多吃点，剩多了我和你爸也吃不了。”

施弢边吃边和父亲叙说着到监狱后的情况，特别是追捕白鹏飞的情况。

施冬青深有感触地议论道：“一个领导者关键是要抓住队伍，事业以人为本，这是至理名言呀。你要用一种理念和信义把队伍凝聚起来，这么大的国家缺什么也不能没有信仰。当年国民党反动派是多么强大，我们共产党为什么能打败它，靠的就是一种神圣的信仰，前仆后继，流血牺牲。抗美援朝我们为什么能打败美国侵略者，靠的也是一种信仰啊，有了信仰就有了坚强的意志。”

“爸爸，您老讲得太精辟了，完全可以写出一篇好的论文。”施弢对父亲的高深议论表示折服。

“好什么好，都是过时的理论了，他天天在家总是瞎琢磨，这么大的年岁了，已经退出历史舞台多年，消停得了。”施母数落着，“一大把年纪了，还能活几天，别操那么多的心了。”

“小弢，妈还有一个事得和你说一声，就是你们监狱跑的那个姓白的犯人老百姓的反应是很大了，我到菜市场买菜时听到不少人都在议论。说跑的这个人可狠了，弄不好还要祸害老百姓。大家都说这个人不能离开沅江市，你们就盯在当地，可别跑太远了。小弢你们可要早点把他抓回来呀，他们特意让我给你捎信儿，好像还有人在白水区一带看见过他，说他跟前还有一个女人。”施母的话意味深长。

“妈，你说的情况非常重要，群众的眼睛是亮的。我一定尽快地把逃犯逮回来。他跑不出我们监狱人民警察的手心，也就是说他是跑不出你儿子手心的。”施弢没有想到母亲能提供这样重要的情况，群众都认为白鹏飞没有出沅江市，可监狱的追逃方向始终定到了外地。现在虽然是把方向扭过来了，可是还没有什么明确的线索，下一步究竟向何处去，把追捕的压力都给他了。

“去吧，老太婆你忙你的，你别和我们唠那些社会传言了，我和小弢好好地谈点正事，你忙你的去吧。”施冬青往里屋推着老伴。

“你撵我干什么，我不吱声就得了呗，你这个光杆司令就能管我一个人。”施母愤愤地到厨房去了。

施冬青略有所思地对施弢说：“最危险的地方往往是最安全的地方。明知不可以而为之，其结果必然是失败的。我琢磨着白鹏飞跑不出沅江市，你的功夫就下在当地，要紧紧地依靠当地群众，到什么时候人民群众的眼光都是最亮的。你们的分析是对的，白鹏飞的社会关系都在沅江市，离开了沅江市他就玩不转了。”

施弢最佩服父亲的判断力，父亲要是从事公安工作肯定能成为一个非常出色的侦查员。“爸，妈，我向二老保证，我一定把白鹏飞抓回来，你们听好消息吧。”施弢笑呵呵地说。

施母从施弢的笑容中又看到了儿子儿时的顽皮，那种只有母亲才能看得出来的顽皮。她以母亲特有的温情说：“周日回来吧，妈给你包大萝卜馅蒸饺。你也别整天一个人到处乱跑了，有合适的人你就张罗一个，妈也就放心了。”

“爸妈，我走了，你们多保重身体吧，有时间我会回来的。”

施母叮咛了一句：“告诉施雨抓紧时间回来一趟，我们想她了。”

女儿施雨已经好长时间没有和他联系了，姑娘长得亭亭玉立，简直和他是一个模子出来的，一看就知道是他的姑娘。母亲一说施弢倒真的想女儿了，他掏出了手机：“妈，我现在就给她打个电话。”

电话通了，“施雨，你和奶奶说话。”“宝贝儿，奶奶想你呀。”“奶奶，我也想你呀。”祖孙两人唠得情真意切，是一种真情的交流。

施冬青提醒着老伴：“行了，这是手机，费用挺贵的，再唠一会儿去省城的费用都够了。”

“妈，我走了，下周日我一定来，我给您买您最喜欢吃的黄桃罐头。”

老两口把施弢送到了庭院门口，还要往前送，施弢劝他们回去，夜里的江风是很凉的。可老两口执意要送，无奈，施弢上车了。车开出了很远，施弢看见父母还站在门口向他们摆手，鼻子一酸，眼泪流出来了，父母确实是老了。他每次来都没有像今天这样心情沉重，父母在世上还能有多少时光，没有了父母的滋味是多么难过呀！

车行驶到沅江市东立交桥的引桥上了，夜光中汽车一辆接着一辆，桥面上的车速缓了下来，徐徐驶过。

“邵俨，你看后面那辆红色捷达车是不是总跟着我们？”施弢指着倒车镜，“这辆车始终和我们保持着一定的距离，我们出来时它几乎是和我们同时启动的。”

“我早就注意到了，从监狱出来的时候我就发现这辆车了，它当时就停在监狱的大门前。这两天我就发现它了，今天它跟我们这样紧，肯定是有目的的。”

“一会儿下桥时，你把车速放慢，看看它往哪儿去。千万别惊动它。”

红色捷达车从后面撵上来，和奥迪车擦边驶过，下江桥奔江南方向径直走了。

施弢叮嘱：“盯住它，一定要跟上它，再近些。”

捷达的尾部没有牌照，邵俨恍惚看见车里坐着两个人，都戴着深色墨镜，留着小平头。其中一个人的胡子很重。“这是个开车的高手，我们撵不上了。”眼见捷达车强行超了几辆车后三拐两拐不见了踪影。

“他们跟着我们干什么，是在监视我往哪里去和什么人接触，他们的胆子也忒大了，敢公开跟踪一个监狱长？”施弢想到了那天的恐吓信，他们可能是故意给自己看的。

“监狱长，我们还追不追他们？”邵俨轻踩刹车。

“不追了，我们没有理由追他们，就是追上了我们也说不出来什么。人家是在暗处，我们是在明处，我们有什么证据说人家跟踪？以后要注意防备他们，他们肯定还会出来的，明天你随身把照相机带着，瞅准了把他们照下来。”

“会不会是白鹏飞的人，他们跟踪我们干什么？”邵俨对施弢的人身安全有些担心。

“不管他们，我们没有什么见不得人的事情，他们是贼人胆虚，这套鬼把戏我在公安局时见多了。没有想到他们这么快就下手了，这个白鹏飞我小看他了，来势凶猛啊！”施弢明白了肯定是白鹏飞在指使人恐吓他。

“报告公安局备个案，让他们注意一下，得采取些措施保证你的安全！”

哈哈，施弢笑了：“你太幼稚了，公安局大事都忙不过来，就这个事公安局还能给你备案？”施弢嘴上没说，但心里琢磨着对方的功夫下得这样大，看来监狱的行动是碰到他们的神经了。他知道自己是这出戏中的主角，以后的事情是要激烈复杂的了，他点点头说：“我们明天注意一些，看看他们还来不来，他们不会这样简单跟踪一下就罢休的。”

“不能来了，就是来了也得换一种方式，他们知道我们发现了，以后可能也不敢再跟踪了。”

“那也不一定，他们以为我们没发现呢。我估计他们是不会这样简单地就善罢甘休了，是故意给我看的。”

车驶到了公安小区，径直开到了施弢家住的楼下。小区建设得非常规范，进出的车道线画得清清楚楚，是交通队按照正规标准规划的。

“我送你上楼。他们肯定知道你家的位置，弄不好在你家的跟前就有盯梢的。”

“不怕，我估计他们还不至于下手这么早，他们还在拉我呢！”

“那也得格外注意你的安全，不行晚上我陪你住吧。反正我家里也就是一个人，我在哪里都是待着。”邵俨的妻子长年在韩国出劳务，他跟前没有小孩，天天就是围着监狱长转。

“那怎么行呢，你还得照顾你的母亲呢。我们保持电话联系，晚上我也不出去了，这公安小区一般人是不敢来的，我这么大的人还能怕他们几个小崽子。”

“监狱长这时候你就别和他们斗气了，不是谁怕谁的问题，他们在暗处，你在明处，你也别大意了。前几天你们这里不是也照样被盗了，现在的小偷怕什么，市政府的办公楼不是也被盗了？我送你到门口，你进屋后我再走。”邵俨说啥不走，紧紧地跟在施弢的后面，把施弢送到了四楼的楼口。施弢把家门打开了：“好了，到门口了，你也早点回去吧。”

“我明天早晨鸣喇叭的时候你再下楼，别提前下楼，这两天挺冷的。”邵俨想得挺细的，他也有些害怕了。

“不用，别弄得那么恐怖，他们的胆子比我们小，有能耐就公开站出来了。今天有人跟踪的事情不要和任何人说，别忘了，你在车里准备一架照相机，再发现时伺机把他们照下来。这样吧，到时候干脆你开车我照。”

“我家还有一架小摄像机，我明天带着都放在车里。”

“好，我们和他们斗着玩呗，有什么了不起的。你一个人回去的路上也要注意安全。”施弢望着茫茫的夜空，倒真的有些担心了。他怕歹徒把邵俨劫持了，把枪抢走，就说："这样吧，你今天就别回去了，这都后半夜了，在我家住下吧。"

"好，我听您的，我不回去了。我把车摆好后就上来，你先躺下吧。"邵俨下楼了。

公安小区胡同里的一辆红色捷达车开走了。施弢从楼上的窗户看到了这一切，敢把车跟到他家的跟前，对方不是一般的人。他知道今后可能要有一场恶斗了，他们是谁？

门铃响了，邵俨回来了。他告诉施弢外面的一切都很平静，他转了一大圈没有发现什么情况。

"那好，挺晚了，我们睡觉吧。"施弢想，给他们多大的胆也不敢到屋里来吧，他把枪放到了枕头下面。他分析着这是一伙什么人，竟然敢这样明目张胆地跟踪他，是故意做样子给他看造成他的恐惧心理，还是要掌握他的行踪？他知道较量已经开始了，双方谁也不会退却的，这是一场没有退路的较量。

小区里面的灯光都已熄灭了，居民们都进入了梦乡。

喧闹了一天的城市平静了。

第三章　狱夜怪影

那年，监狱里先后发生了几起杀人案件，大家都吓坏了，半夜起来撒尿都不敢。监狱费了好大的力气把案子破了，原来是一个犯人在夜游时杀人。

9.

沅山的山顶被皑皑的春雪覆盖着。远远望去，沅山酷似一条卧龙，龙头朝向南天，傲然挺立。山上的百年古柏葱葱郁郁，棵棵粗壮挺实，这片古柏已成为沅山最古老的树种了。“文革”中红卫兵手下留情，毁了祭殿留了树。沅山的海拔高度不高。山不在高，有仙则灵。沅山的名气很大，拜祭的人很多，关于这座山的美丽传说实在是太多了。

天色渐渐暗了下来，沅江大街已经到了华灯初上时分。一天的光景，街面的雪彻底化净了，就像雨水冲刷的那样干净。

沅江大街两旁布满了各种招牌的大酒店，这条大街是三年前改造的，几年的时间已发展成为美食一条街，生猛海鲜、南北大菜、天下名小吃几乎都可以吃得到。霓虹灯、射灯在闪烁着，街头不时地走过打扮妖艳酷似俄罗斯女郎的少妇，穿着厚筒袜，高筒皮靴，连衣裙，她们就这一身打扮从冬天熬了过来。沅江市山清水秀，姑娘出落得格外漂亮，这是一个出美女的城市。沅江市的美女在国家级选美活动中，多次取得好的名次。

现代大都市的人到了晚上变得格外精神起来，各个酒店都爆满了，在这个时间来吃饭想找到包房是很难的了。沅江北岸素有北方小外滩之称，虽不能和上海的外滩相媲美，但也有异曲同工之妙。

龙啸天和焦成金在沅江大街旁的“聚聚”小吃部二楼选了一个临街的四人雅间，房间布置得古朴典雅，仿红木家具，墨绿色的地毯，临窗可以眺望奔腾的沅江。在这里品美味佳肴、观沅江夜景、谈天论地是一种特殊的享受。下班后，他们俩就打车过来了。

“聚聚”小吃部尽管小得可怜，但却是一个典型的以小吃大的酒店。这个小店是沅江市的著名小吃部，地方砂锅炖菜非常有名气。红焖肉炖粉条、牛板筋炖土豆、烩农家杀猪菜、酱猪骨头等炖菜让人百吃不厌。据说当年一位国家级领导来沅江市视察时，点名要吃这里的白肉血肠。市里的头头脑脑都是这里的常客，省城还有人专门开车过来请客，据说开车的费用正好是比省城饭店便宜的差价。当然谁也不是为了省这俩钱，图的是这个小店菜的味道。小店的门脸虽看着小，实际上室内的条件丝毫不比大酒店差。尤其是卫生条件是没挑儿，食品、餐具都经过特殊的工序消毒。

男服务生殷勤地跑过来问：“两位大哥，又好几天没有过来了，想吃点什么？”服务生满脸堆笑递过了菜谱。

龙啸天推开了菜谱，吩咐道：“不用看，都吃多少遍了，就让你们老板给安排你家店的那四个招牌菜，来一壶烧酒，一个小鱼锅贴。”“您等好了！”服务生颠颠地跑出去了，不到十分钟，菜陆续上齐了，他们动筷吃上了，边吃边喝悄声议论着监狱这几天来的追逃情况。

焦成金不客气地说道：“龙监狱长，我看那天的追捕会议就是冲你来的，你看施弢的态度，对人没有抓回来急了，一连敲打了我多少句，我是一句话也没有戗他。第一次正面和他接触，我是不能顶他的。”

“他对我什么态度，我俩无冤无仇，认识那么多年了，我不往心里去。搁在你身上你不急呀，市委和省局给他施加了那么大的压力，他不把人抓回来怎么和上级交代。实事求是地说，他到沅山监狱是接了一个乱摊子的，沅山监狱现在是内外交困，不好整啊！”龙啸天的话意味深长，摆出一副沅山监狱舍我其谁的姿态。他有时甚至想是不是自己家的祖坟位置不正还是上辈子作了什么孽了，眼瞅着监狱长的官就是当不上。

历史就是愿意和人们开玩笑。龙啸天他竟然是兽医大学毕业的高才生，毕业后他被分到了监狱局，原计划他要分到省里的农业监狱，歪打正着他分到了沅山监狱。上任后他始终分管狱政工作，监狱工作经验丰富，在全省监狱系统有一定的威信，沅山监狱的事情他一言九鼎。龙啸天几次都错过了当监狱一把手的机会，省监狱管理局几次调他去省内的其他监狱当监狱长，他说啥也不去，说我舍不得沅江市这块儿风水宝地。原监狱长郑五常退居二线后，龙啸天曾主持过一段工作。市委对监狱班子迟迟调整不了，实际上就卡在他的身上。市委分管政法的副书记魏裕民竭力推荐龙啸天做监狱长兼党委书记，省监狱管理局原来也是这个意见。但市委组织部和纪检委都不同意。对监狱班子的管理是以地方党委为主，经过市委常委研究，市委书记夏枫最后拍板，决定施弢调任监狱长兼党委书记。施弢还没有正式报到，消息就传了出来。龙啸天又错过了一次机会，按他的年龄可能再也没有当一把手的机会了。他对此非常恼火，曾向市委提出要辞职不干了。在魏裕民的劝说下，他收回了辞呈。

“他整不明白就别来呀，放着公安局长不当，干什么监狱长，不知道他是怎么想的。沅山监狱就得沅山人干，龙监狱长，不是我捧你说，这个监狱没有你是谁也整不明白，有他难干的。但我不明白你是怎么想的，你把追逃的权力让出去对我们有利吗？”焦成金喝了几杯酒后话也冲了起来。

“你以为我不让，权力就在我们手里吗，他是一把手，他有权力管，我们遭那个罪干啥。我们静观事态的发展，在沅山监狱还没有什么事情能逃过我的眼睛。什么刑侦专家，对追逃的路数他就不通了，装也不好使。”龙啸天压低嗓门道：“你告诉那小子，千万别露头。他们在明处，我们在暗处，能怎么的？焦处长，你这一辈子总是优柔寡断，你我走到今天了，什么也不要多想了，是福你推不了，是祸你躲不过。来，把这杯酒喝了，干！”龙啸天一仰脖喝了，喝了一声：“痛快！”

焦成金跟了一杯，给龙啸天夹了一口菜，又倒上了一杯酒：“龙监狱长，不，龙兄，施弢的势头挺猛，我们不能不防啊。他可不是郑五常，你看他追逃的思路是有板有眼的，一点不乱，有大家风范。”焦成金一到他认为有重要话需要和龙啸天说时，都称呼龙兄。

今天陈剑虹的话惊出了两人一身冷汗，两个人谁也不想谈这个话头。

“对施弢我们就是明争暗斗了，他是啥样人我心里还能没数吗。我们还是要争取一下，迫使他顺着我们设计的路子走。他到监狱才几天，翅膀还没硬呢。”龙啸天摆出一副老谋深算的架势。

“那是绝对不可能的，施弢软硬不吃，不贪钱、不贪色，他在公安局是有名的。”焦成金感叹道。施弢才来几天，监狱里就有多少人的屁股都往他那边坐了，原来大家都以为龙啸天当监狱长是水到渠成的事情，很多人后悔没有把宝押对，甚至有的人明说我的钱白花了。龙啸天也感觉到了一些人对他的冷落，见面后的热情大不如从前了。

“我对这些事情早就看透了，他们别把我看假了，难道我龙某就没有东山再起的时候了吗？这笔账我记着呢，到时候有些小人是坚决不能用的，就是给我跪倒叫祖宗也是不行的。”龙啸天自己愤愤地喝了一杯酒。

焦成金知道自己的话头起得不对了，呷了一口酒，表情严肃地像是请示工作道：“龙监狱长，我还有一件事情忘和你说了，就是那天午后市公安局监管支队的马队长来找我说的那件事情。监狱新进来一个犯人叫邓文龙，是沅江市的一个大手，家有资产几千万。听说他和白鹏飞关系不错。马支队说社会上的一个非常要好的朋友和他打了招呼，让我们好好地照顾一下。他们说不认识你，但久闻你的大名，要找时间专门安排你，和你见见面，以后要和你往深了处一处，今后互相有个照应。”

“不行，人才进来几天就提出要求。”龙啸天火气上来了，“公安局平时根本不摆我们，现在用到我们了。监狱怎么，监狱比公安低呀！我们不搭理他，他爱啥手啥手，一切都按规矩办。你和下边说一声，他要是装，我们就收拾他，我们不能廉价把监狱卖了，谁不老实我就把他转监，让他上北大荒种地去。”龙啸天在狱政管理上从来都是响当当硬邦邦的，狱内的服刑人员都怕他。龙啸天称得上是一条硬汉子。

焦成金知道自己说走嘴了，龙啸天最烦谁用公安局来压他。那年市委都研究决定了，让他到公安局当副局长，可市公安局就是不同意，硬是鼓捣省公安厅给顶回来了，说是他这个级别的，只能到公安监管支队当支队长。全国监狱都是县团级，一个监管支队长算啥级？一说这事儿龙啸天的气就不打一处来。

“哎呀，二位大哥怎么这样闲着，有时间跑这个小店喝起小酒来了？”包房的门开了，随着话音一对男女也不敲门径直进来了。

“啊，是华书记。”龙啸天和焦成金不约而同地站起来迎上去。心想，他怎么来了。走在前面的男人是沅江市政法委的常务副书记华少怀。

华少怀穿着一身笔挺的白色法国西服，梳着飞机头，一米八五的大个，和电影明星周润发长得几乎是一个模样，人称政法许文强，熟悉的人都称他强哥。

“强哥，你怎么知道我们在这个房间？”龙啸天年长华少怀三岁，多年来两人始终是兄弟相称，有十多年的交情了。

“我到处找你们就是找不到，后来通过内线打听到，说你们俩在这小吃部呢！怎么样，我这个政法委书记不白当吧，在沅江市没有我找不到的人。你们喜欢吃什么菜我都知道，人家说每周你们哥俩都在这里撮一顿。”华少怀故意说得神秘兮兮的。

华少怀知道龙啸天他们经常在这个店里聚会，一般情况下吃饭都不到别的地方去。他一打听，龙啸天他们晚上在外面吃饭，那肯定就是在这里。他们到饭店一问，经理说他们在楼上雅间。

“那强哥的本事在沅江市谁人能比得上呢！既然找来了，强哥你还有几个朋友，都过来一块儿喝吧，我请客。”龙啸天大度豪爽地把手一挥，喊了一声：“服务员，把桌上的剩菜撤了，我们重新点菜。”

华少怀连忙拦着，解释说：“别，那怎么能行呢，我就是过来看你们来了，不是让你们来埋单的，要花钱也是兄弟我出。服务员你先出去，一会儿我们叫你。”

焦成金摆手让他们俩坐下，把酒瓶子抓过来说：“哎，强哥，多少钱的玩意，别提钱了，还都是政法界的名人呢。别争了，单我埋了。以后有大单你们再争。难得我们哥仨碰到一起，今天敞开量，喝点儿。”

“哎，你看看，光我们唠嗑了，怠慢人家蒙老板了，我还忘了给你们介绍了。”华少怀指着身边的女士说：“这位女士是沅江市著名的民营企业家、女强人蒙丽莎总经理。丽莎，认识一下，这位就是我常和你说的沅山监狱的龙监狱长，我们沅江市‘黑社会’的总头子。”华少怀把蒙丽莎拽过来推到了龙啸天的身前。

蒙丽莎身穿一件墨绿色连衣裙，外罩一件藕荷色的羊毛绒大衣，脚上穿着一双意大利名牌的白色高跟皮鞋。她身材高挑，天生丽质，一头乌黑的头发，梳着贵夫人头型，白净的瓜子脸上没用任何的化妆品，一双黑白分明的丹凤眼，微微噘起的嘴唇，高耸的胸部，从上到下富有性感。她面带微笑落落大方地主动朝龙啸天伸出一只白皙的手：“龙监狱长，认识您非常高兴。”她特意用了一个您字，显得非常有文化修养。

“哎呀，蒙总，我纠正一下，鄙人是副监狱长。我也不是什么名人，我是管不明白什么好人了，管点儿坏人，是组织上对我的信任。蒙总，久闻大名，只是无缘相见。今天一见，蒙总果然是才貌双全，太漂亮了，太美了。你简直就是一个活着的蒙娜丽莎。”龙啸天正了一下眼镜，一本正经地捧着，露骨地赞美着蒙丽莎。

蒙丽莎咯咯地笑着，露出了一口雪白的牙齿：“谢谢龙监狱长对我的夸奖，你可真谦虚，以后有用得着小妹的地方就吩咐一声。好吗，龙哥？”蒙丽莎欣然接受了龙啸天的奉承，看来她对自己的美貌完全自信，她甜甜脆脆地叫了一声龙哥。

龙啸天被蒙丽莎这一声龙哥叫得浑身酥软了，眼光落在了蒙丽莎的脸上，他有了一种异样的感觉。

“这位是？”蒙丽莎指着焦成金问。焦成金始终沉着头没有看她。

“啊，我忘了给蒙总介绍了，这位是我们监狱的狱政处处长焦成金，人家可是一个正职啊，比我还大半格呢。”龙啸天开着玩笑介绍着，“焦处长是沅山监狱的资深处长，掌管着狱政管理大权，监狱的事情他当一半家呢。”

“焦处长的表情怎么这样严肃呀！连手都不愿意跟我握一下，不会是对我有什么想法吧。”蒙丽莎微笑着主动把手伸过来等着。

焦成金轻轻地握了一下蒙丽莎的手，淡淡地说：“蒙总，认识你很高兴，别听龙监狱长的，我的权力再大也是在他的领导下，他指向哪里我奔向哪里，他让我上东我是不敢往西，他让我跳河我不敢下井呀！”焦成金没有像龙啸天那样热情，他甚至没有正眼瞅蒙丽莎。

“来，我们大家都坐下吧。”华少怀招呼着，“怎么搞得这么严肃呢。”

“我坐哪呀，强哥？”蒙丽莎娇声说道。

“丽莎，你和龙兄一见面就那么投机，那你就坐在他旁边，和龙哥尽情地唠吧。机会难得呀！”华少怀把蒙丽莎按在龙啸天旁边的座位上。

“那怎么能行呢，蒙总是强哥的朋友，我当大哥的怎么能夺人所爱呢？”龙啸天和蒙丽莎第一次见面就开起了玩笑，往蒙丽莎跟前挪了一下椅子。

蒙丽莎欣然接受了龙啸天的玩笑，她摇拽着龙啸天的肩膀，嗲声嗲气地说：“龙哥，我不就是坐你的旁边嘛，你把话说哪去了。”

“好好好，我说错了，蒙总，只要强哥没有意见你坐哪我都没有意见。服务员，把桌子收拾一下，重新给我们上几个菜。”

华少怀连忙说：“趁我们还没有喝呢，龙哥，监狱里有一件事求你帮忙了。丽莎你就别客气了，和龙哥直说吧。”

龙啸天见华少怀领着蒙丽莎一来就知道肯定是有什么事情找他。一个男人能这么尽力地领着一个女人亲自给她办事，肯定不是一般的关系。华少怀风流倜傥在沅江市政法界是有名气的，红粉知己非常多。

“龙哥，我有个朋友在你们监狱呢，请给照顾一下，就算是小妹我求你了。”蒙丽莎的凤眼含情脉脉，水汪汪地盯着龙啸天。

龙啸天连个奔儿都没打，当即答应道：“蒙总的朋友就是我的朋友，监狱里的狱政事情我说了算，只要我能办到的，你说吧。那个人叫什么名字，焦处长你记一记。”

“邓文龙，是一个非常讲究的朋友，进来有一段时间了。”蒙丽莎亮出了邓文龙的名字。

“邓文龙，”龙啸天怔住了，他想了想说：“这个名字怎么这么熟悉，今天好像谁和我还说过了呢！”

焦成金提醒道：“你忘了，就是刚才我和你提过的邓文龙。”

“我想起来了，就是你说的什么公安局监管支队马队长打过招呼的那个人。”龙啸天面有愠色，怎么这么快就把蒙丽莎搬出来了呢？他没有想到邓文龙那个社会上的要好朋友原来是她，他后悔刚才答应她这件事。

蒙丽莎嗲声嗲气地说：“怎么，龙哥，有困难吗？”她用肩膀蹭了龙啸天一下，做了一个亲昵的动作。

龙啸天的脸色陡然变了，满脸堆笑说：“那哪能！不瞒你说，今天公安局的人说话我都没有给面子，我表态了坚决不管，你们没来前我还和焦处长发火呢，就是公安局长说了也不好使。现在，蒙总你说话了，就另当别论了，你的话就是圣旨，好，办，明天就落实。”

华少怀满脸是笑：“龙哥，我听公安的人说卡到你那了，说是差在钱上，我说龙哥也不是那样的人呀，就领着丽莎特意来求你了。”

“强哥，求我这话就说远了。是卡在我这不假，但你是知道龙哥我这个人的，不怕缺钱，不怕缺物，”龙啸天顿了一下瞟了蒙丽莎一眼，“不怕缺女人，就怕缺感情。只要哥们感情到位，我什么都敢办。”

焦成金听了龙啸天的这番话后，暗自道他今天的话怎么说得这么大，他也没有喝多少酒啊，话怎么这么多了。看来任何一个男人都愿意在一个漂亮的女人面前炫耀自己，这是人没有完全进化好还保留的原始动物的属性。

“龙哥，你太有男人的大气了，我蒙丽莎就喜欢龙哥你这样的男人，来，咱哥俩干一杯。”蒙丽莎端起了杯，摆出一副就要献身的样子。

“别，丽莎，不能这样说，强哥可是比龙哥我年轻优秀得多，咱们仨一块儿喝一杯。”龙啸天把华少怀拽了进来。蒙丽莎这样放荡他有些受不了，他也看出了她是故意给华少怀看的。

“龙哥，你说得对，你和强哥这样的男人我蒙丽莎都喜欢。我有的是钱，缺的是找不到优秀的男人。”

“丽莎，你总不能是见一个优秀的就踹一个劣质的吧。”华少怀的脸色不太好看，他今天的灯泡是当定了。

“强哥，你说哪去了。这才哪到哪儿你就吃醋了，我是啥样的人你不知道吗？”蒙丽莎撅起嘴，撒起娇来，放下了酒杯。

“我说错话了，我认罚。只要是你喜欢的男人你爱谁都行。”华少怀心里说，你蒙丽莎是什么样的人整个沅江市都知道。她曾跟了前市里一个领导很多年，当那个领导一退二线，蒙丽莎立即就把他蹬了。她是一个不甘寂寞的女人，现在又开始瞄哪个男人了。他看出了蒙丽莎对龙啸天的异样眼神。

“别罚了，好像大哥我做了什么事情了。我老了，你看强哥，风度翩翩，比我这个猫在监狱里的土老帽可强多了。况且，君子不夺人所爱。菜齐了，我们哥四个共同喝一杯。”龙啸天的情绪好极了，他酒兴大发，语言格外精彩。

“对，我光顾着和龙哥唠嗑了，冷了焦哥了，对不起，焦哥我单敬你一杯，你别喝。”蒙丽莎扭捏地端着酒杯走到焦成金的跟前，左手搭到了焦成金的肩膀上，“县官不如现管，具体操作还得靠焦哥了。你随意，小妹我全干了。”

华少怀和龙啸天在酒桌这边唠着：“龙哥，邓文龙的事情最好别和施弢说，你是知道我和他的关系的，要不我怎么能到政法委，他对我始终是瞧不起的。”华少怀原来也在市公安局工作，曾任局政治部副主任。

龙啸天表情不耐烦地说：“我和他说什么，我是那样的人吗，我们认识这么多年了你还不了解我。反过来说，就是他知道了又能怎么着，这是我们分管监狱长正常的权力范围。”

“龙哥，这两万元钱你收下吧，也算是小妹的一点心意。”蒙丽莎从坤包里拿出了两叠钱，分送给龙啸天和焦成金。

“给我送钱？笑话！”龙啸天的眼睛瞪了起来，“你什么时候听说过我龙啸天为朋友办事收过钱。有强哥的一句话，今天又认识了蒙总，还能谈钱吗？还是留点情吧。以后我龙啸天用得着二位的时候别推辞就行了。焦处长你说是不是？”

“对，你们小瞧龙监狱长了，监狱的事情可不是靠钱办的，这点钱在监狱里算个什么。”焦成金故意装大说：“龙监狱长领导我这么多年，我从来没有看见过他收过谁的钱，都是朋友花他的钱。”

蒙丽莎尴尬地举着厚厚的两万元钱，龙啸天和焦成金两个人谁也不接受，场面僵住了。“我也知道你们不是差我这俩钱，这不是第一次见面，老妹的一点心意嘛！”蒙丽莎不甘心地和龙啸天、焦成金撕巴着，推来推去地钱给不出去。

华少怀打着圆场：“丽莎，龙哥和焦处长不收就算了。来时我不是和你说了吗，都是哥们，人家不能收钱。你不听我的话，怎么样，这下事情还办砸了！”

“砸什么，钱要是不收，这两块表总得收下吧。”蒙丽莎又拿出了两个表盒，“这是我送两位大哥的纪念品，我看你们还说什么！”蒙丽莎的话带着气。

龙啸天从精美的表盒上看就知道这不是两块一般的手表，接过来打开一看是新款的男士雷达表，市场价格都在五万元左右。他推让说：“蒙总，这东西太贵重了，我承受不起。”龙啸天把表退给了蒙丽莎。焦成金更是连看都没有看，把表还了回去。

“龙哥，你如果这点东西都不给面子，那就是太瞧不起我蒙丽莎了。我事也不办了，你们不是说这表值钱吗，我把它摔了，我不心疼。”蒙丽莎说着举起了表就要摔。

龙啸天一把抓住了蒙丽莎的手：“蒙总别生气，这表我和焦成金收了，你要理解我们的难处。蒙总你说吧，你想让邓文龙干什么，监狱里面的岗位任他挑，别给我惹事就行。”龙啸天明确表示了自己的态度，“今后凡是沅山监狱的事情只要你瞧得起我们，你们就从事上见吧。”

焦成金瞅着蒙丽莎像演戏似的，心里暗自道这么贵重的东西你能摔吗？纯粹是吓唬人的。他也看出来龙啸天是假戏真做，端架子等着呢。

“好，痛快！来，丽莎咱俩再敬龙哥和焦处长一杯。”华少怀端起了酒杯。

四个人共同喝了一杯。

“龙哥，我听说施彧动真格的抓白鹏飞了，他这一阵子总往市委跑，昨天在夏书记办公室唠了整整一个上午，门始终是关着的。夏书记特意嘱咐办公室来客一律不见，一个副市长来请示工作都吃了闭门羹。我听夏书记的秘书说，施彧说了，白鹏飞要是抓回来，恐怕要牵扯到一大批人。你得小心点，别牵扯到你。”

“我不怕，白鹏飞是越狱脱逃的，和我个人有什么关系！我龙啸天一不贪二不占，对党忠心耿耿，如果组织上对我这样的人都不相信，那还能相信谁！”龙啸天激动得脸都红了，鼻尖上沁出了汗水。

华少怀赶忙解释道：“龙哥，我就是提个醒，我知道你和魏书记的关系，你们是磕头弟兄，但施彧绝非是等闲之人，小心无大错啊。施彧可是我们沅江市的政法四杰之一，他的为人你是知道的。”

“我不知道什么四杰八杰的，谁拿我当哥们我就和他处，都是一个脑袋两条腿，谁也不差什么，我也不当什么杰，我脑袋木，大不了多转几圈啥都明白了，我这几年是真正地成了东来顺的羊肉——被涮多少遍了。”华少怀说的一句话激怒了龙啸天。

华少怀连连说：“龙哥，我们不说这些了，咱哥俩单喝一杯。”

“对，强哥你们就别唠那些不愉快的事情了。”蒙丽莎也不愿意再唠下去破坏今天的气氛。

四个人喝了四瓶沅江御酒，又喝了十瓶沅江啤酒。华少怀似乎没有尽兴，还张罗着要喝。

龙啸天恢复了常态，劝道："强哥，我看今天就这样吧，你我也不是第一次喝酒，以后有的是机会，哪天你方便的时候我们哥几个在这里会。蒙总还开车，少喝酒，安全第一呀。"

"不喝就不喝吧，龙哥说得对。我们以后喝酒的机会多着呢，不差一顿酒了，都是哥们了，愿意怎么会就怎么会，上哪去玩由你们定。要出国我全权安排，护照我给你们办好，费用由我来出。"蒙丽莎话说得非常敞亮，大家听得非常高兴。

"我们去泡澡如何？江南有一个新开业的地方条件可好了，非常干净优雅，服务项目可多了，价格又合理。"华少怀兴致来了，"我埋单，龙大哥，你给我个面子，请哥们儿几个乐和乐和。"

"挺晚了，今天就这样吧，改日再去，以后相处的机会多着呢。"龙啸天坚决不去，心里说道，初次见面吃顿饭就跟一个女人家上洗浴，也太失身份了，让蒙丽莎以为我是见漂亮女人就上钩呢，自己也太不值钱了。

"强哥，龙哥他们要是不去，就改日吧，那咱们就撤吧。龙哥，我开车送你们。"蒙丽莎执意要送。

"不用了，我们打车走。"龙啸天执意不让送，一再说自己是特意打车来的。

蒙丽莎边走边和龙啸天说："龙哥，邓文龙这个人非常好，你接触后就知道了，是一个非常讲究的朋友，他进监狱就是给朋友受过了，你就和他处吧，不会后悔的。"

"他爱啥人就啥人，到监狱里就是一个犯人了，我们是看在蒙总的面子上，他和我们有什么关系？那些人我平常是一个也不搭理，一个也交不住。谁的面子也没有蒙总你的面子大，你的面子就是通行证。强哥，你说大哥说得对不对？"龙啸天的话说得干净利索，充满了煞气。

华少怀顺情说好话："对，太对了。丽莎，我们以后就不提他了，他算个什么东西？龙哥今天不算请，下次正式安排，地方由你定。"

蒙丽莎抢着说道："不，我选地方，听我的电话。"

"好，再见！"龙啸天、焦成金和蒙丽莎、华少怀打个招呼上车走了。

蒙丽莎开车，华少怀坐在副驾驶的位置上。"丽莎，你对今天的事情结果满意吗？”

“满意，”蒙丽莎娇滴滴地说，右手搂住华少怀的脖子就给了他一个吻，“强哥，我爱你，我的好老公，我的小老公。”

华少怀实际上比蒙丽莎小一岁，但蒙丽莎始终是一口一个强哥叫着。“你怎么谢我呀？”

蒙丽莎爽快地说：“我给你买一部帕萨特车，怎么样？”

“我不要车我要人，我要你，要你的一切，我要永远地要你。”华少怀的口气很大。

“给你一部车都不干，还要我的一切，你不至于把我的资产都拿去吧。”蒙丽莎没有想到这个华少怀这么贪。

“我要的是你的人，对什么车呀、资产呀我不感兴趣，你是最值钱的财产，是无价之宝啊。”华少怀就是会说。

华少怀和蒙丽莎相识多年了，但他和蒙丽莎从来都是动嘴不动手，最多就是开个玩笑闹一闹。特别是在公共场合，华少怀很有绅士风度。在每次跳舞的时候他搂着蒙丽莎都是保持着一定的距离。今天是华少怀对蒙丽莎第一次提出了身体要求，蒙丽莎一点反感都没有，相反她倒有一种水到渠成的感觉。凡是和她接触过的男人都恨不得当天就把她拉上床，好像她是一辆公共汽车，谁上都行。

蒙丽莎被华少怀说得都要醉了，她像个小猫般地温柔起来：“强哥，实际上我早就属于你了，可是你不搭理我呀，你看那天，你可是太能装了，就在一个屋里老老实实地和我睡了一宿，我都怀疑你是不是男人。你装了足足有四五年，我早就听别的女人说，你的功夫厉害。”

“哈哈，女人心细，过去的事情你记得这么清楚，我早就忘了。”华少怀笑着。他哪里是什么阳痿，他怕的是像蒙丽莎这样的女人一旦把你缠上你就永远甩不掉了，他不愿意为一个女人搞得那么累。

蒙丽莎说的那天的事情是去年夏天，他们几个朋友酒足饭饱后去洗温泉，蒙丽莎和华少怀订的是一个情侣房间，屋里有一张大双人床。蒙丽莎就当着他的面脱得溜光穿上了浴衣，可华少怀连裤衩都没有脱就换上了浴衣。洗完回来后，大家嘻嘻哈哈地把他们俩推进了房间：“帅哥靓妹，天生一对！”可进屋以后，华少怀只说了一句“蒙总我困了”，就躺到床上睡了，碰都没有碰她一下。他用浴衣紧紧地裹着身子，背对着蒙丽莎睡了一宿。把蒙丽莎气得恨不得一脚把华少怀踹到床底下去。过后，蒙丽莎问他你为什么不搭理我，华少怀说他阳痿。

“我们往回开，去国际俱乐部如何，我们开个房间，那是我哥们开的，我有金卡。”

“行，我没有意见，我今天就交给你了，你把我卖了我都没有意见。”蒙丽莎一把舵就熟练地把车调过来了。

国际大饭店位于沅江市的江南区，属于五星级宾馆。他们一进入宾馆，服务生就迎了上来，满脸媚笑：“强哥好！”

“我的强哥，你可是有好长时间没有来了，你不想我了？”漂亮的大堂女经理迎了上来，双手揽着华少怀的双肩就是一个热吻。

“毛毛，先别闹，我给你介绍一下……”华少怀推开了毛毛，指着蒙丽莎说。

“姐呀，你也太漂亮了，一看就是贵妇人的气质。强哥这总不能是嫂子吧？”毛毛疑惑地问，华少怀今天怎么把她领来了。

“你是说对了一半，这就是你嫂子，你的亲嫂子。”华少怀对他和蒙丽莎的关系，倒是满不在乎，他还特意加了一个亲字。蒙丽莎也不否认，微笑着点头承认了这一称呼。

“哎呀，我说强哥对我们这样的女人怎么都看不上眼，家里有这样的夫人还能看上啥样的女人呢？”毛毛酸溜溜地说。她认出了蒙丽莎，这在沅江市可是一个一般人惹不起的女人。她暗自骂着该死的华少怀，才这么几天，你又勾搭了一个女人。他上周还领着一个女人到这里来过夜，漂亮的女人都让他玩遍了。

“那哪能呀，毛毛可是女人中的精品，我现在是又老又丑了，已经到不了强哥的跟前了，我哪有那个福气给他当夫人，充其量也是给他当‘星期天’。今天好不容易把他抓住了，麻烦你给我们开一个最好的房间，今天就等于我们夫妻俩度蜜月了。”蒙丽莎故意把话说得酸溜溜的，也是在气毛毛，初次见面就开始斗气了。

“嫂子，这个宾馆你说了算，你和强哥想住哪套房间都行，强哥他心里有数，他是这里的常客。”

“那就谢谢毛毛了，哪天我还要专门请你呀！”华少怀拿着腔调，他怕毛毛把他们俩的关系说漏了。

蒙丽莎听着这种称呼，心里的酸意更大了，她看出来这个毛毛和华少怀的关系不一般，微微撅起了小嘴。女人的天性是遇见和自己媲美的女人就嫉妒。毛毛明显比蒙丽莎年轻，年轻就是本钱啊，她愠怒道：“我累了，我要进房间休息。”

“服务生，”毛毛喊着，“带强哥和嫂夫人到九楼的总统套房，强哥我给你们准备夜宵。一会儿我亲自给嫂夫人送去，顺便我敬嫂夫人一杯。”毛毛迈着模特步走了。

服务生领着华少怀、蒙丽莎来到了九楼的总统套房。这是轻易不对外的套房，宾馆规定一宿最低消费五千元才能入住。华少怀炫耀着："夫人，你看这个房间满意吗？""不错嘛，就是总统夫人来了也就是住这个房间罢了。毛毛安排的嘛，还能错了。"蒙丽莎面有愠色。"看看，你生气了吧，人家毛毛就是干这玩意的，逢场作戏，来的都是客，对谁都是笑脸相迎。"

"我可真的受不了，你看你们俩的热吻，标准的好莱坞式的，就差你没有把舌头伸进她的嗓子眼里了。"蒙丽莎的脸拉了下来。

华少怀连忙哄着："别生气了，我错了还不行吗，一会儿上床了我给你找回来，你怎么惩罚我都行。你是见过大世面的人，这样的场面你不是小巫见大巫了。她们都属于风尘女子了，身份、地位和我们能比吗，为了生存她们有什么办法呢。"

蒙丽莎一听华少怀说的也在理，气顿时消了："就你会说，啥样脾气的女人都得让你哄乐了。"她顺手轻轻地打了华少怀一下。

门铃响了，毛毛领着服务生来送夜宵。餐盘上有一瓶法国红酒，一碟黑鱼子酱，一份水果沙拉，两杯热牛奶，两份三明治。毛毛给华少怀、蒙丽莎各倒了一杯酒，她敬了一杯，打了个招呼告退了。"我不打扰你们了，嫂夫人也累了，你们早点上床休息吧。"

毛毛回到楼下的总监控室，打开了电视监控。她眼瞅着荧屏上华少怀和蒙丽莎赤条条地拥成了一团。她咬着嘴唇，心里恨坏了这个华少怀。华少怀明知道这个房间里装有监控设备，还变着花样，变换着姿势，冲着镜头做着鬼脸。

两人都平静了，躺在被窝里唠着嗑。华少怀给蒙丽莎点了一支烟，他自己倒了一杯酒，毛毛曾告诉他这酒壮阳的效果非常好。

"我看白鹏飞的案子肯定得牵累到龙啸天，我今天特意和龙啸天说了，可他是很自信的，我说的话他听不进去。以后你还真得和他说说。"

"你那么大的书记说话都不行呢，我一个小老板说话就好使了？龙监狱长是那样大的官，我又是有求于人家。我今天一接触，感觉出来了，龙啸天这个人多傲啊，他轻易是不会对女人动心的，这样的男人是最不好征服的。"华少怀今天在酒桌上话再继续说下去龙啸天就得急了，他的脾气变得特别的坏。

"丽莎，你说话一定会好使的，同样的话经你的嘴一说，任何一个男人都会听的。女人的力量真是太神奇了。丽莎你不是凡人，你是一个女妖精，你是妲已转世，我们男人都被你迷住了。真是一个美人的坯子，把我跟你长一块儿我都没有意见。”

“你有文化，怎么那么会形容呢！就你会讨女人的喜欢，你的那张脸天生是给女人准备的。你干脆就当白相人吧，我养着你，一个月给你一万块，奖金另算。”

“一万元？有一个女老板一个月给我三万元我都没有干，你一万元就能打动我的心，你也太小瞧我了。”华少怀的口气对蒙丽莎有些蔑视。

“好你个华少怀，你给我说说是哪个骚货给你三万元，今天你不说出来我和你没完。”蒙丽莎骑在了华少怀的身上。

“我的小妈，我服你了，我刚才的话说大了，我都是瞎编的。你饶了我吧。”华少怀告饶了。

第二天，华少怀到国际大饭店来找毛毛。毛毛正在办公室统计着什么数字。

“你来干什么，我烦死你了，你还有脸来找我。”毛毛一看他进来立即和他耍了起来。“我想你了，今天专门来给你赔罪。”华少怀先把毛毛抱过来狠狠地亲了一口，

“你来给我赔罪，鬼才相信呢，你要干什么，这大白天的，随时有人进来。”毛毛挣扎着，华少怀在毛毛身上一阵乱摸。“毛毛，把昨天晚上的录像带给我吧。”

“我不给你，我就知道你来没有好事的。”毛毛把身子转过去不搭理华少怀。

“你听话，那个带子我是有大用处的。蒙丽莎这个女人不是人，她是个活妖精，有她在，沅江市的商界就不会太平的，我和她就是逢场作戏，你别往心里去。”

“你瞅你昨天的贱样，现在寻思起来都恶心。”

华少怀把毛毛的身子扳过来，又吻了一下：“我和她与你不是一回事，纯粹是一种应酬，我要把她推给监狱的龙啸天。你还不清楚吗，我现在正是用钱的时候，还靠蒙丽莎赞助呢，我的小宝贝。”华少怀把毛毛搂在怀里抚摸着。

“你烦人，你别碰我，你要干什么？”

华少怀嬉皮笑脸地说：“我今天要好好地陪陪你，让你消消气。”

“这是工作时间，我的办公室随时会有人进来的。”华少怀指指门说：“门已经锁上了，你就别装了。”毛毛微闭着双眼仰面躺在沙发上，两个人瘫软成了一团……

华少怀给毛毛留下了一万元钱，带着两盘录像带走了。

大清早，华少怀夹着一个盒子兴致勃勃地来到了蒙丽莎的公司。女秘书把华少怀领到办公室，轻声和蒙丽莎打招呼："蒙总，客人到了！"她转身去倒茶，"华书记您坐！"她走了。

华少怀进入办公室四周打量了一番，啧啧赞道："太漂亮了，比市委书记的办公室要好上十倍！"蒙丽莎坐在宽大的老板台后面，正在审阅着一份文件。"你怎么这么闲着，有空来看我。"蒙丽莎好一会儿才放下了手头的文件仰头问道。

"丽莎，好大的总经理派头呀，你忘了明天是什么日子？"

"是什么日子，我记不起来了。"

"我的蒙丽莎大老板，天天就忙活赚钱了。明天是你的生日，我送给你一件生日礼品，选遍了沅江市的商场，挑出来这样一件礼品，不知道你喜欢不？"

蒙丽莎打开一看，是一颗硕大的红宝石戒指，她戴上了手指一试，正合适："真漂亮！你花这么多的钱给我买礼品过生日，谁和谁呀，我们也是老夫老妻了。"

"找人家龙啸天办事，人家不要钱，我能要吗？就算是我收了，我用你给我那两万元钱给你买生日礼品了，钱不够我又添了几千元。"

"你真会讨女人欢心，难怪会有那么多的女人情愿和你上床。"蒙丽莎道。

"我还有一件礼品送给你。"华少怀故意卖弄着关子。"什么礼品，你还能有什么好东西？"蒙丽莎眼睛瞟着那个礼品盒。"你看看就知道了？"

礼品盒打开了，里面是两盘光碟。华少怀把光碟放进了影碟机。画面出现了华少怀和蒙丽莎颠鸾倒凤的画面。

蒙丽莎看着脸色陡然变了，心里全明白了，这小子也太鬼了。她指着华少怀说："你和我玩心眼儿，我可真的服了你了。你录这个东西是什么意思？还给我刻成光碟了，要敲诈我，需要多少钱你说吧？"

"你这是说哪里去了，我就是做个纪念，闹着玩的。"华少怀知道玩笑开大了，蒙丽莎真动气了。

"你和所有的女人做爱的场面都录下来吗？"

"她们不配，我和她们上床就是给她们面子了。"在华少怀的眼里女人就是衣服，想穿就穿，想脱就脱。

"你这是原本碟还是复制的呢？"

“这话不是越说越远了，就这么两盘碟，哪里还有什么原本和复制品。我要真的背着你有什么目的，还给你看干什么，我藏起来不就完了。你给我个胆，我也不敢设计你呀！你要不喜欢就毁了，我们谁和谁呀！”华少怀说着把两盘碟摔到地上，抬脚就要踹碎。

“你的心眼是太多了太鬼了，我们这样的女人就是让你这样的男人偷着给卖了，连个影都找不到。”蒙丽莎上脾气了。

华少怀把影碟捡起来放到了盒子里头，谄媚地说：“蒙总，你不喜欢我吗？以后我们要一星期至少来一次，让你次次都满意，一次比一次好。”

“想得美，就那一次，没有以后了。”蒙丽莎对华少怀起戒心了。

“夫人，我求你了。”华少怀一把搂倒了蒙丽莎，手顺着她的后背摸了下去。

“你这个坏蛋，过界了，都摸哪去了。”蒙丽莎往外拽华少怀的手。

“你拽不出来了，我的手长在里面了，我就不信你不要。”华少怀的手不停地抚摩着蒙丽莎的身体，他的手指头像泥鳅鱼似的在她的身体各个部位滑动着。华少怀把蒙丽莎抱到了里面休息间的床上，两个人迅速脱光了衣服，滚到了一起，翻滚起来……

完毕，华少怀把蒙丽莎搂在怀里，不停地抚摩她的身体。“丽莎，我有一件事情要和你商量一下。”华少怀知道该他说出要求的时候了。

“你今天是怎么了，和我装什么，有什么事情就明说呗，我一看你给我送那么大的戒指就知道你有什么事情要求我。”

“那我就不客气地说了。我需要二十万元钱，这次市委要调整公安局的领导班子，公安局长由副市长兼任，我要去做常务副局长，以后你有什么事情不是更方便了嘛。以后我会回报你的，就算我先借你的。”

“就用那一个破戒指来套我二十万元，你是不是拿我太不识数了。”蒙丽莎从华少怀的怀里挣脱出来，双手整理着头发，厉声说。

“蒙总，不夫人，我刚才错了，我耍了点小聪明，你就当儿子和妈撒娇了，我从小妈死得早，你是我的小妈了，以后我把你当小妈养了。”

“哈哈，我和你开玩笑呢，瞅你吓得那个小样。放心吧，只要你说的是真话，办正事用钱，别说是二十万，就是二百万我也舍得。我挣钱就是要花的，我敢给你，就不想要了，你以后别丧良心就行。小白脸就是养不住，都是表面上应酬我们女人。”

“我可不是应酬，我把浑身的劲都给你了，你还不满足吗？”

“以后看你的表现了。别和我玩嘴了，你明天早晨来取钱，二十万不够你就说。”

“魏书记已经答应我了，他说施弢走了以后公安局空了一个领导指数。我现在就是正县级，可以考虑我。但是干部的事情不是一个人能定的，他让我个别做工作。”

“魏书记我也能说上话，必要的时候我可以出面。”

“你真是我的好夫人呀，不，是我的好小妈呀，我随时听候你的调遣，随时满足你的需要。”

“你小子就是嘴甜，还有床上的活好。你不是说一个月给你三万块你都不干吗？怎么今天同意白白让我受用了呢？”蒙丽莎拧着华少怀的腮帮子。

“哪里呀，我是绝对属于夫人您的，你怎么用我都是应该的。我都给你留着，你吆喝我，一分钱都不敢提了。”

“你少和我要贫嘴，你给我告诉你那个毛毛小心点。”

“你看看，又生气了，不怨她，都是我的主意……”华少怀把蒙丽莎抱过来，浑身上下不停地吻着。华少怀乖乖地听着蒙丽莎的指挥，两个人又是一场大战……华少怀累着了，伏在蒙丽莎的胸部上睡着了，轻轻地打起了呼噜。

蒙丽莎打了一个电话给秘书。“薛花，你把刚才的录像带给我送上来。”秘书薛花马上来了：“蒙总，你要的东西我给你送来了。”

“过来，这是你华姐夫，你认识一下。”蒙丽莎裸露着上身，把华少怀扒拉醒了。

“姐夫好！”薛花落落大方微笑着伸过手来和华少怀握着，华少怀还睡眼惺忪。

“花，你也不是外人，一块儿陪我们看看，当个见证人。来，给我们放放，你看看咱们俩的杰作。”蒙丽莎扒拉着华少怀，“宝贝，精神点，到站了，看节目了。”蒙丽莎的办公室里也有一套电视监控设施。“什么杰作，看什么节目？”华少怀坐了起来。“什么杰作，你看看不就明白了吗。”蒙丽莎啪地扭开了电视机，画面上出现了蒙丽莎和华少怀刚才在床上的画面。

“华大书记呀，你看这盘录像带刻成碟，要是送给市委领导能有什么反应呀？”蒙丽莎用手敲打着录像带的盒子，拉长了声调说：“对我蒙丽莎来说就是出名了，就等于给我做广告了。对你来说那就不是免职的问题了吧，我估计电视和报纸能有一条大新闻了。”

“蒙总，我的小妈，我可是真的服了你了，我甘拜下风了！我错了，再也不敢和你耍心眼了。”华少怀装出一副可怜相，跪在床上，打着自己的嘴巴。

“别和我演戏了，我的华大书记，以后你听我的话就行了，等我叫你的时候，你要随叫随到，到时候不好使不行。以后你就永远在我的下边待着，年节我让你上来一次。”蒙丽莎见华少怀被她制伏了，心里非常高兴。

“夫人，什么上边下边的，你怎么高兴就怎么来，我就是永远为你服务了。”华少怀见自己的目的达到了，调着法哄蒙丽莎高兴，他把自己所有的绝活都拿出来了。

10.

晚饭的铃声响了，各个监区的民警在组织服刑人员列队去餐厅，他们迈着整齐的步伐唱着军营歌曲“雄伟的井冈山，八一军旗红”，喊着响亮的口号。监狱大院里喊声震天，歌声嘹亮，给人的感觉是这是军营。服刑人员喜欢唱军营歌曲，军歌的特点是朗朗上口，歌词对仗、易记。

小安子招呼着：“邓哥，开饭了。今天的伙食不错，大米饭、芹菜炒肉、鸡蛋汤。”“我不吃了，你们吃吧。”邓文龙的情绪不好，一点胃口没有。“要不我给你开个牛肉罐头，泡个方便面。饭后，我再给你泡一壶好茶，你开开胃。”“我现在啥也不想吃，你别烦我了，去吃饭吧，让我一个人休息一会儿。”“那我也不去吃饭了，我留下来陪你聊天。”小安子一屁股坐到邓文龙跟前。

龙啸天和焦成金没有食言，按照蒙丽莎的要求，在邓文龙分到监区的第二天，他就被安排当了站班员。在监狱能当上站班员的，多数都是有关系的，实际就是一个服刑人员的大班长。这样邓文龙一个月起码就可以得到两笔奖分，服一年刑可以减一年刑，这在监狱里可是大手了，哪个服刑人员敢碰他。邓文龙对此并不满足：这样实蹲下去也得十年呀！等到他出监时，都已经六十来岁的人了，到时还有什么能耐了，好时候全扔在监狱了。监狱里的一些人常和他说：“邓哥，你说不跑啥时候是个头呢？像你这样的刑期这么长，等你出监狱后也老了，能跑出去，快活一天是一天。”

邓文龙到后勤监区劳动已经两个月了，活不累，每月给的减刑奖分都是满分十二分。蒙丽莎托人捎来了信，告诉他一切都给他安排好了，让他多保重身体，社会上的哥们没有忘记他。她给邓文龙的卡里存了一万元钱，让他随便花，以后她会随时给他存钱的。邓文龙过去最瞧不起的就是蒙丽莎这样的女人，但她能这样讲义气是他没有想到的。他和蒙丽莎可以说是作风清白，没有肉体和金钱上的关系。

妻子苗翠竹多次来信劝他一定老老实实地待在监狱，“不要再惹事，我等着你。”是啊，不跑，这劳改日子啥时能熬到头呢？二十年啊，等到自己出去的时候都六十来岁了，人活着求的是一个生活质量，到那时候还有什么意思，在监狱里再减刑也至少得蹲十年以上。邓文龙反复地想着。跑，坚决要出去！他下定了决心。“与其这样蹲下去和死也没有什么两样，我们必须想办法逃出这个监狱。”这几天他的脑袋里始终在琢磨着这个问题，他要当监狱里的这个头。

邓文龙和小安子流露了要脱逃的想法：“小安子，我是下决心了，我不能在这死糗。只要能有机会，我就走。大不了抓回来就枪毙呗，我谁也不等。”

“邓哥，逃，谈何容易。自从施弢来了以后，这监狱可大不如从前了，钱不好使了。这沅山监狱追逃也太厉害了，前天跑的那个小崽子，没出三天就给抓回来了，现在还戴着大镣子关在禁闭室呢。”

“我要跑可不是那种跑法，既然跑了，就干他个翻天覆地，要是再被抓回来就是个死了。”

“邓哥，你要下决心跑，我可以告诉你一个秘密。不过这个秘密可是天大的秘密，你要先对我起誓，对谁也不能泄露，我才能告诉你。”小安子表情严肃地说。

“什么秘密？值得我起誓，你又忽悠什么，天天连个准嗑都没有。”邓文龙急切地问，起身从床上坐了起来。

“邓哥，鹏哥当年曾领我们挖过一条地道，还差十米左右就可以通过大墙了。他在逃跑前三天和我说过，让我在你进来后时机成熟时告诉你。等你动手时，他领人在外面接应你。逃出后一块儿去越南，他正着手购买枪支。”

“你说的是真的？”邓文龙惊讶了。

“是真的，你听我慢慢地和你说……”当时参加挖地道的一共有九个人，白鹏飞领着一块儿对天起誓，有福同享，有难同当，谁要是出卖了朋友，就把谁大卸八块，杀他全家一个不剩。九个人都咬破了手指头，写了血书。血书埋在了沅山上的一块大石板下面，大家相约，等出监后到沅山上痛饮，一醉方休。现在这九个人就剩下小安子一个人了，白鹏飞跑了，有一个病死在狱内，一个因在狱内殴斗杀人被判死刑，执行了枪决。一个自杀了，那三个人都出监了。

邓文龙静静地听着，他完全相信了小安子说的情况。“唉，当年的哥九个多齐刷，我们在沅山监狱是何其了得。特别是我那个霍大哥，一身武功，监狱五米多高的大墙，一跃而过。后来因打死人让监狱给镇监了，开完公判大会以后就地枪毙在监狱的大墙根下面。霍大哥的为人真叫人服啊，在沅山监狱内的威信比鹏哥高得多。霍大哥真是笑着走向死亡的，可现在，哥啊，就剩我一个人了。”小安子讲得凄凄惨惨，哽咽起来。

小安子说完了，邓文龙故意刺激着他：“你他妈的讲的情节听起来有些像天方夜谭，你小子不是和我瞎忽悠吧，我怎么算起来少一个人呀？”

“忽悠？借我个胆我也不敢呀！少一个人？不少呀，你再算一算。”

“怎么不少，你就和我玩心眼子，就那几个鸟人，你蒙我呢……”邓文龙给他算着。“啊，邓哥，是我算错了，出监的是四个人。”“出监的到底是几个人？”邓文龙又追问了一句。

“四个人，绝对四个人。”小安子打了个埋伏，有一个人在狱内没有出监，他没有说，邓文龙再没有往下追问。

“邓哥，今天夜间等监舍的人睡下后，我领你出去看地道。晚上还要熬夜，邓哥，你现在就睡一觉吧，我再给你准备点夜里吃的东西。”

“你对你哥想得真周到，大家管你叫小安子还真没错，要是日本人再打进来你小子肯定是铁杆汉奸。中国人真是千奇百怪，啥人都有，有的情愿把自己阉割了当宦官，有的情愿当汉奸，最后还能摇身一变成英雄，难怪日本人最后统治不了中国。”邓文龙喜欢研究点历史，有些歪才，他说日本人你就是不打他，他最后也得被中国人同化了。历史上的元朝不就是如此吗？

“当汉奸那不可能，这点骨气我还是有的，要是动真格的打鬼子我也能干。现在是对哥们那还有啥说的，你是我的亲哥嘛！”小安子真是油嘴滑舌。

“你少和我耍贫嘴，你小子都鬼到家了，别以为我什么都不知道。现在就你一个人知道这条地道吗？”“只剩下我一个人知道，原来知道的人都已经出监了。”“白鹏飞到底在哪里，他不可能在越南吧？”邓文龙又问小安子。“鹏哥，他在哪里我真不知道，他只是给我捎过信儿，在哪里他没有告诉我。要是知道他在哪里我能不告诉你吗，对谁保密也不能背着你呀。”小安子知道他要是敢把白鹏飞的藏身之处说出来，白鹏飞能把他卸成八块。“你小子他妈的是太鬼了，好，我不问了，等以后再说。你不和我说实话，看我怎么收拾你。”

楼道里稀里哗啦响起了脚步声，吃完晚饭的服刑人员回来了。进屋的人员相继和邓文龙打着招呼，关切地问候着：“邓哥，你没有去吃饭，今天的菜好，红焖肉炖土豆。”“邓哥，我把菜给你打回来了。”“邓哥，你不舒服吗，赶紧去医院看看去。”

凌晨，服刑人员全都在熟睡之中，监舍里的站班人员也靠在墙边睡着了，监狱里进入了梦的世界。

小安子出去转了一圈回来后，悄声叫醒了邓文龙："邓哥，起来吧，他们都睡了，我们走吧。""我知道了。你小子真是个夜猫子。"邓文龙悄声说道。实际上他根本就没有睡，他在思考着小安子白天说的情况，酝酿着一个大的阴谋。

小安子用二小特配的钥匙打开了监区杠门锁头，溜出了监舍大门，直奔菜窖而去。"邓哥，路上无论遇见谁你也啥话别说，都由我来应付，到时候你看我的眼色行事。""好，我听你的，要是给撵回来，我找你算账。"邓文龙知道这时候就得听小安子的，监狱大院的地形他一点都不熟悉，转一会儿他就分不出东西南北。监狱大院里灯火通明，探照灯从不同的角落将院内都覆盖上了，院里任何一个角落都犹如白昼。小安子领邓文龙往监狱北边的菜窖走去。不时地碰见狱内巡逻的民警，都被小安子巧妙地打发过去了。

菜窖是上个世纪50年代的防空洞改造的，洞口门没有锁虚掩着。两人进入了菜窖，顺着通道探步走着。巷道里没有电灯，小安子在前面打着手电筒，不时地察看着巷道的两壁。走了能有一千米了，菜窖的通道明显地变宽了。小安子停了下来，上下左右打量着巷道的两侧："邓哥，到了，入口就在这里。"

地道的入口隐藏在窖内贮白菜架子下面的地面上，小安子挖开了土，拽出了带着合页的木头洞门，黑洞洞的洞口露了出来，洞底距地面高度不足一米，洞口里竖着一架简易的梯子，实际上就是一块木板上面钉着几个方木，就代替梯蹬了。"邓哥，我们进去看看吧，我先下，你跟着我，小心点，别摔了。"

地道挖得很规则，四壁方正，但人不能直起腰来走，可以看出是行家领着干的活。爬了一段后，可以站起身来了。突然出现了一两米的宽沟。"邓哥，这就是我们的抵抗点，你看和电影《地道战》里的地道是多么像。干活的总指挥就是我，我从小就愿意挖地道，想不到在监狱里都派上了用场。这沟有两米多深呢，掉下去没好的。"小安子拽过来放在沟边的一块跳板搭过去，扶着邓文龙小心翼翼地走过去。

巷道又变窄变矮了，邓文龙有些走累了，感到缺氧，他气喘吁吁地说："我们走了有多长时间了，离到头还有多远？"

"一个小时吧，再走一千米就差不多了。"小安子走的倒是很顺脚，他的个头矮，腿脚也灵活。他们到了地道的尽头，似乎有凉风吹进来。"到了，邓哥我们歇会儿吧。""现在我们的头上是哪里？"邓文龙已经辨不出方向了

"是监狱东墙根底下，我们的左边是电缆沟，凉风就是从那边过来的。估计再

前进五米就可以通过监狱大墙。然后，可以直接打通监狱的下水管道，我们通过下水道可以到达沅江的西岸边，然后坐船过江逃往对岸的金龟岛，再坐船就可以直接到达滨江市，然后坐汽车去绥芬河出境。”

“你们怎么计算得这么准，你们有电脑？”邓文龙根本不相信小安子说的是真的。

“是鹏哥用罗盘打出来的，我们这里有一个人是地质学院毕业的，原来是江南地质大队的地质师，还能绘图看地形，监狱盖大楼的时候还把他抽出去当工程师了。”

“这条地道挖了多长时间了？”邓文龙打量着地道的两壁。

“一年的时间，施彧来了以后停了，不敢挖了。现在鹏哥也走了，没有人挑头了。”“土都倒哪去了？”“当时正赶上菜窖扩建，混在一起铲出去了。”“要是再继续挖，把土往哪里运呀？”“我们留了几个大坑，可以把土就地填在坑里消化掉。”“狱方有人知道吗？”“没有，监狱里一点口风都没有。”小安子把话说死了。

“小安子，这可是要掉脑袋的事情，千万别走漏了风声，对漏风的人绝不能留情。”黑暗中邓文龙的两眼闪着凶光，直盯着小安子说：“地道打通后，要是能跑你跑不跑？”

“我，”小安子停顿了一下，“邓哥，不是我不想跑，是我妈不让我跑。我的刑期也不长了，残刑还有三年，再减一次我就出去了，我实蹲也就一年多，一咬牙我就挺过去了，还跑什么呢，我不想走这条路。”

“哈哈，你小子想得挺好呀，我们是越狱逃走，脑袋别到裤腰带上，你倒是什么危险也没有，手里拿着释放证大摇大摆地依法正常出监了。”邓文龙毫不客气地敲打着小安子。他觉得小安子这小子不是个可靠的人，根本就没有要跑的意思，对小安子必须防，白鹏飞早晚得坏在他的手里。这两个多月的监狱生活，邓文龙深深感受到钱在监狱里的作用。只要有了钱，监狱里的一切事情都好办。这监狱里面啥都没有价码标志，无形中啥又都有价码。他才进来两个多月，无意中，已经以他为轴心形成了一个圈子。邓文龙给自己定的准则，决不做任何违反监狱规定的事情，决不与政府正面抗衡，决不与管教人员发生正面冲突，决不装老大。他知道男子汉大丈夫要能屈能伸，要入乡随俗。所以，这几个月，监狱对他的评价很好。服刑人员多数认为，邓文龙非常有大哥的样，在监狱里办事较公平，非常服他。

“邓哥，你误解了，我不是那样的人，动真格的时候你让我走我一定跟你们走，你别以为我是胆小怕死的人，急眼了我也会杀人的。”小安子又吹了起来。

“真的像你说的那样就好了，我还有什么说的。你小子是个人才我不否认，监狱没有第二个人能超过你的。别扯些什么没有用的了，我们往回返吧。”邓文龙困了，他不愿听小安子和他瞎胡吹了。

他们俩唠着从菜窖出来了，坐在菜窖门口的木头上休息。突然小安子喊道：“是谁？”话音未落，嗖，一条黑影不见了。“哪里有人，你瞎咋呼什么？”邓文龙转过身来呵斥着小安子，“你小子是故意吓唬我，不怀好意。”

“我眼见一个人影不见了。从他穿的衣服看，肯定是一个犯人，要是警察他不能躲起来。”

“天都放亮了，人在这时候睡得都像猪似的，还有谁能在这时候出来，我看你纯粹是神经质。”邓文龙也有些半信半疑了。

“邓哥，你不知道，这监狱里有人夜游。这病是叫什么夜游症。那年，监狱里先后发生了几起杀人案件，大家都吓坏了，半夜起来撒尿都不敢。监狱费了好大的力气把案子破了，原来是一个犯人在夜游时杀人，白天他和好人一样。那小子就是在这一带杀的人。法院审理后，裁定精神病不负刑事责任，后来这个人被送进精神病院了。咱们监狱里还有个老荀头就有精神病，他经常半夜三更起来溜达，让巡逻队给逮起来好几次了。这病说是啥招也没用，全世界都治不了，听说是祖辈遗传。”小安子说得神乎其神，他不时地环顾着四周。突然又从窖洞口里刮出了一股旋风，更增加了恐怖的气氛。

“老荀头，那你说这个人能不能是他呢？”邓文龙听小安子这样一说他的神经也紧张了。他环顾着漆黑的四周，什么也看不见，但耳边确实是有一种奇怪的声音，一声高一声低，好像是谁在打口哨叫什么呢。

“我没有看见脸，监狱里不少的人都说这一带闹鬼，也许是哪个屈死鬼显灵了，要抓个人还魂。”小安子吓得浑身哆嗦了，说话嘴都瓢了。

“你他妈的是在忽悠吓唬我呢，越说越神了，我告诉你，我他妈的是什么也不怕，就是女鬼我都敢和她睡觉。”邓文龙经这样一折腾，也不困了，精神头也上来了。

“邓哥，你可别说了，我听得瘆得慌，尿都吓出来了，我要撒泡尿。”小安子解开了裤腰带站在菜窖门口哗哗地尿了起来。

“快点尿，你他妈的个头不高尿还不少呢，一会儿我们进不去监舍大楼了，天一亮巡逻队还要清点人数。”邓文龙也感到了在这里不安全，他觉得小安子说的是真的了。

“邓哥，你就放心吧，我有的是办法进监舍大楼，今天值勤的那几个管教全是我的哥们，我进去就像是走城门似的，他们从来不管我。实在不行的话，我们走消防安全通道。”

邓文龙唠起了白天的事情，他点化着小安子：“你小子总是和我不说实话，你说的九个哥们，明明是少一个，你以为我不识数吧！”

“邓哥，真的是我记错了，您老人家千万别多心呀，我没有爹，您老以后就是我的亲爹了。”小安子过来搀扶邓文龙。

“你离我远点，我自己走得挺好的，我还没有老到那个程度，我也给你当不了爹，我有你这熊样的儿子一天得揍你八遍。”邓文龙见周围都很平静，心里有底了。这个世界要真的能有鬼就好了，活人也就说了不算了，人的精神生活有依托了。

两个人悄悄地回到了监舍，一切还是那样的平静。

11.

监狱亲情合宿楼坐落在监狱的西边，古色古香的建筑就像宾馆似的。各个房间里住满了一对对合宿的夫妻。近几年随着监狱文明程度的提高，国家司法部允许罪犯的家属入狱内进行合宿。只要表现好，亲属一个月可以来合宿一天。这也是监狱在惩罚改造中实行人道主义的体现。这项措施的推行，对于稳定和改造罪犯起到了重要的作用。

“邓文龙，你妻子来看你了。”王清远到八监区来叫邓文龙，昨天晚上邓文龙上夜班，早晨下班后他睡了一觉，刚刚醒来，躺在床上懒洋洋地休息，手里捧着一本破旧的杂志随便翻着。监舍里就那么几本破杂志，互相之间传来传去。封面上的美人照已经被人揉搓得不成样子了。

妻子苗翠竹来了，邓文龙感到惊喜，从他被逮捕后，他就没见到妻子。这是邓文龙入狱后妻子苗翠竹第一次来合宿。苗翠竹给他写过几封信，今天是第一次来探监。

王清远把邓文龙带到了会见室。“悠着点，别累坏了身板。”王清远拍打着邓文龙的肩膀走了。

天色渐渐地黑了下来。各个房间里都没有开灯，有的夫妻还在不停地晃动着床，有的在相拥着睡觉。午间，邓文龙和苗翠竹在餐厅吃完饭后来到亲情合宿室。

房间的条件是不错的，一张双人床、电视、卫生间。邓文龙急不可待地扒光了苗翠竹的衣服，把苗翠竹按倒在床上……

两人光着身子相拥在一个被窝里……

隔壁房间也传来了男女的呻吟声，整栋楼似乎都摇晃着，对于服刑人员来说这一宿的时间是多么宝贵呀。

夜里，值班民警沿着会见室的巡廊不时地巡视着，按照监狱的规定，没有特殊的情况，男民警不得进入房间检查，出现什么情况了，都是先由值班的女民警去处理。

清晨，邓文龙和苗翠竹俩拥着被在床上躺着，邓文龙见苗翠竹还没有醒来，微微地张着嘴轻轻地打着呼噜，他旋即又赤条条地爬到了苗翠竹的身子上。苗翠竹醒了，往下推着邓文龙，嗔怒道："人家还没有睡醒呢，你太讨厌了，憋疯了？怪不得人家说在犯人的眼睛里老母猪都是美丽的。""你说什么也没有用，就老老实实的……就行了，还不服啊……"夫妻俩说着做爱的特殊语言，疯狂起来。

天大亮了，邓文龙夫妻俩似睡非睡，完全还沉浸在性爱的幸福中。苗翠竹已经住了三天了，监狱破例允许他们多住了两天。苗翠竹叮嘱着邓文龙："文龙，我今天就走了，家里边你不用操心，你就安心服刑改造吧。你千万不要琢磨逃跑，为了我们的家你也不能那么做，我保证每个月来看你一次。"

"我的事你就别操心了，你要管好孩子。我不会和监狱对着干的，我有我的路子。"邓文龙最讨厌女人掺和男人的事情。

"你和白鹏飞可不能搅和到一块，他犯的是死罪，我们和他是不一样的。"

"什么他妈的不一样，人一进监狱都是一回事的。你看那个打扫卫生的人，你知道他进来前是干什么的吗？"邓文龙指着会见室走廊上正在扫地的人说。

苗翠竹瞪大了眼睛说："干什么的，他还能是个局长？"

"你还真的猜着了，他原来是市劳动局的局长，叫汪道渠，听说是施监狱长不忘旧情，把他特意调到会见室的，要不他还得在外面劳动的。过去他是县团级的官，他现在和我有什么区别？"

"你别说我，我这辈子也不可能蹲监狱，我就希望你能早日出去，我就满足了。"

"你说巧不巧，黄青和我关在一个监区了，第一次见面的时候我们俩还交手了，我把他打了，他连个屁都不敢放，彻底地服了。这小子，每次见我的面都溜溜的，一个劲儿地说他对不起你。”

“事情都过去了，得饶人处且饶人，你也就别为难他了，就那么一次判了八年也真的不轻呀。”苗翠竹的眼前浮现出黄青高大英俊的身影。

“你可倒大度，不恨他了？他把我们家造害那个样，我一辈子都不会原谅他的。我倒想利用他，给我办一些事情。我感觉黄青这个人怎么就不像是对你能干出那种事情的人，现在的他和过去简直换了一个人。”

“人一蹲监狱都大彻大悟了，你现在和过去也不一样了，只是你自己感觉不出来罢了。”

“我变什么了，要说变了就是比以前变得更狠了，更坏了。”

当当，有人敲门。苗翠竹下床开门：“怎么会是你？”苗翠竹惊叹道。

黄青来了。“嫂子，我听大哥说你来了。我过去不是人，我也是一时糊涂干出那种见不得人的事情，把我自己和你们全家都坑了，我特意来给你磕头认罪来了。”黄青说着就要下跪。

苗翠竹连忙挡着：“你可别这样，人都到这种地步了，那都是过去的事情了，刚才我和你大哥还唠你呢。现在你们哥们都混到监狱了，谁也别装大了，今后好好地当哥们处着，别互相整给别人看笑话，我也不计较什么了。”

“黄青，你嫂子原谅你了，过去的事情就别提了，一提这事儿我就闹心，我是比当王八还难受。”邓文龙的火又要上来了。

“嫂子，我今后就听大哥的，他让我干啥我就干啥。那我就走了，不打扰你了。嫂子你和我大哥抓紧时间热乎热乎。这兜水果算是我的一点心意吧，在这监狱里我实在也拿不出什么东西来孝敬嫂子。”黄青的嘴甜甜地哄着邓文龙夫妻。

“我带来了不少好吃的东西，水果你自己留着吃吧。”苗翠竹带了好大的一包熟食，“你喜欢吃什么随便拿。”

“不，你给大哥留着慢慢吃吧。今天算我欠嫂子的，等我出监狱后给嫂子打个金戒指。”黄青唯唯诺诺地走了。

苗翠竹望着黄青佝偻的背影自语道：“我真不相信这就是过去的黄青，他怎么变成这个样子了，他过去的凶样哪去了？”

黄青过去确实是一个非常威武英俊的男子，在分局里也是出名的帅哥。

“你别小瞧这兜水果，在监狱来说也就是大礼了。现在你懂了吧，人就是此一时彼一时。”

“那我就收拾一下东西准备走了，我下个月再来看你。文龙，你千万不要和白鹏飞扯到一块儿去，他是犯了死罪的人，他肯定有事，要不他跑什么？你别和他学，我们和他不是一个道上的人。”苗翠竹又一次叮嘱邓文龙。女人就是死心眼，不管男人愿意不愿意听就是叨咕起来没有完。

“你以为我们是什么人，我们都是一路货色，人一蹲监狱就没有别的出路了，你太天真了。我眼瞅着是要奔五十岁的人了，我不多想了。”

苗翠竹看得出邓文龙主意已定，她知道是劝不回来的，边穿衣服边赌气地说：“你总要想想我、想想孩子吧，你不能让你儿子没有爹吧，你不听我的话，我再也不来了，我也不等你了。”

邓文龙赶紧哄苗翠竹：“你别生气，我是吓唬你呢，我说的是假话。”他深深地吻住了苗翠竹的双唇，不让她说话，用手在下边揉搓着苗翠竹……

“哎呀，你放开我，我答应你，我下个月还来看你，你必须听我话，否则，我永远不给你了，让你沾不到我的身子边儿。”

“好，我的小宝贝，你就会用这招，你不想要呀，就怕到时候你也挺不住。”

“我们女人不像你们男人，你不碰我一辈子都不想，我天天顾孩子还忙活不过来呢，哪里有时间想你。”

“你也是嘴硬，我要是真的不搭理你，你就得哭了。”

“我不和你斗嘴了，我走了。”苗翠竹把房间里的被褥收拾得利利索索，特别把卫生间又清扫了一遍。

“别收拾了，你以为这是你家呢。”

“我们毕竟住在这里，就是我们的家。”

当当，又有人敲门。

“太烦人了，这么早又谁来了？”苗翠竹絮叨了一句。

“可能是秦雨农，他和我说了要过来看你的。就是昨天中午给我们上菜的那个人。”

“秦雨农，我认识呀，他是一个人品非常好的人，怎么也关在这里了，我们有五六年没有见面了。”

邓文龙没有猜错，来人确实是秦雨农。他穿着一身干净的囚服，脑袋剃得光光的。苗翠竹上下打量了一番，几年不见，她都认不出来了。秦雨农明显地变老了，他原来是城西宾馆有名的帅哥。

“弟妹，我昨天就听说你来了，没来得及看你。收拾得这么利索，今天是要走了，我把早餐给你们送来了。”秦雨农打开几个食品盒，里面装的粥和馒头。“小菜都是我给你们特意加工的，你们尝尝味道怎么样。”

“你做的饭菜真好，就像在宾馆里似的。你的手艺我还不知道，真是白瞎你了。大家都没有想到，你怎么能走到这个路上来。挺好的两个人都造完了，真是坑人哪。”苗翠竹非常同情秦雨农，她说着眼泪就下来了。

“是我自己没往好路上走。我犯到那了。监狱里对我也挺好的，脑袋里就一根肠子，我每天过得挺舒服的。”秦雨农的话说得心平气和，没有一点埋怨的意思。

“太烦人了，你别和雨农唠那些了，说点高兴的事情。”邓文龙不耐烦地打断了苗翠竹的话。

“唉，可也是的。你怎么能犯强奸罪呢。好了，我不说了。我要走了，你有什么事情需要妹妹办的？”

“麻烦弟妹把这封信捎给原市石油公司的汪兆月经理，你打他的手机，电话号我写在信封上了，要是见到面就说我一切都挺好的，我啥都不缺。”秦雨农交给苗翠竹一个信封，“你放好，出门的时候别让民警给搜去。”

“没事，他们对女人不搜身，另外我放的地方他们不敢碰。秦哥，你说的这个人我认识，他可发大财了，那资产有好几千万。雨农，你替妹子管着文龙点，我对他不放心。你们可别惹乎监狱，这么大的监狱治你们不一个来一个来的，比杀小鸡还容易，千万别自找罪遭。”

秦雨农笑了：“弟妹，你多虑了，文龙的脑袋瓜子聪明着呢，全监狱的犯人对他都服气，警察也高看他一眼，他不会干虎事的。”

“你和那个紫云还来往不，用不用妹妹我给她捎个信儿？”苗翠竹说的紫云就是被秦雨农强奸的那个城西宾馆的女服务员。苗翠竹原来也是城西宾馆的服务员，和紫云的关系是铁姐妹，她是后来听说紫云被秦雨农强奸了，她感到惊讶，他们的关系不是非常好吗，怎么会出这样的事情呢？就凭秦雨农的长相那么帅，还有一手烹调的绝活，找哪个女服务员不是乐不得的，干吗要强奸呢？她不明白紫云为什么要告秦雨农。

“给紫云就不捎什么信儿了。前几天她来过了，吃了一顿饭走了。她不恨我了，我们决定结婚了，如果监狱同意，我们就在狱内结婚。”秦雨农的脸上充满了喜悦之情。

“在监狱结婚，这倒挺新鲜的，监狱能批准吗？”

“在其他监狱已经有这么办的了，我也找人做工作呢，估计问题不大。”

“那可是一件大喜事，如果批准了，我来狱内祝贺，糖、花生、瓜子、烟、茶我都给你准备齐全，包括洞房我都给你布置。”

“得了，你快走吧，唠的好像真的似的，在监狱里结婚不是那么简单的事情，等我和雨农商量完后告诉你。”邓文龙撵着苗翠竹。

“那好，我听你们的信儿！”苗翠竹收拾完东西，从监狱会见家属的专门通道走了。

邓文龙把她送到了门口摆摆手，眼见苗翠竹出了会见室铁门，他被民警送回了监舍。夫妻俩缠绵了三天，分别的滋味也是不好受的，邓文龙这才体会到他享受的是有限的自由，自己是一个罪犯，苗翠竹出监狱大门后就不知道是谁的媳妇了，他进屋后就躺到了床上。

小安子过来问了一句：“邓哥，嫂子走了？”邓文龙眼皮都没有抬哼了一句，小安子讨了个没趣，讪讪地出去了。

第四章　瞒天过海

现场为什么会出现两把同一牌子的铁锁呢？稍有点侦查常识的人都懂得，这是有人使用了调包计，用钥匙开完东狱墙铁门的锁头后，将事先已经砸碎的另一把同一牌子的铁锁扔在了现场，慌乱中将原来门上的锁头也遗失在了现场。

12.

北方的春天妖娆妩媚。太阳高悬在天空，天空中不时有老鸹叫着飞过，飘过的西北风已经让人明显感受到了春天的暖意。田野中残留的白雪发出耀眼的银光。三三两两的农民赶着马车、牛车、毛驴车懒洋洋地往地里送粪，几条小笨狗跟在车后面欢快地叫着跳跃着。

沅江水从沅山脚下缓缓流过，春天流淌的江水是宁静闪亮的，就像奏响的一首轻音乐。江心岛上栖息着一群从冬天熬过来的野鸭，懒懒地晒着太阳。沅山监狱的办公楼与沅山相呼应，监狱长办公室宽敞明亮，从办公室的窗户向外望去，正南方向可以直接看见沅山。

“真看不出来，这沅山和长白山是一脉相承。不能不佩服我们祖先的眼力，为了避免去长白山的千里祭神之遥，竟然选中了沅山来望祭山神。”施弢伫立在办公室的窗前望着尽收眼底的沅山不胜感慨道。

施弢踱步回到座椅上，望着办公桌上那天捡来的那把牛头牌铁锁沉思着。这些日子追捕白鹏飞的工作进展不大，人没有任何踪影，消息也全断了，监狱派出的追捕人员全都撤回，因为再继续堵下去监狱的费用也承受不起。他翻阅着狱侦处送来的白鹏飞脱逃案的卷宗，证据袋中装着当时现场勘查得到的那把砸碎的铁锁。他拿着那天在现场雪地捡到的那把铁锁比较着，这是两把同一牌子的铁锁。现场为什么会出现两把同一牌子的铁锁呢？稍有点侦查常识的人都懂得，这是有人使用了调包计，用钥匙开完东狱墙铁门的锁头后，将事先已经砸碎的另一把同一牌子的铁锁扔在了现场，慌乱中将原来门上的锁头也遗失在了现场。这手法看似狡猾实际是太笨拙了，可为什么监狱没有人提这个问题，几乎都认为是罪犯强行脱逃，这意味着在铁锁的背后隐藏着什么，是偷梁换柱？

施弢陷入了深深的思考之中。在公安局那些年经他的手破获的案件是太多了，但像白鹏飞这样复杂的案件还是不多的。案件的复杂性往往不在于案件自身，而是案外人为造成的。白鹏飞这样的重刑犯说跑就跑了，跑得无影无踪。“堡垒最容易从内部攻破”，施弢不知是从哪儿来的灵感，忽然想起了毛泽东的这句名言。要是把这只硕大的牛头锁在铁门上砸碎，声音是相当大的，不是三下两下就能砸碎的，而且也是需要相当长时间的。离现场三十米远就是值勤的武警岗楼，值勤战士肯定是会听到砸锁的声音的。看来事情的疑点很多，问题很大。也许白鹏飞不是从铁门逃跑的，过去没有一个人提出这样的设想。如果这样简单地推理，那就是监狱内部有人配合罪犯白鹏飞越狱脱逃。那么最大最有可能的人就是掌管东墙铁门锁钥匙的人，这个人就是会见室的民警董华君。

九点钟，董华君准时到了监狱长办公室。他按约定的时间一秒钟都没有差。“报告。”“进来。是华君同志吧，来得真准时。”施弢起身到门口迎着，上下打量着董华君，“不错，蛮精神的嘛，有军人气质。”董华君一身警服穿戴得很利索，腰板挺直，精神抖擞地给施弢敬礼。

“马马虎虎了，这地方可比不上部队，我的腰板也是硬挺的，走路也耷拉膀子了，脚尖也直磕地了，抬不起头了。”

“快坐下说话，把帽子摘了吧。”施弢心里说这个人可真是一个较真的人，现在一般人都不戴警帽了，他还规规矩矩地戴着棉警帽。

施弢把董华君找来，亲自向他了解监狱会见室的情况。施弢看得出董华君是个老实人，说话显得挺笨拙的。董华君摘下了帽子端在手上，精神有些紧张。在监狱工作这些年他第一次来到监狱长办公室，见领导对他这样客气，他更紧张了。

“你坐下谈，先喝点水，喘口气，我给你泡了一杯好茶，不知道你对茶道是否有研究。”施弢事先特意给董华君沏了一杯茶，扯点题外的话，有意缓解一下他的精神紧张。

两个人唠了一会儿家常，施弢把话题转了：“华君，你知道白鹏飞是从会见室的铁门跑掉的，肯定是有人用钥匙配合他开的门，掌握钥匙的人就是你自己，自然你就是重点怀疑对象，这没有什么不好理解的。”

“监狱长你不用说，大家这样推理，我非常理解这一点。但我多次和组织上声明过，我和白鹏飞没有什么关系，白鹏飞是关在禁闭室的，他怎么就能出来窜到会见室，对这一过程就没有人追究，我总不能愚蠢到主动给一个罪犯开门吧。我始终认为有人盗用了我的钥匙或者说配制了我的钥匙，但是谁，我说不清楚。检察院也多次找过我，说我不说实话就拘留我。我说什么实话？这个人是谁我怎么能知道？我说拘就拘吧，事情早晚会清楚的。监狱长你说有什么办法呢，我摊上了，我认。”董华君慢条斯理地说着。

“我们的最终目的是为了查清案情，你别有什么反感。检察机关办案不是冲你来的，你这样配合查案是非常重要的。你说得对，谁也不能简单地怀疑你是白鹏飞的共犯。在事情没有查清楚之前，可能你要背黑锅受点委屈。”

“但愿如此吧，谢谢监狱长对我的信任，你这样说我想通了，就是把我拘留了我也没有意见。毕竟我还是共产党员，是军人出身，党培养教育了我这么多年，我有责任协助组织查清这起案件……”董华君又从头讲起了事情的经过，他谈得非常细腻，脉络清晰。

施弢不时地打断他的叙述，插问一些问题。但董华君谈的情况和过去没有什么两样，施弢怎么问他也说不出什么新情况。

董华君的情绪稳定了：“白鹏飞在监狱里像走平道似的，钱那么厚，交了多少人？监狱长，你说我们一个普通民警能知道什么情况，平常和领导连个接触的机会都没有。下班我就回家，我也不接触社会，人家说我呆，我说呆就呆吧。你今天找我都高看我了。我是借白鹏飞的光了，要不一辈子我都没有和监狱长接触的机会呢。”

“华君同志，你再想想，监狱里有没有别的人接触过这把钥匙？”施弢启发着。

“监狱长，这个问题我想过很多遍了，在我的记忆中肯定没有，你让我回去后再好好想想。我以我的党性担保，我与白鹏飞脱逃没有一丝关系，我恨死他了，说他讲义气，纯属扯王八蛋，他跑了，要坑多少民警？犯人这玩意翻脸就不认人，现在总是强调什么人性化管理，我不赞成，对犯人就是文明管理，什么叫人性化，我们对犯人不人性吗？这些年我们的民警在犯人身上吃老多亏了，可组织上对民警的保护又怎么样呢？”董华君侃侃而谈，紧张感没有了。

董华君是80年代从部队转业的营职军官，政治素质极好，作风正派，在监狱民警中有口皆碑，到监狱后他就分配在狱政处工作。据他回忆这把钥匙他是二十四小时不离身的。另一把备用的钥匙，存放在监狱财务处的保险柜中密封，确实没有人动过。检察机关已经把董华君列为重点审查对象，先后找过董华君多次。但查证结果，董华君钥匙始终没有离身，别人没有和钥匙接触的机会，这一点就连董华君自己都承认。调查的结果也证明，他和白鹏飞没有任何瓜葛。

“华君，这一点我是绝对相信你的，监狱党委也是相信你的，不要有什么思想负担。我们决不会冤枉人，这是我们追查问题的前提条件。你先回去，想起来什么情况直接告诉我。”

董华君起身敬礼走了。董华君刚走到监狱长办公室门口，碰上了焦成金。“焦处长，你来了。”董华君瞅瞅焦成金，眼睛一亮，好像想起了什么。

焦成金进屋了，微笑地问道：“施监狱长，董华君他来找你干什么？”

“不是他找我，是我找他谈谈会见室的情况，他顾虑重重，思想压力很大呀。焦处长，你认为董华君这个人可靠吗？”

“对这个人我不敢打保票。施监狱长，应该建议检察机关对董华君采取强制措施，他有重大犯罪嫌疑。这不是秃子脑袋上的虱子明摆着的吗，问题肯定出在董华君身上，他不承认也不行。”焦成金表情十分严肃地向施弢反映着董华君的情况，“白鹏飞逃跑后，董华君始终神情恍惚，到处追根问底，他肯定是知道什么情况。现在对他不采取措施，可别出现其他什么意外。”

施弢直盯着焦成金问道：“能这么简单地怀疑一个人吗？关键是要有证据。出了这么大的事，董华君能没有压力吗？”

“这已经不是简单地怀疑他了，钥匙在他手里，毛病只能出在他身上，现在就是他不说实话。我和他共事多年了，他这个人的性格才艮呢，抠得要命，你要想吃他一顿饭是太难了，他有时候和你在办公室里坐半天都不说一句话。”

“是吗，就他这样的性格，还能和白鹏飞有什么联系？”施弢坚信董华君是清白的，他倒是担心可别出现什么意外，焦成金的提醒不是没有道理的。

“人没法看，平时，东铁门的钥匙我们处长都没权碰。现在监狱几乎都知道你捡的锁头是真正锁门的锁，确实有人伪造了现场，怀疑他是有道理的。这几天他听说你捡到那把锁后，一再和大家表白自己是清白的，前天还要找我谈谈，我拒绝了。”

这么快监狱里就都知道我捡到了一把门锁？是有人故意把火往董华君的身上引！施弢心里说道。他明白了，那天焦成金实际上是看见了他捡门锁的情节，但他始终佯装没有看见。

“焦处长也在这儿呢，正好我要找你，有件事情咱们和施监狱长定一下。”龙啸天没有敲门径直进来了，把一张检察院的传讯通知单递给了施弢：“检察院通知我们，决定对董华君采取强制措施，今天先留置，如果拿不下来他的口供就决定拘留他。以后随着案情的进展，可能还要对有关人员随时采取措施。”

“刚才我和焦处长还在议论着他，检察机关的办案力度不小呀。拘留董华君有什么道理呢，等我和他们沟通一下。”

“对，这怎么能行呢，这样下去我们监狱不得搞乱套了，这是冲我们狱政处来的，看来我也是怀疑对象了。监狱长你得找他们说道说道，要不我们的工作没法干了。”焦成金摆出了一副不依不饶的架势。

“焦处长你别乱猜疑，等施监狱长沟通完再说，我们走吧。”龙啸天瞟了焦成金一眼，示意可以撤了。

第二天，消息传来，董华君被检察机关拘留了。昨天晚上董华君被检察院传去就没有让他回来，检察院正式通知监狱，他已被拘留。

监狱民警议论纷纷：“这组织上对人也太不负责任了，说拘就把人拘了，拿我们监狱警察也不当回事呀！”“董华君也不能这么蠢呀，自己掌握钥匙就这么随便把钥匙交出去给罪犯用？”“利令智昏，钱到位谁还管那么多，别听他自已怎么表白，他肯定和白鹏飞有关系。他姑娘上大学，正是用钱的时候。听说他还要卖房子呢。”“狱政处的人和白鹏飞都不利索，包括那几个女的，差不多都让白鹏飞忙活了。”

董华君的妻子孙晓娟一上班就来监狱找施弢，哭得像泪人似的：“监狱长，我家华君是冤枉的，这不是硬拿屎盆子往他的脑袋上扣吗？他可不是那样的人，我了解他。他在会见室当了这么多年的主任，连一分钱的东西都没往家拿回过，我家至今还是结婚时买的那台黑白电视，什么录音机、录像机我家都没有，至于现在所说的BP机、手机就更谈不上了。”孙晓娟的穿着打扮就像农村家庭妇女，刚满四十岁的年龄，面容看上去完全是一个老太婆了。

“孙晓娟，你不要伤心，你要相信组织。我已经和检察机关谈了我的意见，人家办案是按法定程序进行的，非常谨慎。我也会对我的下属负责的。出冤假错案我也是有责任的，你放心，对董华君我是要负责到底的。”施弢把“到底”两个字咬得很重，“晓娟同志，我说的意思你懂吗？”

董华君家境贫寒的情况施弢是知道的。至今董华君家还住在监狱70年代建的平房里，连个下水都没有。现在妻子下岗，八十一岁的老父瘫痪在床，多年来由董华君赡养。董华君是一个出名的孝子。他的一个孩子在大学读书，两口子硬支撑供着。家里生活来源多年仅靠董华君一个人的工资，这几年监狱也经常拖欠工资，依仗着自家院的前后还有点菜园田地，种点菜，养了几口猪补贴一下。好在一年吃菜可以不花钱。这都春天了，董华君衣服里套的都是过去发的老警服，在部队转业带回来的绒裤还继续穿着呢。董华君好喝点酒，但从来都是散白酒，家中几年见不着成瓶的酒，为了省钱至今还抽着卷的叶子烟。董华君自己说："这叶子烟便宜，几块钱就能买一大包，抽起来顺口，能吸痰，不伤肺。"

"我明白监狱长的意思，那怎么办呢，我就这样傻等着？监狱长，你无论如何得把华君保出来，我们家出钱，就是砸锅卖铁卖房子，实在不行我就是卖血也得救他……"

"这是哪和哪呀，董华君是监狱的警察，我身为监狱长是必须得管的，怎么能谈得上钱的问题呢。有事实在，真的假不了，假的真不了。你是他的妻子，他是啥样人你是最清楚不过的了，他没有问题你怕什么？昨天我找他谈了，该说的我都和他说了，他向我表示他绝对没有问题，他愿意接受检察机关的审查，早日把问题查清楚。晓娟你就保重身体，把家操持好就行了。"

听施弢这样一说，孙晓娟停止了哭泣："监狱长，你这样一说我的心敞亮多了，我一定按你说的去办。监狱长你就费心了，你的大恩大德我们永远不会忘的。"

当天晚上，检察机关又传讯了焦成金。事情来得太突然了，龙啸天打听了一下，焦成金没在检察院，好像在哪个宾馆，问谁也不知道。他给蒙丽莎去了电话，让他帮忙打听一下焦成金在哪里。蒙丽莎安慰他说没问题，检察院里她有几个铁哥们，住的房子都是她公司的，天天见面。"我马上联系，一定能打听到焦成金的消息。"龙啸天晚饭也没有吃，焦急地在家里等待消息。快半夜时，蒙丽莎来信儿了，告诉他焦成金今天肯定回来，没啥大事儿，就是找他询问情况。她明天请检察院的办案人吃饭，该送的明天送上去，话已经过去了。龙啸天心里有底了，草草地吃了一点饭。

午夜，焦成金从检察院回来了。焦成金径直来到了龙啸天的家里，和龙啸天述说了讯问的全过程。"他们只是询问一下白鹏飞被禁闭的过程，没有涉及我个人的情况，开始的时候态度挺横，后来态度就变了，对我非常客气。"

龙啸天知道是蒙丽莎的工作起了作用，表情缓了过来。他打断焦成金的话说："蒙丽莎已经和她在检察院的朋友打了招呼，要不你回不来这么快。"

"是吗，那我得好好谢谢人家了。"焦成金始终瞧不起蒙丽莎，但这回对蒙丽莎刮目相看了。他继续说："我说得很简单，一切都不知道。他们说这起脱逃事故已经构成玩忽职守罪了，还要追究领导的责任，我说该追谁是你们检察机关的权力，我们管不着，就是我这个狱政处长够什么责任你们尽管追。他们说我态度不好，我说连态度都没有，怎么能谈得上态度不好呢！"

龙啸天听了情况后一句话也没有问，只淡淡地说了一句："情况都清楚了，你夫人还在家里等着呢，给我打来多次电话了，我们明天再谈吧。哦，你看见董华君没有？"

"没有看见，我问了几个人，他们没有听说董华君被拘留的事情。"焦成金原来以为他在检察院能够看见董华君，他问了几个认识人，可是他们对董华君都闭口不谈。

"没有拘留，那董华君给关哪里去了，不至于把他关到外地去吧？"龙啸天仰在沙发上算计着。

"可能就在检察院的楼里呢，我已经查了公安的看守所，没有董华君。就他那个小样，不至于异地关押吧？"

"他有多大事情，检察院能下那么大的工夫，我明天再打听一下。"

龙啸天的手机响了，这么晚了谁能来电话，他估摸肯定是蒙丽莎。龙啸天接通后，果然是她："龙哥啊，检察院那边告诉我说，焦大哥回来了。"

"丽莎呀，人回来了，他正好在我家里呢，你和他说话吧。"

焦成金把电话接了过去，他对待蒙丽莎的态度和过去是大不一样了："我得谢谢蒙总了，我明天请你。小妹以后你看大哥我怎么对待你，我们事上见吧！"

"谢什么，只要大哥你心里有小妹我就行了。要请客，也是我安排，正好我答应明天请检察院的哥们，明天你参加就行了。"

"天都要亮了，你们俩还唠啊？"龙啸天的夫人穿着睡衣从卧室里出来了，"啸天，有话明天说吧，人家焦处长的媳妇还等着他回家睡觉呢。"

蒙丽莎从电话里听到了女人说话的声音，自己再说多了不好："焦哥，你和龙哥休息吧，我们明天见。"她把电话撂了。

焦成金站起来和龙啸天的夫人打招呼："嫂子，可不是吗，打扰你们休息了。我们都忘了时间了，四点了，你们快休息吧，好了，大哥、嫂子，我走了。"

"好，那你回去吧，明天我们再商量，你回来了我也就放心了。"龙啸天见夫人在跟前，唠什么也不方便了。

"这么晚了，我也不回家了，直接回监狱了。"

“还是回家吧，这么晚了监狱大门都锁着呢，你一叫门谁都知道了，明天又要传得沸沸扬扬了。”龙啸天不让焦成金回监狱。

“对，听嫂子的，还是回家吧。不，干脆你就别回去了，给你媳妇打个电话，告诉一声，就在我家睡一会儿得了，你住我儿子的房间。”龙啸天夫人也留着焦成金。

焦成金在龙啸天的家住下了，龙啸天过来陪他，两个人唠到了天亮。吃完早饭后，两个人同时上班了。

13.

董华君已经被检察机关拘留三天了。龙啸天打听到的结果是董华君确实被拘留了，但人关在哪里谁也不知道。龙啸天感到事情蹊跷，和焦成金分析着，董华君在监狱里是一个无足轻重的小人物，检察院动他干什么呢?

焦成金见龙啸天情绪不好，耐心劝说着：“那我们就不管他了，施弢也不出面，让家属给他施压力，我们操那心干什么。他犯到那里了，钥匙的事情他是解脱不了的，我听说可能要把他直接转捕。”

“那么点儿的证据，就能逮捕人，胡闹，他们不怕出冤案？我们要管他是必须的，不能让他坏了我们事情。”

第四天，市检察院通知监狱去人给董华君办理取保候审手续。监狱政治部主任余水受施弢委托来到检察院。

“人你们可以带回去，但事情没有完，要随传随到。”检察院的办案人和余水交代着。

“董华君到底有没有问题，这么回去怎么和大家解释呀？”

“解释什么，是检察机关办案，你们解释什么？对董华君现在还不能下结论，案子没有完，我们还要继续调查。”办案人说得很有分寸。

董华君见余水来了，非常激动：“余主任你来了，我给组织上添麻烦了。我还是那句话，我没有问题。”

“别多说了，有没有问题，不是你自己说的。我是受施监狱长委托来领你回去，你有什么话回去再说吧。”

董华君在解除拘留从检察机关回来的当天就上班了，监狱里不时地有人过来看望他。“他为什么放回来了？”大家都猜疑着，董华君和检察机关说了些什么，大家围着追问董华君。董华君一再表白："我就实事求是说的，确实钥匙在我的手里没有失控过。其他情况我什么都不知道，白鹏飞是从禁闭室跑的，也不是从会见室跑的，干吗非得要把责任往我身上推！虽说我被拘留了，但他们天天都让我回家。"

焦成金闻讯立即来到龙啸天的办公室，不无忧虑地说："龙监狱长，董华君扣了几天就回来了，这里不会有啥说道吧？原来说是拘留，董华君自己说天天都让他回家，看来也就是传讯。"

"怕什么，你多虑了。责任就应该由董华君承担，他浑身是嘴也说不清了。"龙啸天见董华君回来了，心里也有底了，毫不在意地说，"我们一块儿去找施弢，看看他是啥意见。"

龙啸天和焦成金来到施弢的办公室。龙啸天进屋后直接就给施弢来了一句："董华君回来了，大放厥词，说他是冤枉的，还要和检察院说道说道。"

"是吗，那他就说吧，要不就去人大告。"施弢指着外间的沙发，让龙啸天、焦成金坐下说。

"我看问题就出在董华君的身上，人扣了好几天，连个结论都没有，这办的是什么案子，为什么检察机关就这样不了了之了呢？哪有这样草率办案的，对监狱的人说传就传，说放就放，我们的人权还有没有保障，检察院也不能无法无天呀！"龙啸天对检察机关表示了强烈的不满。

"人家检察机关是正常办案，一切都是按程序进行。要是有啥问题董华君就回不来了，我们要相信检察机关。检察机关不是还要继续调查吗，这有什么不好理解的。"施弢完全尊重检察机关的意见。

"那对董华君怎么处理？他现在是取保候审，还能回会见室工作吗？"焦成金不同意董华君回原来的工作岗位，"我看把他的工作岗位调整一下吧，会见室是监狱的窗口，天天和社会群众接触，对监狱的影响不好。"

"有什么影响，我们就实事求是，既然是取保候审，我们有啥理由不让他上班呢？"施弢反问一句，"龙监狱长，你说呢？"

"也对，那就让董华君正常上班吧。"龙啸天向焦成金吩咐道："那你就正常安排董华君的工作吧。"

"我的意见还是调整一下他的工作，这样对他个人也是有好处的。"焦成金嘟囔着走了。

"让董华君到会见室也有好处，正好社会也都知道他回来了，议论几天也就不议论了。过一段时间再个别调整吧，不行就让他去巡逻队当队长。"龙啸天和施弢的意见是一致的，他的想法和施弢不谋而合。

焦成金来到董华君办公室，一脸沮丧的样子，说：“检察院不是查过了嘛，这施弢来了，怎么咱们俩又被传唤了？干这行真不易，领导也不保护咱们。”说完他斜着眼睛瞧瞧董华君，看他有没有反应，之后，故作生气地说：“该查的不查，睡到了一块儿的也不查！就查咱们俩。我是信着你的，你能有什么问题？”这是龙啸天给焦成金出的主意，不是说白鹏飞的跑和狱内的人有关吗？嫌疑人多了。查了一个董华君，再让他查……焦成金从董华君的办公室出来后仍然是不放心，立即来到了龙啸天的办公室。

“我看你现在是神经质了，施弢他干啥要把事情弄得那么复杂呀！我们以静制动，静观事态的发展。”龙啸天笑呵呵地说着，又拍拍焦成金的肩膀，“一切都在我的运筹之中，底细我都知道了，你听我的指挥。”龙啸天的目的就是要把水搅浑，他一个手指头点着桌子，得意地说：“扣儿，我已经给施弢系好了。”

“龙监狱长，我们可不能马虎，现在人家已经下手了！”焦成金知道龙啸天自负的性格，扔下这句话走了。

董华君像一切事情都没发生一样上班了。他每天早来晚走，仍然是乐呵呵的。会见大厅里接见的服刑人员家属熙熙攘攘。每当董华君一出现，人群里就议论纷纷。

董华君就好像什么都没有听见一样，你议论你的，我干我的工作。问到他的什么情况，他就是一笑了之：我相信组织，我是清白的。

晚上董华君回家了。妻子孙晓娟心疼地看着丈夫，一个劲地叹气，愁眉不展地劝说董华君：“监狱不少人都在议论你、讲究你，我看你是不是找个地方躲起来，先别上班了？”

“躲起来？净扯淡！我没有什么问题，为什么要躲呢？”董华君对妻子的说法一点都不动心，“我不但不躲，还要正大光明地大大方方上班，就是要给他们做个样子看看。”

“我的意思是你找个不接触社会人的岗位，干脆就到岗楼上站岗去吧。”

“岗楼上有武警站岗，我去站什么？议论呗，过几天就消停了。”

“你的钥匙到底是怎么回事，我说就把你知道的一切都说出来吧，我们都到啥时候了，还替谁保密，我们自己都顾不过来呢。”

“你不明白，不是保密，就是我把钥匙的事情说出来，也是我的一面之词，人家能相信我吗？再说了，也得罪人哪！谁家没有老人孩子，都是警察，谁进去了也不是好事，我也不好受。反正我没有什么事儿，我怕什么！”

“相不相信，我看你也得说出来，施监狱长那个人是不错的，人家那天和我说得入情入理。我再给你找一找那个易拉罐，说不准在那上面还能找出点什么有用的证据呢。”

“那还能找到吗，都这么长时间了？”

“能找到，你那次带回来的那批易拉罐我还一个没有卖呢，都在小棚子里堆着呢，东西肯定在，就怕你认不出来是哪个。”

“我能认出来是哪一个，我们俩一块儿找，也许找到那个易拉罐一块乌云就全散了。”董华君想了一会儿，和妻子说出了那个易拉罐的特征。

说干就干，两口子打着手电筒钻进小棚子就翻腾起来。翻到后半夜的时候，孙晓娟激动地喊了一声：“华君，找到了。”董华君端详了一番，肯定地说：“就是这个易拉罐，这是我捏的那个印痕。”易拉罐握到手里，董华君还是迟疑了，他认为还没到非说不可的时候。

监狱又恢复了平静，董华君的钥匙成了一个不解之谜。

午后，门卫值班民警老韩给董华君打来电话，说收发室有他家省里的亲戚捎来的一个沉甸甸的信封，交代说务必捎给他。“我家的亲戚，我家省里没有什么亲戚呀？”董华君感到奇怪，取回信封，回到办公室把信封剪开了。

他从信封里抽出了一个条子，上面写道：“华君先生，为人可要仗义，你好自为之。随信送上两万元，聊补你家庭生活困难。”落款：友人。这是一个用微机输出来的条子。董华君看得惊呆了。他抽出里面的一捆钱，不用数，一看就知道是一万元，也不够两万元呀，那一万元钱在哪里呢？

晚上下班后董华君回家了。他一进屋，孙晓娟就急切地迎上来说：“华君，你说怪不怪，我的兜子里凭空多了一万元钱。有丢钱的，还没有听说谁白得到钱的。”孙晓娟只记得午后她去了一趟超市买东西，旁边有一个人总是挤她，她担心这个人是要掏她兜里的钱，手始终没有离开兜子。

董华君明白了白天他收到的条子上说的给他两万元钱是怎么回事了。

“我们怎么办呢，这钱怎么处理呀，我害怕，快把这钱拿走吧，我们穷要有个穷志气，别在咱家过夜，别把我们赖上。”孙晓娟知道这两万元钱的分量，那是要判好几年的。

董华君寻思了一下，冷静地说："这样吧，今天我们把钱放家里，不会把我们怎么着，明天一早我就把钱送到监狱去，直接把钱交给施监狱长。"

"这事可千万别让监狱的其他人知道，要不又给我们造谣了，你就是跳进黄河也洗不清了。"孙晓娟被彻底地吓怕了。

第二天早晨一上班，董华君拎着钱早早就来到了施弢的办公室，述说了事情的经过："监狱长，监狱里有人收过白鹏飞的钱，我是一个子儿没见过，也不和他接触。我知道这是有人用这两万元钱来堵我的嘴呀，这就更证明了我不是他们的人，监狱长你现在明白是怎么回事了吧？"

施弢瞅瞅董华君，心里想，这个人慌了，这钱能证明他不为钱所动，他看出了董华君还有话没有说出来，他在怕什么，他笑了，说："华君，不要怕，给你钱就收下，你就装做什么事都没有发生。你说的情况非常重要，不要和任何人说，就你我知道就行了，暂时还要保密，我相信你是清白的，事情总会有水落石出的一天。"施弢嘱咐着董华君，给他一个定心丸。案子这么快就上线索了，出乎他的预料，他心中暗自高兴。

"施监狱长，你放心，我既然穿上了这身警服，就啥也不怕。我要坚决和他们斗到底，大不了就是一条命呗。"

"董华君同志，我代表监狱党委谢谢你，你耐心等待，沉住气。"施弢紧握着董华君的手。

监狱党委副书记、副政委、纪检委书记贺海东来找施弢。

"监狱长，那我走了。"董华君给贺海东敬礼，打着招呼："贺政委，你们谈吧。"董华君忧心忡忡地走了。

"贺政委，你来得正是时候，我和董华君也谈完了，你对董华君这个人怎么评价？"施弢迎面给贺海东提了一个问题。

"董华君，人正派老实，工作负责，他的社会交往面非常窄，朋友不多，群众关系还是不错的，为别人想得多。对这个人有一点可以放心，从来不说假话，办事不走样。监狱党委几次要提拔他做狱政处副处长，但民意测评这一关他始终过不去，实际上就是龙啸天和焦成金不同意。"

"焦成金这个人怎么样？"

"工作始终是不错的，为人城府很深。在他身上没有听到什么乱七八糟的事。在监狱顶半拉监狱长，是龙啸天的得力助手。但我这几年对他总是有一种担忧，他像是变了。”

“龙啸天这个人怎么样？”施弢见贺海东提到龙啸天立即紧跟一句。按照组织原则和为人，作为一个单位的一把手在背后是不应该议论自己的副手的，但今天，施弢和分管政工的副政委谈话，所以他顺便了解一下班子人员的情况，还不能说是犯了组织大忌。

“龙啸天，”贺海东欲言又止，“这话怎么说呢？”他显然有些为难，“龙啸天能力超群，郑五常监狱长曾几次推荐他当监狱一把手。但一有意向，监狱就有上告信。市委魏副书记很欣赏他，他们是多年的哥们了。”

施弢知道贺海东说的是实话，贺海东这几年在为官上采取的是不求有功但求无过、明哲保身的态度，他不想在自己的仕途上有什么作为。“你对白鹏飞脱逃是怎么看的？”施弢又提出了一个难题。

“这个，我始终分管政工，还很难说得准。但有一点我敢肯定，要是监狱内没有人配合，白鹏飞是跑不了的。”

“是谁，证据呢？”施弢要的是证据，有了理由、有了分析，还必须有证据。

“证据，我认为就是和狱政处的人员有关。检察机关也查了几次，没有线索。监狱的许多人都知道，包括大院里的犯人也知道，龙啸天、焦成金和白鹏飞的关系不一般，那是真正的铁哥们。”

“过去你们一次也没有找过董华君吗，难道监狱纪委对这个案件一点也没有介入吗？”

“找过他，监狱纪检委也介入了。因为会见室监狱外墙铁门钥匙是他掌管着。但现场勘验证明锁头是砸开的，这就和董华君没啥关系了。我始终认为那么大的锁头硬是砸碎了，怎么能一丁点声音都听不到，我不信。人家有分管的监狱长，郑监狱长不说啥，我能说啥呢。沅山监狱的事情太复杂了，我过去曾和市委领导谈过沅山监狱的情况，后来这些情况都反馈回来了，弄得班子成员对我都不满意，特别是郑监狱长说我是隔着锅台上炕，从那以后他们似乎很多事情都背着我。我是向市委和省局领导反映情况，我错哪里了，我也不是非组织活动，到今天我都想不通。唉，我再干几年就退了，我不想得罪人了。”贺海东话里有话，心里十分委屈。

施弢见贺海东委屈的样子，心里也像打翻了五味瓶不是个滋味。话唠到了这里，施弢也不能不说了：“贺政委，你没有错。在市场经济下，在金钱面前，很多人的灵魂都在扭曲，他们对一切的选择和取舍都取决于给付金钱的多少，亲情、友情、民族情，都淡漠了。我现在也在苦苦地思考着一些问题，社会永远是在变化的，但是社会也有些永远不变的基本定势，这就是社会发展变化的基本规律，需要人们永远去探索。社会永远是前进发展的，谁要阻挡社会的前进和发展，那他就将会成为历史的罪人。共产党的伟大之处，就是这个党永远迎合时代的需要。”

施弢停顿了一下继续说：“贺政委，我说得可能是远了些，我总觉得我们好些人在这些基本理论方面糊涂或者说头脑不清醒。我们都应该守土有责，保持自己的信仰和追求。我是不变了，不知道你是怎么想的。当什么官好，只要你不贪不占，当什么官都是一样的。我一定要让天下的老百姓知道，天下还有共产党员。在抗日战争时期曾有过这样一句话，‘要想中国亡，除非湖南人都死光’，这才是一批真正有良知的中国人说的话。我去过很多国家，包括社会主义国家和资本主义国家，我觉得还是共产党治理国家有办法，路子对，手段高明。哪个国家的秩序有我们中国好？还是那位民主人士说得好，历史以铁的事实充分证明，还是共产党高明呀。”

施弢的一番话，深深地打动了贺海东的心，他连连点头称道：“我佩服你在理论上的见地，有观点，有骨气，你把问题看得这么透，是经过了一番深刻思考的了，我向你学习。”

“不，贺政委，我得向你学习，我敬重你的为人，要是没有以你为代表的这样一批好人，沅山监狱不知道怎么样了。我们下决心联手干吧！”施弢一双充满希望的眼睛凝视着贺海东。

两个人的手紧紧地握到了一起。贺海东的眼睛里闪现着晶莹的泪花，激动地说：“我干，我干！我估摸着，白鹏飞这起案件查起来恐怕要牵涉一批人呀！”

“沅山监狱这样的风气怎么能行！要想扭转目前的局面，就得不管牵涉到谁，一干到底了。只要共产党不变，我谁也不怕，死了也算是烈士。”施弢是豁出去了。

“白鹏飞在监狱里面花钱如流水，人跑了，有多少人恨他呢？别的不说，就你办公室里的这些设施都是用白鹏飞的贡献款买的。这是看得见的，谁又知道这有多少看不见的钱呢？今年是你来以后消停了，上边已明确规定不让收做贡献的钱了。谁让咱监狱穷呀！靠山吃山，靠水吃水，监狱有啥，就得吃犯人呗。”

“这几年监狱能收多少做贡献的钱？”施弢心里也没有底，他也知道不能否认，这里有的人也是在有意地夸大数字。

“不知道，办这事儿只有原来的郑监狱长、龙监狱长、焦处长三人经手，班子其他人是不插手的，我这个副政委更是到不了跟前的。”

施弢沉默不语，他在回味着贺海东说的话，难道情况真的会是这样严重吗？

“过去的事情，施监狱长我劝你也别查了，你也不一定在沅山监狱干长，上边也不希望事情搞大了，收不了场，对上下都没有好处。何况监狱有俩钱又算啥事呢。”贺海东想得很细，顾虑重重。他这几年干得也非常窝囊，他何尝不想查呢？这几年的酸甜苦辣他和谁说呢？

“不查，不查这个监狱能太平吗？人民群众，罪犯家属，广大民警能放过我们吗？说句心里话，我们的良心，我们的党性能让我们这样做吗？我们和关在里面的人又有啥区别呢？”施弢知道对这样的事情必须慎重行事，“贺政委，晚上咱们找个地方好好地唠唠，咱们俩说说心里话，你也是监狱的老人了，很多事情你比我有发言权。你说上哪儿去，我请客。”

“哪有你请客的道理，要说请客那也得是我请了。我们去‘聚聚’小吃部怎么样？”

“行，吃啥无所谓，只要肃静就行。”施弢爽快地答应了。

下班后，邵俨开车把施弢和贺海东送到了“聚聚”小吃部，然后开车走了。雅间的条件挺好，暖洋洋的，外面喧闹的声音进不来。施弢和贺海东尽情地谈着聊着。

“施监狱长，我敬重你的为人和你的胆识。但你知道监狱是一个复杂的小社会，要管好这个社会是太难了。沅山监狱的人员是非常复杂的，尤其龙啸天这个人现在是手眼通天，他不把监狱长的宝座夺到手，是不会善罢甘休的。你不把他调走，沅山监狱的问题你啥也解决不了，他是你面前的一座山，是一只凶恶的拦路虎。”

“明知山有虎，偏向虎山行。我准备一切都先这么维持着，我先集中时间熟悉情况，监狱工作由你主持，要搞好这个监狱得多管齐下。目前，当务之急是要尽快将白鹏飞追捕归案。”施弢一直认为与追捕白鹏飞相比，和龙啸天之间的摩擦暂可忽略。

“你要紧紧抓住狱侦处长陈剑虹这个人，他是个正派的人，而且和社会上的人、监狱的关系犯都没有联系，是一个完全可以信赖的人，如果有机会可以用起来。”贺海东详细地向施弢介绍了陈剑虹的情况。

“贺政委，只要我们联手，团结一致，有市委的大力支持，我相信一定会治理好这个监狱。”施弢胸有成竹。他已经有了一整套的思路。

“贺政委，你看看这个条子是谁写的？”施弢从兜子里掏出来那个条子递给贺海东。

贺海东仔细地看着字条。字条上写道：“施弢，铁门锁肯定不是砸开的，是有人用钥匙打开的。”

施彂向贺海东介绍了那天得到这个条子的经过，捡条子的事他没有和任何人透漏过，今天是第一次和贺海东说。

“这个条子肯定是我们内部的人写的，这是不容怀疑的。”

“贺政委，你的看法和我是一致的。但那天现场也没有别人呀，会是谁呢？那个武警战士动都没有动一下。我想这个人还会给我提供情况的，我们在明处，他在暗处。”

两人正说话时，施彂的手机响了，上面打出一段话：“施彂，你要相信我写给你的字条是真实的，相信你能把沅山监狱整治过来，这是我们民警的呼声。”

“我出去一趟。”施彂当即和电信局联系让查查短信是从哪里发过来的。电信局答复查不到。

贺海东的思想通了，情绪高昂起来，话逐渐地多了起来：“监狱长，您来这么长的时间了，民警大会何时开呀？你总得要和大家正式见见面嘛。开一次民警大会，然后再开一次服刑人员大会。那么多双眼睛都在盯着你呢。”

“过一段时间再说吧。我来的时间还短，情况不熟，讲起话来缺乏根据。”

“既然这样，我可以替你看着家，时间可别太长了。”

“一言为定，咱俩干了这杯。”施彂提议。“还有一件事我告诉你，钥匙里肯定有戏，你心里有数吧。”

“这个人是谁？证据确凿吗？”贺海东听了这个情况心头一颤。

“现在还说不准，但已经有了明确的侦查对象，检察机关正在工作之中。事情很快就会有眉目，问题十有八九是要出在我们内部的。”

贺海东见施彂不说也没有往下追问，他心里明白肯定是监狱内部人干的，没有家贼引不来外鬼。两人都沉思起来，他们都在为沅山监狱的前途担忧。两人偶尔谁提议喝杯酒。“沅山监狱的情况确实很复杂，比预想的要复杂得多。如果这钥匙真的是狱内的人提供的，这就不仅是一个人的问题了。”施彂深思着。他来监狱这么长时间了，总觉得背后有人在盯着他。也许是职业的敏感性。他的感觉是没有错的，贺海东也感到心情压抑，他一听说钥匙的问题是出在监狱内部，感到监狱要有一场激烈的斗争，恐怕要牵扯到一帮人。暴风雨就要来临了！

邵俨开车过来接他们，打电话告诉说车到了。

“贺政委，时间也不早了，我们改日再谈吧。”施彂招呼服务员结账。

“我自己打车走了，你们还得特意送我，南辕北辙。”贺海东住的是监狱警官小区，离监狱不远。

“开什么玩笑，那怎么能行呢，这么晚了，又是我们自己的车，再远也是要送的，快上车吧。”

施弢和邵俨送完贺海东回来已是午夜了。街面上的车辆不多了，也很少见有行人，车从东到西几乎正好在沅江市的解放大路跑了一个直线。

施弢没有丝毫的睡意，他仰靠在座椅上问道：“邵俨，你来接我们的时候，看没看见门口有人在盯着我们？”刚才他和贺海东一出酒馆，眼见门口有两个人转身就走了。施弢在想，我们在屋内谈话他们是不是在门外偷听着。他在外出打电话时，似乎有一个人影也一闪不见了。

“我来接你们的时候，看见有两个人上车走了，好像就是那天开捷达车的那两个人。我把他们照下来了，不知道效果怎么样，明天洗出来后就知道了。”

“干得好，我看他们这次往哪里跑。我们不要惊动他们，让他们跟着。”

14.

清晨，太阳刚刚露头，监狱警官小区还一片清寂，只有树上早醒的小鸟在啼叫着。焦成金的家里来了两个年轻人。焦成金披着睡衣，三人在客厅里低声唠着。

“我不是多次说过不让你们到家里来吗，这家属住宅里有多少人盯着我们呢，净给我添麻烦。”焦成金对他们的到来非常反感，几个社会上的小混混竟敢直接闯入他家里，真是胆肥了。

“我们不是考虑大哥着急嘛，昨天晚上给你打电话也没有打通，我们就起早来了。”两个人点头哈腰地一再解释，表示歉意。

“挑主要的，说说昨天都看见什么了？”

“别的我没有听清楚，但有一点我敢保证，他们谈的全都是监狱的情况，特别是那个政委情绪激动，说什么监狱内部有问题。他们俩扯了足足有三个小时，吃完饭后就回家了，是监狱的车接的。”

“废话，我要的就是监狱里和我们有关的情况，别的情况对我们也没有用。跟了一个晚上，就得到这么点情况。上次让你们跟车，你们给跟丢了，听情况听个糊里糊涂，呆呵的，还能办明白什么事情。”焦成金不满意地说。

“还有一个情况，吃饭中间施弢出去在吧台打电话查了一个传呼，问电信局是哪里传过来的，电信局说查不到。”

“他们发现你们跟着没有？”

“没有，我们要是让他们发现了，那我们还够手吗，怎么和大哥你交代。”

“那就好，别把戏给我演砸了。以后你们俩就给我死盯着施弢，钱我是不会差你们的，有什么情况随时告诉我。”焦成金说着递给两人两千元钱。

“谢谢焦哥，你交代的我们记住了，我们就是哥的两条狗，你说咬谁就咬谁，咬住就不撒口。”

“管好你们的嘴，跑一点口风我饶不了你们！”焦成金狠狠地说道。

“哪敢，哪敢呢，我们还要不要命了，大哥的厉害谁不知道，一拳头能把我们的脑袋砸扁……”

“你们俩少和我耍贫嘴，有什么情况立即向我报告。快走吧，快到上班的时间了，人多了看见你们不好。”焦成金把他们俩撵走了。

上班后，焦成金立即来到龙啸天的办公室，关上了门，和龙啸天讲述着施弢和贺海东谈话的情况。

“昨天晚上下班后，他们俩是坐一台车走的。他们在‘聚聚’小吃部，点了四个小菜，半斤小烧，他们就是谈了监狱工作的情况，还各讲了一个笑话……”

“什么，中间有人给他打传呼？”焦成金说了很多都没有引起龙啸天的兴趣，当焦成金说起那个不知名的传呼时，龙啸天眉头紧皱，“肯定是监狱有人在向施弢反映我们的情况，这个人肯定也不是一般身份的人。这个人是谁呢？务必要找到。”他的眼前闪现出四五个人来，他的目标锁定了一个人。

“要是能找到还有啥说的，我也觉得我们的办法是简单了一点，恐怕我们的跟前也有人盯着呢。”焦成金后悔不应该让那两个人到他家里去。

“那不可能，你就是善于联想，我是服你了。我们要全力找到那个人，谁先找到这个人谁就赢。是谁呢，能不能是武警小鲍？”龙啸天猜疑着。

“小鲍？他一个部队战士能掺和地方的事情吗，我看可能性几乎是零。”

“要真是他还好办了，我就怕不是他呀！我最担心的是他啊——”龙啸天的话音拉长了。

焦成金盯着问：“是谁？”

“就是他，那个大耳朵。”龙啸天用手往下指了指，用手比画了一下，陈剑虹的办公室就在龙啸天办公室的楼下，“肯定是他，错不了。”

“是他，陈剑虹？”焦成金不自觉地说出了名，恍然了，“对，肯定是他，没错。”

“嘘——”龙啸天打着手势，“要是他干的，事情可就复杂了，那就是说施弢已经掌握了相当一部分情况，网已经布完了，等着鱼儿入网呢，那对我们是极其不利的呀！”

龙啸天心里非常清楚，陈剑虹工作能力超群，作风正派，在监狱威信很高，他的侦查水平在全省都是出类拔萃的，可惜陈剑虹和他们绝对不是一个道上的人。多年来和龙啸天始终是不即不离，就是不往深处处。白鹏飞是怎么跑的，陈剑虹心里明镜似的，多次提出了反对的意见，那矛头就是冲着他来的。

一阵悦耳的音乐声，龙啸天的电话响了，电话是一个女人打来的，嗲声嗲气：“喂，你是龙哥吗？”

“对，我是龙啸天，你是谁，有话快说，我在忙着！”龙啸天讨厌这么早谁给他来电话，一般这个时间他的手机都是关着的，刚才和焦成金通了一个电话，忘关机了。他只要在监狱手机几乎是关着的，熟悉的人都是早晨往他家里打电话。

“忙着，忙什么，你是市委书记呀！我就不让你忙，我就不说是谁，你猜猜。”电话里面的女人咯咯地笑着，就是不告诉他是谁。

龙啸天琢磨着这个女人是谁呢，他平时很少和女人来往。听声音是有点熟，朗朗的笑声，他想起来了，是蒙丽莎，她的笑声是很特别的。女人的笑声最能反映她的性格特征。她这么早来电话干什么？他故意装着猜不着：“我实在猜不着，你赶快报个姓吧，要不我就撂电话了。”

“我才说这几句话就不耐烦了，看来是你们警察的职业病呀！告诉你吧，我是小蒙，这才几天就把老妹子给忘了，看来龙哥身边的靓妹是太多了。”蒙丽莎故意拿腔弄调的，哼哼呀呀地挑逗着龙啸天。

“哎呀，是蒙总啊，对不起了，我根本没有想到你这个大老板还能给我这个小副监狱长来电话。有什么事情，你就不客气地说吧。”龙啸天笑吟吟地和蒙丽莎绕着小弯子。

“晚上我请你喝茶，没有什么事情，就是想和你说说话。”

“都有谁呀，我去方便吗？”龙啸天故意推辞着。

“龙哥，没有外人，就我俩，我们选个肃静的地方说说话，我一个人晚上也没有什么意思呀。”

“强哥不是在家吗，晚上把他叫着，我们三个人还能喝两杯。”龙啸天明知道蒙丽莎不可能找华少怀，故意逗着蒙丽莎。

“他算谁？他和我有什么关系呢，我今天请的是你，他无权干涉我的生活，我也不干涉他，去不去你看着办吧。”蒙丽莎在电话里生气了。

“蒙总好厉害呀，我领教了。美眉邀请，岂敢不从命，好吧，我领情了，晚上我一定去。”

“你开机等我，下班时我开车到监狱来接你。拜拜！”

“拜拜！”龙啸天满面春风地撂下了电话，呷了一口茶，自语道：“蒙丽莎是个人才，人中豪杰，真是一块经商的好料呀。”

焦成金在旁边几乎听呆了，两个人肉麻地调情，还评价为人中豪杰，那就是比女中豪杰还要高的，他感觉龙啸天已经被蒙丽莎拿得骨酥肉麻。他顺嘴来了一句：“龙监狱长，这个女人可厉害，有钱又年轻漂亮，市里有的官员让她支得滴溜溜地转，别把你粘上，你未必能斗得了她。”但话一说出来，焦成金就后悔了，他知道龙啸天肯定会不乐意的。

“哈哈，一个女人有什么了不起的，大不了就是要拉我上床呗。这个女人以后我们是能够用得着的，我去会会她，她还能把我吃了不成。如果我招架不住你就去救我，帮我一把。”龙啸天笑着说。他此时格外开心，因为他已经多少年没有和婚外的女人接触了，说实在的话，他是不贪恋女色的。可是自从那天和蒙丽莎见面后，他就有了年轻时第一次跟异性接触的那种感觉，给他的心灵带来如此的震颤，但绝不是钱。他看出了蒙丽莎对他也有一种渴求，是一种女人对男人的渴求。

“大哥，你让我帮你一把，太高看我了。”焦成金笑了，龙啸天竟然像小青年般痴情，劝赌不劝嫖，他啥也不能说。过去对蒙丽莎那样的女人他一点也看不上，但从那天的事情以后他对蒙丽莎的看法转变了，蒙丽莎有这么大的神通让他刮目相看了。财色双全的女人既是天使又是魔鬼，她往往把灾难和幸福同时带给你，最终的结果大都是灾难。他隐约对龙啸天有了一种担忧，他觉得龙啸天是在一步一步地向蒙丽莎设计的陷阱走下去。这样的女人龙啸天能驾驭得了吗？他拒绝道：“大哥你都招架不住，小弟我就彻底地白给了。那我就先走了，处里好多事情等着我处理呢。”

“晚上你也去吧，我一个人去也不方便，蒙总对你印象非常好，你也处一处，人家在关键的时候，对你怎么样，帮我们一分钱都不要，我们净白吃白喝人家的，讲不讲究，在沅江市你找不出第二个这样的女人。你和她处一处，以后我们有什么事情也方便。”龙啸天把蒙丽莎赞美得没有一点瑕疵。

“我怎么能去呢，人家也没有找我，我不搅了大哥的好事了。再说以后有什么事情不是有大哥您吗，我怕什么呀！”焦成金开着玩笑走了。

第五章　石榴裙下

像我这样的女人是出卖了自己的身体，但我也是为了生存，为了赚钱。你们高官玩弄女人，出卖的是什么，出卖的是自己的灵魂，是国家的利益，是老百姓的血汗。

15．

晚上下班了，监狱办公大楼里的人员都走了，整个楼里就龙啸天办公室的灯还在亮着，他在批阅着几份文件。他不时地看着表，往楼下望着，算计着蒙丽莎到来的时间。

办公室的电话响了，是门卫打来的，报告龙啸天有一个女人开车来找他。龙啸天告诉门卫放她进来。正说着手机响了，他接起了电话，是蒙丽莎打来的。“龙哥，你下楼吧，我到你们楼下了。”蒙丽莎准时来到了监狱。

龙啸天握着电话向办公室的窗外望去，一部红色的宝马车停在办公楼下：“对不起了，稍等我一会儿，我换完衣服马上就下楼。”

“我不着急，你把事情都处理完，我等你。”蒙丽莎的声音非常柔和，“我开车在你们的院里转一转。”

龙啸天很快换完了衣服，来到了楼下。蒙丽莎把车转过来了，探出头来说：“你们的监狱好大呀！”

“这才哪儿到哪儿，你转的仅仅是监狱的行政区，狱内的面积更大，方便的时候我让你把车开进去兜一圈。”龙啸天弯腰打开了车门，坐到了副驾驶的位置上，调整了一下座椅，笑着说：“蒙总打扮得好漂亮呀！”

“我只是打扮得漂亮，人不漂亮吗？”蒙丽莎撅起了嘴。

“你看我的话说得多没水平，我该打自己的嘴巴，你蒙总是天生丽质，好马配好鞍嘛。”

"你们监狱进来一趟可真严，还看看我的证件，把我的车牌号也登记了。"

"监狱嘛，就是让你感到门难进，事难办，脸也难看！"

"那把大门的警察是用那样的一种眼光看着我，好像我是什么特务一类的，和我说话也很不客气，我一说找你们的龙监狱长，他的态度马上就变了，你在监狱的威信真高啊。"蒙丽莎赞叹道。

"不是我们警察的态度不好，是你太漂亮了，我们这地方的警察什么时候见过像你这么漂亮的女人呀！"

"是吗，龙哥，我有这么漂亮？我自己都不知道。"蒙丽莎转怒为笑，高兴了。龙啸天从她的眼神中感觉到今天晚上要发生什么。

车很快上了高速公路。蒙丽莎熟练地驾驶着车，俨然是一个老司机了，开得非常稳当。她巧妙地利用着高速公路的空间，恰到好处地控制着加速器，不玩弄任何驾驶的技巧。

龙啸天望着公路两旁平缓连绵的群山和映入眼帘的湛蓝色沅江湖水，一天的疲劳荡然无存了，一切都是那样的惬意："蒙总你车开得不错呀，稳中有快。"

"马马虎虎，自己家的车，就是敢开，没有压力。"蒙丽莎听了龙啸天的话非常高兴，她就喜欢别人夸她车开得好。

"我什么时候能有这么一部车就满足了，我上下班坐的还是老式桑塔纳呢，都跑三十多万公里了。"

"那不是很简单点事吗，你什么时候需要，我给你买一部，什么牌的由你定，你选一部男士开的车。"蒙丽莎和龙啸天在一起，脾气也没有了，一言一行变得格外温柔。

"我可不能无功受禄，一个大男人，我凭什么要你蒙总的车呀！"

"客气，不就是一部车嘛，我喜欢龙大哥的豪爽，只要你喜欢的东西我就拱手送上，我就是这样的女人。"蒙丽莎话说得敞亮，龙啸天听了觉得格外的舒服，他真想把蒙丽莎搂在怀里猛猛地吻上一顿，但现在这个时候他还不能。

蒙丽莎和龙啸天你一句我一句唠得亲亲热热的，龙啸天看出了蒙丽莎非常开心，净挑她高兴的话说。见车出市区了，他连忙问道："蒙总，你这是往哪儿开呀？"

"龙哥，上我们公司的别墅，喜欢不？"蒙丽莎心里早就有谱，都进入主道了，要拐回来那可得绕老远了。

"公司的别墅在哪里，我没有去过呀！"龙啸天没有想到这第一天相约蒙丽莎竟然敢把他往别墅拉，这个女人真的是敢恨敢爱。

“再往前走十公里就到了，我的别墅条件可好了，称得上是超五星级。有的领导也去过，在我那里玩得可高兴了。我还请了几次市委的夏枫书记，他答应有时间过来。”蒙丽莎骄傲地炫耀着。

“那么大的别墅就我们两个人，不太方便吧。”龙啸天故作为难状，想不去了，“我们换个地方行不行？”

“有什么不方便呢，眼瞅就要到了，还换什么地方，你愿意换等下次吧，到地方后你相不中，喝杯茶，我马上调头把你拉回来。看不出来龙哥是这样正经，我是高攀了。”蒙丽莎面有愠色，狠狠地踩了一脚油门，车猛地加速了。

“这话可说远了，蒙总在沅江市是何等人物，我是一个普通的监狱警察，你能看得起我是我的福分了，我过去吃的都是小馆子，今生还第一次有人这样高规格请我。”龙啸天说的倒是实话，监狱和社会的联系面是有限的，高规格请的人不多，都是小打小闹。只不过是这几年监狱里关的高官和大老板多了，社会对监狱也另眼相看了。

“龙哥你说得太可怜了，在沅江市谁能请得动你呀！你要是开口在美国请你的人都会有，沅江市的大饭店算个什么，你都吃腻了。你要是给面子，以后我天天请你，天天陪你。”蒙丽莎可是真的会说。

“我清清贫贫的一个小官，你天天陪我值得吗，你请我不后悔呀？你跟前不是都有一个强哥了吗，还有谁敢陪你？”龙啸天故意刺激蒙丽莎。

“你的话差矣，我请你可不是有所图和有所求的，是你的学识和胆识让我敬佩，你太有男人味了，你的才能和义气在沅江市是大家都认可的。你和强哥是两个不同道上的人，那是个小秧子，纯是一个耍嘴的人。”蒙丽莎毫不留情地谈了她对华少怀的反感。

“我也是一个很普通的人呀，我有什么本事，连一个七品官都不是，财产是地无一垄，房无一间，家住一套不足一百平方米的房子，一个月的工资不足两千元。”龙啸天说的倒是实情。

“人穷不怕，就怕人穷志短，我当年的家境比你家要穷多少倍，这几年是扑腾起来了，嘿，有俩钱了，那算个什么，有得就有失！我们经商的苦处你们是体会不出来的，受了多少的气才有今天的，现在瞅我像个人了，捧的人多了。你不知道我当年受了多少白眼，容易吗？”蒙丽莎的眼圈红了，她闯荡了十年几乎搭上了自己的一切。她曾痛骂一个下了女人床就变脸的处长：像我这样的女人是出卖了自己的身体，但我也是为了生存，为了赚钱。你们高官玩弄女人，出卖的是什么，出卖的是自己的灵魂，是国家的利益，是老百姓的血汗。

“我理解你，一个女人能有今天，付出的代价是无法用语言形容的。”龙啸天对女人确实从来都是同情的，他常说托生为女人是最不幸的。监狱里的人都知道他对女警察好。

沅江湖两岸分布着各个公司老板建的私人别墅区，风格别样。车沿着外环公路缓缓地走着，夜色深沉了，两人越唠越投机。

蒙丽莎公司的别墅位于沅江北岸的红杉林中。白墙红顶欧式风格的小洋楼，在月光下熠熠生辉。远远望去就像一个纯情的少女戴着一顶红帽子穿着一身白纱在林中穿梭。电子门自动开启，车缓缓进入了院内。一个漂亮的女佣迎了上来，打开了车门，用生硬的汉话打着招呼：“蒙总，您回来了！”

“阿英，赶紧准备晚餐，我们吃西餐。”蒙丽莎的话语里带着一个老总的尊严，完全是一副不容商量的口吻，和在车上与龙啸天说笑时俨然换了一副面孔。

“好的！”阿英诺诺地应道退步走了。

龙啸天望着蒙丽莎暗自感叹道：这女人的脸真是说变就变，变得比川剧的变脸还快。“她是朝鲜族女人？”龙啸天望着女佣的背影说。

“龙哥，你猜猜！”蒙丽莎的脸当即又变了回来，一脸媚笑。

“不会是菲律宾人吧？”龙啸天大胆地猜着，他听说在沅江市大手雇的都是菲律宾女佣。

“你太聪明了，看来今后是什么事情也瞒不住你了，她真的是菲律宾人，世界一流的女佣，受过专门训练的。”

“你加点小心，别是美国派来的间谍，专门刺探我国的情报。”龙啸天知道有些外佣是应该特别防范的。

“你可别吓唬我，干你们那行的，是太敏感了，什么事情都猜疑。她是通过正规渠道到我国来打工的，我包吃包住一个月给她开五千元。”

“嗬，五千？比我的工资还高。”龙啸天惊叹道，接着又说：“干脆用我吧，我保证比她干得好！”

“行啊，你来我一个月给你一万，白天看家，晚上陪我……”蒙丽莎话没有往下说，哈哈笑了起来。

“陪你干什么？”龙啸天也笑了。

“好活，到时候你就知道了。”蒙丽莎挽着龙啸天的手进入门厅。

一个面积有一百平方米可容纳几十人活动的大客厅展现在眼前，一盏华丽的水晶吊灯从天井上垂下来。靠厅角处摆放着精致的景德镇瓷瓶和几尊艺术雕像。螺旋楼梯，橘红色的大理石地面，淡绿色的墙壁，给人以春天的感觉。围成圈状的纯正的意大利沙发和正宗红木茶几，插在墨绿色花瓶里的几支洁白的百合花散发着淡淡的香气，与房间里的气氛颇为融洽相称。这客厅里的物品件件都是艺术品，加起来的价值得超过百万元。

“真漂亮!”龙啸天不自觉地赞叹道。他犹如置身于一个英国贵夫人的房间，这是在小说中、电影里才见过的场面，这是一种何等的生活。

“龙哥，你先休息一会儿，我上楼去换衣服。”

“好，你去吧，我参观一下你的别墅。”龙啸天正注视着一幅毕加索的油画，端详着真伪。他望着墙壁上的一幅字笑了，“真味是淡，至人如常”，这样的至理名言竟然挂到了这里，他不明白蒙丽莎这样的生意人喜欢这句话的意义。

“我漂亮吗？”蒙丽莎换了一身洁白的晚礼服从楼上下来。龙啸天更加觉得蒙丽莎贵气非凡，标致艳丽，气质高雅。

“我们今天吃西餐怎么样？”蒙丽莎在别墅里请客安排的都是西餐。

“客随主便。”龙啸天实际上是不愿意吃什么西餐的，但他不好意思说出来，人家都准备好了。蒙丽莎知道多数人都不愿意吃西餐，但她家的西餐可不是一般的西餐，吃过后还没有说不好吃的。

“龙哥，你品尝一下我家的西餐，沅江市谁也做不出来。现在我们有钱了，吃东西也得讲究一些了。什么大葱大酱大鱼大肉这东西尽量少吃，为什么我们的高血压、心血管病发病率这样高，和我们饮食不科学、不卫生有很大的关系。”

“好，好！”龙啸天实际上心里反驳说，什么科学不科学的，饿了吃什么都香，想吃什么就说明身体需要什么。现在的人是讲究吃了，可没有过去吃苞米面大饼子的人长寿。

阿英过来告诉说晚餐已经准备好了。餐桌上摆好了鱼子酱、鹅肝酱、烤鳗鱼、牛排、奶油蔬菜沙拉、俄式红菜汤，还有金光闪烁的刀叉，刺绣的橘黄色餐巾。

“今天我们俩喝一点洋酒怎么样？”蒙丽莎已经把酒打开了，XO特有的洋酒味道飘逸出来。

“蒙总是有备而请了，看来我今天是要倒在你的别墅里了。”龙啸天知道自己今天肯定是不能走了。

夜深了，一阵阵花香不时地随风飘进了房间。两个人都喝得醉醺醺的了，蒙丽莎更是春意荡漾，紧紧地挨着龙啸天不停地说着酒话。“龙哥，我放一首曲子给你听。”蒙丽莎打开了客厅里那架专门收藏的古老的留声机。音箱里响起了华尔兹舞曲。蒙丽莎起身邀请龙啸天跳舞。她紧紧地贴在龙啸天的身上，明显地感觉到了龙啸天下身的涌动。

蒙丽莎笑笑，两只大眼睛直盯着龙啸天。龙啸天实在忍不住了，俯首亲吻着她那性感的双唇。蒙丽莎闭上了双眼，任由龙啸天亲吻着。两个人拥吻着跳舞，龙啸天索性把蒙丽莎抱在了怀里，两个人贴得天衣无缝。

窗外哗哗地下起了雨，窗帘随风飘荡着，室内徐过一阵凉风。蒙丽莎推开了龙啸天，过去关上了窗户。“你坏，我的裤子都被你拽坏了。”蒙丽莎裤钩不知什么时候被龙啸天打开了。龙啸天笑了，指着自己裤子的前开门说：“你不坏，看把我整的。”

“天下雨了，今天你就别走了，明天是周六，你赏脸就住这儿吧。”蒙丽莎眼角瞥着房间里那张意大利风格的双人大床。

“不走，我可没有想过，太突然了，我是一点心理准备也没有呀！”

“准备什么，你是处男呀！嘿嘿，你走也不可能了，没有车我看你怎么走，这地方打不着车。”

龙啸天望着窗外，雨下得更大了。他叹息一声：“唉，春雨留人，天意呀！看来我是真的走不成了，听天由命了。”

“你坐着歇一会儿，喝一杯咖啡吧，我先去洗个澡。”蒙丽莎起身去澡间了。

龙啸天坐在沙发上，用小勺轻轻地搅拌杯里的咖啡，小口呷着，品着咖啡的香味。澡间的门虚掩着，里面传来了哗哗的水声，蒙丽莎喊着：“龙哥，你也进来冲一冲。”

龙啸天探头一看，蒙丽莎已经泡在了澡盆里，乌发飘散，澡间里充满了女人身体的芳香，太诱惑人了：“我不冲了，我是昨天洗的澡。”

“不，我让你洗，你出了一身的汗，一身汗味，你来嘛……”蒙丽莎举着大腿，不停地叫着龙啸天。

“好，好，我去，你可别叫了，我就来。”

两个人在水里翻腾起来，浴缸里的水快干了……

天色渐渐地亮了起来。虽然夜色还没有完全褪尽，但地平线下面的太阳已透出了霞光，将夜纱轻轻地撕开了一角。龙啸天感觉到是阳光在揉摸着他的眼睛，他醒了。蒙丽莎还光溜溜地趴在他的胸膛上睡得惬意。待蒙丽莎醒来，两人又你来我往地折腾了一阵，气喘吁吁，逐渐平静下来，躺着唠嗑。蒙丽莎又把话题扯到了邓文龙身上。

“龙哥，你一定替我照顾好邓文龙，对他的事情一定要全力帮忙。”

“我看出来了，你对邓文龙是真心帮忙的，他能有你这样的朋友是交对了。”龙啸天开着玩笑，“怎么你和他还有一腿吗？”

“龙哥你把话说哪里去了，这么快就吃醋了，你以为我和谁都是轻易上床的吗？邓文龙当年有恩于我，我不能做忘恩负义的人，他有难了，这时候才要帮忙的。”蒙丽莎从床头柜里拿出了一份材料，“你看看这份材料，这是邓哥的朋友给我的，我还没有详细看呢，他们说这份材料非常值钱，你一看就明白。”

龙啸天接过了材料浏览着，材料举报的是去年在沅江市高新技术开发区发生的轰动全市的杀人案件，两名男青年被杀死在饭店门口，凶手跑了，警察连凶手的影子都没有见到。案子发生一年了，至今没有破案，公安局挂牌了。

“他们是从哪里得到的线索，这么准确？”龙啸天合上了材料，双手抱着头说：“他们简直比公安局还神，社会力量这么强大，好厉害呀！”

“高新区那片儿是邓文龙大哥朋友的地盘，发生的事情他们都知道。为了邓哥能早日出监，他们宁可搭两个小混混，把这件事情给抖搂出来了，也不能说是哥们无情，他们的案子公安也瞄上了，露了也就是早晚的事。”

“这份礼物不轻啊，邓文龙他属于重大立功，至少可以减二年刑。你能不能告诉我你的朋友是谁，他有这么大的神通？”

“是白鹏飞，白哥通过我的一个朋友转交给我的。”蒙丽莎没有说那个朋友是谁，她不想告诉龙啸天。

“你是怎么认识白鹏飞的？”龙啸天惊讶地问。

“说来话长了，你愿意听我就讲给你听。”蒙丽莎从被窝里坐了起来，披着睡衣说，“鹏哥和邓哥他们两个人都是我敬重的男人，你知道我一个女人开公司起步的时候是多么不容易，社会上什么人都敢欺负我，要不是他们俩帮助我，我不可能有今天。我蒙丽莎就喜欢刚烈的男人，最烦那种娘娘腔的男人，你别以为我和华少怀有什么感情，实际上我对华少怀那样的男人非常厌恶，他也算是个男人？就知道吃软食，他就那一手活好，擅长勾搭女人。他对哪个女人有真感情？都是玩玩就拉倒了。”

“强哥可不是你说的那种人，你看哪去了，我了解他，我们之间有交往，关键时候他还是非常讲究的。”

“龙哥你说得也对，强哥也不是一无是处，我是说和你比起来他差远了。”

“你是知道我龙啸天在外面从来是没有女人的，但自从认识你以后我完全被你征服了，我希望你从现在开始只属于我一个人。当然你的老公除外。”龙啸天把蒙丽莎搂进了怀里。

“哈哈，我还有什么老公，那是一个活王八，他就认一样东西——毒品，那是比他的爹妈还亲的东西呀！我们都有五六年没有一起生活了，他什么样我都快忘了。我一天都不想见到他，权就当养了一个活鬼，他也活不了几天了……”

正说着，蒙丽莎的手机响了起来。“龙哥，我接个电话，是薛花打来的。”这么早一般人是不给蒙丽莎打电话的，都知道蒙丽莎是个夜猫子。

电话里的声音非常清晰：“蒙总，你家的老刘毒瘾发作割腕自杀了。现在医院抢救，您快来吧。”薛花的喘气声都听到了。

“还抢什么救，让他死了算了！我不过去了，你们处理吧。”

“蒙总，这次姐夫可能够呛了，估计活的希望不大了。”

“你们先抢救吧，我一会儿过去。”蒙丽莎不耐烦地说：“别啰唆了，办后事的钱尽管花。”蒙丽莎气囔囔地放下了电话，喃喃道：“早就应该死了，这些年净和他操心了。我家上辈子作什么孽了，怎么让我摊上这样一个魔鬼男人。”

“去吧，宝贝，听我话，我陪你过去，夫妻一场，总得要看一眼的。”龙啸天搂着蒙丽莎哄着，起身要穿衣服，“我打电话让我的车也赶紧过来吧。”

薛花又打来了电话，急切地说：“蒙总，人已经彻底不行了，衣服他们几个人给穿完了。”

蒙丽莎不耐烦地打断了薛花的电话：“不要等我了，穿完衣服就直接送火化场的停尸房得了，今天就火化。”

“丽莎，怎么也得选个日子，不能那么草率呀！”龙啸天看出蒙丽莎夫妻的感情是彻底破裂了。

“他死了是他的福分，也是我的解脱，我一半的资产都让他给抽没了，我没有一点对不起他的。抽吧，终于抽死了，我太高兴了，他活着我简直是活守寡。”

“我们还是去看他一眼吧。”

“不去了，一个死人我还看他干什么，我发丧他就不错了。龙哥你准备起床吧，我让阿英给你准备早餐去。”

蒙丽莎从卧室的保险柜里拿出来一串钥匙，递给了龙啸天：“这是别墅的钥匙，你以后可以随便过来，带朋友来玩都可以。”

“我要什么钥匙，你不来我自己来干什么，这地方除了你我，谁也不能让他们来，知道的人不能多。”龙啸天说的倒是实话，人家蒙丽莎的家他要钥匙有什么用。

蒙丽莎笑了：“可也是，我这殷勤献的，有我在还能让你找谁呀，我这不是傻吗？”她的手机又响了，她接起了电话，笑着和对方说：“材料交给龙监狱长没有？你就放心吧！我办事的水平能力你是知道的。大哥，你出什么钱，我差大哥那两个钱了，要是谈钱今后还能和小妹处吗，拜拜！”

“龙哥，我的朋友问我和你接上头没有，说钱他给你准备好了，要给你五万块钱，我回绝了，哥们处的时间长着呢。我一说你能认识这个人，原石油公司经理汪兆月。”

“啊，是他呀，我认识他，他是三年前在沅山监狱出去的，听说他现在还搞什么油料呢，这几年发了大财了，现在家里的资产有几千万元，市里的那几个好位置的加油站都是他家开的。”

“汪哥可是个大手，前几天我一笔货款倒不出来，从他那里拿了两百万。他刚才说了，过几天他要专门请你，让我和你说，一定要给他面子。”

“我不搭理他，我办事是冲你的面子，他钱不钱的和我有什么关系，商人永远是交不住的，求你办事的时候像条狗似的，过后你求他的时候就像不认识似的，这种人我见多了。”

“汪哥可不是你说的那种人，你处处就知道了。”

别墅的院门外响起了喇叭声，龙啸天的车到了。龙啸天吻了蒙丽莎一下：“那我就先走了，替我送一个花圈。”他说着掏出钱包，点出了一千元钱，递给了蒙丽莎，“这是我的一点心意。”

“我要你钱干什么。”蒙丽莎说什么也不要。

“这是给死人的，人死为大，我已经说出去了，就不能收回去，你必须拿着。”

“我不收不对，好，我替那个死鬼收了。龙哥，我白天处理完后事，晚上我们见面，我还没有尽兴呢，哈哈，我还要。”蒙丽莎对她丈夫的去世没有一点的悲伤，“对了，到时候你把焦哥叫着，让他也参加。”

“晚上我能不能有时间，现在定不准，午后电话联系。”

“有什么定不准的，就这么定了。我不管你有什么事情，我叫你必须到，你的时间归我支配，你不去我就生气。”蒙丽莎的口气不容商量，故意把嘴撅得老高。

龙啸天已经领教过蒙丽莎的脾气了，他连连点头应诺：“好，小宝贝，就按你说的定了，我把晚上的应酬推了，专门赴你的约。”

龙啸天是彻底服了蒙丽莎了，全沅江市也就她能找一个外国佣人，这谱摆得够大的了。说起来她也称得上是商界的奇女子了，龙啸天知道自己和这个女人的关系分不开了。他的电话响了，焦成金告诉他今天陪施弢检查外役劳动现场，他起早就出来了，已经检查两个工地了。施弢准备要检查几天，把所有的工地检查一遍。

龙啸天感觉这里似乎有什么文章可做，他知道有什么情况焦成金会随时向他报告的。

16.

沅江市东安门街头广场阳光明媚，微风吹来了温暖的春天气息。广场上人头攒动：有的单位在进行广告促销；有的在叫卖滞销的货物。多数人是待着无事闲逛，跟着瞎起哄。

街头广场的东侧，是沅山监狱的外役劳动现场。劳务大队工地现场警戒线上小红旗随风飘扬。这几年随着监狱经济的好转，监狱外役劳动的现场越来越少了。在警戒线的外围，站满了围观的人。

劳动现场的一角，一名服刑人员与家属在唠嗑，手里拎着一包家里送的东西。按照监狱的管理规定，工地是不允许私自接见的，但这几年沅山监狱管理松弛，对这些事已经司空见惯了。有的服刑人员还借劳动之机，与旁边老百姓家姑娘搞上了对象，爱得死去活来。监狱每年都要发生工地服刑人员脱逃事故，为了追逃监狱也耗费了大量的资金。

施弢这几天在检查外役劳动现场。工地暴露出来的问题很多。上午他和焦成金来到位于市中心东安门的现场，围着现场巡查了一圈。

“监狱长来了。”工地的民警见施弢的车过来了，立即整理服装。几名服刑人员将家属刚送来的食品藏到了破旧衣服堆下，脸背过去站立着，回避施弢。实际上施弢在此之前已经知道了工地私自接见的情况，今天又让他碰了个正着。

监区长温玉海跑步过来敬礼，向施弢报告道：“报告监狱长，五监区正在进行外役劳动，一切正常。请指示。”

温玉海穿着一件警用风雪衣，脚上穿着一双水靴，手上拎着一个对讲机，一米八十多的个头，脸色黑黑的，典型的北方汉子。与其说他是监区长不如说他更像一个农村的“生产队长”，在气质上他更像一个农民。

施弢还礼，上下打量了温玉海一番。他对温玉海的一身打扮感到奇怪，张嘴想说几句什么，但一看工地上的民警都是如此打扮就把话咽了回去。他顺手拿起一根木棍拨拉开地上的一堆破衣服，指着底下藏着的几塑料袋散白酒问：“温监区长，你说一切正常，这是怎么回事，东西可以随便送吗？”

酒是破坏监狱安全的危险物品，监狱绝对禁止服刑人员饮酒。愈禁，酒在监狱的黑市交易愈甚，几块钱一袋的散白酒在监狱里最高可以卖到五六十元钱。

“这是怎么回事儿，你们说说？”温玉海急了，指着几名民警明知故问。他心里骂道，呆呵的，刚才不是让你们把东西藏起来吗，捣鬼都不会，笨到家了，还能干什么。

几名民警笔直地站立在那里，谁也不敢吭声，任凭领导批评了。

“把这些东西和酒带回监狱去，一定要追查责任。”施弢向站在跟前的狱政处长焦成金命令道。围观的群众都在跟前，他不能说更多的话。

“是。”焦成金让跟随的民警将东西装到轿车后备厢里。这么明晃晃地私自到工地接见、送东西，让他的脸也挂不住了。

温玉海把施弢、焦成金领到了工地的临时办公室。施弢在破旧的办公桌前坐了下来，压着火气说：“犯人喝完酒以后产生的危害你们不知道吗？酒在监狱可是生死攸关的大问题，同志们，别忘了，我们是监狱呀！”

“知道。这些年已经习惯了，以前监狱也没有谁认真地管这事儿。”

临时办公室的门外不远处站着几名服刑人员的家属，他们怔怔地瞅着施弢，同民警说要见监狱长。“招呼他们过来，我正好有话和他们说。”施弢吩咐焦成金去叫他们。几名家属进屋了。

施弢温和地和几名家属说：“你们送的东西监狱不要，明天你们可以到监狱拿回去，但你们必须懂得为什么不让你们这样送东西。”

“沅山监狱送东西的人可多了，我们送这点东西算个啥。”几名家属不满意地嘟囔着。

“那是过去，你们记住，现在是我施弢当监狱长了，你们要想自己的家属早日出监获得新生，那就得鼓励他们走正路，遵守监规，老老实实地劳动改造，这才是他们唯一的光明之路。”

“我们想花钱买点分，行不行？”一名家属问。

“不行，绝对不行。花钱买刑，这是典型的监狱腐败，党中央领导对此深恶痛绝，广大服刑人员也不赞成。而且，多数人也是买不起刑的，这样下去监狱还有没有公正了，我们国家的法治权威还有没有？”施弢这一番话说得义正词严，旁边的一些群众也围了过来。

“你说不行，那我们买刑的钱不是白花了吗？”一名家属说。

“不白花，我们保证会一分钱也不少地给你们退回去。谁不给你们退，可以直接找我要。”

“施监狱长，你说得都对。但你一个人能整了这个监狱吗，我们看着你有什么招法。”服刑人员家属都走了。

“施监狱长，都中午了，工地也收工了，我们上饭店吧。你第一次上我们工地来，就算我们监区给你接风吧。”温玉海诚恳地请着。

“我都来这么长时间了，还接的哪份风啊。饭店我坚决不去，我就吃你们的伙食饭，民警吃啥我吃啥。”施弢坐着没有挪地方。

“焦处长，你看呢？”温玉海瞅着焦成金无可奈何地问，他希望焦成金帮他劝一劝施弢。

焦成金的态度比施弢还干脆：“赶紧安排，就按监狱长的意见办，监狱长来这么长的时间了，还一次没有上饭店呢。检查其他工地，都是在劳动现场吃伙食饭。”

焦成金说的确是实话。施弢最讨厌上饭店，一桌饭菜吃一半扔一半，赤裸裸的浪费。他不明白，人为什么要有这样的习惯，就好像吃饭不花钱似的，成把的钱说扔就扔了。钱是谁的，不都是人民的血汗吗？

工地食堂设在附近的一栋废弃的平房里，民警的伙食是四菜一汤。木板钉的简易长条桌上摆着牛肉炖萝卜、豆腐炖明太鱼、排骨白菜炖粉条、海带炖土豆四个菜，一大盆蛋花柿子汤。主食是大米饭、白面花卷。还有一大盘子辣椒油拌榨菜丝，大葱、大酱。

“嗬，这大锅饭，闻起来是真香啊！”施弢高兴地顺手拿过一块大米锅巴嚼了起来，边吃边和民警们交谈着：“我们对罪犯的放任，就是对监狱的坑害，就是对国家法律的亵渎。钱也好，酒也好，带入狱内会有多么大的恶果呀！我们决不能贪小利而忘大义，丧失一个警察应具有的人格。反过来就是罪犯家属都瞧不起我们。”

“监狱长你说得对，不是我们不管，而是管不了。过去我们也管得挺严的，可是监狱有的领导却不这样，我们扣的犯人的东西，监狱领导又命令我们给退回去了。”温玉海愤愤地说起过去的事情。

“哦，还有这种情况，焦处长，是怎么回事？”

焦成金解释当时的情况：“是这样，那个犯人是市政府某领导的小舅子，偷着往狱内带酒倒卖，被我们民警给截获了。按规定应该没收销毁，扣罚他的减刑奖分。监狱领导考虑到和市政府的关系，就把酒退给家属了，减刑奖分也没有扣。对这件事情的处理结果，民警的意见很大。”

“别说了，”施弢放下了饭碗，打断了焦成金的话说，“为了一个区区的关系宁可舍出我们的民警，丢掉监狱的尊严，总不能我们的一个民警连一个罪犯的尊严都赶不上吧。我也不相信那位领导的思想境界会如此之低。我真不明白，我们这样做是爱护人家还是坑人家，我们党的好些事情都是我们下边捧臭脚，把事情办糟了。”

“监狱长，有些事情也是没有办法的，当监狱长和当公安局长可大不一样啊。我们监狱要生存，得罪谁也是不行的。难啊，以后你的体会会更深刻。”温玉海深有感触地说。

“如果我们监狱总是这样软骨头硬不起来的话，我们何时在社会上才能有形象呢。别人瞧不起监狱不怕，关键是我们不能自己瞧不起自己，自己贬低自己。”

“不是我们不想硬，首先是我们的监狱领导班子要做出榜样来。监狱长都不硬实，我们能硬起来吗？”

“好啊，那就由我先硬起来。”施弢心里说道：温玉海说得也对，过多地埋怨他们也是不公平的，他换了个话题：“白鹏飞原来是在你们监区吗？”

“是的，分配到我们监区来待了两个月就走了，就是做做样子，像白鹏飞这样有钱有势的大手，在监区是待不住的。我们管不了这样的通天人物，他直接归狱政处管理。”

“这样的关系犯在监狱里多吗？”

“各个监区都有那么几个，太大的手不多了。听说前些日子又进来一个叫作什么邓文龙的犯人，在沅江市是个大手，说是比白鹏飞还厉害。”

“哦，还有这么一个人？”施弢今天是第一次听说邓文龙这个人，“白鹏飞在你们监区表现怎么样？”

“实事求是地说，白鹏飞这个人是啥也不说，就是老老实实地待着，不给我们出难题，出工干活挺卖力气的。这个人够手，他明白和我们发生纠纷没有必要，和我们说话从来都是非常客气，连一个啰嗦也没有，后来他调到后勤监区当班长去了。”

“你对白鹏飞的逃跑是怎么看的？”施弢有意地探问温玉海。

“什么强行越狱脱逃，我不能肯定说是我们监狱放走的，但肯定和我们内部的人有关系。下面的民警都议论纷纷，关什么禁闭室，就是做样子给别人看的。禁闭室离会见室最近，从那里逃跑最方便。为什么禁闭室的门不锁，说是晚上巡视方便，纯粹是胡说八道。我们下面的民警啥都不说，这是监狱长你今天来了，我才说一说。咱们监狱的民警每个人的心里都有一本账。”

“你们监区花过白鹏飞的钱吗？”

“花过，我们有一个犯人得急病了，急需住院，白鹏飞给献了五千块钱。事后听说给他减了一年刑。这样的事情他做了不少。你说他干的是好事还是坏事？”

施弢沉思半天反问道：“温监区长你说呢？”

温玉海苦笑着：“我说，我怎么说呢。监狱长你要有时间多下来走一走，就能听到很多真实的情况。你在监狱机关听到的都是奉承你的话。我们基层的民警说话是直来直去。监狱穷，这几年收的犯人做贡献的钱都哪去了，那叫上百万啊。不多说了，我们就是干活多挣点钱，别出事就行了。”

“你说白鹏飞能抓回来吗？”施弢微笑着问。

“难啊，我们内部有内奸。我们一动作白鹏飞还不是啥都知道。”温玉海说得非常尖锐。

“抓回白鹏飞是我们民警共同的责任，你不赞成监狱把他抓回来吗？”施弢的眼光直盯着温玉海。

“监狱长你把白鹏飞抓回来，我们监狱可能就得有一批人受牵连了，你能下得了手啊？你得罪多少人，你不怕他们把你拱下来？”温玉海的表情显现出对施弢的不相信。

施弢笑笑没有说话，打了个招呼要上车了。他握着温玉海的手说：“我希望你能从你领导的监区抓起来，我希望你这个监区能建设成为模范监区。”

“施监狱长，我们要抓白鹏飞，把功夫下在我们内部就行。狱内有个叫小安子的，你注意他点，这小子监狱的情况都知道，我听说他妈还和白鹏飞有一腿。”

“和他妈有一腿？这个线索太重要了，你别都是听说，你能说说详细情况吗？”

温玉海瞥了一眼站在远处的焦成金说：“详细情况我说不清楚，我听会见室的人议论的，监狱里不少人都知道，这张纸谁也不愿意捅破，都怕得罪人。”

“你愿意捅破不？你总不能当局外人吧。温监区长，有些事情躲是躲不开的，就像你刚才说的，我这个官也不是那么容易被拱下来的。”

“我，我也不是胆小怕得罪人，谁都知道白鹏飞在沅江市不是一般的人，关键是你们监狱领导层的认识要统一。我们监狱的权力都在狱政呢，抓住了狱政就抓住了龙头，监狱的关系犯都在狱政的控制之下……”

“监狱长我们走吧，还有一个工地没有看呢。”焦成金过来了，温玉海的话骤然停了。

“监狱长，你们走吧，我说多了，耽误你们时间了。”温玉海知道他和施弢的谈话焦成金可能听到了，这下子把狱政得罪了。他转念一想得罪就得罪吧，我也是和监狱长反映情况，你焦成金不满意找监狱长去，和我有什么关系。

“温监区长，总的看你们的工地管理得不错，等我回去后和龙监狱长总结推广一下你们的管理做法。”焦成金在鼓励着温玉海。

“别推广了，不批评我们就行了。刚才监狱长还批评我们了。你总结别的监区吧，监区的事情还得靠焦处长高抬贵手啊。”温玉海知道焦成金是在有意用话敲打他，不冷不热地回敬了焦成金一句。

施弢从工地回到监狱后，当晚就召开了党委会，研究怎么解决在外役劳动现场发现的问题。

“我先后检查了几个劳动现场，存在的问题是普遍的，一个共性的问题是管理混乱，特别是工地私自接见的问题，民警都习以为常了。”

当有什么了不起的问题呢，少见多怪！龙啸天、焦成金嘴上没有说，从表情上表现出对劳动现场的问题不以为然。

“施监狱长，外役劳动现场是流动的，你说的那些问题要想杜绝是很难做到的。全省各个监狱都是这样，大同小异，我们监狱的管理可能还是不错的。”龙啸天正了正眼镜悠然自得地说。

“是的，这是监狱正常存在的管理问题。一个监狱警察能有啥权力，外役劳动现场也是监狱民警接触社会的唯一机会。”焦成金附和着龙啸天。

“照你俩这样说，对外役劳动现场上存在的这些问题我们只能是听之任之了，存在就是合理的了，难怪今天几个民警也是这样说的，原来我们监狱就是这样导向的。酒、毒品等违禁品都带进了狱内，这能说得过去吗？从哪个角度说都是错误的，就是所有监狱都这样做也是错误的，况且你们也知道法律和制度的规定也是不允许的。”施弢态度严肃，把问题提升到了讲政治的高度。

“不，我们可不是这个意思，监狱长你别误会，管是必须得管的，但要有个过程。”焦成金连连摆手解释。

“我认为，现在问题的要害不是管好管不好的问题，而是没有管，完全是放任自流了。特别是你们狱政管理这条线，有责任努力去做。否则就是失职。”施弢的话批评的意味很浓。

“我们过去也是经常进行检查，但查得不彻底。时间长了，也就放任自流了。实际上我们狱政处检查都是很严格的。”焦成金辩解着，他后悔自己不应该直接顶撞施弢。

施弢提议监狱要起草制订一个关于外役劳动现场管理的纪律规定，大家都表示了赞同，最后责成狱政处和监狱纪检委两个部门共同制订。

散会后，施弢找来了陈剑虹：“今天在检查工地时，温玉海在谈话中给我提供了一个人，说是叫什么小安子，说他和白鹏飞的关系非常好，还说他妈和白鹏飞有一腿。这些情况你们过去掌握没？”

“小安子和白鹏飞的关系大家都知道，他们俩是一个监区的，睡觉的铺位紧挨着。白鹏飞和他妈的关系我今天还是第一次听说，监狱过去多少有点传闻，让龙监狱长一句话就给否了，他说都是一些破鞋烂袜子，查什么！我们多次找过小安子，他啥情况也没有谈出来。还给他关了几天的禁闭，他也是啥也没有交代，态度也不好，一再声称，我妈的事你们总找我干什么，她是她，我是我。我们也觉得没有什么充足的证据，就解除了他的禁闭。”

“温玉海给我提供的情况非常重要，这说明在监狱中还有深入调查的必要，你们一定要往深挖。特别是小安子他母亲和白鹏飞的关系，绝非是单纯的破鞋烂袜子的关系，她和白鹏飞是一个链条，一个女人在男人进监狱后，还一往情深，那肯定是有特殊的关系。”

“好，我琢磨一下怎么做小安子的工作，这小子是全监狱最滑的，一般人整不了他。我们先把外围扫完，查一查会见室的登记簿，掌握了一定的证据后再找他。我和董华君约好了，他答应和我谈谈，说有一个重要的情况准备和我说，让我最好到他家里去谈。”陈剑虹揣摩着董华君要和他谈什么情况，那天他无意中点了一句，白鹏飞是有杀人底案的人。

“他愿意在哪里谈都行，董华君好像还是有什么顾虑，你好好做做他的思想工作，把成破利害和他讲清楚，他是一个老实人，大家反映他到巡逻队工作这段时间还是不错的。那你就抓紧时间找他吧，我听你的消息。”

董华君调整到巡逻队工作已经两个月了。巡逻队是监狱的要害岗位，一般的人是来不了的。他被任命为巡逻队的副队长，每天早来晚走干得非常出色。

17.

龙啸天把陈剑虹找到了办公室。一个月前他把蒙丽莎交给他的邓文龙的举报材料直接批给了监狱侦查处，他明确指示让陈剑虹亲自指挥，要尽快破案，报告结果。

“陈处长，邓文龙揭发检举的那起重大杀人案件，你们查证得怎么样了？”龙啸天明知故问，实际上他早已听说公安机关把案件侦破了。

陈剑虹带着卷宗向龙啸天汇报查证的结果。他简明扼要地说：“举报的案件已经查证属实了，犯罪嫌疑人已经被逮捕。那天我们和派出所的民警共同将犯罪嫌疑人在被窝抓获。现在被告人已经供认不讳，那天是被告人用匕首刺死了被害人。经过物证比对，被告人的供认确凿无疑。公安局一再地说要谢谢我们，过两天局长要亲自来答谢我们监狱。我们正在考虑邓文龙的减刑问题，已经形成了一个初步的意见。”

“好，你们抓紧办吧，对破获这起重大杀人案的有功民警要考虑提请记功，你们把我的意见和政治部说一说。”龙啸天对侦查处的工作非常满意，“我已经请示了施监狱长，决定奖励你们处人民币一万元。”

“那就谢谢领导了，实际上都是我们分内的工作，监狱经济上也挺困难的，钱我们就不要了。”陈剑虹干了这么多年还没有一次被奖励这么多的钱。

“监狱再困难也不差这两个钱，施监狱长对办案的民警也提出了记功的意见。但是有人提出了这起案件是有人有意给邓文龙提供的，就是为了让他立功减刑。”

“这个说法不对，我们不管是谁举报，在政策上必须有所体现，证明政府是说话算话的。他不提供线索公安机关就是破不了案，你又有什么办法呢？就是美国人提供线索我们也是欢迎的，照样要给人家奖励的。”陈剑虹说的是心里话，“我听说就连焦处长都有想法，说我们处的功立得太俏了。”

“这都是什么话呢，焦处长还是老狱政呢，太不像话了，我得找他。既然邓文龙愿意为政府工作，你们可以考虑把他发展为耳目。”

“是的，我们狱侦处也是这样想的，邓文龙也是可利用之人，他在狱内是一个有影响的人物，围着他转的人不少，我们按你的指示马上就研究他的问题。”陈剑虹说话办事总是那么利索，提炼能力超群。对他的这一过人之处龙啸天非常欣赏。

“你们狱侦工作也要跳出传统的圈子，要破除神秘感，监狱的那点有限的侦查权，决定了狱侦工作必须紧紧地依靠广大服刑人员，否则你们就会变成瞎子和聋子，我说得对不对你们自己去体会。”龙啸天的口气就像是一个老师在给学生讲课。

“龙监狱长，你是多年的监狱工作专家了，这是全省司法系统公认的，在业务上我们对你是非常尊重的。”陈剑虹谦恭地说。

“是吗？”龙啸天的脸上露出了笑容，“剑虹，你坐下来我们好好地谈谈，我还想听听白鹏飞的追逃，你们进展得怎么样了。虽然现在我不分管了，但白鹏飞毕竟是我在分管狱政工作期间逃跑的，我希望你们尽快把他追捕归案，这样我也就静心了。”龙啸天有意留陈剑虹多坐一会儿，“如果不对我保密的话，说一说，我听听。”

“龙监狱长，对你我怎么能谈得上保密呢。你是监狱的领导，还是分管的领导，只不过是将追逃的总指挥让给了施监狱长了。没有什么新的情况，还是坐等呢。接到过白鹏飞的两个电话都是公用电话，没有办法查，他非常的狡猾，几次都不用手机打电话联系，我们追逃的那几招，白鹏飞都明白，他了解监狱的追捕规律，现在和我们玩捉迷藏呢。”陈剑虹说的都是面上的情况，几条重要的线索他没有露。

焦成金敲门来了，他是来请示秦雨农申请在狱内结婚的问题。他先和陈剑虹打招呼：“陈处长在这呢，你们先谈，我等一会儿。”说完一屁股坐到了旁边的沙发上。

“我和陈处长也就谈到这了，你说吧。”龙啸天见继续和陈剑虹谈下去也没有什么更多的情况，他看出了陈剑虹在戒备着他，肯定是有重要的情况不和他说。

“那我走了，焦处长你谈吧。龙监狱长，你要了解什么情况随时叫我，你可别客气，过去你不这样呀，现在也变得……”陈剑虹想说变得虚头巴脑的话没有说出来。

“我知道你是想说我变虚了，实际上是施监狱长来了以后我们都在变。你慢点走，我送你一样东西。”龙啸天拿出了一块手表递给了陈剑虹。

焦成金在旁边一看这不是蒙丽莎送给他们的那块雷达手表吗，他不明白龙啸天为什么突然间要送给陈剑虹，不知他搞的是什么鬼把戏。

陈剑虹接过来一看是这样贵重的手表，连连推辞：“这可不能要，龙监狱长你自己留着吧。”他把表放到了办公桌上。

“我送给你一块表你还多心吗？我还能有什么目的吗？我是一个什么样的人你不了解吗？”龙啸天一连用了三个问号。

“我是无功不受禄的，你怎么说我也不能收。”陈剑虹轻轻地放下手表走了。

“他是真的不给你面子呀！”焦成金望着陈剑虹的背影说，“他是太无情了，连句感谢的话都没有。”

龙啸天笑了：“我估计他是不能收的，我是故意试探他一下。丽莎交代的那件事他给办完了，丽莎让我替她表示一下，我寻思把这块表给他吧。”

焦成金看出来，这才几天的时间，龙啸天对蒙丽莎的称呼都变了，女人的力量是太神奇了。一般情况下对这类事龙啸天都是交给他办，可这次是龙啸天亲自安排的。他顺着龙啸天说：“对，向陈剑虹表示一下是应该的，但这么贵重的东西你别把陈剑虹吓着，他一辈子都没有见过。东西不要倒没有什么，问题是他能不能和施弢说？”

“不能，陈剑虹不是那样的人。不过，要是给邓文龙报立功的话，他肯定得和施弢说。说也没有什么大不了的，事实都是真的，我们也没有什么短处。你找我有什么事情说吧，施弢在等着我呢，可能是要和我商量什么事情。”

“秦雨农通过关系找过多少回了，我看可以同意他们在狱内结婚。就是一个程序呗，对犯人的改造是非常有利的。领导定吧，有些人怕出事，能出什么事情！”

“我同意。秦雨农的表现始终是不错的，会见室全指望着他的一手好活呢，他一年给监狱也创利了，没有他的手艺谁愿意吃监狱的饭菜。”

“他结婚的事情还需要上监狱长办公会讨论吗？”

“不上。就这么个事儿我定了，没有什么大不了的，省内好几家监狱都实行了，司法部也提倡人性化管理嘛。”

“这在我们监狱还是第一次，我的意见还是上会吧，别让别人以为是我们俩搞什么名堂，让监狱领导都知道一下有好处。”

“那就上吧。”龙啸天不情愿地同意了。

“明天，我还要陪施监狱长检查外役劳务现场，有什么事情你给我打手机吧。”焦成金说了施弢的意图，“他和我定了好几天了，他就是随便转转，说你忙就不打扰你了，有我陪着就可以了。”

“哈哈，这么两天你也和施弢单独勾上了，要改换门庭了，有生产处长不去，你去陪什么？是你自己要去的还是他要求你去的？”龙啸天话里有话，笑声听起来阴森森的。

焦成金从表情上看出龙啸天是不乐意了，连连解释说：“我自己去什么，是人家正式通知我的，明天不让我安排什么事情陪他去检查。我是什么样的人你还不清楚，他就是省长来了我也是这样工作。”焦成金有些火了。

“去吧，去吧，我和你开玩笑呢，要是有时间的话，我也下去走一走。白鹏飞有什么情况吗？”龙啸天的脸变笑了。

“这些日子可真消停了，监狱里追逃的劲头好像也过了，施监狱长连提都不提，好长时间没有开会了。”

“消停那是不可能的，据我了解的情况，他们现在已经转入了地下，背着我们在紧锣密鼓地工作呢。我刚才和陈剑虹问问追逃的情况，他和我支支吾吾的，没有说什么实嗑。哼，和我玩这手，等着瞧吧。你给我注意点那个什么强奸犯黄青，我今天进狱内看见他了。他是什么时候进来的？我怎么瞅他那么不顺眼，和我点头哈腰的，像个汉奸似的，不行的话，把他转走算了。”

“转走那是不可能的，人家是有合法手续进来的，有省局调令。他都来一年多了，我和你说过，你没有在意。他表现还是不错的。刚进来的时候不少人揉搓他，外面有人过话，我和民警特意打了招呼，要不犯人还不把他打死。这个人在狱内混得还不错，黄青这个人花钱挺冲的，他舍得在犯人身上花钱，威信挺高的。”实际上黄青是焦成金帮助办到沅山监狱的，龙啸天一说要把他转走他能同意吗。

“一个犯了罪的警察能有什么威信，监狱这点事我还不知道，都是钱喂出来的，这院里可能有不少的人得他的好处了。”龙啸天是在表白他和黄青没有任何瓜葛。

“黄青这个人在狱内还真不是钱的问题，我原来和他也不认识，他这个人很会处理各个方面的关系，一年多来他得了不少的奖分，帮助监狱做了不少稳定的工作。”焦成金言外之意是说黄青和他也是没关系的。

“这哪是一个罪犯蹲监狱，简直是一个英模了，他判了几年？”龙啸天见焦成金把黄青评价得这么好，肯定是得到什么好处了。

“十年，是政法委直接定的。就是那天我们碰到的那个华少怀，他的态度是最坚决的，谁说情也没好使。”焦成金心里无愧，说话的口气很硬。

“哦，还有这么个情况，你什么都知道。十年判得不轻，按强奸罪法条一款顶格判的。”

“龙监狱长，你可别小瞧了黄青，他的一身好武功在我们监狱里恐怕是找不出对手的，一般的犯人也是不敢惹他的。”

龙啸天不耐烦地说：“好了，你忙去吧，我去施弢办公室，他等着我呢。哪天我有时间了，你给我安排一下，我专门和黄青谈谈话。”龙啸天决定要追一追黄青的来头。

“你见见吧，挺好的一个人，警察素质就是和他们不一样的。能照顾还是照顾一下，要不社会上都瞧不起我们的。”焦成金明白龙啸天的用意，“人都进来这么长的时间了，你可别折腾了。”

“照顾？到找他们办事的时候，谁也不照顾我们。别的不说，你看公安局监管支队，给监狱送犯人就好像是求他们似的，他们不往监狱这送还能送哪里去？我就不领他们的情，都是惯的，越搭理他们胃口越大。”龙啸天来脾气了，就是不撒口。

“龙监狱长，话你可别这样说，现在犯人不够用，各监狱都在抢，可别和他们把关系搞坏了，人都送别的监狱了。哪个不都得和看守所搞好关系呀！”焦成金起身走出了办公室。

焦成金今天的心情格外不好，尤其对邓文龙的立功减刑，他从内心里不赞成，跑了一个白鹏飞，又进来了一个邓文龙，发展下去又是一个白鹏飞。背后还有那个蒙丽莎，天天瞄住龙啸天不放。他知道龙啸天铁了心了，以后监狱里还要有一场恶战。他不明白龙啸天为什么对黄青的反感这么大。正想着，一出门和欧阳惠雪撞了个正着，他一头撞到了欧阳惠雪的脸上。

“焦处长您想什么呢，低头走道，硬往上撞人家？”欧阳惠雪哎呀地叫了起来：“看您，把我的鼻子都撞歪了，我的眼泪都出来了。”她的脸被撞得通红。

欧阳惠雪的鼻子被撞酸了，流了满脸的泪水。焦成金这一下子是把她撞得不轻。焦成金打起笑脸，赶紧给欧阳惠雪道歉：“哦，撞人家大姑娘的鼻子了，对不起了，我道歉，鼻子歪了我给你掰过来。”说着把手伸过去了。

欧阳惠雪打了焦成金的手一下。她见焦成金当真了，笑了起来：“谁用你掰，处长的态度还真不错，我原谅你了，以后注意就行了。”

“好，我给你擦擦眼泪，晚上我请你吃饭……”焦成金知道欧阳惠雪的性格，他故意装得一本正经。

“我先回家，焦处长您定好地方后告诉我，一定要安排个大馆子。”

“我请你吃海鲜，上红鹤楼，你把你的姐妹都带着。我请龙监狱长也参加。”

“龙监狱长参加的话，我就不去了。”欧阳惠雪打起了退堂鼓。

“我压根就知道你不会去的，在监狱里一般人是请不动你的。”

“焦处长，你瞎说，我是那样的人吗，我和龙监狱长不是一个辈分的，在一块儿吃饭不方便。”

“你就是那样的人，傲气十足，你年轻漂亮，有文凭，在沅山监狱你看得起的人不多。”焦成金故意气欧阳惠雪。

“得了，你就是找理由不想花钱，太抠门了！”欧阳惠雪的嘴也不让份儿。两个人开着玩笑，快走到了楼梯口。

“焦处长，你回来我有话和你说。”焦成金的背后传来了龙啸天低沉的声音，他把焦成金又找回到办公室。

第六章　买凶伤人

龙啸天在车里眯着眼睛听着音乐，隐约听到好像蒙丽莎在喊他，他迟疑地打开了车门。看见了两个男人骑在蒙丽莎的身上，蒙丽莎尖叫着，龙啸天猛地跑了过去："不许打人！"

18.

天气明显变暖，整个沅江市沐浴在明丽的春光之中。监狱内外洋溢着浓浓的春意，监狱文化广场的大块草坪已绿成一片，鹅黄嫩绿，充满着无限的活力和希望。

早晨刚上班，贺海东匆忙来到了施戬办公室，慌慌张张连门都没有敲径直进到了屋里，急促地说："施监狱长，巡逻队的董华君队长昨天夜间突然脑出血去世了。"

"死了，怎么这样快呢！昨天晚上下班的时候我还看见他了，我和他唠了几句嗑，病因确实吗？"施戬的脸色都变了，暗自叫道，坏了，董华君是查证白鹏飞案件的关键证人，这对下一步工作的打击可是太大了。他的脑袋迅速地闪过一个念头，董华君能不能是被害的，会不会是对方对他下手了，要不怎么能这么巧合？

贺海东看出了施戬的意思，开始他也怀疑董华君怎么死得这么蹊跷，但董华君从发病到死亡的过程都很正常，他给施戬解释着："你不用怀疑，他的死因那是绝对没有问题的，确实是脑出血，突然发病的，医院的大夫叙述得非常清楚，脑干部位，出血量是50cc，他还有家族高血压史。"

陈剑虹也来了，他一脸懊悔的样子："施监狱长，你说怎么这么巧呢，都说好了，今天我找他了解情况，他偏偏在这个时候去世了。他死得太可惜了，这钥匙的事儿还没有说透呢。太可惜了，太可惜了！"他连连叹气。

施戬沉思了半天叹了一口气："唉，天有不测风云，人有旦夕祸福，都是没有办法的事情。走，我们一块儿去他家看看去。”

施弢、贺海东、陈剑虹来到了董华君的家。龙啸天和焦成金早就到了。董华君的妻子孙晓娟在放声痛哭着，监狱的几名女警围在跟前劝着她。

焦成金两眼通红，看出他是熬了一夜。他和施弢表白说：“我夜里一直在医院里，眼瞅着他咽气了。我立即给龙监狱长打了电话，寻思太晚了，没有打扰你。”

“你早点回去休息吧，后事的操办我让政治部安排。让政治部的余主任过来。”贺海东拿起手机给政治部的余水主任挂电话。

“那我也走了，今天省局有一个会议，我得马上赶过去。”龙啸天和焦成金一块儿走了。

施弢望着董华君英俊潇洒的遗像落下泪水，他才四十五岁呀，就这样过早地离开了人世，人的生命真是太脆弱了。难怪有的人要把美好的希望都寄托在来生，对现实中的苦难结局大概连神也是无能为力的。

“华君自从那次从检察院回来后，心理压力一直很大，每天的休息也不好。我劝过他几次，他也听不进去。我说人家监狱长都说你是清白的，你还担心什么。他摇摇头，好像心里有什么话。他是个内向性格的人，不愿意吱声。”孙晓娟哭诉丈夫的情况。

“华君确实是个好同志，他没有做任何对不起组织的事情，他是绝对清白的，监狱党委和广大民警都相信他。”

“施监狱长，这是昨天晚上我们家老董写的一份材料，我看了一眼，是写给你的。写完这份材料，他就捂着脑袋在那儿想，不住地说，这事儿如果说了吧，得罪人，不说吧，也不是个办法。他几乎一宿没有睡，他就是被这份材料难住了，一股急火上来过去了。你拿去吧。”孙晓娟递给施弢一个装着材料的信封。

施弢接过材料浏览了一眼，满含真情地说：“华君，我的好同志，你安息吧。”他紧紧握着孙晓娟的手，“你家的困难，就是监狱的困难，我一定想尽一切办法帮助你们解决好。”

施弢从董华君的家里回来，心里很不是滋味，一路无语。他没有想到都这个年代了，沅山监狱民警的住房竟还这样的困难，监狱民警的生活还在贫困线上。他立即找来了陈剑虹。

陈剑虹接过材料认真地看了起来，他边看边激动地说：“好，太重要了。监狱长，董华君的材料上提到了白鹏飞和我们监狱的一名女警有关系，他说的情节非常清楚，如果这个情况是真实的，对我们追捕白鹏飞是非常有利的。但是他没有点名，这个女警到底是谁。他为什么不明说呢？”

“可能是思想有顾虑，我们找时间和他妻子谈谈，他的妻子可能知道更详细的情况。要保守秘密，不能走漏了风声。”施彧到沅山监狱后始终强调保密工作，对追捕白鹏飞的情况更是只有他和陈剑虹知道。

“龙监狱长，监狱过去没有研究过民警的房子问题吗，党委对民警在住房上存在这么大的困难连个举措都没有？”施彧向龙啸天了解监狱民警的住房问题。

“监狱几次张罗建房都不了了之。建委有个南主任始终为难监狱，他的侄子南光在我们监狱服刑。他几次提出要给他的侄子办假释，可他的侄子表现不好，就在前几天又被关禁闭了。过去都是关了就放，放了又关，犯人的意见很大。你来了，不敢放了。狱政处提出要把他转监狱，又顾及建委的关系。他叔叔今天还来了电话，说这几天要找你吃饭。”

“他的叔叔叫什么名字？”

“叫南云天，和焦成金原来都是一个部队转业的，几次办事都挺给我面子的。”

“哦，是南主任，我们是从小的同学，在我的印象中，他是一个挺不错的人。”施彧不相信南云天会因他侄子的问题在监狱建房上为难监狱。

“施监狱长，你同意南光转监吗？”龙啸天要把球踢给施彧。

“转不转监，我倒不一定管得那么细了，那是人家狱政正常的业务范围。但有一点，我不管他是什么关系，我们是依法办事，没有什么错的。”

“你要把他的侄子转监了，那我们的会见室项目就很难在国家立上项了。南光的叔叔已经答应他亲自给我们跑这个项目，如果把他得罪了，改建会见室项目就彻底黄了，我们的两栋家属楼也就建不成了，这可是监狱民警非常关注的关系到切身利益的大事。监狱多少年没有盖房子了，这几天监狱民警都哄哄说你要给大家盖房子，心里都像一盆火似的，我的意见我们还是灵活一下吧。”

“我们坚持原则，严肃执法不但没有功还倒成了罪过，弄得我监狱长一身不是，真是黑白颠倒，好坏不分了。为了监狱的共同利益，我同意对他的侄子网开一面。”施彧认为在哪个监狱服刑也不是什么大的原则问题。

“那他们请吃饭的事情我就答应了，就定在今天晚上了。”

南云天的宴请地点安排在世纪星大酒店的一个豪华包房。监狱方来的人都是南云天点的名，施弢、龙啸天、贺海东、余水、焦成金。建委班子成员几乎都到场了。南云天和监狱的人员寒暄着，一个打扮得干净利落的漂亮女人里外张罗着，她把气氛调节得非常活跃。

“她是谁？”施弢问龙啸天。

龙啸天低声介绍说：“建委办公室主任颜玫，不光是人长得漂亮，办事能力老强了，南主任跟前的红人。”

施弢用眼睛瞥着颜玫，知道这是一个不一般的女人，在她的身上体现出一种男人般的大气。颜玫，三十岁，西安建筑工程学院毕业的大学生，至今未婚。梳着女兵式的短发，高高的额头，大大的眼睛，双唇略厚。

宴席开始了，建委主任南云天首先起身致祝酒词：“这几年鄙人的侄子没少给贵监狱的领导和同志们添麻烦，我今天特意备了一桌薄酒素菜答谢大家。同时，我的老同学施弢由公安局调到沅山监狱工作，借此机会也为他接风。我提议，我们共同干一杯！”

“好，我们南主任说了大家都得干，我监督！”颜玫在一旁看着大家喝酒。

“老施啊，你们的会见室项目我负责给你们跑下来，至于我的侄子能照顾到啥程度，你们尽量吧。我是一个啥样的人，老施你还不了解吗。我听说要给南光转监，如果他犯到那了，对谁都是这样的我没有意见。好了，我们今天不谈这些了，我的老同学调到监狱工作，我今天给老同学接风，我和他单喝一杯。”

南云天这样的大度，完全出乎预料，大家都面面相觑，怔怔地坐在那里。

“这些年来我没少给监狱照顾和帮助，可有的人总是拿我侄子钓我，所以我是有意见的。”

龙啸天把酒杯举到了南云天的面前：“南主任，有些事情责任在我，你大人不记小人过，我给大哥赔礼了。”龙啸天把一大杯酒全喝了，他话说得非常大度，大家都非常敬佩。

宴会的气氛活跃起来了，渐渐地在座的人都有些晕晕乎乎了。大家轮番给南云天敬酒，南云天真是海量，来者不拒：“你们别都给我敬酒呀，今天的主宾是人家施监狱长呀！”

施弢端着酒杯：“我一定喝，老同学，如果项目批下来了，你还要给我们找一个好的建筑公司。”

“不，那不行，工程必须公开招标，按纪律规定我是建委主任应该回避。”南云天一本正经地说：“我要是这样做是违法的。”

“你可别回避呀，我们监狱的事情就全靠你了。如果需要我们打点的，你尽管吱声，我们也不是小气的人，特别是你个人我们监狱是忘不了的。”龙啸天走过来亲自给南云天斟了一杯酒。

“啸天，你把话说哪去了，你们也是为了广大民警的困难，我从哪个角度都应该支持和帮助你们。施弢，你就放心吧，我不是那样的人，我知道监狱民警的住房情况，是相当困难的，该免的费用我都给你们免了，事情就包在我身上了。”南云天的一番话豪气四溢，把大家都感动了。

施弢也起身提酒：“那我就太谢谢老同学了。在这里我代表监狱广大民警谢谢南云天主任，来，我们大家共同敬南主任一杯酒，我连喝三杯！”

“老施，以后有什么事情你尽管找我，我们是同学加哥们，你们监狱那点活在我们建委是九牛一毛。我南云天不是小气的人。来，我也喝三杯，换大杯！你们大家没有什么意见吧？”

“我们没有意见，我们赞助。”酒桌上的其他人齐声附和道。

“倒酒！”南云天喝道。

……

早晨一上班，龙啸天、贺海东、焦成金准时到施弢办公室商量南光的转监问题。

“你看人家南云天，真是钱大气粗，监狱那么大的事情他都答应了，我龙啸天是自愧不如啊！施监狱长，转监也不是什么大的原则问题，为了我们监狱的事业我看就别转了，我们下点儿功夫把南光留在沅山监狱改造吧。”龙啸天的态度明确，他的意见南光不转监狱了。

焦成金数落着过去的事情：“就我们监狱建那么点的房子在人家建委那里算个多大的事情，南主任一句话就把我们的困难化解了。过去就是我们监狱的人不会办事，我们监狱的人就那么点能耐，在监狱里可厉害了，一到社会上啥也不是。”

“焦处长别说那么远了，贺政委你的意见呢？”

“我看不转就不转吧，焦处长这边得采取点措施，南光这个人确实挺不好管的，可以给他调个监区，我看上温玉海那个监区行，老温管得严，那个监区的基础好。”贺海东觉得昨天和人家建委的饭也吃了，南云天房子的事情也答应下来，还转什么监。

焦成金很轻松地说：“一个犯人没有什么了不起的，我们狱政处落实。至于那个南光上哪个监区我们再商量一下。既然南云天对我们监狱的事情全力帮忙，我看就把南光调到后勤搞维修吧，也好给人家南主任一个交代。”

“我看焦处长说得对，人情就送到底吧。”龙啸天最反对别人插手他分管的工作，他心里说道，你贺海东懂个什么，还把一个犯人干什么都直接给定了。

“我认为到后勤去不合适，那个地方都是关系犯，不利于南光的改造。”贺海东不同意。

“好了，我们不争论了，南光到哪里你们狱政处自己定吧。但他无论在哪里，都得老老实实地接受改造，不能凌驾于其他犯人之上。”施弢也觉得既然不转监南光到哪个监区就无所谓了。

“行，我们没有什么意见。”贺海东也同意了。

“龙监狱长，我的意见基建的事情就由你分管吧，这几天找时间开个党委会确定一下。”

“别，狱政这一大摊子就够我喝一壶的了，我看让贺政委抓吧。”

“我是专门分管政工的，行政的事情我还是尽量少掺和吧。”贺海东满心不愿意管基建的事情，他的态度坚决。

“好了，今天这件事儿先不定，龙监狱长，前期工程事宜暂时由你负责。”

“我随时和施监狱长请示吧，基建是监狱的大事情，还得党委集体定吧，我个人尽量少表态。”龙啸天没有说什么，他把基建的事情应了下来。

19.

陈剑虹带着侦查员兰竺在监狱会见室调查小安子母亲来会见的情况。会见室的很多民警都说不知道小安子母亲来过的情况，对这个问题大家都躲躲闪闪，不做肯定的回答。

会见室的几名女警官在回忆着，好像是有个女人和白鹏飞会见过，但没有听说她是小安子的母亲，始终说是白鹏飞的妻子。“这个女人来时，好像是白鹏飞来过，至于住没住就不清楚了。”“在我的记忆中，好像是住过一次，她说白鹏飞是她的丈夫。那天是董姐值班，你们找找她。”“找她，就她那脾气，能和你们谈吗？检察院找她的时候，她几句话就和检察院的人员吵起来了，检察院差点没把她拘留了，龙监狱长出面说话才拉倒了。”

“谁背后议论我呢？”随着一声大嗓门，董荷琴进屋了。

董荷琴是亲情会见室的主任，是有着二十多年警龄的老民警了。她长得人高马大，是典型的北方女人性格，火暴脾气，工作认真，为人非常正派。

“董姐，是我们找你，想和你了解一下小安子他妈的情况。”陈剑虹和她解释着，他也怕惹怒了董荷琴。

“什么小安子他妈，我不知道什么情况，每天接见的人这么多，我上哪能记住。你们侦查处没有权力调查我，我也不是什么罪犯。”

“董姐你误会了，我们不是那个意思。我们是为了调查白鹏飞的情况，目的是早日将他缉拿归案。”

“什么意思，上边有病让我们下边吃药，拿我们当猴耍。我不和你们谈，要谈我就直接和施监狱长谈。”董荷琴一屁股坐到了床上，扬着头，不正眼看陈剑虹。

“和监狱长谈，行。谈不谈，你是大姐，听你的，都是你的权利，我们俩能有什么意见。”

“抓不到人拿我们老实人出气，太欺负人了。监狱这点事情谁不知道，别把我们惹急了，到上面告去，沅山监狱的事情多着呢！”

“董姐，你看你把话说哪去了，你的为人在监狱谁不知道，这不是事情赶到这儿了，你生什么气呀！”兰竺忍不住戗了她一句。

兰竺这样一说董荷琴的火气更大了。“小兰子，你少和我装大，我当民警的时候你还穿开裆裤呢！”

陈剑虹给兰竺使了个眼色，不让他再和董荷琴争辩，他以道歉的口吻说：“好，大姐，是我们的不对，就算是我们狱侦求你了！”

“求我也不和你们谈，我找施监狱长去。”董荷琴一甩身走了。陈剑虹和兰竺跟了出去。“你们别跟着我，我单独和施监狱长谈。”

董荷琴径直来到了施弢办公室，进屋后就自我介绍起来：“施监狱长，我叫董荷琴，在会见室工作。不知道方便不，我有话和你说。”

施弢放下了手头的文件，起身迎着，主动和董荷琴握手：“请坐，我到监狱这么长的时间了，还没有和大家认识，对不起你们了。”

“监狱长你很忙，我们理解你。今天陈处长找我，我有想法，这怎么侦查把我们民警也圈进来了，我们也不是犯人。我有意见，要和监狱长说。你看这不还在后面跟着我呢！”董荷琴指着跟进屋里的陈剑虹、兰竺说。

“荷琴同志，你有什么想法就说吧。把你看见的情况说出来，我们都是一家人，过去让你受委屈了，我代表监狱党委给你道歉了。好，我单独和你谈。”施弢示意陈剑虹、兰竺出去。

施弢这一番话把董荷琴感动得气消了，她打断了施弢的话："监狱这样看重我，那我就把实情都说出来，我都是快五十的人了，没有什么不好意思的。在会见室这样的事情我见得多了。犯人一进入会见室就像疯了似的，我们都习以为常了。我看见了，当时我去给曹娜芯他们的房间送水，一进屋我看见白鹏飞和那个女的在干那种事情，我当时急眼了，我说你们也太着急了，这大白天连门都不锁，这里可不是妓院，不老实都给我滚出去。他们都知道我脾气不好，上脾气了什么都敢干。白鹏飞笑笑说，不好意思，大姐让你见笑了，他提上裤子，给我掏出了二百元钱。"

施弢笑着问："大姐，你收了吗？"他知道这句话问的是多余的。

"我没收，收这钱我觉得掉价，这是什么钱？但我不收，在沅山监狱里收过白鹏飞的钱的人不少，施监狱长你可能不知道。从内心说我对白鹏飞的印象不错，他每次来合宿都是彬彬有礼，但我们确实不知道他们到底是什么关系。曹娜芯人长得很端庄，外表看更像个教师。后来我知道了她是小安子的母亲，白鹏飞和上下左右的关系处得都不错，他和我们有个女警处得关系不一般。"

"你指的是哪个女警？"施弢意识到这是个非常重要的情况。

"我瞎说的，你可别相信，这是传言。"董荷琴在往回收话，她收口了。

施弢没有再往下追问，立即联想到了董华君材料上说的那个女警，相信董荷琴说的是实话，他也明显看出董荷琴说完话后后悔了，他知道今天不是问这个问题的时候，就继续问着原来的话题："你看见小安子母亲那次是第几次？"

"在我的记忆中是第一次，我现在一寻思那天的事情就恶心，怎么那么巧让我碰上了。"

施弢笑笑说："当警察的什么都要经历过。她以后又来过多次吗？"

"来过，具体多少次就记不清了。"

"你们的会见记录怎么都没有了？"

"都交到处里了，我们也不保存。年年都是这样，放一段时间就没有了，也不往档案室存档。"

"难道彻底找不到了吗？"

"在狱政处的档案室可能还有一部分档案，能不能找到就不好说了。"

"荷琴同志，你出面帮助找一找行不行，要不我让你父亲和你说？"施弢完全是商量的口吻，他把董荷琴的父亲老董头搬出来了。

"监狱长是越说越客气，您是领导，我们有什么行不行的。我早就听我爸爸说过您，您放心吧，只要您有话我们就去办。”董荷琴爽快地说。她今天的情绪非常好，她认为她父亲说得没有错，施监狱长确实是一个非常有水平的人。

“荷琴同志，你说的白鹏飞和我们某个女警的关系，我认为你是不会说假话的，我希望你把实情告诉我。”

“监狱长不是我不说，这个事我不能瞎说，这不是开玩笑的事情，你再找别人了解吧。”董荷琴把话封死了。

“你不愿意谈我不勉强你，但董大姐我希望你能救救这个女警，让她早日觉悟，能从错误的漩涡中跳出来，你做的是一件好事。否则的话，她是陷淤泥而不能自拔。好了，我们换个话题，你父亲是一个很有观点的老爷子呀！”

“他一个实在的农民，能有什么观点，他都当了二十多年村干部了，还是个农民身份，当年他同时期的村长人家都是国家干部了。不过，我就是当年我父亲和监狱说的话，我才能到监狱工作的。”董荷琴对自己的父亲还是很敬重的，父亲就是没有文化，要不乡长都能当上了。

“你爸爸还答应请我去家里吃饭呢，那天他把我馋得都淌口水了，我真的想吃一顿农家的饭菜，不知道你是不是欢迎呀！”施彧说了那天看见她父亲的情况。

施彧和董荷琴的距离拉近了，施彧的话打动了董荷琴的心，她低头沉吟起来，过了一会儿，她表了态：“那个女警先不说了，我保证把会见室的记录找到，我今天就办。”她的话非常肯定。

董荷琴没有食言，当天晚上她就把档案找到了。记录记载曹娜芯在白鹏飞入监后的第一个月来合宿，住了两天。后又来过多次，最长的一次住了一周，曹娜芯用的是真名。看来小安子并不知道他母亲和白鹏飞的关系，曹娜芯和小安子会见时用的倒是假名，她有两个身份证。奇怪的是在白鹏飞逃跑前的半年内曹娜芯停止了会见。是把记录销毁了还是确实没有来会见？董荷琴证实：“在我的记忆中她在白鹏飞逃跑前的几天还来过，但记录没有了。”

在施彧的办公桌上摆满了会见室的记录本，他一本本地翻着，记的内容都是很规范的，是董荷琴记的，字体俊秀清晰，施彧没有想到五大三粗的董荷琴还有这样的一手好字，人真是没法看的，实际上董荷琴是一个内心世界十分细腻的女人。

陈剑虹给施彧翻着指点着：“现在看小安子他妈和白鹏飞的关系可以确定，但他妈在哪里呢，我们一定要尽快地找到曹娜芯。”

“找到小安子的母亲，是不是就能寻到白鹏飞的踪迹。但就是找到她了，我们也没有任何证据可以证明白鹏飞的逃跑和小安子的母亲有关系。她肯定是知道一些情况的，过去的工作是太不细了，大家议论的是对的，就看我们是不是动真格的抓白鹏飞了。”

“董荷琴也提到了那个神秘的女警，看来确实是有这个人了，我们要想办法找这个人，还不能大张旗鼓。”

“走，我们去董华君家，争取从他妻子孙晓娟身上突破。那天我听出她是话里有话，没有和我们说透。”

傍晚时分，施弢和陈剑虹再次来到了董华君的家里。

孙晓娟正在和姑娘吃饭，她撂下饭碗起身迎着，满脸歉意地说：“家里就这个条件，太乱了，连个正经坐的地方都没有。”施弢和陈剑虹坐在了墙角的木头箱子上。“监狱长那地方凉。”孙晓娟赶忙拿过来两个垫子铺上了。

“不凉，这个地方离火炕这么近。”施弢笑笑说，“孙晓娟，你们家的房子问题，监狱已经研究完了，决定这次集资盖房子，监狱给你家补贴一大块，孩子的工作我也已经联系好了，她是新闻专业的，报社已经答应录用她了，先当见习记者，但是要经过考试。孙晓娟，看看你还有什么要求？”

家里的两大困难这么快都解决了，孙晓娟听到这个消息，心头颤动，眼睛里涌出了热泪，大颗大颗地滚落下来。她激动地说：“我还有什么要求，无可无不可的了，华君也不是什么壮烈牺牲的烈士，监狱领导这样对得起他。我谢谢监狱党委，谢谢监狱长，华君的在天之灵可以安息了，他最惦念的就是这两件事情。来，孩子给你两位大爷和叔叔磕头谢恩！”

“这可使不得，你不折杀我们吗！”施弢赶忙上前拉住，“你妈妈净胡闹啊！”

“施监狱长，你们来找我有事儿就明说，凡是我知道的我全都告诉你们，姑娘你进里面小屋去，我和你大爷、叔叔谈点工作上的事情。”孙晓娟猜到施弢和陈剑虹来肯定还有别的事情。

姑娘十分懂事地进里屋去了。

陈剑虹拿出了董华君写的那份材料，他指着材料问：“嫂子，我问一件事儿，华君在材料上提到了一个女警，没有点名，你知道这个人是谁吗？”

“是我不让他写名的，他原来已经写上了，我说你把人家说出去，她这一辈子不是完了吗，我们不能那样缺德。”

“不是缺德，我们也是为了救那个女民警，要不她越陷越深，你要是爱护她，就把她的名字告诉我们，也对得起已经去世的董华君了。”

“好，我告诉你们，我现在怎么也想不起来了，华君他当时说的是一个小名，叫什么娟、梅的，我的脑子实在是想不起来了，给我几天时间吧。”

施弢一看这种情况只好如此了，以后再谈吧。起码白鹏飞和那个女民警的问题可以证明是真的，不是无中生有。

午后，监狱机关十分肃静。施弢去市委开会了，三楼就龙啸天一个人在家。龙啸天把焦成金叫到了办公室。

“这事都绝了，董华君怎么能说死就死了呢！他在会见室这些年是知道好些情况的，这一段时间我看他往施弢的办公室跑了不少次，可能把他知道的情况都告诉施弢了。”焦成金和龙啸天谈起了董华君的情况。

“他能知道什么，你不用担忧，现在人死了，他就是说的话也不能成为证据了，我估计他也说不出更多的情况。他也就能再多咬一个，自己好脱身。你给董华君家表示的钱他媳妇收了没有？”

“推辞了一下，收了。她说太多了，她承受不起。我说是我和龙监狱长个人的一点心意，以后有什么困难尽管找我们。监狱里也就是我们能给她两万块钱，别人谁能搭理她们孤儿寡母？”

“收了就好，包括上次的那两万元钱，四万元钱足以把她的嘴堵住了。”

“我就担心她把易拉罐的事情说出去。”

“董华君喝完那罐饮料就迷糊睡过去了，除了你我之外，谁也不知道什么情况。她媳妇把钱也收了，还能说什么。人都死了，这个事就过去了。你说说这几天陈剑虹在接见室兜到点什么情况没有？”

“好像查到了小安子他妈和白鹏飞会见的记录。他们在档案室翻腾了一天，说是找到了。我问过董荷琴找到什么，她说会见登记簿都找到了。”

“这个记录怎么还能有呢，我不是和你交代过吗，把这些东西处理了。”

“是处理了，可能是漏了一次的记录。要不就是董荷琴把我要了，她留了个心眼，把那份登记藏了起来。”

“那一次记录就说明问题了，这一下子他们就有了明确的追逃重点了。施弢肯定要顺藤摸下去。无论如何不能让他们找到小安子他妈，让他母亲别露面。”龙啸天知道小安子他妈要是把情况都说出来那就麻烦了，陈剑虹他们拿下她的口供是太容易了。

“恐怕做不到了，小安子他妈总不能藏起来呀！关键是找到她后她得把嘴闭上，问啥也不知道。”焦成金心里说，做到这一点也很难。

“坏事儿都坏在女人身上了。”龙啸天感叹道，这时候他的眼前忽然闪现出了蒙丽莎的身影，她的一张媚脸深情地望着他，英雄难过美人关呀！古今如此。他寻思着。“一切事情都挺利索，这半道又冒出了小安子他妈，这个线索是谁提供的呢？”

“我估计是温玉海，那天我在他的劳动工地听见他和施弢说什么和小安子有一腿，我往跟前一凑近，他就不说了。这个温玉海那年为了一个犯人的事情和我吵了一架，他求我给分一个好的岗位，我没有答应，他说我黑，我当时还真不是黑，我的本意是别一别他，以后让他尊重点狱政处，没想到他和我急眼了。白鹏飞原来在温玉海那个监区待过一段时间，所以他肯定知道一些白鹏飞的情况，我还真的忘了这一说了。”焦成金右手张开掐着左右太阳穴，一唠到这件事儿他就感到特别地闹心，头疼起来。

“施弢的手段高啊，什么检查工地，他的目的是深挖线索。我说嘛，他不可能把工地的问题看得那么重，他是为了掩人耳目，使的是障眼法啊！高啊，高。我们学着吧。你一定要在施弢他们找到小安子他妈之前找到她，向她交代好，让她怎么说。”

“我看没必要去找她，她也不知道白鹏飞是怎么跑的，找她反倒把我们的关系暴露了，白鹏飞也不可能告诉她。就是找到她，她还能说什么，她敢把白鹏飞撂出来，这个女人我了解她，她死都不会说的，最多她承认和白鹏飞有关系，承认了有什么了不起的，已经在一块儿睡了那么多年了，承认不等于知道白鹏飞脱逃的情况。龙兄，你再考虑一下，我说的有没有道理。”

焦成金这样一说，龙啸天沉思起来，过了一会儿，龙啸天仰起了头，若有所思地说：“你说得对，你去找她反倒留下把柄了。但是施弢是不会轻易放过她的，这么明显的线索他们能不查吗？小安子他妈能不能挺住也不好说，我们从现在开始得有所准备了。我找时间和温玉海唠唠，把恩怨化解一下。”

“没必要，他就知道那点情况，该说的他和施弢也都说了，别搭理他了。等我找机会治一治他，他们监区在狱政方面存在的问题多着呢，整出来一件都够他的呛。他们监区前几天有一起打仗的，已经够伤害罪了，他们不报案，花钱自己摆平了，属于包庇犯罪，检察院知道了肯定追究他们的领导责任，我听说打人罪犯的家属给他们监区拿钱了，别以为我不知道，还他妈的整我，不好使。”

“是吗，还有这样的事情，那我就和他谈这件事情，看看他是什么态度。下班了，走吧，我们俩喝酒去，蒙丽莎约了几个朋友等我，她说有一个新开业的蒙古族度假村，现杀的羊，吃手扒羊肉，特别地火，订了三天才排上号。她特意交代让找你参加，她不知道你的手机号。”

“我就不去了吧，不方便吧。我晚上还有安排。”焦成金推辞着，他一听说蒙丽莎找吃饭，发自内心地不乐意去。

龙啸天看出来焦成金是借故推辞：“什么不方便，我不是说了吗，是特意找你的，我是作陪的。”

龙啸天的电话响了，是蒙丽莎打来的，话筒里传来女人娇滴滴的声音，龙啸天不停地点头应着：“行，你说话好使，我一定让他参加，不，干脆你直接和他说吧，他就在我跟前呢。”龙啸天把电话递给了焦成金。

焦成金不情愿地接过了电话：“是蒙总吗，我是焦成金……”

“焦哥，你挑我理了，你是大哥嘛，你怎么能挑小妹的理呢，什么不方便的，男女间就那么点事儿，你和龙哥的关系还有什么说的……”蒙丽莎嗲声嗲气地说，“你一定得来，我在酒桌上给你赔礼，我连喝三杯，好吗，焦哥？”

蒙丽莎这几句话把焦成金说得服帖了，焦成金连连答应着：“好，好的，蒙总，我一定去，一定去。”

“拜拜，一会儿见。”

龙啸天哼了一声，笑笑说：“怎么样，焦处长，服了吧，厉害不？”

“太厉害了，我是彻底地服了，蒙丽莎不愧是沅江市的第一交际花，男人见了都得让她给拿下，有一个算一个。大哥你可得小心着，别把我们监狱给搭进去呀！”

龙啸天哈哈大笑起来：“我的焦处长呀，你把你龙大哥给看哪儿去了，我不会落在一个女人的手里，就她那几招，我见多了。”

焦成金心里说道，你也就是嘴硬，现在蒙丽莎已经把你拿得骨酥肉麻了，也就跟我装呗，“蒙总今天找我们吃饭是什么主题呀，肯定是有什么事情？”

“就是前几天她提供给邓文龙的揭发材料查证属实了，那天，我不是和你说了吗，人家谢谢我们。实际上都是我们应该做的，她这个人就是讲究，愿意和我们交朋友。我是服她了。”

“那应该把陈剑虹叫着呀！”

“糊涂，叫他干什么，不能让陈剑虹知道我们和蒙丽莎的关系。”

“对了，这些我可没有想到。能不能让蒙丽莎把施弢拿下？”

“你想得好，施弢可是不吃这口的。”

“我们可以试试嘛。”

“到头来别赔了夫人又折兵，把蒙丽莎搭进去。”到这时候了，龙啸天他已经舍不得蒙丽莎了，而且他对蒙丽莎也不放心。

龙啸天的电话又响了，是蒙丽莎来电话催他们：“龙哥，客人都到了，你们怎么还不到啊，等你们选羊呢！”

“好了，我们马上就到。”

这是一个在沅江市郊外新开的旅游度假村，大大小小的蒙古包散落在坡岗上的绿树花簇之中。山坡上用石头堆起的敖包插满了树枝，高高的木杆上一顶鎏金头盔在蓝天白云下与日争辉。

蒙丽莎的车早就到了，她已经在门口等了半天了。见龙啸天的车到了，她满面春风地迎了上来。蒙丽莎打扮得花枝招展，比接待的蒙古族小姐还鲜艳。她先和焦成金说话：“焦哥来了，我就高兴了。你不来的话，以后我就不搭理你了。”

“哪能呢，你请我都是求之不得了，受宠若惊了，我就怕你瞧不起我，有龙监狱长一个人就行了，我就尽量少掺和吧。”

“蒙总你打扮得这样漂亮，我们是吃饭来了，还是看你，秀色可餐，还没有吃饭就饱了，你看看大家都看你呢！”龙啸天看着蒙丽莎心里格外高兴，老了老了，没想到还找到这么一个让他心旌荡漾的红颜美人。

“我真的漂亮吗？”蒙丽莎双手扯着自己的衣襟。

“漂亮，太漂亮了！”大家异口同声赞道。

女人都是喜欢被奉承的，明知道是假话她们也是愿意听的。这是女性通常的弱点。

“今天我们就吃正宗的手扒羊肉，喝奶酒。大家先别进蒙古包，选一只羊。”蒙丽莎拍拍手，山庄的女老板跑过来了。“老板娘，我们就相信你了，你给我们选一只好的羊。”

大家进到了圆圆的蒙古包里，地面铺着漂亮的手工编织地毯，大家席地围坐在一起，蒙古族的服务员给每个人一把银柄蒙古小刀，一人一盏桦皮碗。

餐桌中间大大小小的方盘内盛满了香气扑鼻的羊肉，像座小山包。周围是芝麻酱、辣椒油、香油、酱油、韭菜花、腐乳汁、盐面、葱花、蒜泥等作料。

“看我是怎么吃的。”焦成金先抓起了一块，用刀剔了起来。割下来一块肉后，蘸着作料吃了起来，“快动手吧，一会儿我全吃光了。”焦成金是在牧区长大的，对吃羊肉那是驾轻就熟，很快便以行家自居起来。

“太香了！”这肉是鲜而不膻，肥而不腻，香而不油，嫩而不软，大家都赞不绝口。

“今天来的都是邓文龙的朋友，大家对龙哥和焦哥都非常敬佩，首先让我们共同敬二位大哥一杯酒。”蒙丽莎说完后大家都站了起来。

“蒙总你太客气了，都是朋友应该办的，你说的话我们岂敢不办，在沅江市只要是你说话的事情，有谁不给你面子？我龙某人那更是小意思了。哈哈，大家都是你的粉丝了，来我们共同喝！”龙啸天说话得体，妙语连珠。

“龙哥说得对，那我们就共同喝一碗奶酒，干！”

“看看，这位小姐漂亮不？”蒙丽莎给大家介绍坐在她旁边的一位漂亮女士。

大家把目光都投了过去，好美呀！不约而同地发出了赞叹声。

蒙丽莎没有和大家介绍她的身份，只是吩咐着：“翠竹，今天你和龙大哥好好地喝几杯，我陪陪焦大哥。”

几杯酒下肚，蒙丽莎活跃起来，她紧挨着焦成金说起了酒嗑：“焦大哥，你就是连个电话都不给我打，我在你的眼里就那么不值钱吗？”

“这话说哪里去了，不是还有华少怀老弟吗，我当大哥的这电话怎么打呀，他不多心了吗？更何况还有龙哥呢！”焦成金话里有话，他始终觉得和蒙丽莎这样的女人还是离远些好。

“你打不打电话和他有什么关系，你心里就是没有我，我知道你们当警察的心就是狠，人家都说警察不好交。”

“这话是越说越远。哪儿跟哪儿呀，我都唠糊涂了，大哥心里是绝对有你的。”

“你要是心里有我的话，邓文龙以后就交给你了。”蒙丽莎把话又转到了邓文龙身上。

“我答应朋友的事情没有一件差事的，你打听一下，我焦成金是一个什么人，龙哥是最清楚不过的了，我和他是不一样的。”焦成金说的他指的是华少怀。

蒙丽莎当然也知道他说的他是谁，她拿起了酒瓶子：“我敬你一杯，晚上我请你到我的别墅去，你敢去吗？”

“那我可不敢去，就是你再给我一个胆我也不敢去，是不是龙哥。”

“哈哈，丽莎，你就别难为焦哥了，我替他去了，一个人还不够你受用。”龙啸天说完后大家都笑了起来。

“谁让你去了，我要的是焦哥，我就喜欢他。”蒙丽莎今天是真的喝多了，话说得不着边了，说着就扑到了焦成金的怀里。

“你亲我一下，敢不敢？”蒙丽莎叫起板来。

“焦处长，你就亲她一下有什么了不起的。”众人起哄。

“恭敬不如从命了，我斗胆了！”焦成金捧过蒙丽莎的头在她的唇上轻轻地吻了一下。

“哎呀，我今天成了宴会的主角了，蒙总你是真能整你哥呀！”焦成金高兴了。

“我看大家都尽兴了，也挺晚了，蒙总你就收杯吧。”龙啸天提议。

“不，我提议我们共同唱首歌，大家就唱‘敖包相会’，我们用歌声收杯。”

十五的月亮升上了天空呦，为什么旁边没有云彩，我等待着美丽的姑娘呦，你为什么还不到来呦嗬……

宴会结束了，大家意犹未尽：“蒙总你是真会找地方呀，简直就是人间天堂，玩得太开心了！”

“大家要是喜欢这个地方，我下周还安排，只要大家赏脸能来就行。”

人陆续都走了，帐篷里就剩下了蒙丽莎、龙啸天、焦成金三个人了。蒙丽莎从坤包里拿出两叠钱，分别递给了龙啸天、焦成金。

“这两万元钱是我给你们俩的，和邓文龙没有什么关系，请收下吧。”

“这挺好的，有吃有喝，还有钱花。”龙啸天笑呵呵地把钱接过去了。

“这……”焦成金没接，他瞅着龙啸天。

“恭敬不如从命，这是蒙总的干净钱，她给多少钱我都敢要，她不会把我们卖出去的，你就收了吧。”龙啸天劝着焦成金。

“我也没有给蒙总做什么事情，心里不安，是无功受禄呀！”焦成金一脸愧疚地把钱掂了掂，装兜里了。

“朋友嘛，要是讲究一还一报，那还叫什么哥们！”龙啸天对焦成金的做作不满，怎么还和我装起来了。

“龙哥和焦哥你们就坐我的车走吧！我开车送你们。”

“不，我自己开车走了，龙监狱长一个人坐吧。”焦成金自己要走。

“那不行，焦哥你整什么事呀！好像我们有什么事情背着你似的，你这么整，我们还能不能处了。”焦成金不好意思走了，他连连说：“好，好，我不走，蒙总，我听你的。”

“龙哥，我认为，邓文龙这个人你应该交，他的为人有些地方比白鹏飞还要讲究。”

“过去我不认识他，我观察一段看看他怎么样，对待他们那样的人我是要考验的。”龙啸天对自己的身份看得很重，他在罪犯跟前始终保持着一股子尊严。

“你知道挨着我旁边的那个漂亮女人是谁吗？”蒙丽莎故意吊着龙啸天的胃口。

“不知道。”“她是邓文龙的媳妇，我见人挺多的，没有给你们介绍。”

龙啸天感叹道：“是吗，确实是漂亮的美女，难怪那个警察黄青忍不住把她强奸了。”

“我们走吧，到我的别墅喝咖啡去。龙哥，你坐我的车，焦哥你在后面跟着。”

山庄的女老板在门口送着，打着笑脸，“蒙总您走好，欢迎您再来！”服务生殷勤地给蒙丽莎打开了车门。

20.

夜深了，高大的住宅屋顶隐没在黑黑的山影之中，静静地睡着。路旁的街灯闪着朦胧不清的光。车在公路上徐徐行驶着，蒙丽莎数落着焦成金：“你说，焦成金是不是和我装，他那个人瞅着就不实在，我就烦这类男人。”

“那你可看错了，他可不是那样的人。他就是和你不熟悉，他知道我们俩是什么关系？是不是我的小宝贝。”龙啸天侧身叭地亲了蒙丽莎一口。

“看他以后的表现，要不我就不搭理他了，在沅江市什么样的大手我没见过，和我装不好使。”蒙丽莎的口气狂傲，暴露出来她的野性。

“我是个什么手呀，是不是也和你装大了？”龙啸天是质问的口气。

蒙丽莎连忙说：“你是我老公，和他们不一样。”蒙丽莎的丈夫去世后，她把龙啸天真正视为了自己可以终身依靠的男人。她觉得龙啸天这个人和其他男人的最大不同之处是，他不贪财，有男人的刚性。对她是不卑不亢的。她就烦那种一见女人的面就骨头酥得连说话声音都变了的男人。

“那你是对我高看了，我的毛病多了，时间短你还没有完全发现呢。”

“我有个女秘书长得非常水灵漂亮，我给焦哥介绍一下，他就没有什么说的了。以后他对我的态度就不一样了。男人一贪恋女色，就没有一个不听女人的话的。”

“你的意思我也是这样呗，我也是见女人迈不开步的人了？”龙啸天的心里有些不悦，这才几天蒙丽莎就有些和他放肆起来了。

“整个沅江市就你一个人不是那样的男人，这是你的过人之处，所以我才爱你喜欢你，把一切都给了你了。”

两人边开边唠，一辆奔驰汽车鸣着喇叭从后面追了上来，不停地闪着紧急灯，司机伸出了手摆着示意蒙丽莎停车。奔驰车超过去缓缓地停在了慢车道上。

“肯定是追你的，认识你。”龙啸天往车窗外看着。

“认识我？这么晚了，是谁呢？”蒙丽莎把车慢慢地开到了奔驰车的前面，停了下来。

奔驰车的司机下车走过来，扒着车门非常客气地和蒙丽莎说：“蒙总，您的朋友请您到他车上说话，有事情和您商量。”

蒙丽莎一看，她认识这个司机：“啸天，你在车里等着我，我说几句话就回来。”她下车了，车没有熄火，空调开着。

龙啸天见是熟人找蒙丽莎也就没有在意，随便说了一句：“宝贝，快点回来，别让我等时间长了。”

一会儿，从奔驰车里传来激烈的争吵声，车门开了，只见先下来一个男人，他拽着蒙丽莎的头发把她从车里拖了出来，嘴里不住地骂着：“骚老娘们，你他妈的还敢动手挠我，我他妈的整死你！”他把蒙丽莎摁倒在公路上左右开弓扇着嘴巴。接着又下来一个男人，也扑过去打蒙丽莎，扯着蒙丽莎的裙子，嘴里不停地骂着，狞笑着：“今天我们哥俩轮奸你，让你一辈子再也不能勾男人了……”

“龙哥……”蒙丽莎凄惨地喊着，“快来救我……”

龙啸天在车里眯着眼睛听着音乐，隐约听到好像蒙丽莎在喊他，他迟疑地打开了车门。看见了两个男人骑在蒙丽莎的身上，蒙丽莎尖叫着，他猛地跑了过去：“不许打人！”他跑到跟前，一拳击倒了一个，他又扯着脖领子拽起了另一个人飞起一脚踢到了旁边。他抱起蒙丽莎，大声问道：“怎么回事儿？”

蒙丽莎满脸是血，裙子被扯掉了，露出两条雪白的大腿，内裤也撕破了，哭喊着：“龙哥，救我！”

两个男人扑了过来，高声骂着，一左一右地围了过来：“他妈的，没发现车里还有一个吃软食的，你是不想活了，让你知道知道我们的厉害……”他们和龙啸天交上了手。几招过后，龙啸天已经没有还手之力了。蒙丽莎坐在地上喊着：“龙哥，掏枪打他们呀！”龙啸天彻底不行了，他明显感觉到了对方是专业的打手，有板有眼按套路打。前后夹击，把他打蒙了，他只有本能地用双手护着头，就要倒地了。“嘿嘿，你还有枪，掏出来呀！下面不是还有一门炮吗，开炮呀！”其中一个人嘲笑地叫道。

“来人呀，抓坏人呀，杀人了！”蒙丽莎见状高声呼叫。

这时一辆警车闪着警灯逆行开过来了，嘎吱一声停到了跟前。一个彪形大汉打开车门冲了下来：“反了你们了……”是焦成金开车来了，他和龙啸天迅速联手，双方打成了平手。

“大哥，我们走，先不搭理他们！”对方跑上了奔驰车，跑了。

焦成金还要撵去，龙啸天把他拽住了。他知道再继续打下去，他们俩也不一定是人家的对手。那是两个身强力壮的年轻人，是正宗的散打高手。

龙啸天和焦成金把蒙丽莎拽了起来，擦干净了脸上的血，把她扶上了车，龙啸天说道：“我来开吧，别害怕，一切都过去了。焦成金，你在前面开路吧。”

“我没事儿，我能开车。”蒙丽莎拢拢自己的头发，正了正衣服，她又恢复了常态。

“不用怕，我带着枪呢，他们再出来，我毙了他们，我的子弹都上膛了，刚才我不知道是什么情况，我不敢贸然开枪。”焦成金没有吃什么亏，他精通柔道，对方一近身就被他摔得跟头把式的。

“我不怕，我能开车，这样的打打杀杀场面我见得多了。我今天是一点没有防备，没有想到他们敢动手打我，在沅江市还找不出这样的人来。”

“龙哥，你怎么不动枪呢？”蒙丽莎埋怨着。

“我哪里带枪了，”他撩起了衣服让蒙丽莎看，“要是带枪了，我会客气吗，我早就把他们撂倒了。”

蒙丽莎骂着：“他们敢打我，后悔去吧。用哪只手打我，我就把哪只手给他剁下来，和我来这套，瞎眼了！”她狠狠地关上了车门，一脚油门，车蹿了出去。

“他们是什么人，敢对你下这样的狠手，在沅江市谁不知道你的势力？”龙啸天知道对方肯定不是一般的人物，他看清奔驰车的牌号是77777。

“你不认识，没有什么，就是一笔生意上的事情，他们多次和我说过，想把股金抽回去，我那投入的股金还能抽回去吗，他们见我不同意就和我玩黑的，我说我等着你们。那两个人原来都是鹏哥手下的马仔，我估计是见鹏哥不行了，现在卖身投靠他们了，他俩在车上说我要是不答应他们，他们就毁我的容。我说在沅江市还没有人敢碰我一个手指头呢，他们就打我，我挠了他们，他们急了，开始扒我的衣服。这两个小子，太狂了，他们以为我治不了他们。我一定要找到鹏哥给我报仇。”

“鹏哥，就是那个白鹏飞吗？你认识他，和他还有来往，你上什么地方找他去？”

“我和鹏哥是多年的朋友了，他们不知道我和白鹏飞的关系，他们瞎了狗眼，以为鹏哥不在了，他们可以当老大了。我明天就找鹏哥去，让他们乖乖地给我跪地磕头。”蒙丽莎蔑视地说，“小儿科水平，我蒙丽莎在社会上混了这么多年，这样的场面我见多了，就那么几招儿，能吓唬住我！”蒙丽莎确实是个强悍的女人，要是一般的女人经历刚才那场面早就吓堆了。

“明枪易躲，暗箭难防，丽莎你也要防着点，从明天开始，我天天晚上陪你。有什么难处可以和大哥我说，你是知道的，沅江市社会上的人很少有不给我面子的。”龙啸天摆起了老大的面孔。

“对这类事情用不着你出面，你是官员，官员最怕的是丢官，你一出面事情就复杂了，黑对黑，我用黑道的办法归拢他们。”

蒙丽莎的眼睛被打成了熊猫眼，身上被掐得青一块紫一块的，龙啸天看得不免心疼：“都怨我，下车晚了，我没想到会出现这样一个插曲。”

“怨你什么，你什么都不知道，你为了救我还受了伤。晚上，我好好地报答你，让你忘掉伤痛。”蒙丽莎到这时候了还春心荡漾。

“丽莎，你都被打成这样了，还有这样的心情，我服了。我看你和他们搏斗的样子，简直就是一个女战士，绝不示弱啊！”龙啸天笑了。他手伸过去摸着蒙丽莎的大腿。

“那两个小子的脸让我给抓得不轻，他们也知道我蒙丽莎的厉害了。”

车速慢了下来，焦成金的车早已停在路口等待着。两辆车会合拐下公路就到了蒙丽莎的别墅了。

焦成金从车里出来急切地问：“丽莎，他们和你有什么仇恨，敢下手打你？当时，我就琢磨，可能是出什么事情了，怎么开了这么长的时间不见你们的车过来，我就调过头来接你们了。”

“没有什么大的仇，就是生意上的事情，他们就下此毒手！”蒙丽莎夹着包从车里出来了，她一边锁着车，一边说着感激的话：“焦哥，多亏你及时赶到了，要不天知道会是什么结果呢。我让阿英给你们磨纯正的巴西咖啡，走，进屋去，我今天晚上要好好地谢谢两位大哥。”

三个人在客厅里喝着咖啡，“我认识两位大哥是太值得了，这才认识你们几天，净给你们添麻烦了，我怎么报答你们呢？”

挂在客厅的日本时钟响起了音乐，正好是零点。“我们走吧，咖啡喝完了，蒙总你也休息吧！”焦成金首先起身张罗要走。

“这么晚了，要不你俩都住在这里吧？”

“不住了，你好好地休息吧。”龙啸天、焦成金俩人都走了。蒙丽莎也没有强留他们，自己留在了别墅。龙啸天让她回市里，她不干，她说不害怕，别墅里有两个保安员、一个保姆、一条德国牧羊犬。

焦成金开着车，他见龙啸天靠在座椅上眯着双眼，说：“龙监狱长，你累了吗，我听着蒙丽莎的口气，好像她知道白鹏飞的藏身之处。”

“她知道也没有什么了不起的，她还能出卖白鹏飞？”龙啸天直起了身子。

“她让我帮忙找到白鹏飞，她要报仇。我说我怎么能找到他呢。她说白鹏飞就在市内，用多少钱她都不在乎。”

“这个忙我们是应该帮的，一瞅她让人家打的那个样子是够可怜的了。我都气不过了。”龙啸天心疼蒙丽莎，他第一次看到一个女人被男人打成那个样子。

“那我们也不能替她找白鹏飞呀！”

“那倒是，但我们可以通过某种方式给她渗透一下白鹏飞的线索，让她自己去找。”

“那可太危险了，施彧在虎视眈眈地等着白鹏飞露头呢。我看我们就别管了，就凭蒙丽莎的本事，她肯定能和白鹏飞接触上。”

龙啸天的电话响了，是蒙丽莎打来的。“好吧，那我回去吧。”龙啸天放下了电话，“往回调头吧，蒙丽莎刚才接到了一个恐吓电话，她害怕了，让我们回去陪她。”

“那你夜里就在她那里住吧，我把你送到那儿就回去。”焦成金不愿意和蒙丽莎搅和在一起。

“你要回去，这是什么话？我们是哥们，好像我背着你干什么呢，你知道我是从来不在外面过夜的，为了哥们，人家有难了，有什么办法呢。”龙啸天不乐意了。

“好，好，我不走，我陪你。”焦成金连连堆着笑脸赔罪，“我不寻思我在跟前你不方便吗，我也是好心，我一个四十多岁的大老爷们在哪里睡觉怕什么！”焦成金把车头调过来了，打开了警灯，车速如飞，很快，他们返回了别墅。

蒙丽莎在客厅迎着，她扑到了龙啸天的怀里，哽咽道：“龙哥，我害怕呀，你们可回来了！”女人就是女人，到这时候她的嘴也不硬了。

“有我和焦大哥在，你什么也不要怕，在沅江市没有人敢碰我们俩呢！”龙啸天安慰着，轻轻地拍着蒙丽莎。

“阿英，给焦处长收拾房间，准备洗澡水。龙哥，我们上楼吧。”蒙丽莎吩咐着。

“你们放心睡觉吧，我给你们当警卫，龙监狱长是知道我的枪法的，百米之内我指哪儿打哪儿！”焦成金拍拍腰间的枪，他不是吹，在沅山监狱里他的枪法是有名的。

“焦哥，委屈你了，太过意不去了，今天你跑单帮了，以后我一定给你补上！饿了，餐厅里吃的东西什么都有，你喊阿英一声就行。”蒙丽莎就是会说话。她和龙啸天上楼了。

龙啸天和蒙丽莎睡在了楼上的卧室。蒙丽莎赤条条地躺在双人大床上，她的大腿根部青一块紫一块的，龙啸天给她抹着云南白药，关切地问：“丽莎，你的伤口还疼吗？”

“伤口不疼了，心疼。在沅江市还没有人打过我，这口气我咽不下去呀。你必须帮助我报仇。”蒙丽莎伏在龙啸天的胸膛上哽咽起来。

“我们谁和谁呀，欺负你就是欺负我，我能不帮助你吗，他们敢当我的面糟蹋你，还敢和我交手，胆子也忒肥了，就是你不说我也饶不了他们的。你需要我干什么尽管说，我也得让他们知道一下我的厉害！”

龙啸天的这一番话，使蒙丽莎深受感动，她的心情好多了，她深深地吻着龙啸天：“龙哥，你就给我一句痛快话，白鹏飞到底在不在沅江市，至于在哪里我不用你告诉。”

“好，我告诉你吧，他肯定是在沅江市，施娤都知道，这已经不是什么秘密了。已经布下了天罗地网，白鹏飞一露头就有被捕获的危险，你和他联系太危险了。”

“他在沅江市就行了，我不怕，你们找不到他，我一定能够找到他的，他能去的就是那几个地方，我太了解他了，他是一个典型的土老帽，只要是谁叫他一声大哥就能混顿饭吃。”蒙丽莎的口气似乎她找到白鹏飞是不费劲的，似乎她什么都知道。

“丽莎，你有什么办法能找到白鹏飞？”龙啸天追问着，他相信蒙丽莎说的是真话。

“我不告诉你，到时候你们再把他抓回去，我在社会上还做不做人了，我的生意也做黄了。”蒙丽莎哪里知道龙啸天、焦成金和白鹏飞的关系。

“你呀，记住，马善被人骑呀！”龙啸天心疼地搂着蒙丽莎。

“我被谁骑了，不就是被你骑了吗？来吧，你骑上来吧，我想要。”蒙丽莎情绪蛮足的。

龙啸天寻思着，她真是一个妖女，受了这么重的伤，竟然还有这份心情。他掂量着自己的身体，心里说，你要我怕什么！

早晨，龙啸天、焦成金没有吃早饭先走了。蒙丽莎进入车库准备驾车上班，她拿着钥匙正要开车门，只见崭新的宝马车机器盖子上被深深地划满了大大小小的叉，挡风玻璃也给砸裂了。雨刷器上夹着一个字条，她打开一看，字条的内容是：蒙总，给您的车画了一个花脸。准备下次给您的脸也画个花脸，您等着吧！哈哈哈！蒙丽莎看完了字条，咬紧了嘴唇，默默地上车了。“兔崽子，你们真的下手了，你们等着吧，我饶不了你们。”

“是兆月大哥吗，我是蒙丽莎。”

“是蒙总呀。怎么想起找大哥了呢，这大清早找我有什么事情吗？什么打扰了，你就直说吧，不要客气。”汪兆月知道蒙丽莎这大清早给他打电话肯定是摊事儿了，他过去和蒙丽莎的关系处得一般，这个女人专门和官员打交道，赚公家的钱。

“大哥，我因为生意上的事儿，遇到了点麻烦，这几天他们把我整苦了，今天早晨又把我的车毁了。大哥你能不能见到鹏哥，给我过个话，我要见他，让他帮我报仇。”

“你要见鹏哥，他不是从沅山监狱跑了吗，都说他跑广西去了，你都找不到他，那我就更找不着他了，我上哪里找他去！”汪兆月的话封得死死的，一再说他不知道白鹏飞在哪里，竭力表白自己现在决不和社会上的人打交道了。

“大哥，我知道你和鹏哥的关系，咱们真人面前别说假话，大哥，不要和老妹子兜圈，谁都明白怎么回事，你必须帮我这个忙，我会好好地谢谢你的，我实在是咽不下这口气，他们如果再来找我的麻烦，我都想杀了他们，欺负我，没门！”

“好了，别说胡话了，我们是多年的朋友了，你的难处就是我的困难，忙我是可以帮的，关键就看妹妹怎么谢我了，光用嘴说可不行呀，答应我的事都一年了还没有落实呢，大哥可是惦着你这么多年了！”

“只要大哥喜欢，小妹的全部一切都可以给你，不过兆月大哥可不是那样的人呀，你不能乘人之危吧！”蒙丽莎知道汪兆月的为人，他从来不占女人的便宜。

“不是大哥不是人，而是小妹太迷人了，我可不是指你说的呀，你是知道我心里惦记谁的，哈哈……”汪兆月大笑起来，“玩笑开大了，蒙总你别生气。你就是不告诉我，那件事情我也早就知道了。关键是现在找鹏哥，那不是坑他吗。我真的不知道鹏哥的情况，到时候我一定会告诉你的，公安局也找我问过几次，我告诉他们我确实不知道，只要白鹏飞一露面我就报告。你再委屈几天，这口气我一定帮你出，实在不行，我给你找别人，我摆平这件事情轻松。”汪兆月在电话里特别不愿意谈白鹏飞的情况，他担心公安局把他的电话监控了。

蒙丽莎见汪兆月转来转去和她耍滑头，她的主意有了，你不就是好那口吗，我吊吊你的胃口：“大哥，你要是帮我忙，我就不是一般地谢你了。我听你的信儿，这两天晚上我请你，我给你介绍一个你惦记了多年的女朋友，到时候别忘了我呀。”

“那是谁呀，告诉我她叫什么名字？”汪兆月动心了，他始终惦记着蒙丽莎跟前的一个漂亮的女友，可人家始终不搭理他，对他的钱不感兴趣，看来对蒙丽莎的这个忙他还真得帮了。

“大哥，我不能告诉你那么早，就馋着你，让你干着急，馋得直淌口水。放心吧，我不会食言的，我什么时候放过空话！”蒙丽莎对汪兆月的这一招见效了，她撂下电话，马上给龙啸天打了电话，告诉他别墅这里发生的情况。

龙啸天告诉她等着，他马上带公安局的朋友过来，请他们对蒙丽莎采取一些保护措施。蒙丽莎连忙拒绝：“不行，你千万不要惊动公安局，那样就复杂了，我办事的路子和你们是不一样的，我会有办法对付他们的。既然这样，龙哥你就别过来了，上午我们在市里见面吧，我马上开车走了，公司有急事等着我处理呢。我等你，午间在我们公司吃饭。”

蒙丽莎带着两个保镖驾车走了。

第七章　峰回路转

荀河瞅瞅小安子咬紧了牙关，他原本想说，我决不和别人把菜窖的事情说出去。但一见小安子那个凶样，太欺负人了。荀河狠下心来，我就不表态，看你们能把我怎么样。

21.

监狱大院打扫得干净利索，监狱俱乐部门前张灯结彩，就像过节似的。午后，由狱政处组织，在监狱俱乐部召开了服刑人员大会，能容纳一千人的俱乐部座无虚席，服刑人员一个个腰板拔得笔直，没来的人员在监舍收听广播。像这样的大会，出于安全考虑监狱一般情况下是不开，都是召开广播大会。来了这么长时间，施弢希望和广大服刑人员见见面。会议由龙啸天主持，会议的议程就是一项，施弢和服刑人员见面、讲话。施弢站起来和大家见面后，开始讲话，会场静极了。

“全体服刑人员：今天是我到沅山监狱后第一次和你们正式见面。我身为一狱之长，我向你们做出两项承诺，凡在沅山监狱服刑的人员都将依法得到公正待遇；在沅山监狱决不允许花钱买刑，就是给座金山监狱也不要。如果你们发现监狱的民警执法不公，执法不廉，你们有权直接向我举报，我的手机对你们永远是开通的。我的话讲完了。”施弢的讲话出奇地简单，但这两句话的分量服刑人员是知道的。

全场响起雷鸣般的掌声，经久不息。龙啸天宣布：“会议结束，以各监区为单位，组织服刑人员讨论施监狱长的讲话，讨论情况以书面材料报监狱狱政处。”

会场不时地响起了口令声，与会的服刑人员列队整齐出场。焦成金在下面指挥着，龙啸天和施弢在主席台上聊着。

龙啸天笑着说：“施监狱长你可把我逗了，我还没有缓过乏来，你就讲完了，我还没啥说的了。你应该多讲点，大家没有听够呀！”

“话不在多，只要我说清楚了，多一句话就不要说了，尤其是开大会。我在公安局的时候就是这样的习惯。今天我就是表示个态度，再说什么都是多余的了，具体管理的问题是你们的事情了。”施弢对自己今天的讲话感到满意。

“你说得也对，实际也就是这么回事，但现在的领导哪有像你这样讲话的，那领导多没有派头呀！”

会场的人员走得差不多了，就剩下几个打扫卫生的服刑人员。主席台上的桌子也开始撤了。

“施监狱长，这儿挺冷的，我们回办公室唠吧！”龙啸天收拾起了会议材料。

施弢的讲话在狱内引起很大的震动：“这个施监狱长不是一般的人，听说挺咔嚓的。看来这个监狱再像过去那样下去肯定是不行的了。”“新官上任就是几天的下马威，当官的都是这样，震唬震唬我们。”“我看这个人可不是震唬，是要动真格的，我蹲过这么多年的监狱，这个火候可是真的，你们小心点吧。”一名老服刑人员说……

沅山监狱开始了全面的整顿工作。施弢提出了要撤销全部勤务罪犯的意见，围绕着勤务犯的撤销问题，党委会争论得十分激烈。

施弢的态度鲜明：“监狱的管理权力属于监狱人民警察，罪犯没有理由管理监狱，不论是什么关系，勤务犯人必须撤销。”

“沅山监狱要是这样干的话，那在社会上，人可就让我们得罪遍了，以后监狱在社会办事可就难了。”龙啸天提出了反对意见。他的话音一落，引起了一阵赞同声。

“龙监狱长说的也是实际情况，我们沅山监狱不能操之过急呀，还是慎重一些的好。”

“没有什么了不起的，天不会塌下来，不就是动几个勤务犯吗，怕什么，监狱也黄不了。”贺海东的态度旗帜鲜明。

“我们是社会主义国家的监狱，监狱能有今天靠的不是罪犯，靠的是国家法律和改造方针政策，靠的是党和政府的关怀及人民群众的支持。”政治部主任余水赞成撤销勤务犯。

“监狱里有些方面的事情由勤务犯管，往往比我们警察管还要好。我们老祖宗不是一直主张以夷制夷吗，战俘营不都是由战俘管理吗。”

“我们这个监狱是人民警察在管理监狱，行使执法的职责，不是罪犯在做主。勤务犯就是凌驾于广大服刑人员之上的特殊犯，他们参与管理在犯人中就出现了三六九等，他们成了监狱的二警察。”

“白鹏飞的逃跑就是沉痛的教训，他在监狱里四通八达，随意流窜，简直是无法无天，我从内心里赞成彻底取消勤务犯。”贺海东气愤地说。

“我赞成！”“同意！”“同意！”党委会开了整整一天，在撤销勤务犯的问题上勉强统一了认识，龙啸天和焦成金也不再坚持意见。

施弢拍板：“那就从明天开始，全面清理整顿勤务犯，具体工作由龙监狱长负责，其他监狱领导要紧密配合。龙监狱长你还有什么意见？”

龙啸天苦笑了一下，他没想到施弢把这个苦差事给了他。他想推辞，焦成金的目光扫了过来，意思是让他不要推辞。他表态了：“我没有什么意见，这个活不好干，是个得罪人的活，这么多的关系犯，到时候涉及谁了，希望大家多加谅解。”

清理了一个月，勤务犯全部清理完毕。龙啸天向党委会全面汇报着清理勤务犯的情况：“到目前为止，勤务犯已经全部清理完毕。全监狱还剩下那个在考核办的卓雨，他是省局狱政处王副处长的亲外甥，能不能照顾他一下，留在考核办。这个人有文化，又是国家公职人员犯罪。”

施弢当即驳回了龙啸天：“不行，一个不留，你就和他说是我们党委会的集体决定，谁也不能改变。”

“那几个关系犯怎么办？这两天闹腾得挺厉害。”焦成金又提出了一个难题。

“他们这是在给监狱施加压力，我就不信还管不了呢，给我送严管去。什么时候老实了，什么时候解除。再不老实转监，异地服刑。”施弢的态度强硬。

“他们送给监狱的买分钱怎么办，那可是一笔巨款呀？”

“不管多少钱都要退回去，监狱就是砸锅卖铁也要把收的钱还上，上账的奖分必须扣掉。”施弢把话说死了。

“监狱供应站必须收归监狱统管，今后决不能再搞什么个人承包了。大家看看这是举报信。”施弢拿出了一打举报信。

施弢所说监狱供应站原来包给了监狱的一名民警，该人是某副局长的儿子，把供应站搞得乌烟瘴气，卖高价物品、卖假货、卖违禁物品，最后发展到卖减刑奖分票子，甚至把社会上不三不四的女人领进了监狱。监狱的民警十分气愤，曾经有人多次向市委等有关部门举报。

“贺政委，你们纪检委要立案调查，群众的反应这么大，我们必须给群众个交代，先把他调离供应站岗位接受审查。”

“好的，我们马上研究一下，立即组织人员进行调查。”

几名在监狱内横行霸道惯了的“关系犯”被送入了严管，不服的几个人还找了社会关系和龙啸天说情，龙啸天说你们有能耐直接找施弢去吧。

焦成金来到龙啸天的办公室。两个人议论着这几天监狱清理整顿勤务犯的情况。焦成金坐在龙啸天办公桌前的椅子上，他每次到龙啸天的办公室都是坐在这个位置上。一般人进来和龙啸天请示报告工作都是站着说话，龙啸天也从不让座，一般的机关也都是这个规矩，只有上司来了才起身迎候。

“我一看，那天你又要推辞，要把清理关系犯的工作推出去，我一个劲地给你使眼色，我心里说我的哥呀，你可千万别像上次那样把追逃的权力让出去，造成我们是多么的被动。”

“被动什么，以后你就知道我的高明之处了。这次你是对的，我没有推嘛。”龙啸天认错了，实际上他也不是真心地完全认错。他的观点是与其打虎总不如坐山观虎斗有意思，它们都累了，旁观者可以坐享其成。

“龙监狱长，这一步一步的我怎么感觉施弢都是针对我们来的呢？”焦成金晃着脑袋。

“他爱针对谁就针对谁，我也不是这个监狱的一把手，要追究过去的责任有郑五常顶着呢，我当副手的怕什么？”龙啸天坐在转椅里摇晃着说。

“就怕事情不会是这样简单的，狱政是我们管的呀，出什么问题你我能推脱了责任吗？”

“我们管怎么的，那就得我们负责任？他郑五常承担什么责任了，就那么轻松地告老回家了，他那些事情抖搂出来也够他的呛，开除他的党籍，撤他的职都是不冤枉的。他现在干什么呢，我们怎么听不到他的动静呢？”

“我听说他的病不轻，已经住院挺长时间了，施弢去过几次，给郑五常买了不少东西。昨天我看见他老伴来找施弢，听说是要医疗费。施弢说数额太大了，监狱无力承担，答应去找政府要钱。”

“你怎么不早告诉我呢，施弢又先我们一步，我们应该去看看他，毕竟他给我们当了一回班长嘛。”龙啸天和郑五常的关系还是不错的，他那时候可以说了算，他彻底地把郑五常给拿住了，左右着沅山监狱的形势。

“什么时候去？”焦成金对看郑五常不感兴趣，郑五常在位的时候和他交往也不多。

“现在就去，事不宜迟，决不能让老郑头和施弢说什么，那我们就更被动了。”

“我看郑五常倒没有什么，他能说出什么，他对白鹏飞的情况啥也不知道。我担心的是蒙丽莎。那天我从蒙丽莎的口气看，她对白鹏飞的藏身之处好像知道，她不能出卖白鹏飞吧？”焦成金始终对那天蒙丽莎在别墅里说的要找白鹏飞的话担心，她要是把白鹏飞找出来就麻烦了，所以今天他也不顾及什么面子了，和龙啸天说得毫不客气。

龙啸天对焦成金的话有些吃不住劲了，他打断了焦成金的话：“她知道白鹏飞的藏身处又怕什么，蒙丽莎还能当叛徒，她不是那样的人。你别总是疑神疑鬼的，怎么又突然把话题扯到蒙丽莎那里了。”龙啸天完全是训斥的口气在和焦成金说话。他对焦成金这几天总是在他跟前唠叨蒙丽莎感到厌烦，“我们要和人家交朋友，就别总是背后对人家说三道四的，人是要讲良心的。”

焦成金现在才看出来，他只要是和龙啸天一提蒙丽莎什么地方不好，龙啸天就不乐意。俗话说劝赌不劝嫖，这话说得太有道理了。龙啸天和蒙丽莎的关系已经和他公开，他们俩的关系是近了，可和他就像是中间有一层墙，他感到和龙啸天的关系似乎疏远了。他嘟囔了一句：“龙监狱长，我可是好心呀，我们这么多年风风雨雨都在一块滚着，你既是我的领导又是我的大哥，你别误会，我对女人从来都是不放心，尤其像蒙丽莎那样的人，交往那么复杂，只有天知道她曾经和多少男人上过床。”

“你这话是越说越远了，人家和多少男人上床与你有什么关系，她要是真能和市委书记上床那是她的本事，你嫉妒什么？”龙啸天的脸不是好色了，觉得焦成金有些烦人了。

焦成金一看龙啸天和他真的生气了，连连解释：“我不是这个意思，我一个大老爷们嫉妒她什么，我是怕她坏了我们的事情。她也在疯了似的找白鹏飞，那力度下得不比监狱差，她已经和沅江市的石油大亨联系上了，让他帮着找。白鹏飞肯定和大亨联系，他俩是哥们，她别在客观上给施弢帮了忙。”

“哪个石油大亨，我怎么不知道？”龙啸天感觉焦成金在故意给他出难题。

“你怎么不知道，就是在我们监狱蹲过的原石油公司的经理汪兆月嘛，后来改判无罪出监了。这个人现在可是沅江市的首富，你过去坐的那辆沙漠王车不是他赞助给监狱的吗，你怎么忘了？”

龙啸天心里明白白鹏飞在沅江市的消息是他透露给蒙丽莎的，但他相信蒙丽莎这个人是绝对不会出卖白鹏飞的。不过焦成金说的也是在理，蒙丽莎这么一掺和就等于是两股势力找白鹏飞，施弢要是摸着线索可就坏了大事了。他换了一个笑脸说：“焦处长，我们之间的关系那是没的说，你的话有道理，我和蒙丽莎说说，报仇的事情我给她安排，就别找白鹏飞了。但她那脾气，也不一定能听我的呀！你也看到了，那天她吃了那么大的亏，要是没有我们在跟前，那两个小子都得把她轮奸了，搁谁也是咽不下这口气的。你要是不及时赶了过来，我都不知道怎么样了。你能不能找谁过个话，让他们别折腾蒙丽莎了，可能蒙丽莎在钱上是差点事儿，都是生意人，和气生财嘛！我们和蒙丽莎是朋友，虽然是时间短了些，但人家蒙丽莎对我们一点都没落过，一个女人能做到这一点够意思了。我敢说，在沅江你找不到第二个这样的女人，她对我们是实心实意的。我们总不能见朋友有难不救吧，她一个孤身女人那天让人家打那个惨样够可怜的了，就算我替蒙丽莎求你了。”

焦成金见龙啸天的话都是冲他来的，连连解释：“我的龙大哥，我的亲哥呀，你可别这样说，你求我那不是骂我一样吗！你是大哥，你说什么我都得听，看来我过去对蒙总的看法是有些偏激，今后就按你说的办了。我试试，我有一个朋友，看看他能不能说上话。”龙啸天的话把焦成金说得不好意思了，他知道他刚才的话刺激了龙啸天，他不能为了一个女人和龙啸天把关系搞僵了。

“什么朋友？一般人就别找了，必须是胆大心黑手狠的人，不能在社会上传出我们和蒙丽莎的关系。我今天就和蒙丽莎说，不许她再找白鹏飞了，我就不信我制不住她一个老娘们。”

焦成金见他的话龙啸天接受了，就捧着龙啸天：“实际上谁都不用找，把你亮出来，他们就全都老实了。我说的那个人，是我们监狱的一个出监犯人，现在干得不错，开了一个大酒店，手里有个几百万，交了不少朋友，在社会上的实力不比白鹏飞差。”

龙啸天皱着眉头问：“是哪个大酒店的老板？”

“中华楼酒店的老板王成逊。”王成逊原来住江南乡的一个村子，这几年他们村动迁，他靠土地发了财，开了一个大酒店，在郊外还有一个生态园。

“啊，这小子也出息了，我说那天我去中华楼吃饭，去埋单的时候前厅经理说有人替先生结了，我问是谁她说什么也不告诉我。他也发大财了？就苦了我们这样的人了。”龙啸天感叹道。

焦成金不明白龙啸天这句话是什么意思，他也不缺钱呀，今天怎么突然对钱上心了，他多次说过他最瞧不起的人就是商人。

晚饭后，各个监区都很活跃。监狱里出现了少有的平静时期，狱内的违法违纪问题明显少了。大家都知道了新来的监狱长的厉害，不敢往枪口上撞了。监舍大楼的整个二层楼是后勤监区，这个监区的人员大都是六十岁以上的老病残人员。在这个监舍里服刑的人员多是公职人员，相比之下，这里的人员明显比其他监舍的人员素质要高。晚间，监舍里多数人都在看书学习，监舍里很肃静。

“老施头子，你是真狠呀，先对我下手了。唉，今后可要严了，分是不好整了，过去的路子也白铺了。”原来在考核办帮忙的服刑人员卓雨被清回监区参加了劳动，他心里非常不痛快，一个人坐在床头骂着。他原来是税务局的稽查员，因犯受贿罪入狱。

卓雨仗自己有关系，又写得一手好字，到监狱后就被安排到考核办，这是监狱里最好的工作。现在他被清回了监区参加劳动，大家都暗自高兴。这小子这几年简直就成了二警察，无论是谁上个分都得给他好处。自己住在考核办的套间里，服刑人员进他的屋里都得敲门，天天还有两位服刑人员伺候他，他自己还号称有两个秘书。

“早就应该这样，监狱以后就是让你有钱也不好使了。要不穷人就没有办法蹲监狱了，我是犯得起罪，蹲不起监狱了。”火娃正在扫地，他把卓雨的话接了过来。他这几年也没少受卓雨的气，自己没少干活，一年到头来也就是得六个月的分撑死了，哪像卓雨一年下来能挣一年多的分。

“火娃，你他妈的没有钱只能是怨你爹妈无能了，别和我们整事儿。”卓雨没想到火娃和他发难。过去火娃对他是溜溜的，现在见他没权了也不怕他了，真是墙倒众人推。

“哎呀，我是恨我舅舅死得太早了，要不也当处长了，我不是也到考核办工作了。我整怎么了，别以为你家有两个臭钱就什么事情都可以办了，我是辛辛苦苦、正大光明挣的分，现在不是你的天下了，‘共产党来了苦变甜，我们穷人翻身了’。”火娃还哼起了小曲。

卓雨气得浑身哆嗦，一步跳到火娃的跟前，大骂道：“妈的，我的分是花钱买来的，是呀，你有能耐告呗，我看你今天就是找碴儿打架！”

“打又能怎么，我还怕你吗，小样，我让你两个都不够手，我他妈的也没有那么多的奖分，大不了把你的奖分废了。”

两个人凑到跟前就要交手，卓雨一把拽住了火娃的脖领子，火娃伸着双臂仰着脖叫着号：“你有能耐碰我一下，把我杀了！”卓雨知道要打仗自己不是火娃的对手，动起手来他一点便宜也占不到。两个人僵持着。火娃也知道自己惹不起他，也不敢轻易动手。两人就在房间里撕拧着，旁边的人看着热闹。

“你们吃饱了撑的呀，都消停点得了，有本事和监狱理论去，窝里斗算什么能耐，卓雨你把手松开！”说话间秦雨农进屋了，他刚刚从会见室下班，在门口吆喝了一声。

卓雨见秦雨农回来了，赶紧把手松开了，换了一副笑脸和秦雨农打着招呼：“秦哥回来了，我们俩闲着没事逗着玩呢，都是哥们！”

火娃见秦雨农说话了，也老实了，笑着说：“对，秦哥我们是逗着玩呢。”

秦雨农在监区里非常压茬儿，没有人敢和他顶嘴。他面有愠色：“逗着玩？你们俩要是打仗到外头自己打去，打服了回来告诉我。吃饱了撑的，有能耐出监后到社会上打去，干个大案，那也叫男人！”

“秦哥你的话我们怎么敢不听呢，我不打了。”卓雨先告饶了，他得意地看了火娃一眼。

“我听秦哥的，我上床睡觉了，明天早上我还要起早干活。”火娃瞅着卓雨狠狠地咬了一下嘴唇，心里说，我等着你。

秦雨农的火也消了，笑着和坐在墙角的一个老年犯说话：“我说老荀大哥，这次监狱长换了，你不是好写信吗，机会来了，你就再写一封吧，也不搭什么玩意。”老荀大哥的名字叫荀河，原是沅江铁路局调度员，因犯强奸罪被判处无期徒刑。他五十三岁被投入监狱，现年六十三岁。

“写就写，我怕什么，我都蹲十年监狱了，我就不信我没有出头的时候。我今天就动笔。”荀河说着就拿起了纸笔写了起来，字写得很快，字体也很漂亮。

不一会儿，荀河就写完了信，和坐在床边的一个老年犯说：“我的信写完了，老汪头，你的问题我看你也应该给监狱写封信，人家施监狱长把你的劳动岗位也给调整了，你一分钱也没有花，对你多负责呀，你的案子说不定能翻过来呢。”

汪道渠木然地坐在床边看电视。他耳朵背，被投到监狱后他很少和谁说话，他就抱着在监狱蹲死了的念头，无论是谁来看他他都不见。荀河又大声说了一遍，他听见了，高声问道：“什么，我……”汪道渠摇摇头，“听天由命吧。我是廉洁了一辈子，就那笔钱给我判了十年，太无情了。”

卓雨凑过来挖苦着他："我说，老汪头你怎么那么死心眼儿呢，你既然认识施监狱长就找一找呗，也不搭什么东西。就你的那点儿事够罪吗？我看你就是钱没有花到位，你们当官的都是舍命不舍钱的人，过去你们收别人钱的时候眼珠子都不眨一下，当要往外拿钱的时候眼珠转得滴溜溜的。人家监狱长不忘旧情，你下点儿功夫活动一下，现在赶快把你家的存款拿出来点儿送上去，你的案子就翻过来了。只要你舍得花钱，我和我舅说说，让他给你办，就你那点儿事儿，我舅舅也就是一句话。"

"我什么时候收别人的钱眼珠不眨了，你给我滚一边去，别和我说话。"汪道渠急了，"我他妈的揍你个小王八蛋！"他说着举手比画着。

"你看你真的是老糊涂了，我是好心你也不明白，我不管了，你就在里面蹲着吧，你就在监狱里颐养天年，我还有个伴儿。"

"现在哪里办事不黑，你上面有人没有个十万八万的也休想办事。老汪你花得起钱？听我的话，谁也不找，就自己告。你找谁，哪个当官的能管你的事情。卓雨你也别吹了，把自己的事情弄明白就行了。"荀河把话接了过去。

"老荀头，话让你一说就那么难听，我是好心，你们这些老王八蛋没有一个可交的，你们就等着死在监狱里面吧。秦哥，包括你那点事儿，要是钱到位了定什么强奸，你还是没有弄明白。"卓雨大大呼呼地说。

"哎呀，小崽子，你说的是什么话，你大呀！我的事情你也能管了，不要脸！今后你要是再胆敢提我的事，我把你的脑袋拧下来当球踢，和别人装行，和我不好使！"秦雨农火了，脸都涨红了，他进来这么长时间，大家第一次看到他发火。

"秦哥我错了，刚才是我嘴欠，我再也不敢了，你再听见我胡说，你把我的舌头割下来。"卓雨连忙点头哈腰地给秦雨农赔礼道歉，他知道要是得罪了秦雨农那还了得。

"秦哥你别生气，我们小辈口无遮拦，你大人有大样，别和我们一般见识。"秦雨农的徒弟韩川劝着。

"好了，我也言重了。我进来以后，大家对我都不错，包括你在内，都是哥们，互相谅解点吧，这几天我的心情也不好。卓雨，你要是真的能给老汪头帮上忙，就帮一把吧，需要钱我出，多少你看着办。"这就是秦雨农的为人，关键时候他在钱上从来都是大气的，就这一点谁对他都服气。

"秦哥今天你说话了，那有啥说的，我明天就给我舅舅打电话，钱不钱的好说。”卓雨也受感动了。

“卓雨老弟，那我就谢谢你了，等我出去了，我把我家的一把古剑送给你。我老了，舞不动了。但是事情谈何容易，关键是我给他们打的欠条找不到了，人家都不承认我给他们打过欠条，怕连累自己，我就死在证人手里了。”汪道渠神情沮丧地说。

“你不用怕，等我的事情有头了，我给你写信，蹲了这么多年的监狱，对法律也了解一些，你要有理就能告到出头。”荀河说话的口气就像是一个律师似的，他又讲出了几条法律有关证据的规定，之后他说：“我们是老哥们，我一定给你帮忙。”

“老荀头你就是能装，你自己的事情弄了这么多年都没有结果，还帮别人呢。”卓雨损着老荀头，“我就没有看出你有什么本事，你就是有点文化能和我们这些人吹牛。”

“你小崽子也别瞧不起我，等我有那一天的时候你想溜我都来不及了。”老荀头的嘴也不让步。

“哈哈，我等着你，我的荀爷爷，我到时候给你磕头。”卓雨耍笑着，“来，爷爷，我扶你上床歇息吧，也不知道我那个老奶奶在哪里呢！”

“你奶奶在哪里？她早死了，在下面等我呢！”汪道渠的话接得也挺顺溜，大家都笑了。“唉，我的信要是写好了怎么能交给施弢呢？”听大家一说他的脑袋有点开窍，他自语道：“我的手也拿不住笔了，我又怎么写呢？”

“那还不容易，投到监狱长的信箱就行了。那个信箱的钥匙是施监狱长亲自把着，大家投到里面的信他都收到了，明天是周五，他就能进来取信。你口述，我连夜给你写。”老荀头答应帮忙。

“不，我不写了，我看看你的结果再说吧，我这副身板折腾不起了。”汪道渠拒绝了，他在监狱里对人生感悟太深了。

“你还是按过去那老一套，一看二慢三等待。都这个时候了，造这个熊样了，还犹豫什么？就是死也得死个明白。趁着你还有一条老命在，你不告还等什么？我不管你了，我投信去了。”老荀头走出了监舍。

22.

第二天，施弢在焦成金的陪同下进入了狱内。狱内秩序井然，在大院里看不见随意走动的零散人员。凡是活动的服刑人员都有民警跟着，民警纠察队在全副武装地巡逻。

施弢的情绪非常好。他在大院里指点着："焦处长，你们这一段时间抓得不错嘛，监狱就应该是这个样子。焦处长你说我说得对不对？"

焦成金见施弢叫他立即从后面跟了上来："你说得对，省局始终是这样要求的，只不过我们监狱没有落实好，今后都是这样要求了，犯人不能脱离民警的视线。"焦成金说的是实情，这一时期狱政处在实实在在地抓着。焦成金也想竭力表现一下自己，扭转施弢对自己的印象，他有事没事去施弢的办公室勤了，自我感觉和施弢的关系密切了。"按照你的指示，汪道渠的岗位调整完，让他就干一点零活，刑期过半后就给他报假释。"

"假释的问题以后再说。我觉得他的案子能不能定住都值得研究，不知道你对他的案情了解不？"施弢从心里为汪道渠鸣不平，他问了几个法律专家，都说案子定得太牵强了。

"就他那点儿事，全监狱的人都知道。过去我也和他说过，你当了那么多年的局长，关系很多，找找人活动一下。他原来的老局长现在在市人大，关系多硬呀，我让他找找，可他一个劲地晃脑袋，对我说什么他根本听不进去。他姑娘还从北京给他找了名律师，来会见他也拒绝了。这个老汪头就是不申诉，不知道他在想什么。"焦成金也是个很富有同情心的人，他似乎也从汪道渠的身上悟出了什么。

他们在监狱大院里转完后，径直来到了监舍大楼。服刑人员趴窗户看着，议论着："快来看，施监狱长来了。""进楼里了，快看。老荀头你的信肯定能拿走了。"门厅的值勤民警和施弢报告，整装给他敬礼。陡然间，监舍大楼肃静了。

"你们忙着，不用陪我，我随便转一转，顺便把监狱长信箱的信取走。"施弢打开了挂在监舍二楼缓台处的监狱长信箱，取出了信。他进到监舍内看看，和汪道渠点点头。服刑人员眼瞅着施弢走了。焦成金默默地跟在后面，一句话也不说。

施弢回到了办公室，一封封地分选着来信。他注意到信堆里一封信皮上用黑体大字写给他的信：施监狱长青天大老爷收。这封信正是荀河写给他的。他拆开后仔细地阅读起来。荀河在信中写道，我不是强奸犯罪，是花钱和该女人发生两性关系，只要找到那个所谓的被害人就可以证实。

施弢看完信后沉思着。荀河说的简直是天方夜谭。如果真是这样，荀河的案件就是一个大错案了。他给狱政处打了电话，让内勤把荀河的改造卷宗送来。卷宗很简单，里面有一份判决书、执行通知书和历年来荀河的考核表。荀河已经整整服刑十年了，施弢算了一下时间，荀河判处的时间正是"严打"斗争的末期。那时有个别案件办得粗糙了一些。

施彧操起了电话，命令监狱刑罚执行处将荀河从狱内提出来，他要提审荀河。

下午，荀河被传到了讯问室，他没有想到施彧这么快就和他见面。他戴着一副高度近视眼镜，特意换了一身干净的囚服。他走进提审室后，二话没说当即跪地给施彧磕了一个响头。他嘴里喊着："监狱长，青天大老爷呀，你是我的再生父母。"

"你赶快起来，监狱不兴这个。我也不是什么青天大老爷，我是堂堂正正的国家公务员。我是在尽我的职责，我所做的一切都是我应该做的，你有什么话尽管说，今天就是给你说话的机会。"

荀河起来了，哭诉着："施监狱长，不论我的案子能不能改，你能亲自接待我一次，我就是死了都瞑目了。我真的不是强奸，我真有冤情啊！"他说着已经泣不成声，在哭声中他道出了十年前的事情经过：

十年前，夏天的一个周日午后，荀河在沅江边溜达。他发现草丛中有一对男女正在发生两性关系，立即在草丛中潜伏起来窥视，他看得面红耳赤，情不自禁地喊了一声："干什么的？"男人闻声提着裤子就跑了，只剩下一个女人赤条条地躺在草丛中，"大哥，你千万别报案，你让我咋地都行。""我不报案，就要你。我给你钱。""我不要钱，大哥你快干吧。"完事后，荀河掏出十元钱递给女人。"大哥我不要，我不是那种女人。"两人正在撕巴时，刚才跑掉的那个男人领着派出所的公安人员赶到了，男人指着荀河高喊着："就是他强奸我媳妇！"几个公安人员和民兵扑过来将荀河摁倒戴上手铐带走了……

原审认定的事实和荀河的供述大相径庭，判决认定被告人荀河在一天午后，以暴力手段将被害人刘百花强奸，且认罪态度不好，拒不承认犯有强奸罪。依照中华人民共和国刑法第一百三十九条二款之规定，从重判处荀河无期徒刑。证据仅有被害人在派出所讯问的一份证言，一二审均没有复查，仅用此证据作为定案的依据。

荀河叙述完后，大声哭着说："施监狱长，你说我这是什么强奸呀，我不承认就说我的认罪态度不好，后来法院就给我判了无期徒刑。"

"你和我说的都是实话吗？"施彧直盯着荀河的眼睛问道。

"监狱长，我要是说一句假话，天打五雷轰，我会不得好死的！"荀河信誓旦旦地说着，又干号起来。

"法律讲究的是证据，而不是你的起誓。你要相信法律，相信政府。"

"我还相信法律？我就是相信法律才被判了个无期徒刑。"

“你不相信法律，你为什么找我呢？我是监狱长，不是法院院长。”

“这……”荀河语塞。

“你把材料给我留下，我详细看看，到时候我会找你的。你回去吧，一定要老老实实地接受改造。你要明白，申诉是不能影响监狱对你的行刑，你现在的身份就是一名犯人，也就是说就是一名服刑人员。”

“监狱长你不用说，我懂这个道理，每次法院来人提审都给我讲这一条，我现在是什么身份我知道，我老头子在监狱里不闹事。”

荀河回到了监舍，服刑人员都围了过来，打听监狱长提审他的结果。

“这么快就回来了，怎么样，施监狱长的态度怎么样，能不能把你的案子翻过来？”汪道渠抢先问。

荀河喜滋滋地说：“施监狱长那真是大人大气呀，一点也不嫌弃我这个糟老头子。我只是说了一遍，他就听懂了怎么回事。他答应和法院联系，给我复查，不论是结果如何我都要感激他的，我的案子要是翻过来，我出去后给他在沅山上立个碑。”

“老荀头，你以为找监狱长了人家就能管你呀，就你家那个穷样，你知道现在办一件申诉案件得多少钱？没有二十万，你做梦去吧。”卓雨损着，“给你点阳光你就灿烂，就你的案子能翻过来，我把脑袋切下来。”

“我看施监狱长可不是那样的人，他说话是算数的，我的问题肯定会有一个说法的。那桌子上一大摞子犯人写的信，他一封一封地看着，不时地记着。”

“老荀头，我看这回你是找正人了，你肯定有救了。”秦雨农若有所思地说，“苍天有眼，看来是真的呀！我的命谁管呀。紫云，我对不起你呀！”

卓雨连忙凑到秦雨农跟前不解地说：“大哥，你伤什么感呀，你天天吃香的喝辣的，那个小娘们还隔三岔五地来看你，你愁什么？”

“老弟，你看的都是皮毛，你在社会上才混了几天，高处不胜寒呀，你能知道什么呀。”秦雨农拍拍卓雨的肩膀出去了。

“老荀头，邓哥找你，有话和你说。”小安子来叫他。小安子穿着一身干净的囚服，脑袋剃得溜光，叼着烟卷，大大咧咧地站在监舍门口。荀河和小安子都是一个监区的，不在一个楼层。

邓文龙，他找我老头子干什么？我和他也不来往呀！荀河寻思着。他问道：“安老弟，我也不认识什么邓哥呀，他是干什么的？”

“什么认识不认识的，见面不就认识了。都是他妈的犯人，你装什么呀！”小安子不耐烦了。

“你骂谁，你和你爹也这样说话吗，你他妈有娘养没娘教的！”荀河上来犟脾气了，“我六十多岁的人怕什么，死了也够本了，我今天替你爹教育教育你!”

“哎呀，你还敢和我顶嘴，你见了一次施监狱长就大乎了，我他妈的收拾你！”小安子上来就要动手打。

“混蛋！”小安子的手腕被伸过来的手一把握住了，他回头一看是邓文龙，赶紧换上了一副笑脸，点头哈腰地说：“邓哥，你怎么亲自来了。”

“我不是让你请老荀大哥吗，你给他赔礼道歉，叫爹爹！”邓文龙威严耸立，不怒自威。

“邓哥，我错了。对，我叫爹爹。荀爹爹我错了，您老打我吧。”小安子拽过了荀河的手，打自己的嘴巴。

“我不打你，我老了，我打不动你。”荀河一把拽回了手，他内心里真的想给小安子几个大嘴巴，他就不明白这小子为什么这么坏，但他明白了为什么说汉奸不是人了。

“荀老，兄弟我有一件事想和您商量一下，能不能给我个面子，跟我走一趟？”邓文龙彬彬有礼，完全是商量的口气。

“你这么说我还有什么说的，走吧，上哪里？”老荀头的气也消了。

“我们就到楼上的储藏间吧，我陪您喝两杯。”

储藏间的小桌上摆着几个开好的荤、素罐头，小安子拿起酒瓶子就给邓文龙倒酒。邓文龙伸手挡住了，他指着酒杯说：“先给荀老倒酒，分不出大小，笨蛋。”

“我错了。”小安子连忙给荀河倒酒。他不明白邓文龙葫芦里卖的什么药，今天为什么对老荀头那么殷勤。

几杯酒下肚后，邓文龙把话切入了主题：“我听说荀老写申诉信了，你也是告了多少年了，你的案件关键是要找到那个女人，她不改口，你告一百年也没有用的。”

“是啊，邓老弟，我老头子的案情你也知道，我太冤枉了。唉，苦哇。”荀河一仰脖自己猛地喝了一杯酒。

“你以为我来得晚就啥也不知道了，我告诉你，你的案情全监狱的人都知道。你不找到那个女人，你就是写一百封信也是不好使的。”邓文龙点到了那个女人，一下子击中了问题的要害。

“是呀，可是我上哪里找那个女人呢，我连她的模样都忘了，就是走个碰头我都认不出来了。”荀河努力回忆着那个女人的模样，他晃晃头实在是想不起来了。

“我能帮你找到那个女的，你信不信？”邓文龙微笑着注视老荀头。

老荀头也听别人说过邓文龙的神通，但不相信邓文龙能给他帮忙，他对社会上的人从来都没有什么好印象，邓文龙的态度让他猜疑：“我信不信，这话让我怎么说呢。你要是可怜我这把老骨头，你就帮助我一把，你需要我干什么都行。”

“好，痛快。我们先干一杯！”邓文龙端起了酒杯，“我就一个要求，你不要把菜窖的事情说出去。我们真人面前不说假话，那天夜里是你到菜窖跟前去了吧？”

荀河低头不语，心里说道，他们怎么能知道我到菜窖了呢？他晚上有夜游的毛病，那天碰巧看见了邓文龙和小安子，他急忙躲开了，他至今和谁也没有说过这件事情，他没有想到他们俩人看见了他，他装糊涂：“邓老弟，你说什么菜窖我不明白，我也什么都说不出来，我一个六十多岁的老头子了，监狱什么事情和我有什么关系，我掺和什么监狱的事情，不是招人烦吗？一晃监狱都关我十年了。”

“我的荀老爷爷，你就别和我们装了，别把我们惹急了，我们可是什么事情都干得出来的。你不在乎，可以，你不是还有一个宝贝姑娘吗？”小安子恶狠狠地说道。

荀河瞅瞅小安子咬紧了牙关，他原本想说，我决不和别人把菜窖的事情说出去。但一见小安子那个凶样，太欺负人了。荀河狠下心来，我就不表态，看你们能把我怎么样。不过刚才一提到他姑娘，他的心里打了一个寒战，姑娘是他的心肝宝贝，他嘴上不得不软了下来：“安老弟，我老了，真的记不起来我去过什么菜窖了。那里头我有十来年没有去过了，我的记性是一年不如一年了，我连自己哪年出生、属什么的都忘记了，我还能记住什么。”

邓文龙见怎么说荀河也不承认自己去过什么菜窖，也就不再劝了：“好了，荀老，话我都说明白了，我相信你也听明白了，你看着办吧。我这个人就是这样，你不仁就别怨我不义了，想通了随时找我，我告诉你那个女人的地址。小安子替我送客，送老荀大哥。”

荀河一头雾水，闷着头寻思着我这怎么又把他们惹着了，我去不去菜窖和你邓文龙有什么关系，你怕什么呢？他步履蹒跚地走了。小安子跟在他后面敲打了他一句：“老荀头，我们高看你一眼，你是有文化的人，别太死心眼了，邓哥答应帮助你，提出的条件也不高，你装什么糊涂呢，好好地考虑一下吧。你属什么的你都不知道了，你不是属驴的吧？”

“这年头属驴的也比属狗的强，起码它不吃屎呀，一张嘴满口的臭味。”老荀头颤颤巍巍地说着走了。

小安子目送着老荀头，骂道：“老王八蛋，不得好死的，临死前你要遭大罪的！”

“你别着急，还不知道谁先死呢！你要是死到我前面，我送你，就当送孙子了。”老荀头的话把小安子噎住了。

小安子指着荀河的背影骂道：“你这个老王八蛋，我整不了你，我告诉我哥们，绝饶不了你姑娘。”回去后，他和邓文龙说：“邓哥，这老东西太顽固了，是不是归拢归拢他，让他尝点苦头。”

“归拢，你怕不沾包呀，就那把老骨头，不碰都是酥的。我说的话他心里有数，他肯定要寻思的，用不了几天就得来找我。”邓文龙非常自信地说。

“我信，我信。”小安子连连点头，“邓哥的脑袋简直就是一台计算机。不过我说既然荀河那么重要，那你就告诉他那个女人的地址呗，施弢他们找到了那个女人，荀河就被彻底地拉过去了。”

“不行，我能那么轻易地告诉他吗，这对于他来说是太重要了。他不和我说实话，我就坚决不告诉他。”

“邓哥，你怎么知道那个女人的地址？”小安子对这个神秘的女人饶有兴趣。

“她原来就在我家的洗浴城里打工，她和别人闲谈说她曾经干了一件丧良心的事情，以强奸的名义送进去一个老头，是铁路姓荀的，她也没有想到会判那么重，她特别害怕人家报复她，躲了好多年了，平时几乎都不敢上街。我没有想到在监狱里和老荀头碰上了。”

“这个死老头的嘴太硬。也许那天晚上他真的没有看见我们，是你我多心了？”小安子怕把事情闹大了，真的把荀河逼急了报告监狱。

“不可能。他不光看见了我们，我怀疑他一定知道菜窖里地道的情况，要不他不会是那样的态度，他仗着自己的手里有证据，和我们抗衡，这个人可不一般。我估计他的案子肯定能翻过来，他有这个命呀！”

“他如果再不老实，我让外面的朋友收拾他姑娘，一个糟老头子，整他不是像玩似的。”小安子又说起了大话。

“那倒没有那个必要，他暂时还不是我们最大的威胁，我们的主要任务是防备监狱对我们暗下手。”邓文龙说话的口气犹如一个领导人在做指示，“我们内部一定要稳定，不要轻举妄动，不要惊动狱方，你不要给我惹事。”

“行，邓哥，我听你的。”

施弢反复阅读了荀河的申诉状，感到此案虽已执行了多年，但作为一件无期徒刑的大案，卷中的定案证据仅仅有两份，一份是报案人的证词，一份是案中的被害人在公安派出所讯问时的笔录，检察、审判两个环节始终没有找到被害人。原审仅凭这两份证词定案，未免过于简单。被告人始终喊冤。卷中的材料不能排除被告人的说法，应该建议法院予以复查。

今天，监狱刑罚执行委员会专门讨论研究荀河的案件。参加会议的人员最齐，一个委员也不少。施弢事先交代了，没有特殊情况的必须参加今天的会议，如果谁因故不能参加会议必须和他请假，全体委员都来了。

“我认为，荀河的案件我们要管呀。”施弢把荀河的申诉状递给了陈剑虹，“你把申诉状给大家念一念，我认为法院应该收案审查。”施弢坦率地谈了自己的看法。

“我同意施监狱长的看法，我没有反对意见，过去不是监狱不管，我知道荀河的案件，他过去没少申诉，可都被法院驳回了。狱政处教育他几次，让他老实接受改造，否则不给他减刑。”焦成金抢先发言了，他知道施弢内心的想法。

“申诉是服刑人员的合法权益，怎么能以不给减刑压制他们的申诉呢？陈处长，你们负责把荀河的申诉材料转给法院。”

“法院过去也收过，可就是找不到当时的被害人，没有办法查证，案子就撂下了。”陈剑虹也有些为难。

“我们配合一下，一定要找到那个女的，必要时在狱内挖挖线索。另外汪道渠的案件你们也看看卷宗，他一再说是借的钱，还打了个借条，怎么就把案件定了呢。”

“他的案件也是这样，他说拿了借条的那个人，从他被立案后就始终没有露面，当时的办案人员说没有借条也是能定的。”

“施监狱长，现在监狱申诉告状成风，我们可不能跟在犯人后面走啊，他们就是抓住你刚来的心理，借机整事情。”龙啸天心里想，过去没有关系谁下力帮犯人忙呀！

“这我们不用担心，对有理的我们支持，无理取闹的要坚决打击。不就是写几封信吗，没有什么了不起的。”施弢环视了一圈，“你们说是不是，天不会塌下来的，监狱还能被搅黄吗？”

“监狱长说得对！”大家齐声称赞。

“好，我们就按今天会议的决定办，把材料尽快给法院转过去。法院需要我们配合的，我们要全力以赴。”

“人家法院办案，我们还是尽量少掺和，毕竟我们是刑罚执行机关，别让人家以为是我们在撮合罪犯申诉，给法院施加压力呢。”龙啸天是一副教训人的口气。

“我们掺和什么，法院审判独立，我们就是一个配合的问题，人家法院还不一定用我们呢。”陈剑虹对龙啸天的话表现出很反感。

“陈处长，龙监狱长的话也是有道理的，你们尽量注意这个问题吧。不过，我们必须清楚，荀河申诉是他自己的权利，和我们监狱没有什么关系，我们既不能压制罪犯，也不能鼓动罪犯申诉，大家看看还有什么不同的意见？”施弢有散会的意思了。

“没有。”大家异口同声。会议结束了。

焦成金跟着龙啸天来到了办公室。焦成金看出龙啸天今天的心情比较好，施弢也是第一次肯定了龙啸天的意见。

龙啸天坐在办公椅子上前后摇晃着，拿起了茶杯润了一口，吐出了进到嘴里的茶叶。杯子里的水干了，焦成金急忙拿起暖瓶续水，“龙监狱长，你说荀河的案子能不能翻过来？”

“难哪，他都申诉这么多次了，法院都驳回了。我感觉荀河说的情况可能是真的，他是够冤枉的了，但找不到那个女的案子就办不下去，就是找到了那个女的，她要是不改口也是没有用。”

“我担心别查来查去和白鹏飞的案子扯到一起，那个老荀头的脑袋特别好使，你看他一天疯疯癫癫的，那都是装的，我太了解他了。”

“这是完全不同的两个案件，你的联想能力怎么就这么强呢？”

“不是我的联想能力强，你想过没有，老荀头在监狱待了那么长的时间，他又是和白鹏飞一个监区的，白鹏飞有些事情也不背他，他能不知道白鹏飞的一些情况吗？”

龙啸天点点头，觉得焦成金说的有一定的道理，他若有所思：“事已如此，就听天由命吧，我们多盯着点，看看案情有什么发展。”

“事情主要在陈剑虹的身上，他和我们不是一个心眼的，现在啥事情他都是直接和施监狱长说，几乎天天都往施监狱长的办公室跑。”焦成金一提到陈剑虹就气不打一处来。

“跑又能怎么样，我就不信他能把案子翻过来。”龙啸天的嘴上虽硬，他心里也是担心陈剑虹扯出别的什么事情来，“你找时间和荀河谈一谈，多关心他一下，给他送点东西争取能从他的嘴里套出点东西。”

“那老东西你就别抱幻想了，不行就得动硬的了，让他变成植物人，就什么都解决了。”

“不，现在时机还不到，一旦有那一天的时候再动手也不迟。”

“现在就应该收拾他，法院要是真的把案子翻过来，老荀头就得把监狱的情况都说出去。这几天他和老汪头嘀咕着什么要给老汪头翻案，申诉材料是他给写的。还有几个犯人找他写什么材料，这个老死头子可忙了。”焦成金把事情看得很重。

“让他得瑟吧，带头领着犯人和政府翻案，到时候我们就有理由收拾他了。欧阳没有和你谈什么情况吧？”

“哎呀，还谈什么情况，她和施弢打得火热，我和她唠了几次，谈的情况根本就不着边。没想到她这么快就被施弢俘虏了，动起了真感情了，好长时间也不到我的办公室去了。”焦成金详细说了他知道的情况。原来他不相信欧阳惠雪和施弢能产生什么爱情，现在他相信了爱情真的是没有年龄差距的。

龙啸天气愤地说：“这小丫头，我这两天亲自找她，还反了她了。”欧阳惠雪是他从小看着长大的，就像自己的姑娘似的。他内心里倒不反对她和施弢谈恋爱，但他们的关系能发展这么快是他没有想到的。

“我听人家说欧阳这帮女警要请施弢吃饭，还要拜什么老师，学搞收藏。”

“肯定是贺海东的点子，他又串联搞什么名堂。你不用担心，欧阳到时候都能告诉我。”龙啸天非常自信，欧阳毕竟是自己的亲外甥女。

“反正她是你家的亲戚，是亲三分向啊，她总不能胳膊肘儿往外拐吧？”

“不能，欧阳这小孩头脑是单纯了一些，但家里外头她还能分得开的。”龙啸天的心里挺烦恼的，欧阳过去看起来是一个头脑非常简单的小姑娘，几天的工夫简直是变了一个人，施弢是用了什么手段这么快就把她征服了，爱情的力量是无敌的，这大姑娘可找到亲哥哥了。

第八章　冰山一角

一封厚厚的举报信揭露了龙啸天、焦成金等人五年卖刑赚钱的种种罪行，他们共实得卖刑款一百余万元。这笔钱成为他们肆意使用的小金库。举报人署名：余声。显然这是狱声的谐音。从举报的内容来看，举报人充分了解沅山监狱的内情，笔锋犀利，不平之情溢于信的字里行间。信中特别点到白鹏飞就是用钱买通监狱后逃掉的。

23.

清明时节，天下起了雨，这是沅江市入春以来下的第一场雨。春雨打得监狱办公楼窗户玻璃啪啪响着，沅山监狱笼罩在雨雾之中。在春雨的滋润下，监狱大院内外一片翠绿。

施弢在办公室里神情凝重地读着一封由国家监狱管理局批转过来的举报信。施弢把举报信重重地拍在桌面上，表情上毫不掩饰地露出了愤怒："这是十足的犯罪呀！一百多万元就这样没有了。这不是把监狱完全卖了吗？这里的一切还有半点法律的尊严吗？"

一封厚厚的举报信揭露了龙啸天、焦成金等人五年卖刑赚钱的种种罪行，他们共实得卖刑款一百余万元。这笔钱成为他们肆意使用的小金库。举报人署名：余声。显然这是狱声的谐音。从举报的内容来看，举报人充分了解沅山监狱的内情，笔锋犀利，不平之情溢于信的字里行间，举报特别点到白鹏飞就是用钱买通监狱后逃掉的。举报人说他手中有卖刑款的账本，适当的时候他可以提供出来，他在关注着事态的发展，如果监狱没有什么举动，他还要继续举报。在信的末尾，有这样一句话：社会主义国家的监狱岂容他们这样猖獗！

施弢在反复思索着，对这封信怎么处理好呢？他操起了电话："贺政委吗，请你来一趟。"

贺海东撂下电话立即来到了施弢的办公室，进屋就问："怎么，有什么急事吗？"施弢刚才叫他来的口气是不容商量的，他估计是有什么急事了。

施弢把信递给贺海东："你先看看这封信再说。"贺海东接过信浏览着。施弢没等贺海东看完就急切地问："贺政委，你认为信上举报的情况是真实的吗？"

贺海东翻看着信封，字迹很熟悉："这个问题已经反映多次了，过去郑监狱长也组织人查过，都是不了了之。"

"举报龙啸天等人，郑五常怎么能查得了呢，这等于是往老虎嘴里送肉一样。写举报信的这个人会是谁呢？"施弢感觉举报人离他不远。

贺海东对举报信上的字体似曾相识，一个人影在他脑海中闪现了一下，他没有明说："这个我也说不清楚，但可以肯定是监狱的人。不过，施监狱长你要真查的话，这个马蜂窝可就捅大了，恐怕你我要收不了场的。"

"你这是啥意思？你别和我绕弯子，你是知道我这个人的性格的，看我想不想捅这个马蜂窝，大不了我被蜇得鼻青脸肿。"施弢仿佛看到在一张巨大的网里面，各色各样的人物在尽情地做着罪恶的游戏，有的在挑逗着他，哥们儿，感兴趣的话就进来玩吧。那是多么粗的网绳，要剪断它谈何容易！

"息事宁人吧，这样的事情不是你我所能折腾得了的，搞不好我们还没查完就提前退休了，人家有的是办法对付我们。"贺海东故意激着施弢。

"查！我不怕。关键是要找到这个举报人。"施弢在想，那天他在监狱巡查时，一个神秘的人给他扔了一个字条。隔了几天，在晚上吃饭的时候又有人给他打了一个神秘的传呼。今天，又出来一个举报人。这几件事是不是一个人干的呢？他这样一再地给他透露信息是搞什么名堂，他似乎要牵着监狱走？

"要找到举报人是太难了，他是匿名举报，又是打字稿，就信封上的几个字是手写的，谁也不会用自己的字体，别看你是刑侦专家，你就是把沅江市江南江北翻一遍也不会找到这个人的。我建议你把情况向市委领导、省局汇报一下，听听市委和省局的意见，然后研究一下怎样进行调查。"贺海东态度倒是不着急，既然要动就得有个稳妥的方案，不能轻举妄动。

施弢点点头，觉得贺海东说得有道理。他沉思了一下说："会不会是有人利用这件事情来混淆我们的视线，干扰监狱追捕白鹏飞呢？"施弢反问道。

"也不能完全排除这种可能，我们的对手绝不是等闲之辈。他为什么要这样做确实是个谜，我认为可以认定是一个人。"

"我先去市委和魏书记汇报，必要时还得和省局报告一声，你就组织人准备查吧，听我的信儿。”施弢说罢就给市委副书记魏裕民的秘书去电话联系，秘书联系完很快回电话了，告诉他魏书记让他马上过去。

“那好，你等着我。”施弢和贺海东打了个招呼下楼坐车走了。

贺海东组织专案组对花钱买刑的问题展开调查。很快，白鹏飞“花钱买刑”的问题浮出水面。他蹲了四年监狱，竟然已经花钱买了三年刑。白鹏飞奖分的来源也是五花八门：他是巡逻队的勤务犯，抓住往狱里带酒的罪犯给他奖分；在里面有打仗斗殴的，他向狱政处报告给他奖分；搜查出来违禁品给他奖分；发现监舍有赌博的给他奖分；发现有要自杀未遂的给他奖分；发现有要预谋逃跑的给他奖分，等等，可谓是名目繁多。日常的月奖他要享受月最高分。此外，他参加监狱组织的各项活动都获得了奖分。头一年下来，他就得了两年的减刑奖分。可就是这样他还是不满足，一点情面不给就跑了。

贺海东按照施弢的指示把白鹏飞的奖分问题提交到监狱党委会。会议开了一半，贺海东就和龙啸天、焦成金在党委会上争辩起来。“我认为白鹏飞的奖分给得极其不合理。”贺海东一笔笔地数落着。

“不合理，你说哪笔奖分给得不合理、不符合奖分制度的规定？给分高是确实的，但并没有超出制度的规定。”龙啸天驳斥着，“他得的奖分再多也得实蹲一半的刑期。”

“这不是人为地把好事都往他一个人身上给吗？”贺海东和龙啸天顶了起来。

“那就没办法了，人家表现好，而且有这个能力。”龙啸天针锋相对。

“有什么能力，有逃跑的能力，是我们监狱有人培养了他逃跑的能力。”贺海东突然来了这么一句。

“你这话是啥意思，是我们让他跑的？”龙啸天有些急了，“那你就对我进行审查吧，你是监狱纪检书记，给我立案查吧。”

“客观上我们监狱确实给他的逃跑创造了条件，也不是不能查，但你是市委管的干部，我没有查你的权力，我知道自己的半斤八两，我哪能查得了你呀！”贺海东的话直逼龙啸天的要害，他今天也豁出去了，大有大干一场的意思。

“贺政委，我佩服你的胆量，既然你这么说，那你就和市委反映，让组织部门对我进行审查吧，必要时还可以对我进行双规，也可以对我定罪，把我先行拘留吧。”龙啸天说完拂袖而去，躲了，不和他正面交锋了。

“贺政委，希望你说话可要注意证据，别最后自己收不了场。”焦成金冷冷地扔下这句话也紧跟龙啸天走了。

“注意证据，让时间来检验吧，一切都会清楚的。”贺海东冲着他们俩不软不硬地回敬了一句。

施弢静静地望着这一切，一句话也没有说，实际上他也不想说什么。党委成员走了两个，其他成员都在瞅着他，不知道会议还能不能开下去了。会议出现这样的场面，是不能再继续开了。他扫视了一圈，平静地说：“好吧，会议今天就开到这里，何时开会听通知吧。贺政委你留下。”

会议室就剩下施弢和贺海东两人。两个人对视着都不说话。“这会议室挺冷的，到我办公室去谈吧。”施弢收拾文件起身走了，贺海东也跟到了监狱长办公室。

“施监狱长，你看看这都是什么态度，庆父不除，鲁难不已！我贺海东不信查不清这件事，我豁出去了，大不了我不当这个官了。”贺海东的火还没有消下来。

“贺政委，话先别说那么严重，我们还是要沉住气，对问题的处理要一步一步来，就像蚕茧抽丝似的，急了丝就断了。先扫外围，今天就停止双联办主任云天吉的工作，让他写清楚白鹏飞的奖分都是怎么给的，你亲自和他谈。水放干了，鱼自然就出来了。”施弢劝慰着贺海东，“对白鹏飞花钱买刑的问题继续深入进行调查，要选两个好的人办案，要顶住任何干扰，决不动摇，算账追责任的时候在后头呢，我们要用证据说话！”

“云天吉交代得很清楚，龙啸天、焦成金说让给白鹏飞多少分，他就给多少分，其他情况他啥也不知道，责任全都推走了。追责任，又能追出什么责任呢？奖分都是在幅度之内，理由都是真的，办得真是高明呀，要不是白鹏飞跑了，这事算个啥呢？”贺海东今天是真的激动了，说起话来滔滔不绝，“咱们监狱的法制不健全，能够人为地钻空子。现在司法部已明令禁止监狱以任何理由接受罪犯及其家属的赠予以给罪犯减刑。可沅山监狱有人还是熟视无睹。有人竟然说，我们监狱有啥，不就这点减刑权吗，对这事不以为然。”

“我没有想到你们会查得这么快，事情透亮了，必须弄个水落石出，要彻底地查，一点不能动摇。有监狱党委在，你不用担心，一切由我顶着，大不了把我的官撤了。”施弢的内心也是很气愤的，龙啸天和焦成金是说走就走，眼睛里哪有他这个党委书记！

“查，既然捅开了，你我也没啥顾忌的了。”贺海东说道，“这事要想彻底查，关键是找到账。可账据说在焦成金手里，我找他几回，他都说没有账。你找服刑人员或者家属，他们都不会承认给监狱钱的，家属也不会干那傻事，钱再没收，法院把过去的减刑再撤销，那就一枪俩眼儿了。我们总不能将这几年沅山监狱凡是减过刑的人员，一个一个地调查吧。”

施弢也感觉到这里面的情况的确是太复杂了。查也不是，不查也不是。眼下有多少问题要处理呀，这背后有一张无形的巨大黑幕。他前天在向市委副书记魏裕民汇报监狱工作时，魏裕民只说了一句话：“你能查清楚啊，都是历史旧账了。算了，团结一致向前看吧。我们是历史唯物主义者，既要尊重历史又要正视现实。”

当当，有人敲门，是欧阳惠雪领着几个女警进来了。欧阳惠雪伸了一下舌头笑着说：“哦，贺政委也在这里。施监狱长，我们几个女警想请你吃顿饭，你能参加吗？”

“请我吃饭，为什么，不年不节的，我不能白吃呀！”施弢面露难色，他哪里又有这个心情呀。

“不白吃，饭后你要给我们讲一讲怎样搞收藏，我们这也是拜师酒。”欧阳惠雪显然是挑头者。

“我哪里懂什么收藏，就是有点爱好罢了。在收藏界我是啥也不是的，说我懂什么收藏那都是瞎忽悠。”

“监狱长你就别谦虚了，我们就是要和你大领导吃顿饭，什么大不了的事情，也体现领导对女同志的关心，还要找什么理由吗？”

“既然是这样，我同意，地点由你们定。”施弢看出这几个女警是难缠的主，要是不答应她们就不会出这个屋，他只好答应了。

“贺政委，我们欢迎你也能参加，拜拜！”五个女警叽叽喳喳地笑着走了。

“好，监狱长去，我一定去。”贺海东轻松地答应了，“她们五个是我们监狱的五朵金花，也是监狱的骨干力量。”

“确实是漂亮的警花，我们公安局可找不出呀！”施弢赞美，“贺政委，你说我们去不去呀，我可是到监狱从来没和下面的民警吃过一次饭。”

“你多心了，我和你一块儿参加。和下面的民警多接触一些，你能了解到好些情况，这是最好的深入基层了。”

24.

饭店定在了“和春发”，这可是沅江市的百年老店，红焖肘子、糖醋鱼、熘肉段等几道菜在沅江市是非常有名的。

施弢和贺海东坐在正座上，他们来到时正好菜已经上齐了。第一个敬酒的是监狱狱侦处的侦查员欧阳惠雪，这几个女警推举欧阳惠雪为大姐。她致祝酒词："我们今天请施监狱长吃饭的目的一是给施监狱长接风，你到我们监狱这么长时间了，我们没有机会和领导更多的接触。二是和监狱领导说说我们女同志对监狱工作的意见，毛主席说了，女人能顶半边天。还有一位作家说过了，男人的一半是女人。今天特意邀请贺政委作陪，也表示感谢了。"

施弢是第一次这样近距离看欧阳惠雪，在灯光的照射下，欧阳惠雪显得格外漂亮秀美，就像一枝挂满了露水珠的玫瑰花，话说得也非常得体："监狱长，我敬你三杯。"

"敬我三杯，什么理由？如果理由充分我就全喝了。"施弢心里说，这么大的杯，还能连喝三杯！他盯着欧阳惠雪的眼睛，那眼神中似乎有什么在躲闪着。

"第一个理由，是给你的接风酒。第二个理由是同学酒。你曾经在刑警学院进修，当时我还在读全日制，我是比你先入学的，从这方面论我是你的师姐，你认不认看着办吧。第三个理由，我是公安局的家属，我的哥哥你能认识，他叫欧阳惠成。"

"惠成，我认识，市局刑警大队长，非常出色的侦查员，他的酒量是公安局的魁首。"

"我说完了，我的理由大家说充分不？"欧阳惠雪的话极具煽动力，立即得到了大家的响应："充分！"五姐妹异口同声，贺海东也跟着喊号。施弢没办法了，他只有一个字——喝！

施弢端起了酒杯，一品酒竟然是衡水老白干。她们点这样的烈性酒，是要把自己灌醉吗？能不能是在设计他，为了达到什么目的，他对参加今天的宴请有些后悔，心里埋怨着，好你个贺海东，我说不来你非让我来，他明白了他们是事先设计好了的。

"施监狱长，人家年轻同志都干了，就等你了。"贺海东完全站在女警一边劝酒。

"你不喝，我替你喝了。"欧阳惠雪说着就要抢杯。"不行，监狱长耍滑，他的酒量谁不知道，不喝就是瞧不起我们，我们就不坐下了。"

"我喝，我喝，太厉害了。但我有一个条件，你们得答应我，否则，我就不喝。"施弢放下了酒杯。

"我们答应，你说是什么条件？"几个女警异口同声地说。

“好。既然我们都喝白酒，我就不单独敬酒了行不行？”

“行，我们当什么条件呢。我们单个人敬酒，你随意吧，能喝多少就喝多少，我们不看着你。”施弢这才把酒喝了。

第二个敬酒的是监狱医院副院长萧莉，她个头不足一米六十，属于娇小型美人。施弢用眼睛瞟她：她怎么进到监狱来的？萧莉已经看出了施弢对她的疑问，大方地自我介绍说：“我是省医科大学毕业的，从小就喜欢当警察的我被分到市公安局，可公安局说啥不要我，嫌我个头小。当时我就生气了，我学的是外科，我到公安局是当法医，个头大小有什么关系。我径直找到他们的一位局长，可是这位局长瞟了我一眼就说不行，一点余地都没有。后来监狱接收了我。你知道那位局长是谁吗？”

“我上哪里知道呀，都过去这么多年了。”施弢心里想，那位局长总不能是我吧，但他瞅着萧莉挺眼熟的。

“那位局长就是现在坐在这里的施监狱长！我的领导，你拒绝了我，是不是应该喝一杯酒？事情过去了，我也不计较了，我敬你两杯。”

“施监狱长，这杯你得喝了，人家不罚你是照顾你了。”贺海东仍是帮着几个女警劝酒。

施弢暗暗叫苦，这个人的酒喝了，不知道下个人又有什么理由，他只得告饶了：“小萧，你今天不是要报那天的一箭之仇吧，欧阳你们今天请我为了这个目的吧？”

“人家萧莉从来没有记恨过你，给你送礼都没有打动你的心，她敬重这样的领导。”

“哦，要是这样说，我就喝了，同时也为当年我对女同志的偏见表示歉意，我喝两杯。”

“谢谢监狱长能够改变认识，承认错误。”大家都知道这是玩笑话，都笑了。

“大张，轮到你敬酒了，你还等什么。”欧阳惠雪催促着。

警戒科的大张站了起来。大张是名副其实的大张，个头一米七五之上，体重少说也得有一百六十斤。她望着施弢：“监狱长是不是看我长得太大了，我家的姐妹长得都这么高大，吃啥都吸收。我的身体结实着呢。你看”，她伸出了胳膊让施弢看，胳膊上肌肉块非常清晰，一看就很有臂力，“我提个理由你就得喝酒了。你信不信？”

“不一定吧，你就那么自信！”施弢不知道大张葫芦里卖的是什么药。

“我是你的师妹，我的师傅是霍东奎。”大张亮出了底牌。

“你是学八极的？”

“我是霍老师的关门徒弟。”

施弢第一次听说霍师傅还收了一个关门的女徒弟，他半信半疑地问：“霍师傅好吗？”

“他，”大张欲言又止，“今天不说了，我以后和监狱长细说，先喝酒。”大张留了一个伏笔。她为什么不说呢，施弢不解。

“好，你们师兄妹俩喝一杯吧。”贺海东劝酒。大张端起了酒杯。

“这样喝下去我非得钻桌子底下了。”施弢又喝了一杯，他的头确实有些晕了。

“施监狱长我敬你一杯，你就不用喝了。我比你小一辈，论起来我得叫你大舅。”第四个敬酒的是监狱财务处的仇红。

“你是谁家的？”施弢琢磨着，你还能是我家的亲戚吗？还真的让他猜对了。

“我妈姓怀，是施大娘的外甥女，我奶奶和施妈妈是两姨姐妹，你回家一问大娘就知道。论辈分我就得叫你大舅了。”

“哦。”施弢努力去想，这些远亲他实在是想不起来了，这辈分把他论得糊里糊涂，但酒得喝了：“这酒喝的值得，又收了一个这么大的外甥女。还有没有敬酒的了？”他开着玩笑。

“我就不敬酒了，我一点酒也喝不了，我给大家唱一首歌。”办公室的机要员舒捷告饶了。

“唱一首歌不行，我们喝了多少杯，你就唱多少首歌。”几个姐妹都不同意。

“行了，能唱歌也可以。”贺海东帮着打圆场。舒捷一展歌喉，唱了一首《青藏高原》，大家齐声鼓掌。舒捷连唱了三首，之后酒桌平静了，大家随便聊着。

“欧阳，我那天的讲话怎么样，在不在行呀？”施弢问的是那天他参加心理咨询会议时的讲话。

“监狱长你讲得很好，非常有观点。真看不出来你对犯罪心理有那么深的研究，够大师级的水平了。”

“我也是有感而发，我和你们比，特别是和你比，那是小学生和大学生的差距了。不是差距很大，而是相当地大了。”

“监狱长你谦虚了，我们谁能和你比得起，你是咱们政法界的精英，提起你，大家都竖大拇指。”这几个女警倒是真的会说话。

“你们这几个小丫头太能忽悠我了，再大的官也得让你们忽悠蒙。”施弢发觉自己是她们今天主攻的目标。

“监狱长你把我们看成什么人了，我们可是你的崇拜者。”

“看看，又忽悠了。我罚你们一杯。”施弢抓住机会反击。

“喝就喝，你以为我们喝不过你呀？”几个女警又来劲了。

“施监狱长，这几个小丫头的酒量你可不能小视，我可是深深领教过了，我的亏吃大了。我看今天就到这吧，让监狱长早点回家休息吧。”贺海东提议收杯。

欧阳惠雪再次举起杯：“我们大家还应该敬监狱长一杯酒。”

“为什么？”那四个女警全是不同意的样子。

“为了监狱长额头上那块光荣的枪伤，表示我们大家的敬意。”

“好。”大家不约而同都举起了杯，一齐说：“我们大家敬佩你，支持你！”

“谢谢你们！”施弢不禁深深地看了欧阳惠雪一眼，先举杯一口干了，他亮了一下杯。

大家怔了一下，心里都沉甸甸的。

“监狱长你慢走一步，我有几句话和你单说。”大张叫住了施弢。“那我们先走了。”大家知趣地都走开了。

“施监狱长，我在楼下等你。”贺海东也跟着几个女警下楼了。

施弢揣摩着大张要和他说什么情况。“监狱长，我听说霍师傅就关在我们监狱，可我查了几次也没有查到，我怀疑是不是用的别的什么名字呢?”

“哦，还有这样的情况。只要是在沅山监狱就一定能找到他，他为什么不报真名呢？”

“我听说白鹏飞对一个老残犯始终照顾得挺好的，就像伺候爹似的，这里有没有什么关系，他照顾的这个老残犯是不是霍师傅呢？”

“这些情况你和别人说过吗？”

“没有。我今天是第一次和师哥你提起，在这监狱里也没有人注意这个问题。”这师哥一叫，大张和施弢距离拉近了。论辈分施弢倒真的是大张的师哥，施弢也没有推让。

“好，大张，你说的情况非常重要，一定要保密，今后有什么情况直接找我。我们快下楼吧，他们都在门口等我们呢。”施弢在琢磨着大张提供的情况的真实性，这突然间又冒出来个霍师傅，他到底在不在沅山监狱呢？

邵俨开车过来接他了。

施弢回家了。他坐在沙发上沉思着，品味着大张和他说的话。今天的饭没有白吃，收获是挺大的。都大半夜了，一点困意也没有，他忍不住操起电话打给陈剑虹，连个问候的话都没有："陈处长，你还没有睡吧，你听说监狱里关押着一个沅江市的武术家霍东奎吗？"

"我没有睡，监狱长有什么情况就说吧。"陈剑虹刚刚躺下，施弢的电话就打过来了，这样的事情已不止一次了。他知道施弢半夜三更地了解这个人肯定是和白鹏飞有什么重要联系，"我们全监狱就一个姓霍的，年龄不超过三十岁。"

"听说白鹏飞对一个老残犯非常关心，这个情况你知道不？"

"他是经常到老残监区去，有时候在那里玩象棋，那里有一个老年犯象棋的水平非常厉害，说是他五岁的时候就开始学象棋，年轻的时候参加过全国的象棋比赛，获过七省联赛的象棋冠军，白鹏飞和他是互有输赢，有时为一盘棋两个人下得面红耳赤。"

"你组织人秘密调查一下，看来姓霍的人是难以找到了，他用的肯定不是真名。摸一摸，看看谁和白鹏飞的关系密切。"

"我现在就去布置，你听结果吧。"陈剑虹也觉得这个情况太重要了，连夜就要到监狱去。

"这么晚了方便吗？不差这半天了，明天查吧。"

"不，夜长梦多，既然动手就不留空隙，有什么方便不方便的，既然你提出了这个人，就不能过夜了，万一跑风了就会贻误战机，我把老残的名单和档案都调出来看一看。"陈剑虹撂下电话，连夜打车去了监狱。

老残监区是单独一栋一千平方米的三层楼。全监狱的老病残人员有四百多人，老的有八十多岁的，残的有十八九岁的。有的是蹲了大半辈子的监狱，出去都没有人管了。

第二天，陈剑虹和欧阳惠雪把老残人员的名册都翻烂了，可从名册上根本看不出有什么霍师傅，在档案中也找不出过去有谁是搞武术的。陈剑虹先后找了不少的老残人员了解，都说是没有听说在老残犯中有什么武术家。老残犯中有很多人都会玩象棋，谁厉害谁不厉害很难说，下棋人的共同特点是都敢吹，互相都不服气，一下就是一天。

一天下来，陈剑虹查完了。晚上，陈剑虹向施弢汇报调查的结果，详细地叙述了调查的情况："大张说的情况就是查不到，有一个和白鹏飞常玩象棋的老头去世了，但究竟是不是这个老头也说不准。”

“不要轻易地放过这条线索，下细工夫查，只要在沅山监狱里就一定能查出来。”

“有个老残犯提供，监狱里是有个人象棋十分厉害，但这个人不知道去哪里了，说死的那个不是下棋最厉害的那个人。这个老残犯已经患有老年痴呆症，他的话不是特别的可信。”

龙啸天和贺海东在党委会上吵架的事情在监狱很快就传开了。当别人问龙啸天时，他都是一笑了之，不做任何解释。焦成金来到龙啸天办公室汇报几个服刑人员打仗的情况，说着说着他突然插了一句：“前几天晚上施彧和监狱的几个小丫头吃饭你知道吗？”

“知道，事先欧阳和我说过，问我参加不，我说不去了，你们请监狱长我去不方便。”

焦成金寻思，这事他早就知道了，自己是多此一举了。他问道：“那贺海东去干什么？”

“他是那天赶上了，施彧也不可能自己去参加。”龙啸天显然对贺海东去也是知道的。

“我听说那几个女警中还有一个什么施彧的师妹，他们还单独谈了什么。”

“嘿，什么师妹，就是警戒科的大张，乱套近乎呗，都是八竿子扯不到的，不要管那些臭事。才来这么两天，就和这些女人整得乱糟糟，在这一点上连人家郑五常一半都不如。”

“你说得不对，好像不是那么回事。他可不是那样简单的人。这几天陈剑虹又在老残监区查找什么武术家，不知道这里面有什么奥秘。”

“这不是明摆着吗，他们的目的还是挖白鹏飞的线索呗。白鹏飞过去是常到老残监区去，和一个老头的关系不错，后来听说这个老残犯死了。”

“是哪个老残犯，我怎么没有听说过？”焦成金猜疑道。

“我们不操那么多的心了，白鹏飞有什么动静吗？”

“没有任何消息，这小子藏得挺老实的。”

“千万不能让他出来，再挺几个月就躲过去了。”

“我也联系不上，他都是先和我联系。”

“云天吉说什么没？”这是龙啸天最关心的问题。

“他把我俩咬出来了，说分都是你我批的，他不过就是办事人员。”

“我批的，哼！拿证据来，哪个是我签的字？”龙啸天心里有数，一个小民警和他玩心眼，拎棒子叫狗——远去了。

“老贺说他要是不说实话，就要把他交到检察院去。”

“交到检察院去，凭什么，检察院是他家开的呀。我去找施弢，纪委办案怎么能搞逼供呀。”龙啸天和贺海东吵完架后还没有和施弢正面接触过。

“我说你别去找施弢，就是把云天吉送检察院又能怎么的，他能说出来什么。你就和施弢说，把云天吉送检察院去，看看他能送吗，我就不信那个劲！”

“行，焦处长，你说得好，我们就坐山观虎斗。他们就查吧，牵涉的人多了就激起民愤了。”龙啸天自负的性格又暴露出来了。

当当，有人敲门，欧阳惠雪来了：“你们在谈工作呢，我过一会儿来。”

“我谈完了，欧阳你别走。我走了。”焦成金看出欧阳惠雪是有什么私事，起身走了。

“欧阳，你有什么事情？”龙啸天在座椅上仰着身子，他在欧阳惠雪面前总是摆出一副长辈的架子。

“姨夫，你说我们就是请施监狱长吃顿饭，你事先也是知道的，怎么闹得满城风雨。特别是还有人议论什么施弢相中我这个大姑娘了，你是常务副监狱长，我是你的外甥女，你得说话呀。”

龙啸天习惯性地拂了一下头发，轻松地说：“小丫头，就这事呀，我说话，一定给你做主，你不用担心。我就在今天下午开的中层干部会议上说话。听说你们那天在议论要找什么一个老年罪犯，说什么施弢的师傅。”

“那都是酒桌上的话，我连听都没听。他们瞎议论，没有谁当真的。”

“你以后多和施监狱长接触，有什么情况告诉我。”龙啸天露骨地说。

“那你把我当什么人用了，我不是成特务了吗。”欧阳惠雪感到姨夫是有什么事情在瞒着她。

龙啸天笑呵呵地说：“小丫头，那是什么话呢，我们谁和谁呢，谁让我们是亲戚了。”他把话往别的地方引，“我没有什么意思，我就是要和一把手搞好关系，现在背后有人在挑拨我和施弢的关系，姨夫也是不得不防呀。你听施弢说过我什么没有？”

“有什么说的，施监狱长这个人从不在背后议论人，一谈到监狱的人际关系他都不吱声，人家那真是一把手的材料，不像我们沅山监狱的那些人说话没把门的。

咱们监狱也就是你说话严实呗，郑监狱长都不行。”欧阳惠雪明白了姨夫的真实意图，索性装糊涂了。

龙啸天在这一点上相信欧阳说的是实话，有什么想法施彧也不可能轻易地和一帮小民警流露出来的，他高兴了：“欧阳，现在沅山监狱的人际关系挺复杂的，你可要头脑清醒啊，站在哪一边要瞅准。”

“我哪边也不掺和，你们当领导的去研究吧。我就这一手活，搞好我的侦查工作就行了。要不姨夫，你还是让我回到教育处去吧。”

“我白和你说了半天了，你就是没领会我的意思。我是说……”

欧阳惠雪打断了龙啸天的话：“知道了，就是让我有什么情况向你汇报，你是我的姨夫，我能分出里外来。好了，我走了，不打扰你了。”

“晚上和我去吃饭吧。有人请我，你去认识几个朋友。”

“我可不去。知道的我是你的外甥女，不知道的还不又说别的什么。晚上我去看我姨去，我好长时间没有看见我姨了。”

“那好，晚上就你姨自己在家，你就到家吃饭去吧，我现在就打电话告诉她。”

“我吃完饭过去，别让我姨费事了。”

“去吃饭，她一个人吃饭也没有什么意思。对了，施彧现在是单身一人，你知道不，你对他的印象如何，我可以给你们牵线搭桥呀。”

“姨夫，你这是说些什么呀，你也跟着乱掺和。”欧阳惠雪面色绯红地走了。

办公室的机要员舒捷来了，进屋就说：“龙监狱长，施监狱长让你到他办公室去一趟。”

“我马上就去。”龙啸天起身走了。

贺海东已经先到了，主动和龙啸天打着招呼：“龙监狱长，还生我的气呢。上次是我的脾气不好，我向你道歉。”自从上次党委会争吵后，几次见面双方都不说话。

“贺政委，你把话说哪去了，你是大哥，你怎么说都是对的。我这个人你是了解的，当面骂我都没有意见，就怕背后给我捅刀子。你是当兵的出身，我想你是知道的，这地方的舌头可是比部队的刺刀厉害多了。实际上我和贺政委你个人有什么过意不去的，我龙啸天在沅山监狱这些年在对待朋友方面差过什么事情，哪一个人的红白喜事我没到场。我在家是孝子，对朋友我够哥们。”龙啸天不承认自己有什么错误，只是尊重贺海东是自己的大哥。

贺海东心里说道，龙啸天你对朋友是够哥们，但你对待党的事业就不够格了。他笑笑，没有吱声。

“好了，事情都说开了，都是为了事业，晚上我请客。龙监狱长，我们商量一下云天吉的问题怎么办。到现在他什么也不承认，一推六二五。”施弢知道不能再让他们继续说下去。

“把他送检察院去算了，我们自己也审不出来什么。”龙啸天说着用眼睛瞟了贺海东一眼。

“贺政委，你的意见呢？”施弢征求贺海东的意见，“到底送不送呢？”

贺海东没有想到施弢跟他还打起了谜语，不是都说好了吗？他不满意了：“你定吧，你是党政一把手。”

“现在能送检察院吗？我们还是要对干部负责任的。”施弢否定了龙啸天的意见。

不送，正中龙啸天的下怀，他暗自高兴，但表面仍然坚持意见：“我的意见还是送检察院好，要不我们自己都沾上了，最后就得不了了之。”

“实事求是嘛，定不了的事情也不能硬定。”

“那我没啥意见了，我同意施监狱长的意见。”龙啸天表完态走了。

贺海东知道自己坐蜡了，把云天吉送检察院是他的主张，云天吉和他叫板：“你把我送检察院去，我后半生就交给你了，我不得好你家也别消停。”

“施监狱长，你看到了，我们沅山监狱的事情就是难办，研究什么问题总是跑风，说不准就把谁卖出去。我真佩服郑五常能吃能装的劲，他就是装不知道。”

“有不同的意见没有什么，班子是一个群体。我们都是共产党人，要光明磊落，不要掺杂不正当的东西，有话说在当面，不在背后捅尿窝窝。”

“说得好，我贺海东不怕当面和我骂爹骂妈的，就怕口蜜腹剑的，我们沅山监狱这几年风气不正，主要原因就在于班子风气不正。不过，话又说回来了，作为班子成员我也是有责任的。”

“好了，我们不谈这些了。你说说白鹏飞为什么这么长时间没有动静呢，现在我们把追逃重点都放在了市内，是不是他有感觉了。”

“他要是在市内的话，就是我们这样大张旗鼓地追逃，他能不知道吗？”

“你说得有道理，我们应该从地上转到地下，秘密追逃，组成精干的追捕小组。”

“施监狱长，你真不愧是刑侦专家。在追逃方面，你也堪称专家呀。”

“专家我是不敢当的，把白鹏飞逮回来，说我是什么家都行。你听说过老残监区有一个姓霍的老年犯没有？”

“没有。我听说这两天陈剑虹在翻腾什么一个武术家，这事不知道从哪里扯起来的。那天我问过龙啸天知道不知道霍东奎这个人，他说也不知道。看来龙啸天说的也是实话，他也确实不知道什么霍师傅。”

“实话和你说吧，这个线索是那天晚上吃饭的时候，那个大张提供给我的。”

“这个情况非常重要，对我们追逃是非常有利的。”

龙啸天回到了办公室。焦成金过来了，问道：“怎么样，施弢是什么意见？”

“在这个问题上你比我高明，施弢明确表态不同意把云天吉送检察院。老贺生气了，给了施弢一个脸子。晚上我们把云天吉找出来吃顿饭，统一一下说法。我估计施弢是不能这样简单完事的，肯定是要继续查的。”

“还找云天吉干什么，他该说的都说了，也说不出啥，你再统一也就那样了，好像我们有什么短处让他抓住了。他要是出卖情况，告诉施弢他们，我们就彻底地被动了。”焦成金最看不上云天吉，长得尖嘴猴腮的，他也算是男人。

“还是见他一面的好，我们也不差那两个钱。找个好地方，招待他一把，还是有效果的，我们不能把他推到施弢那边去。”龙啸天觉得他出面了，请云天吉吃顿饭，在监狱这面子给得也够大了。

“行，那就定在今天晚上。他要不同意呢？”焦成金同意了，请吧，反正也不用他掏钱。

“不可能，你就说我请他，他敢不参加。他特别好玩，找个能唱歌跳舞的地方。上哪儿去呢？”龙啸天想了想说，“那就上恺撒酒楼吧。”

“行，我安排。”焦成金抬腿就要走。

“你慢走，刚才，蒙丽莎给我来了电话，你刚才没有开机，她说汪兆月答应她了，一定让她和白鹏飞见一面，替她出口气。”

“这真是绝了，监狱还没有追着白鹏飞，蒙丽莎倒是先上线索了，这么大的监狱干不过一个老娘们。”焦成金现在对蒙丽莎真是不敢小视了，她确实是一个不一般的女人，难怪龙啸天对她那么中意。

“她说晚上请我们吃饭，让我们别安排其他活动了。去不去呢？”龙啸天一副为难的表情。

“那不行呀，我们不是说好了请云天吉吗？”焦成金不满意了，都安排好了怎么能变卦了呢。

“我给她打电话，和她商量一下吧。”龙啸天拨通了蒙丽莎的电话，一再解释说晚上实在是推不开了，过不去了。蒙丽莎说，她不管，就这么定了，你不来我就和你急。龙啸天无奈撂下了电话，“那就把云天吉的安排推到明天去吧。”

“不行，万一明天有变就不好办了，蒙丽莎那边你去哄呗。”焦成金暗暗叫苦，他不理解这龙啸天是真的被蒙丽莎迷住了，云天吉这样大的事情不去办，竟然还有闲心去和蒙丽莎约会。“你要是不去我自己去。”他说着就走。

“别别别，我去，哪头轻哪头重我还不知道，我们马上就出发。不过蒙丽莎的脾气你是知道的，她的疯劲要是上来了你我整不了她。”龙啸天做出为难状。

“她再厉害，一个老娘们还能把我们怎么样，大哥你就是心疼她，你收拾她不是轻巧的，怕什么？”焦成金开着玩笑，“你要舍不得下手交给我办。”

25.

“天吉老弟你受惊了。”龙啸天放下了架子，完全是以一个老大哥的身份和云天吉说话，“我先敬你一杯，给你压惊。”

云天吉瘦得出奇，一阵大风都能刮倒的样子，在监狱里大家都叫他“云排长”。他人非常有才，吹拉弹唱无所不会，毛笔字写得很好，画画得也不错。他见龙啸天后站了起来，举手敬礼：“龙监狱长，我对不起你，我把什么都说了，大家都骂我，说我是叛徒。”

“不能这样说，你说的都是事实嘛。我们给白鹏飞的分哪一分都有理由，至于他后来脱逃和我们的分有什么关系，你说我说得对不对，把酒干了，我再给你倒上一杯。”龙啸天没有一点谴责的意思。

云天吉一仰脖，把酒干了，咂咂嘴连连点头说：“对，对。”

焦成金也帮着打场子：“天吉，有龙监狱长在就有阵地在，你什么都不用担心。来，我们仨共同喝一杯。”

“我敬二位大哥一杯酒。”云天吉拿过酒瓶子倒酒。

“天吉，别看这次施跂没有把你送检察院去，不等于以后不送。”焦成金话里有话。

“二位大哥无论如何得救我，不能眼看着我进监狱呀。”

“我们先喝酒，不谈这个。”焦成金继续倒酒。

“龙监狱长，你不给我一个底，这酒我喝不下去呀！”云天吉几乎是哭腔。

“如果把你送进监狱你当面骂我祖宗。我们下午都研究完了，贺政委还是坚持把你送检察院，我坚决不同意，施弢勉强点头了。”龙啸天把酒杯一蹾，一副怒气冲天的样子，这句话也确实是他在会上说的。

“真要你云天吉进监狱我陪你一块儿进去，行不行！”焦成金也给云天吉吃定心丸。

“妈的贺海东，我抱他家孩子下井了？这么对我不依不饶的。”云天吉的酒劲上来了，破口大骂。

“话不能这样说，贺政委也有他的难处，根子还是在施弢那里，他算个什么东西。”

“谁不让我活，我就先杀了他。”云天吉被酒精烧红了眼睛，脖筋都鼓了起来。

焦成金见目的达到了，暗自高兴：“天吉，这话可不能瞎说，有龙大哥在，你什么也不用怕。”

突然，包房外面吵了起来。“小姐，你找谁？”服务生在挡驾。

“小姐？我是小姐她妈！给我滚开！”

“你快看看去，听声音好像是蒙丽莎来了。”龙啸天说，“这下可麻烦了，可别让她闹啊，你把她安抚住。”

焦成金迎了出去，只见蒙丽莎凤眼怒睁，完全是一副要杀要砍的样子：“蒙总，你来这里干什么？是谁气你了，为了什么呀！”

“怎么，这里我不能来吗，难道就你们男人可以来？我看看你们在这里搞什么鬼名堂。我一听这个酒店的名字就恶心，焦哥，就你们这样身份的人，到这样的地方来，不掉价呀？”

“蒙总，可能你误解了，我们在谈一件非常重要的事情，有人下死手整龙哥，我俩在摆这件事。”

“摆什么事情还要背着我，搞什么名堂，男人没好东西。”蒙丽莎气势汹汹地进包房了。她一看房间就龙啸天和云天吉俩，傻了！她以为里面肯定是一群小姐，她不好意思了。她见龙啸天眼睛直瞪着她，赶忙解释：“龙哥，我和几个朋友也在这里吃饭，听说你们在这里我就过来了。服务员。”

“来了，”服务员进来了，“蒙总有什么吩咐？”

“这个房间的单我埋了，来，给他们上两包软中华和一壶铁观音。”蒙丽莎恢复了常态，笑吟吟坐下了。

“丽莎，你这样做真让我失望，你是有修养有身份的人，你看你成了什么样子，像个什么……”龙啸天想说她像个泼妇，但把话打住了。

蒙丽莎看出龙啸天是真的生气了，知道自己错了：“啸天，我误会了，你别生气了，一会儿我们换个地方，一切都由我消费。”

云天吉一看这架势，也多少明白了这里面的门道，站起来对龙啸天和焦成金说：“两位领导，我也吃好了，挺晚了，你们谈着，我先走了。”

龙啸天起身拦住云天吉不让他走：“那怎么行呢，酒还没过三巡呢，说好了请你吃饭，那我们也太不讲究了。”他介绍着蒙丽莎，“来，我给你介绍一下，这位是……”

云天吉摆手：“龙监狱长，你不用介绍，我认识蒙总，我们沅江市赫赫有名的大企业家，一跺脚我们沅江市就得闹金融危机。”

哈哈，云天吉这句话把大家都说乐了。

“天吉，我过去怎么没有发现你还有这样的口才，你是真会说呀，都是自己家的人，你还走什么，蒙总你也认识，那我们就共同喝一杯吧。”焦成金劝着云天吉。

“对呀，你要是走就是瞧不起我了，那就是我成了多余的人了，那就我走。”蒙丽莎佯装要走，她在试探龙啸天是否留她。

“你看你，嫂子，你这是把话说哪去了，都不是外人，都怨我，今天让你来就好了。龙监狱长，我看我们在这喝几杯酒就走吧，按蒙总说的换个地方，这块儿也太闹得慌了。”焦成金担心蒙丽莎真的闹起来，既然她愿意花钱何乐而不为呢。

云天吉一听焦成金叫蒙丽莎嫂子，彻底明白了这里面的关系便张罗要走：“我家里孩子还没有人管，她今年高考，我得回去给孩子做饭去。”

“做什么饭，一会儿我给你要两个菜带回去，孩子喜欢吃什么菜，你随便选。来，云老弟，大姐敬你一杯！”蒙丽莎主动端起了酒杯，又恢复了往日的风姿，落落大方地走过来，“你有什么事情以后尽管和大姐说，走什么，好像是我把你挤走的。”

云天吉完全是一副受宠若惊的样子，表情激动地站了起来：“蒙总，应该是我先敬你，我得谢谢监狱领导，要不怎能认识你这样的老总，我们一个小警察一辈子都没有机会和你这样的大老板接触。”

焦成金看着蒙丽莎的表演，心里说道，这女人真是说变就变：“天吉，既然是嫂子敬酒，你就别推让了，你先喝了，然后你再敬嫂子酒呗。”

云天吉把酒喝了，又敬了蒙丽莎一杯。两个人唠了起来。蒙丽莎安慰云天吉："你不用担心，孩子高考要是有什么难处尽管和我说，招办的关主任和我是多年的朋友了。"云天吉一看今天可是遇到贵人了，连连点头致谢："蒙总，那可太好了，太谢谢你了，我就是为孩子的事情愁呢，到时候我可真的要找你了。"蒙丽莎满口应诺："没问题，我给你个名片，需要的时候，你给我打电话。"

龙啸天表情严肃地坐在那里纹丝不动，一句话也不说，在监狱里谁敢这样闹他。蒙丽莎看出来他还在生她的气，心里说多大点事儿，你还和我装起来了，她端着酒杯过来了："我的大监狱长，我先罚自己一杯，你别气坏了身体，我错了，你一个大男人就别和一个小女子生气了。"她一口把酒喝了。龙啸天没有端杯，蒙丽莎挺尴尬地回座位去了。

"大哥，嫂子都这样了，你就应该喝了，何况嫂子也没有什么大错，那不是心里有你吗。"焦成金劝着，打着圆场，他看出来龙啸天今天是真的生气了。

"焦处长，我可不是什么嫂子，你可别乱叫，我担待不起。你叫我老妹子，我都是高攀了。"蒙丽莎也上来脾气了，嘴撅得老高。

"你看这都是哪跟哪呀，来我们共同喝一杯。"焦成金劝着双方，拽了一下龙啸天。

"我不喝，龙监狱长还欠我一杯酒呢！"蒙丽莎纹丝不动。

"大哥，你就喝了吧！"焦成金替龙啸天拿起了酒杯，"要不我替大哥喝了？"

龙啸天有些不情愿地接过杯喝了，嘟囔了一句："这酒要是不喝就把大企业家得罪了，我们监狱都得晃了，大墙都得倒了。"

"那你还是喝了吧，要不我承担不起责任呀！"蒙丽莎也是得理不让人。

"蒙总，我看出来了，大哥是在故意气你。好了，都是没里外的哥们，我们共同干一杯。"焦成金带头喝了。看到云天吉被蒙丽莎归拢得服服帖帖，焦成金的心里非常高兴，什么都不用担心了，这顿饭没有白吃，蒙丽莎还真的来对了。四个人都端起酒杯干了。

蒙丽莎喊了一声："服务生埋单。"

"嫂子，不用你埋单，今天是我们请客。"焦成金做出掏钱的姿态。

蒙丽莎已经给完钱了："什么你的我的，小气。你们跟着我的车，龙哥上我的车吧，我在前面。"

焦成金招呼云天吉："那就谢谢你了，云队长坐我的车。""焦处长，我不去了，你们都是领导，我去不方便。”云天吉自己要走。

“你不愿意去大姐也不强让你了，我知道你家的情况，经济有什么困难找大姐。这个你先拿去用吧。”蒙丽莎从手提包里顺手掏出了一叠钱递过去。云天吉连连推让，坚决不收。“你要是嫌少就不收，那就是瞧不起我了。”

云天吉心里说道，我哪里是嫌钱少呀，那一叠钱足有两三千元。这初次见面就给了他这么多的钱，他真的不敢要，这个女人出手是太大方了，当老板的就是大气。

“天吉你就收了吧，蒙总觉得你这个人不错，她才关心你的，你不收她真的生气了，这点钱对于她来说算个什么。”龙啸天说话了，“这都是干净的钱，以后蒙总有什么用着你的地方给个面子就行了。”

“有两位领导在，我在沅山监狱算个什么！既然领导说了，我就不推让了，我云天吉是什么人你们事儿上见吧。你们还有事情要商量，我先走了。”云天吉很知趣，知道自己应该走了。

“蒙总，我们去哪里呀？”焦成金把车开到蒙丽莎的车旁边，摇下车窗探头问道。

“我们去别墅吧，龙哥你看行不行？”蒙丽莎柔声问着坐在副驾驶位置上的龙啸天，“要不你就点个地方。”

“行，你说了算，就去别墅吧。”蒙丽莎刚才对云天吉的一手龙啸天服了，就那么一招就把云天吉拿下了，他的气早消了。

焦成金趁他们俩不注意，开车调头回家了，他不想再掺和他们两个人的事情。

第九章　狱内秘道

荀河留下的材料施弢看得触目惊心，监狱里的黑幕尽现眼前。在荀河的材料中反映出这样一个情况，说白鹏飞挖过一条地道，后来又填上了。地道的地点就在菜窖附近。

26.

太阳藏到了沅山的后面，大地变得朦胧起来。监狱的会见时间结束了，会见室楼上餐厅的接见人员都走光了。秦雨农等人在打扫着厨房的卫生，他们边干活边闲聊着。

监狱会见室的规格是够高的了，有秦雨农这样的特级厨师上灶，几乎和宾馆的水平不相上下。秦雨农在会见室上灶已经四年了，他对所有来就餐的家属人员都是彬彬有礼，大家都非常尊重他。

“秦哥，听说监狱已经定了，勤务犯人马上都取消了，我们这些人不知分到哪里呢，估计多数人都得下大队劳动了。卓雨家里的关系那么厉害都分到监区了，我家里有多大势力？”方波腰系围裙，在刷着大铁锅里堆成小山似的碗筷。

“好不容易弄了个好活，这回又要泡汤了，钱是白花了。”刚分进来的服刑人员罗朗说，“我家为我花了好几千块钱，我刚顺过劲了，干得还挺舒服的，如果监狱把我调走，我就让我家朝给我办事的人要钱，把钱退回来。不给退钱我就上告，要不就给我调个好地方，我去犯人伙房也行。”

秦雨农上了一天的灶。他直了直腰，解下了围裙，拽过一把椅子坐了下来，扬起眉毛道：“上告，你告谁？你虎蛋一个，那样以后在监狱你还呆不呆了。监狱里就恨你这样的人，消停呆着，整急眼了，监狱把你送北大荒去。”

韩川赶忙放下手中的活，过来给秦雨农捏着颈部，捶着背：“秦哥，反正我的刑期不长了，不让我干我也不怕，再坚持几天就挺过去了。”韩川犯的是抢劫罪，原判刑期八年。已经实际服刑六年，这次已经报减刑，等法院的裁定下来就出监了。

“你行啊，谁能和你比得起，这几年的监狱你是没有白蹲，啥也没有耽误，还和秦哥学了一把好手艺，走到哪里都能吃开了，现在社会上的厨师老吃香了。我会什么，就会刷碗。”方波抱着高高的一摞子碗晃晃悠悠地往碗架子走去。

韩川入狱后就在会见室劳动，给秦雨农打下手，几年过去了，他还真的和秦雨农学通了烹饪技术，现在一般性的上灶都是他干。他挺知足地说：“秦哥，不，师傅，你上哪儿就把我带到哪儿，我就跟着你干。我还要继续和你学徒，我出去后就在沅江市里选个风水好的地方开个鱼餐馆，专门经营正宗的沅江野生鱼，在省里打出品牌，就是外国人来了也得到我家的饭店来吃鱼。我出去后每周来监狱给师傅送一次鱼，让你老人家吃个够。”

秦雨农对韩川说的不管真假，听起来都感到很舒服。韩川对他还是挺孝顺的，啥事都听他的。他赞成道：“徒弟你别说，我们沅江市还真没有一个像样的鱼宴楼，这样的饭店开好了，还真能赚钱。唉，就怕你出去后我自已不知道在哪里呢，我能不能活着都两说了。”秦雨农神情忧郁地说，“我出去以后什么也不干了，我要远走高飞，到西藏去，找个好的寺庙出家，在高原雪域苦读经书修炼，死了以后就地天葬喂老鹰了，到时候你们别忘了去看看我。”

大家听了秦雨农的这番话都惊呆了，不明白秦雨农怎么突然冒出此言，谁也不出声了。几个人的眼睛都盯着韩川，埋怨他提什么开饭店呢，这件事刺激了秦雨农。

“今儿怎么这么安静啊？”随着话音，会见室的主任孔繁云来到了厨房。他吩咐道：“秦雨农，待会儿你们打扫完卫生后，你领着他们回监舍，我先走了。你们几个好好地干，别糊弄，方波，你瞅瞅你刷的碗，上面的油渍都没有刷掉。罗朗，你把灶台的瓷砖擦干净。”

“孔主任你还需要些什么东西吗？”秦雨农指着库房里堆成小山似的食品说，“你家里需要什么挑几样带回去呗。这么多的东西连个数都没有，不要白不要，你也太廉洁了，这几兜东西是我特意给你挑出来的……”

这几天正是接见的旺季，每天接见的人都有二百多，食品的需要量特别大，头天晚上就得备出来，会见室的民警谁方便了就多少拿点。

“我不要，我也不是什么廉洁，我家里的人一瞅监狱带回来的东西就倒胃口。东西你保管好，别乱给，那都是钱，都是犯人的钱。谁贪占了，会得到报应的。我开会去了，你们这些人员还不知道怎么调整呢。”孔繁云走了。

方波过来清理着今天买进来的物品，逐样做着登记：“他还真就是这么一个清白的警察，我真不知道他是怎么想的，这年头能贪谁不贪呀。”

韩川反驳说：“你把话说哪里去了，在沅山监狱还的确有一群响当当的警察，那陈剑虹就不是一般的人，处事公平，我呆四年了，没有发现他有什么不干净的地方。”

“他们贪不贪和我们没有什么关系，别议论了。”秦雨农指着锅里的肉对方波说：“你把锅里这块肉给文龙老弟带回去，那还有一碗饺子，是中午我特意给他留的，猪肉韭菜三鲜馅的。”

方瓷盘里一块五花三层煮熟的猪肉，足有二斤多，秦雨农把这块肉酱得通红透亮，香气四溢。

方波把肉和饺子装到食品袋里，又顺手装了几个大个的西红柿：“秦哥，我就不明白，就你这样的人怎么也能进监狱，你有文化有技术，怎么能犯什么强奸罪呢？就凭秦哥你人长得这么帅气，城西宾馆什么样的漂亮小姐见了你还不得投怀送抱的，你干她们都是给面子了。”

“你别胡说八道，那天我也是酒后冲动，一时性起。实际上我连人家的毛都没有摸到，法院说是强奸未遂，但情节严重，从重给我判了八年。”秦雨农起身换衣服，梳着头发，“未不未遂无所谓了，蹲几年都是蹲，监狱也挺好的，一天管吃管穿的倒也清净，比出家都强。”

“我听说那个小娘们还经常来看你，见你面眼泪汪汪的，这他妈定的是什么强奸罪，秦哥你为什么不翻案呢？你和鹏哥又是铁哥们，我看他对你那个尊重劲，全监狱找不出来第二个人。实际上在沅山监狱里大家最服气最尊重的人就是你，谁都不相信你会犯强奸罪。这里头肯定有说道，我不相信你会是有案底的人。你不说我也不问了。你有路子，花点钱，让鹏哥给你帮帮忙，人家老荀头不是都要翻案出去了吗？”方波的话大家听着连连点头称是。

“好了，我们不唠这些了，心烦。换个话题，你看黄青不是和我一样吗，人总得要活着，要是能下得了狠心，就一死了之了。”秦雨农望着大墙外，心里感叹道，我秦雨农何尝不渴望自由呀！在宾馆当厨师那是何等的工作，接触的又是有层次的人，他能不留恋吗。在这个监狱已经蹲了四年了，他叹了一口气，一失足成千古恨呀。

“死了可不行，人活着就是当神仙，在这个世界上就是要享受，我和你不一样。”方波将一只沾了白粉的香烟递过来，“秦哥你抽一口，解解乏。”

“不抽，我不抽烟。对那东西我不感兴趣。你别逗我，这玩意你抽上就扔不掉了。”

“秦哥，不瞒你说，这几年的家当都让我给抽没了。老婆和人家跑了，我为了抽一口跟人家抢劫，只要能抽上一口我啥都敢干。”

“我说你多少次了，你听秦哥的话，这东西你必须戒掉，要不然会毁你一辈子的。”秦雨农劝着方波。

“我还戒啥了，都已经倾家荡产了。一切都没有了，郊外还有一块地留着做坟茔地了，现在剩下的就是我这一副骨头架子了。”

“其实也能戒，那不是也有人就戒掉了吗，就看你能不能有那个毅力。”

“我说哥呀，咱跟人家比不了，你不知道这玩意上来瘾头了，浑身骨头渣子都疼，这时候你只要能让我抽一口你让我干啥就干啥。你没看那些女人给她毒品怎么干她都行。毒品是什么？是魔鬼。我他妈的是一条典型的癞皮狗，我不是人了。”方波捶打着自己的脑袋，“前两天，我妈来信说是我父亲要不行了，让我给筹俩钱准备办后事，唉，我上哪整去呀。”

秦雨农问道：“你需要钱怎么不早说。这钱你拿去花吧，以后有啥困难尽管和我说。”秦雨农掏出两千元钱，递给了方波。

“秦哥，你已经给我多少次钱了，我怎么报答你呢。你什么时候去西藏出家我和你一块儿去。我再犯毒瘾的时候你把我绑起来，你别心软。我就不信我戒不了。”

“成事在天，谋事在人，就看你自己的决心有多大了。锁门，我们走吧。对了，你把那块小一点的肉给黄青带回去。”

“给黄青干什么，我最烦他，一点警察的骨气都没有，那也叫男人，那天一见文龙大哥，尿都吓出来了，让人给打得那个熊样。”

“话不能那么说，黄青也不容易。都在一个监狱里互相照应着点，我们还差一块儿肉吗，也算是我们积德了。”秦雨农和黄青犯的都是同一类的罪，谁一欺负黄青，秦雨农就护着。

“好，秦哥，我听你的。”方波把肉装进了食品袋说：“秦哥，那我先走了。”方波走到门口，刚好和进屋来的狱侦处长陈剑虹、侦查员兰竺来了个顶头碰，他慌忙说道：“陈处长好！”

“方波，你拎的什么东西？”陈剑虹指着兜子喝问道。

"啊，是邓文龙他家捎来的一块肉，我给他捎回去。你看吧，没有什么东西。"方波把食品袋放到了地上，解开给陈剑虹看。

陈剑虹质问："真的是捎的肉？莫不是你们给他留的吧，也不可能就是一块儿肉吧？"陈剑虹看看包着的肉说："算了，你收起来别打开了，我不看。你瞅你瘦的那个样，再抽就抽死了。你别以为监狱什么都不知道，你等着我，我有话要和你说。"

"陈处长，我就是往监舍里捎块肉，你不至于扣我的分，关我的禁闭吧？"方波怕陈剑虹真的收拾他。

"你瞅你吓得那个样，吸起白粉来你就什么都不顾了。"

"那都是过去的事了，我现在连香烟都抽不起了。"

"陈处长，你千万别关他的禁闭，确实是邓文龙他家给捎来的一块肉，方波没有说明白，是一块生肉，我给煮熟了，加了点作料。没有别的什么东西，我们从不往监舍带东西，就今天第一次让你这个大处长给堵着了。我是不会给你添麻烦的，要处分你就处分我吧。"秦雨农从后面走了过来。

陈剑虹对秦雨农始终是高看一眼的，他认为秦雨农有文化修养，有一手好技术，进到监狱是太可惜了，他笑着说："我今天谁也不处分，这些事情不是我管的范围，你们放心吧。秦雨农，你的刑期都过半了，老实改造，争取假释走吧。"

"你的话我始终记着呢，你放心，我就是老实地接受改造，决不干任何违法违纪的事情。"秦雨农非常感激陈剑虹对他的关心，但陈剑虹哪里知道他内心的秘密呀。

"我听说你螳螂拳是好生厉害，哪天我们切磋切磋。"陈剑虹有意和秦雨农唠着闲嗑。

"你是听谁说的，我的那两下子和你比差远了，我是什么胆啊，敢和你交手。"秦雨农心里也琢磨着陈剑虹的真实用意。

陈剑虹把话又岔开了："秦雨农，你为什么不申诉呢？我听说那个女的是你的朋友，那她为什么要告你强奸呢？"

"这话说起来就一言难尽了。不怨人家女的，都是我酒后无德造成的，酒喝多了，一时冲动干出了这种缺德的事，我是罪有应得。"秦雨农的态度还是那样诚恳。

"秦雨农，你们先回监舍吧，方波和我们走，晚饭我给他安排。"陈剑虹告诉秦雨农，他们今天就是来找方波了解情况的。

"陈处长，你可千万别为难他，就他那把骨头架子是不抗折腾的，有什么不对的你给担待点，就看在你嫂子的面子上。”秦雨农的媳妇和陈剑虹的媳妇是两姨姐妹，过去两家的关系始终是不错的，秦雨农明白了陈剑虹今天是有目的而来的。

“秦雨农，你不用把话说得那么客气，我找他就是了解一些情况，只要你们都遵守监规，大家就都相安无事。你们回监舍吧，马上就要开饭了。”

陈剑虹和兰竺把方波带到了审讯室。“你坐下吧，方波，我今天找你就是要了解一下秦雨农的情况。”

方波没想到陈剑虹会找他谈这个问题，太突然了，他心里琢磨陈剑虹是什么意思，怎么说好。他半天没有开口。

“你随便说，想到哪儿就说到哪儿，咱们就是这样闲聊，我们也不做记录。”陈剑虹轻松地说，让方波减轻思想压力。

“我说不出什么情况来，我就是觉得他是一个谜，在沅山监狱再没有比他城府深的人了。他始终是有什么事情都背着我们。他平时不大愿意出声，每个月定时有人给他存钱，至少是一万元。他出手非常大方，钱都是大家花的。他好像是在等什么，我估计他快走了。”

“他快走了，你说的是什么意思？”

“陈处长，这你还能不明白，在我们沅山监狱够手的不都是过一半刑期就出去了。”

“秦雨农和邓文龙的关系怎么样？”

“关系不错，邓文龙见面都是一口一个秦哥叫着，人家那真是哥们，听说在社会上的时候人家就是磕头弟兄。秦哥有什么好吃的都给文龙大哥留着，我给送过好几次了。”

“他们来往多吗？”

“不多，邓文龙就到会见室来过一次，到秦哥这取了点捎的东西就走了。平常他根本不来，见面也不多唠。”

“秦雨农和白鹏飞的关系怎么样？”

“看不出来，见面就是点头，不过我看得出来，他们不是一般的关系。秦雨农一进来，鹏哥就放下话来，谁也不许碰他。同样是强奸犯，全监狱没有一个人敢碰人家一个指头，秦哥往那一坐也真的有个样。”方波对秦雨农是五体投地，说的句句都是他的心里话。白鹏飞、邓文龙、秦雨农三个人的特殊关系他是知道的，但究竟特殊在哪里他也说不清楚，他也不想把自己卷进去。他今天看见秦雨农在饺子里面塞了一个字条，他知道这里头肯定是有事情的，但他不能说出来。

“你和邓文龙来往吗？”

“他们瞧不起我，不和我来往。就那个小安子，打我好几次了，我惹不起他。但秦哥对我好，这几年没少帮助我。”

“好了，今天就谈到这里吧。我可再次提醒你，你以后可不能再吸毒了，到时候谁也救不了你，死了都没有人给你收尸。你没听说过吧，吸毒的人骨头都是黑的。”

“陈处长，我想吸谁给我料啊，那是钱呀。我知道我活不了几天了，我就是想我的女儿，太可怜了，从她出生到现在我还没有见到呢。媳妇和我离婚了，也不来看我，社会上的哥们都不搭理我了，我连买卫生纸的钱都没有。”

“你的困难我们帮你解决，从今天开始你就是监狱的耳目，随时给我们提供情况。兰竺，你明天给他带进来十卷卫生纸。你还需要什么生活用品可以直接和兰竺说。”

27.

苗翠竹又来接见了，她是按月来的。她今天打扮得格外漂亮，还特意把给邓文龙包的三鲜馅水饺带了进来。

邓文龙捧着苗翠竹的脑袋狠狠地亲了一口，指着床上的一堆东西说：“宝贝，你挺能耐呀，这些东西你都能带进来，他们不管你呀？”邓文龙紧盯着她隆起的胸部。

“这算啥，我走监狱大门就像走城门似的，一路绿灯。你看我还给你带来了什么。”

“什么，还能是毒品？”邓文龙对毒品没有半点兴趣。

苗翠竹从胸罩中掏出了两袋酒，笑吟吟地说：“文龙，你知道今天是什么日子？”

邓文龙挠挠脑袋，晃了晃头说：“我怎么会知道今天是什么日子？我想想，哦，我想起来了，是我进监狱三个月了，今天正是我入狱的日子。”

“瞎说，今天是我们结婚十年纪念日，你真笨，连这都忘了，心里就是想着那点破事儿，还总说心里有我呢。”苗翠竹把脸转向了一边。

邓文龙一下子把苗翠竹抱了起来，撂到了床上：“是吗！你真是我的好老婆。今天晚上就是我们的新婚之夜了。”他上去就要扒苗翠竹的衣服。

“说说你就下道，你除了那点能耐还有什么。你赶紧放开我，还有，我差点给忘了，黄青的媳妇还托我给他捎来了一些东西，嘱托我务必送到。都是女人，求到我了，我让她来她不来。你把黄青叫来呗，我把东西当面给他。”

邓文龙见媳妇不让上身：“好，先饶了你。我出去看看外面是谁值班。”他整理一下衣服出去了。

会见值班室的民警是老民警齐献东，他跷着腿戴着花镜正坐在沙发上看报纸。

“齐队长，打扰了，麻烦你让黄青来一趟，我媳妇给他捎来点东西，要当面交给他。”邓文龙毕恭毕敬地和齐献东说。

齐献东头都没抬，眼睛从镜片上瞅了瞅：“捎什么东西？现在有新规定了，不许捎东西了，你也不是不知道。让我给你找人，你这不是逼我犯错误吗？”

“齐大哥，我们都不是外人了，你给通融一下，这条烟你拿去抽吧，以后我随时再给你送。”邓文龙点头哈腰，堆起了笑脸。邓文龙在入狱前就和齐献东认识，齐献东经常到他家的洗浴城洗澡，邓文龙从来不收他的门票。

齐献东瞅瞅那条烟笑着说：“哈哈，还是中华呢，邓老板还是像当年那样出手不凡呀！”他朝走廊喊了一声“二驴子——”，话音刚落，马上跑进来一个服刑人员，哈着腰道：“齐队长，您找我？”齐献东放下了报纸：“你去把黄青给我叫来，说我有事找他。”“是，我马上就去。”

“慢着。”邓文龙喊道：“给你。”他扔给二驴子一包烟。“谢谢文龙大哥。”二驴子屁颠地跑了。

“邓老板，你行啊，这个监狱你当一半家了，就差没给你发警服了。我这样的小管教只能给你当马仔了。像你们这么大的手，在监狱里我们这一级的小民警管不了，你看那白鹏飞都是监狱里直属的犯人，但是我们的眼睛也不瞎呀！怎么样，白鹏飞跑了，他们不是也傻了，想不让我们说话，推脱责任，哼，也不是那么简单的。”

邓文龙听得出齐献东话里有话：“大哥，兄弟我如果有什么对大哥怠慢之处你多原谅吧。你知道我可不是那种狗眼看人低的人，我和监狱领导也攀不上，我来这么长时间了，和龙监狱长都没有说过话。朋友是和他过了话，可他根本不见我。龙监狱长说了，我有钱有势的时候也没有和他来往过，现在知道求我了。挑我理了，那次也是怨我。”

“怨你什么，那龙监狱长在沅江市是黑白两道玩得通的人，这些年监狱里的事情都是他说了算，就是现在施弢来了不也是畏惧他三分吗。所以，你小子悠着点吧，你千万别惹龙啸天。”齐献东以长者的身份教诲着邓文龙。

“好像是大前年的时候，龙监狱长和一帮人在我那里洗澡，一个朋友说龙哥来了，也没干什么就是洗洗澡，意思就免单吧。我一听就来气了，监狱长怎么的，我他妈的也不蹲监狱，装什么，我不认识他。门票没有免，我也真的他妈的蹲到他的监狱了。我当时也真呆，为了那点加一块也不超过五百块钱的门票钱把他给得罪了。龙监狱长是把我记住了，见面根本就是不认识我。”

齐献东哈哈大笑起来，放下了手中的报纸：“真没有想到，你们还有这么一个过节儿，你们有钱的人就是这样，有事的时候找朋友，没事的时候晒朋友，没用的时候踹朋友，没病的时候你们是从来不和大夫交往的，花你们一分钱都不行！我们监狱警察你们就更不摆了，蹲监狱的时候知道监狱警察有用了，我说得对不对？”齐献东的话说得也够刻薄的了。

“行了，齐哥，你也别窝囊我了，我现在什么都懂了，你看我出去后会怎么做人，监狱警察到我那里一切全免。齐哥，这点钱你先拿去花吧。”邓文龙掏出五张百元大票。

“这可不行，我不能收你的钱。在监狱里我干了快三十年了，还没有收过一个犯人的钱呢，你不信打听一下？”

“怎么，齐哥，你嫌少，还是瞧不起我，信不过我？我邓文龙没有做过一件对不起朋友的事情。”邓文龙没有想到齐献东也和他玩起正经的了，这监狱敢情是真的变了。

“在监狱里私藏现金是违反监规的，我不没收就不错了，你还想拉拢腐蚀我。你把钱收回去，我今天再最后给你一次面子。”齐献东推开了钱。两人正撕巴着，“报告。”黄青来了。

“完了再说！”齐献东把钱放到了沙发垫底下，直起了腰板，正着声音：“进来！”

黄青进来了：“齐队长你找我？”齐献东指着邓文龙：“我不找你，是他找你。”“啊，邓哥，你找我有事？”邓文龙板起了面孔：“不是我找你，你嫂子来了要见你。”

“去吧，你们到房间谈去吧，别扯些用不着的。邓文龙你慢走——”齐献东起身追上去硬是要把钱塞进邓文龙的兜里，邓文龙回手把钱打掉了。

“嫂子你来了。”黄青毕恭毕敬地和苗翠竹打着招呼。

苗翠竹从床上起身：“黄青你来了，这不，你媳妇让我给你捎点东西，就这一大包袱东西，我看里头好像吃喝穿的什么都有。”

黄青一副悔恨的样子：“嫂子，我这一辈子最对不起的就是你和我媳妇了。我是什么男人呀，现在是姥姥不亲，舅舅不爱。这十年蹲完了，就四十多岁了，没有谁搭理我了。”

“那不能，就凭你的能力，经商做买卖肯定能发大财。”

“嫂子有你这句话我就满足了，如果能有发财的那一天，嫂子要啥我给啥。嫂子，你是世界上最伟大的女性，你对我比我妈都好呀！”黄青这几句话把苗翠竹捧蒙了。

黄青拿了东西，说：“邓哥、嫂子，我走了，你们也早点休息吧。挺晚了，晚上是赵队长当班，他这个人不好办事，和老齐不一样，我们别惹乎他，我待时间长了不好。”

邓文龙两口子没有留他，“那你就走吧，让你见笑了。”苗翠竹说了一句，破涕为笑。

黄青从房间里出来，和在走廊里巡视的民警赵龙打了个招呼：“赵队长，你值班呀。”

赵龙不冷不热地说了一句：“这么晚了，你怎么还在这里，你们又喝酒了？哼，喝不了几天了，施弢就要动手收拾你们了。黄青，你好歹也当过警察，还是要自重一些，别让我们不好说话。”

“那是的，我知道了，谢谢你，赵队长，我会把握好自己的，我不会再给警察抹黑了。”黄青一个劲地朝赵龙点头哈腰，“我要是在哪地方差事了，赵队长就点化我。”

赵龙是老资格的中队长了，在沅山监狱中队长的位置干了二十年没有动窝，是一个典型的老实人，从来不和罪犯家属拉拉扯扯。他一看黄青那个软骨头样火就上来了：“这大白天的你在会见室待了一个下午，人家两口子合宿你跟着掺和什么？不管怎么样，你多少还得要有点警察的尊严呀！”

“赵队长，不是我自己来的，是他们两口子找我，齐队长批准的。”黄青在关键时候把齐献东推出来了。

赵龙一听是齐献东同意的，也不能说啥了，一个班的还得互相维护着：“你回去吧，我不和你说了，监狱的脸都他妈让他们丢尽了，丢吧，监狱也不是我一个人的，我还能干几年呀。”

“赵队长说得对，你放心吧，我不会给监狱添麻烦的。”黄青拎着东西灰溜溜地走了。

“闭电视休息了。”赵龙在走廊里喊了一句，回值班室了。

亲情合宿夫妇睡觉的时间到了，巡视的工作转为值班的女警负责，这是监狱的明确规定。没有特殊情况，男警不得进入巡廊。

邓文龙和苗翠竹躺在床上说着悄悄话。“你说这个黄青变化多大，我瞅着挺可怜的，瘦成了那个样，明天把咱们吃的东西多给他点。”

“你别操那么多的闲心了，哭死人都哭不过来还哭什么乱坟岗子。赶紧睡觉。”邓文龙把苗翠竹拽进了被窝。

苗翠竹温存地躺在邓文龙的臂窝里，伏在邓文龙的胸膛上。邓文龙摩挲着苗翠竹光滑的身体：“翠竹，别生我的气了，刚才是我错了，你掐我吧。”邓文龙满足了，他的脾气没有了。

“你们男人就这时候能说点软和话，过后又不是你了，我总觉得黄青这个人不是一般的人，他怎么就和那时的人不一样了呢？个头都好像矮了不少，你看他和你说话的口气完全不是过去的那个人。”

“我看你是神经质了，那明明就是黄青，大白天说胡话。难道公安局还能派个人冒名打入监狱，真是神了。”

“你别不信我的话，冒名也不是没有可能的。那个白鹏飞到现在还没有抓回来，监狱能甘心吗？我有个办法，到时候就能知道他是不是真正的黄青。”苗翠竹故弄玄虚。

“你和我说说有什么办法，说对了我奖励你一万元钱。”

“你是站着说话不腰疼，你以为你还是大老板呢，给我钱现在你能说了算，我也不要你的钱，我肯定能搞清楚。”

“骚老娘们，你不会是让他再干你一把吧。”邓文龙不知道苗翠竹有什么鬼花招，随意来了这么一句。

“你那个乌鸦嘴就不能说出好话来，你不信我的话，以后有你的好果子吃。”苗翠竹转过身去不说话了。

“好，夫人，我信你话就是了。”邓文龙又把苗翠竹搂过来，“我告诉你黄青的秘密，他的……”

“你这个小骚娘们，你是旧情不忘，我饶不了你。”

“你净胡说八道，我和他有什么旧情，你这是对我的侮辱，我以后不搭理你了。”

“我是和你开玩笑呢，以后我不说了，我的老婆是什么样的人我还不知道吗？我明天就吩咐小安子去办。你今天一说，我倒真的感觉黄青确实有很多可疑之处。”邓文龙被苗翠竹搅和得激情全没有了，他坐了起来抽烟，沉思着。

晚上，邓文龙和小安子来到监区厕所。他俩一进来，其他人都出去了。就是大便也赶紧提裤子出去了。

“小安子，我交给你一个任务，你给我注意着点黄青，看看他的那玩意有多大。”邓文龙站在小便池边和小安子悄声交代着。

“你问问嫂夫人不就知道了吗，我怎么能知道呢，除非他让我用手捏一捏。”

“你这是和我说屁话呢，我让你怎么办你他妈的就给我怎么办，少和我啰嗦。你小子肯定是有办法的，不用我教你。后天监狱不是洗澡嘛，你装着开玩笑摸他一下，不就什么都清楚了。”

“我可是从来不敢和他开玩笑的，就更不敢摸他的那玩意了。”小安子过去还敢和黄青装点，现在他对黄青可是另眼相看了。

“就后天，你要是办不明白，我把你的脑袋打开花了。”邓文龙把话说死了。

“好好好，你是我的爹爹，我办就是了。”小安子吓得连连点头说是。

每个月监狱服刑人员浴池开放一次，每天洗几百人要持续十天八天的。整个淋浴间里雾气腾腾，白条条的裸体比肩接踵，房间里不时地响起各种怪叫声，互相碰撞开着淫秽的玩笑。

小安子挨着黄青冲着淋浴，他的眼睛不时地瞄着黄青的下体。

黄青不解：“你色迷迷地瞅我那玩意干什么，你没长怎么的？”

“黄哥，我不是那个意思，怎么和你说呢，这里面闹哄哄的，走，咱俩到外边换衣间说去。”

两人来到了外头的换衣间靠一边坐下来，小安子四周扫了一眼，卖乖道：“黄哥，我和你明说了吧，邓哥前天和我说你的睾丸一个大一个小，好像怀疑你是什么冒名进来的，让我验证一下，你说他这个人是不是一个多疑的人，你对他那么好，他还不信任你。”

“我冒名进来，哈哈，都出国际笑话了。”黄青仰头大笑，“那我现在就脱裤子给你看看到底是个什么样子。”

“那我成什么人了，你爱多大就多大，我就说我看了，确实是一个大一个小。”小安子和黄青套着近乎，实际上他瞄黄青那玩意半天了，哪里能看出什么大小，就是让他摸也摸不出来。

“你就和他明说，我是警察，我是卧底，他能把我怎么样？他简直就可以做一个电影导演了。”黄青气愤地说，“邓哥这个人我是交不透了，你可以和他明说，要是对我还有什么想法就明着来吧！”

“那可不行，我们可不能内讧，我看他是更年期了，每天就是疑神疑鬼的，对我都怀疑，别人还能得到他的信任吗？你说，他就把那个女的告诉老荀头不就得了吗，可他就是不告诉人家。”小安子最近有几件事情对邓文龙不满意，他又不敢明说，只能背地里发牢骚。

“哪个女人呀，安弟我怎么不知道？”黄青确实不知道，他一听说什么女人特别感兴趣。

“哦，你不知道是怎么回事儿啊？就是那个被老荀头强奸的女人……”小安子从头讲了起来。

“安弟你说得对，等施弢和陈剑虹把人找到了，老荀头就彻底投向了政府，一切都晚了。一个要死的老头子了，我们对他大气一些大家都会赞成我们的，和他斗个啥劲，太没那个必要。”黄青埋怨道。

“可不是嘛，我始终怀疑那天夜间看见的人是老荀头……”小安子把那天夜里看到的一切都和黄青说了。

黄青连连点头地听着，这监狱里还有这么多的怪事，要不是小安子亲眼所见谁能相信呀。

“黄哥，我这可是把掉脑袋的事情都和你说了，你可千万别出卖我呀！”小安子说完有些后悔。

“安弟，你就放心吧，我好孬也当过了一回警察，不就是搞了一个娘们吗，此外还挑不出我什么毛病。”黄青今天说话的口气也大了起来。

小安子从黄青的口气中感觉到了什么，瘦死的骆驼比马大，到什么时候警察和他们也不是一个道上的人，他现在觉得黄青倒真的像一个警察了，邓文龙的怀疑不是没有道理的。他吁了一口气摇摇头，事已如此他能和邓文龙说什么呢？

晚上放风的时候，秦雨农悄悄地告诉荀河：“老荀头，我听说你的案子彻底翻过来了，很快就能宣判了。”

“这是真的吗？”荀河惊讶起来，不敢相信是真的，他终于盼到了这一天了。法院的办案速度能这么快，是他没有想到的。

“老荀头，你是有福气的人，你家祖宗积德了呀，我听说法院把那个女的找到了，要不你的案子还是翻不过来。施弢和陈剑虹他们真是对你负责呀！”荀河的案子能翻过来，秦雨农完全没有预料到，他知道这个监狱确实变了，今后是不能轻举妄动了。

“我出去后你需要我老头子干什么不？恕我直言，雨农兄弟，我知道你进来是有目的的，我老头子眼睛是不瞎的。”荀河这话也是憋了很久，他见自己的案件有着落了，今天才敢把话明说了。秦雨农一直对荀河不错，两个人经常在一块交谈。

秦雨农苦笑着：“老荀头，我有什么目的呀，你把我看高了，这个时候你还有闲心逗你老弟了。”

荀河晃晃脑袋：“我肯定是没有看错的，像你这样有素质的人怎么能犯强奸罪，就凭你的才貌哪个女人不青睐你，尤其宾馆的小丫头们。”

“老荀大哥，你出去后可能会有人找你的，把我的情况你和他详细地说一说。”秦雨农恭敬地对荀河叫起了大哥。

这人真是此一时彼一时，陡然，荀河的身价在监狱里提高了。

沅江市中级人民法院审判监督庭的审判员由陈剑虹陪着来到施弢的办公室，十分客气地和施弢说明了来意：“施监狱长，我们今天来宣判荀河的申诉案件。”施弢迎过来握手：“这么快就结案了，是什么判决结果？”

荀河的案件法院已经审理了两个月，一般情况下怎么也得半年才能结案。

“撤销原判，宣告无罪。这起案件，经过查证，确实是一件错案。得谢谢监狱狱侦处的陈处长，帮助我们找到了被害人。真佩服你们把狱内的侦查工作做得这么好。”

陈剑虹谦虚地笑笑：“你们过奖了，我们不过是做了点过细的工作。过去的工作我也没有做好，把这个案件耽误了这么多年，好在现在总算是纠正过来了。”

“责任可不在你们监狱，应该说我们的工作做得不细，几次调查都没有搞清楚。”

沅江市中级人民法院经过审查，决定对荀河的案件进行再审。在监狱狱侦处的配合下，法院几经周折，终于找到了当年的被害人刘百花。她已经四十岁了。她和其当年的情夫翟国林早已经离婚。她向法院说出了真实的情况。那年夏天的一天午后，她与情夫翟国林在野外苟合时，被荀河看见。翟国林当场跑掉了，荀河提出要和刘百花发生关系，刘百花不同意。荀河说我给你钱。刘同意了。事毕，荀给了刘十元钱。这时接到翟国林报案后赶来的派出所警察将荀河抓获。后来刘百花和翟国林结婚了。两人仅过了一年翟国林又和别的女人勾搭上了，刘百花和他离婚了。翟国林和那个女人去了韩国，刘百花到处打工。后来她到了邓文龙的洗浴城，她和邓文龙夫妻的关系处得不错，他们也就知道了她的身世。

荀河被宣告无罪，当天就被释放出狱。

他一边忙活着收拾东西，一边逐一和监舍的狱友告别："老汪大哥，我走了，我的东西都留给你了。你的案子我会尽力帮忙的，你说的那个你给他打借条的人我一定去做他的工作。"

荀河实际上也没有什么东西：一堆破旧的衣服、几个笔记本和一些生活用品等。"谢谢了，谢谢。"汪道渠接过了东西，老泪纵横。他拍拍荀河的肩膀："老弟，你出头了，出去后别忘了我们。"

荀河望着他住了十年的监舍发出唏嘘：怎么能忘得了呢？"我会和你们通信的。"他哽咽起来。

"老荀头，邓哥送你来了。"小安子和邓文龙来了。

"我对不起你了，法院的人真是神了，能把那个女人找着倒是天意呀！"荀河先来了一句。他的话里有话，心里说着，你们不告诉我那个女人在哪里，苍天有眼把那个女人找到了。

邓文龙看出了荀河对他的怨恨不小："荀大哥，出去后悠着点吧，弟兄们还在里面蹲着呢，谁也不敢保证能蹲死在这个监狱。"

"是啊，苍天有眼，你家祖上积德了，荀大哥你就悠着点吧，大家都不容易的。"秦雨农特意回来送荀河，"冤冤相报何时了！"

"我老荀头不是那样的人，我向来是恩怨清楚的，我不会坏任何人的。社会上的事儿我不掺和，我出去后就安度晚年了。"荀河昂着头说。他的腰杆直了起来，现在谁对他也无可奈何了。

荀河穿戴整齐地走出了监舍，汪道渠跟在他后面送着。他的女儿荀娘来接他。他在女儿的陪同下特意到施弢办公室告别。妻子已经去世多年了，这些年都是女儿来监狱看望他。

施弢非常客气地迎着荀河，主动和荀河握手："你还有什么要求可以和我讲，我会尽全力帮助你的。"施弢打量了一番，这老头的精神状态和过去是大不一样了，一身藏青色西服，戴着一副金丝边眼镜，完全是学者的派头。

"我感谢政府给了我新生，我还能提什么要求，我毕竟是有过错的。施监狱长，共产党的官员如果都能像你这样，我们的监狱就不是今天的现状了。我没有钱呀，我要是有钱能蹲这么长的时间吗？我告了多少次都不搭理我呀。这个监狱就缺您这样的人啊。我要把我知道的监狱的一切情况都告诉你。这是我几天来写的材料，你有时间慢慢地看吧，我认为这对你是非常有用的。”荀河交给了施弢厚厚的一摞子材料。如果那天邓文龙把刘百花的地址告诉他的话，他是无论如何也不能把这份材料交给监狱的，邓文龙太瞧不起他了。

“谢谢你对监狱工作的帮助，希望你出去后能安度晚年。”施弢接过了材料。他感觉出了这份材料的分量：“谢谢你，我代表监狱的广大民警谢谢你！”

“铁路局给我办理了退休手续，补了二十万元钱，我准备捐献给监狱一半，用于建监狱的图书馆。”荀河拿出了铁路给他补发工资的红头文件和工资存折。

“钱监狱不能收，你拿回去，你用钱的地方太多了，姑娘还没有结婚。我们也是依法办事，就是收一分钱都是不应该的。”施弢坚决拒绝。

“你要是不收这笔钱，我就捐给庙里。我是不信佛的人，这次让我相信了天意，我要给庙里修一条上山的路，无论是对朝拜的信徒还是去旅游的人员都是方便的。”荀河要把钱捐给监狱附近的万德寺。

施弢笑着说：“我是无神论者，至于是不是天意我不置可否了，信仰什么那是你个人的自由，我管不着了。”

“监狱长你说得对，那我就听你的。恕我直言，白鹏飞根本不是越狱脱逃，而是他们放的，白鹏飞是不是从会见室大墙门跑的都两说。他是发案后的第三天才从监狱走的，你们上哪抓去。如果那天我见到的不是他，那就是见了鬼了。我不骗你，你是我的救命恩人，我要报答你。我见你为了追捕白鹏飞眼睛都熬红了，我不怕他们杀害我，我都六十岁的人了。我女儿也赞成我把知道的一切都说出来。”

施弢一怔，荀河说的情况和老董头说的情况吻合了：“好，荀河你坐下，和我谈谈详细的情况。”施弢关上了办公室的门。

……

荀河留下的材料施弢看得触目惊心，监狱里的黑幕尽现眼前。在荀河的材料中反映出这样一个情况，说白鹏飞挖过一条地道，后来又填上了。地道的地点就在菜窖附近。这总不能说是凭空虚构的吧。太可怕了，一旦这条通道挖通了，后果将不堪设想。施弢睁开了眼睛不敢往下想。

监狱的菜窖是50年代的一个防空洞，后改造成菜窖。窖的面积很大，通道能并排开两辆大汽车，监狱三千余名服刑人员过冬的蔬菜全部储存在这个窖里。

施弢把任务落实给了陈剑虹。他一再嘱托："你们要秘密侦查这条线索。一定要把菜窖里的地道的入口查出来，不要惊动更多的人，要以秘密的方式查。"

"过去也有反映，我们也查了几次，始终没有查出来。龙监狱长指示不要查了，白白地浪费警力。查了一些犯人，都说是瞎忽悠，哪里有这样的事情，肯定是谁在编故事逗监狱玩呢。"陈剑虹对荀河说的情况半信半疑。

"我认为荀河说的这个情况很有可能是真实的，他没有理由骗我们，不能轻易否定，关键是没有人肯说实话。你们要注意那个小安子，他以前是菜窖的勤务犯。"

陈剑虹带着一名侦查员佯装查找监狱丢失了几块铁对菜窖进行搜查。里外都搜遍了，没有发现什么可疑之处。菜窖里面的结构很简单，一条弯弯曲曲的通道，在通道两边搭了几层木头架子，上面摆满了白菜，底层是萝卜和土豆。

龙啸天迎面碰见陈剑虹从狱内出来："怎么样，有什么线索吗？"

"没有，我们把菜窖里里外外都查遍了。"

"犯人的话，你们怎能信呢，施监狱长要是搞侦查，我服，对监狱工作他就外行了。别折腾了，你们还能把菜窖拆了不成，简直是天方夜谭。全监狱都在议论你们呢，说是保密实际上早就传开了。"

"是的，我们也在琢磨线索的真实性。我再和施监狱长请示一下。"

陈剑虹来到施弢的办公室，施弢放下手中的文件："情况怎么样，有什么进展吗？"

"我们查了几遍了，没有查到。再查就得把菜窖里放菜的架子都拆了，那监狱里就得闹得沸沸扬扬。"陈剑虹沮丧地说。

"那不行，这样我们就不是侦查了，你就是全市闹得沸沸扬扬，还不一定能查到。别着急，慢慢找。"施弢鼓励着，"这都是在我们预料中，他们能那么愚蠢吗，明晃晃给你留一个入口？"

"我也是这样考虑的，还得用秘密的手段，我估计在犯人中肯定有其他人知道，挖地道不是几个人能干得了的。"

"我认为线索的真实性是不容怀疑的，荀河说的千真万确，我们绝对不能动摇，肯定是还有知情人。必要时你再找荀河谈一谈，让他再回忆一下，监狱还有谁知道情况，慢慢地谈。"施弢对荀河说的情况深信不疑。

"我今天就和欧阳去找老荀头，有什么情况给你打电话。"

荀河住在铁路局新分配给他的一套两室一厅住宅里。陈剑虹和欧阳惠雪按照荀河留的地址很快就找到了荀河的家。

“怎么会是你们来了？”荀河对陈剑虹的到来非常高兴，一个劲地感谢他在监狱时陈剑虹对他的关怀和照顾：“我的新生是监狱给的，监狱警察好啊，没有你们的照顾我老荀头早就死了。”荀河的头发也染得乌黑油亮，整齐地梳到后面，比出监的时候显得更加年轻了。

“现在你是人逢喜事精神爽。咱们不说过去那些让你伤心的事情。我们今天来的目的是——”陈剑虹刚要说明来意，就被荀河打断了。

“你们别着急，我们吃完饭后慢慢地唠。”陈剑虹见荀河是诚心诚意地留他们，连谦让都没有，就笑呵呵地答应了：“吃饭行啊，但我去买点菜什么的，我们痛快地喝几杯。”

“处长，你和荀大哥聊着，我去买菜。”欧阳惠雪拿起屋角的一个菜篮子抬脚就走。

“慢着，我给你拿钱。”荀河递给欧阳三百元钱，喊着他姑娘：“荀娘，你和你欧阳妹妹一块儿去。”

“我不要，我有钱。”欧阳惠雪扔下钱推开门就要跑。

荀河拽住了欧阳惠雪：“我有钱了，原单位给我办理了退休手续，月月开工资，补偿的二十万元钱我现在分文未动。今天必须是我请客，否则你们什么也别和我谈，我也知道你们要和我谈什么问题。”

陈剑虹叫住了欧阳惠雪：“好吧，我们不争了。欧阳今天就让荀大哥破费吧，改日我们专门请他。”

荀河喊道：“荀娘，不能让人家花钱，那是咱们的恩人，请都请不到的。”

“这姑娘怎么叫了一个这样的名字？”陈剑虹听着感到格外别扭，荀娘的谐音多不好。

荀河解释道：“她还没有满月时她妈就去世了，我就给她取了一个这样的名字，这孩子从小苦啊。她妈妈去世后我就一个人拉扯她，始终没有找人，那时不就摊上了那么一件事情。过去的事情都是命中注定的。找对象时人家就提出了这个名字不好，我准备给她改个名字，荀娘做她的小名了。我不说了，你们肯定是为了地道的事情来的。”

“你猜得真准呀。老荀大哥，我们按照你提供的线索把菜窖里里外外查了一遍就是找不到入口。你再回忆一下现在监狱的在押人员中还有没有知情者，包括已经出监的犯人。”

荀河摸了摸头顶：“让我想一想……”

“你别着急，我今天有的是时间，就是陪你想一宿都可以。”陈剑虹下决心要把荀河知道的情况全都挖掘出来，他要慢慢地谈。

“外面的人我是想不起来了，我琢磨狱内有两个人肯定能知道情况。”荀河闭着双眼捋着头发。

“哪两个人？”陈剑虹心里说，这老头脑袋里还真的有东西呀，我没有看错。

“一个是小安子，另一个是黄青。”荀河点出了这两个人。

“黄青？”陈剑虹对黄青这个人没有纳入视线，“他们俩怎么能知道情况？”

“小安子那时天天和白鹏飞嘎巴在一起，他啥不知道。但你们谈也是白费劲，这小子你看起来软了吧唧的，实际上他是最顽固的。那个警察黄青倒有可能开口说实话，他毕竟当过一回警察。”

“黄青能知道吗，他才进监狱几天？”黄青始终没有在监狱的侦查视线之内。

“他和邓文龙的关系处得不错。你说怪不怪，他强奸了邓文龙的老婆，他们俩倒处成了哥们，这就是监狱的神奇作用。我感觉黄青这个人不一般啊，你们不能小瞧了他。那天夜间，不是，那天早晨我起得特别的早，我看见小安子和邓文龙从菜窖里出来。小安子可能看见我了，问了一句谁，我躲到了树后，他没有发现我。他们肯定有事，那么早从菜窖出来干什么去了。对了，邓文龙说让我不要和任何人说这个情况，说我要是答应了，他就给我提供那个刘百花的地址。我说我不知道什么菜窖的情况，他也就没有告诉我刘百花的地址。你们真是神了，不知道是用什么办法找到的那个刘百花。”

“这个还得保密，以后你会知道的。”

“爸，菜我们买回来了，钱是欧阳妹妹花的，她是警察我抢不过她。”两个姑娘连说带笑地进屋了。

“怎么能让人家花钱呢，那是咱们的恩人呀。”

“我们做菜吧，陈处长你们接着唠，我一个人就够了，欧阳妹妹你也忙工作吧。”荀娘挽起袖子穿上围裙下了厨房。

陈剑虹和荀河继续谈着。“荀大哥，你说白鹏飞是从监狱大门走出去的，你没有看错呀？”“你尽管相信我，白鹏飞肯定不是从南铁门跑的，撬什么门了，都是蒙你们的。”

陈剑虹心里说道：太狡猾了，他用了多少钱把监狱的人买通了呢？钱能通神啊！看守队就眼瞅着白鹏飞走出了监狱大门，看什么了！“他在监狱有人呀，你们要抓他可不容易。”荀河语出惊人。

“爸爸，菜好了。”荀娘进客厅招呼他们，打断了他们的谈话。

28.

晚饭后，邓文龙在和一名服刑人员下象棋。实际上对方就是陪着邓文龙玩，让他开心，哪里敢赢他。附近围着一群服刑人员喊着：“邓哥好棋，将死他。”

小安子伏在邓文龙的耳边说：“邓哥，先停一会儿，我有重要的话和你说。”

邓文龙推开棋盘，不高兴地说：“就你事多，真扫兴，刚玩出点情绪来，就让你给搅了。”他起身和小安子出去了。

他们到了储藏间。小安子给邓文龙搬来了一把椅子，把里外门关上了：“邓哥，好像狱方知道了地道的情况，这几天狱侦处的人员到菜窖来查好几次了。”

“这么快就知道了，没有发现入口吧？”邓文龙一听小安子说这件事儿神情立刻紧张起来了。

“没有，找不到地道口，施彧一直很恼火。我听说还要请工兵团的专家来探查呢。”

“不就是你和我说过吗？你和别人透露过吗？”邓文龙连连追问。

“这事情我敢乱说吗？这是掉脑袋的事情。”小安子就怕邓文龙怀疑是他跑的风，找碴儿收拾他。

“那能是谁呢？我们议论那天似乎黄青晃了一下，能不能是黄青告的密？”

“不能，这小子跟咱们铁了。而且他也不知道地道在哪里。只是那天咱俩唠嗑时他在跟前听了只言片语。”

“那就怪了，如果就你我知道，施彧怎么会知道呢？监狱里肯定有其他人知道，和狱方告密了。”

“不能啊，这个人会是谁呢？”小安子挠着脑袋。

“别猜了，我知道这个人是谁了，我的失策呀。”邓文龙猜到了荀河，他后悔当时要是把刘百花的地址告诉荀河就好了，现在人家没有用他的线索把案件也查清楚了。“你小子注意点吧，隐蔽下来，不要动手挖，就那么几米了，到用时提前三五天挖来得及。何时动手挖听我的指挥。”

“我听邓哥的，要是从我嘴里跑风，你把我的舌头割下来。”小安子见邓文龙怀疑他，心里没有底了，连忙表明自己的态度。

“我觉得黄青这个人不可靠，他的出身和我们是两回事儿。一般的事情都不要和他说。他要真的是卧底，我对他绝对不会客气的。”邓文龙恶狠狠地说。

“卧底？”小安子不明白邓文龙说的这两个字是什么意思，望着邓文龙闪着凶光的双眼，他不禁打了一个寒战。前几天他母亲曹娜芯来探监时一再嘱咐他，剩下的刑期不多了，老老实实，别出什么问题。因此近些天来邓文龙安排的一些事情他有意地躲着，邓文龙也看出来了。小安子也知道他的话是在敲着他，忙说：“邓哥，黄青不可能是那样的人，这个人我感觉他是挺讲究的，头脑也清醒，我们应该把他拉住。”

“我不信，我是他妈的谁也不信。都是他妈的一个绳子上的蚂蚱，想撇托不行。谁他妈的有外心，我就把他打昏装编织袋里，给他面子扔沅江里，不给面子扔下水道里，来年就让他剩一副骨头架子。”

“邓哥，你这不是冲我来的吧？自从你来监狱后，老弟可是连针眼那么大的对不起你的事也没有呀。我要是错哪儿了，你就明说吧。”小安子说着跪到地上嚎了起来。

“你这是干什么，哥只不过是随便说说，快起来。”邓文龙说着用手拉着小安子。他心里说着，你怕了就行，我这是杀鸡给猴看。他还真得有一个像小安子这样的人，给他跑腿学舌。小安子颤抖着站了起来。“你去张罗一下，凑几个菜哥们喝点。”邓文龙将监狱内部使用的现金卡递给小安子，蒙丽莎给他存的一万块钱还有几千元没有花呢。

“邓哥，照多少钱花呢？”小安子不知道卡上有多少钱。

“你随便，只要卡上的钱够就行，挑好吃的东西买。”

小安子屁颠地跑出去买东西去了，他知道邓文龙在花钱上从来都是大方的，他和白鹏飞的不同之处是他更工于心计。

不一会儿，小安子拎着一大包东西回来了。各类熟食和罐头，摆了满满一桌子。人都来齐了，围着桌子坐下了。

邓文龙端起酒杯：“弟兄们，我们没有能力和狱方作对，我们不能拿鸡蛋往石头上碰，今后愿意跟我走得就得听我的，否则就离我远远的。”他一扬脖把酒干了。

二小动情地说：“大哥你这是说哪去了，这些人有谁敢不听大哥的。小安子，你给我拿刀来。”小安子不解地问：“拿刀干什么？”“你他妈的少啰唆，拿过来就是了。”

刀拿过来了，那是一把小号的不锈钢剔骨刀。二小挽起袖子，在腕部划了一刀，在一个大碗里滴着血："来，我们喝碗血酒，不求同生，但求同死。今天我们是歃血为盟，大哥永远就是我们的头，谁对大哥不忠，我们就用这把刀阉了他，让他变成太监，以后这把刀就放在大哥的手里。"

刀传到了魏铁成手里，他吼了一声："对，我们执行家法绝不留情！"

"对，绝不留情，看我的实际行动吧。有人说我黄青是不可靠的人，那是他妈的对我的侮辱！"黄青在手腕割了一刀。他把刀递给了小安子。

"好，让我们共同喝这碗血酒。我当老大的要是对大家不忠，干出不仁不义的事，你们也要对我执行家法。从今以后，我们一周开一次会议，研究对策。我提议小安子当秘书长。"邓文龙握着刀柄有些飘飘然了，恍惚是握着象牙权杖，似乎也忘了这是在监狱里面，以为在哪个大酒店的包房呢。

"王管教查岗来了。"门口望风的人跑进来。"妈的，怎么总是他来，尝到甜头了。邓哥给他点厉害尝一尝。"小安子骂道。

"不行，按惯例对待他，给他拿一条烟，说几句好话。"邓文龙挥手道。

王清远沿着巡廊巡视着，望了一眼杠里，客气地说："好了，我不进去了，你们也早点睡吧。"王清远晃晃悠悠地夹着一条烟走了。

"我们下步的行动就是要惩罚我们身边的内奸，你们提出名单，我们一个个地收拾，轻的打他个鼻青脸肿，重的打残他，绝不留情，绝他的后路。"邓文龙恶狠狠地说，大家都害怕了。

二小撸着胳膊问："邓哥，你说先拿谁开刀？"

"我来那天晚上喝酒是谁告的密？我们跟前就那几个人，我就不信查不出来。"邓文龙对这件事情始终怀恨在心。"就是给你接风的那天晚上吧？"二小在数着那天晚上跟前的那几个人。

"对，怎么全监狱都知道了。"邓文龙对跟前的人都不放心了。

"我估摸着是李建国，他是最不可靠的，几次情况我都怀疑是他告的密。"二小明点出人了，大家都觉得像他干的。

"可别冤枉好人呀，邓哥，也可能是我们自己的人无意中露出来的，我们自己人有时候嘴也不严。"黄青提醒邓文龙，他不认为是李建国。

魏铁成没好气地说道："妈的，你别跟着瞎掺和，不是他干的就是你干的了，要不你怎么怕说出来呢。"

"邓哥，你看看，这不是明摆着不让我说话吗，是不是欺人太甚了！"黄青不和魏铁成说什么，把火引到邓文龙那里了。

邓文龙急眼了，他觉得面子上过不去了，冲着魏铁成骂道：“魏铁成，你他妈的给我消停点，再他妈的胡说八道，别说我不客气了。”

“邓哥，你不听我的话，早晚得栽在黄青的手里。他小子是有来头的，就凭你那智商你看不出来他是什么人？”魏铁成起身头也不回地走了。

小安子跟在后面喊着：“魏哥你回来，会还没有开完呢，你的眼睛里还有没有邓哥？”

魏铁成骂咧咧地走着：“什么他妈哥，我尊重他是哥，不尊重他是纸壳子，我见多了，少和我装……还有你个小安子，我早晚收拾收拾你这个狗仗人势的小崽子！”

邓文龙望着魏铁成的背影，狠狠地握紧了拳头，心里骂道，老子早晚要收拾你，你等着吧。储藏间的人都撤了，就剩下邓文龙和小安子两个人。邓文龙问道：“小安子，你好好地想想，我们跟前的人最近有谁出监了？”

小安子为难地说：“出监的人那可多了，我们上哪儿查去。”

“蠢货，我是说谁被改判出监了？”

“我想起来了，前几天老苟头被宣告无罪出监了。他可是个有文化的人，脑袋老够用了，你怀疑是他把我们的情况捅出去了？”邓文龙一提醒，小安子打了个寒战，莫非地道的事情他知道，他脑袋一转，觉得太有可能了。当时白鹏飞好些事情都是不背着苟河。邓文龙知道自己没有告诉苟河那个女人的地址，老苟头肯定是要记仇的。

“他家在哪里住你知道不，从他家做点文章？”

“我从来都不和他来往，他的情况我啥都不知道。”

“一到关键的时候你就拉松套，这个任务就交给你了，你知道怎么办，还用我告诉你吗？”邓文龙走了。

小安子怔怔地站在那里，心想，交给我，我怎么办哪，这不是熊人吗？他总是去扮演倒霉的角色，但他连个扁屁也是不敢放的。他想起了白鹏飞，鹏哥对他可不是这样的。

几名服刑人员进来收拾桌子见他还傻乎乎地站在那里，招呼他：“安哥回房间休息吧，挺晚了。”

“小安子哪去了，怎么没有看见他吃晚饭呢？”每天都是小安子照顾邓文龙，但今天晚上没有见到小安子。邓文龙问着身边的几个服刑人员。

“一下午了，我们就没有见到他。”

“那他能到哪里去了呢，会不会出什么事情？”大家都感到奇怪，小安子和邓文龙天天是不离左右的。

“去，你们找找去，看他是不是还在哪个监区玩呢，是不是去找那个‘小妞’去了？你们再分头去找找！”邓文龙吩咐着。

两个小时过去了，出去的人转了一圈都回来了，还是没见小安子的踪影。这就怪了，他能到哪去了呢？邓文龙躺在床上睡不着，他在琢磨着小安子的去向。他迷糊着。一声喊叫，把他惊醒了，“邓哥——”小安子鼻青脸肿地哭叫着来到了邓文龙跟前。“这都他妈的半夜了，你跑哪里去了，你怎么成这个熊样了？”

“邓哥，你可要给我做主呀！”小安子哭着给邓文龙跪下了。

邓文龙急了：“你他妈的快说，怎么回事儿？”

“就因为昨天我说了魏铁成几句，他下午叫几个人把我整到了他们监区储藏间……”

“你他妈的狗仗人势，我今天让你知道知道我的厉害。”魏铁成说着一摆手，上来了四个人，把小安子按倒在地。

魏铁成发话：“给我掌嘴，让他以后闭上他的臭嘴。”几个人轮番扇着大嘴巴。小安子的嘴角淌出了血。打累了，几个打手停了下来，让小安子跪在魏铁成的面前，喝道：“说，你以后还帮狗吃屎不？看你还敢说魏哥一个不字。”

“哥，我再也不敢了。”小安子被彻底地整服了，他哪里还敢有一点不服的意思。

“把他的舌头给我缝一针。”魏铁成出狠招了。

“别，别，”小安子杀猪般地叫了起来，他的脖子被掐住，舌头伸出来了，干张嘴，叫不出来声了。一个人拿了一根针，从他的舌根底下穿了一针，带过来一条线，来回锯了几下。小安子堆缩在地上。

“放了他吧。”魏铁成吩咐。

“你他妈的要是敢和邓文龙说，下次就割掉你的舌头。”几个打手威胁说。

“我不敢呀，我要说了你就杀了我。”小安子的嘴也有些瓢了，吐字也不清了。

魏铁成毫不在乎地说：“让他和邓文龙说。小安子你有种一定要和邓文龙说，你他妈的不说就是我揍出来的，我还他妈怕他姓邓的，不就是比我趁两个臭钱吗，有什么了不起的。我今后和他是势不两立，他要和我单挑的话，我先让他三招。”

邓文龙气愤地打断了小安子的哭诉：“够了，这是在向我挑战呢，他活到头了。明年的今日是他的周年。”

“哥呀，这是冲你来的。我在沅山监狱算个啥。魏铁成就是要当沅山监狱的头，鹏哥在时他就不服气，鹏哥走得急没来得及收拾他，他在监狱里倒成气候了。”

“他要当头，他在沅江市是个什么东西，不自量力。”邓文龙说的倒是实话，魏铁成在沅江市内没有什么名气，进来前他就是一次酒后帮一个老板打仗将对方致成重伤，蹲了监狱，老板给了他十万元钱。他有着一把好力气，身体好，在社会上帮人打打杀杀的。在监狱里一般人是干不过他的，也就是遇上了黄青，他不得不甘拜下风。

这边魏铁成领着几个服刑人员在储藏间里喝酒。“喝，痛快，我终于出了这口恶气！谁要是能帮我把黄青灭了，我给他出五万元钱，出监的当天就把存折交给他。愿意在监狱花的话，我给他存到卡上。”

“大哥，你瞧好吧，不出三天，我们就让黄青跪在你的脚下和你叫爹！”一个人跟着喊着，“不，让他叫爷爷！”另一个人跟着呼应，“对，让他叫爷爷！”“叫太爷，我们还能跟着长一辈！”

邓文龙吩咐一名服刑人员：“去，你给我打听一下魏铁成在干什么呢？”

一会儿的工夫，打探的人回来了。“他们在喝酒祝贺呢！有不少的人，在吹嘘要灭什么黄青，最后灭你。”

邓文龙把拳头握得咔吧咔吧直响，恶狠狠地骂了一句：“魏铁成，你等着，我要把你阉了，我要把你那东西烤着吃了！”

“邓哥，你和他生那么大的气不值得，我们还有大事要干呢。”小安子劝着邓文龙，“我就是皮里肉外，几天就好了。”

“那不是打你，是在打我的脸呢，他明知你给我跟班，却对你大打出手。”邓文龙哪里受得了这样的气。

“事情过去了，大哥你多保重，有你在，就有阵地在。”

“你瞅你那个熊样，我真不知道你的父亲是什么样的，揍出你这么个熊包。你去把火娃给我叫来，就说我有话和他说。”

小安子看出来，邓文龙肯定是要收拾魏铁成的。他们俩肯定要有一场恶斗。

当天晚上，魏铁成等人被焦成金下令关进了禁闭室。魏铁成这几年蹲禁闭都习惯了，他也没有机会减刑了，在监狱里就是硬靠年头了，他要在监狱里靠自己的实力混个老大的地位。

第十章　血债血偿

“你知道我为什么要杀你吗，我让你死个明白。我告诉你，被你糟蹋的那个女人是我的亲姐姐。我姐姐至死眼睛都没有闭上，我今天就是替她报仇了，我要把你祸害人的家什割下来喂狗。”

29.

天气阴沉沉的，雨在云层上就是下不来，大地有些旱了。邓文龙的情绪跟着天气走，闷闷不乐地躺在床上。现在魏铁成狂到不光是见面不和他说话，就是迎面碰上了都不让道。要不是别人拉着，两个人都得交好几次手了。黄青和邓文龙说，大哥都是为了我得罪了他，你先忍耐，等找机会我动手收拾他。

午饭后，魏铁成刚从监狱的锅炉房出来，被火娃堵在房山头。“你是魏铁成吗？”火娃也是明知故问。

“不错，你要干什么，皮肤痒了，找打？”魏铁成大大咧咧地说。他还没有意识到死亡的到来。

“你看我是谁？”火娃昂着头，他已经堵魏铁成好几天了。

“小崽子你今天倒和我装上了，我管你是谁？我哪知道你是什么东西？……”魏铁成说着就要动手。

“好，你死到临头了，还这样大乎。如果你这时候要是说一句软话我还有可能饶了你，你反倒还和我装，好，我今天就让你知道一下我的厉害。”火娃刷地一刀刺过去，正中魏铁成的左眼睛。啊，魏铁成捂着眼睛惨叫。火娃接着又是一刀，刺中了魏铁成的右眼。扑哧，火娃又连续刺了几刀，魏铁成倒在了血泊中。

“你想当监狱老大？你知道我为什么要杀你吗，我让你死个明白。我告诉你，被你糟蹋的那个女人是我的亲姐姐。我姐姐至死眼睛都没有闭上，我今天就是替她报仇了，我要把你祸害人的家什割下来喂狗。”火娃扒掉了魏铁成的裤子，几刀下去，随着几声惨叫，他把人给废了。他踢了魏铁成一脚，骂道：“我让你到阴间也是一个零件不全的残废鬼。”魏铁成已经奄奄一息了。

火娃来到了狱内焦成金的办公室，平静地说：“焦处长，我杀人了。”

“你杀人了？把谁杀了？”焦成金从椅子上站起来，吃惊地往后退着，“你给我站那里别动！”他顺手抄起了电警棍。

“我把魏铁成杀了，你看这是杀人凶器。”火娃扔掉了手中的刀，那是一把用不锈钢汤勺打造的刀，上面沾满了血。

呼啦，巡逻队的民警赶来了，高声喝道：“火娃，你老实站那别动！”几个民警蜂拥而上把火娃按倒在地上。几支电警棍同时抵在了火娃的身上，火娃没有一点反抗的意思。

焦成金立即拨通了龙啸天的电话：“龙监狱长，狱内发生凶杀案件，凶犯自称把魏铁成杀了，对，好像他说的是真的，凶犯已经被我控制在我的办公室，请你带防暴队过来，好，我们一定控制住局面！”

火娃指认了现场，龙啸天和陈剑虹等人迅速赶到了现场。魏铁成的尸体下身就像是被狗掏空了似的，身下血水已经变黑了。

“魏铁成被人杀死了。”小安子颠颠地从外面跑进来，气喘吁吁地说，“不知是谁干的，邓哥你不会下手这么快吧？”

“放屁，我还没来得及下手呢，看来有人借刀杀人。”邓文龙知道自己的设计成功了。

“死得真惨呀，足足捅了四十刀。魏铁成年龄正好是四十岁，你说巧不巧。大家都说太解恨了，说这小子死有余辜。你看陈剑虹进来了，这个人厉害，大院里的犯人都怕他。”

“厉害，他怎么不把白鹏飞逮回来，也是徒有虚名。”

“邓哥，那可不是，这个人确实厉害，武功也确实是有两下子。”

“安文山你出来，我们要找你了解一下情况。”侦查员兰竺招呼他。安文山被带到了审讯室。

“魏铁成被杀了，你知道是谁杀的吗？”陈剑虹讯问单刀直入。

“陈处长，我怎么能知道是谁把他杀了呢，我一个犯人，我能知道什么。”小安子哆哆嗦嗦地摆出一副可怜样。

“前些日子魏铁成不是把你打了吗，到底是怎么回事儿？”

“是有打我这么回事儿，我非常恨他，但你们知道我没有能力杀了他呀！他的体力，就我这样的三个捏一块儿都干不过他，在沅山监狱里他怕谁！我是有那个心没有那个胆呀！”

“他不是和邓文龙叫板了吗，要灭掉他，当监狱的老大吗？邓文龙发誓要杀他。”

小安子听陈剑虹这样一说，心里说道，这监狱怎么什么都知道了，他不敢说假话，只得如实交代：“我是恨得要杀他，邓哥也确实说了要杀死他，但那是气话，我们能这么简单地把他杀了吗，杀人是要犯死罪的，谁能以身试法。”

“听你说的话，倒是一个明白人，那就别干糊涂事了，你的刑期不长了，要珍惜自己。我希望你给政府多做一点有益的工作，把你知道的情况都讲出来。你母亲现在住在哪里，我们要找她了解点情况。”

“我们家原来的房子卖了，她自己租了一间房子，在哪里我也不知道，等她再来接见时你们问她吧。”小安子确实不知道他母亲住在哪里。

“白鹏飞和你有什么联系没有？”陈剑虹故意诈了小安子一句。

“他怎么能和我联系呀，我是干什么的，他最瞧不起的就是我。”

“我劝你放老实一点，别以为我们什么都不知道。你可别自己往绝路上走。”陈剑虹故意用了一个绝字，他想用死字，但到嘴边后他改了。

“陈处长，你不用说这些道理我都懂，我明白。”小安子今天真的害怕了。

“明白就好，你和监狱玩心眼儿是不会有好下场的，有你后悔的那一天。”兰竺生气地说。

“陈处长你看他这话是什么意思，我犯哪条了你们收拾我吧，我没啥说的了。我平时可是绝对靠近政府的，还说我没有好下场，大不了就是不得好死呗，我认了。”

“你也别说了，我们的好意你别辜负了，时间不早了，今天就和你谈到这里，你回去后再好好地想想。”

“我没啥想的了，要说的我都说了。”

“你别把话说死了，除了这件事情其他事情你也想一想，特别是你和白鹏飞的关系，别等白鹏飞被抓回来后你逃脱不了干系。你何时想通了，可以随时找我们。”

安文山一听到陈剑虹提到白鹏飞浑身不自觉地哆嗦起来，连连说：“处长大人说的话我的明白，我的明白……”他点头哈腰地走了。

晚上。小安子回来了，一进监舍就大声地嚷着：“邓哥，杀魏铁成的凶手抓住了，你猜是谁？”

“我他妈的上哪儿猜去，总不能是你杀的吧？”邓文龙噌地从床上坐起来。

“是火娃杀的。据说魏铁成强奸的那个女人是火娃的姐姐，火娃前几天知道了。过去魏铁成总是欺负他，有一次把火娃打得跪着绕着监舍大楼爬了一圈，逼他学着狗叫。”小安子绘声绘色地描述着火娃的杀人过程：“那魏铁成跪在地上和火娃叫着爷爷，高喊着火爷爷你饶了我吧，火娃说你叫太爷也不好使了，我叫你知道人要是被逼疯了会是什么样子，你不是厉害吗，还说什么后悔当时没有把我妈一块儿干了，我今天就让你一块儿干吧，一刀就把魏铁成的那东西片下来了，连什么都没剩。我听他们说火娃年轻的时候在农村学过劁猪，那刀功老厉害了，割得干净利索。”

“痛快！痛快！天报应啊。魏铁成是天不容你，你能有今天是谁也不怨呀，欺人太甚了。哈哈哈……哈哈哈……”邓文龙放声大笑起来，笑了足有一分钟。

“火娃是投案自首的，大大方方地拎着刀去了焦成金办公室。”

“够汉子，投案自首弄好了命能保下来。通知弟兄们，晚上我们喝几杯痛快一下！”

“大哥，那我去张罗。”小安子就愿意干这差事。他刚走到门口，被邓文龙叫住了：“你顺道给火娃买点东西送过去。”小安子无奈地说：“那可送不过去，小号门口监狱特意放的岗，好像还有两个武警，我们别找麻烦了。”“好了，那就算了。”邓文龙也知道自己的想法幼稚。

“不过，火娃怎么能知道他姐姐是被魏铁成强奸的呢，他进来这么多年了，谁怎么专门在我们和魏铁成发生矛盾后告诉火娃呢，这难道是借刀杀人，监狱里还有高人？”邓文龙疑问道。

“邓哥，你太高明了，我怎么就没有想到这些呢，那么这个人是谁呢？”黄青也认为邓文龙说的有道理。

“这个人肯定是我们跟前的人，真是个高手呀，是谁呢！”邓文龙晃着脑袋猜着，“是他，不对，是他，也不像……”

“沅山监狱还会有这样的人物，不大可能吧，大哥不是你自编自导吧？”黄青开了一句玩笑。

两个人正说着，秦雨农回来了，他一句话没说就躺到了床上，他好像有什么心事。

“我自编自导，笑话。”邓文龙看看秦雨农眼睛一亮，难道是他。小安子把东西买回来了，邓文龙吩咐道：“我们喝酒。”

“秦哥，你听说了吗，魏铁成被火娃杀了？”小安子借给秦雨农倒酒之机问了一句。

“杀就杀了呗，和我们有什么关系，可别自相残杀了，让监狱里的人看我们的笑话。哥们互相让着点，老实地接受改造吧！”秦雨农态度消极，他的话让人费解，谁也没有和他接茬儿。

“今后谁在监狱里惹乎邓哥就是魏铁成的下场。来，我们敬邓哥一杯。”小安子首先提议。

“安弟，话可不能这么说，好像魏铁成是邓哥收拾的，我们不是主动引火烧身吗？”黄青给了小安子一句。

“黄青说得对，你小子一喝点酒就胡说八道，闭上你的嘴。”邓文龙气得要打小安子。

“邓哥，我这不是借题发挥嘛，我连那点道理还不懂。借这个机会我们震一震魏铁成手下那几个小崽子。”小安子觉得自己说的也没有什么不对，委屈地看着秦雨农。

“安弟也是好心，不管咋说，谁和邓哥作对是没有好下场的。邓哥，我单敬你一杯。”秦雨农站起来。

“我陪一杯。我高兴，妈的魏铁成，你有今天真是天报应呀！还有那几个小王八蛋，我绝对是饶不了你们的，我让你们也尝尝被缝舌头的滋味。”小安子说着哭了起来。

“安弟，哭什么，一切都有邓哥给你做主呢。”黄青劝着，现在黄青说话的分量可不是当初了。

“安哥，有人找你。”一个人进来喊小安子。谁这时候找我，小安子猜疑。他吩咐道：“让他们进来。”

来的几人是魏铁成手下的人，特意来给小安子赔礼道歉。魏铁成死了，他们的靠山倒了，今天投奔邓文龙来了。“安哥，这是我们哥几个给你的赔礼钱一万元。”

“那点破钱，就是打发小姐都不够，把我打了一回我就值那么点钱，我不要，等着我去收拾你们吧！”

邓文龙把这一切看在了眼里，他摆着老大的派头：“小安子，你把钱收了吧，缺的钱我以后给你补。告诉他们我这两天请他们吃饭，我不计前嫌，他们心里有我就行了，好了，你们回去吧。”

“谢谢邓哥，我们过去是有眼无珠，没有跟对人，今后我们听邓哥的，以后我们都是邓哥的人了，改日专门来拜大哥。”这几个人走了。

“这回我们的阵营又大了，魏铁成手下的人都归顺了。”小安子得意起来，似乎他的地位也提高了。

“邓哥，够手的留下，有的人不要搭理他，否则，只能是给你添麻烦。”黄青提醒邓文龙。现在邓文龙对黄青的话几乎到了言听计从的地步了。

秦雨农对邓文龙总想说点什么，张了张口但没有说出来。他也觉得黄青确实是个人才，这样聪明的人怎么能干出来那样的事情，但苗翠竹的美丽也实在是让男人难以抗拒，一般的男人见了她都是要动心的。他随意地说了一句：“文龙，黄青说得有道理，别划拉那么多的破烂人，没有用。”

陈剑虹和兰竺对火娃进行审讯。火娃被戴上了手铐和脚镣，关进了监狱的特护室，四个要出监的服刑人员日夜监护着他。

火娃被带到了审讯室。火娃如实地供述了自己的杀人过程，没有一点隐瞒之处。陈剑虹追问他的犯罪动机：“火娃，你为什么要杀死魏铁成？”

火娃对自己的犯罪动机回答得直截了当：“他强奸的那个女人就是我的亲姐姐，我替姐姐报仇。”

“你怎么进来这么长的时间才想起来杀他？”

“我过去不知道是他，他经常欺负我。我是农村来的，惹不起他。”

“你怎么知道他是强奸你姐姐的罪犯呢？”

“一个朋友告诉我的。”

“他是谁？”陈剑虹立即追问起来。

“我不认识，他给我邮来了一封信，我是从信上知道的。”

“信在哪里呢？”陈剑虹一点不给火娃思考的机会，穷追猛打。

“让我烧了。看完信后，我还纳闷，他告诉我这个是什么意思。我遇见魏铁成后我问他是不是你强奸的我姐姐，他说对呀，是我干你姐又能怎么样，大不了就判我几年到头了，我出去后还干你妹子，你家的女人有一个干一个。他太欺负人了，我坚决要杀了他。你们把我枪毙了我也高兴，我终于为我姐姐报仇了。”

“你知道魏铁成和邓文龙闹矛盾的事吗？”

“我听说了，他们两伙人干起来了，魏铁成对黄青没有敢动手，他也不是黄青的对手，黄青可比他厉害多了。黄青现在和邓文龙的关系可好了，原来不行，现在他在狱里威信很高，大家都听他的。”

“你杀魏铁成和邓文龙有什么关系没有？”

“冤有头债有主，和人家没有任何关系，不要冤枉好人。邓文龙他在里面不欺负人，就是那个小安子不是个东西，狗仗人势。大家都恨他，要是没有邓文龙给他撑腰，多少人都要收拾他。”

“小安子和白鹏飞的关系好吗？”

“他们俩是铁哥们，他天天跟在白鹏飞的屁股后面，要不怎么能叫小安子呢。晚上他们睡在一个被窝里，白鹏飞也好那口。”

陈剑虹明白火娃说的白鹏飞好那口的意思，继续问：“你觉得白鹏飞的逃跑和小安子有什么关系吗？”

“肯定有关系，他什么都知道，但他不敢说。白鹏飞心狠手毒，小安子他敢说出一个字白鹏飞就能杀了他。我佩服鹏哥，人家叫够手，说跑就跑了，多利索，你们监狱也没有招。”

“你不要羡慕他，他是在往死路上走呢，监狱把他抓回来也就是早晚的事情。我们给你一个戴罪立功的机会，虽然你犯了死罪，但要是你能够揭发检举他人的犯罪，可以依法对你从轻处罚。”陈剑虹耐心地讲解法律和政策。

“我杀了人还能保住命吗？”火娃知道坦白的结果，他对自己的死毫不吝惜，他觉得自己死得值。

“能，只要你说的情况属实，法律是会对你从轻处理的。你杀人也是事出有因，属于义愤杀人。”陈剑虹耐心地列举数个案例。

“你们让我考虑考虑吧。”火娃还是犹豫不肯说。他心里说道，我是义愤杀人，法律就能饶我不死吗？他摇摇头，态度强硬：“我杀人了该判我死刑，我是罪有应得，我不恨任何人，我也不后悔。”火娃怕自己说出来那些事儿，别再有人报复他家里的人，他家里还有两个妹妹和一个老母亲。但他没有把话说死，他犹豫道：“陈处长，你还是给我点时间考虑一下，我的脑袋全乱了。”

“行，但时间是不能太长，你是知道我们办案是有时间限制的。”陈剑虹看出了火娃的顾虑。

“我今天晚上和你们谈，我要把我知道的情况都告诉你们。”

晚上，火娃又改变了主意，不谈了。背后有人给他施加了压力，秦雨农专门来看过他了，给他送来了几个可口的炒菜，顺便交代了他一句，老弟听哥的话，和你杀人有关的话就讲，其他事情说了对你没什么好处。

陈剑虹见事情有变，下决心绝不能放过火娃。他连夜突审，不拿下他的口供决不放过他。火娃想起了他那被侮辱的姐姐，想起了施弢对他亲切的关怀，下定了决心，一定要把他知道的事情都说出来。

30.

沅山监狱笼罩着“严打”的气氛，大字标语贴满了监狱大院的显著位置。政法委书记邱天书、副书记华少怀专门来沅山监狱参加大会。会上宣布了公、检、法、司四机关的联合通告。

邱天书代表政法机关做动员讲话，动员广大服刑人员揭发举报犯罪，坦白交代余罪。他在台上讲着，会场出奇地静，他重点讲了这次“严打”整治斗争的政策规定。会议结束后，邱天书、华少怀和公、检、法、司的领导设台当场接待服刑人员。一些服刑人员直截了当地问邱天书：“邱书记，我要举报的属实，能给减多少刑期？”

邱天书解释说：“那得看你举报的是什么问题，如果你们举报的属于重大立功，最高可以减刑两年，有的还可以考虑假释。”“能给我们保密吗？”“能，必须保密，这是最起码要保证的，我们政法机关肯定说话算话。”“算话？”许多服刑人员表示疑惑。

邱天书讲了几个典型的案例，讲到精彩处大家鼓起掌来。

突然，一名服刑人员喊道：“我要举报监狱干警。”

全场哗然。

“你要举报监狱干警，是真的吗？”邱天书瞅着这名服刑人员说，“我们欢迎，你要举报什么问题，你说吧。”

“但是……”这名服刑人员环顾着四周的监狱警察，把张开的嘴闭上了。

“请你们回避一下。”邱天书示意旁边的几名监狱民警，“好，我们到接待室去谈。”

新闻记者都来到了接待室，围在邱天书的身边。电视台的记者扛着摄像机，举着话筒。

“不，我就和邱书记一个人谈。”邱天书示意身边的人员都出去，接待室里只剩下邱天书和一名工作人员。

“我是被逼无奈，才这样做的。”

“不要有什么顾虑，政府是说话算话的。你叫什么名字呀？”邱天书在琢磨着他到底要谈什么呢。

“黑桃八。”黑桃八像小偷似的环顾着四周。

“你的真名叫什么呀？”邱天书看出他十分紧张，温和地问道。

“我的真名叫回涛沙，我是回族。”他高高的个子，浓黑的眉毛，深眼窝，高鼻梁，绛红的脸庞。

“哈哈……”邱天书忍不住也笑了，“听起来还真像黑桃八。哦，你是少数民族。说吧，你要举报什么问题。”

“监狱民警沙玉龙拿我五千元钱说给我买分，分没有买成钱也没退。我要几回他还不给我。他说我就不给你，你愿意上哪儿告就上哪儿告去，我不在乎你。邱书记，你要给我做主，这可是我妈一年挖药材卖的钱呀！不办事还不给退钱，太黑了。我都说过返给三千元钱就行。”回涛沙可怜兮兮地说着掉下了眼泪。

“这样吧，你回去写个材料交给我，我会处理好这个问题的。”

“不，我一回去就得挨收拾。监狱最恨告民警的人，他们得把我打零碎。”回涛沙浑身颤动着说。

“你是正当的举报，怕什么，我给你做主，看谁敢碰你一个指头。我让检察机关调查处理你举报的问题。”邱天书说着让秘书去找同来的市检察院的沈述副检察长。

回涛沙回到了监区，他成了监狱的新闻人物，大家立即围了过来骂他：“你呆到家了，告警察？人家不整死你！”

“你把监狱的警察都得罪了，看你还怎么在沅山监狱呆吧，今后也别想减刑了。”

“黑桃八，邓哥找你，跟我们走。”小安子领着四个人招呼他。

回涛沙暗暗叫苦，坏了。邱书记不是说好了交代人保护我吗？怎么回到监区就没有人管了呢！他被小安子带到了监区储藏间。

邓文龙在房间里等他呢。邓文龙拉着脸子问他：“你知道错哪里了？”

回涛沙明白了，这警察是告沾包了，他连连说：“邓哥我错了，我告警察了。”

“你不知道我在这个监区吗，你眼睛里有我吗？”

“知道，我没有想那么多。当时头脑一热，我就喊了一声报告，人家让我说，我就告了。”

啪，小安子一个大嘴巴飞了过来：“你他妈的告警察，你不是找死吗？简直是反了，警察你都敢告，我们这些哥们更是不在你的话下了。”

“我无论如何也不能告自己的哥们，你们也没有惹我。”回涛沙不服气地辩解着。

“听听这是什么话，还你们也没有惹我。要是惹了你，你肯定也得告了，不归拢归拢你，你是不知道大小王了。邓哥，你说怎么处理他？”

“我不管，反正我是不希望在监狱至少在我所在的监区出现这种情况。”邓文龙说完话走了。

“你说怎么办吧？”小安子挽着袖子凑过来，“给我打！”

“别，安哥我错了，你饶了我吧！”回涛沙跪下了。

“饶了你，有这么简单的事情吗？认打认罚你选一样吧。”

“怎么叫选一样？”回涛沙还是想少遭点罪，他知道小安子是不会有好点子的。

“你要是认罚，就出五千元钱完事。认打，你把那个手拎兜套上，靠墙根儿在那个篮球上站半宿。”

“那我认罚了，不过我现在没有钱，等我家来接见的时候我和家里要行不行？”回涛沙恳求着。

“不行，没钱你找人借，你今天就得把钱交上。否则，就收拾你！”

回涛沙连连告饶：“安哥，饶了我吧，我错了。我上哪里借呀！就我这个熊样谁能借我，要不你借我五千元，到时候我还你一万元。”

“哎呀，你小子想得好，把我还套进去了！弟兄们，把他衣服扒了，给我揍，让他知道我们家法的厉害！”

呼啦，上来了四个人，像老鹰抓小鸡似的把回涛沙按倒在地，几下子就把衣服扒光了。一个人骑在他的头部按手，一个人骑在腿上。

“给我打，五十大板！”两个人抡起了木板，噼啪打到屁股上。回涛沙嚎叫起来。

“把他嘴堵上！”一双破袜塞到了回涛沙的嘴里，他叫不出来了。

“住手，给他个教训就得了！”黄青来了，“安弟，邓哥有话放了他。”

大家把手停了下来。“黄哥，你别管这事儿，我必须整服他，要不他反过乏来，连我们一块儿告。”

“这不是我的意思，邓哥都说话了，你不听邓哥的？”黄青抬出邓文龙压他们。

“那我们怎么敢呢！只不过太便宜了他，我们弟兄们白忙活了好几个小时。”

“我出一千元钱，犒劳弟兄们。”黄青当场就把钱掏了出来。

“嗯，这还差不多！”大家都高兴了。

“你小子还不赶紧起来，给黄哥磕头谢恩，躺那里装啥呢？”小安子踢了回涛沙一脚，回涛沙爬了起来，裤子都没有提，跪地给黄青磕了三个头：“谢黄哥救命之恩！”头磕得水泥地咚咚响。“不要谢我，这是邓哥的意思，你到屋里谢邓哥去吧。”

小安子明白了，确实是邓文龙的意思，他就好整这事儿，打一巴掌给一个甜枣，这王八蛋自己是又当了，心里是好不乐意，也不敢说什么，吆喝着：“走，我们去见邓哥去。”

第二天，检察院的办案人来讯问民警沙玉龙。“你到底收没收回涛沙的钱？”检察官在讯问沙玉龙。

“我确实没收。我对天发誓，如果我收了他的钱我会得到报应的。他说我收了，让他拿证据吧。他这样说，说给我一百万你们也信，那你们就定吧。”沙玉龙不软不硬地回答着，他的话里充满着抵触情绪。

“你这是什么态度？我们检察机关办案也是重证据的。”

“我这是什么态度，我这是依法辩解，你们不让说我不说，罪犯还有说话的权利呢，我堂堂正正一个人民警察难道还不如一个犯人吗。不错，他是曾经给我拿来了五千块钱，要买分，我说现在比不得过去了，钱我逼着他拿走了。他说我不够意思。”

检察官也知道就这样一对一的案件没有别的辅助证据，仅靠一方的口供定案也难。对沙玉龙也讯问不下去了，监狱里别人也不知道情况。

检察官提审了回涛沙，回涛沙也改口了：“我记错了，沙玉龙把钱早就退给我了。前几天由于我违反监规，他打了我几下子，我恨他，正好那天大会举报有机会报复他，我就当场告他，臭一臭他。我错了，你们怎么处理我都行。”

“你这是诬告陷害，我们要追究你的刑事责任。”

“该追就追吧，我认了。”回涛沙摆出一副不在乎的样子。

检察官也非常生气，这是办的什么案子，罪犯当场举报，我们调查，你又秃噜了，没有理的反倒是检察院了，“你小子是坑谁害谁呢，今天我就把你关禁闭，扣罚你的奖分。”

“我错了，我纯属呆子，我举报什么民警，人家骂我没有错。钱就不用说了，还得扣罚我的奖分，我这次是赔透了。”

回涛沙被关进了禁闭室。禁闭室的门上留着一个小窗户，作为通气孔和来回递送东西用。禁闭室有一个门直通放风的阳台，门的插销在二楼巡廊上控制。回涛沙老老实实地坐在地板上反省。“你这纯粹是自找的，老太太夹卫生纸——没事整事。”禁闭室的同监人员在戏弄着他，“你他妈到底给没给人家钱呢？沙玉龙始终对你是不错的，你怎么能那样做呢，无论如何你是不应该举报的。”

沙玉龙到禁闭室来看回涛沙，还带来了几听牛肉罐头和一兜水果。

“沙哥，我太呆了，我不应该告你，我错了，我不懂事。那天你打了我几下子我就记仇了。”回涛沙一看沙玉龙来了连连道歉。

“事情都过去了，我也不是那样的人，我给你办事你还告我，总得要讲个良心，坏人最终是不会有好下场的。”沙玉龙这几天的压力很大，舆论都认为他收人钱了，“你不要以为我是怕你说出我的什么短处了才来看你的，我是怕你挨打才过来的。”

“沙哥，你对我好，我领你的情，等我出去后买头牛谢你。我有一个事情想和你说，就算是我对你的回报吧。”

“你不是又要给我编故事吧，有什么事情你就直说吧。”

“但你得给我保密，无论如何不能说是我说的，要是露出来，我的小命就没有了。你找个地方，我单独和你说。”

“焦处长，你来了。”回涛沙一听见焦成金来了，立即闭上了嘴，不说了。

“谁在禁闭室呢？”焦成金质问。

“是沙玉龙来看回涛沙。”

“经过谁的批准了，办手续了吗？”焦成金绷着脸训斥着跟在后面的惩教中心的主任，“监狱不是有规定吗，禁闭室是不允许接见的。是谁批准他私自接见的？”

“不，不是接见，是沙队长要和黑桃八谈谈话。”

“你小子知道错了吧，告我们警察你会有什么好下场？”焦成金训斥道。

“是的，焦处长我已经认错了，我以后再不会干那种缺德的事情了，我冤枉了沙队长。”

“你知道错了就好，我考虑一下少扣点你的奖分。好，那你们谈吧，我走了。”

沙玉龙站起来送焦成金：“谢谢领导对我的关心。”

禁闭室就剩下沙玉龙和回涛沙两人了。“焦处长走了，你要和我说什么赶快说吧。”

“我告诉你一个天大的秘密，实际上那天我要举报的根本不是你，我是要举报……”

“什么？”沙玉龙惊得脸色都变了，他也怕隔墙有耳，他和回涛沙叫板：“你和我说的情况是真的吗？这可是涉及到掉脑袋的事情，说假话是要追究你的诬告责任的。我必须当面和施监狱长报告。”

“天地良心，有半点假话，我会天打五雷轰的。”

31.

施弢、陈剑虹、焦成金三人在狱内的各个角落巡查着。迎面走过来一名服刑人员，没有回避而是径直走来给施弢敬了个标准的军礼。施弢站住问：“你是谁？”

“施局长你不认识我，我原来是江北分局的民警黄青呀！”黄青提示着施弢，“那年在南山街银行抢劫杀人案的专案组，我直接在你的领导下干了好几个月呀！”

“哦，你就是那个强……”施弢的话停住了，他恍惚记得是有黄青说的那么回事。

“对，我正是那个强奸犯黄青。施局长我走了。”黄青给施弢敬礼走了。

施弢望着黄青的背影，若有所思。

锅炉房旁边有几个服刑人员在干活，归拢着煤堆。陈剑虹指着其中的一个人说：“那个人就是邓文龙，在他旁边的人就是我们常说的那个小安子。”

施弢往前指着问道：“那些人在干什么呢？”在监狱垃圾堆边有一些服刑人员拿着锹、镐在挖抠着。“是在抓耗子，春季灭鼠。年年搞一次，抓一只耗子加零点五分。这是我们监狱自己定的制度。”

“哦，还有这样的事情。耗子分值标准是谁定的？”

“是卫生处和狱政处共同研究确定的。加分的名堂多着呢。”

几名服刑人员在用棍子挑着绑成串的耗子，有的蹲在地上数着耗子，七嘴八舌地吵嚷着，“哈哈，正好一百只了，能得五十分了，那是两个月的刑期呀，我能出去了！”“先给我吧，我就能马上出去了。”“操，你说得轻巧，一百只耗子我抓了十多天了。我卖，你给多少钱一只？”“十块钱一只。”“十块钱一只，你的我全要了。”“二十元钱一只。”“行，成交。你给我拿过来。”“货给你，那可不行，一手钱一手货。”

“一帮混蛋，还瞎说，你们没有看见施监狱长吗，在那边站着看呢，都听见了。”在旁边监管的民警训斥着。

施弢一行人继续往前走着，边走边唠着。施弢指着眼前露出地面的排气窗说：“这就是菜窖了？”

“是的。”生活卫生处的梁成处长介绍着菜窖的情况，“施监狱长，你别小瞧这个菜窖，它的吞量是相当大的，好好摆摆，可以储存几千吨的菜。困难的年代这个菜窖可借力了，吃不了的菜还曾卖给周边的老百姓？”

“是吗，这么大的菜窖，我们进去看看。”施弢给陈剑虹使了一个眼色，陈剑虹会意地点点头。梁成在前面领路。

菜窖里阴森潮暗，通道曲折，散发着霉味。菜窖修建得非常结实，是标准的混凝土结构。窖顶的厚度达十米，在那个年代里足以抗住重磅炸弹的袭击。这个季节，窖里的菜不多了，但几十万斤的白菜土豆和萝卜还是有的，窖里摆满了大酸菜缸和咸菜缸。

“梁处长你可真是个会过日子的人，这时候还有这么多的家底。”菜窖里的面积这么大，出乎施弢的预料。

“现在是青黄不接的季节，我们有了这么多的酱菜，犯人吃菜就不担心了。”梁成自豪地说，“在全省监狱系统我们的冬储搞得是最好的，省局还专门在这里开过现场会，不过他们谁也学不了，他们谁有这么大的窖，我们窖的湿度天然的，放菜就是不烂，而且还长。”

施弢听了笑了：“什么天然湿度好，还不是你这个处长会管理，有办法就是了。”梁成见施弢表扬内心十分高兴，话也多了：“那监狱长你可过奖了，不瞒你说，这个窖里的每一个部位我都踏查过，窖里的通风倒是我反复研究改造的，很多专家看了通道以后都说设计科学。”“梁处长，这个季节酸菜不能给犯人吃了，容易出事的。”施弢捞出了一棵酸菜观看。

“没有什么问题，你看那菜一点都没有腐烂，发出的味道是自然的泡菜味，我们的酸菜是纯自然发酵的，不放发酵剂，和现在市场卖的酸菜不一样，年年都吃，大家还愿意吃，经常有民警来要酸菜，我都给，就顶给民警搞福利了，用监狱养的笨猪肉炖酸菜，那味道真香啊。今天就是猪肉炖酸菜，不信你可以尝尝，我是敢吃的。”梁成把施弢说得无话了。

施玻留意地看着菜窖的两壁和地面，他敲敲壁帮也听不出什么异常的动静，看来在这里要想找到什么地道入口只好请工兵来了。

施玻他们从菜窖里出来接着又来到了监狱医院。他们一个楼层一个楼层转着，最后来到了住院处。医院院长逐一介绍着住院的人员。

“咦，这不是霍……”施玻瞅着躺在病床上的一名老年犯惊讶了，大张说的情况没有错，霍东奎真的是在沅山监狱里面，怎么就找不到呢。

“怎么，施监狱长你认识他？”梁成猜疑这个老囚犯可能是有什么来头的。

“哦，不认识，只是看着眼熟。他叫什么名字？”

“他叫陈东蒲，自己开了一个武馆传授武功，他培养的徒弟和别人抢劫银行运钞车，案发后逃进了他的武馆，公安机关多次找他，他都说不知道，后来他因犯有窝藏罪被判处有期徒刑，进来不久他就住院了，一般人都不认识他，只有白鹏飞经常来看他……”梁成介绍着老囚犯的情况。

霍师傅就是那个性格，你打死他他也不会把他的徒弟交出去的，施玻太了解他了。“他得的是什么病？”在施玻的脑海中，霍东奎多年来习武的身体那是刀枪不入的，他怎么会得什么尿毒症呢！

“陈东蒲已经到了晚期，每天透析的费用要两百多，监狱医院也没有能力来维持他的生命，现在就是熬心血了。”

陈东蒲的眼睛直盯着施玻，显然他已经认出了施玻，嘴角嚅动着似乎在说着什么话，谁也听不懂。

施玻大声说着：“你放心，我们会尽全力治疗你的。你有什么困难尽管和我说，我以后会常来看你的。”

当年施玻随霍东奎习武，是霍东奎的几个高徒之一，施玻得到了八极拳的真传，他代霍东奎教了不少的徒弟。按照武林的规矩，大徒弟有权代替师傅教徒弟。

梁成详细地和施玻介绍着霍东奎的情况：“老陈头始终和白鹏飞在一个监区，白鹏飞对待他一口一个叔，叫得挺亲密的，吃喝穿戴都是白鹏飞提供的。老陈头在监狱里面没有人敢碰他，很多人都叫他陈大爷。当然人家也是遵守监规，监狱也挑不出人家什么毛病。”

施玻回到了办公室。“陈处长，你看到了，霍东奎就在我们沅山监狱，可我们就是找不到他，怎么就没有想到他会用的是化名呢？”

“是我们的工作不细，我也去了几趟医院，一查没有这个人就拉倒了，他到监狱来了以后就一直在医院住院，谁也没有注意他，他现在都脱相了。”

“他怎么能到医院后没有人管了呢？”施弢琢磨着，就凭霍东奎在武林界的威信怎么能没有人管？

“很多老残犯都是这样的，家里人不管，监狱的能力有限，时间长了就被人遗忘了。”

施弢的办公室里就他和陈剑虹两个人，陈剑虹在汇报着狱侦处新近侦查到的重要情况：“施监狱长，我们已经得到确切的线索，南山街银行的强奸、抢劫杀人案是白鹏飞指挥干的，可能有一个罪犯就藏在我们监狱，我们已经和公安机关通报了这个情况，他们准备要采取特殊的措施。我们也已经开始秘密排查这个人。”

“是吗，我也正要找你的，你看这是市公安局转来的绝密敌情通报，他们已经得到确凿的线索，那个罪犯藏在我们监狱，要求我们密切配合，尽快地挖出这个人。”

“公安局的线索从哪里得到的呢，我们是刚刚掌握的情况，看来他们也有一条重要的情报渠道，连我们监狱的情况都知道。”

“这个情况是太重要了，他们从哪里得到的线索我们不去管他了。”施弢的眼前浮现出南山街银行抢劫杀人案惨不忍睹的现场，凶手太残忍了，三名女营业员全被割断了喉管……

“你们摸到了直接的证据吗？”

“没有。仅仅是有人听白鹏飞说过南山街的案件是他干的。也不能完全排除他有吹牛的可能。罪犯入狱后都愿意吹嘘自己的过去是怎么样的厉害，在定罪的时候都一推六二五的。”

“说藏在我们监狱的那个罪犯有什么线索吗？”

“没有，这个人是太狡猾了。他来到监狱后就没有露头过。我们已经上了狱侦，我估计是没有问题的。”

“一定要保守秘密，不能跑风，只能和我单线联系。暗中对监狱的所有罪犯进行全面排查。这是个高智商的罪犯，可能我们的行动他都知道。”

“监狱长，请你放心，只要这个人在这个监狱，我保证把他挖出来，我有绝对的把握。”

“也要防备白鹏飞杀人灭口，对进入监狱的人员和物品要进行严格检查，用的名字也不一定是真名，可能姓名已经改多年了。他可能是以什么理由进入监狱的，就是躲避公安机关的追捕。”

“根据我们初步掌握的线索，这个人可能是在监狱后勤部门一带。我们已经在逐个排查。”陈剑虹已经怀疑到一个人，那是一个总是沉默的人。

火娃对自己的杀人犯罪供认不讳，他被关进禁闭室已经有一个月了。陈剑虹那次对他提审后，火娃的情绪再次出现了反复，什么也不说了，他一再说自己愿意被判死刑，也可以早日见到他死去的姐姐。

监狱对该案的侦查已接近了尾声。今天是最后一次讯问，准备马上移送审查起诉了。

“先不着急谈，你先吃点东西。”欧阳拿出了两个饭盒，一盒里装的是手擀面条，还有两个荷包蛋。另一盒荤素搭配的炝拌菜。

“你们这是干什么……”

“你忘了，今天是你的生日。”

“吃吧，面条是你欧阳姐姐亲自给你擀的。”

火娃痛哭起来：“你们是好人，我要对得起你们，你们相信我，我说的都是实话。”

“我想我的妈妈，我想见见她行不行？”

“行，我们今天就通知她来。”

“我杀死他，我给我死去的姐姐报仇了，我死而无怨。我不恨监狱，我对不起你们，给你们添麻烦了。现在我想通了，我不能这样的就被枪毙了，我要把我知道的秘密告诉你们。我想问一问能不能不判我死刑。”

“判什么刑是审判机关的权力，监狱机关会把你的情况如实转过去。”

“那我再考虑考虑。”火娃说到关键情节又动摇了。

“你不要有顾虑，政府是说话算数的。”陈剑虹给火娃点了一支烟，打开了一瓶矿泉水。火娃的眼睛通红，看得出来已有几天没睡觉了。

“陈处长，我相信你，你的为人我们犯人都知道。但我的事情太大了，你必须给我一个正式的保证，要有书面的保证。”

“好，我们今天就谈到这里，你现在的任务就是好好休息，一定争取走光明之路。”

陈剑虹和兰竺来到了施弢办公室。陈剑虹汇报了案件的进展情况。“火娃说他有重要情况要和监狱说，前提是能不能保证不判他死刑。”

“可以向他保证，但要看他揭发的是什么情况。”

“他说的是关于南山街银行抢劫案件的情况。他知道藏在我们监狱的那个人是谁。”

“一定要打消火娃的顾虑，给他摆清出路，让他说实话。”

“但他要一个书面保证，上面必须有你的亲笔签字。”

“可以给他一个，没有什么了不起的。我签字，监狱盖章。”

欧阳惠雪把保证书递给了火娃。“火娃，你要的书面保证我们给你带来了，你看看。”那是一张用监狱便笺写的保证书，上面有施弢的亲笔签名和监狱的鲜红大印。

火娃看得很仔细，确实是一份真的保证书：“我不要了，你们把保证书拿回去吧。我相信你们。我要把我知道的一切都告诉你们。”火娃讲述了南山街银行抢劫杀人案的过程，他说有一个人肯定藏在沅山监狱，他不知道是谁，他怀疑一个人。陈剑虹和欧阳惠雪听得浑身战栗不已，他们真不敢相信这是真的。

案情突破了，陈剑虹激动地向施弢汇报了案件的全面情况。施弢又听完了全部审讯录音，找不出什么不实之处，激动地说：“好啊，干得好，今天晚上请你们俩吃饭。那几名银行女职员的在天之灵可以安息了。这个人真是太狡猾了，他竟然在沅山监狱隐藏了四年，找的地方真好呀，我在公安局的时候到处查找他，怎么就没有想到他会躲进了监狱。”施弢知道自己过去是小瞧了这个监狱，监狱真是一个复杂的地方。

“火娃提供的那个人我们动他不？”陈剑虹想一鼓作气拿下这个案子。

“不能动他，我们动他还没有充足的证据，火娃提供的也就是情况，没有直接的证据，他不承认我们也定不了案，留下这条伏线，用他来钓白鹏飞。要密切监视，绝对保证他不能出现任何问题。”

“我已经派了一个侦查员在他身边，有什么情况随时向我报告。”

“一定要保密，卷宗要封存，谁调也不行。”

“没问题，卷宗就在我的手里，谁也调不走。”

“我要马上和公安机关联系一下，没有他们的配合，我们自己的力量是不够的。还得和市委汇报，听听市委的意见。”施弢想起了沙玉龙约他，说是有重要的情况向他报告。

焦成金和龙啸天站在监狱办公楼的阳台上交谈着。从阳台望去，狱内一览无余。蓝蓝的天空，翠绿的草坪，不时有几只鸟从天空飞过，落在了监狱的大柳树上。

“老霍头找到了，他确实和白鹏飞的关系不一般，但他现在已经不能说话了。施弢已经去看他多次了，每次都给他带去不少的东西。”焦成金也是听下面的民警和他反映的情况。

“我们过去怎么就没有听说这个老霍头呢，他肯定知道白鹏飞的一些情况，要是开口说话那就坏了，有什么情况怎么不及时和我说呢！”龙啸天埋怨道。

“这个老头可是太讲究了，他能出卖白鹏飞吗！”

“不是出卖，就怕他是善意地要救白鹏飞。他是施弢的师傅，张口就太容易了。”

“那就让他闭上口，这不太简单了。”

“不可能了，我们下不了手了，施弢肯定在他的旁边放人了。”

“你把卫生处长找来，我问问老霍头是什么时候进到监狱医院的。”龙啸天感到恼火，偌大的监狱竟然有这么多他不知道的情况。

“事情都已经这样了，还问这个情况有什么用。我已经打听清楚了，老霍头也活不了几天了，现在施弢手上有三张王牌了，一个是火娃，一个是老霍头，一个是郑五常。”

“我们就去医院看看他去，做做他的工作。”

“晚了，我估计郑五常和施弢已经处上了。昨天我又看见施弢的司机小邵给郑五常送的老母鸡汤，是施弢从农村费了挺大劲买来的一只五年老母鸡炖的当归和黄芪，说老郑头喝了挺有效果的。”

“我们一定去，看看起码能知道一些情况。我看情况敲打他几句。他姑娘还在我们监狱工作呢，他就是死了也不能不顾及他姑娘嘛。”

“对了，我还忘了他姑娘在我们狱政处了，我和他姑娘唠唠。”

郑五常的姑娘郑甜甜在狱政处当内勤，她原来是一个工厂的大集体工人，是龙啸天负责给调进来的，变成了合同工人，后来变成了合同干部，当上了警察。这一切都是龙啸天的功劳。郑甜甜一见面就一口一个龙叔叫着。龙啸天的老伴也特别地喜欢这个姑娘，要娶她做儿媳妇。可儿子没有相中，嫌她的学历太低。

“龙叔你在这儿呢？焦处长也在这儿，我说这门开着还见不到人，你们在阳台唠嗑呢。”巧不巧，郑甜甜来了。

“甜甜，有什么事情吗？”龙啸天慈祥地问。

“龙叔，我爸爸可能要不行了，他让你去一趟，说有话和你说，去晚了就来不及了。”郑甜甜满脸泪水。

“是吗，我们现在就去。”龙啸天的心里也不是滋味，郑五常代表着监狱一届班子，组织上说调整还不就是把他调整了，自己把自己看得挺重又有什么用呢。

下班后，监狱机关的人员都走了，晚上值勤的民警进入了岗位。焦成金和龙啸天还在密切地交谈着。

“我说龙监狱长啊，这次施弢让市委和省局批评得不轻啊，省局让监狱写出专题报告。”

“什么批评得轻重，这都是给施弢打场子呢。批得越重，施弢今后下手越狠呀！我们的日子不好过呀。你没看出来，施弢在一步一步地逼我们呢。这起事件说开了还是狱政管理问题，我是分管狱政的，你是狱政处长，以前也几次出现这样的问题，追查下去，不就追查到我们头上了吗。这事怎么能举报出来呢？”

“根源是这个季度减刑，这四个人报的都是减余刑后出监，监区有人气不过，举报给检察院、纪检委，给施弢写信，并还举报了以前出现的类似问题，检察院也查了，以前的值班记录找不到，有的人已经出监了，家在哪里都找不到，有的人干脆什么都不承认，不好查了。但听说，有一天晚上是我值班，你是总值班长。”

“我估计施弢不能往下查了，他现在主要还是要追捕白鹏飞，对白鹏飞你可不能马虎。这事要是漏了，我们就彻底完了。”

“龙监狱长，你放心，有我一个人顶着，大不了蹲监狱，我不会连累你的。”焦成金拍着胸膛，一副大义凛然的样子。

龙啸天心里说道，话是这样说呀，到时候谁知道会是啥样的。人平时说的是一个样，实际又一回事儿。他大度地说：“焦处长，我是绝对相信你的，谁让我们是哥们呢。要是我当上一把，你接替我管狱政，这监狱不就咱们俩说了算了吗，上面有魏书记这棵大树撑腰，下面还有一帮铁哥们捧场，我们要风有风，要雨有雨，咱俩的年龄还能扑腾几年，我还可以整个省局副局长干干。”他哈哈大笑起来，“多美的一幅蓝图啊！”

“龙监狱长，就凭你的水平能力，当这个监狱的一把是富富有余的。市委用人不公，再不用你，过两年你也五十岁了。”焦成金现在是真的会捧龙啸天了，戗他的话一句也不说。

“我个人倒是没有什么，主要是魏书记和夏书记有矛盾，把我夹在中间，我成牺牲品了。”龙啸天说的是实话，本来市委让龙啸天当监狱长都是板上钉钉的事了，一封上告信就把他否了。他找了魏裕民，魏裕民说没有用了，夏书记已经有态度了，不同意提他，为这事儿魏裕民还和夏书记争论了一番，他要是当上一把手白鹏飞能跑吗？龙啸天这些年把工夫都下在魏裕民身上了，送了多少钱只有他自己知道。他太相信魏裕民的能力了，又管干部又管政法，安排他一个监狱长不就是一句话吗，他把所有的宝都押在了魏裕民的身上。他翻了一下眼皮：“贡献款还有多少了？”

“还能有五十万左右吧，我始终没有细算过。你要是要准确的数，我给你翻账去。”焦成金不知道龙啸天突然问贡献款是什么意思，是对他不相信了还是有什么说法。

“要尽快把这些钱都花掉，留下来就是祸根。账也没有必要保留，钱花完后把账烧了。”

“行，我马上处理。不知道你注意到没有，这些日子里，陈剑虹整天往施弢的办公室跑，嘀嘀咕咕。你是分管的监狱长，他不请示也不汇报，那你还管什么？”

“这个我知道，人家一把手要亲自听情况，你能说什么，他有这个权力啊。他施弢不就是要抓白鹏飞吗，有什么了不起的，哼，能抓回来是他的本事。”龙啸天充满了对施弢的蔑视。

“火娃被判死缓了，理由是他揭发检举有功。我问了几回检举的是什么问题，谁也不知道，这是有意对我们保密，封锁消息。”

“再保密也不能背着我呀，我是堂堂的常务副监狱长，我去问施弢，不行我找魏书记去。”

“你别问了，我问完了，施弢说是公安局定的。只是火娃检举的问题别和我们有关系就行，我估计这小子举报的肯定不是一般的问题，他在监狱里面能知道什么呢？”

龙啸天火了，吼了起来：“你怎么什么事情都往我们身上想呢，我们有什么事情，就那点做贡献的破钱哪个监狱没有，听说南方监狱比我们收得厉害。”

焦成金心里说，我们何止那点贡献钱的问题，事情要是那样简单就好了，他又不敢和龙啸天辩解，他只能顺着说：“现在不是什么钱的问题，你心里有数吧，我估计可能是大要案，要不公安局插手干什么。”

“火娃的卷宗在哪里呢，他都交代些什么问题？”

“监狱已经报给市公安局了，我问陈剑虹了，他答复现在谁看也不行，我提你也不好使。”

“什么，谁看也不行，我让市委魏书记调卷，看谁不让看！还反了呢！我现在就给魏书记打电话。”龙啸天直接把电话打到了魏裕民的办公室，通了，龙啸天和魏裕民说了情况。

“你不要说了，你们那里的情况我都知道了。”魏裕民的态度十分冷淡，“他们保密是办案的需要，挑那个理干什么。那是什么值得你们争的好事，你们查了那么长时间都没有什么线索，人家有线索了你们还说啥，调个卷让我说话，我是市委主管政法的副书记，合适吗，真不知道你们的脑袋是怎么想的？啸天，你不要在这些事情上和他们计较，要大气，沅山监狱你能干就干，要不就找个地方，我实在和你们操不起那个心了。”魏裕民把电话撂了。

龙啸天和焦成金面面相觑，他们没有想到魏裕民对待施弢会是这样的态度，大大出乎他们的预料。

“看来施弢是向市委汇报了，我们找魏书记没有用了，暂时消停吧。”龙啸天后悔地说，“我刚才是多余给魏书记打电话，你没听出来他在电话里说的都是官话，那是正话反说呢。这两天我就去找他，把监狱的情况全面向他汇报一下。”

“我说，你今晚就应该找魏书记，一定要弄明白他今天对你的态度为什么突然变得这么冷淡，他不会是要调整你吧？”焦成金真担心把龙啸天调走，那就真的把他逗了，一切事情都得由他兜底了。

“调整我，那不能，我太了解他的为人了，我俩的感情谁也左右不了。你说得对，我今天晚上去他家里一趟，你等我的电话。”龙啸天心里也没底了，难道魏裕民要抛弃自己了吗？他知道有些领导官员就是这样，关键的时候就是保全自己的乌纱帽，说翻脸了比谁都无情。官当大了就喜怒无常了，跟前往往都是一帮马屁精。

龙啸天见到了魏裕民，破例在魏家吃了一顿饭，心里有底了。魏裕民的一句话让他佩服得五体投地：“政治家的性格永远是反复无常的，他的内心世界是不允许任何人窥视的。”他明白了魏裕民和他说的是反话，在政治上他是一个总是慢半拍的蹩脚者。

晚上，施弢值班，把沙玉龙约到了办公室。沙玉龙在报告的情况中直接点出了南山街银行抢劫杀人案中隐藏在监狱的那个人的名字，他提供的情况正好验证了火娃的口供，情况属实了。半夜时分，陈剑虹也过来了。

天都亮了，施弢办公室的灯还在亮着。施弢破例抽了几支烟，他下定了决心，不能再有丝毫的犹豫，要立刻在狱内采取强力措施，张网粘捕这个狡猾的罪犯。

第二天，沙玉龙被调到了监狱会见室，任会见室副主任，回涛沙也调到了会见室接替了火娃的工作。

第十一章　卧底出手

黄青打量着秦雨农更衣箱的四周，有一块板有个缝隙，他轻轻一按，板开了，里面是一个小夹层，放着一部小巧玲珑的手机。

32.

6月的沅江一片雨雾蒙蒙，沅山在雨雾中时隐时现，雨中游沅山给人一种踏入仙境的感觉，别有一番情趣。百年前的当权者不知将监狱位置定在沅山脚下用意何在，现在很多人都说在这么好的风景区里建监狱真是可惜了这块儿地方了。实际上这是今天一种观念上的误区，古人尚知环境净化灵魂，懂得环境对改造罪犯的作用，今人难道还不如古人了吗？

端午节到了。晚饭服刑人员改善伙食。每人两个粽子，两个鸡蛋，猪肉炖粉条，红烧鱼块，大米蒸饭。能够容纳三千人的餐厅按监区隔断。各个监区又按分监区玻璃隔断为小餐厅，每个人都有固定的吃饭位置。食堂里香气袭人，一片稀里哗啦的吃饭声。

于二愣子端着餐盘走到宫柏跟前，大呼呼地说："宫瘸子，你给我起来，这是我的座位。"

宫柏急了，冷笑一声："哎呀，生打硬要了，我在这个座位上吃了几年的饭了，从来没有听说过什么你的座位，在这食堂吃饭你还想随便挑座位，你小子和我装呀。"

"妈的，我今天就是要和你装！说，你到底让座不？"于二愣子是座位要定了，不给我就和你玩命。

"我就装了，就是不让，你想怎么样？"宫柏看出来了今天于二愣子是和自己找碴儿打仗来了，他瘸着一条腿歪着身子站起来拉开了架势。

"我让你装！"哗啦，于二愣子把一个餐盘完整地扣到了宫柏的头上，菜汤顺着他的脸淌了下来。叮叮当当，碗盘在空中飞舞，双方打了起来。

宫柏虽然腿瘸，但出手非常快，一个直拳把于二愣子的门牙打掉了一颗，于二愣子用餐盘把宫柏的脑袋砍开了，于二愣子和宫柏在地上滚来滚去，两个人都成了血葫芦。

围观的人群喊着叫着，打着口哨，有的大声号叫着，有的借机发泄闹事，高喊着炸狱了！大厅的玻璃隔断被砸得粉碎，餐厅的玻璃隔断也被砸了。

邓文龙和小安子、秦雨农、黄青等人在餐厅的一角默默地望着这一切，小安子几次要站起来都被邓文龙低声喝住了，邓文龙看出来了这里面的端倪。

晚上是龙啸天值班，巡逻队火速向他报告了情况。龙啸天听完情况后，皱起眉头，心里骂道：真是一个大混蛋，呆到家了，怎么今天闹起事来了，这不是冲我来了吗!

罪犯于二愣子出身于一个十分贫寒的家庭。他在社会上能打硬仗是出名的。曾多次因为酒后闹事打仗伤人被处罚，这次是因为受雇报复他人被判刑五年。前几天监狱内的一个哥们问他有一件好事你干不干，让他在施弢值班期间闹一把事儿，给施弢以难堪，让他下不来台。承诺事成之后，年底减刑保证让他回家。他一听高兴极了，对他来说这是再好不过的一件事了，他的脑袋连个弯都没有拐就满口答应了。晚饭时，他借着酒劲癫狂起来，加之他与宫柏也早有底火，弄假成真干了起来。今天按监狱的正常排班应该是施弢值班，但施弢到省里开会没有回来，由龙啸天替班。于二愣子也不知道，他按计划动手了，没承想是龙啸天值班。

龙啸天赶到了闹事现场，大喝一声："给我住手，你们不要命了！"龙啸天的身后跟着一排全副武装的监狱防暴队员。

于二愣子和宫柏立即停止了厮打，老实地站立在原地不敢动了。他俩都是几进宫的罪犯，知道如果要是继续闹下去构成暴狱，监狱是要镇压的。

"举起双手，走出食堂。"龙啸天命令道。防暴队员两个人押解一个，将于二愣子和宫柏带出了食堂。龙啸天继续指挥着："就餐人员注意了，全体立正，列队回监舍。"

食堂的秩序当即稳定下来，全体人员乖乖地排成了四列，报数喊着口令由值班民警带出了食堂。于二愣子、宫柏被戴上了手铐，带到了禁闭室。两个人在禁闭室不服，还互相对骂着。"二愣子，你等着，我出去后还要收拾你。"宫柏满头是血。"小样，还收拾我呢，你够手吗，你小心我把你的那条腿也打瘸了！"于二愣子比画着。

龙啸天见到这时候了，两人还不老实，当着他的面对骂，根本没有把他放在眼里，勃然大怒道："把宫柏送监狱医院去，于二愣子关起来，没有我的命令不许放出来。"宫柏的头部被砍了一个十厘米长的口子，必须立即缝合。"你们不公平，为什么关我，不关他，是他先动的手呀。"于二愣子喊着，他知道今天是自己找倒霉了。

你把事情办成这样，都呆到家了，还他妈的敢喊冤枉。龙啸天心里骂道。

焦成金接到通知后立即从家里赶到了监狱，直接来到了食堂。只见就餐大厅的玻璃隔断几乎全被砸碎了，桌子大都掀翻了，有的凳子腿也断了，几个服刑人员在清扫着破碎的玻璃。他赶到监狱医院看了一下宫柏，头部的伤口已经缝合完了。他一打听龙监狱长在惩教中心，立即赶了过来。

"龙监狱长，我来晚了，给领导添麻烦了。"焦成金来到惩教中心主任室，进屋后就一个劲地给龙啸天赔不是。龙啸天气得脸都变了色，一看焦成金来了，把所有的火都发泄到他的身上了："焦成金，你身为狱政处长，这犯人是怎么管理的，反了，还有没有王法？你不知道今天是我值班吗，我应该把你也关禁闭。巡逻队的民警眼瞅着打仗不敢上手管，这几个人都熊到家了，要是早点制止，事情不至于闹这么大，我们怎么和施监狱长交代！"

"龙监狱长你批评的对，确实是怨我管理不到位，你收拾我吧，关我禁闭是应该的，一会儿我把事情处理完，我主动进禁闭室。"焦成金知道今天的事情对不起龙啸天，阴差阳错，赶上了龙啸天值班，麻烦让他摊上了。

"你让他们闭上臭嘴，别胡乱说。特别是那个于二愣子，太虎了。对所有跟着砸东西的人一个也不能放过，明天下班前食堂必须恢复原样。"

"你放心，于二愣子他算个什么东西，你就把他交给我吧，我现在就过去处理他。"焦成金带着几个人去禁闭室了。

于二愣子一见焦成金来了，高声叫着："焦处长，我冤枉呀，你要给我做主呀！"

焦成金一见于二愣子火就更大了，他真想动手揍他，但他忍住了，这么多年他在监狱里是从不亲自动手打人的。

监舍里对今天食堂发生的事情议论纷纷，说什么的都有，许多人都看出来闹事的背后有文章。

前几天，黄青调到了邓文龙这个监舍，是小安子和邓文龙建议的，说是为了研究事情方便，他就睡在邓文龙的对面铺。

小安子趁邓文龙出去上厕所，便和黄青唠了起来："青哥，我从哪个方面都看不出来你犯强奸罪，就你这气质、这容貌、这文化我都不相信你是一个那样的人，太可惜了。"

"唉，"黄青长叹了一口气，"人就是此一时彼一时。安弟，你还是不了解你青哥的为人，我这也是一失足成千古恨呀。安弟，你说我现在是好人还是坏人呢，我活在这个世界上真是多余了。"

经过这段时间的相处，小安子和黄青的关系密切起来。邓文龙特别反对小安子和黄青接触，小安子不敢明着和黄青来往。

"青哥，就凭你那一身功夫在监狱里完全可以当老大，你还有文化，我们对你是佩服加服气，干脆你当我们的头吧。"小安子的奉承是半真半假。

"瞎说，我们的头就是邓哥，我哪有这个资格，你看我犯的那个罪谁都瞧不起我，我丢老人了。你要是能早些出去还是早点出去吧，你还年轻，找个媳妇成个家还是走正道吧，听青哥的话，我们都没有和官府斗的本钱。"黄青的话政治味道很浓。

"哥俩唠得好热乎呀，在交流改造的体会呢？"邓文龙进屋了。

"邓哥回来了，我们闲扯呢。"小安子一脸媚笑，点头哈腰迎上来。

"又谈法又谈人生内容好丰富呀。"邓文龙看来是在门口听了挺长时间，唠嗑的内容都知道了，从表情上看出来他对他们俩唠的嗑很反感。

"我们能谈什么，青哥这几天的情绪不好，我劝劝他。"小安子一个劲地解释说没有什么。他刚才和黄青说的让他当头的那番话是邓文龙授意让他说的，试探一下黄青的反应。

"就你这样，还劝人家呢，你自己都整不明白，我看让黄青开导你还差不多。"

"邓哥，你别那样说，安弟一劝我，我的情绪好多了。安弟的嘴就是会说，话听起来让人感到舒服。"黄青明白了他们俩的用意便也假戏真做。

"他何止是嘴让你舒服呀。"邓文龙窝囊着小安子，"我安排的事情你办得怎么样了？"

邓文龙坐下了，小安子赶紧点烟，连连点头哈腰说："办得好极了，他们听说是邓哥您送的烧鸡，都激动得哭了。他们说在这个监狱里就听邓哥的话，跟一辈子都不动摇，海枯石烂不变心，谁说也不好使。”小安子添油加醋地炫耀着。

“他们是像你说的那样吗？肯定是你小子在哄我高兴，他们有那个口才吗，你就玩我吧。”邓文龙猛地吸了一口烟，吐出了一个大圆圈，紧接着又吐出了一束烟柱从烟圈中穿过，小安子把他捧晕了。

“邓哥，我唬你那绝对不能的，我这个人是好说大话但不说假话，我多大的胆敢和邓哥开玩笑。你不信等他们出来后您亲自问他们，他们真的对你效忠了。”小安子看出来邓文龙对今天他办的事情很满意。

邓文龙听小安子一说心里高兴，东西没有白送，他给了小安子一支烟，叼着玉石烟嘴说：“好，今天你办事有功，提出表扬，等他们的禁闭解除后，我再安排他们吃顿饭。”邓文龙是按照社会上的路子在监狱里拉人结交哥们，在监狱培养自己的势力圈。

33.

施弢对发生的砸食堂餐厅的事件非常恼火，两个小小的罪犯竟然有这样大的胆量，在食堂大打出手，这背后肯定是有文章的。

“我已经让狱政处查过了，两个人没有什么特殊的背景，打仗的原因就是两个人喝酒喝多了，两个人的认错态度很好，都表示对砸坏的物品要照原价如数赔偿，我们要扣罚他们的减刑奖分。”龙啸天和焦成金向施弢汇报着调查的情况。

施弢原以为他们得汇报一会儿，没想到这么简单几句就汇报完了，这两个人在应付他呢！他沉思了一会儿道：“过去监狱对这类问题都是怎么处理的？”施弢感到监狱里对这类事情根本不当回事，瞅他们俩的口气今天就要结案了。

“也就是关禁闭、扣罚奖分，监狱里就这几招儿，犯人也都知道。特别是蹲过几次监狱的老狱油子，你根本整不了他。”焦成金回答着。

“酒源你们就不查了？”

“一般就不查了，查也不归我们处，应该由狱侦处负责，往深挖的问题必须上侦查手段，否则没个查清，在监狱里犯人不怕警察抠案子，就是和你软磨硬泡。”焦成金说的是实情，在监狱里服刑人员只要不加刑你怎么审他都不在乎，他知道你不会像在公安办案时那样收拾他，他经过了检察、审判几关心里顺过劲了。

“你们对酒的问题是怎么看的呢，都是这样简单地处理的吗？”施弢对他们的说法不相信，喝了也不能怎么样那就白喝了，监狱能这么管吗？他现在不想做更多的争论，他想的是酒背后的问题。

“监狱长，酒是各个监狱的通病，带酒的渠道是太多了，要彻底杜绝是不可能的，抓住了就是处理。”

“焦处长，你把陈处长叫来，我当面向他交代。”

“施监狱长，为了犯人那点酒的问题还有必要动用监狱的侦查手段吗？”龙啸天觉得施弢是在小题大做，故意和他为难。

“有必要，完全有必要，这次就是要彻底地追查到底。不是说要在我值班的时候闹事吗，你替我受过了，我得感谢你呀！”

龙啸天见事情这么快就传开了，犯人的嘴是没有把门的，肯定是于二愣子说出去的，“感谢就谈不上了，我处置不当你别批评就行了。查，彻底地查，我没有什么意见。”

陈剑虹来了。施弢当面向他交代任务：“陈处长，必须把酒源查出来，过去的事情不谈了，今后除了对喝酒者严肃处理之外，对酒源要进行倒查。”

在狱内的操场上，焦成金和陈剑虹碰面了。陈剑虹和欧阳惠雪押着一个服刑人员迎面走来。焦成金把陈剑虹叫到一旁悄声说：“陈处长，你这样动真格地查，对这件事穷追不舍，那天是龙监狱长值班，你这不是为难龙监狱长吗，他明确表示不同意追查，他是分管监狱长，你今后不想干了？”

“焦处长，你这是什么话，我查犯人的酒源和他有什么关系呢？况且这又是施监狱长亲自命令的，你那天不是也在跟前吗？”

焦成金被戗住了，连连说：“我的陈大处长，你就查吧，立功的机会到了，算我多嘴了，我忘了你现在是归施监狱长直接领导的。”

“行，你怎么说我都行，就是千万别把黑的说成白了。”

“什么黑白，你就明说我别颠倒黑白就得了呗，还绕什么弯子。”

“行了，你们两位大处长别斗嘴了，人家施监狱长还等着听汇报呢。”欧阳惠雪站在旁边不耐烦了。

“好，怠慢了欧阳大小姐了，陈处长我们哪天再交谈吧，你忙着吧。”焦成金找个台阶走了。

陈剑虹向施弢汇报了狱侦处的调查情况：于二愣子交代酒是他花高价买的。几元钱一袋的白酒，节日期间在监狱内卖到了二十元一袋。春节时可以达到六十元一袋。但他记不准卖酒的人是谁。两千多服刑人员让他认他也认不出来。卖酒的人还多给他十袋，告诉他后天是施弢值班，只要他闹腾一把事，年底让他出监，和狱政处的调查结果大相径庭。

“我们审问他，卖酒的人是谁，他死死咬定认不出来了。处里已经布置了耳目，早晚会查清的。”

“看来这真的是对我来的呀，先要给我个眼罩戴戴。不用分析，肯定是我们内部的人布置的，而且还不是一般的人。山雨欲来风满楼啊，我等着。我既然坐上了监狱长这把椅子，我就义无反顾了。我这个人的性格就是这样，干的事情我决不回头。”

“沅山监狱倒卖酒的问题已经不是一天两天的事了，根源还在于十警。这一个五月节，倒点酒就能挣个千八百的。你别生气，多少年了，沅山监狱一直是这样的，根子还是在上面。”

“不行，这样下去监狱是要垮掉的，你们起草一个整治方案提交给监狱党委，坚决要刹住这股风。在我们沅山监狱主张正义这是监狱的主流，我相信，广大民警会赞成监狱党委的主张。”

“我坚决拥护监狱党委的主张，党委怎么要求我就怎么办，施监狱长你放心，广大民警也是拥护你的。”陈剑虹表明了自己的态度。

“白鹏飞案件有没有新的进展？”

“我们得到一个线索，有人在市内看到过他。”

“在哪里看到的，他真的在市内出现了？”

“在出租车上，一个出租车司机看到的，他说得非常清楚，人和通缉令上的人几乎一个模样，完全可以肯定，就是白鹏飞。”

“啊，看来我们的分析是对的。龙啸天极力主张把追逃的重点放在外地是别有用心呀。”这是施弢到沅山监狱后第一次流露出对龙啸天的看法。

“我敢肯定地说，白鹏飞的逃跑和龙啸天他们有关系，事情早晚会有水落石出的一天，多行不义必自毙。群众都看得很清楚。他们自以为聪明，拿别人不识数。”陈剑虹也把问题点破了，他早就盼望着这一天了。

“今天我们谈的问题仅能限于我们两人，你要以党性担保，不能把我们今天谈的问题扩散。”施弢表情非常严肃地对陈剑虹提出纪律要求。

“施监狱长放心，你来这么长的时间了，应该知道我是一个什么样的人。我要是出卖我的人格，我早就不是今天的这个职务了。”陈剑虹对自己这些年来的遭遇愤愤不平。

“如果龙啸天真的和白鹏飞案件有关系，那案情可就复杂了，但愿不是啊。”

施弢发自内心地不希望龙啸天卷进案子来，那事情可真的就太复杂了，问题的严峻性是无法预料的。施弢在闭着眼睛想着，他实在不愿意继续想下去，“剑虹你可要有个思想准备呀。”

“我不怕他们，我们有强大的正义力量，在中国谁和共产党抗衡只能是自取灭亡。由于腐败分子造成党的组织在某些方面是威信低了一些，但谁想打倒这个党是不可能的。我们党有能力铲除自己身上的毒瘤，赢得人民群众的拥护。”

“毛主席说过，我们在战略上要藐视敌人，在战术上要重视敌人。他们是什么事都干得出来的。我们不能掉以轻心。要奋斗就会有牺牲。我是已经快五十岁的人了，我不怕死，我在公安局是已经死过几次的人了。你还年轻。我们也不能做无谓的牺牲，要讲究斗争的策略。”

“施监狱长，在你的身上我看到了老共产党员的高风亮节，我始终敬重你的人格，我决不能出卖自己的灵魂当叛徒，他们不是我们个人的私敌，他们是法律和正义的敌人。不是我们无情，而是他们不义。”陈剑虹的话大义凛然。

“是啊，他们在错误的道路上滑得太远了。龙啸天是何等聪明的人，为什么要选择一条和法律为敌的路呢。他们也是对自己对家庭的一种不负责任的态度，历史是不会饶恕他们的。”施弢情绪激昂。

“人在一定的利益面前就利令智昏了。我曾经和焦成金说过，你们这样干下去会有后悔那一天的，他们对我说的话不屑一顾。他们太瞧不起我们这些人了，他们以为我们都是阿斗，他们是诸葛亮。”

“人就是这样，聪明反被聪明误。”施弢对他来沅山监狱仅半年的时间问题就透亮了感到欣慰。

“施监狱长，我向你报告一个好消息，荀河反映的监狱地道问题，入口我们已经找到了，就在那些酸菜缸的底下。我们下去走了一趟，我算了一下距离，还有十米左右就能挖出大墙外面去。地道的方位测得很准，如果当时挖通了越过沅江乘船就能逃往俄罗斯了，后果是不堪设想的。处里连我就两个人知道。荀河说他还知道一个重要的情况，过几天他见面和我谈。”

“好，这个消息太重要了，你们可要严密注视他们的动向，千万不能马虎。”

“我们已经采取了措施，保证做到万无一失。他们到不了跟前。”

“这里面肯定有一场大的阴谋，你们要咬住不放。如果事情真的到了捅开的那一天，这可不是一个小窟窿，我得赶紧和市委打招呼。”施弢盘算着怎么向市委汇报。

“他们掀不起来大浪，已经在我们的掌握之中，邓文龙这伙人完全在我们的视线内，我们布置的耳目已经开始发挥作用，邓文龙、小安子、秦雨农都是我们监控的重点人员。我们已经把汪道渠发展为监狱耳目，这个人还真的负责任，已经给我们提供了不少重要的线索。”陈剑虹胸有成竹。

“可以让他们挖，把地道作为牵制他们的伏线。白鹏飞早晚会和他们联系的，要把网架得天衣无缝，不抓住白鹏飞决不收网。”

“他们似乎有所察觉，我估计他们不敢挖了。邓文龙要比白鹏飞有头脑，他在监狱里没有白鹏飞那么大的势力，他是在用软招和监狱斗。他在张罗办保外，不知监狱知道不？”

“他要办保外就医，刑期还那么长，能有可能吗？今天午后就要讨论他的保外。”施弢的话语里充满着愤怒。

午后的会议开得非常激烈。施弢指着邓文龙的医疗卷宗：“就这样的病情能办保外就医吗？刚进来一年的时间，余刑还有十四年，就提出保外，我不同意。”

监狱医院院长刘旋和施弢争论起来：“监狱长，邓文龙有病是确实的，如果不保外，死在我们监狱后果是不堪设想的，到时候谁也承担不了责任。”

“我不希望他死在我们监狱里面，这一点我知道。如果他跑了，我们将会出现第二个白鹏飞，这一点你们想过没有，这个责任由谁来承担呢？假如出现这样的情况，那将是一个什么样的局面呢？在座的各位还有几个能继续干呢，我们的班子就彻底地解体了。”

施弢的这一番话对大家的刺激很大，与会人员都不吱声了，大家没有办法表态，都在揣摩着施弢的本意。

“我看这样吧，我们和省里沟通一下，看看他们是什么意见。”龙啸天提出了个折中的方案。

焦成金赞成道：“这样行，更稳妥一些。是啊，我们再跑一个邓文龙，沅山监狱可就毁了。我们这些人可就真的干到头了。我的意见如果他病情严重，就送省监狱的中心医院，监狱就是得花点医疗费了。”从内心上说他是不赞成给邓文龙办保外就医的。

“我们提出对邓文龙保外就医是出于治疗的因素，没有别的原因。我们特别是我这个当院长的，我是麻秆儿打狼两头怕呀。”刘旋在表白自己。

“这一点你不用解释了，监狱是国家的，不是哪个人的，我们不是在进行无谓的个人争议，沅山监狱出现一个白鹏飞还不够吗，我们不能再出第二个白鹏飞，那样我们将会成为人民的罪人。”施弢驳斥着刘旋。

贺海东表态：“刘院长，你别和监狱长争论了，我看和省里也别沟通了，省局也不能同意。我们观察他一段时间，如果病情严重就送省里中心医院。办保外就医是绝对不行的。”

“邓文龙有病是真的，但是不是到了须保外就医的程度，我们必须把好关，一定要按程序办事。”

“一个保外就医，也不是放了，病好了就收回来了，这是很正常的事情，我们别人为地搞得那么复杂。”

“他的病情不够，我们还要违反规定硬报，这是明显的违法行为，我不同意。”陈剑虹坚决不同意。保外就医归陈剑虹这个处负责，他不同意就没有研究的余地了。

晚上，刚刚散会，蒙丽莎的电话就打过来了，过问对邓文龙保外就医的研究结果。龙啸天握着话筒心里说，这消息怎么传得这么快。龙啸天和蒙丽莎说了讨论研究邓文龙保外就医的情况。蒙丽莎不耐烦地打断了龙啸天的解释：“龙哥，我不听你们内部的那些过程，不管怎么样，你一定得想办法把邓文龙保出去，花多少钱由我出。”蒙丽莎的口气是不容商量的，好像是在命令着龙啸天，她以为龙啸天办邓文龙的保外是十拿九稳的事情。

“现在不是钱的问题，按照规定他的刑期是不允许保外的，省里这一关倒是好办，关键是施弢和陈剑虹坚决不同意，今天的会议讨论没有通过，你再想办法做做施弢的工作。”龙啸天实际上是在应酬蒙丽莎。

“我也不认识他呀，想什么办法呢？都说施弢这个人是软硬不吃。我姑娘和他姑娘还是大学一个班的同学呢，要不通过学校老师过过话？”

“那他不能听，必须找比他大的，能管着他的。他和市委夏书记的关系非常好，你不是和夏书记能说上话吗？”

“这事也不能和夏书记说呀，那不是把人家书记大材小用了！”蒙丽莎也知道就是找了，夏书记也不能给说话的。

“我不是让你和夏书记说，是让你通过这件事情和夏书记拉上关系，对我还有用呢。到时候你可别勾搭上大官踹了我呀。”

“龙哥，你说哪去了，我这不都是为了朋友吗？我是啥样人你不是一清二楚吗，你以为我蒙丽莎是谁都跟的人，到现在真正能得到我的人也就是你龙哥一个，我是把龙哥看作是可以托付终身的人。”蒙丽莎生气了，话越说越多，“你们男人有几个好人，玩够了女人就踹掉我们，你以为我们是衣服呀，说穿就穿，说脱就脱。你要敢和我变心，我就杀了你……”她抽泣起来。

龙啸天自己埋怨道，我这不是多嘴吗，说那么多的废话干什么，她爱跟谁就跟谁呗，我龙啸天也挡不住：“丽莎，是我错了，等我当面向你赔礼道歉。我不是爱你太深了嘛，你知道我龙啸天这么多年跟前是没有女人的，不就是遇见你后真的动了感情嘛。晚上我请你吃饭，你选一个地方。”

龙啸天这样一说，蒙丽莎破涕为笑，一听说请她吃饭就来精神了：“就你挣那两个钱请我吃饭，还让我选地方，你花得起钱吗？”

“你小瞧我了，虽说我是工薪阶层，请一两顿我还是花得起的。”龙啸天掏出了一叠钱比画着，给蒙丽莎听声。

“那好，你花得起，我们今天晚上到鲍翅馆。”蒙丽莎点的是沅江市最高档的酒店。

“行，多大事呀，我带一万去总够了吧？”龙啸天还没有去过这个酒店。

“一万元差不多，也得看我俩怎么个吃法。”

“那好，晚上我们在酒店见。”两个人在电话里把晚上的事情敲定了。

下班后，龙啸天和蒙丽莎几乎同时来到了鲍翅馆。两人选了一间包房，房间富丽堂皇，静悄悄的，到这里来的都是有身份的人。

“你吃什么？”龙啸天把菜单递给蒙丽莎，“你随便点吧，我请客。”

“真的让我点，我就不客气了。来两个佛跳墙，两只日本网鲍，一个海鲜酱油黄瓜、两只火靠大虾，两例鲍汁扣辽参，一瓶五十年的拿破仑。”蒙丽莎说话的口气就像领导似的，“龙哥，你看我点的菜可以吗？”

“太好了，你够上美食家了。丽莎，饭后我们去哪里呀？”

“我到哪里，你就跟我到哪里。”蒙丽莎就像和自己的属下说话的口气。

“我不成了吃软食的人了吗，人家都得瞧不起我。”龙啸天最烦蒙丽莎和他装大。

“吃什么软食，我是软食，纯粹是屁话，我蒙丽莎的软食是谁都能吃得到的吗？”蒙丽莎知道她跟前的男人是没有白给的，哪一个不是吃她的喝她的，老老实实地臣服在她的裙下。

“那是的，但我龙啸天不是奔你的钱财来的，我觉得你是一个人才，我们联手是会干一番大事业的。我要是早一天遇到你这个红颜知己，我可就不是现在的这个位置了。”

“你别灰心，有我在，你这个官就挡不住的，我一定会全力帮你一把，让你再上一个格。”蒙丽莎就像玩似的说着，“龙哥，邓文龙的保外就医就没有希望了吗？”

“他的病情确实不行，到了省里也批不了，刑期太长，都怕出事，谁也不敢办。别费事了，到时候还得打回来。”

“就凭你的本事也办不下来，还老监狱长呢，我看也是啥——”蒙丽莎在将龙啸天，但她骂人的话没敢说出来。

“病情不够，谁也没招。现在不是过去了，你也不能造假。让他好好干，刑期过半后争取假释吧。”龙啸天心里说着，我的姑奶奶，有一个白鹏飞就够我喝一壶的了，我再放走一个邓文龙，挨枪子都够了。保什么外呀，消停在监狱里待着吧。

服务生把菜上齐了，请他们用餐。

“算了，我们不谈那些别人的事情了，我们俩能把感情处到这个份上，也是我们前生的缘分。菜上齐了，喝酒，我敬你一杯。干一杯！”蒙丽莎首先端起了杯。

“今天是我请你，认识你以后都是你请我，今天我一定请你一次，我先提酒。丽莎，你是上帝赐给我的礼物，我死了也足矣。干一杯！”龙啸天把蒙丽莎搂到怀里尽情地吻了起来。蒙丽莎微闭双眼尽情地享受着，仿佛这个世界上没有了一切。

两个人喝得好生痛快，眼见一瓶拿破仑见底了。蒙丽莎格外兴奋，她已经有了八九分的醉意了：“龙哥，我们把这瓶酒喝光了，换白的。来一瓶五粮液怎么样？”

“好，我没有意见，那这瓶酒分了，我们谁也不能装。”

服务生去取酒。

“丽莎，你打听到白鹏飞的消息了吗？”

“我和汪总说了，他答应帮助我找，估计这几天能有消息。”

“你想没想过，你要是真的把白鹏飞找到了，施弢他们知道了，你不是帮了监狱的忙了吗？”

“这个我倒没有认真想过，不过这口气我是必须出的，他们用那样的手段对待我一个女人，谁能咽下那口气，就是搁在你身上你受得了吗？”蒙丽莎一说到这儿火气上来了。

“丽莎，我们不能想想别的办法吗？我已经和焦成金说了，让他找人收拾他们。”龙啸天温和地劝着。

“他们现在还威胁我呢，昨天还往我家打电话。”

“以后的事情由我负责，他们肯定不敢了。”

“我要收拾他们，必须跪下来给我赔罪，否则，我死也咽不下这口气。”蒙丽莎端起酒杯一仰脖干了，然后她拿起了酒瓶又要倒酒。

龙啸天夺过了酒瓶子：“丽莎，你到量了，不能再喝了，你还要开车。”

“不，我还要喝，你别管我，我还要喝……”蒙丽莎的舌头硬了，浑身都瘫软了，在凳子上坐不住了，“有你在，我开什么车，你净欺负我。”

龙啸天的电话响了，是焦成金打来的，焦成金担心龙啸天说话不方便。龙啸天连忙回答说：“方便，我和蒙总在一块呢，啊，你找到他们了，你说吧。”

“龙监狱长，那个事我给摆平了，他们答应再不骚扰蒙丽莎了，但前提是钱她必须吐出来，你做做蒙总的工作吧。”

“好了，我知道了。”龙啸天知道蒙丽莎是一分钱也不会吐的，双方都不会善罢甘休的，焦成金说让他做做她的工作，龙啸天认为做也没用。

“是哪个女的给你打电话？”蒙丽莎迷迷糊糊地问。

“是一个朋友，不是女的，和你没关系。”

“什么没关系，我都听到了，是焦处长来的电话，我都听见了。钱我是一分不能吐的，要命有一条，鹏哥已经答应给我报仇了，过几天他们就知道我的厉害了。还要玩我？鹏哥说了，把他们俩的那东西割下来喂狗。”

“你已经见到鹏哥了，在什么地方？”龙啸天猜疑，刚才她说没见到白鹏飞怎么现在又说见到了呢？

“见到了又怎么样，在什么地方我不告诉你们，你们还能把他抓回来，那是我鹏哥，你抓他我可不答应，我和你没完，放了人家还抓什么……”蒙丽莎的话语无伦次。

龙啸天急忙把蒙丽莎的嘴捂上：“我的宝贝，你可别乱说了，这可是掉脑袋的大事。”他前后环顾一圈，招呼了一声服务生埋单。服务生进来说蒙总有话，不让埋单，她在这里签单。

龙啸天服了，就这样高级的地方蒙丽莎也能签单，但话已经说出去了，他佯装火了，厉声道：“你听我的还是听她的？”

“对不起，我得听她的，给我个胆也不敢得罪蒙总啊。”服务生不怕龙啸天，他明白里面的个数。

龙啸天把蒙丽莎扶上车，缓缓地开着车，他拍着蒙丽莎说：“丽莎，我说得饶人处且饶人，你一个生意人，还是少和社会上的人结怨，杀杀砍砍冤冤相报何时是个头啊，和气生财吧。”龙啸天说了半天，见蒙丽莎没有动静，回头一看，蒙丽莎歪靠在座椅上已经睡着了，根本没有听他说话。

车径直开到了别墅。龙啸天喊了一句：“到家了。”蒙丽莎睡得死死的，没有动静。阿英迎了出来，搀扶着蒙丽莎。龙啸天几乎是把蒙丽莎抱进了卧室，脱掉了鞋，盖上了被。

龙啸天急于回市里和焦成金见面，就伏在蒙丽莎的耳边，悄声说：“丽莎，你休息吧，我有事情回市里了。”

“什么，你要回市里，那我回来干什么？”蒙丽莎醒了，腾地坐了起来，凤眼倒竖，“今晚你要是走，以后就别再见我了，就等于我们没有那回事。”她急了。

龙啸天一看这阵势，能走吗，急忙俯下身去哄着：“我和你开玩笑呢，我不说走，你睡吧，别起来。我不走，今天晚上就睡在这里了。我去冲个澡，你等我回来。”

“不，我也去洗。老公，我爱你……”

34.

天晴了，空气格外清新。天空碧蓝，不时飘过的朵朵白云如雪，把阳光遮住。巍巍的沅山给监舍内送来了习习凉风，流淌的沅江散发出惬意的凉气，一举荡清了盛夏的炎热。

邓文龙坐在床铺上光着膀子和几个服刑人员调侃着，两个人在身后给他扇着扇子。“老荀头走了，下一个就是你老汪头了，你老头子快蹲到头了。”

“我家祖坟没有冒青烟，上辈子我家有人作孽了。”

“老汪头，只要你别当内奸，邓哥保证让你出去。”小安子说着拍了一下汪道渠的肩膀，“你别和老荀头那个老王八蛋学，哥们都会帮你忙的。”

“小安子，又装大了，怎么和汪局长说话呢，我保证他出去，我是法院院长呀，胡说。他的犯罪和那些贪官不一样的，为了自己的亲妹妹收俩钱在情理之中，官员要是都做到了这一点，我们老百姓就满足了。汪局长，你的忙我是帮定了。”邓文龙接受了荀河那次的教训，“小安子，晚上请汪局长喝一顿。”

邓文龙对待汪道渠的口气完全像和领导说话，毕恭毕敬。小安子一看这太阳是从西边出来了，一听邓文龙吩咐，立即点头哈腰：“汪爹，不，爹爹，您老就说吃啥吧，只要是咱沅江市有的，我都能搞到，不过钱嘛……”他手指捻着。

“你他妈的净说废话，钱我出，你赶紧去落实。”邓文龙的账面上始终有几万元钱，花不了，有人定期给他存。

“我不吃，你们别费心了，我谢谢你们了。”

“今天可不是一般的吃饭，是为了给你翻案，你老头子怎么不识抬举呢？”小安子见汪道渠这个样子，气得要揍他。但看邓文龙始终笑呵呵的，他也换了一个笑脸：“我的汪爹爹，我们可是好心呀，你也别装的太大了，就算我们求你了，行不行？”

“对，汪局长，我们都是好意，你别误解，邓哥请你吃顿饭是对你的尊重，全监狱那么多的老年犯，他怎么就请你呢？”黄青说话了，他使了一个眼色。

汪道渠对黄青的印象不错，他见黄青说话了，只好同意了。去年他有病都是黄青伺候他，端屎端尿的，像伺候爹一样。黄青和汪道渠成了忘年交，两个人经常在一块儿闲聊。

放风了，黄青和汪道渠唠着他的案情。汪道渠晃着脑袋：“小黄，你说当时县劳动局的洪局长说得好好的，钱让我先用着，我还给他打了一个欠条，他怎么就说我没有打欠条呢，为什么要这样说呢？”

“你难道就没有别的证据了？”

“我想起来了，我当时把这个欠条复印了一份，交给我老伴了，她也死了，谁知道她能把这个欠条放到哪里呢？……对了，我老伴有个习惯，愿意往鞋子里藏东西，谁知道她能不能藏到鞋子里呢？我家有一双军用大头鞋，过去值钱的东西都放到那里，谁知道这双鞋还有没有。那年卖破烂，把那双鞋卖了，后来又追回来了。”

“当时检察院找你的时候，你怎么不说这个情况呢？”

“我老伴病危在医院住院，谁也想不起来这件事情，后来我和检察院说了，他们说我狡辩，根本不搭理我，对方也证实从来没有这么回事。我就不明白他们为什么否定我打欠条这个事实呢？钱数也对不上，他们说给我十五万，我说就十万，他们的账面显示是十五万，后来给我定的是十万。”

“这个事你就交给我办吧，你相信我。”

“我告诉你一个消息，你说的欠条找到了，他们在核对笔迹，看看上面的签字是不是对方的。”黄青把汪道渠叫到了监狱图书馆。

“是真的吗？”汪道渠这几年已经被彻底地整怕了，他对什么事情都不相信，特别是对什么组织都失去了信心。

“是真的，你千万要保密，不能和任何人说。”

“你放心吧，我当了这么多年的局长，口风还是严的。”

“我估计你的案子很快就会有结果的，你在里面待的时间不会太长了。”

“汪老，你觉得秦雨农这个人怎么样？”

“一表人才呀，怎么会犯什么强奸罪呢？他似乎有什么事情躲进了监狱，我看得出来。这监狱真是藏龙卧虎的地方，长见识啊。”

“难道说你真的是公安的卧底？”汪道渠就像刚认识黄青似的上下打量了一番。

“是的，我受组织委派，已经打进来一年了，除了你以外，没有任何人知道我的真实身份。”黄青是经过组织批准向汪道渠公开自己身份的，“汪老，您一定要帮助我，把这件事情查清楚，以慰他们的在天之灵啊。”黄青和汪道渠说话的口气变了。

“好，法律虽然把我关了这么长时间，但我不恨组织，是党给了我一切。你就说吧，需要我干什么，我在所不辞。”

“汪老，您就注意着秦雨农，他有什么情况立即告诉我。”

“我现在就告诉你，秦雨农有部手机，今天白鹏飞给他来电话了。他以为我耳朵聋，他说着什么白哥，我这里一切都准备好了。”汪道渠的耳朵好着呢，他从进来那天起就装聋作哑，腰也弯了下来，犯人都把他看成一个糟老头了。

“太好了，果真秦雨农和白鹏飞联系了。汪老，你帮我想想办法，怎么能知道他的手机号呢？”

“我明天和他借用一下手机，你不就知道了，但不知道他会不会借呀。”

“我告诉你一个号，你往那里打。”黄青说出了一个号。

“你别说，他那天还真的把手机借我了，连个奔儿都没有打，但我感到他好像有两部手机。”汪道渠的脑袋还真转得够快的了，他一提醒黄青也想到了秦雨农肯定是有两部手机的。平常他拿的那部手机谁用他都借。

“太狡猾了，我再想想别的办法。他的手机能放在哪里呢？”

“我常帮助他清理更衣柜的卫生，我知道他把手机放在更衣柜的一个夹层里，他的钥匙带在身上。要偷只能是在他洗澡的时候，秦雨农这个人好干净，他一洗就是一个小时，超时间了也没有人敢管他的。”汪道渠又提供了一个重要的情况。

“他洗澡的时候钥匙怎么办？”

“有时候就交给我保管，我等着他。”这浴池的卫生归汪道渠清扫。可别小看了这个打扫卫生的活，这在监狱里可是一个上等的岗位，洗澡可太方便了。当时是施弢说了要照顾他，监区长发话才给了他一个好活。

“好，明天洗澡，这是个很好的机会，您想办法把钥匙给我偷出来。”

第二天上午洗澡的时候，秦雨农照例把钥匙交给了汪道渠。汪道渠把秦雨农更衣柜的钥匙拿出来了。他和等在门口的黄青说：“他在大池子里泡呢，完后他还要洗淋浴，也就是二十分钟的时间。”

“汪老，您真是老当益壮，手法神速。”黄青进到了更衣室。秦雨农的更衣柜正靠一边，他环顾了一下更衣室里一个人也没有，迅速地打开了更衣柜，秦雨农的衣服叠得整整齐齐，似乎有所防备。他在箱子里按顺序轻轻翻找起来，什么都没有。那能藏在哪里呢？汪道渠过来催了：“快找，他已经冲淋浴了，马上就会出来穿衣服了。”“快点吧，他马上就出来了。”他打量着更衣箱的四周，有一块板有个缝隙，他轻轻一按，板开了，里面是一个小夹层，放着一部小巧玲珑的手机。他拿起来迅速地往外拨了一个号码，然后删除了，又把手机放回了原处，把衣服给摆放好。“成功了，汪老，我代表公安机关谢谢你。”

汪道渠把钥匙又挂到了自己的裤腰链上。秦雨农出来穿衣服了。他看了汪道渠一眼：“老汪大哥，你也去洗吧，别等了，把钥匙给我。”

“我嫌人多，我要泡一泡，和他们年轻人洗不到一块儿去。”汪道渠说得挺实在的，秦雨农一点都没有怀疑。

“那池子里还能泡，都要馊了，可别下去了。那我先回去了，不等你了。”秦雨农去换衣服。“你怎么才来洗，现在水都不好了？”他迎面碰上了黄青。

“我拉肚了，浑身没劲，不想洗了。”黄青的表情非常痛苦，耷拉着脑袋。

“一个月才洗一次澡，咬牙洗洗吧，清清浑身的臭味。”秦雨农匆匆地走了，好像有什么急事要办。

汪道渠洗完澡从澡堂出来了，他感到格外轻松。在监狱里能洗个澡那就是最高的享受了，黄青和汪道渠坐在监狱花园的凳子上悄声说着话。

“现在已经查实，秦雨农就是南山街银行抢劫强奸杀人案件的漏网之徒，经过指纹比对，现场遗留的其中一枚指纹就是他的，证据确凿。组织还要派人进来，协助我工作。你的案子已经提起再审，县劳动局已经交出了你的欠条，案子马上就要翻过来了，汪老你受苦了。”

汪道渠听到这个消息轻轻地点了一下头，没有一点惊喜，出奇地平静。他的两眼流出了两行浑浊的眼泪，自语了一句：“老伴，你听到了吗，我的冤屈申雪了，我就要早点见你去了，你等着我。”

“等我们破了这个大案后，我陪您老去南方好好旅游一圈，一切费用都由我出，您老好好地开心开心。”黄青带着胜利的喜悦。在这监狱大院里，他就是一个地下工作者了，他也想家了，想起了自己的老妈妈。

“谢谢你，好孩子，我是什么也不求了，只要我能活着出监就行了。我出去后在农村盖个小房，养养鸡鸭鹅狗，种点地安度晚年就满足了。你也一定要注意安全，需要我干什么尽管说。等把他们一网打尽后，我们爷俩一块儿出监。”汪道渠现在对人生有了一个崭新的认识，他不想再让政治把他搞得那么累了。

黄青从汪道渠的身上看到了我们民族优良的传统，朴实、善良，他感动得眼泪都出来了。

“孩子，别这样，让他们看见了就麻烦了，我先走了，方便的时候我们再联系。”汪道渠步履蹒跚地走了。

他望着汪道渠弯曲的背影，一个孤独的老人，一个善良的老人，感到心酸。他油然有了一个想法，我出监后给他当干儿子。

“邓哥，你看到了吧，他们近一个时期就是这样经常在一块儿嘀嘀咕咕的，他们肯定有什么背着我们的事情，我看老汪头比老荀头还坏，他的脑袋非常清楚，什么事情都知道，监狱那点事情都在他心里呢。”小安子和邓文龙趴着窗户看着。

“你别瞎说，坏我的事儿，是我让黄青和汪道渠接触的，你别疑神疑鬼的。”邓文龙佩服黄青的能力，才几天的工夫就和老汪头套上了。

黄青进屋了，和他们俩打着招呼：“邓哥，老汪头的案子有眉目了，听说欠条找到了，是一个大冤案呀。”

“老头的情绪怎么样，一定高兴坏了吧？”邓文龙寻思着，这是怎么了，案子说改就改了，这老头子过去是积德了，善有善报。

“他就是流眼泪，一句话也不说。有时候自言自语，他叨咕的什么话谁也听不懂，这老头好像真的糊涂了。”

“他不会糊涂，天下的老头都糊涂了，他也不会糊涂的，鬼着呢，肯定是有什么心事，你一定要跟紧他。”邓文龙不相信黄青说的是实话，吃了一个老荀头的亏了，不能再吃这个老汪头的亏了。

“这老头可是比老荀头有主意的，你们可别小瞧了他，这老头是为了他妹妹才铤而走险的，他账算得明白着呢，我们谁也斗不过他。”秦雨农也回来了。他知道汪道渠是一点也不糊涂，他是装聋作哑，是一条蛰伏的龙。他对监狱的内幕一切都看在眼里，他会把一切都告诉施弢的，最后他还是要和共产党走的。对此秦雨农也是没有办法的，老汪头要干什么谁又能挡得住。

“不行就废了他得了，留着早晚是个祸根。”小安子狠狠地说，他从心里往外恨这两个老头子。

“废了他，说得容易，你去办呀，说话也不怕闪了腰。”邓文龙知道汪道渠的后台是施弢，要不就一个糟老头子谁怕他，这比不得在社会上了，他和老汪头始终是挺客气的。

“行，我办也没有什么了不起的，我几炮子就把他打糊涂了，让他丧失记忆。”小安子握紧了拳头比画着，做出几个拳击动作。

邓文龙瞅着小安子类似舞蹈的动作笑了：“哈哈，小样，就你那拳头打个小娘子还够用，来阵大风都能把你刮倒，你他妈的就是能吹牛，你是不是老汪头的对手还两说呢，那老头年轻的时候也是身手不凡，整不好他能把你废了，不信你和他较量一下我看看。”

邓文龙几句话，把小安子噎得干张嘴了，他只能嘿嘿傻笑了：“邓哥，你看我不都是为了你吗，就是把我打倒了又有什么，话说回来，我也不至于连一个六十多岁的老头子都干不过，那我就不如上吊死了得了。”

“别总和我说死了死了的，你真的死了别把我赖上，人要是有死的勇气还怕什么，到哪里都是一个大英雄。”邓文龙是什么也不信的，人活着就是一个生到死的过程，什么灵魂不灭呀，都是编出来的故事。

“邓哥别说这些了，你是一个大福大贵的人，德高望重，我们谁也比不了您老人家的，我们出去后都指望大哥呢。”黄青不愿意听死了的话语，把话题给引开了。

第十二章　忘年恋情

施弢整整大欧阳惠雪二十岁。欧阳惠雪从接触施弢的第一天起就从心里喜欢这条硬汉，两人的关系能发展得这么快，应该与欧阳惠雪对施弢火辣辣的表白有关系。

35．

夕阳西下，沅山监狱笼罩在落日的余晖之中，披上了一身金光，呈现出一派祥和的景象。晚饭后，监狱大院内布满了放风的服刑人员。现在狱内的管理已经加强，喝酒的人受到了惩罚，有的被关进了禁闭室，有的被调了监区，有的被调离了沅山监狱。

邓文龙和小安子在监狱花园的亭子里嘀咕着。小安子伏在邓文龙的耳边说："这样下去，咱们的自由越来越受限制，我们得找个出路，不能这样地死糗了。"

"找个什么出路，你小子又和我要什么花心眼？"邓文龙也感到了监狱的压力天天渐长，蒙丽莎也好长时间不来看他了，也不知道是不是有意疏远他。

"我们要是知道一个什么大案件，向监狱给举报就能立个大功，至少能减一年刑，我们也能早点出去。"小安子说出了他琢磨了很久的想法。

"你知道什么大案件。我来了这么长时间了，没有听你说过什么正经的事儿。"邓文龙在讥笑小安子。

小安子有些急了："邓哥，你小瞧你老弟了，你知道轰动全市的南山街银行抢劫案吗？"

"知道，但不知道是谁干的，到现在还没有破案呢。你知道什么？"邓文龙立起了眼睛。

"嘿，那案子干得真漂亮，至今公安局整不明白是谁干的，抓了多少人了，抓了又放，放了又抓，听说上面还挂牌督战呢。我告诉你吧，那起案件是鹏哥指挥干的，鹏哥那真叫是手，布置得天衣无缝，有大将的风范。”小安子亮出了底牌。

“嘿，还真有你的，这么大的事儿你都知道，你详细说说是怎么回事，我愿意听。”邓文龙没想到小安子和他透露的是这件大案，只能洗耳恭听了。

小安子讲了起来：

1997年8月的一天傍晚，沅江市南山街银行储蓄所的三名女业务员下班前仍在正常营业，突然闯进来三个蒙面的男人，手举着斧子，高声喊着：“都别动，谁动就砍死谁！”一名女业务员英勇地扑了上来，就要拉响警报器，被一斧头砍中头部，脑浆当时就流了出来。“交出金库的钥匙！”剩下的两名业务员，被绑住了双手，堵上了嘴。歹徒在一名业务员的身上搜出了钥匙，金库打开了，里面的现金满满的。“小娘们，长得挺精神的，和大哥玩玩。”一个蒙面人把一名女业务员拽进了里面的值班室，里间传出了女业务员的惨叫声。不一会儿，这个蒙面男人从里面出来了，招呼着外面的蒙面人：“大哥，你也过来玩玩。”外面的人正在清理金库，往袋子里装钱：“快走吧，有人来了。到这时候了，你还有这样的闲心。”“还留活口吗？”“不留，你赶紧把她做了。”一个歹徒恶狠狠地说着。“我都怀孕了，大哥就别杀我了。”里间传出了女业务员的苦苦哀求声。“抢银行逮住就是死罪，留你我就得死，我没有退路了，对不起了，每年的今日我给你烧纸钱。”这名女业务员怀有五个月的身孕，没有逃脱厄运，被活活地砍死了，孩子当场流产了。另一名业务员被强奸后活活地掐死了，她的眼睛瞪得圆圆的，手里握着拽下的一个歹徒的衣角。储蓄所的三十万元被抢走。公安机关动用了全市的警力也没有破案，公安局长引咎辞职了。

邓文龙被小安子讲的情景惊呆了，这样重大的案情小安子竟然能知道，他过去小瞧了小安子。他明白了，白鹏飞重案在身不跑是绝对不行了。他为什么要把这样重要的案情告诉小安子呢，这会不会是白鹏飞有意埋下的一个伏笔？

“邓哥，我说的这些情况都是鹏哥亲口告诉我的，他一再嘱咐我不要和别人说。那天作案的几个人就鹏哥知道在哪里。我听说有一个人是沅江市里的一个老板，有两个是我们的出监犯人。有一个人现在又进来了，但不知道关在哪个监区。邓哥，这些你知道就行了，千万不能和别人漏出去。”小安子知道这是掉脑袋的事情，白鹏飞和他说，如果他死了就让小安子举报这起案件，早点获释出监，以后好好地伺候他母亲。

“你他妈的信不着我，和我说这些干啥，你管好你的破嘴就行了。你还敢举报这起案件，你要不要命了，没等人家判死刑你的小命先没有了。”邓文龙也是嘴硬，他知道这可是一件天字号的大要案，漏底了就全完了。

“我不是怕你老人家，我怕的是他——”小安子指着在操场踢腿的黄青说，“这个人永远是一个谜了。”

黄青在一招一式地练着，旁边围着一群人。他在表演单掌劈石，不时有人叫好。

“黄青，他可能吗？你不是说他好吗？”邓文龙今天才真正地感觉到小安子是一个非常有头脑的人。

“邓哥，防人之心不可无啊。我始终认为坏我们的人不是魏铁成那样的粗人，别看他打我了，那样的人就是一介草莽，是没有头脑的，要是没有别人驾拢他，他不会对你那么大的火。”

“你小子是真的学聪明了，智商完全在我之上了，以后你就是这个监狱的大哥了。黄青，我有办法对付他。他和我玩心眼儿还嫩了点，不过对他的一身武功我是真的欣赏的。”

“邓哥，你可别拿我开心了，我当什么大哥，人家还不把我整出屎尿来。我也是佩服他的一身好功夫，在这个监狱里他恐怕是第一把交椅了，不，是第二，我还忘了有邓哥呢。”

“我领教了，他确实在我之上，年龄在那摆着呢，体质的差异你不服不行。走，我们也过去看看，管教注意我们俩了。”邓文龙迈着方步出去了，小安子点头哈腰地跟在后面。

邓文龙的床头放着一封信。监舍里就小安子和黄青两个人。“黄哥，你看看，这是鹏哥给邓哥来的信，没有落款。”小安子悄声告诉黄青。

“鹏哥的信，是怎么邮进来的？”黄青察觉到了这是有人在设计他，这么重要的信邓文龙不可能明晃晃地放在外面。

“可能是通过人捎进来的，我听邓哥说和他商量什么重要的事情。你看鹏哥的字写得多好。”小安子说着把信递过来，“你看看就知道什么内容了。”

“我不看，一旦泄露出去什么内容邓哥能饶了我吗？”黄青连瞅都没瞅，他对信没有多大的兴趣。

几天来那封信就在原地方放着。信倒真的是白鹏飞捎来的，信上就是简单的问候话，什么多保重身体一类的。

邓文龙从外面乐呵呵地回来了，一进屋就把信拿过来，抽出了信纸："黄青你看看，白鹏飞给我来信了，和我商量怎么样能早点出去。"

黄青推开邓文龙递过来的信，连连摇头摆手："给邓哥的信我怎么能看呢，我是什么人，我自己不知道吗，也就是邓哥不嫌乎我，你看魏铁成对我的态度，简直不把我当人对待。"

"魏铁成这小子是该死，火娃不杀他，我也要收拾他，太狂了，把我和鹏哥都不放在眼里，在沅江市还没有听说谁不给我面子的。黄青，这个监狱你还想蹲到头啊，你这辈子就别想再有出头之日了，你是一个在政治上被永远判处死刑的人了，你跟着我干吧，我保证有你吃有你喝的，过绅士生活。"邓文龙说得就像真事儿似的，给人的感觉是他胸有成竹。

"邓哥，我听你的，我跟定你了。你们要是信不过我，你就看我的实际怎么样吧。"黄青的态度非常诚恳。

"你别误会，因为有人对你说三道四，我才出此下策。我说了，这都是雕虫小技，根本唬不了你的，小安子你说是不是？"邓文龙把话挑明了，他有意地看了一眼小安子，似乎这招是他出的。小安子寻思这就把我卖出去了，和我又有什么关系，他只得含糊其辞："对，对，青哥是这么回事。"

"我们过去都是好人，我从小也向往着能够当一名警察和解放军，'文革'一来，把我一生就全耽误了，一声号令，把我们都赶到了乡下。会走到今天也是一些败类把我们逼的，你说是不是？"邓文龙说得挺激动，"鹏哥是个帅才啊，你看看他在信上说的方案，那是天衣无缝。他要是当兵的话肯定能成为一个指挥员。黄青，你说我进来后我什么事情背着你了，你实在不看我把信烧了。"邓文龙拿出打火机点燃了信，甩了两下纸灰散开了。

"鹏哥真的还在沅江市没有走吗？他有这么大的胆量？"黄青寻思既然你信任我，那我问一个尖端的问题，看你们还回避我不。

"可不是，他这个人就是那么自信，远走高飞得了，说什么等我一块儿走。糊涂，我俩怎么能弄到一块儿去呢，一漏风就全玩完了。"邓文龙不从正面回答问题。

"他要是没有走，现在可不好走了。车站、码头、机场和高速公路口都得有他的通缉令。你看，这是监狱和公安局联合发的通缉令，悬赏钱是五万元。"黄青掏出了一张通缉令，他也是话里有话，他知道自己的话邓文龙会传给白鹏飞的。

"我看看，你这是从哪里搞来的？"邓文龙还真的是第一次看到这张通缉令。

“监狱不少人都有，会见室的大墙外还贴着呢。”

“是吗，我怎么没有看到。小安子你消息那么灵通怎么都不知道呢？”邓文龙埋怨小安子，猜疑是不是对他封锁消息。

“这，我是很少往那边去的。”小安子心里有气又不敢说什么。

“鹏哥跑了这么长时间了，头发也长出来了，不好抓了，我看看。”秦雨农也挤过来，端详了一番，“这不还是鹏哥原来的那张照片吗，现在就是走对面也认不出来，他肯定得留胡子了。”

36.

午间，施弢刚从食堂吃完饭回到办公室，接到了父亲打来的电话，说是他母亲突发心脏病现正在市中心医院急救室抢救呢。施弢说我马上就赶过去，他最担心的就是母亲的身体。他急匆匆地从办公楼里出来，迎面碰上了欧阳惠雪。

“监狱长什么事情把你急成这个样子？”

“我刚才接到电话，我母亲突然病了，我要立即赶到医院。”施弢顾不上和欧阳惠雪多说了。

欧阳惠雪跟在后面：“我跟你去，你一个人也人手不够。”

两人正说着，邵俨已经把车开到了楼前，欧阳惠雪二话没说抢先钻进了车里，施弢想说不字也不行了，车已经开了。

车很快就开到了医院，施弢拨开了医院走廊里熙熙攘攘的人群，几乎是小跑到急救室的。大夫告诉他，施母是心脏病突发，经过抢救已经脱离了生命危险，但必须住院治疗。老父亲见儿子来了有了主心骨。

“监狱长，你先照顾老人家，我去办手续。”欧阳惠雪楼上楼下忙活着办理入院手续。

晚上，施母的病情好转了，已经完全恢复了正常。毕竟是七十多岁的老人了，发病随时有生命危险。大夫一再叮嘱：心脏病一点不能马虎，不要急于出院。

欧阳惠雪给老人喂了点流食，施母的精神状态挺好，能和大家说话了。贺海东和办公室主任石磊闻讯赶来了。贺海东安排欧阳惠雪留下来照顾施母，大家把施老爷子劝了回去。

“你们也回去吧，千万不要告诉监狱其他人说我母亲病了。”施弢和贺海东交代着。

“那明天你去北京开会怎么办，不行我和省局说说，我替你去？”

"还是我去吧，会议时间不长，医院这边我再想想别的办法，另外还有部队的同志照顾呢，不会有什么问题的。"

贺海东见说不通施弢，只好告辞了："那你休息吧，我们走了。石主任你给监狱长送点吃的东西，从明天开始，你天天过来照顾老人家。"

"别过来，那样监狱就真的全知道了，给监狱也给我添麻烦。"

石磊无奈地望着贺海东，笑着说："政委，你说怎么办？"

"那就按监狱长的意见办吧。"

午夜病房里就剩下了施弢和欧阳惠雪在照顾着施母。病房的条件很好，是里外屋一个套间，外间是休息室。欧阳惠雪劝着："监狱长你到外间躺下休息吧，你明天还要去北京开会，我留在这里照顾老人家。"

"这怎么能行呢，你还是一个大姑娘，大小便的活怎么能让你去干。"

"我大姑娘怎么了，我母亲去年住院都是我照顾的。你也确实不方便。"

施弢无奈地点点头。妹妹在国外呢，家里这边就剩下他一个人了，自己明天还要去北京开会，眼见母亲病成这个样子，他怎么能离开呢。他以求助的眼光望着欧阳惠雪，但他实在不好意思说出口。

"你就放心地走吧，老人家由我来照顾，你不用担心。我请几天假，就说我母亲病了。我不会让谁知道的。"

施弢也真的找不到合适的人了。父亲的岁数这么大了，能照顾好自己就不简单了，他歉意地说："欧阳，那就只好委屈你了，我回来的时候再谢你吧。"

"我有什么委屈的，不就是在医院待几天吗，我伺候老人还是挺有经验的，能达到专业的护理水平。"

"是吗，我看不出来你还有这两下子，多才多艺呀！"施弢在从内心里赞美欧阳惠雪。

"老人也睡了，你快躺下休息吧，明天还要出远门。"

三天后，施弢从北京开会回来了，下飞机后直接从机场来到了医院。病房里摆满了鲜花，空气中散发着花草的芳香。施母正在和大家唠嗑。施弢见母亲的身体恢复正常，非常高兴，喜滋滋地说："妈，你看我给你带什么回来了？"他拿出来一个食品盒。

施母慈祥地笑着说："是烤鸭，我都闻到味了。"施母喜欢吃烤鸭，见儿子买回来烤鸭非常高兴。老人能吃多少，吃的就是一个心情。

“妈，您老太聪明了，什么事情都瞒不过你。今天晚上我们吃烤鸭，是全套的，饼和面酱都有。”施弢又从旅行包里拿出了几只烤鸭：“这只是给大夫的，另一只是给欧阳的。忘了，爸，还有一只是给部队的同志的。”

“欧阳，我谢谢你，这只烤鸭送给你，是我的一点心意。”

欧阳惠雪明显瘦了，两个眼圈都熬黑了，她推开了施弢给她的烤鸭：“监狱长，你把话说哪里去了，这不是我应该干的吗，你再这样外道，我生气了。”

施弢摆摆手：“好好好，那我们晚上一块儿吃烤鸭，我还带回来两瓶正宗北京二锅头。”

施母的话多了起来：“小弢，你们监狱的姑娘好啊，欧阳可是吃了不少的苦呀，你可要好好地谢谢人家呀！”

医院大夫在一旁说：“监狱长，你这个妹妹好呀，真孝顺呀，这几天都是她细心地照顾老人，一口水一口饭地喂着，老人家大便便不出来，都是她一点点地抠出来的。”

施弢的眼睛里噙满了泪水，望着欧阳惠雪激动得说不出话来。他忽然看见墙角有一个大花篮：“欧阳，这只花篮是谁送的？”施弢曾交代过要严格保密，不要把他母亲得病的消息告诉任何人。

“我也不知道，我去取药回来，病房里就多了这个大花篮。陈处长听说她老人家病了，非要到医院来，我说大夫不允许任何人来探望，他就没有来。”欧阳惠雪这样解释，施弢也没有深说。

病房里充满了喜悦的气氛，大家说说笑笑。

施母突然提出：“老头子，我今天就出院吧。我想回家，打针就在家里打吧，你们也都方便了。”

“那可不行，您至少还得住院观察一个星期。”大夫不同意出院。

一个解放军军官进来伏在施冬青耳边悄声说：“老司令，军分区的唐司令来看大娘了，马上就上楼了。”

“这个小唐，他来干什么，小弢你快去替我迎一下。”施冬青吩咐着。施弢起身去迎，唐司令已经进屋了。

“老司令好！”唐司令规规矩矩地给施冬青敬礼。

“好好好，托同志们的福，托共产党的福。”施冬青高兴地说。

“我看看大娘的病情怎么样了。”唐司令来到施母的病床前问候着，抚着施母的手：“大娘，您老怎么样了，我看您的气色很好。”

“已经彻底地好了，我张罗着要出院呢，他们都不同意。”

“大娘，这事可听不得您老的，医院说了算。”唐司令看着站在一旁，穿着警服的施弢问，“老司令，如果我没有猜错的话，这位就是您的大儿子施监狱长了？”

“对，这是我儿子，他现在是沅山监狱的监狱长。你看我还忘了给你介绍了，小弢，你认识一下，这是我们部队的唐司令员。”

施弢起立给唐司令敬了一个礼，以军人口吻说：“首长好！”

“快，别这样，都是家里人，我们俩差不了几岁。我见过你，当时你是市公安局的副局长。市委开常委会研究你的调动时我参加了，监狱的担子很重啊。监狱的情况非常复杂，市委把你们那儿看得很重，选了好多的人才把你相中了，委屈了点儿，但市委有承诺，会对你负责的。”

“是的，沅山监狱是个老监狱，人员复杂，民警队伍老化，经费也挺困难，积累的问题很多，和公安工作是大不一样了。请领导放心，我受党教育多年，对个人的名利地位看得很淡。”

“确实委屈你了，市委给你安排这么一个烂摊子，是够你喝一壶的了。我知道你们内部的人员也很复杂。”

欧阳惠雪给唐司令倒了一杯茶水端了过来，放到茶几上。

“她是谁？”唐司令上下打量着欧阳惠雪。

“哦，她是我们监狱的民警，叫欧阳惠雪。”施弢站起来，笑着说，“来，欧阳，认识一下，这是军分区的唐司令。”

欧阳惠雪走到了唐司令跟前，大大方方地问候了一句：“唐司令好！”

唐司令和欧阳惠雪握手，赞叹道：“好，是个标准的警察，漂亮，有素质，精神。到我们部队去吧，我相中了。”

欧阳惠雪被唐司令夸得不好意思地低下了头。施弢介绍着：“她是专业学院毕业的，现在监狱狱侦处工作。司令相中了，你就调走吧。”

“施弢你倒大方，谁把好孩子往庙上送啊！”唐司令笑了起来。

“司令，只要欧阳愿意去，我真的没有意见。你说呢，欧阳？”施弢试探着她，他知道这是不可能的事情。

“我愿意穿军装，能当军人是我一生的荣幸，司令要是真的要我，就给我办手续吧。”

“好，按营职待遇，回去后我就商量，到时候你别拉——”唐司令意识到和人家大姑娘说什么拉松套不文明，改口说，“你可别后悔。”

“好啊，我听司令的信儿了。你们谈吧。”欧阳惠雪笑笑，进里间去了。

唐司令和施弢唠起了监狱的情况：“逃跑的那个罪犯还没有消息吧？”

“司令这些情况都知道啊。我们已经掌握了一定的线索，但近期内还不可能缉拿归案。”

“可一定要抓紧时间把他抓回来，夏书记是非常关注的，如果这个人在外面再作大案那后果就不堪设想了。”

“我们已经采取了一系列有效的措施，防范白鹏飞出来作案。现在他还不敢出来，这个人有丰富的反追捕经验。”

“人估计在哪里呢？”

“我们已经锁定，他就在市内。”施弢不愿意在这个场合谈这样机密的案情。

“好了，我走了，你们也休息吧。”唐司令起身告辞。

“你今天不能走，小弢从北京带回来几只烤鸭，晚上我们一块儿吃。”施弢也跟着父亲劝着：“司令您就别走了，我爸爸看您来了他是真高兴了。”

唐司令见老首长挽留，知道走不脱了，只好说：“老首长相留，您的心意我全领了，恭敬不如从命了。老首长，这是我给大娘带来的补品，给大娘补一补身体。”唐司令带来了两盒高级林蛙油和几箱高级水果。

“小唐你来我就高兴了，都不是什么外人，还买什么东西呢。”施冬青对唐司令的东西没有拒绝，唐司令是施冬青一手提拔起来的，唐司令经常到施家来看望。

唐司令进里间和施母告别。“大娘，我走了，您老好好休息吧，过几天我会来看您的。欧阳，再见了！”

欧阳惠雪留下来照顾施母，大家都去饭店了。

施母出院了。欧阳惠雪陪着施弢把老人家送回了家里，安置好了说我回家了改日再来。施母拽着她的手说啥也不让她走，坚决留她吃饭。

施母是一天也离不开欧阳惠雪了。她和医院的大夫们说，我这辈子就借我这个姑娘的力了。一天，欧阳惠雪不在跟前，施母说：“小弢，我看这是个好姑娘，你要是把她给我娶过来，把咱家的一切都给她我都认可了。”施母是真的喜欢欧阳惠雪。

“妈，您说哪里去了，我都这么大岁数了，她比施雨才大五岁，她又是我们监狱的民警，那会带来什么影响呢？”施弢过去还没有动过这方面的心思。

“影响，什么影响？你是找媳妇，名正言顺地找媳妇，能有什么影响？”施母的心铁了，坚决要把欧阳惠雪收为儿媳妇。

施冬青听老伴说了后，也非常赞同，这些天来要是没有欧阳惠雪的照顾，老伴能不能活过来还两说呢。不过他也担心，自己的儿子毕竟是单位的一把手，要真的是这样影响也是不小的。

饭后，施弢和欧阳惠雪在房间里交谈着。“这是我妹妹的房间，我妈说了，以后你来就住在这里了。我得怎么谢你呢，以后你就是我的妹妹了。”

“谢我就说远了，你是没有把我当家里人了，老人家的病好了，你就知道和我谈什么谢谢，你们男人就不会说点别的话，你愿意我当你的妹妹吗，你就没有想过别的什么？”欧阳惠雪的心被两位老人打动了。

“想过别的什么？”施弢从欧阳惠雪的眼神中看出了一种异样的目光，是一个女人对男人特有的目光。他今天是第一次这样近距离地看欧阳，她真的很美。

“我想什么，我想——”施弢的话打住了，爱你的话没有说出口。

“你说你想什么，你就明说呗。”

“我真的怕给你带来什么不好的影响。”

“我都不怕，你怕什么，别人也不知道我在医院护理老人家！”

“别人不知道，事情恐怕不是那么简单，肯定是有人知道了，要不那花篮是谁送的呢？我才来监狱这么几天，就和你一个大姑娘好上了，这下子可成新闻了。”

“我始终没有让其他人知道，可那花篮是谁送的呢，这个人来了又不露面，搞的是什么名堂。也没有什么了不起的，管他呢，我就是护理监狱长的母亲几天，这也不是干什么坏事，传出去也不怕。”

“欧阳，我喜欢你的性格，像我的性格，我们情投意合，我没有看错人。”施弢一下子握住了欧阳惠雪的双手。自从妻子去世后，他已经多年没有感受女人的温暖了。

欧阳惠雪欣喜地注视着施弢的一举一动，施弢的刚毅坚强特别是他丰富的学识，多年的政法工作磨炼出来的那种特殊的男人性格和特有的男性魅力正是欧阳要追求的，她就是要和这样的男人相爱。这样的爱值得！她不在乎对方年龄的大小。在那天吃饭的席间，在酒桌上她就把甜蜜的目光一次次地给施弢抛过去。她把双手从施弢的手中拽了出来：“今天挺晚了，我回去了。”

施弢想挽留不让欧阳走，但没有说出口：“那你就回去吧，哪天再过来。让邵俨开车送你，我今天不回去了。”

欧阳惠雪去施母房间打了个招呼之后，冲着施弢莞尔一笑，道了晚安，走了。

施弢躺在床上睡不着，满脑子都是欧阳惠雪的影子，他在探问自己莫非真的爱上了欧阳惠雪，他盼望着和欧阳惠雪再次见面。

“施监狱长，老母亲有病了也不告诉我一声，是把我当外人了。”龙啸天来到施弢的办公室，一进屋就打着哈哈。

施弢明白花篮是龙啸天送的了，他没有想到龙啸天能去医院：“龙监狱长你把话说哪里去了，不是背着谁，大家都忙，没必要为我们的事费心。我在公安局的时候在这方面就一直是这样做的。”

“其实这也没有什么大不了的，都是礼尚往来，你太多心了，一个班子的，我们去看看也是人之常情嘛。”

“谢谢你的关心，老太太好多了，就是家里没有人照顾。上次多亏了欧阳，我要是有这样一个妹妹就好了。我妈的心脏病说犯就犯，弄不好生命就有危险。”施弢见龙啸天什么都知道了索性就把话说开了。

“欧阳这个人确实是不错的，人长得靓，心眼也好，至今还没对象呢，我可以当你们的红媒了，我完全可以做她的主，她保证听我的话。”龙啸天说着哈哈地笑了起来。

“啸天你开什么玩笑，我都多大的岁数了，能找这么小的媳妇吗？”

“你也太保守了，都什么年代了。人家都不嫌乎男人的年龄大小，年龄阻隔不了婚姻和爱情呀，欧阳最终能选择你也是她的福分。”

陈剑虹来了，拿着卷宗说：“监狱长，有关白鹏飞的情况需要向你汇报一下。”

“那我就走了，哪天咱们专门谈那个问题。”龙啸天打住了话。

“你别走了，听听你有什么高见。”

“我不听了，对追捕白鹏飞我不乱掺和了，焦成金还在楼下等着我研究有个闹监人员的处理呢。我找时间再去看看老人家。”龙啸天走了。

“施监狱长，他怎么走了呢，是不是多心了？”陈剑虹盯着龙啸天的背影说。

“我们不管他了，你快说说有什么新情况？”

“我们截获了白鹏飞给邓文龙的一封信，倒没有什么实际内容，是公开邮来的，肯定是在本市邮出的，他是特意邮给邓文龙的。”

“把信给邓文龙，看看他有什么反应。”

“我也是这么考虑的，估计还能来信。白鹏飞这个人总是过高地估计自己的智慧，以为我们不会相信他会在沅江市不走。”

“是的，聪明反被聪明误！你说他要是真的出沅江市了，我们还能抓到他吗？”施弢指着墙上的地图说，“广西，那是多么大的一片土地，真是藏身的好去处，他为什么不去，这是谁给他出的招呢？”

“肯定是行家了，是一步错棋。”

“好，我们就装糊涂，和他演下去。要监视邓文龙，盯紧他。”

“你放心吧，我又下了好几条线，还有几条伏线。”

“谁说监狱警察不懂侦查，你完全是一个行家里手，要是在公安局，你肯定是拿大要案的，我将来把你送公安局去吧。”施弢是发自内心地赞赏陈剑虹。

沅江市文化广场绿草茵茵，晚霞辉映。喷水池中一群金鱼在水中尽情地嬉戏。

施弢和欧阳惠雪难得抽出一会儿时间，晚上出来了，在林荫小道上散步，边走边谈着。

“欧阳，我们现在还应该尽量少接触，以免惹人口舌。”

“我不怕，我爱你是正大光明的。”她和施弢靠得更紧了。

天色暗了起来，头顶上升起了一轮明月，群星闪烁，波澜不惊的江面天地浑然一色。施弢、欧阳惠雪两人凭栏远望，尽情地畅谈着。

“你真不应该上这个监狱来，干得多遭罪呀！”

“遭罪？我怎么没有感觉出来呢。人活着总得要有所作为吧，要不我们在这个世上走一回和动物有啥区别呢？我这个人过不了好日子，也许我生来就是找罪受的。韩愈说过，吃菜根，淡中有味；守王法，梦里无惊。人还是苦一点的好。”

“你看你说的都是哪和哪呀。我说不过你，但我看你天天这么累，心疼啊，回家后连个人也没有。”

“等我把白鹏飞抓回来，咱俩就正式结婚。”

施弢整整大欧阳惠雪二十岁，欧阳惠雪从接触施弢的第一天起就从心里喜欢这条硬汉，在施弢的身上处处洋溢着阳刚之气。现在的女性就是这样敢恨敢爱。两人的关系能发展得这么快，应该与欧阳惠雪对施弢火辣辣的表白有关系。用欧阳惠雪的话说，我喜欢你我就敢爱，爱是没有罪过的。

欧阳惠雪向施弢紧紧偎依过来，施弢抚摩着欧阳惠雪的满头秀发。

“我都这么大岁数了，值得你爱吗？”

“值得，你知道吗，你一来到这个监狱，龙啸天就让我多和你接触，现在是我被你征服了。”欧阳惠雪说出了心里话。

“是吗，我还真不知道有这么回事。她让你多接触我是什么意思？”

“什么意思那还不是明摆着吗，他们心里有鬼，就防备你呗。龙啸天和我许诺，要是我能把你拉过来，政治部副主任、教育处长两个位置任我选。可是他太小瞧我了。”实际上欧阳惠雪对他们的所作所为早就看不惯了，她耿直的性情是一般的女人所不具备的。

施弢没有想到欧阳惠雪能告诉他这样重要的情况。他转移了话题：“欧阳，我要是死了，你一定要把我的骨灰撒在这条江里。每年的今天晚上你都来看我，烧两张纸。”施弢突然间说出来这么一句话。

“施弢，你怎么能说这话呢？这花好月圆之夜你怎么能想到死呢？”欧阳惠雪两眼惨然地望着施弢。

“干我们这行的，只要穿上了这身警服，就得将生死置之度外了。我还是那句话，人早晚都得离开这个世界，关键是怎么个离去。我喜欢欧阳海的一段话，即使有一天我离开了这个世界，我也仍然衷心地相信，共产主义的远大理想一定会实现，一定会有更多更多活着的人为之而奋斗。”

“我爱你！”欧阳惠雪两眼含着泪花扑到施弢的怀里。

“快别这样，别人以为我们是对野鸳鸯呢。”

“我们在谈恋爱，堂堂的公安局长出身的人连这点都不懂吗？施弢，你这个人性格太刚烈了，眼瞅着五十岁的人了，有些事情你也别太认真了。事业不是一个人干的，也不是一天干的。”

“你说得对，但江山易改，本性难移。我是改不了，也不想改了。他们越恨我，就越证明我做得对，我就要一干到底。”

“我看出来了，你是共产党的忠实信徒，可也有个别人一听你们说过去的那些语言就觉得可笑和好玩。”

“不管咋说，共产主义的远大理想是人类最伟大、最美好的理想。你信不？”

“我相信，你说啥我都相信，但太渺茫了，人还是要现实一些。”

“现实一些，难道我说得不对吗？”施弢有些火了。

“我不是那个意思，但是人活得现实一些也没有错啊！”

“政治的道路怎么走我有我的主张，我改不了，你说也没有用的。如果人人都从自己的小天地出发，没有一种奉献精神，那么谁对这个社会负责任呢？”

“好了，政治上的事情我不参与了，说说我们什么时候结婚吧。难道白鹏飞不抓回来我们就永远不结婚了？”

“你着急了？”

“你说应该着急不，不说我的年龄如何，我不忍心看着你一个人生活没有人照顾，结婚我才能尽一个妻子的责任。”

实际上欧阳惠雪都二十好几的人了，怎能不渴望自己有一个家，这是一个女人的天性。

“我们走吧，挺晚了。”

夜深了，欧阳惠雪回到了家中，心里仍久久不能平静。她完全沉浸在爱情的陶醉之中。

铃——电话响了，是施弢打过来的：“睡觉了吗？”

“正要睡呢，你就打来了电话，这回睡不着了。”

“那就别睡了，我睡不着，我们唠嗑吧。”

“你多坏，你不睡也不让人家睡。”

“我想好了，我们还是早点结婚。你是对的，我不能光为我自己着想，人活着是为了别人，小丫头我同意了。”

“不，你同意我还不同意呢。你到监狱的时间太短，还有很多事情要办的，我不能拖累你，我心疼你。”

“那样不是太委屈你了吗？等这几天忙活完了，我请你上我家做客。我家太邋遢了，不好意思让你这个大姑娘来。”

“你净说好听的，还是不真心让我去，你心里不一定想什么呢！”欧阳惠雪故意用话逗着施弢。

“你这个小丫头真是太不讲理了，你要是愿意来我随时都双手欢迎。”

“我天天都去，你欢迎吗？”

“欢迎，热烈欢迎。”

施弢的手机响了。“有人来电话了，是谁这么晚了还来电话？”欧阳惠雪问道。

“肯定是施雨，她都是这个点儿给我来电话。”

“那我就先撂了，一会儿我再给你打过去。”

施弢拿起手机一看，果真是他女儿。“爸爸，我是施雨，这么晚了你还没有睡。”

“是啊，你这么晚了来电话有事吗？”

“爸爸，我想你了。”

“不会的，你肯定有什么事情和我说。”

“爸爸，我总是骗不了你。爸爸，我告诉你一个消息，我谈恋爱了，他是我们班的同学。”

“你不用说了，我已经知道了。你的男朋友姓白，名字叫白翔。他爸爸在沅山监狱服过刑，叫白鹏飞。”施弢想，这真是上帝的安排，监狱长的女儿找了个罪犯的儿子，女儿追求的标准他是无法改变的。

“爸爸你已经知道了，我们恋爱有一年的时间了。”

“你觉得他值得你爱吗？他的父亲可是我们每天在抓的通缉犯。”

“值得，我们每天有说不完的话，他非常有才华，是我们班中的学习尖子。他的家庭和我又有什么关系呢，我爱的是他，而不是他的爸爸。”施雨的话语中充满着幸福感。

“我要是不同意呢？”施弢从心里反对女儿和白鹏飞的儿子恋爱，但他知道女儿的性格，认准了的事情，任何人也拉不回头的，在这一点上完全是随他的，她妈妈要是活着就好了。

“爸爸你不能，你不是老古董，你是一个现代型的爸爸。”施雨撒着娇，“你是我的好爸爸。”

“孩子，爸爸是为你好，你的头脑一定要清醒。”

“爸爸你不用为我担心，我都多大了。”

“你在爸爸的眼睛里永远是一个长不大的小丫头，只要我活着一天就要呵护你一天。”

“爸爸，你和欧阳姐姐的关系，我知道了，我祝贺你，我挺喜欢欧阳姐姐。”

施弢不明白他和欧阳的关系孩子怎么知道了，他明白了，是她奶奶告诉她的。

“爸爸想你了，你找时间回来吧。”

夏日的东华大学校园里繁花似锦。

白翔来到了施雨的宿舍。他们两人的关系在学校里已经公开了。每当白翔一来，室内的几名女生就都走开了。到大学后，他们两人就分到了一个班，还是前后座。一唠起来都是沅江市人。特别都是没妈的孩子，两个人的距离一下子拉近了，每个月回家两个人都是一块儿回来。

37.

“今天的现身说法受到了极大的欢迎，太激动了，很多的人都哭了，不，是落泪了。”服刑人员商太星今天给市直机关的人员现身说法。他原是一个县卫生局局长，因受贿罪被判处有期徒刑十年。

“你以为你是谁呀，还到处讲个屁，不怕丢人现眼。别看你过去是什么局长，现在你狗屁不是。就你捞的那两个钱，被判了十年，你屈不屈，还他妈的当局长呢。”卓雨特别瞧不起他，有事没事都要损他几句。他惹不起汪道渠，可就是不怕他。

“我和你不一样，我毕竟是受党教育培养多年的干部，我是罪有应得。我不恨共产党，我相信党，共产党永远是伟大的。我是判得不轻，我已经提出申诉了。”

“你还做美梦呢，共产党还会管你吗？那么大的党，你以为缺你一个党员哪，你是太不知天高地厚了。”

“能，我相信。荀河不是都出去了吗？”

“你们俩是两回事，人家是属于冤假错案，你算是怎么回事，你受贿十多万元判你十年都是照顾你了。”

“我不是都退回去了吗？我一分钱都没有得。”

“你就是他妈的不讲究，办不了的事你收人家的钱干什么，你还当过什么乡党委书记呢，你走了就应该把账给人家结了，都找到你们局里，你说不管了，你调走了，放谁身上都得告你。现在你说你退了，谁给你证明？”

邓文龙不耐烦地问小安子：“隔壁在吵吵什么？”

“是新上任的巡逻队长郜阳在巡查中发现丁树林几个人看黄色影碟，郜阳要把影碟机没收，他们不让。”

“我去看看。”邓文龙爬下床来，小安子给他披上了衣服，“邓哥你要小心点，这小子臂力过人，挺举三百多斤，全监狱掰腕子没有掰过他的。”小安子跟在后面提醒着。

郜阳是典型的车轴汉子，一身整齐的警服，手里握着一根大号电警棍。双方在僵持着，要是换其他人早动手了。

邓文龙上下打量着郜阳不觉吸了一口冷气，看来小安子是没有说错：“你们都回去坐好，想干什么，和政府对立，找死啊。有什么事情和郜队长商量，他吃这碗饭也不容易。”

“邓哥，东西不能给他，这小子太狠了。”旁边的一个人高声嚷着。

“闭上你的臭嘴，怎么和郜队长说话呢？”

小安子马上给郜阳点了一支烟：“郜队长，你抽支烟消消气，和他们这几个小土鳖生气犯不上，您是什么身份呀。”

郜阳把小安子的手拨拉开，态度坚决地说：“东西必须没收，人听候处理。”

邓文龙挺客气地说：“兄弟，能不能给哥们儿一个面子，人就别处理了，他们有的这次都报减刑了。”邓文龙给打了个折扣。

郜阳一摆手，指着邓文龙：“给你一个面子，你是干什么的，我不认识你，我就知道你是一个犯人，我在履行警察的职责，你别掺和，离远点。”

“这是邓哥，监狱长都得给他面子。”小安子介绍着。

“什么邓哥，我不认识，少扯这事！报名字。”郜阳根本不买邓文龙的账，一点面子都不给。

邓文龙使了个眼色，丁树林把影碟机交出来了，谁也不敢吱声了。

郜阳带着几名民警把影碟机和几张碟都带走了。

小安子望着郜阳的背影气愤地说：“邓哥，这小子也太狂了。我们得治治他。”

“不行，郜阳软硬不吃，全监狱的警察我就怕他。那次他差点没把我打死，我舅舅给我过了话算是饶了我。”卓雨也过来了。

“别瞎白话，那次是你犯那里了，有短处，要不你舅早出面了。”小安子在旁边来了句。

“住嘴，听我说。我们不能这样硬顶，得想办法。买点东西给他送过去。”邓文龙也感到郜阳是个硬汉，监狱再找不出第二个这样的人。

小安子比画着说：“他不能收，有一次有人给他送东西都让他给撇了。”“那也得试试，有时候不收是故作姿态。”“谁送，找不到合适的人了。”“你送。”“我送，送什么东西呢？”小安子见邓文龙让他去有些打怵。“买几条好烟。”“监狱小卖店没有什么像样的烟呀。”“你和他们说说给进几条好烟。”“进什么烟？”

“进几条软中华。”邓文龙不信他摆不平郜阳。

小安子在衣服里藏着两条软中华烟来到了巡逻队长室，就郜阳一个人在。

“郃队长，这是我和邓哥两个人的一点心意，我们愿意和你交朋友，请你笑纳吧。”小安子的嘴就是会说，他把烟放到了桌子上。

郃阳指着小安子说：“你胆子还真的不小啊，你经过谁的允许闯到这队长室来了，你把东西拿回去，我郃阳不吃这口。你们可以尊重邓文龙为大哥，在我的眼里他就是一个犯人，只要他在这个监狱待一天，就必须老老实实地接受改造。违反监规，就要受到惩罚。我也劝你离他们远点，否则，你陷进去不会有好下场的。”

小安子连连点头：“是，是，郃队长说得对。”

“你们的那个黑窝点我早晚要把它端了，你别以为监狱什么都不知道，你们在里面干的坏事已经有人告了。别人怕你们，我姓郃的不怕你们。走吧！”郃阳毫不客气地把小安子撵走了。

“你们都看到了吧，我们只要做得对行得正，阎王爷对我们也没有办法。我要是贪财就不行了，和我扯这套，你看错人了。”郃阳和几名民警说。

“这小安子是监狱里最坏的人，过去像条狗似的天天跟在白鹏飞后面，现在又天天跟在邓文龙的后面，真不知道他家上辈子是干什么的。”

“我们就是要瞄着他们，把他们的那个储藏间给他封了。已经有人多次举报他们在里面喝酒开黑会，里面还有一个大铁桶，是过去给白鹏飞洗澡用的，邓文龙来了以后就归他使用了。明天就把这个铁桶拿出去。”

“我们说了，监区不同意，洗洗澡没有什么大不了的。”几个巡逻队员面有难色。

“好吧，我不为难你们，明天我亲自去清理，我就不信一个铁桶还有那么大的阻力，我就不信这个监狱是谁说了算。监区应该把储藏间的钥匙控制起来，我找施监狱长提意见去。”

“没收的录像机怎么办？”

“砸了，彻底地砸了，一样也不留。”郃阳的口气不容商量。

“我们中队还需要一台录像机呢。”

“那也不要犯人的破东西。”

小安子灰溜溜地回来了，把两条烟放到了桌子上：“邓哥，郃阳这个人是太正了，我嘴都磨破了，他都不搭理，反而把我教育一番，还要端我们的储藏间，他说这是个黑窝子。”

“你们大家都记着，以后凡是他当班的时候大家都小心点，睡觉吧。”邓文龙咬咬嘴唇，知道碰上茬子了。在警察队伍中这样的人还是大有人在，对这样的人他还真没有什么办法，软硬不吃，他上床睡觉了。

丁树林嘟囔着："真窝囊，连老本都给端了。"

"都是得瑟的，你看录像就消停地看呗，叫唤什么。"

"别吵了，邓哥睡觉了。"小安子吆喝着，"再出声，我把你整外头去。"

几名服刑人员在偷偷地骂他："装啥，上次把你打轻了，你这几天皮子松了又还阳了。"

小安子听见这几个小子没说什么好话，就走到跟前，拿棍子敲着床头："你们叨咕个屁，你们他妈的还不服怎么的，找挨揍？"

自从上次他被魏铁成收拾后，这监舍的人经常拿他取笑。特别是邓文龙不在跟前的时候更加放肆了，魏铁成死了才消停一些了。

"服，服，发自内心地服。"几个服刑人员赶紧把脑袋缩进了被窝。

房间里静了下来，没有人再敢说话了。邓文龙知道保外就医这条路是走不通了，文走不行就得武走了。

小安子见邓文龙翻来覆去地睡不着，就过来和邓文龙悄悄地说："邓哥，如果睡不着觉的话，我们去玩玩麻将。你等着，我马上就去组织人，一会儿完事了我来叫你。"

"现在监狱这么严，你还敢玩麻将，逮住你还有好，你可真是胆肥了，都消停睡觉吧。"

"我们悄悄玩一会儿，给你散散心，现在是夜深人静的时候，我们别弄大动静就行。"

小安子下床出去了。不一会儿，他回来了，轻声唤道："邓哥，起来走吧，都摆好了。"

邓文龙来到了储藏间。麻将都码好了，中间还摆着四个冷拼、一瓶酒。

"邓哥我们边吃边喝边玩，今天就是为了让邓哥高兴。"

邓文龙一看小安子找来的几个人都是对路子的，挺高兴："好，我们玩吧。"几圈下来，邓文龙赢了七八百元。

"挺晚了，别一会儿让巡逻队的给发现了，我们见好就收吧。钱我不要，该谁的谁拿回去，我不要。"邓文龙对赢的钱连数都没数，全都交了出来。

"小安子，你给大家分分。"

"邓哥，我们不要，那成啥事了。"

"不要不可以，必须收下，你们陪我玩，我就谢谢了。"邓文龙就是推让不收。

小安子搞了一个折中的办法："我看这样吧，邓哥不要，你们又不能收，干脆这些钱留着明天买好吃的吧。"

"值班的来巡视了。"外面放风的人进来通报。

"是谁，几个人，你吓成那个熊样？"小安子骂了一句，他寻思着，可别是郜阳来了，他是真的怕郜阳。

"王清远队长，就他自己。"

"怎么又是他呢，没有事，我有办法归拢他。"小安子的胆大了，"我去迎他，别让他进来。"

王清远进来了，打量了一圈屋里的人员，看见桌子上的麻将："怎么又玩上了？现在监狱有明确的规定，对赌博者要扣罚奖分，情节严重的关禁闭。"

"王队长现在也讲起政治来了，哥们儿感情都没了，看来以后也不能处了。"小安子讽刺着。

"你少和我说废话，那可不是我姓王的为难你们，上次你们在储藏室喝酒施监狱长都知道了，你们跟前的人不知道是谁反映的。"

"我们跟前的人谁能反映，备不住就你说的呢。"

"你小子是他妈的说屁话，我王清远是那样的人吗？你是越来越装大了，你别整急眼我收拾你，你还数叨上我了，我王清远急了也不是好惹的，我现在也是戴罪之身，差点就开除公职了，我得感谢施监狱长手下留情。"

"你看这不是把嗑唠远了，我不是觉得王哥不是外人嘛。"小安子给王清远点了一支烟。

"吵吵什么呢？"邓文龙从里面屋里出来了，故意装着不知道，问了一句。

王清远往屋里探了一下头："哦，邓哥也在这里呢！"

"进来坐坐。"

"我走了，你们收摊吧。"王清远走了。

"王哥，你别着急走啊。"小安子追上去，塞给王清远一卷钱。

"你这是干什么？"王清远一甩手把钱打掉了。

小安子给王清远的钱正是刚才邓文龙赢的钱，他是临时起意把钱拿起来就给了王清远。

"你净瞎整，这么多的人你给他钱他能要吗？猪脑子！"邓文龙骂道，"还是拿我的钱送人情。"

“我是猪脑子，这回还把他得罪了，这事办的，我找机会把这事平了。”

“睡觉，不玩了。这段时间都消停吧，别给我惹事儿。”

“这？”小安子指着钱说。

“你先留着吧，我不缺钱。”邓文龙把钱给小安子了。

“谢谢邓哥，谢谢……”

夜深了，监舍里的人都睡了，偶尔从巡廊传来巡逻民警的脚步声。邓文龙和小安子还在悄声唠着。

“王清远对我们的态度都变了，这说明一个问题，你想过没有呀？”邓文龙自语着。

“说明什么？”小安子不解地问，他现在知道了就是他想说也不能说，邓文龙这个人和白鹏飞不一样，喜欢卖弄自己，你说了他不乐意，他在邓文龙的跟前就是两个字“装傻”。

“施弢已经注意我们了。可能白鹏飞的案情有了进展，他心中有数了。你要是能和鹏哥联系上，告诉他狱方很可能已经瞄上他了，如果能走的话，赶紧离开沅江市吧。”

“我现在和他也联系不上了，过去都是他给我来信。这都有两个月没有动静了。”

“你小子就是不和我说实话，把我当猴耍。你以为我什么都不知道呢，你别他妈的脚踩两只船，两面买好。”

“那怎么会呢，我可不是那样的人。鹏哥有些事情确实是不告诉我的，今后有什么情况我全都告诉哥哥。邓哥，过几天你要过生日了，我准备搞个宴会，把咱们的哥们都请来。”

“你要把我卖了怎么的？糊涂，就是没有事监狱还瞄着我呢，你不是没事找事吗？”

“怕什么，不就是吃点饭喝点酒，哥几个也就是借你的光热闹热闹。”

“不行，绝对不行，你敢瞎张罗我把你的腿打折。”邓文龙坚决不同意，毫不领情地训斥了小安子。

“我明天和黄青商量一下，邓哥睡吧。”小安子仍然坚持要办。

第二天午后，小安子和黄青商量着怎样办邓文龙的生日宴。小安子说了昨天和邓文龙商量的情况。

“安弟，就按邓哥说的办吧，不张罗也是对的，要整就我们几个人给邓哥过生日，外人一个也别告诉了。”

“那就按你说的标准和范围，我给邓哥准备，一定要搞几个精点儿像样的菜，我和秦哥说说，再搞它几只鲍鱼。”小安子掰着手指头算计着。

“你净瞎吹，上哪里整鲍鱼去，你可别难为秦哥了，这几天刚消停点，可别惹事了。”黄青劝小安子别瞎张罗了。

“青哥，秦哥那里还有好几十只鲍鱼呢，就是不知道能不能发出来，做鲍鱼是秦哥的绝活。那年监狱请客，专门把他找到监狱招待所给做的鲍鱼，一下子给奖了六十分。”

“那你和他商量吧，我看他最近的心情也不好，你别惹他生气。”秦雨农这些天里经常发无名火，大家都躲着他，最近就是黄青和他能合得来。

“这……”小安子也打怵秦雨农，特别是那张永远阴沉的脸他几乎不敢正眼看。

邓文龙的生日宴没有办，小安子还被臭骂了一顿，这马屁是怎么拍的呢，他不知道自己到底是错在了哪里，他感觉是背后有人在邓文龙那里说坏话了。

第十三章　粉墨登场

白鹏飞的穿着体面潇洒，身着一套法国西服，唇上留着一撮黑黑的短胡须，戴着一副墨镜，无名指上戴着一只新颖、别致的绿宝石戒指，看起来价格不菲。俨然是一个从国外归来的富商。

38.

晚上，沅江市红鹤楼大酒家灯火辉煌。迎宾小姐穿梭往来，迎送就餐的客人。红鹤楼是具有国际水准的五星级的酒店，在这里宴请客人象征着沅江市最高的档次。

晚宴的东道主是沅江市隆达经贸公司的总经理汪兆月，他宴请的客人是白鹏飞。白鹏飞在沅山监狱脱逃后第一次在社会上露面，汪兆月邀请了沅江市社会各界的名流前来作陪。宴请是在酒店四楼最大的一个包房。包房的四周墙壁上挂着名人字画和在此就过餐的名流的照片，足以显示出酒店老板的社会实力。

汪兆月伫立在包房门口迎接着一拨拨到来的朋友。蒙丽莎打扮得花枝招展地到了，跟在她身后的是一个戴着墨镜的身材细挑的漂亮女士。

汪兆月午后才告诉蒙丽莎晚上的宴请。蒙丽莎这些天一直在找白鹏飞，汪兆月始终没有告诉她白鹏飞的联络方式，白鹏飞不让汪兆月告诉她。今天是经白鹏飞同意后汪兆月才通知蒙丽莎的。

汪兆月一看蒙丽莎又领了一个人来就表现出满脸的不乐意，斥责道：“蒙总，我不是和你交代了吗，今晚的场面非同一般，绝对不能带外人来的。”

蒙丽莎环视了周围的客人，微笑着说：“汪总，我在社会上混了这么多年，这点规矩还不懂吗？我是按你的意见办的呀，确实没有领外人来，汪总你得看看她是谁呀？”蒙丽莎把身后那个女人拽过来，推到汪兆月跟前。

女人摘掉了墨镜，对汪兆月嫣然一笑。汪兆月一看惊呆了，这不是市评剧团的雪静吗，在沅江市也算得上市花了，她经常和市里的上层人物打交道，一般的男人是到不了雪静跟前的。汪兆月在一次活动中认识了雪静之后，完全被雪静的美貌迷倒了。在沅江市能让他这么动心的女人还没有过，他频频向雪静示爱，曾几次请她单独出来都被她客气地拒绝了。汪兆月始终不死心，他觉得自己有的是钱，就不信把你搞不到手！他打听到雪静和蒙丽莎是铁姐妹，恳请蒙丽莎帮忙，要什么条件他都可以答应。蒙丽莎虽满口答应，但一直没有动真格的。那天的话说过之后，蒙丽莎果真把雪静带来了。事先她和雪静特意交代了一番，雪静也明白了带她来的真实用意。蒙丽莎贸然把雪静带来，就是要给汪兆月一个惊喜。汪兆月高兴极了，今天晚上这场宴席就是特意给雪静安排的也值得呀，这太出乎他的意料了。他知道像雪静这样的女人只要是和你有了开头就不愁没有结尾。

“汪总，怎么我妹子来了你不欢迎，那我就让她走了，改日再见吧。”蒙丽莎佯装要往门外推雪静。

汪兆月小眼睛都笑没有了，嘴也瓢了，连连点头说：“蒙总说得对，不是外人，我认错人了，静妹，你要走，那怎么行呢，不能走，来了就不能走。你别介意，我不是对你来有意见，今天的宴会大大不同于往常呀，你要理解哥哥的担忧啊。”

雪静笑吟吟地说：“汪总，看来我今天来得是太唐突了，你是不是真的不欢迎我，要是给你带来不便，那我就走了。”她也佯装要往外走。

“大哥可不是那个意思，静妹你多心了，你绝对不能走。”汪兆月急了，这要到嘴的鸭子怎么能飞了呢，他用手拦着，把手搭在了雪静的肩膀上，半搂着。

雪静佯怒，她使劲把汪兆月的手扒拉下来一甩，说：“我还是走吧，我这样的身份在这里确实不方便。晚上我还有节目要上，改日再会吧。”

“蒙总，你快说话呀！”汪兆月急忙向蒙丽莎求救，完全是一副要哭的架势，但蒙丽莎却微笑不语。

“怎么回事呀，是谁要走呀？”门口一个洪亮的声音传了进来，随着声音，白鹏飞到来了。白鹏飞的穿着体面潇洒，身着一套法国西服，唇上留着一撮黑黑的短胡须，戴着一副墨镜，无名指上戴着一只新颖、别致的绿宝石戒指，看起来价格不菲。俨然是一个从国外归来的富商。白鹏飞进入房间了，大家霍地站起来，迎了上去。

“鹏哥，”蒙丽莎扑过去和白鹏飞紧紧地拥抱着，嗲声嗲气，“鹏哥，我找得你好苦呀，老妹子好想你呀，我没有想到这辈子还能看见你！”

“丽莎，我没有想到你会来。几年不见了，你还是这么漂亮，而且还愈发地美丽动人了。”白鹏飞捧着蒙丽莎的脸吻了她的额头一下。

“鹏哥的口才还是那么好，一听你说话的声音，我的骨头都酥了。我早就听说你出来了，但不知道你在哪里，联系不上。汪哥他欺负我，始终背着我。我今天也是从别人那里知道了今天晚上的宴请，我问汪哥经他同意才来的。我太想念你了，你不知道老妹让他们欺负苦了……”蒙丽莎哽咽着说。

“丽莎，那你可是太冤枉你汪哥了，你现在是沅江市民营企业的十强之一，上下通天的人物，我和你可高攀不上了。我长得也不算高大威猛，有哪个美眉能喜欢我呀！”汪兆月的话是故意说给雪静听的，雪静用身子轻轻撞了他一下以示不满。

“汪哥呀，你把话说哪里去了。你可是沅江市商界的大人物了，你在商海里遨游时我还在岸边观看呢，论辈分我得是你的晚辈了。”蒙丽莎就是会说话，几句话就把汪兆月弄没嗑了，只是嘿嘿地笑着。

蒙丽莎说的倒是实话。汪兆月在这沅江市可称得上是一个头面人物，家有资产几千万元。当时他在石油公司搞承包，年承包费定为五十万，可一年下来他挣了三百五十万。他干了五年，一年比一年赚钱，除完成上缴的承包费二百五十万后，纯赚了两千多万。后来他携款外逃，在省城机场被机场公安处截获，以贪污罪、投机倒把罪被判了十八年徒刑。到沅山监狱服刑后和白鹏飞在一个监区，白鹏飞对他照顾得非常好，两人成了磕头弟兄。办案机关在这个案件的定性上有分歧，有的主张宣告无罪，有的主张定投机倒把罪，有的主张定贪污罪。后来在白鹏飞的策划下，他不停地申诉，经省高级法院改判出监。汪兆月出监后，在社会上广交朋友，可以说黑白两道都玩得开。白鹏飞出来后就和汪兆月取得了联系，汪兆月向他表示，需要什么尽管说，钱尽情地花。今天是白鹏飞越狱一百天整，汪兆月特意安排了这次宴请，把白鹏飞的哥们全都找来了。这就是汪兆月的性格，一般人谁有这个胆量，敢在这个时候大张旗鼓地宴请白鹏飞?

“鹏哥，哇——”蒙丽莎搂着白鹏飞号啕大哭起来。这是怎么了，众人都蒙了。

“你先别哭，有什么委屈尽管和大哥说，我给你做主。”白鹏飞也被蒙丽莎的哭搞糊涂了。

蒙丽莎哭诉了那天被几个人殴打的经过，接着又添油加醋地说：“鹏哥，我不提你还好，一提你他们更火了，说你不讲究对不起哥们，说跑就跑了，把监狱的哥们坑苦了，还说你吃什么软食，他们最瞧不起的就是你，说你抓回去早晚得挨枪……”

白鹏飞火了，拳头攥得骨节咔吧咔吧响，脸也变色了，愤怒地说道：“够了，你别说了，兆月大哥已经把你的情况和我说了，你放心，我一定给你做主。谁骂你了我割他的舌头，谁打你了，我剁谁的手；毁你的车，我就让他给你买新车。狗娘养的，我把他的那东西给割下来，喂狗。”

大家也为蒙丽莎鸣不平，纷纷献起了殷勤，叽叽喳喳地谴责道：“欺负一个女流算什么本事！蒙总，你有什么需要我们办的，尽管说话，在这沅江市咱们怕过谁！”有的小声嘀咕着：“这蒙丽莎肯定是遇上了茬子了，在沅江市一般人是不敢碰她的。”

汪兆月听了蒙丽莎的哭诉，也气得够呛：“这几个小崽子，真是他妈的找死了，鹏哥还在呢，他们就敢这样干了，简直是反了。”他劝着，“丽莎，别生气了，你鹏哥答应给你做主了。我们喝酒，别扫了今天的兴。鹏弟，只要你发话就行了，剩下的事情我去办。好了，宴会正式开始。对了，我还有一个朋友没给鹏弟介绍呢，蒙总你介绍吧。”汪兆月指着雪静说。他故意套近乎，这么一会儿雪静成了他的朋友。雪静莞尔一笑，对她和汪兆月的关系没加可否。

“大哥！”雪静叫得非常脆生，她像一只蝴蝶扑到了白鹏飞的跟前，拉着白鹏飞的双手，显然两人是熟人。

“静妹，你怎么来了？”白鹏飞吃惊地问。

“蒙总说今天有一个宴请让我参加，都是一些好朋友，让我认识认识，我不知道是请鹏哥你。”

“鹏飞，你们认识？”汪兆月插了一句。

“这是我妹妹。”雪静姓白名静，雪静是她的艺名。那年在沅江火车站站前剧场演出，社会上的一伙人砸场子，还调戏雪静，点了雪静的歌能有二十多首，雪静唱完了还不罢休，喊着如果不唱，就让雪静跟他们走，陪他们玩一宿。白鹏飞那天正好在台下看剧。他出面制止，这伙人不听，双方动起手来，结果对方被白鹏飞的人打得落花流水。雪静为了感谢白鹏飞，正式认白鹏飞为大哥。天下白姓是一家，白鹏飞视她为亲妹妹，连她的一个手指头都没有碰过。社会上都知道白鹏飞有一个白姓漂亮妹妹，不知道底细的人都以为是他的亲妹妹。

“太好了，雪静，是我刚才误会你了，都不是外人，你还好意思走吗？你今晚就放开地玩吧。”汪兆月生怕雪静走了。雪静朝他点点头，表示不走了。汪兆月的心有底了，把头转向白鹏飞问道："鹏弟，你看我们的宴会开始怎么样？"

"别问我，你说了算，你是东道主。"白鹏飞环视着众人点点头，大家都喜气洋洋。

酒桌上的菜肴是够丰富的了。四桌饭菜都是一个标准，每桌的正中摆放一只硕大的青龙虾，十二只特大公闸蟹烧得通红发亮，每人一只南非大鲍鱼，一碗鲍翅羹，酒是正宗的人头马，原厂五粮液，意大利干红葡萄酒。餐具也是上乘的镀金品。

"来，我们大家落座。鹏弟，今天是千里扛猪槽子——都为（喂）了你，你必须坐正座。"汪兆月把白鹏飞拽到酒桌正中的主宾位置上。

白鹏飞站起来谦让，一再说："酒桌要以年龄论，你是我的大哥，我何德何能敢坐在主宾的位置上。"

"鹏哥，你就坐在那儿吧，你是今天的主宾，你再谦让我们没法坐了。"几个小兄弟同声劝道。

"蒙总和雪静你俩就坐在我鹏弟的左右吧，你俩要负责陪好我鹏弟。"汪兆月心里有底了，反正怎么坐雪静今晚也是他的人了。

"汪哥，我坐你俩的中间吧，两头都能照顾到，雪静挨着你。"蒙丽莎坐到了白鹏飞和汪兆月的中间，雪静坐到了汪兆月的旁边。

汪兆月站起来致祝酒词："各位弟兄，我今天在这里给鹏哥接风洗尘。在座的各位都是鹏哥的弟兄，我们情同骨肉，谊如东海，鹏哥待我们恩比天高。来，今天我们同庆，祝鹏哥获得自由，连干三杯。"汪兆月出于尊重，鹏哥叫得非常贴切，白鹏飞听得十分舒服。

酒桌的人全都站了起来，端起了酒杯，"干！"众人举起酒杯一口干了。连喝三杯后，酒桌上的气氛立即活跃起来，互相敬着酒。蒙丽莎和雪静也跟了三杯，脸立刻红了起来。

"鹏哥，人就是此一时彼一时呀。昨日的阶下囚，今天的座上宾啊！想当年我汪兆月许多人都说是完了，可谁能想到苍天有眼，我又翻过来了。那时要不是鹏哥你劝我，我都死几个来回了。现在轮到我来报答鹏哥了，你需要我干什么就别客气地吩咐吧。来，鹏哥，我单独敬你三杯！"汪兆月吩咐服务员倒酒。

两个人连喝了三杯，情绪都亢奋起来，把心里话全吐了出来，越唠越近乎。

大家轮流给白鹏飞敬酒。"我们不能忘了邓文龙呀！"不知谁说了一句。

"对！"大家异口同声。

"鹏哥，你得想办法救他呀！"

"弟兄们，请放心，我白鹏飞无德无才，承蒙诸位这样看重，特别是兆月大哥，今天特意在这里为我设宴，我领情了。大家只要瞧得起我，有用得着我的地方，我白某在所不辞。我这条命是属于弟兄们的，我敬大家一杯。"白鹏飞一饮而尽。

"我一定要把文龙弄出来。"白鹏飞表明了自己的态度，"我会尽快动手的。"

"我出钱。"汪兆月跟着表态。"我们出力。"其余的人附和着。

"鹏哥，我不陪你了，我今天晚上还有一个应酬，说好了今天晚上请税务的倪主任吃饭，鹏哥，等方便时我专门请你。"蒙丽莎起身，"诸位弟兄，我提前退席，按规矩我连罚三杯！"蒙丽莎摆上了三个酒杯，分别倒满了酒，接连干了。

"蒙总你怎么能先走呢，和鹏哥见一次面不容易，我寻思晚上让你好好陪陪鹏哥，你一走，这酒席的气氛就差老了。"汪兆月挽留着，担心她把雪静带走。

"兆月大哥，让她走吧，丽莎她是实在脱不开身了，我了解她的为人。"白鹏飞对蒙丽莎走没有意见。

"汪总，抱歉了，改日我设宴赔罪。鹏哥，我会想你的。大家都别动，拜拜！"蒙丽莎和白鹏飞轻轻地拥吻了一下，朝汪兆月挤挤眼，"汪总，我走了，把静妹妹给你留下了，小妹你可得听汪总的话呀。"

蒙丽莎一阵风似的走了，气氛也降了下来。男人就是这样，只要有女人在跟前就逞强。

"酒我看就这样吧，我们上楼玩玩去，鹏哥你看怎么样？"汪兆月开始收杯，他惦念着雪静。

"行，只要大家尽兴就行了，汪哥，你就收杯吧。"白鹏飞也觉得时间挺晚了，应该散席了。

"那我就收杯了，喝了这杯酒我们上楼。"

红鹤楼是吃喝玩乐一体的，楼上的房间已经开好了。

"我就不去了。时间不早了，你们继续玩，我先告辞了。"白鹏飞和大家拱手告辞。

"那怎么能行呢，鹏哥你还没有尽兴呢。"众人劝着，不愿意让白鹏飞走。

白鹏飞坚决要走："我必须得走了，兄弟是戴罪之身，比不得往常了，这一旦被条子知道了抓回去就是九死一生了。"

“既然鹏哥提出走，就让他走吧。”汪兆月也担心这个地方人太杂了。“鹏哥，我们以后怎么联系？”汪兆月悄声问。

“我主动和你联系，你听我的信儿，轻易我是不给你打电话的，今天的情况保不准就得泄露出去。”

“鹏哥，和你总得要有个联系方式，我给你留部手机吧，有事和你联系起来也方便。”几个小哥们凑了过来。

“那玩意可要不得，公安局一测一个准。现在你打手机，测你的方位误差都不超过一米。我要是用手机早就让他们给抓回去了。你们谁也不要和我联系，到时候我自然会找你们的。对了，汪哥，我还有件事你给办一下吧。”白鹏飞从兜里掏出来一封信。他把汪兆月拽到了旁边，悄声说：“这是小安子托人从里面捎给我的，你就按信上说的办，就是让那个人闭上嘴就行。”

汪兆月接过信后草草地看了一眼：“小事一桩，你放心吧，我一定办好。”他把信放进了贴身的衬衣兜里。

白鹏飞见他把信放到了兜里，立即叮嘱说：“信看完就烧掉，要把内容记在脑子里，千万不要留，包括电话来电后立即消除号码。”

“你说得对，我当年就是吃了这方面的大亏，要不检察院上哪整证据。”

“好了，不多说了，再见了。”白鹏飞拱拱手。

众人目送白鹏飞的身影消失了。

39.

白鹏飞从酒楼出来后，走到沅江大街的路口处前后环顾了一下，摆手截住了一辆出租车。“大哥，你去哪里？”出租车司机打开了计价器。“到安达。”

安达是市郊的一个乡，位于沅江市的西郊外，沅山的后面。

“这么晚了去安达，我回来可就跑单趟了。那地方太恐怖了，前些天有一个女出租车司机被劫持到安达，人被强奸后杀死了，尸体被赤条条地扔到了山坡上，车被抢走了。”司机确实不大愿意去，他像讲小说似的绘声绘色地讲了起来。

“你少和我说废话，道远不好走咱们钱上找吧，我不会差你钱的。你要是不去，我下去打别的车。”白鹏飞一脚蹬开了车门。

“我去，我去。”司机连连说，“大哥你别生气，大哥是红鹤楼出来的，去那里的人都是大老板，办会员证就得好几万元。大哥身上的叶子就值个几万元，还能差我那两个破钱了。我一看大哥就是做大买卖的人，有的是钱。”

“我有钱，怎么连个车都没有？”

“大哥，这个我懂，到这个地方来的人有几个开车，都是玩完了打车走。”

“哈哈，你小子好眼力。真让你猜着了。你以后跟着我干吧，保证让你发大财。”白鹏飞笑了，司机是个机灵人。

“大哥是和我开玩笑了，你能相中我吗。我是一个粗人，就能玩轮子，但干我们这行的，要眼观六路耳听八方，脑袋转来转去就像做贼似的。时间长了，对坐车的人上车一打眼基本就能看出来是干什么的。像大哥你的买卖做得大呀，资产少说都得有千八百万的。”

“哈哈，我是做大买卖的，告诉你，我的买卖都做绝了，我是做杀人大买卖的，你信不信呀？”白鹏飞露出了凶相。

“大哥，你可别和老弟开玩笑了，我一听杀人吓得都尿裤子了，一点血都见不得，吓我一次我都得阳痿一个月。”

“我给你个发财的机会，我就是监狱跑的那个逃犯，现在监狱天天都在抓我，赏金十万元。你信不信，想不想发财呀？”白鹏飞毫不隐讳地说。

“大哥，你可别再吓唬老弟了，别说你不是，你就真的是那个逃犯，我也不扯那个淡，这是掉脑袋的财，谁敢发？就是我家现在还有蹲监狱的人呢。”司机吓得把不住方向盘了，车画起龙了。

“你家有蹲监狱的，是哪个监狱的呀？”白鹏飞一听监狱就警觉起来。“沅山监狱，他进去好几年了。他是我舅舅姓秦。”司机没有在意。“姓秦，是不是叫秦雨农？”白鹏飞故意蒙着。“对呀，大哥你认识？”司机扫了白鹏飞一眼。

“我原来是城西宾馆的，我当了一段保安员。”白鹏飞编了个谎。他心里说，这么巧，蒙对了，还坐上秦雨农外甥的车了，要麻烦呀。

当保安员，谁能信呀！司机心里也明白，白鹏飞是在骗他。他把话题岔开了，天南海北地和白鹏飞扯了起来，二十公里的路程就要到了。

当车拐进一段荒路时，山路变得险峻起来，白鹏飞喊道：“停车，我到地方了，就在这里下车了，别开了。”

司机一看这荒郊野外，前后没有一户人家，在这地方停车他害怕了，是不是要劫车杀人呀，那个女司机就死在这个地方：“大哥，你这，这……是要往哪里去？”他吓得结巴了。

“就住那里——”白鹏飞指着山坡松林里的一片墓地。

那是一片基督教徒的墓地，大大小小的白色十字架，在月光下显得格外刺眼。

"兄弟，记住，你什么也没有看见过。看见过我吗？"白鹏飞露出了腰际的枪把。

"没有，没有，"司机连连摇头说，"我近视眼，我连我家小姨子和大姨子都分不清楚。"

"好，聪明人，不愧是雨农大哥的外甥，我们后会有期吧。"白鹏飞扔下两张百元大票走了。

司机眼见白鹏飞的身影消失在墓地中，忙不迭地迅速倒车调头走了，连头都没敢回。进入市区了，他浑身上下都被冷汗浸透了，自语着今天是见到人了还是见到鬼了。这地方别说是晚上来，今后就是白天他也不来了。他努力回忆着，似乎在哪里见过这个人。他从车里拿出了一份通缉令，对照起来。他知道自己送的那个人是谁了，他倒吸了一口冷气，我的妈呀，他真的是沅江市的第一号罪犯啊。他庆幸自己没有把话说过头儿，要不小命就没了，收拾他就像掐死一只小鸡那样容易。通缉令上的奖金是十万元，他在琢磨着报不报案呢？

清晨，白鹏飞从安达下车后翻山爬上了山冈，走了三十里的山路。夜间的山路是非常难走的，崎岖的山间小路凸凹不平。人走起来是一脚低一脚高，晃晃悠悠。翻过黑风岭就到家了。深深的山谷，白天人走起来都感到恐怖，这深更半夜里有谁敢从这山谷里通过。我还怕谁呢？白鹏飞发出嘿嘿的冷笑声，我就是魔鬼，我就是这山里的恶魔。他原本可以让出租车司机把车开到他的藏身处，可他让车拉他到了郊外，搞了个南辕北辙，他走了个之字形。后来证明他这一手确实高明。司机在报案后，领着民警抓捕他时，真的就上当了。他领着追捕人员把整个安达山区都搜遍了，连个影都没有见到，奖金他也没有得到，还白搭了一箱子汽油。他一个劲拍着脑袋说，赔透了。

天放亮了，山谷中晓雾蒙蒙，对面不见人影。终于传来了拖拉机的声音，不时地有进城卖菜的山民驾驶拖拉机从山谷驶过。有的是蚂蚱子（手扶拖拉机），有的是四轮子（小四轮拖拉机），偶尔有一辆大马车赶过。不时地有热心的山民喊道："大哥到哪去呀，上来坐车吧。"

"不用，谢了！"白鹏飞摆摆手。

白鹏飞已经望见了沅山脚下一处低矮的平房，不自觉地松了一口气，哎，总算是到家了。白鹏飞绕房转了一圈见一切情况正常，便翻墙进到院里。门是虚掩着的，他脚步轻轻地进到了屋内。他口渴得不得了，摸黑拿起热水瓶倒水。

炕上的女人醒了："你到哪里去了，怎么才回来？"她顺手就要开灯。

"别开灯。"白鹏飞一把按住了她的手，"朋友们请我吃饭，我多喝了几杯。"

"你瞅你累的那个样子，这是从哪里回来的，天都放亮了，我都急坏了，我以为你让人家给抓回去了。你再不回来，我明天就去沅山监狱打听去了。"

"净胡说八道，说些不吉利的话。我是从山岭那边翻山过来的，多走了三十里地。"

"放着大道你不走，你半夜三更的翻的什么山呢，不怕喂狼？你不一定怎么回事呢，肯定是没干好事。你不说清楚，我今天就不让你上炕睡觉。"女子用被子紧紧地捂住身子。

"夫人，你就别问了。看看，我给你带回来什么好吃的了？"白鹏飞拿出了他拎回来的食品盒，盒里装着大虾和螃蟹，还有几只烤乳鸽。"我不吃了，明天吃吧，你快进被窝睡觉吧。"

"我困得不行了，那我就睡觉了。"白鹏飞脱光了衣服就钻进了女人的被窝，把女人紧紧地搂过来，"自己一个人睡觉还光着身子？"

"这不是为了你吗，好心还当成驴肝肺了。那我把衣服穿上了。"女子说着起来就要穿衣服。"别介了，是我错了，你穿衣服我搂什么，这光光溜溜的搂着太舒服了，真有女人味。你吃海鲜不，味道可好了。"这东西是白鹏飞饭后特意要的，在这农村哪里有吃海鲜的机会。

"这当不当正不正的，我吃什么东西。这么远你就把这些东西拎回来了，你不怕狼闻着味把你吃了？"女人对白鹏飞这么远给她带吃的倒是非常高兴。

"吃了也好，就当天葬了，我能享受到这样的待遇也算是不枉活一回。"

"那可不行，没有你我怎么办？鹏飞，你这段时间最好别露面，你那帮哥们都不可靠。我听说监狱天天都在抓你，特别是新来的那个施监狱长已经立下誓言，坚决要逮着你，要不他监狱长都不当了。"

"哈哈，就凭他施弢那两下子，能抓着我，监狱抓人就那几招，排查线索，围追堵截，蹲坑守候，架网设伏，熬不过十天他们就撤人了。不要说警力，钱他们都耗不起。"白鹏飞不屑一顾地说。

"那可不是，我可听说施弢这个人不简单，当年黑社会的人要杀他，枪都顶着脑瓜门了，结果枪被他抢去，人被打死，整个一伙人都让他给端了。听说这个人可是文武双全，人也帅气。"

“什么，人帅气？”白鹏飞一听说女人夸奖施弢来气了。

“你吃什么醋，鹏飞，你长得不帅吗？你要是从小走正道的话，你的官职得比施弢要大得多。社会上都说沅江市有两条龙，施弢是白龙，你是黑龙，斗来斗去，你们俩最后肯定是两败俱伤。”

“是吗，我也是条龙。是死是活我不在乎。”白鹏飞听女人这样一说高兴了，他把这个女人搂过来亲热起来。

这个女人就是曹娜芯。她从二十多岁时就跟着他，他始终舍不得她。蒙丽莎说的那几个人骂白鹏飞吃软食就是指的曹娜芯，在白鹏飞困难时期他没少花曹娜芯的钱。她的最大优点是温柔，从不主动和白鹏飞要钱。无论白鹏飞发多大的火，有什么心烦的事，只要一见到她一切都化解了。二十多年了，白鹏飞玩过多少女人，但最钟情的就是她。这次他从监狱逃出来后，就躲进了这个女人的家。曹娜芯丈夫已经死去多年了，她的一个儿子已经进了监狱。她自己靠做熟食过日子，做得一手好酱肉，每天一大锅，卖完就回家，白鹏飞吃她做的酱肉百吃不厌。

“听我的话，以后别出去了。就那个姓汪的，我瞅他太鬼了，那是人精，你别和他来往了。不说他，就是为了我你也别出去了，行吗？”曹娜芯双手吊着白鹏飞的脖子嗲声嗲气地说。

白鹏飞双手抚摸着曹娜芯，起誓道：“好，我听你的，以后我坚决不出去了。如果违犯，天打五雷轰。”

“人家监狱已经布下了天罗地网，就等着你往里头钻呢。咱就在这老实地躲藏，等过了风头，我们去俄罗斯种菜去。我给你选个高级的地方，你好好地整整容，我们买个护照，不就成华侨了吗！”

“没准还能混上个市长呢，哈哈，真是太美了。”

“我看你今天是真的喝多了，在说梦话。我们睡觉吧。”

白鹏飞眼前闪现出那天夜间逃跑时的情形……

初冬的头场雪来得是这样的猛，一天的工夫，地上的雪下得快积有一尺厚了。龙啸天告诉白鹏飞，沅山监狱的一把手和他这辈子是无缘了，市委已经决定派人来接替郑五常。“既然这样，这个监狱我就不呆了，我是有重案在身的人。”两个人商量了逃跑的日期和逃跑的办法、逃跑的路线。“我今天夜间就走了，大哥，你还有什么要说？”

“我的想法你还是远走高飞，越远越好。”晚上是焦成金值班。

“不，我决不远走，我就地卧下来。”白鹏飞拒绝远走高飞。

“你卧哪里呢？”

白鹏飞指指沅山的方向：“就在监狱跟前。”

凌晨三点，白鹏飞走出了禁闭室。值班的民警趴在桌子上呼呼地睡着，人在这个时辰是最疲倦的，生物钟到了最低点。他在院里转了一圈，进到了会见室的一个房间。这个房间是主管狱政的监狱长办公室。第二天白天，他清楚地看见监狱的警察在不时地进出，警车高叫着。他知道这是在抓他，可他就藏在狱内。这不是莫大的讽刺吗！“一帮蠢货。”他蔑视着。“咦，你怎么躲在这里没有走？”焦成金来到了监狱长办公室。“我和龙大哥商量了一下，他让我拐个弯走。”“要是在这地方把你抓住，那就全都完了，这龙啸天的胆子也忒大了。”焦成金话在心里没有说。“那你啥时候走？”白鹏飞胸有成竹地说：“明天晚上龙哥送我出去。”“你千万要待在屋里别动地方，别往窗户外看。”

“龙监狱长，你今天值班啊？”看守队的民警和龙啸天打着招呼。“嗯，我去狱外转转。”龙啸天后面跟着一个身着警服的人，走出了看守队的长廊。

“他后面的人是谁？”看守队的民警问。“那不是生产处的老赵嘛，他今天晚上值班。”老赵在容貌上和白鹏飞相像，个头也差不多，一般人还真认不出来。

“我怎么没有看见他进来。”“可能早进来了吧。”“我瞅着龙监狱长不太高兴，拉拉个脸子。”“高兴什么，一个重刑犯跑了，他是分管狱政的，够他喝一壶的。”

龙啸天把白鹏飞送到了外环路的入口处，指着前面的山影说：“你从监狱后面的高速公路外环道走，直接翻过沅山，前面的道上全是警察。不要打车，不要打手机，不要和社会上的人接触。你至少要销声匿迹一年，绝对要听我的话，你这一走监狱的祸是惹大了。”

白鹏飞看到自己的前后全是警察，唯一的是给他留了一条上山的道路，谁也不会想到他会奔沅山后面去：“大哥，我们后会有期吧。也许我们没有后会了，那就来生见吧。”

“记住，你我在任何情况下绝对不能当甫志高，我们没有生路了，只有一条死路选择。”

“我白鹏飞是什么样的人？如果我让他们逮回来就是一个死了。我的衣服领子上缝了氰化钾，必要时我就咬碎了。我这样一跑，可能要连累你的，弄不好会毁掉你的全家的，要不我回去吧？”

“笑话，都到这时候了，回去也晚了，我们没有退路了，只有置之死地而后生了。你我都不能动摇，我们共同赌一回吧。如果真的有那一天，我龙啸天还能活在这个世界上吗？”

他们在夜风中分手，外环路上响起了警笛声。

“快走吧，要不来不及了，他们很快就要围过来了。”

凌晨，浑身上下全被汗水浸透的白鹏飞突然来到了曹娜芯家。曹娜芯又惊又喜，上下打量着白鹏飞：“你怎么出来了？”“我逃出来了。快给我整点吃的，我要喝点酒。”曹娜芯知道白鹏飞逃跑是早晚的事，但没有想到他这么快就出来了：“我说这几天道上全是警察，监狱的接见也停了。你怎么就能找到我这里呢？”

“我对这一带的情况非常熟悉，你几次说到这里的情况，我都记住了。”

“以后我就住这里了。你不说这房间里有个菜窖吗，我白天就待在菜窖里，晚上睡在屋里。等风声过去了，我就去整容，要整得走在大街上都没人能认出我来。你明天替我送个信。”

“给谁送信？”“我给你写个条子，就是石油公司的汪兆月。”曹娜芯把信送到了。汪兆月过去也见过曹娜芯，接到信吃了一惊，这白鹏飞会藏到她的家里：“怎么，鹏哥出来了，他可真行，就那么大的监狱他能混出来？！佩服。过些日子，不，就在这个月里，我给他接风。你让他给我打这个电话，这五万元钱你给鹏哥拿去，花光了我再给他。”“他不让打电话，到时候我和你联系。”

白鹏飞脑袋过完了电影，自叹道，太惊险了，简直就像是在万丈悬崖边走了一遭。他不自觉地叨咕出声来。曹娜芯紧紧地搂着他：“别嘟囔了，你快睡觉吧，天大亮了，你都一宿没睡了。”“好，睡觉，我也真的困了。”他翻过身把胳膊伸了过来，抱着曹娜芯，很快进入了梦乡。.

第十四章　刀下留人

时间到了，马上就要执行死刑了，行刑法警的枪支子弹已经上膛，枪就要响了。突然，孙德华高喊起来："我冤枉，我冤枉啊……我要见施监狱长，我有话要单独和他说，有重大案件向他举报。"

40.

早晨，荀河穿着一身运动服，拎着宝剑，从沅江岸边晨练回来刚进屋，身后就传来了敲门声。"是荀河大哥家吧，我们是派出所的，来检查常住人口。"

荀河出狱后，他的工作单位在铁路住宅区给他分配了一套两居室的房子，他和姑娘生活得无忧无虑。"是谁这么早就敲门来了，一般邻居都不认识呀？"荀河透过门镜一看，是一高一矮两个穿着警服的人，其中一个人手里还拿着一个簿子翻看着。荀河心里说，是不是来查冯成成，她昨天夜里是在这住的，他们俩的婚事定了，已经正式登记结婚。昨天是两人第一次同居，冯成成一个劲儿说这么大的岁数了多不好意思，孩子们该笑话我们了。荀河寻思着这大清早的查户口怎么没有委主任跟着？天都大亮了也不会出什么问题的！他没有更多地想下去，把门打开了，把两人让到了客厅。

"请坐，请抽烟。"荀河客气地让着。他打量着两个警察，似乎不太对劲，就喊道："老婆子，你起来给客人沏茶。"

"这大清早的不喝茶了，我们把话和你明说吧，你就是荀河老大哥吧？"大个子警察先说话了。

"对，我就是刚从监狱里放出来的那个荀河，不知两位警官找我老头子有什么事情？"

"好了，我们不和你绕弯子了，我叫皮皮。"大个子警察先介绍着自己，又介绍着站在旁边的小个子警察，“他叫冬冬，不用往下说，你就知道我们是干什么的了。”

荀河明白了这是两个假警察，笑呵呵地应付着：“两位小老弟，有话好说，有事好商量，我这个穷家，你们喜欢什么随便拿。多少还有点钱，再就是我这条不值钱的老命了。”他寻思道，是不是奔他平反后补发的二十万元钱来的，实在要的话为了保命也得给他们。

“笑话，你以为我们是砸明火的，老头你看错人了，我们是来取你舌头的，你得罪人了，知道吗？我们受朋友的委托，专门来找你算账的，你可能会明白是什么原因。”皮皮坐在沙发上，跷着二郎腿，拿着一把大号瑞士军刀摆弄着，不时地刮着胡子。“相照得不错呀，打扮得像小伙子似的。”他说着抽冷子把刀从荀河的脑门儿上飞出去，咔嚓，扎碎了对面的镜框，那一刀正好扎在了照片上荀河的嘴上。那是荀河和冯成成刚照完的婚纱照，挂在墙上还没三天呢。

荀河一看这场面，不自觉地打了一个寒战。他知道自己不能硬碰硬了，颤巍巍地说：“两位兄弟，你们说我一个六十多岁的老头子能得罪谁呢，我刚刚从监狱出来，还没有顺过架来呢，社会上的人我和谁都不接触，天天就是和我家里的几个人在一起，谁能恨我呢。我这一把的年龄，就是你们让我得罪谁我都不敢呀。”

“我们不和你明说了，你别揣着明白装糊涂，你心里明白怎么回事。我们受里面的朋友委托，请你闭上嘴就行。刚才听你说话，你也是个明大理的人，你可千万别干傻事。好了，过去的事不说了，鹏哥大人大度不和你一个老头子计较了，我们归拢你这样一个糟老头也没名。咱们先礼后兵，这是大哥给你的两万元闭嘴费。怎么样，老荀头，够意思不？”皮皮扔过来一个手拎兜，“不用开收条了，你收了吧。”

“里面的朋友委托”，荀河知道怎么回事了，果真是白鹏飞的人，肯定是他写的那份揭发材料惹的祸，看来是监狱的调查惊动了他们。他争辩道：“我也没有做错什么事情。我要是不闭嘴呢，你们还能把我怎么样？监狱我都蹲过了，大不了就是一死呗，我还怕什么？”荀河挺起了脖子。

“哎呀，老荀头，你的嘴还真挺硬，看来你在监狱里还真的是个角，人家说得没错，我们是得防着你点，要不今天怎么能来两个弟兄对付你这个老头子呢。敬酒不吃吃罚酒，好啊，你这么大的岁数了，我们确实是惹不起你这副老棺材瓤子了。你现在是生死不惧？好吧，那我们就让她闭上嘴。”皮皮指着在厨房干活的荀娘说：“多漂亮的大姑娘呀，长得如花似玉，水灵灵的还没开苞呢。你不是他的亲爹吗，你不心疼，我们哥们瞅着都舍不得下手呀。你如果实在愿意说，我们也同意，那就把你的宝贝姑娘整容啊，整得像她似的……”站在旁边的冬冬拿出了一张被硫酸烧得面目全非的女人的照片，双手举到荀河眼前，“你看看她多漂亮呀！我们不杀人，杀人还得偿命，那多没意思呀。”

荀河看着那张照片眼睛都直了，太恐怖了，与其说是一张脸不如说是一张榆树皮抠了四个眼。他看着，眼前一黑晕了过去。“怎么了，他死了吗，是不是和我们装呢？”冬冬没想到这个老头这么不禁吓，他要是这么死了那他们俩可就沾包了，为这个老东西承担刑事责任太不值得了。“他不可能死，老头子肯定是吓着了，看来他也是个纸老虎。”皮皮嘴上硬，但他的心里也没底了。他摸了一下荀河的鼻孔，呼呼喘气，他有底了：“他有气，没事，死不了的，我们赶紧走吧。”“荀大哥，我们走了，过几天再来看你，你好好地休息吧。”冬冬故意大声地喊了一句。

“警察同志，你们别走啊，水马上就烧开了，你们连口水都没有喝。要不在家里吃早点吧。”冯成成从屋里出来，热情地打着招呼。

“谢谢，不喝了，老大嫂，你们忙吧。”冬冬和皮皮客气地打了个招呼走了。

“要不在我们家吃早点吧，我现磨的豆浆。”冯成成一打眼看见荀河斜靠在沙发上，闭着双眼，连忙扑过去喊道：“老荀你怎么了，怎么了？”荀河脸色铁青，就是不语。冯成成朝厨房喊道：“荀娘，你快过来，看看你爸他怎么了，是不是心脏病犯了？”荀河这一段时间心跳不太正常，已经发病好几次了。

荀娘从厨房里跑出来，扑到荀河的身上，大声喊道：“爸，爸，你怎么了，说话呀……”她轻轻地抚着爸爸的胸脯。荀河喘了一口粗气醒过来了，一个劲儿地往四周张望着，见两个警察走了，才松了一口气。他叹着长气，抓着自己的胸膛：“我胸闷呀。”“爸，你醒了。你可把我们吓坏了，你已经晕过去几分钟了。”荀娘给父亲喂了几口水，吃了一粒救心丹。

“老荀你怎么了？刚才的那两个警察是干什么的，他们和我说了一句话就慌慌张张地走了，贼眉鼠眼像小偷似的。”冯成成蹲在沙发边，急切地望着荀河，轻轻地摇晃着荀河，“老荀，你倒说话呀，把心里的话说出来就不憋得慌了。”

“刚才是怎么回事，我怎么什么都记不得了呢？”荀河躺在床上努力地回忆着刚才发生的一切。他看见茶几上有一个黑色的手拎兜，有气无力地说：“姑娘，你把那个兜子给爸爸递过来。”荀娘顺手把兜子递给了父亲。荀河用手一摸，完全相信刚才发生的一切都是真的。“老荀到底发生什么事了，告诉我们。”冯成成坐在沙发头抚摩着荀河的头部。荀河紧闭着双眼一句话也不说，一个劲儿地大喘气，满脑子都是那张恐怖的照片。

荀娘哭着求父亲："爸爸，你得告诉我们到底是发生什么事情了，我们是你的亲人，你不能不说话呀。"

荀河叹了一口气，说了刚才的经过，末了他说了一句："他们可真厉害，我住在这里他们都找得到，老汪头说得对，我们老百姓是得罪不起他们呀。"他心疼地望着荀娘，没有说照片上的事情，他怕吓着姑娘。

"那我们得怎么办好，你要是有个三长两短那我们这个家就得散伙了。"冯成成急得眼泪都出来了。

"三十六计走为上，他们是对着我来的，这些人我了解，他们是什么事情都干得出来的，咱们惹不起他们。走了也就消停了，离开沅江市吧。"荀河有了主意，从沙发上坐了起来。

电话响了，荀娘起身去接电话。对方的声音很柔和："我听得出来，你是荀娘吧，姑娘，告诉你老爸，一定要按我们说的去办，决不会亏待他的。我们与你素无冤仇也是无意伤害你的，只要你爸别再和我们作对就行。出监狱了好好地安度晚年得了，搞什么检举揭发，哥们也没有惹着你。""你们是谁，为什么要和我们家过不去？"荀娘要和对方理论。"老妹子，我们是道上的朋友，至于我是谁，这对于你们不重要，记住我说的话就行了，下次我们就不会这样客气了。你的小脸蛋好漂亮呀，哈哈……"电话撂了。

"爸爸，你越怕，他们就越欺负你，我去公安局报案吧，要不他们没有完。"荀娘翻找着公安局的电话号码。

"荀娘，听爸爸的话，先别报案，他们在暗处，我们在明处，干吃亏。我都这么大岁数了，倒不是怕他们，也许他们说得对，我的嘴不是欠嘛，管那么多事干吗，把你们都连累了。我还是先躲一躲为好。"荀河蹲了这么多年的监狱明白了，只要有缝的地方，水就一定能渗进去。对这些人政府往往也是无能为力的，哪个社会都是如此。

"我们为什么要走呢？我们也没有错，我坚决上公安局告他们去，让警察收拾他们。"荀娘上来倔劲了，"我不跟你们走，我在家里看家。""不行，孩子，跟我们一起走吧，家里不安全呀。"荀河劝道。"我看就让荀娘留下吧，我们老两口子怎么折腾都行，走哪算哪，死了就地埋在哪。别连累荀娘，她一朵花还没有开呢。"冯成成倒是同意荀娘留下。

电话又响了。荀娘又要去接，"你别接，由我来，我和他直接说。"荀河颤抖着接起了电话。“老荀大哥吗，我是陈剑虹，我们今天不是定好了你到监狱来领我们看现场吗，你怎么到现在还没有来。”陈剑虹从监狱办公室打来的电话。

“陈处长，对不起，我不能陪你去看现场了，我身体病了，到现在还没有起床呢。”荀河灵机一动编着理由。“怎么有病了，我马上过去看看老大哥。”“谢谢，你的心意我领了，我不愿意见人。身体好难受啊，让我自己清净一下吧。”荀河把电话挂断了，吩咐道：“别犹豫了，你们赶紧收拾东西，我们走。陈剑虹肯定过来看我，晚了我们就走不成了。”

“爸爸，你们上哪去？这刚刚过了几天的消停日子，怎么会出现这样的情况呢，这不是社会主义国家吗，哪有好人怕坏人的？”荀娘哭泣起来，“我坚决不走。”

荀河连个奔儿都没有打，就说出了一个地方：“去云南的西双版纳，我有一个老同学在那边做生意混得不错，前几天特意来电话让我过去帮帮他。你冯姨的气管炎也适宜那边的气候，就是没有事儿我们俩还商量要去呢，正好一举两得。”“去云南？这么冒昧去，人家能接待我们吗，事先也没有联系一下。”冯成成担心。“能接待，人家的买卖做得老大了，有的是钱，光奔驰车就有好几部，不在乎我们俩吃的这口饭。我有他的电话号，别啰嗦了，赶紧收拾东西吧。”实际上荀河早就有去云南的意思，但始终没有和冯成成说。

陈剑虹拿着电话一怔，怎么和荀河说得好好的，突然间就变了呢？前几天，荀河答应要到监狱来和陈剑虹谈一个非常重要的情况，说他发现监狱院里还有一个出口人可以逃出去。那天陈剑虹怎么问这个出口在什么地方他就是不说，说必须见面和他说。荀河的情绪始终是挺正常的，他怎么说变就变呢。他担心有什么变故，立即吩咐道：“欧阳，我们马上过去看看。”陈剑虹和欧阳惠雪坐车很快来到了荀河家。他们进屋一看，就荀娘一个人在家。陈剑虹感到这里肯定有情况，连忙问道：“荀娘，你爸爸上哪里去了？”

“我爸走了，和冯姨去南方了，得过一个月回来。”荀娘眼泪汪汪地说。“怎么突然间就走了呢，他怎么也得告诉我一声呀，我们刚通完电话还不到一个小时呢。他去南方什么地方了，他临走时交代什么了？”“他说他把知道的情况都告诉你们了，让你们不要再找他了。”荀娘低头擦着眼泪。

陈剑虹明白了荀河是在有意躲避他。为什么他突然变了，这里面肯定有情况，是背后有人在逼迫他干什么。“荀娘你一定得和我们说实话，要不然你爸爸会有危险的。你想想你爸爸就是走了，他们会这么简单地放过你爸爸吗？快说，要不时间来不及了。”陈剑虹耐心地劝导着。

荀娘咬着嘴唇就是不吱声，满脸都是泪水。她是在拖时间等着飞机起飞呢。

“你要相信政府，相信我们，我是你的好大哥呀！荀娘，你爸能有今天是党和国家的政策法律救了他，警察就是保护老百姓的，虽然我们是监狱警察，但我们也是人民警察，也一定能保护你爸爸的，你别不相信我们呀。”陈剑虹的口气就像是在乞求着荀娘，话说得缺乏条理性。

“好妹妹，听姐姐的，告诉我们到底是怎么回事？有我们做主你还怕什么，以后咱姐妹俩天天在一起，谁也不敢欺负你。你还年轻，今后的路长着呢。我们把这帮坏人消灭光，我帮助你把你爸爸的婚礼办了，再给你找个好对象……”欧阳坐在荀娘的跟前柔声劝着哄着。

荀娘终于说实话了：“我爸坐今天的飞机去昆明了，他说要留在西双版纳。”

“他为什么要走呢，你们家有什么人来过了吗，你必须和我们说实话。”忽然，陈剑虹发现了地上的碎玻璃片，捡了起来问道：“这是怎么回事？”他一看墙上挂的婚纱照没有了。

“好妹妹，你为了你爸爸不能再犹豫了。时间来不及了。”欧阳惠雪摇晃着荀娘的肩膀。

荀娘觉得应该把实情告诉他们，就擦了一把眼泪：“好，尽管我爸不让我说，但我也得说……”

陈剑虹听完了情况，觉得事情太严重了，当即决定：“走，欧阳，我们立即赶往机场，争取能把他截回来。”

“还能来得及吗？”荀娘知道时间过了。

“我打个电话问一问。”欧阳给机场打电话。机场方面答复说，飞机已经起飞二十分钟了。

“那我们赶快回监狱吧，向施监狱长汇报。荀娘，你坐我们的车一块儿走，不要一个人在家了，会有危险的。你再好好回忆一下，你爸爸还说了些什么情况？”

“对了，我爸说来的两个人中有一个叫什么冬冬。”

“冬冬，我知道有这么一个人，过去曾在沅山监狱服过刑，他的真名叫杨沃。我们去机场查一查今天登机的人有没有叫杨沃的。”

陈剑虹和欧阳惠雪带着荀娘回到了监狱，安置好荀娘后他们径直来到了施弢的办公室。

“监狱长，荀河走了……”陈剑虹简明扼要地汇报了刚才发生的情况，“我分析是有人威逼他走的，肯定是白鹏飞安排人干的。听荀娘说，他爸已经和她说了，来的人就是白鹏飞派来的。我估计对方不会这样轻易地放过他的，可能要杀人灭口。我们已经查到了今天和荀河一块登机的人确实有一个叫杨沃的人。他的绰号叫冬冬，他们已经跟上了荀河。”

施弢听了情况后，望着墙上的挂图说：“你们的分析是对的，荀河有生命危险。立即和昆明警方联系，请求他们协助。你们务必乘明天的班机赶到昆明。”

“机票我们已经订好了，是明天上午的飞机。”陈剑虹来了个先斩后奏。

“好，有头脑。我有一个同学在昆明市公安局当副局长，你们可以和他联系。我给你们写封信。”施弢飞快地写了起来。他又对陈剑虹交代了一句：“对荀娘要采取保护措施，让她住在监狱招待所，安排专人陪伴她，一定要照顾好她。”施弢安排道，“不仅仅是陪伴的问题，还要有保护措施，必须做到万无一失。”施弢感到了事态的严峻性，确实有股暗流朝他强劲地涌来了。

“就由欧阳天天照顾她，欧阳你的任务不轻啊。”陈剑虹对施弢的意见非常赞同。

“我不怕，我的背后是强大的政府，我还怕那几个小混蛋？”

施弢听了欧阳惠雪的话笑了，赞赏道：“对，把枪带上，让他们知道知道我们监狱女警官的厉害。”

飞机起飞了，爬到了飞行的高度，沅江市已经看不见了，飞机直奔西南而去。荀河、冯成成解开了安全带，松了一口气。

“我们是行了，可苦了荀娘这孩子了。”冯成成心疼地说。

“苦点倒不怕，只要别出什么事就行。”荀河是第一次坐飞机，因为心里有事紧张得还没有什么感觉就上天了。

“老荀，你说我们的命怎么这么苦，你刚刚出狱过上几天安稳的日子，又出了这事儿，什么时候是个头啊。”冯成成伤心地流出了眼泪。

“你别伤心了，没这事儿你还下不了决心出来溜达呢，就当我们出来度蜜月了，今天晚上就是我们的新婚之夜了。”荀河坐上飞机心也平静了，在家里的一幕他全然忘记了。

“到这时候了，你还有这份闲心。”冯成成幸福地偎依在荀河的身上。她也是第一次坐飞机，心跳得十分厉害。

“监狱我都蹲了那么多年，什么苦我没有吃过，还在乎什么，一切有我顶着，你什么都不要怕。”

在荀河后两排座位上有两个人正瞄着他们，一个戴着深色墨镜的人悄声说：“看清楚了吧，就是那两个人，小心别看丢了。”

“冬哥，那不是刚从沅山监狱出来没几天的老荀头吗，我当是什么了不起的人物。我俩原来是一个监区的，我认识他，挺老实的一个人。整这么个糟老头，没意思，他得罪谁了？”

“嘴不严，揭发什么鹏哥的秘密情况和监狱的一些内幕，这是你死我活的事儿，鹏哥能放过他吗？强子，你别小瞧他，这个老头可不白给，我和皮皮上他家去了，他可横了，和我们叫板，早晨去的，这不午后就要把我们甩掉溜了。”

“那个老太太怎么办？”

“一块儿干掉，不能手软，他们给我们的是二十万元经费呀。”皮皮恶狠狠地说，“这年头谁可怜谁呀，早死早托生。”

“都那么大岁数了，值得下死手吗？”强子于心不忍。

“干我们这行的，讲的是无情，挣的是钱，别的和我们都无缘。不管对象是岁数大的还是岁数小的，男的女的，大人和小孩，人们不都说我们是冷血动物吗，钱给到位了就什么也不认了，亲娘老子也不好使。”冬冬不愧是社会上的老手。

“怎么下手啊？我们到昆明人生地不熟的，那地方的人可野了。”

“汪哥不是告诉我们见机行事吗，跟住他们找机会。”

飞机经过四个小时的飞行，平安到达了昆明机场。荀河和冯成成取完行李走出了昆明机场检票口，四处张望着找出租车。这时，迎面走过来一男一女两个警察，用普通话问道：“你们二老是从东北来的荀老先生和冯太太吗？”

“是啊，你们是？”他们俩对昆明警察这样客气的称呼承受不了，心里打着问号：怎么这么快警察就来了，要检查什么吗，他们狐疑。

“我们是公安局的，受你们的朋友委托来接你们的。车就在前面，请二老上车吧。”民警指着停车场上的一辆面包警车，接过了他们两个人的行李。

“我们也不认识你们呀？”荀河和冯成成站着不想跟着走，这是不是又遇上了假警察。

“二老不用怕，是你们沅山监狱的施监狱长委托我们照顾你们的。”警察说话的口气和蔼可亲，不可能是假的了。

荀河、冯成成一切都明白了："你们这是要把我们接哪去呀？"

"二老放心吧，我们就是为老百姓服务的，不会让你们受委屈的，去我们宾馆，条件可好了。"

车从机场直奔市区，开到了公安宾馆。荀河、冯成成被安排到二楼的一个套房。茶几上摆放着水果鲜花，杯子里是新泡的滇绿茶，散发着淡淡的清香。

"二老先休息吧，我们走了。一会儿晚餐好了服务员会请你们的。"

"谢谢你们，这么晚了还折腾你们，真不好意思。"冯成成客气地说。

"有什么事情尽管和服务员说，你们洗一洗吧，明天我们俩陪二老在昆明溜达。我姓田，她姓马，叫我们小田、小马就行了。"两位警官走了。

"公安局把我们接这里来了，肯定是沅江那边安排的，陈剑虹他们已经知道我们的去向了，荀娘全都告诉他们了。"冯成成肯定地说。

"不管那些了，听天由命吧。"荀河此时的心情倒轻松起来。有公安局保护还怕什么，他什么也不在乎了，"我们尽情地玩几天，不要多想了。"

冯成成惦记着家里，担心荀娘的安全，她面有忧色："老荀，我们往家里打个电话看看通不通，告诉荀娘一下我们的情况。"

房间里可以打外线电话。电话通了，家里没有人接电话。"这么晚了荀娘应该在家呀。"冯成成握着电话自语。

"她不可能在家里，既然她把事情告诉了监狱，监狱能不管她吗，肯定是监狱把她接走了。我们别担心了，不会出什么问题的，喝茶吧。"荀河端起了茶杯，呷了一口："这茶不错，回去的时候我们带点。"他是硬装着平静，掩盖着内心的担忧。

"老荀，我们出去走走看看夜景。"冯成成的情绪也顺过来了。

"这么晚了，别出去了，也不安全。"

"你刚才还说没有问题了，我们可以安心了，你是不愿意陪我去？"冯成成耍起了小姑娘的脾气。

"你可冤枉我了，我绝对不是那个意思。走，但不知道人家能不能让，不让出去可别怨我啊。"荀河心里明白他们肯定走不了。

两个人挽着胳膊下到了宾馆大厅。一个年轻的女服务员迎了过来，笑吟吟地说："这么晚了，二老就不要出去了，马上就开饭了。"

荀河和冯成成面面相觑，知道这是被软禁了。宾馆接待室里坐着两个警察，眼睛盯着他们。"回房间吧。"荀河的手机响了，他一看号知道是荀娘打来的，急切地问："荀娘你到哪里去了，我打了半天的电话没有人接，我和你冯姨担心你出什么事。"

"爸爸、冯姨，我挺好的，欧阳姐姐陪着我呢。你们刚走陈处长他们就来了，到机场撵你们没有撵上。我把一切都和陈处长他们说了，他们说你们有危险，已经和昆明公安局做了交代。明天陈处长他们到昆明，很快就会和你们见面的，你们多保重身体。"

"我们住在高级房间里，有专门的人员保护我们，我这一辈子还没有住过这样好的房间呢。"荀河和姑娘述说着到昆明来的一切情况。

"爸爸，您想通了就好，我们还得相信党和政府，你越怕他们就越欺负你们，你这个人老实一辈子了。"

"荀娘你说得对，还是共产党好啊。"荀河老泪纵横，"你和陈处长说，我对不起他，回去后我给他谢罪。"

电话通了，家里的情况也知道了，事已如此，荀河、冯成成倒也放心了，两个人唠起了闲嗑。

"今天晚上我们就住这房间里了，这么高级的床能睡得着吗？"冯成成摸着双人床说，"这都是人家年轻人睡的床，我们这把年龄了享受不了。"

"什么年轻人的床，我们就不能住吗，我老了吗，我是老小伙，你说说我不厉害吗？"荀河把冯成成抱了起来，放到了床上，就要宽衣解带。

冯成成半推半就："你个老没正经的，门也没锁你要干什么？"

门铃响了，清脆悦耳的音乐声。

"快起来，来人了，多不好意思。你快把裤子穿上，六十多岁的人了，急得像猴似的。"冯成成也赶忙系着衣服扣子，提上了裤子。门铃又响了几声，冯成成起身去开门。是宾馆的服务员来请他们去餐厅吃饭。

晚餐是过桥米线。荀河吃了一口就赞不绝口："好，好，这才叫正宗的过桥米线。"鲜美滚烫的鸡汤，配之以云腿、香菇、粉丝、青菜等，米线入汤即吃，让人回味无穷。各式各样的云南小菜，红酒、白酒、啤酒摆放在那里，随便喝。

"老荀，你说我们沅江吃的那叫什么过桥米线，简直就是煮挂面，这汤真鲜哪。"冯成成呷了一口汤咂着嘴。

"那可不，人家这地方是正宗，人家的鸡汤是用当地的土鸡熬的，连味精都不放，和我们那里是两回事。"荀河把一碗汤喝了一半了。

服务员热情地介绍着过桥米线的来历："大爷、大娘，我们云南好玩的地方和好吃的东西是太多了，你们可以去西双版纳、大理、石林、丽江……”

冬冬、强子两个人下飞机后，眼见荀河、冯成成被警察接走了，急得直拍大腿，连忙打了一辆出租车紧紧地跟在后面，还怕跟紧了被公安发现。眼瞅着车到宾馆了，荀河夫妇进到了房间，他们俩到不了跟前。

“汪哥，事砸了，一下飞机他们就被公安局的人接走了，我们到不了跟前。”冬冬在街头电话亭捧着电话悄声说着。“和我说别的没有用，你们必须把他们俩干掉，否则别回来见我，你们是知道鹏哥的脾气的。”汪兆月的口气强硬，没有一点商量的余地。“公安局的人看得死死的，硬整得把我们都搭进去。”冬冬心里说，我的爹呀，昆明警察精明强干，和人家整什么，那是纯粹找死。“你们给荀河打个电话把他约出来。”“我的老板呀，这时候还敢打电话吗？荀河的电话肯定被监控了。我都用公用电话了。”“他们住在哪里了？”“公安宾馆。眼瞅着一辆警车，还带装甲呢，车上有十多个警察，全副武装，还有防暴枪。那装备比沅江公安局可强多了。”冬冬在夸大其词地形容着。“瞅你们俩吓得那熊样，就这两下子，还当什么杀手。我看你们仅配做把大门的。你们去那里看看，能不能在那里动手，最危险的地方往往也是最安全的地方。”“肯定跟前有人保护他们，我们去了不是送上门找死吗？昆明警察那是老厉害了，不到昆明不知道胆小。汪哥，我们钱也不要了，事也不办了，这次就算是我们掉脚了。”“不是钱不钱的问题，你们糊涂。我能和你们计较那两个臭钱吗，我看事办不成你们怎么回沅江？”汪兆月生气地把电话撂了。

“强子，我不回去了，我就留在南方了。你愿意回去你自己回去吧。这十万元也够我花些日子。”冬冬坐在马路牙子上，吁了一口气，骂道：“靠，这不是逼我们去死吗，杀两个老不死的值得吗？”

“你不回去，我也不回去了，我是你领出来的，我得跟你走。”强子也是第一次接这样大的活，他的智商和冬冬比可是差多了。

“事儿没有办明白也不怨我们呀，不讲理。是沅江那边的问题，公安局怎么知道的情况，啥都知道了，也不是我们说的。”

冬冬的手机又响了，“嘘，是鹏哥来的电话。是，是，是……”冬冬一个劲儿地点头称是。电话撂了。“鹏哥是什么意思？”强子急切地问。“鹏哥说给我们加钱了，事情复杂了，他们有责任，给我们每人加二十万，铁子，干，大不了就是个死，今天我们就去宾馆看看能不能有下手的机会。”

“我说不能去，那不是明摆着吗，傻蛋，人家肯定等着我们自投罗网呢，不能拿鸡蛋碰石头。”强子不同意。

“瞧你吓得那个熊样，你在家待着，我自己去。”冬冬豁出去了。强子也只好跟着，他们没有退路了。

第二天午后，荀河、冯成成两个人逛街回来后正在房间里休息，小马笑吟吟地进屋了：“荀老，您看看是谁来了？”他的身后跟着陈剑虹和侦查员兰竺。

“荀大哥，荀大嫂，你们可让我们追得好苦啊。”陈剑虹满脸是汗。

“你们来得这么快呀，我寻思着怎么也得三天五天的你们才能过来。”荀河迎上去和陈剑虹握手，“我知道荀娘这姑娘肯定会把一切都告诉你们，她和你们亲呀，这姑娘从小就说警察叔叔好。”

“对，是荀娘告诉我们的，我们施监狱长这两天都没有睡觉，就怕你们出事儿，他们已经瞄上你们了。”

荀河知道陈剑虹说的他们指的是谁：“陈处长，我老头子对不起你，把你们折腾到这么远，你骂我吧，打我老头子几下子也可以。”荀河连连点头认错。

“是我们老两口不对，我们老糊涂了，跑什么，我们也没有犯罪。”冯成成在一旁跟着道歉，她也知道两人惹的麻烦不小。

“老大哥，你不能那么说，是我们工作做得不细，才使你们二老受委屈了。我就晚了一步，那天我看出你有心事，但没有想到事情会那么严重，实在是太万幸了，没有出什么问题，该认错的是我。”陈剑虹的话里没有一点儿责备的意思。

“陈处长，你也歇歇吧，晚间我们支队长请你们吃饭，给你接风。到时候我来叫你，我回去了。”小马的云南话让人听起来十分亲切。

“小马姑娘，这都够麻烦你们的了，你们快去忙吧，有些事情我们自己能办了，不吃什么饭了。”陈剑虹推让着。

“陈处长，你可别这样说，天下警察是一家，我们到你们那里不也是如此吗，你要这样说我们还怎么去你们沅江市那疙瘩呀。”小马说了一句东北方言，大家都笑了。

“好吧，恭敬不如从命，我们一定参加，我先说谢谢了。”陈剑虹发自内心地表示感谢。

“陈处长，在酒桌上你可千万别说谢谢这两个字，在我们昆明这地方是要罚你酒的，晚上见。”小马走了。

“荀大哥、大嫂，这几天就这么安排了，你们两人尽情地在昆明溜达玩，想上哪里公安局给你们出车，其他一切和你们都没有关系，我们都会安排好的。”陈剑虹把事情和他们交代清楚了。“中，中。”荀河、冯成成也托底了，到这个时候他们只好一切听警察的了。荀河横下一条心就是玩了，什么黑社会他也不怕了。他试探着说：“陈老弟，我们俩想明天就去西双版纳不知道行不行，我们自己有钱。”

“那有什么不行的，你们在云南境内怎么溜达都行，施监狱长有话，旅游费用由监狱出。”陈剑虹也知道他们老两口也花不了多少钱，实际上这也是工作的需要，全指望他们老两口破案呢。

“那可不行，我也不缺钱，凭什么要花监狱的钱。你们小瞧我了，你别忘了我手里还有二十万元没花出去呢。”荀河还没有完全理解陈剑虹的意思。

“施监狱长让你们不要着急回去，由我陪你们在西双版纳旅行，费用由监狱出，是监狱奖励你的，你们协助监狱追逃有功，荀娘有时间也可能过来陪你们。”陈剑虹特意用的是“你们”两个字，把冯成成也带上了。

冯成成听出了陈剑虹话里的个数，满脸堆笑：“那可太谢谢你们了，领导那么忙，回去赶紧工作，我们老两口慢慢地转。钱可不能花你们的，我们自己的钱够用。”

一晃，陈剑虹一行在昆明已经工作了十多天了。他们也是焦急地等着，冬冬他们还是没有任何动静。到底是回去还是继续蹲，施弢的意见是不能动摇，要继续蹲下去。荀河老两口昨天已经从西双版纳回来了，他们也着急要回家。

第二天上午，陈剑虹接到了昆明公安局的通知，说有重要情况让他们速去刑警支队。

刑警支队长向他们介绍案情：“我告诉你们一个好消息，跟踪荀河的那两个人有一个已经被我们蹲坑的民警抓住了，他们是自投罗网的。昨天夜里，他一进房间就被摁住了。我们在登记簿上登的是假房间号，他们妄图在夜间杀害荀河。一进房间他知道上当了，但已经晚了。经过突审，他交代了他们是受沅江市社会上的人委托，追到昆明杀害荀河，他的名字叫什么强子，另一个人叫冬冬，真名他说不出来，在宾馆外边望风，闻讯他已经跑了，我们估计他已经不在云南境内了。”

“是吗？昆明的警察太有水平了，技术高超，作风过硬。”陈剑虹喜不自禁地说，“我们得怎么谢谢你们呢？”这次来昆明，他们只给公安局带来几斤人参和黑木耳。

“我们的意见是人你们押解回去审，昆明这边你们继续蹲下去已经没有什么意义了。”

“行，我现在就给施监狱长打电话。”

晚宴后，陈剑虹等人都回到了房间。大家畅谈着这次到云南来的感受。

“这昆明真是四季如春，我们就不回去了，我相中了这地方，太美了。我一点都不咳嗽了，气管也顺溜了。”荀河的气色确实好多了，说话也不喘了。

“到时候让荀娘也过来，在这边找个对象，我们全家都在这养老了。”冯成成的情绪也非常好。

“我说老荀大哥，怎么你也得回去，帮我们把白鹏飞抓回来你们再回来安度晚年，我亲自送你们回来。”陈剑虹无论如何也要把荀河带回去，破案离不开他。

“好，我听你们的，谁让你们是我的恩人了，这次我们一定回去，我什么都不怕了，我看他们能把我怎么样。”

“那我可得好好地谢谢你和大嫂了。”

“我告诉你一个秘密，我那天收拾龙监狱长办公室的时候，我开门时明明听到里面有人，可是我开开门后，里面啥人也没有。我打扫完卫生出来后锁上门假装走了。我在门口听着，不一会，里面的人露头了，我一看惊呆了。你们猜是谁？是白鹏飞。然后我就报告了龙啸天。他说那是不可能的，说我肯定是看花眼了。他和我们回去一搜，连个人影都没有。你说怪不怪，我相信我没有看错。”

“你说的情况非常重要，我回去后要立即和施监狱长汇报，我们要严格保密。”

“你们就放心吧，我蹲了那么多年的监狱培养出来了沉默寡言，我已经习惯了不和别人说什么。”

“是的，你大哥有时候坐一天都不和我说一句话，他是落下病根了。”

“那我告诉你们一个秘密，跟踪你们的杀手公安局已经抓住了一个，另一个也跑不了。所以老大哥，你必须得回去帮助我们。”

“好啊，还是你们警察厉害，这次多亏你们了。怎么都行，我这把老骨头也豁出去了。”

“今天，你得去公安局辨认一下，看看抓住的那个杀手是不是去你家的人，这小子非常顽固，他现在又翻供了，说是到房间里想偷东西，他是哪的人都不交代。”

“好，我一看就能认出来，跑不了他。”

“老大哥，你才六十出头，身体健康，是正当年呀，可别提什么老，嫂子该不乐意了。”陈剑虹的玩笑开得恰到好处，大家都被逗乐了。

“陈老弟，你可真会让你大哥开心。”荀河自己说着也乐了。

“老荀大哥，你那天和我说你带出来一个什么东西？”陈剑虹提醒道。

“啊，是出狱后龙监狱长送给我的一个香炉，他说是什么宋朝什么年代的，我弄不明白，他说这东西少说也能值几万块。这不，我就带出来了，寻思到用钱的时候把它卖了。”荀河打开了箱子，掏出了一个纸箱，拿出了里面的东西。

陈剑虹端详着，是一个非常精美的香炉。他不明白这玩意：“这东西你先别卖了，是不是和监狱倒卖文物案件有关系，别把你牵连上。”

“那我就把东西交给你保管吧，没有什么问题再返给我。这个香炉确实招人喜欢，要是一般的东西我就不要了。”

“我对文物一点也不明白，等带回去后让施监狱长鉴定吧。我们准备这两天就回去了，施监狱长也来了几次电话了，最近又出了一起狱内事故，一个犯人在严管队被打死了。”陈剑虹也担心施监狱长的身体吃不消，也着急回去。

“是吗，监狱还出了这样的事情？”荀河连忙问道，“死的那个犯人叫什么名字?”

“他的名字叫薛志权，怎么你熟悉他？”

“认识，不是一般的认识呢。”荀河一听是薛志权，火立即上来了，“我太了解这小子了，他都坏透了，死了活该，他仗着白鹏飞干了老多坏事了。那年就我这老头子还让他逼去了一千元的保护费，我不交他打了我好几个嘴巴，他是罪有应得。严管队那边是宋德玉的人，没有他的话，孙德华是不敢下手的。”

陈剑虹没有想到荀河还能认识薛志权：“施监狱长天天接待他们，他们家属这几天在监狱闹呢，扬言要告到媒体上，给沅山监狱曝光。”

“那是纯粹吓唬你们，他们的目的就是为了多要钱。”

“白鹏飞也不会让他们大闹的，死了一个他的知情者，他是高兴的。他们那些人什么是哥们义气，到关键时刻都是爹死娘嫁人，我太了解他们了。”

陈剑虹打开了一个纸箱子：“这是我送给你们二老的结婚礼物，看看喜欢不喜欢？”礼物是一对白色玉石雕刻的老寿星，做工十分精细。

“太漂亮了，太贵重了，我们实在是承受不起。”冯成成推辞不收。

“你们不收那就见外了，这也是我们的缘分。别的不说，就图个吉祥如意吧。我们这次来昆明能圆满地完成任务，也是托你们二老的福气。”陈剑虹的这一番话说得荀河、冯成成喜笑颜开。

“施监狱长打电话跟我说了，今天荀娘由欧阳陪同过来接你们，晚上我去机场接她们。”

“陈处长，你想得可真周到。我太感动了，我荀河何德何才劳你们费这么大的心力，白鹏飞被抓回来是天意呀！”

“我们这次来昆明的收获是太大了，基本掌握了白鹏飞的情况，杀手就是他派出的，他就藏在沅江市，在我们的伏击圈内，回去后我们要大大地缩小包围圈。楼下的车已经到了，荀大哥，你去公安局辨认吧，我在招待所等你。”

“那我走了。”荀河说走瞅着冯成成不迈步，递着眼神。

“老荀，我和你去，你一个人去我不放心。”冯成成明白了他的意思，要跟着去。

“陈处长，她去行吗？”荀河问道。

“行，还可以照顾你一下，就是辨认，时间不会长。”陈剑虹看出了荀河的心思，安慰道，“你别多心，人家公安局是把你当客人对待的，我一会儿过去接你们。”

41.

几天来，监狱被服刑人员薛志权殴打致死一案搅得不可开交。在沅山监狱服刑人员分为两派，一派以白鹏飞为首形成一伙，称为白派，一派以宋德玉为首形成一伙，称为宋派。

薛志权被捕前系白鹏飞手下的一个打手。他原是市消防支队的一名武警战士，在部队服役期间，一天晚上他身着便服，后腰别着一把消防专用手斧在沅江火车站前溜达玩，被站前联防队讯问。薛志权和对方发生了争执，双方厮打起来，薛志权用手斧砍伤了四人，被判处三年徒刑，开除了军籍。回到地方后，他结识了白鹏飞，白鹏飞非常欣赏他，很快他成为白鹏飞的得力助手。薛志权和白鹏飞同时入狱。白鹏飞逃跑后，白派群龙无首，狱内成了宋派一统天下。薛志权和小安子都是白鹏飞手下的马仔，他们俩称得上是一文一武。薛志权的身手不错，不像小安子是玩嘴的，他是仅次于白鹏飞的二号人物，是白鹏飞的主要打手，秉承白鹏飞的旨意，制服那些不服从白鹏飞管理的人员。凡是新入监的人员，都要交纳保护费，表示效忠白鹏飞。对不服的，轻的打你个鼻青脸肿，重的打你个胳膊断腿折。许多服刑人员都是敢怒不敢言，忍气吞声，想办法让家里人捎点钱物来送给薛志权平事。实在没啥钱财的，干脆就投靠加入白鹏飞这伙，充当马仔。

宋德玉原来是江南分局刑警队长，80年代下海经商做经贸生意。因倒卖走私车辆被判了十五年徒刑。他在分局时办过白鹏飞的案件，当时白鹏飞因殴斗被拘留，白鹏飞的哥们找过宋德玉求情，分局领导也和他过话，他一点面子也没有给，白鹏飞被铐在暖气管子上一宿，后被拘留十五天，一天也没有少蹲，同时被治安罚款五千元。白鹏飞在社会上是第一次被折了面子。宋德玉被投入沅山监狱服刑，白鹏飞早他二年来到沅山监狱。宋德玉不知道白鹏飞也在沅山监狱。那年春天的一天下午，在监狱操场上宋德玉和白鹏飞、薛志权碰面了。

白鹏飞上下打量着宋德玉："哎呀，这不是公安局的宋大队长吗，你那么讲原则的人，怎么会进到监狱呢？"

"啊，是白大哥，真是巧遇呀！"白鹏飞的年龄比宋德玉大三岁。到监狱了，宋德玉知道他自己也不能装了，就屈尊叫了一声大哥。

"我哪是你的大哥呀，你是公安局的大警察，我是一个臭流氓。两个道上的人，这真是两个山碰不到一块儿，两个人碰一块儿了。你说吧，我们的恩怨怎么了结？"白鹏飞见报仇的机会到了。

"过去我也是例行公事，我是对事不对人，没有什么对不起你的呀。"宋德玉想息事宁人，没有要干的意思。

"那次我们一起被抓起来的是四个人，那三个人都放了，你就单把我收拾了，你是真够哥们义气，到今天我都不明白我什么地方得罪你了，这口气我憋了好几年了，今天必须吐出去。"白鹏飞拉开了架势要动手。

宋德玉知道这仇是解不开了，他也不能屈服，就淡淡地说了一句："我也进监狱了，咱们俩的地位平等了，到你的天下了，你随意吧。"

"哎呀，姓宋的，你到这时候还嘴硬，还不磕头请罪，你以为你还是警察呢，我就是恨警察，就是你们把我坑了，我带一把斧子犯什么法，还要搜查我，我后悔当时出手轻了。"薛志权也翻起了旧账。

"你是罪有应得，要恨你就恨你自己吧，也不救火你别个破斧子到处走什么，纯是得瑟的。"宋德玉毫不示弱，没有一点服软的意思。

"哎呀，到这时候你还不服，我让你知道一下小爷的厉害。"薛志权抬手就要给宋德玉一个嘴巴。

宋德玉一闪身躲过去了，趁势飞起一脚将薛志权踹倒，左右飞脚踢了起来。

“你小子还敢还手，我饶不了你。”始终站在旁边的白鹏飞摆了一个架势和宋德玉交手了。

白鹏飞从前面打，薛志权从后面打，宋德玉哪里抵挡得住，几个回合过去，宋德玉被打得鼻口蹿血跌倒在地。白鹏飞一脚踏在宋德玉的背上蔑视地说：“你不服的话，等你歇过来我们俩再单独较量。过去你手里有枪和手铐子，我惹不起你，现在你还仗什么？你这样的我让你一只手，你都不是对手。记住，今后只要碰见你，我就打你一遍，服了为止。要么你现在就叫白爷，我马上就饶了你。怎么样，叫不叫？”

“让我叫你白爷，你做梦去吧。”宋德玉冷不丁翻过身子，一下子扑倒了白鹏飞，一口咬住了白鹏飞的右耳朵，差点就把耳朵给撕了下来。

白鹏飞号叫着挣脱：“你小子不是人，我今天废了你。”他一把掏住了宋德玉的裆部，手还没等抓住，宋德玉就地一滚，抬腿一个飞脚，踢在白鹏飞的脸部，白鹏飞被踢倒在地，满口喷血。

“呸，”宋德玉吐出了一口血水，冷笑说，“告诉你，姓白的，老子既然当过警察就不是白给的。你一天打我一遍，还不知道谁打你呢。”宋德玉也确实身手不凡，他是反败为胜。

白鹏飞知道自己是小瞧宋德玉了。两个人的仇就这样结下了。几年过去，在各自的身边形成了一股势力，但白鹏飞的势力要远远大于宋德玉，两个人再没有交过手，因为双方都知道自己的实力，很难把对方制服，双方也算是相安无事。

宋派的人一直想找碴儿归拢薛志权。正好，薛志权违反监规被严管，送到了严管队。严管队是宋德玉的地盘，带班的班长是孙德华，是宋德玉的人。宋德玉让人传过话来，让他好好归拢归拢薛志权，弄服他，借此机会彻底打击一下白鹏飞的势力。没想到孙德华等人出手太重，玩砸了，把事情整大了。

经过法医鉴定，薛志权纯系暴力殴打致死。

“监狱管理局的制度明文规定，不允许使用罪犯管罪犯。可为什么在严管队这样要害的部门，管理权竟然掌握在罪犯的手里？”施弢和分管狱内的狱政处副处长曾祥文谈话。

“是处里不让动，这个严管队的班长孙德华是焦处长的关系，多年了，我们也管不了。”曾祥文十分委屈地说，“如果追我的责任，我也得说道说道。”

“曾处长，你也是监狱的老同志了，现在也不是我个人和你过不去，你说这件事怎么办？”

“事情到了这个地步，能怎么办？听检察院的，我够啥责任我负。”曾祥文是当年组建监狱时从法院调过来的老同志，人很老实，在监狱呆的这几十年，人很木讷。

“你先认真详细地回去写检查吧。检察院法纪处已经决定对你们几个人的行为进行审查。从今天开始，你们几个人脱离原工作岗位，不得进入狱内，你还有啥意见？”

“没有。我有个要求，要追究责任就可我一个人来吧。”曾祥文倒很有一种勇于承担责任的精神，关键时候还敢于护着自己的民警。

42.

沅江市检察院正式对薛志权案件的责任民警进行立案审查。

“施监狱长，检察院决定对严管中队长邝明和当天的值班民警曹威、狱政处副处长曾祥文立案审查，对罪犯的侦查由监狱负责。”贺海东把检察院的意见向施弢转达了，“今天检察院已经正式通知我们了。”

“我们不干涉检察院办案，需要我们配合的要全力以赴。”

“施监狱长，罪犯家属的事情你可能要操心了，这家人家是挺难缠的，昨天他们家来了几十口人，把狱政处办公室的玻璃都砸了。”

“只要讲理就行，我不怕他们，这样的场面我见得多了，还能把我打死吗？”

“省监狱局今天来电话要情况，要我们的正式报告。”

“你就安排报吧，也没有什么隐瞒的。”

监狱狱侦处对薛志权案件立案侦查，孙德华等人被禁闭。

监舍里的人围着宋德玉，“玉哥，对孙德华我们还得救他呀，你可不能撒手不管哪。”宋德玉眼睛一瞪：“怎么救法？”“按老路子，动钱呗，首先是家属别追了，先做家属的工作。”“好啊，钱由我出，事情你们去办。”

“宋哥，白鹏飞给你捎过来一个口信儿，说要用你的脑袋祭奠薛志权。”

“他吹呗，用我的脑袋，他的脑袋都不知道什么时候掉。他现在躲在哪个耗子洞里呢，他有本事进监狱来取我的人头吧。”宋德玉毫不在乎。

“宋哥，你怎么也得防着点，邓文龙可是他们一伙的，他们天天瞄着你呢，说不准整出什么损招来。”

“大不了，就是个死，我也不是白给的。”宋德玉抻了一下胳膊腿。

“孙德华托人捎出话来，只要不追究他的刑事责任，他愿意拿十万元平事儿。我今天去禁闭室，孙德华和我说了他已经告诉他们家里把钱准备好了，只要监狱同意，钱随时送来。薛志权的家属也有态度，只要钱给到位了，什么也不追究了，你看这事能不能办？”焦成金今天提审了孙德华。

龙啸天摇摇头：“不用说，钱是宋德玉出的。施弢是不会同意的，他肯定是要追查到底的。”

“我们试试呗，好在陈剑虹没在家。”

“对了，你一说还提醒我了，陈剑虹走了多长时间了？”龙啸天感觉到了施弢是在对他封锁消息，这背后肯定大有文章。

“半个多月了，我是啥也没有听到。这回你知道你把追逃的权力让出去失策了吧，我们是什么情况都不知道了。”

“不说这些了，走，就按你说的找施弢碰碰去，看看他的意见，也许他能松口。”

龙啸天、焦成金来到施弢的办公室。焦成金把提审孙德华的情况和施弢说了。

“施监狱长，我看这事可以考虑，监狱这么困难，我们要尽量给孙德华网开一面，死者的家属也不告什么了，对他、对监狱、对处理后事都是有利的，省监狱局也不希望我们监狱的事故占省里的指标，年底也不好交代。”龙啸天说得很实际。

“我看龙监狱长说得有道理。”焦成金在一旁附和着。

“有道理，有啥道理？你们别忘了我们是社会主义国家的监狱，是中国共产党领导下的人民警察。我们还要不要法律，还要不要法治的尊严，还要不要监狱的牌子？孙德华等人是要拿钱的，那是他们依法必须拿的赔偿钱，不是关系费。你们说是钱大还是法大？如果我们这样做还有没有天理呀。人都打死了，用钱就能把事情压下吗，天理难容啊！”施弢越说越激动，明确表态不同意这样处理。

龙啸天、焦成金站在那儿静静地听着，谁也不吱声了。他俩都知道，在狱内出现打死人的事故他们是要负领导和管理责任的。

“既然我当这个监狱长了，我就要堂堂正正地做人，清清白白地为官。焦处长，你记着，从今天开始，没有我的命令，除狱侦处办案人员外，谁也不能和孙德华等人接触，避免串供，要彻底禁闭。”施弢厉声和焦成金说道。

“是，我们坚决执行。”

“龙监狱长，你还有什么意见？”施弢把目光转向了龙啸天。

“没有。按你说的意见办吧。”龙啸天尽管从心里往外不乐意，但还得服从施弢的意见。

两个人走出施弢的办公室后，龙啸天埋怨着焦成金：“怎么样，我说不行吧，你非要说，碰了一鼻子灰吧。这对我们多么不利。施弢这个人可不是郑五常，你走着瞧吧，今后有我们好看的。”

焦成金被龙啸天训着，一句话也不说。他知道今天找施弢是有些唐突。他把问题看简单了，以后肯定要防备他了，更确切地说是他和龙啸天。

龙啸天、焦成金走后，施弢心中狐疑：“这样大的案件，他们竟然提出这样的处理想法，这不是无法无天了吗？”

门外传来一阵轻轻的敲门声：“进来。”狱侦处副处长党酆拿着一个文件夹，进来了。陈剑虹他们在云南还没有回来，党酆在家主持工作。他给施弢敬了一个礼，这也是个军人出身的狱侦副处长，敬礼非常利索。施弢和党酆谈了刚才龙啸天、焦成金的想法。

“施监狱长，你不知道，前几年监狱有一件类似的案件，他们就是采取这样的办法处理的，说是死者有严重的心脏病，在外力刺激下，心脏病突发，这样大大减轻了加害人的责任，仅以一般伤害案件追究了责任。”党酆气愤地说，“为这件事情他和我吵了一架，龙监狱长说要把我拿下，但在党委会上没有通过。”

施弢笑了笑说：“是吗，还有这样的事？你们对薛志权一案要抓紧侦查，这样对我们处理善后工作是非常有利的。同时注意这里面和白鹏飞脱逃有什么关系。”

“我们在对薛志权的床位搜查时发现了一封白鹏飞给薛志权的信，信上说让他和邓文龙联手打击宋德玉。还说他暂时还不能离开沅江市，一切都好，吃喝不愁，过着神仙般的生活。”党酆拿出了一封信给施弢看。

“孙德华都交代了什么，他知道的监狱情况多吗？”

“他一再说确实不想打死薛志权，只不过是出手重了，可他是受人委托的。问他是谁，他死也不说。他还说他知道白鹏飞的情况，他要揭发检举，前提是必须保证不判他死刑，留他一条命。”

“那好哇，我们欢迎，你们一定要把他审透，我和陈剑虹说让他尽快回来，你们一定要把家属安抚住。”

薛志权的家属来了四十多人围住监狱办公楼，点名喊着要和施弢对话，不见到施弢坚决不走。

办公室主任石磊请示施弢见不见，施弢毫不犹豫地说："见，我不怕他们。有法律在，有事实在，只要讲道理，没有解决不了的问题。他们家里都来了什么人？"

"父亲、母亲、姐姐、妹妹、媳妇等人，能有四五十人。"石磊的意见是别见了，和家属再干起来就更热闹了，"要不就让龙啸天接待吧，你也好闪开身子。"

施弢主意已定："接待一下也是必要的，你去安排吧，我马上就过去。"

薛志权的家属全都被请到监狱的会议室。为首的是薛志权的叔叔薛平，他情绪激动，言辞激烈，他高吼道："你们这是什么监狱？就这么一个大活人，让人给活活地打死了……"他的话越说越多，离题越来越远。

"你们讲了不少了，让我也说几句吧。首先，我对监狱出现薛志权被殴打致死的案件向家属表示歉意。我认为监狱长对此要承担领导责任，该给我什么处分我听组织的。"施弢的态度十分诚恳，家属的情绪渐渐稳定了。

施弢继续说道："对参与此案的罪犯我们要坚决依法追究刑事责任。对负有管理责任的管教人员，我们决不护短，要依照法律和法规追究责任。对监狱应该承担的赔偿，我们也要依法予以赔偿。看看大家还有什么要求？"

施弢讲的言简意赅，上访的人员怔住了。"施监狱长，你这样说我们没有啥意见。只要赔偿的数额我们家属满意，其他问题我们不管。"薛平代表家属说出了他们的目的。

"赔偿多少，你们先提出意见，完后再来找我。"

"你们监狱少赔一个子儿也不行。"家属们连喊带叫地走了。

"施监狱长你真行。"石磊赞赏着，"你几句话就把他们打发了，我真为你担心，怕他们动手打你。"

"打我？那不是反天了吗，我还真的不怕他们动手打人，那样事情的性质就完全变了。"

三天后，家属又来了。焦成金把家属领到了施弢的办公室。家属的态度全变得和蔼起来，似乎是在求施弢办什么事情："我们啥都不追了，我们的儿子死了，我们认了。对监狱我们也没有什么要求，民警吃这碗饭也不容易。这是我们写的保证书，一切事情都在监狱解决，我们也不找法院了。"

“你们处理问题的态度我们欢迎，但是民警的责任是必须追究的，这也不是监狱能决定得了的。”

“不管怎么说监狱民警也是不容易的，我们和他们前世无冤后世无仇，您就教育教育得了，就算是我们家属求您了。”薛平的态度来了个一百八十度大转弯。

家属走后，党酆来请示工作。施弢问：“党酆，薛家的态度怎么转化这么快呢，昨天还气势汹汹，今天就和风细雨了？”

“肯定是孙德华的家属把钱送到位了，他们家现在就是奔钱使劲了，追民警的责任有什么意义。”

“哦，我明白了。你们的案件进展怎么样了？”施弢问。

“该查的都查完了，马上就结案了，看看监狱长什么时候有时间听一下汇报。”

“白天是没有时间了，市委政法委有个会议，我今天晚上听，你们准备一下，让贺政委也参加。”

“这是以宋德玉为首的服刑人员要求对孙德华免除死刑的‘请愿折’，监狱签名的犯人能有一千多人。上面说孙德华是为民除害，打死的是牢头狱霸。”党酆把折子递给了施弢。

施弢浏览了一下上面的内容，微笑着说：“这个宋德玉煽动力挺强啊！把材料给法院转过去，我们如实反映情况。”

“恐怕这个材料是救不了孙德华的，他没有什么法定的减轻处罚理由。”

早晨，秦雨农拎着餐盒来到了死囚室，他给孙德华送来了经监狱安排特意给孙德华包的肉馅饺子。孙德华今天就要执行死刑。按照惯例，临刑前监狱都要给死刑犯包一次饺子送路，尽量满足他的要求。孙德华吃得挺利索，秦雨农收拾东西要走了。孙德华抹抹嘴，和秦雨农交代着：“秦哥，你替老弟转告德玉大哥，别忘了周年给我烧点纸钱，我愿意喝酒，给我一瓶好酒。”

“好，我让他给你送茅台，让你抽中华烟。你好好地等着吧。”秦雨农了解孙德华这个人，头脑简单，没有什么心计，什么事情都是听宋德玉的，他也觉得孙德华死得有些冤枉，但一个犯人谁给你考虑得那么多，这案子可上可下，毙了也就那么的了。

天晴得发蓝。刑场就设在监狱院内西边的小树林里。在看守所里，法官带着书记员对孙德华验明正身后，把他押上了刑车。孙德华对法院判处他死刑始终不服，到刑场后，他和押解的法警说："我是为政府工作的，我不应该死，我不服。"

"你别瞎喊，到这时候了，你说啥也没有用，你老实地待在那里，要不你自己找罪遭。我从'严打'的时候就执行枪决，啥样的人我没见过，消停走吧。"行刑的法警队长警告孙德华。

时间到了，马上就要执行死刑了，执刑法警的半自动步枪子弹已经上膛，担任刑场指挥的法警队长举起了旗，示意准备行刑。枪就要响了，突然，孙德华高喊起来："我冤枉，我冤枉啊……我要见施监狱长，我有话要单独和他说，有重大案件向他举报。我就和他一个人说，别人谁也不行。"孙德华向在现场的主审法官、担任刑场监督的检察官提出了要求。停止执行死刑谁也没有这个权力，法警队长这么多年也是第一次经历这样的情况，他也有点蒙了，不知道怎么办好。

检察员和执行法官商量后批准了孙德华的要求："见施监狱长可以，时间不能长，给你五分钟时间。"

施弢过来了："你找我说什么，快说吧，最多就是五分钟的时间。"

"我一分钟的时间就够。我知道白鹏飞逃跑的情况，我说出来你们就能抓住他，我的情况算不算立功？"

施弢答复得很利索："只要你说的情况属实，我认为是够立功的了。"

"那好，我说了，白鹏飞是你们监狱的人放走的，我有证据……"

施弢和执行法官报告了孙德华揭发的情况，他认为对孙德华的死刑应该暂缓执行。执行法官听完情况后说："这个事情谁也做不了主，必须向省高院请示。"他当即打电话请示了省高级法院。不一会儿，省高院来电话，经省高院审判委员会研究决定，下达了暂缓执行孙德华死刑的命令，孙德华被拉回了看守所。

孙德华大难不死，狱内的服刑人员议论纷纷。宋德玉搭着二郎腿躺在床上，松了一口气，工作总算没白做，"孙德华肯定死不了。""还是玉哥说得准，孙德华这条命是玉哥给的。"

"肯定是他向法院揭发了什么，法院才刀下留人的。"

宋德玉明白孙德华肯定把他知道的白鹏飞的情况撂了出来，没有点真东西法院是不会停止执行死刑的。孙德华跟他说过曾经看见龙啸天领着白鹏飞从办公行政楼里出来，白鹏飞说他不远走，就藏在监狱跟前。宋德玉告诉他在枪响前喊冤举报，这一招果然见效了。想到这儿他露出了得意的微笑，看着身边的这几个人，心里骂道，一帮蠢货。他呵斥道："都别瞎猜了，小心你们自己的脑袋，赶紧睡觉吧。"

邓文龙和小安子这边也没有睡觉，两个人也在议论着。“邓哥，你说孙德华能揭发什么，法院怎么能突然不杀他了呢？”

“你操那么多的心干什么，他揭发什么和我们有什么关系。”邓文龙也是嘴上硬撑心里也在敲小鼓，他知道孙德华检举的肯定是一个重大的问题。

怎么能没有关系，小安子想，孙德华在监狱好几年了，他知道一些白鹏飞的情况，他要是说出来什么情况搞不好就把他也搭上了。

监狱党委召开会议，专题研究对薛志权案件责任民警的处理。在对责任人的处理上争议得十分激烈。

“薛志权是个牢头狱霸，他的死是罪有应得。这小子的民愤太大了，过去仗着白鹏飞干了很多的坏事，我们监狱要是早点管一管就不至于出这样的事故。”

“他是在监狱严管队被打死的，我们监狱的责任是不可推卸的，监狱有监狱的秩序，他就是罪该处死也不应该让罪犯把他打死。”贺海东说。

“薛志权是被犯人打死的，我们监狱也就是个管理责任呗，有什么了不起的。不要一有什么事情就往我们自己身上揽。要追究责任我没有什么意见，我是狱政处的一把手，应该承担领导责任。”焦成金对贺海东的话非常反感。

“我们吃这碗饭是不容易的，这么大的监狱谁能保证不出任何问题，就是一支部队还出现打仗的和逃兵呢。大家想一想是不是这么回事。”龙啸天开口了。

“龙监狱长说得也对，监狱长对民警的责任不宜追究得过重，这几年处分的人太多了。”监狱政治部主任余水说。

会议室逐渐平静下来，施弢感觉到该是他说话的时候了，他清了一下嗓子，咳了一声：“我们也不愿意处分自己的民警。实际上监狱的一切问题是警察问题。在监狱服刑人员中可以讲团结，但决不允许他们之中有老大，不允许他们拉山头，称王称霸。对他们的放任就是我们工作的失职，就是对人民的犯罪。”施弢阐述了这一观点。

结果，狱政处副处长曾祥文被撤销职务，三名民警被追究了刑事责任。

“施监狱长，我有话和你说，想约个时间，看看你什么时候方便。”龙啸天给施弢来电话。施弢到沅山监狱这么长时间，龙啸天还是第一次这么正式地约请他。

“我在办公室呢，你现在就过来吧。”施弢心里琢磨龙啸天因为什么事情突然地找他，还这么客气地提前和他打招呼。

龙啸天从他办公室过来了，进屋后就直截了当地说："我反复地想了，监狱出了这么大的事故，我也不应该再继续分管狱政了，我提议党委调整一下我的分工，焦成金也和我谈了，他也不想继续在狱政处当处长了。"

"现在不是研究调整分工的时候，当务之急是稳定狱内秩序，不能再出任何问题了。你不要听那些传言，就我个人来说我对你没有任何想法。老同志了，在监狱干了这么长的时间难免有人议论。太正常了，我要是干你那么长时间还不如你呢。"

龙啸天在施弢身上挑不出来什么毛病，施弢确实对他没有什么说法，但他明白施弢对他是表面上的尊敬，心里是另一回事儿，他嘴上还不能把想法说出来："你说的是对，我也相信党委对我是信任的，但人言可畏。"

"确保监狱安全稳定是我们的政治责任，出现这么大的责任事故我也是有责任的。这是我到监狱以后出现的第一件责任事故。既然我们选择了这一行就不能再计较个人的得失了。我们都将生命置之度外了，个人有点委屈算什么。"

"施监狱长，我缺少的就是你那种大气，你当这个监狱的一把手我从心里是服气。"龙啸天说的是心里话。他佩服施弢的这种精神，如果要是两人能结合到一块，肯定能干出一番大事业。遗憾的是他们是两股道上跑的车，永远没有结合的可能。"干我们这一行，没有一种精神是干不了的，就是那种长年高度紧张的精神折磨，一般人都受不了。"

"你说得对。"施弢到监狱这么长时间了，今天是第一次和龙啸天有了共同的语言，"没有坚强的意志，常人是干不了我们这一行的。"

"只要你信任我，我龙啸天是对得起朋友的。你可以听听社会上对我的反映，我没有做过一件对不起朋友的事。"龙啸天一番话说得很有江湖义气。

"好，让我们共同配合吧。"施弢特别不愿意论什么哥们义气，还是真正的友谊靠得住。

"如果方便的时候，我想请你吃顿饭，你不会多心吧。"龙啸天今天还是很有诚意的，他觉得施弢来这么长时间了，自己应该尽一尽地主之谊。

"行。"施弢爽快地答应了，"我们谈不上什么方便不方便，我们谁和谁呢，只要有时间就行。"

"地方那就由我选定了。"龙啸天走了。

晚上，龙啸天和焦成金在办公室议论着今天的事情。机关的人都走了，两个人有这样的习惯，下班后愿意在办公室扯一会儿，高兴的话就去“聚聚”小吃部喝几盅，这也别有一番乐趣。

“我今天和施弢唠得挺投机的，施弢的能力确实是在我之上，单就对他个人来说我服气。”龙啸天似乎忘了他自己是重罪在身的人，随意评价着施弢。

“你们俩就是刘邦和项羽的关系，一场垓下大战是早晚要发生的。你总是对施弢有一种幻想，我就是不明白，你对施弢的看法为什么是那样的单纯，你俩就是你死我活的关系，白鹏飞被抓住之日就是我们灭亡之时。怎么今天你立地成佛了呢？”焦成金对今天龙啸天的变化感到惊讶，不可理解。

“你把我俩比喻为刘邦和项羽的关系，我不否认，但就看谁是刘邦了。施弢能不能抓住白鹏飞那就看他的本事了，这样倒也挺有意思的，我觉得活得挺有滋味，有刺激性。我这个人就是过不了平稳的生活，也许争斗是我的一种乐趣吧。就像钓鱼似的，不是为了吃鱼，就是为了看鱼上钩的过程。我和施弢说了要请他吃饭，就是几个朋友会一会。”

“他同意了？他可是不和监狱内部的人吃饭的。”焦成金不明白无缘无故的龙啸天请施弢吃什么饭。

“施弢很高兴地同意了，说时间听我的，到时候你也参加。”龙啸天得意地说。

“我去合适吗？”焦成金是发自内心地不愿意去。

“有什么合适不合适的，我请客，我说了算。”

“我去我和他唠什么呀。”

“挑他高兴的话唠呗，还用我教你吗，酒桌上的话有几句是真的，互相捧着玩呗。”

“我这个人就是嘴笨，也不会说什么，要是动真格的喝酒还行。”焦成金的酒量是说得出的，一斤白酒轻松喝掉。

“白鹏飞有什么动静吗？”

“好像是挺消停的，没有听到什么消息，但他那样的人早晚要出来的。”

第十五章　凶徒落网

天都要亮了，对强子的审讯在看守所的提审室继续进行着。强子就是不承认他是去杀人，他一再说自己不认识荀河，他去房间是为了盗窃，带的折刀是为了防身。

43.

傍晚时分，飞机披着一身霞光在东湖机场徐徐降落了，沅江市的街景尽收眼底。“到家了，我又回来了！”荀河从飞机窗口望着金色霞光笼罩的沅江大地，感慨万千。时间过得真快，他已经离开沅江市快一个月了，这一个月对于他来说又是一个梦。他的一生噩梦实在是太多太长了，然而这一次，他竟然会成为破获白鹏飞案件中的主角、左右案件的一个举足轻重的人物。

荀娘双手搀扶着父亲走下舷梯，后面是陈剑虹和欧阳惠雪等人。荀娘和欧阳惠雪是后赶过去的，她们陪荀河、冯成成在云南待了十多天。荀河在两个姑娘的夹击下把他知道的一切和白鹏飞有关的情况都说出来了，他自己说他已经没有任何情报价值了。

“荀老大哥，谢谢你，你为监狱立了大功，我代表监狱党委谢谢你！”施弢、石磊等人在机场迎接大家。

荀河从昆明回来后，大家对他的称呼全变了。荀河对“荀老大哥”的称呼十分感动，激动地说：“是监狱给了我新生，我这条命是属于监狱的，我应该回报监狱，回报社会。我错了，我不应该跑。你们这么照顾我，我该怎么谢你呢？”

“荀老大哥，你不能那么说，错不在你。是我们党的英明伟大，实事求是，是我们国家法律的神圣不可侵犯，应该感谢党感谢政府。你和老伴好好地休息几天，我们离不开你。荀娘，你一定要照顾好你爸爸，有什么困难尽管和施叔说。”施弢对荀河提供的线索高度评价为价值千金。他没有想到这个老头在监狱里竟然知道这么多的情况。

“辛苦了。”施弢对陈剑虹一行从云南胜利回来非常高兴。他紧紧地握着陈剑虹的双手，洋溢出浓浓的战友之情，高兴地说：“云南之行你们能有这么大的突破出乎我的预料，你们立大功了。”

“监狱长，还是你的判断准确，指挥有方啊。监狱长，我们先别谈了，你别冷落了人家欧阳。”陈剑虹让开身子，把欧阳惠雪推到前面，“欧阳你往前来，施监狱长表扬我们了。”

施弢和站在陈剑虹身后的欧阳惠雪握手，上下打量说：“欧阳，你晒黑了。”

“没有黑多少，过去也不太白。”欧阳惠雪的眼神中透露出对施弢的思念之情，可在这大庭广众之下又能说什么。

施弢又和兰竺握手问候着：“小兰，昆明那地方好不好啊，吃的习惯吗？”

“好，风光秀丽，气候宜人，但还是没有我们沅江市好，早晨天亮得太晚，夜里我睡不着觉。”

“走，我们大家先去吃饭，上车饺子下车面，然后我们回监狱谈去，上车吧。”

“我们就不吃了，你们还有工作要谈。”荀河和冯成成、荀娘要回家。

“那不行，这么远回来的，怎么能不吃饭呢，必须去，我陪荀老大哥喝几杯。”施弢表示了诚意。

“爸爸，咱们就别走了。”荀娘、兰竺情意缠绵的也不愿意分开，这一趟云南之行成全了两个年轻人，他们已经确立了恋爱关系，荀娘和兰竺偎依在一起。

“老荀，姑娘都说不走了，你就别客气了，我们就别卷人家领导的面子了。”冯成成也说话了。

“你们都说不走，我听你们的，但有一个条件，今天晚上我请客，施监狱长你一定要给我这个机会。”

“今天肯定不行，要请你哪天找个大馆子，山珍海味任我们点，到时候我们都去。”施弢开着玩笑。

“行，我是说不过你们了，大家记着我欠一顿饭。”荀河高兴地跟着走了。

吃完饭后，施弢和陈剑虹回到了监狱办公室。两个人互相问候了几句立即谈起了工作。施弢急切地想知道昆明的工作情况，陈剑虹全面汇报了在云南工作的情况。施弢听得非常仔细认真，一句话都没有插。

强子经过荀河辨认，确认他不是去荀河家的人，他是沅山监狱的刑满释放人员，他的口供翻了，昆明公安局已经派人乘火车把他押解回沅江市。

“一切都非常的顺利，昆明警方给予了大力的支持。人家把一切工作都接过去了，我们就是配合，他们干得真漂亮。两个人可惜漏网了一个，我们分析是跑回了沅江市。强子在审讯中非常顽固，一口咬定就是他一个人。”

“不着急，只要人抓住了，就不愁拿不下口供，我们会有办法让他开口。押回来的人你准备放在哪里？”施弢常说再厉害凶猛的老虎只要关进笼子里饿它几天锐气就大减了。

“我想和公安局商量把他关到铁路看守所，不让任何人知道。明天晚上就到了，我们就组织力量进行突审，不给他一点喘息的机会。”

“一定要和公安局商量好，看看两家怎么配合，案件牵涉到社会的面很大，公安机关必须出面，监狱的力量是有限的。”

“我准备明天连夜突审强子，我已经和市公安局联系好了，他们派突审专家袁春和过来，坚决拿下他的口供。”

“哦，老袁过来好，有了他就不愁拿不下他的口供，我们就更有把握了。我相信你们一定能拿下他的口供，要制定一套审讯方案，他的口供对于我们追捕白鹏飞事关重要。”

陈剑虹打开了一个纸箱，把里面的东西拿出来递给施弢：“监狱长，你看我还从昆明给你带回来什么东西？”

从外形上施弢一眼就认出了这个东西，他十分自信地说：“哦，这难不倒我，它是一只香炉。”他掂了掂香炉说：“瞅着倒像是真的，你是从哪里搞到的，你不是从昆明特意买的，要送给我吧？”

陈剑虹笑着说：“那可不是，这是老荀头带到昆明的，原准备把它卖掉，他说是龙啸天送给他的……”陈剑虹说明了香炉的来源，“这是一只什么文物，我们都弄不明白，只有你这个文物专家能清楚了。”

施弢的业余爱好十分丰富，他酷爱古文物收藏，家中摆满了各种各样的古文物，他对古文物的鉴定在市内收藏界小有名气。

施弢边看边介绍说：“这是一只宋代的影青香炉，影青香炉在景德镇大量生产，并形成风尚。它只是供民用，后进贡朝廷。早期影青瓷，装饰并不讲究，基本上表面无纹饰，以釉质取胜。中期受定窑、耀州窑的影响，制瓷工艺有了极大的提高，瓷匠采用一边浅一边深的‘半边泥’技法，器物薄腻规整，纹饰爽利劲健，潇洒豪放。青白釉流动性大，瓷器烧成后刻纹深处积釉较厚，呈青绿色；浅的地方釉层薄，泛白，纹饰更加清晰，釉色和纹饰互相衬托，精美无比，达到了温润如玉的艺术效果……”

“真是专家水平。有这个本事还当什么监狱长，倒卖文物发财去得了。”陈剑虹开着玩笑，他是第一次听施弢讲这样高深的文物学问。

施弢笑笑说：“在职期间肯定是不行了，等我退休以后再搞收藏吧，到时候你也加入进来，我赚的钱有你一半。”

“监狱长，孙德华的案件都处理完了吗？”陈剑虹在昆明时就知道了孙德华的情况。

“孙德华被判处了死刑，他到刑场喊冤，省高级法院中止了执行死刑，可能要改判死缓，目前案件在省高级法院审理之中。他揭发检举白鹏飞案件的详细情况，你可以通过党鄄了解。孙德华说的情况如果是真的那可太重要了。对了，还有这么一个情况……”施弢和陈剑虹讲述了昨天发现文物的情况。

昨天上午，监狱在挖下水沟的施工中，发现一座古墓，墓中有一副已经腐烂的棺木，接着又挖出一瓷坛银圆，一对铜马、金牛、几副金簪和金耳环，还有数量不等的瓷器。这是一批非常珍贵的文物。沅山监狱的位置正处于古墓群中。监狱前身原是市财贸干校，旁边有一个工人疗养院。50年代建设过程中，这里的古墓群遭到很大的破坏。有的古墓被就地平了，挖出的文物也都遗失了。“文革”时，这一带的古墓被彻底地毁掉了。现在地面上已经没有露头的古墓了。这几年当地农民在挖井、挖菜窖的过程中和监狱施工过程中，不时地发现过几处古墓，多数都已经被盗空了。还发现了一些罕见的文物，年代不等。多数都散失到社会上了。随着这几年文物价值暴涨，这一带的古墓已经引起社会上文物贩子的注意。

沅山监狱自建狱以来，一直没有下水，因为排污水淹周边农民的菜地，监狱每年都要包赔几万元。施弢来了以后，经过和市政府积极争取，市政府拨款连通监狱与市里的大下水管线，任务拨给了监狱的第八监区。

围绕着挖出的文物如何处理，监区人员争论起来。八监区的监区长韩连慈请示了分管生产的赵强副监狱长，他说这事你直接找一把监狱长吧，我管不着。他找到施监狱长请示怎么办。“必须无条件地将这批文物交给监狱。”施弢命令道。

“过去谁交过呀，不是都不了了之了吗。我们监区处理几件，还能改善一下服刑人员的伙食。”韩连慈委屈地辩解。监区的民警也埋怨韩连慈老实，多余向监狱报告。

韩连慈说的是真实的。监区要是自己处理可以得到一笔资金，补充监区的费用。在过去监狱施工过程中，曾发现过几座古墓。施弢听说过还发现一驾完整的金马车，一只金船。附近的村里百姓们，也经常发现一些古墓。这几年都给挖得差不多了，有一块乾隆皇帝题字的石碑也不知去向，仅剩下狱内这片土地还没有完全破坏。

这批东西都哪里去了？大家都在猜疑着。

“明天，监狱要开党委会，专门研究文物的处理问题，你也参加吧。那只香炉不要让任何人知道。”施弢感觉到了文物背后错综复杂的关系。

“施监狱长，我们去昆明，监狱的人知道吗？”陈剑虹走的时候一般人都是不知道的，仅限于施弢等几个人。

“目前监狱的人还不知道，可能会保密一段时间，时间越长对我们追捕越有利。前两天敌方可能还不知道你们已经回来，但现在就不好说了，跑的那个人可能先于你们回到沅江了。强子的落网会不会惊动他们呢？”施弢非常担心这个问题，他琢磨着强子到底在哪里关押好，要防他们杀人灭口。

陈剑虹想出了一个主意，说：“监狱长你看这样行不行，既然强子不供，我们就顺水推舟……”

“跳出这个圈子，大动作，倒是一个好主意，不过风险太大了，要是演砸了我们就前功尽弃了，要和公安局好好地商量一下，必须借助他们的力量才行。”施弢现在越发感到陈剑虹的精明，心里非常赞赏，有这么多的精英要是抓不回来白鹏飞那就是自己组织无能了。

“那公安局就得监狱长去说话了，我们这一级的是拱不动了。”

“好，我去联系。”施弢高兴地答应了。

第二天上午，监狱党委讨论研究文物的处理问题。监狱会议室的条桌上摆放着挖出的一件件文物，可以看出古墓的主人殷实富贵，贫穷人家是不会有这么多的陪葬品的。监狱党委成员围着文物发出啧啧的赞叹声。

“我们是共产党的监狱，我们不能发共产党的财，地下不明物属于国家，监狱无权截留，必须无条件地上缴给国家。谁敢卖文物，那就是以身试法。把市博物馆的专家请到监狱，保护好古墓现场。”施弢斩钉截铁地说。

施弢把保护文物上升到这样的高度，对文物上缴谁还能说不同意呢。

“对过去遗失的文物应该进行追查，我们不能这样不了了之，我们不追查就是对犯罪的包庇。”贺海东提出追查意见。

“都是过去的事情了，我们追查谁呀？这不是没事整事吗？施监狱长这事可要慎重啊。”龙啸天表示反对，他心里记恨着贺海东，这是纯粹要和自己过不去。

“我赞成贺政委的意见，我看就由你们纪检委进行调查。我们可以定个原则，凡是在监狱党委做出决定后，监狱民警将私藏在个人手里的文物主动交回来的，可以不追究责任。”施弢表示同意。

施弢的意见是把事情查清楚就行了。

监狱党委的决定公布后，在监狱民警中引起了极大的反响。散落在民警个人手中的文物多数都交回来了，监狱对追回来的文物一一做了登记。龙啸天也很不情愿地交回了几件文物。

监狱内部倒卖文物的问题露出了线索。有人匿名举报，有几件特别珍贵的文物经过龙啸天的手不知去向。尤其是那对价值连城的铜牛、铜马，还有一架金马车，举报人说在龙啸天家的博古架上见到过，做工造型美极了。龙啸天矢口否认他家曾藏有铜牛和铜马，至于说那件金马车，他说连听都没听说过。

“再查下去就牵扯到龙啸天了。有几个人都证实，文物最后就在龙啸天的手里。对这一级的干部我没权查呀，况且又是匿名举报。”贺海东为难地摊开双手。

“这一点我清楚，我们需要请示市委。先绕开他，扫外围。我和龙啸天个别谈一谈，我不相信龙啸天身为一个县团级的领导干部敢于倒卖文物。”施弢和龙啸天接触这么多次了，他知道龙啸天还真不是一个贪财的人。

“施监狱长，有些事情不是你我相不相信的问题，他就是要铤而走险你有什么办法呢？”贺海东觉得施弢在追查文物问题上有些右，但话他又不能明说。

施弢虽看出了贺海东对他不满，但他也不想做什么解释。他有自己的主意：“我们在人的问题上先不做结论，最后以事实说话，让时间来见证。我今天就和他谈，你等着听我谈话的结果。”

贺海东感到施弢在和他打官腔，就淡淡地说了一句：“好吧，我听你的。”起身走了。

监狱党委会做出了决定，文物全部办手续上交给市博物馆。

下午，施弢在办公室和龙啸天谈话。谈话的气氛是温和的，屋里散发着铁观音的茶香味。

“施监狱长，那完全是传言，那么珍贵的文物怎么能到我的手里呢？那是犯罪呀！我知道走私文物在法律上可是重罪啊，你也知道我这个人在钱财上始终看得是挺淡的。”龙啸天摆出一副很委屈的样子。

“我也不相信那些传言。你当了这么多年的领导干部，这点法律意识是有的。但是我必须把情况告诉你，市公安局已经准备立案侦查监狱的文物案件，要坚决查清文物的去向。市委主要领导都过问了，非常赞成监狱的决定。我听说在犯人手中还藏有很多文物，你负责组织追查清楚。”

“这是没问题的，少拿回来一件也不行。别的不敢说，在沅山监狱我龙啸天说一句话，哪个罪犯敢不听！没有这点权威，我当什么分管狱政的副监狱长。”龙啸天对把这项工作交给他很高兴，是他求之不得的。

两个人的谈话愉快地结束了。

龙啸天说到做到。当天晚上，龙啸天组织召开了监狱服刑人员大会，亲自做了动员讲话。会后就有服刑人员交出了手中私藏的文物。几天过去，服刑人员交回了几十件文物，但几件大的文物没有下落。

“施监狱长，我看该交的都交了，追查只能到此为止。这一段时间狱内特别不稳定，还是安全稳定第一吧。”

施弢也看出来龙啸天是动真格的了：“好，成效显著，对狱政处应该提出表扬。我同意追查文物工作暂时告一段落，但事情不能算完。”

“我已经布置了监狱耳目，一有情况他们会及时向我报告的。”

“龙监狱长，现在的情况可以初步认定白鹏飞脱逃案件是我们内部有人配合的一起狱内外相互勾结的脱逃案件，如果真的是这样的话，性质就太严重了，你说是不是？”施弢注意着龙啸天的面部表情。

“是啊，那情况可就严重了，像白鹏飞这样的重刑犯监狱有人敢配合放走，那肯定是在重金的驱使下，他才敢铤而走险。不过，我们也要防备能不能是有人故意制造假象来混淆视线。”龙啸天的表情几乎没有什么变化。

“现场有两把锁头是确实的，一把砸碎了，一把是完整的，现在都取到手了。”施弢故意说出了现场的情况。

“但怎么又能分得出哪一把是用来锁门的那把锁呢，你也是在事隔一个多月后发现的，是不是有人故意给你表演呢？”龙啸天对现场的情况似乎不感兴趣，他对发现的锁头不以为然。

“说得好。原来我一直认为，不管咋说，要是砸碎那么大的一把锁是要有声音的。今天你一启发我明白了，这也许真的是专门给我设的一个大圈套，我怎么就没有想到这一点呢？”

龙啸天感到自己是弄巧成拙了，忙又往回唠：“也许就是没有听到声音呢？现在有人在背后猖狂活动这倒是真实的，监狱必须引起高度重视。”

“你说得有道理，但我们毕竟都是分析，定案还得靠证据，此案还得进一步调查。”施弢顺着龙啸天设计的迷魂阵绕着。

天都要亮了，对强子的审讯在看守所的提审室继续进行着。强子就是不承认他是去杀人，和在昆明提审时的说法一样，他一再说自己不认识荀河，他也从来没有去过荀河家。他去房间是为了盗窃，带的折刀是为了防身。

“你到底和谁去的昆明？”今天晚上就这句话袁春和、陈剑虹已经问过多少遍了。

“就我一个人，我是坐火车去的昆明。”强子对什么都不承认，态度十分顽固。

荀河证实在当天的飞机上见过他。但在机场查证的结果，他用的是假身份证。另一个人找不到，如果把那天坐飞机的人员都查找一遍，几百人还不得找几个月。

“你别以为我们查不清楚你的身份，就你那点鬼把戏能骗得了公安机关。但我要提醒你一句，抗拒到底，死路一条。我可以负责任地和你说，你犯的是死罪，你要不想活了，你就挺着吧，法律是重证据的。我和你明说吧，和你一块儿去昆明的人是冬冬，他的真名叫杨沃。”陈剑虹的一番话把强子说得耷拉了脑袋。强子双手抱头不吱声，一个劲地叹长气。

“你家里不是还有一个刚满一周岁的儿子，你不希望他没有父亲吧？”陈剑虹的这句话，击中了他的要害，他有了强烈的求生欲望。强子说话了：“我说实话能保住我的命吗？”

“能，但前提是你必须说实话，有一句假话也不行。”

“我确实不知道雇我们的人是谁，一切事情都是冬冬具体操办的，就是他的真名我都不知道，我也没有见过白鹏飞，他的逃跑和我没有任何关系，我就是为了钱，别的事情和我没有关系。”

“我们可以把你放出去，你愿意为政府工作吗？”

强子吃惊道：“放我出去，大哥可别逗我，你们不怕我跑了？”

“你不会跑的，你既然选择了光明之路，你就不会反悔的。”

“你们什么时候放我？”

“今天就放你，一会儿你媳妇和你孩子来接你。我给你个电话号，以后你就打这个电话和我联系，用钱的时候你尽管和我说。”

“龙监狱长，你这舍卒保车的策略实在是高啊，但施弢未必就能善罢甘休了，我们还是要防一防为好。我就感觉自从施弢来到这个监狱后，事事都是冲着我们来的。也许是我的错觉，我不知道你是怎么看的。”焦成金意思是说龙啸天把追捕方向给引到追文物上来了。

“焦成金，我看你的胆子是越来越小了，施弢如果无限期地追下去对他有什么好处，你连这一点都看不出来。”龙啸天不客气地批评焦成金。

“就算是监狱不追了，不是说公安局也要立案侦查吗，事情还是没有完。”

“公安局我们还整不明白，那我们不是白在政法机关干这么多年了吗？做他们的工作，立什么案子，也不是什么好案子。”龙啸天说得很轻巧。

“龙监狱长，我可不是不相信你，我是担心施弢他暗下手啊。你也不能太自信了。”

龙啸天沉吟片刻，若有所思地点头。焦成金说的他何尝不明白。他也知道自从施弢来了以后他的一切处处受到牵制，和施弢翻脸是早晚的事，只是怎么翻的问题了。他心里早就有数了，他还不能轻易和施弢闹翻，这样的结果对他是没有好处的。

“我们对施弢是要防的，但你要知道我们现在还抓不住人家一点短处，我们有什么理由和人家干呢，真理是在人家手里。市委是完全支持他的。我们要主动地和他接近，不要有任何感觉，我们要装糊涂，他说的事情我们办就是了。公安局那边你先去跑一跑，完了我再出面。该花钱的地方你尽管花，绝不能吝惜。”

“行，有你这几句话，我心里就有底了，你得找时间把情况和市委魏书记说说。我明天和公安局联系，争取把案子挂起来。”

“公安局我去了，经侦支队的王支队长说局里已经研究完了，对监狱文物流失案决定立案侦查，是施弢领着陈剑虹来研究定的。我送的钱人家说啥也不收，一再说两家是多年的关系单位了，只要是能办的事情你们吩咐一声就行。”焦成金向龙啸天汇报了去公安局的情况。

龙啸天心里一沉：好你个施弢，真的和我玩起暗的了，表面上说得好好的，背后就不是你了，“施弢下手真快呀，我倒忘了，施弢在公安局那不是像走平道一样。这王支队话说得是挺好的，但事就是不办，应付我们呢。我得找魏书记了。成金，看来还是你说得对，我们是得防备了，他不仁我们就不义。我们走着瞧吧。”

“我家里还有几件文物，我准备给监狱交回去，我也不喜欢那玩意，你弟妹说瞅那玩意难受，晚上总做梦。她说是棺材里面的东西，还是放回棺材里吧，半夜她上厕所都害怕。”焦成金说的倒有一半是真话。

龙啸天看出来焦成金是在变着法子要把东西交出去，他怕自己在文物问题上和他牵涉上。什么死人的东西，你焦成金是从来不怕什么死人的。“好，你们两口子既然不愿意要那东西就交给监狱吧，我不交。但我提醒你，就是把东西交回去，施弢对你的看法也是不会转变的，我们俩是绑到一起了。我的意见是，你要是不喜欢那东西干脆给蒙丽莎得了，还能换一笔钱。施弢也不知道你有什么文物，你交出来干什么？”

“这……”焦成金听龙啸天一说也觉得有道理，这一段时间倒是没少花蒙丽莎的钱。他沉吟一下：“好，那就按你的意见办，今天晚上我就把东西给她送去。”

“我也去，我也挺长的时间没有和她约会了，晚上一块儿吃点饭。我给她打个电话看看她晚上有没有时间。”龙啸天拨通了电话：“丽莎，我和你焦哥晚上请你吃饭，肯赏脸吗？行，那就太谢谢了。”龙啸天撂下了电话，“那就这样定了，焦处长，麻烦你选个饭店。”

蒙丽莎告诉龙啸天她的仇已经报了，但她没有说白鹏飞是怎么替她报的仇。龙啸天知道她肯定是和白鹏飞接触了，也越发感觉到蒙丽莎是一匹烈马，太难以驾驭了。

“我们去千代田吃日本料理怎么样？”焦成金喜欢吃日本的生鱼片和鱼子。

“好啊，我没有什么意见，问问人家蒙总喜欢吃不？”

“她最喜欢吃日本料理，上次吃饭她不就说过了吗，你说你不喜欢吃，我们改吃的中餐。”

“是吗，我倒忘了，那你就定吧。”

“我们还找谁不？”焦成金实在不愿意就他们三个人吃饭，只能在旁边当灯泡，人家说啥他也插不上嘴。

“别的人不能找了，要找就把那个秘书薛花叫着，那小丫头特别会说话，人也漂亮。”

晚上，他们来到了千代田日本料理餐馆。

薛花也来了，一口一个焦哥叫得甜甜的。他们几个人喝日本清酒就像是喝白开水一样，“美少年”清酒他们喝了足足有十壶了，二两一壶，算起来也有二斤了。

44.

夜间，监狱的服刑人员大都进入了梦乡。楼下的总监控室的民警也趴在桌子上睡着了，监舍大楼里静悄悄的。

邓文龙和小安子还没有睡，他们悄悄地唠着嗑。小安子趴在邓文龙身边耳语着：“邓哥，我得到确切的消息，前几天晚上在红鹤楼大酒店，市里的一帮哥们给鹏哥接风了。”

“什么，光天化日之下敢有人给鹏哥接风？”邓文龙惊讶道，“他回到沅江市了？”

“不是回来，是压根鹏哥就没有出沅江市。”小安子说出了实情。

“你小子始终就没有和我说实话，和我玩心眼儿，我都到监狱快一年了，你也不告诉我，我一问你，你就打诳语，骗了我这么长时间。”邓文龙一直认为白鹏飞已经离开沅江市了，小安子真能和他保密，这心眼和他玩的。

“不，是鹏哥让我在合适的时候告诉你他的情况。否则，借我个胆我也不敢骗你呀。”

“你小子说的倒是实话。不过，大白天的，白鹏飞就敢在酒店张扬，不要命了。”

“我琢磨着，这里肯定有人驾拢鹏哥，听说整的是挺大场面的，连那天来看你的蒙丽莎都去了。”

“你说得不对，鹏哥是有头脑的人，他出来肯定是有他的道理，在沅江市谁能摆弄他，是谁张罗的？”

“听说是汪兆月，汪大老板，有钱，那钱是太厚了。”

“你说的就是那个原来市石油公司的汪经理？”

“对，这个人太厉害了，是个通天的人物，他在沅山监狱待了两年，在鹏哥的运筹下宣告无罪出狱，他可真的是鹏哥的铁子，出狱后，每个月固定给鹏哥一万元的生活费，年节单算，还经常给鹏哥捎东西。”

“鹏哥这事儿应该告诉我，他是没有把我当哥们对待呀。”邓文龙话里充满着对白鹏飞的不满，他感觉到白鹏飞好多事情都瞒着他。

小安子急忙解释道：“鹏哥不是那个意思，我估计这几天鹏哥能给你捎信儿来。”

“这些日子怎么没有看见陈处长呢，他干什么去了？”

“是啊，我也琢磨这个人怎么不见了。”小安子心里知道咋回事，他已经把条子捎给了白鹏飞，白鹏飞托人带信儿说事情已经办妥了。

“小安子，你记住，监狱内任何事情我们绝对不参与，我们的策略是隔岸观火，坐山观虎斗。只要我们沉住气，最后的结果必然是两派归一，我们坐享其成。”

“高，实在是高，我算服了你了，简直就是一个活诸葛亮啊。”

“你小子真会溜须，真是一个小安子转世，看来那个安太监真是你家的祖先。你找机会给宋德玉买点东西送过去，就说是我的一点心意，别的啥都不要说。”

“有这个必要吗，他一次都不来看你。”

“就照我说的话去办。宋德玉的力量也是不可低估的。”

“我懂了。”

一会儿，小安子送东西回来了。他一进屋就嚷道：“邓哥，按你的吩咐，东西送过去了，我给他买了一只烧鸡、二斤猪头肉、五斤水果、一箱方便面，还把咱们藏的酒给了他十袋。宋德玉说情他领了。他说他尊重你为大哥，只要有用得着他的地方，他在所不辞。他给你捎回来一条软中华。”

邓文龙接过烟，一看还真的是原厂的，他闻了一下是好烟，就打开了，拿出来几盒递给小安子：“去给弟兄们分分吧。对和白鹏飞那伙人的关系他有什么说法？”

“他说一码是一码，希望邓哥能主持公道，过去的账不算，弟兄们的气顺不过来。除非给他们磕头赔礼道歉。否则，那就继续整下去。他的火气挺大的，一再让我和你解释别对他误会，他对你就是俩字——服气。”

“这样说来他们是不依不饶了。也好，我们就坐山观虎斗。物竞天择，适者生存。斗来斗去，剩下的就是精英了。”

“对了，宋德玉说这几天他要请你吃野味，就让我一个人作陪，他说把黄青带过去也行，他们原来就认识，关系还不错呢。”

“好啊，在监狱里请我吃野味，够档次，我不相信他们能做出什么正经玩意来。”

“邓哥你就有所不知了，那野味做得相当地道了，味道特别的鲜美，在咱们沅江市你找不到第二份，太香了。”小安子吧嗒着嘴。

“什么玩意只要让你小子一说就神了，你他妈的纯粹是个托，以后你出去后就卖假药吧，死人都能让你说活了。”

晚上放风时，邓文龙和小安子就来到了四监区。宋德玉笑吟吟地率领几个服刑人员像迎接贵客般迎上来。

“邓哥，久闻大名，今日幸会。”宋德玉抱拳朝邓文龙作揖致意。

“玉弟果然是一表人才。难怪人家都说玉弟身边美女如云。”邓文龙也抱拳还礼。

两人寒暄着，唠着各自在社会上的经历。旁边的人听得津津有味。

“玉哥，菜上齐了，落座吧。”有人过来请着。

“好，邓哥你请。”宋德玉让开路。“不，玉弟你请。”两个人携手入座。

酒过三巡了，邓文龙主动打开了话题，显得很有诚意地说：“玉弟，我们为什么不能团结起来，何必要这样无休止地争斗下去呢？”

“邓哥，你不知道这白鹏飞的人把弟兄们欺负苦了，一次为了一点小事，把我手下的兄弟打得跪地告饶，这个弟兄后来上吊死了。这口气我能咽下去吗？白鹏飞在这里我惹不起他，现在那几个小马仔还仗什么？大哥，我不是冲你来的。”

“那总得给大哥我一个面子吧。我们为什么不能合二为一，团结起来呢？玉弟，我和你素来无怨，我是一片好心，我还是那句话，冤家宜解不宜结，过去的事情就让它过去吧。”

“邓哥你的话没有任何不妥之处，但人各有志不能勉强，我的人生归宿在哪里只有天知道。”

话不投机，酒喝不下去了。酒席不欢而散。邓文龙知道自己的协调没有奏效，看出来这两伙人还得要有几番争斗。他也看出来了，宋德玉是想当这个监狱的老大，没有把他放在眼里。

龙啸大和焦成金两人在狱内沿着甬道巡查，边走边唠着，不时有民警和他们打招呼敬礼。焦成金悄声说：“这几天里狱内不太平，宋德玉在找碴儿收拾白鹏飞的人，今天小安子向我反映了这个情况。”

“宋德玉这小子也够狂的了，让他闹去吧，我正想找机会治他呢。他始终和我们作对，我听说他还组织人写信告我们，说是掌握了白鹏飞和我们之间关系的证据。”

“别把事情闹大了，刮连我们，我们可是具体管狱政的。”

“我们不会想法子往施弢身上推？他是一把手，事情闹大了对他也没有什么好处。”

“他为什么不同意调整你的分工呢？”

“我管了那么多年的狱政，他能那么简单地就把分工调整了吗？”

“可别再往外让了，让来让去什么权力也没有了，我们就被动地束手就擒了。”

“陈剑虹还没有回来吧？”龙啸天也打听了很多的人，都说不知道陈剑虹在哪里。

“肯定是没回来。我们摸清楚了，监狱前些日子的出监犯人荀河也在昆明，我估计陈剑虹就是奔他去的。”

“千里迢迢的，他下这么大工夫去云南，肯定是有重要的情况。你估计是有什么情况？”龙啸天心里明白肯定与追捕白鹏飞有关系。

“这个老荀头和我们没有什么不对付的，他在狱内挺老实的，他一个强奸犯，那么大的岁数，家里也没有什么势力，白鹏飞的逃跑他能知道什么？”焦成金自信狱内的情况他都不知道。

“这里面有文章，不是那么简单的事情，他出监了肯定对施弢感恩戴德，你注意一下。”龙啸天后悔了，荀河的事情他管就好了，材料到他手的时候他看都没看就转出去了。

“我听说欧阳和施弢在搞对象，两个人打得火热，晚上经常单独出去约会，有好几次我在沅江花园看见他们挽着胳膊溜达，他们俩已完全处在热恋之中。这事要是成了，我们也借光，还比施弢大一辈呢。”焦成金说他自己也看见过。

“那倒是了，大人现在可以各论各的，生出小孩就不能各论各的了，要不就差辈了。你八十岁老头娶人家十八岁的大姑娘，不管人家妈有多大他也得叫妈呀，他要是叫小妹孩子就叫姨了，和他妈妈成一辈的了。太有意思了！”龙啸天为自己的美人计成功感到高兴，要是能把施弢拿下就是搭上自己的外甥女也值得。

“你们俩议论我什么了，还都是领导呢，背后讲究人？”欧阳惠雪从后面过来。

“欧阳，你可别冤枉你姨夫，他说的可都是你的好话。”焦成金连忙解释着。

“我们刚唠到你，你就到了。不愧是侦查员，有顺风耳呀。欧阳，你当了监狱长夫人可别忘了我这个大媒人哪。”

“姨夫，你把话说哪去了，我们还八字没一撇呢。”欧阳对于她这个姨夫别的什么都喜欢，就是不喜欢他有时那种阴沉劲，太富有心计了，永远琢磨不透。他缺少施弢那种豪气、阳刚和透明。

“欧阳，你找老姨夫有什么事情吗？”龙啸天摆出的是一副长辈的架子。“扬州有一个高级心理咨询培训班，我想去参加。”“你能脱离开吗，我是同意，不知施监狱长能不能同意。你现在的身份和过去不一样了，你的一言一行在监狱要带来影响的，对一些事情要谨慎小心呀。”“我有什么影响，我就是一个普通的民警。人为什么这样复杂呢，简单的事情非得给你搞复杂了。”

“欧阳，你知道陈剑虹到昆明干什么去了吗？”

“你领导都不知道我一个小人物就更不知道了。施监狱长他也从来不和我谈监狱的事情，老姨夫，你以后别通过我打听什么，你们领导之间的事情千万别把我搅进来。”欧阳惠雪没有想到龙啸天会提这个问题，施弢有过交代和任何人也不能说去昆明的事。

“好了，你去学习我同意了，你的学习费用，姨夫帮你解决，一会儿我就和施监狱长说去，高兴了吧？”

“这还差不多，不用你说了，我直接和施监狱长说去。”

45.

欧阳惠雪从楼下到三楼办公室来找施弢。施弢放下了手中的文件，笑着说：“这大白天的，你上我办公室来干什么，连门也不敲，你以为是在家呢，也不怕别人说闲话？”

“我找你是公事，正常请示工作，怕什么？就是两口子我还不能到你的办公室来了，谁规定的？我要求去学习，已经和龙监狱长说了，他没有什么意见，让我直接和你请示……”

“你听我的话，现在正是忙的时候，这批学习班别去了，明年那批再去吧，有时间的话我也去学习一下。”

“和你说点什么事都不行，不就是学习嘛，为什么把这件事弄得这样复杂。”

“是为了你好，也是为了我好。过几天你过生日，我送你一件礼品。”在施弢的眼里，他更把欧阳惠雪当作自己的姑娘。他是在哄她。

“好，我听你的就是了，现在听，以后听，今后就永远听你的话了。”欧阳惠雪撒娇道。

“这才像个懂事的孩子。”电话响了，施弢接起来电话，是陈剑虹来的电话。“辛苦了。好，好，好，太好了，一定要好好地谢谢袁春和，他好喝酒，给他买两瓶好酒。告诉他，过两天我专门请他吃饭，不，是喝酒庆贺。”施弢非常激动，连说了三个好。

“我的大监狱长，是什么情况让你这么高兴？”欧阳惠雪在旁边狐疑道。

“云南的问题顺利解决了，那个杀手也被抓住了，刚才陈处长告诉我说那个杀手的口供也拿下了，白鹏飞的案件有了重大突破。你说我高不高兴？”

“太好了，陈处长太有水平了，监狱应该提拔他当副监狱长。”

“不，是我们的警察太了不起了。”施弢搂过欧阳惠雪就吻了一下。

“我的监狱长，这是办公室，你不顾影响了，我现在还不是你媳妇呢。瞅你得意忘形的样子。”

“晚上我请你吃饭，你吃什么随便挑。刚才我说了送你一件生日礼品，你还没说呢，要什么？”

“我要一枚红宝石戒指，还要你亲自给我戴上，行吗？”

“行，你要什么都行。”施弢今天是真开心，“下班后你和我一块儿坐车走吧。”

“那影响多不好，你的车我不坐，我自己打车走。”

电话又响了。是父亲施冬青打来的，说是施母想欧阳了，要欧阳去家里吃饭。

“欧阳，那我们就去家里吃饭吧，让我母亲做几个好菜。”施弢怕欧阳惠雪不去，完全以商量的口吻。

“好啊，我也想干妈了。”欧阳惠雪把“干妈”叫得甜甜的，高兴地答应了。“那我们就买点东西回家吃饭吧。对了，我还有一件事情想要告诉你，你愿意听吗？”

“什么事情？”施弢不知道欧阳惠雪又要和他顽皮什么。

“刚才龙监狱长问我陈处长去昆明干什么，我说你监狱领导都不知道，我就更不知道了。不知道他是什么意思。”

“哦，”施弢自语了一句，“看来陈剑虹去昆明的行踪他们已经知道了，你没有和他说什么吧？”他最担心的是把抓住了那个杀手的消息透露出去。

“那我怎么能说呢，这点头脑我还是有的，你也太小瞧我了，就你什么都明白，不相信群众。”欧阳惠雪撅起了嘴。

施弢连忙哄着：“算我说错话了，你别生气。我有一个想法和你商量，你帮我参谋一下。我想去古文物市场……”

“什么？化装侦查！你的胆子也忒大了，那要是造成损失可是几十万元，你赔得起？”

“不是还有你吗，我们俩的钱怎么也够赔的了，把你私房钱拿出来。”施弢在敲欧阳惠雪的竹杠。

“这不仅是钱的问题，这件事情你还是慎重些吧，这监狱比不得你过去的公安局，你还能搞什么化装侦查吗？”欧阳惠雪说的都是行话。

“谈不上什么化装，我就这样定了，只要能抓住白鹏飞，我个人担点风险也值得。明天是星期天，我就去文物市场。平常有时间的时候，大礼拜天我都过去。我到监狱来了后，有多半年的时间没有过去了。”

欧阳惠雪知道自己也劝不住施弢，只好说：“我也认了，摊上你了，就是把我搭进去我也没有意见。”

电话又响了，是施母催他们赶紧过去吃饭，老两口等着急了。

“那我先走了，去买点东西，你逛完文物市场早点儿过去。”欧阳惠雪一阵风似的跑了，赶监狱通勤车去了。

第十六章　杀人灭口

尚杰忠仰面躺在门前几步远的草坪上。他被一枪击中了头部，一枪击中了下颚，两枪全是致命伤。

46.

沅江市文物市场坐落在靠街路旁的一个小区广场里。确切地说也够不上什么文物市场，应该叫作旧物市场。这里几乎没有什么文物，都是以假乱真，以新充旧。市场的占地面积很大，旧货摊沿着街道排开。市场里人头攒动，地摊上杂放着旧瓷竹刻、像章古画，牙雕老玉、旧家什……看得你眼花缭乱。古玩摊上偶尔会有真品，但大多数是赝品，现代的克隆技术，真假难分，鱼目混珠，使很多文物鉴赏专家无可奈何。逛市场的人中有来淘宝的，有来捡漏儿的，也有来练眼力的。藏家老手大都是从地摊上走过来的，现在发外财是越来越难了。但平常，还真有人在这个市场里淘到了“真金”，看对眼了发了大财。

施弢早早地就来到了文物市场，他是这里的常客。他喜欢收藏，家里收藏的东西还真不少，但他最喜欢的还是刀具收藏，他的家里藏有几把古剑和日本战刀。星期天、节假日里，只要有时间他都要过来转一转。他从市场的一头慢慢地转着，一路浏览扫视。只见前面的一个摊位围了一群人，观者的视线聚焦在一个白色的瓷罐上，摊主在向众人兜售着：“哥们，这个罐的品相不行了，谁拿去把玩多少给个价就行。我不多要，五角五分（古玩行话意为五十五元）。哪个哥们喜欢，拿回家去藏了吧。”

众人互相传递着，一看瓷罐上的裂痕大都摇头摆手放还原处。旁边的一个行家看后连连摇头说：“要是窑裂还可以，你这个东西硬是外伤碰裂的，还打上了这么多的补丁，不值钱了，没有什么收藏的价值了，白给我都不要。”

摊主一听就来气了，指着行家说："你是老糊涂了，要是品相好的我能卖这个价格吗，我有病呀。你不买就别吱声，我是招你惹你了，消停在旁边待着去。"

行家被骂老实了，不吱声了。"来，兄弟，我看看。"施弢从人群中挤了过来。他举着一只放大镜，拿过瓷罐仔细地审视着：瓷罐不大，十指围合，瓷罐面上绘有手工的粉彩风景，远山近水，岸边桃红柳绿，山坡草亭、彼岸淡出远山的倩影，湖中一叶泛舟。瓷罐的下端半圈裂缝成一线，补有十几枚铜锔，泛着铜绿，犹如五线谱的横线上镶嵌着的一个个跳跃的音符。

施弢看着心中暗喜，罐的底部虽说没有印鉴，但至少也是明清的产物，颇有收藏的价值。才几十块钱的东西，他当即决定买下，对摊主说："兄弟，这小罐我要了，我给三角。"

摊主一看有给价的了，来了精神："大哥，你是识货的，货卖行家，你多少再给添点，也不差这两个钱。我今天开个张，图个吉利。"

卖呆儿的行家在旁边说道："兄弟，给你的价格不低了，快出手吧。"

"有你什么事情，你又多嘴，你是卖呆儿的不怕乱子大。你要是要我还可以便宜，你给个价就行。"

"我不要，我要拿回去就装酱油醋了，还不知道它漏不漏。"围观的人笑了起来。

施弢还了个价："好了，我再给你加点，三角五分。"

"好，就卖给你吧，遇到行家了我高兴。"实际上他收购这个罐才花了几块钱，一个农村人卖给他的。难怪人家说干文物这行的，是一年不开张，开张顶三年。

围观的人七嘴八舌，问施弢："大哥，你花这么多的钱买这个破罐干啥用？"

施弢笑了，他指着罐说："其实，我买的是罐上的铜锔子。"大家听施弢这样一说都呆住了，面面相觑，露出不解之意。

"你们看，这瓷罐上镶嵌的铜锔子，自然就会想起我们中华民族的勤劳历史，它既是历史的见证，又是民间劳动人民智慧的体现，今天我们谁还能看见这样高超的锔补手艺？这个瓷罐是一件极其珍贵的历史证物，随着时光的流逝，我们后人只能从这个罐上的铜锔子追寻这段历史了，就凭这一点，这个瓷罐就有极大的收藏价值。"

围观的人顿时恍然大悟，在一旁的行家文绉绉地惊叹道："高论，高论。先生真是独具慧眼，一语惊人。"

“老先生过奖了，我这也是一家之言。世界著名雕塑家罗丹说过，我们的眼睛里不缺少美，缺少的是发现。我敢断定，这个瓷罐今后将会以原值的百倍、千倍升值，甚至会成为无价之宝。你们信不信，今天我发财了。”施弢边说边笑地捧着瓷罐走了。

施弢继续顺着小街巡视着，目光停在了地摊上摆着的一只瓷瓶上，文物贩喊着：“大师，这是唐朝的文物，满条街就您是识货的。”

一群人围着，问这瓷瓶是不是真的。文物贩子打着保票：“要不是真的，我十倍返钱，认打认罚。”

“这真假官司还能打赢吗？”施弢走过去拿起瓷瓶来仔细地鉴定着。他惊喜道：这确实是一件真品。这是一只唐朝的花瓶，花瓶细颈大肚，碎花蓝白调子，流光溢彩，从造型到色彩整个如唐朝盛世的化身，雍容、华贵、高傲、悠闲、目空一切。可是围观的这些人都不识货，只是跟着看热闹。

“要多少钱？”施弢掂量着问道，不说行话了。“你先给个价，我看大哥的诚意有多少。”文物贩子滑得很，不肯先出价。“你先说个价，我是买者，你不给价我怎么还价，这不符合行规呀。”施弢说得在行。“好，痛快。”文物贩子伸出一个巴掌。“五千？”施弢佯装不懂。“什么，五千，大哥你不会是耍我吧。”文物贩子对施弢和他装糊涂不乐意了，把瓷瓶放到了箱子里。“哈哈，我不管什么真假了，你再便宜一些我就收了。”施弢示意手里的兜子，钱已经带来了。文物贩子又伸出三个指头：“三万。”“两万。”施弢还价。“大哥，你是行家，你拿去吧。”两个人成交了。

旁边围观的人都看呆了，这么一只瓷瓶两万元就这么简单地卖出去了。文物贩子给这只瓷瓶精心地打上包装，自语道：“我是着急用钱，要不我至少要价二十万元。”

“兄弟你说得也对，价钱是低了一些，关键是你在哪里卖呀，要是拿到香港和日本轻松就可以卖到一百万元，你能去吗？”行家不知道什么时候也跟了过来。

“你这个老不要脸的，又跑我这边掺和什么，这市场有你没好，你知道多少人要揍你呢！”文物贩子比画了一下拳头。

“我这把老骨头不禁打了，不碰都要散架子了，打我那多没名。但年轻人你要记住，山外有山天外有天！”行家一跺脚，迈着方步走了。

“兄弟，这位老大哥说的也不是什么坏话，我在沅江市文物界趟了这么多年的水，知道好东西还真的卖不出来价。”施弢帮着行家说话，他也奇怪这个行家怎么又跟过来了，“这个人是什么时间在这一带混的？”

“就这一个多月里出现的，好像是一个什么单位的退休职工，在别人买东西的时候多嘴多舌，大家对他都烦透了，不过他的眼力是很厉害的，可能手里有点真货，他是在找缝隙呢。”文物贩子突然看见行家刚才跺脚的地方几块地砖碎了：好厉害的内功！他倒吸了一口凉气，庆幸自己没有动手。施弢把这一切看在了眼里，望着行家的背影狐疑这是个什么人？难道是？他招呼司机邵俨过来将瓷罐、瓷瓶拎走了。

“哥们儿，你不要上当啊。”旁边的人关心地提醒着，“这地方净假东西。”这话说得倒是实话，今天这个市场就这只瓷瓶是件真品。文物行道就是这样，东西漫天要价，砍价也是天昏地暗，喜欢就拿去，我骗你什么了，东西是明码实价，你看走眼了自认倒霉回家偷着哭去，砸碎扔了都没人可怜。搞收藏的眼力是用高价学费喂出来的，你不交点大价钱就不知道什么是上当受骗。

一个文物贩子在兜售一把青铜龙泉宝剑，声称是战国时期的，要价十万元。施弢拿过来一看笑了，这把剑做工不错，是件漂亮的工艺品。他用手碰了一下剑锋，说：“钢口不错，我给一千，虽然是件现代工艺品，但这把剑我要了。”“大哥，十万元的东西你给一千？杀价太狠了点吧！”“我还给高了呢，这就是有点现钱买着玩了。”施弢说着要走。“好，好，卖给你，宁可赔血本了。”文物贩子把剑打包了。

施弢拎着剑继续沿着街面逛着，“你要不要金马车？”一名小青年跟在施弢后面悄悄地问着。

“金马车？你真有吗？”施弢心里暗自惊喜，有人上钩了。

“那还能骗你。先生，你看看这个仿制的模型。”小青年说着从兜子里掏出一件青铜制的金马车模型。施弢接过来一看，金马车模型做得太美了，不用看真品，就眼见的这个模型就令人爱不释手，施弢动心了，表示了自己的诚意：“你要是有货你说个价。”小青年伸出了一只手。“五万元。”施弢佯装不懂地问。“先生，我一看你就是行家里手，你出五万不会是戏弄老弟吧。”小青年觉得施弢在戏弄自己有些火了。

施弢明白小青年要价五十万不多，这可是无价之宝。他又仔细地看了看这驾金马车的模型，探问道：“不和老弟开玩笑了，你就明说吧，价钱还有多大余地？”

“先生，不瞒你说，兄弟我是受人之托，这个价是死价，我这个人从来都不喊虚价。”小青年说话很老到，也是一个在社会上混了多年的老手了。

“不会是赝品吧？”施弢故作担心。

“先生，就凭我的这点水平能骗得了先生您的眼力吗？这么大的买卖我要是骗人漏底了人家还不把我杀了扔沅江喂王八，借给我个胆也不敢呀！”

“能否告诉我受托之人是谁，我当面和他谈？”施弢也明知这是不可能的事情。

“不能。干我们这行的先生您还不明白吗？佣金到手，情谊到头。第二天见面你就当是什么事情也没发生。买了赝品，你只能是自认倒霉。说出来，你在收藏界就混不下去了。”

“好，东西我要了。我先付十万元定钱，其余的钱我收到货后给你。”

“好，成交。”小青年兴奋地和施弢击掌成交，“大哥你是在哪里发财呀？”

“我在东华大学考古系当客座教授，是兼职的。干这行已经二十多年了。”

“好家伙，我今天是遇到高人了。我们在这站着说话不方便，走，我们找个地方尽情地唠，同时咱哥俩喝几杯，我请大哥。”小青年诚意邀请。

“好，恭敬不如从命。”施弢也顺水推舟，他也想和小青年进一步接触，他看出来这个青年人不是一般的人物。

两人来到了文物市场附近的一个朝鲜族小酒馆，找了一个靠窗户的位子坐了下来。小青年点了四个菜，手撕狗肉、狗皮炒尖椒、生拌牛肉、炒土豆丝，还要了一个狗肉火锅，一斤小烧。两人谈得十分投机。“大哥，你对文物的鉴赏真是专家呀，小弟我是自愧不如。”小青年谦恭地说。施弢摆出长者的架子：“哪里，小弟过奖了。我不过略通一二，我这十几年里也是没少交学费呀。兄弟，可否告诉大哥你叫什么名字？”“大哥，你不嫌弃，就叫我老四吧，这个市场没有不认识我的。”小青年不愿说出自己的真实姓名。

“哦，那我以后就叫你四弟了，四弟你还有什么好货再给我拿点来，趁着我手里还有闲钱没花，多整几样货我也消停了，贵贱无所谓，只要别上当就行。”施弢是一副对钱毫不在乎的态度，让人感觉这个人非常大气。

老四完全被施弢的豪气折服了，以为自己遇上了贵人，连连说：“中。大哥你不怕我把你的钱拐跑了吗？你连个收条都不要。”

“我要什么收条，就是我要收条又有什么用呢，干我们这行的没有这么干的，我们是做大生意的，为区区十万元失信不值得。四弟你说我说得对不对？”

“对，完全是肺腑之言。大哥，说得好，爽快，你这个大哥我认定了。来，咱哥俩干了这一杯。”

“四弟，能告诉哥哥委托之人是谁吗？”施弢再次问起委托人。

“大哥，我知道你是个可交之人，我实话告诉你吧，这个人是沅山监狱的副监狱长龙啸天，黑白两道都行。他在咱们沅江市那可是一个顶级人物，在社会上相当有威信了。”几杯酒下肚，老四漏底了。

“啊？！”施弢心头不禁一惊，但他表面上显得十分平静，煞有介事地说：“老四，如果你不介意的话，有机会的时候，让我也认识一下你这个大哥。”

“那太好了，你俩要是认识了，在沅江市文物界就没有谁的了，钱就让你们赚飞了。”

“够哥们意思，我三天以后取货，钱就交给你了。”施弢把装有十万元人民币的兜子交给了老四。

两个人把一斤酒喝得见底了，老四招呼服务员又要了一斤，施弢给挡住了：“老四，酒不是一天喝的，我们以后喝酒的机会多着呢，来日方长。”

“那好，我听大哥的。”

正午过去，两个人喝完分手了。临别时，两人依依不舍。施弢握着老四的手说：“四弟，一言为定，我们三天以后见。”

“请大哥放心，我老四要是失信了，天打五雷轰。”老四的舌头已经打卷了，但头脑还很清醒。

47.

晚上，老四和龙啸天在茶馆见面了。龙啸天听老四说货出手了，非常高兴，特意要了一壶观音王。老四是穷人长了一个富人肚子，喜欢喝茶。两个人喜滋滋地品着。

“大哥，今天金马车的生意能够成交太不容易了，要不是我把那个买家稳住，他差点就飞了，那是一个大手呀。”老四非常得意地和龙啸天卖弄着。

龙啸天对老四不大相信，问：“多少钱？”

“五十万。”老四炫耀着。

“在沅江市有人肯出这么大的价钱？”龙啸天顿生疑窦，他给老四的底价是三十万元，“你不会是遇到日本人或韩国人了吧？”

“大哥你总是不相信我，人家把十万元的定钱都交了。你看吧。”老四把兜子拎上来，掏出了十捆钱摆在了龙啸天的面前，全是崭新的钱，按编号打的捆，刚从银行里提出来的。

“定钱都交了，还有这样的人？不是你太奸了，就是他太傻了！你说说他是个什么样的人。”龙啸天暗叹道，老四肯定是被人设计了。

“他是东华大学的一个老师，叫什么名字我忘问了。”老四挠挠头。

“什么忘问了，你压根就没有问。”

“龙哥，你说得也对，干我们这行的不兴问人家的名姓。那人真豪爽啊，我真敬佩他，我俩的酒喝得痛快。”老四说着打了一个酒嗝，满嘴酒气喷了出来。

老四连说带比画地形容着施弢的长相，特别说到施弢的额头有一块伤疤时，龙啸天明白这个人真的是施弢。是偶然的巧合，还是施弢有意设计的?

“老四，你别往下说了，你可真把东西卖正了香主了。”

“那可不，我老四在社会上混这么多年可不是吃干饭的。”老四还洋洋自得，对龙啸天的话没有听出个数。

“哎呀，老四，这回你是演砸了，你知道他是谁吗?”龙啸天骂道，“你这个王八蛋，你把你自己送进公安局了。”

“是谁，他还能是公安局长不成?”龙啸天一骂，老四心里没底了。他和施弢接触时，他倒确实从心里觉得施弢真的像一个警察，但他很快就被施弢的学识所折服，他认为警察哪能懂那么多，戒备心理很快就打消了，他一点都没有防备施弢。

“我告诉你吧，小兔崽子，他是施弢，沅山监狱新来的监狱长，他原来是市公安局的常务副局长，他正追查过去监狱倒卖文物的问题。你和他是不是什么都说了，把我也露出来了吧?”龙啸天气得恨不得一拳头把他的脑袋砸扁。

“那怎么能呢，我和他是初次见面能说些什么，我再傻也不至于把大哥说出去，人家是什么文化水平，理论和实践那是懂得太多了，我和他也谈不到一块儿去。”老四哪里敢说他告诉了施弢金马车是龙啸天的。他后悔极了，拍着自己的脑袋，说：“我虎呀，你说得对，他要不是公安局的人，谁有这么大的胆敢把十万元给我呢，我真是让门弓子抽了，呆到家了。”他知道自己的祸惹大了：“大哥，我错了，你打我吧。那咱们如何是好呢?”

“事情到这个地步，我打你有什么用呢?我再问你一句，你真的没有把我说出来?”龙啸天紧盯着老四的眼睛追问。

“大哥，我对天起誓，我确实没有说你。”老四知道他要是承认自己把龙啸天说出来了，他的小命都危险。

龙啸天半信半疑。他了解老四这个人，他要是几杯酒下肚，都能把两口子上床的事全都说出来。事已如此，死马当活马医吧。他换了一个口吻：“四弟，你绝对不能再露面了，赶快离开沅江市，带着这件文物去南方远走高飞吧。这边的事情我来应付，只要你真的没有把我撂出来事情就有救。”龙啸天把金马车给老四带来了。

“龙哥，我这样走了怎么能行，我还收了人家十万元定钱呢。我以后怎么做人？”老四到这时候还讲起了义气。

笨蛋，你他妈的还有以后吗！龙啸天心里骂道。“做不做人你就别寻思了，钱你就带走吧，不够的话我陆续再给你。”龙啸天要把老四稳住，不能说别的了，先把老四打发走。

“好，大哥我听你的，今天我就走，我对不起你。”老四跪地给龙啸天磕了个头，“大哥你放心，就是公安局真的把我抓住，打死我，我也不会把你撂出来。”

“我相信你，咱们俩这么多年的交情了，是多少钱也换不来的。一件破文物算个屁，况且又不是我家产的，你别放在心上了。”龙啸天对老四说的这一点他还是放心的。他还得要把老四安稳住，又叮嘱了一句，“你一定要坐火车走，到下一个火车站上车。你不要给我打电话，现在手机都有监控。”

老四拎着兜子打车走了。龙啸天望着老四的背影，狠狠地骂了一句，妈的，你把我可坑透了，我怎么交了这么一个虎蛋。他拿起了手机给焦成金打电话。

三天后，施弢和邵俨带着三十万元钱来到文物市场。老四在约定地点没有出现，他知道这里有问题了。他在整个文物市场转了一圈，连个老四的影子也没有见到。他向周围的人打听，都说老四三天没来了。

一个文物贩子举着件瓷瓶追着施弢兜售：“大哥，我正等你呢，要不是正宗的清朝货，我跳楼。”

施弢不耐烦地一挥手：“你死了我都不管。唉，我这可真是打了一辈子雁让雁把眼睛啄了。我怎么就没有留一手呢？”施弢懊悔不已。

行家迎面碰上了施弢，主动打了个招呼：“先生又来淘金了，今天没有便宜货了吧。到处都是托呀，诱你上钩。”没等施弢张嘴，他就直接说了，“人你就别找了，不可能再来了，但他跑不了的，损失点钱就认了吧。”

行家似乎什么都知道了，施弢说了一句谢谢，上车走了。邵俨见施弢表情沉重，到嘴边的话又咽了回去，默默地开着车。

施弢从公安局回到监狱，立即召开了党委会，通报了他设计侦查文物案的情况。他坦诚地说：“我做检讨，损失的十万元钱由我个人来赔偿。”

“不能这样说，这不是你个人的行为，十万元能买着这么重要的线索也是值得的，况且现在案件还仅仅是一个开头。”龙啸天明确表示反对，心里暗自高兴。

“事情已经这样了，说啥也没有用了。赔钱的问题以后再谈，当务之急是尽快抓获老四。”班子成员都表示反对施弢个人赔偿。

办公室的秘书进来让施弢接电话。电话是市公安局办公室打来的，转达了市公安局局长办公会议的研究结果，对监狱的文物走私案件经过请示市委领导决定暂不立案。施弢问为什么，对方说他就是转达局长的意见，其他情况他不知道，电话挂了。施弢又给市公安局的龚局长去电话，龚局长说市委魏副书记指示暂不立案，让监狱自己先查着。

“先查着，我们怎么查呀，案件已经牵涉到社会的一大面子。”施弢回到了会议室。

“这样吧，我谢谢大家对我的爱护，钱无论如何我是要赔的，不能让监狱受到损失，我明天就把钱还上。我再请示一下市委领导，看看案子怎么办。”

施弢来到市委副书记魏裕民的办公室，一屁股坐在了办公桌前的椅子上。平时他来找魏裕民都是先在办公室等候，今天他沉不住气了。魏裕民耐心地听完了他的陈述，起身给他倒了一杯茶。

“我就知道你会找来的，是我不同意市公安局立案侦查，公安局龚震雷局长把情况详细和我汇报了，这样大的案件你们监狱为什么不很好地集体研究一下，为什么要单独行动呀。现在人为地把案件搞复杂了，怎么收场，我这个主管书记又能说什么，你个人又怎么和班子成员交代呢？”魏裕民的话不软不硬。

“你批评我个人主观武断我都接受，但案件不能不办呀。我个人行为造成的损失责无旁贷应该由我承担，但我不希望给监狱的事业带来影响。案情到今天了，就是我个人追查我也不放过他们。”施弢的犟劲上来了。

“我不是说不立案，是暂不立案。我以老朋友的身份提醒你，对你到沅山监狱以后的做法群众的反应很大。”魏裕民微笑着，“你别误解，你要是愿意查下去，你就办，需要公安出面的我给你协调，你别着急，公安也是这个态度。”

“反映大，如果组织上认为我有问题就查呗。我走得正，行得端。如果广大民警不赞成我，不拥护我的话，我就辞职。我对党忠贞不贰，我坚信我走的路是正确的。”

“你这不是越说越远吗？我可是一番好意，你怎么理解都行。现在谁没有几封上告信，我倒没有把这事看得那么严重。我不多说了，就你这个脾气把你一辈子都耽误了。”

“江山易改，本性难移。我这辈子是改不了了，我一改就是虚伪了，我为什么要改呢？”

“好了，我不和你争议了。不同意立案，也不仅仅是我个人的意见，公安局也认为条件不成熟，弄不好会打草惊蛇。”

“我做了一辈子公安工作，连该不该立案都不懂，我这辈子不是白干了吗？”

“施彧啊，旁观者清，有些事情是用话说不清楚的，我不和你争论了。如果你坚决要求立案，我的意见可以收回，由公安局自己定吧，毕竟我是外行领导内行。这样吧，夏书记也知道案件的情况，你和他谈一谈，听听他的意见。”魏裕民显示自己很大度，始终没有火气。

“我直接找夏书记好吗？我怎么说呢，你已经不同意立案了。”

“行，这是一件重大案件，也有必要向夏书记汇报一下，你可以把我的意见和夏书记明说。”

施彧径直来到了市委书记夏枫的办公室。

施彧向夏枫汇报了监狱倒卖文物案的全部情况。夏枫听完后沉默不语。他在静思，魏裕民为什么要插手这么细，这里和他会有牵连吗？他没有表示出来。“我不给你评价到底该不该立案，你就按程序办吧。你对龙啸天是怎么看的，对龙啸天可以采取措施吗？”他说。

“我认为，目前对龙啸天还不能动。老四说东西是他的，可老四跑了，剩下的仅是我个人的一面之词。我们必须对一个人负责任。龙啸天说过，他曾将几件文物送给市领导，过去公安局追查几次，也都不了了之了。这次又勾起了过去的事情，公安局也觉得挺为难的。”

“为什么为难，还不是怯于人情。公安局应该立案嘛，偌大的公安局总不能受一个人左右吧。”夏枫能这样直截了当地表态完全出乎施彧的预料。

“夏书记，你说这案件怎么查？监狱说挖出的文物交给了龙啸天，龙啸天说给了魏书记，魏书记说就这么几件文物，我也没往家拿，摆在办公室的博古架上，这不是明摆着要查我吗？”

“文物是国家的，不能摆在自己的办公室，我让他给市博物馆送去。等我们商量一下，这边公安局正常查案，谁也不能干涉，监狱那边你要负责到底。”夏枫考虑问题滴水不漏，施彧从心里往外佩服。

“夏书记，监狱这边查也难查，当时连个登记都没有，就记得挖出来的东西都给龙啸天了，上哪去查呢？有几件文物是无价之宝啊，弄不好已经出境了。从事理上分析完全可以确定老四和龙啸天的关系，但这毕竟是分析，没有直接的证据。我有一种感觉，魏书记似乎从一开始就不赞成我调查监狱倒卖文物问题。”施弢感到这是件棘手的案件。

“要说查案嘛，我不如你们。现在干什么事情都不容易，我们在计划经济下形成的思维定式都不合时宜了，新的思维定式还没有形成，这就给我们处理问题带来了困难。你就大胆地干吧。对魏书记你不要多想，我们是共产党人，要襟怀坦白。”

施弢来到公安局找到龚震雷局长。他和龚震雷在一块儿搭班子整整十年，两个人相得益彰，关系始终融洽。龚震雷今年已经五十八岁了，明年换届他就要退下来了，他竭力鼓动施弢回来接他的班。

“监狱的工作不好干啊，我这一天内来两趟公安局了，哪像你大局长一当，要风有风，要雨有雨。”施弢一屁股坐到了沙发上，自己倒了一杯茶。他跑了一个下午了，感到很累。

“公安局的工作你干了大半辈子啥事不清楚，大有大的难处啊，这不这几天发生的系列强奸幼女案，沅江市都开锅了。魏书记是一个劲地给我施加压力，省厅也限令如期破案，如果破不了这个案件我就只好引咎辞职了。”

“我们两家必须多沟通，监狱离不开公安局呀！案子让我给搞砸了，我要戴罪立功！你不帮我谁帮我，你是我的老领导啊？”施弢说得可怜兮兮的。

“什么你们我们的，你才走几天，怎么外道了。”

“我说，龚局长，你们为什么不立案呢，这样大的案件找都找不到，你怎么能推出去呢，那不是你的性格呀？”

“既然在立案的问题上分歧这样大，魏书记又有态度，我看就缓几天吧。我告诉你实底，那个文物市场我们已经布控了。我们该怎么办就怎么办着，就是说法不同，在程序上不争论了。我告诉他们马上和广东警方联系，发出协查通报。我们公安局也是在市委的领导下嘛，我这个官说拿下就拿下的。你说对不对，我们都是共产党的干部，不能脱离党的领导啊！”龚震雷笑着说。

“好，有你这个态度我就放心了，这才叫老领导嘛。”施弢也笑了，“我有事儿要随时过来找你的，到时候你可别嫌我烦呀。”他明白了龚震雷说的布控是什么意思，他想到了市场上的那个行家。

“我们都是人民警察，天下警察是一家嘛！监狱原来也是属于公安系统的，也就80年代中期才分出去的嘛。我还得和市委建议，你还是早点回来吧，一个刑侦专家当什么监狱长，要是你不走恐怕案件早就破了。”

“我的局长大哥，话可不能这么说，这案件破不破除了靠娴熟的侦查技术外，还真得有一个运气问题。案子还没有熟呢，你再着急也是没有用的。”

他们彼此间都知道应该怎么办了。

一个月后传来消息，老四在广州的火车上被抓获，携带的文物金马车被铁路乘警截获。广州市公安局和沅江市公安局通报说，在押解途中，老四跳车逃跑，摔死了。他在审查中交代自己的名字叫尚杰忠，这次到广州来就是为了倒卖那件金马车。他说金马车是他从市场上花十万元买来的。经查，尚杰忠是沅山监狱的刑满释放分子，身上还有一个假的沅山监狱警官证，警衔为二级警督。经过鉴定，尚杰忠携带的那架金马车是假的，显然他不知道自己带的是一架假金马车。

可以肯定那架真的金马车还在沅江市，但在哪里呢？公安机关的侦查员们也在苦苦地追查着。

“这架金马车就永远属于我了。”龙啸天听说尚杰忠死了，而且死前什么也没有供述，他在家里搬出了这架金马车独自欣赏着。

“啸天，要不我看你把这破玩意交回算了。”妻子冯桂芝劝道。冯桂芝是医院的一个药剂师，人非常朴实。她真为自己的丈夫这几年的所作所为担忧。她不是贪财的女人，龙啸天手里有多少钱她不知道，一个月的工资龙啸天分文不差都交给她，孩子需要钱都直接和龙啸天要。

“你懂什么，事情到这地步我还交，我不是虎了吗？你知道这东西值多少钱，一百万都挡不住。”

“倒卖走私文物可是要杀头的，你不怕我还怕呢，还有这个家呢。”

“人无外财不富，马无夜草不肥。”

“你可别折腾了，活动这么多年，你在监狱还是个副职，犯得上吗？”冯桂芝挖苦着他。

门铃的音乐声响起。“不用说是焦成金来了。”冯桂芝叨咕着起身去开门。

“嫂子还那么年轻漂亮啊。”焦成金打着哈哈进屋了。

“漂亮，你就是会逗你嫂子，都满脸褶子了，就你瞎忽悠。你们唠吧。”冯桂芝进卧室了。

冯桂芝在年轻时非常漂亮，是医院的四朵院花之一。从外表上看，她非常端庄、大方，是典型的贤妻良母。

“龙监狱长，施弢在追查尚杰忠的警官证来源呢。”

“追，追谁？是你办的，还是我办的？死无对证，我们怕啥？”龙啸天一副毫不在乎的样子。

焦成金也确实不知道尚杰忠的警官证是哪来的，他猜测肯定是龙啸天办的，贺海东虽是政委但是给他多少钱他也不能办这事情，监狱其他人没有这个能力。“尚杰忠和我们监狱的关系是推脱不掉了，带的金马车虽说是假的，但真的是从沅山监狱的地下挖出来的，这是铁的事实。公安局和监狱联手查这件案子了，只要顺藤摸瓜很快就可以查清楚的。”

“查清楚，说得容易。老四死了，监狱挖出的金马车就是让他偷走了，他这次是带着假金马车趟路子。他是一个老文物贩子，他明知那是假的金马车，真的还在他的手里。藏在哪里，那就等着老四开口说话吧。你说我们担心什么呢，我的焦大处长，哈哈哈……”龙啸天拍着焦成金的肩膀大笑起来，“我们俩得共同谢谢老四。老四真是条汉子，大哥我敬重他，给他立个碑，年年给你烧香、送钱。”

焦成金虽然被龙啸天这番话说服了，但他还是担心地问：“老四能不能留下其他什么证据呀？狡兔三窟，他可别给我们留一手，龙监狱长你可不能小瞧了他。”

“老四孤身一人，能留下什么证据。我看你是被蛇咬怕了，公安局破案子要是能有你我这两下子，我们沅山市的治安就不是这样了。”

“我可听说他在农村有个妹妹，他在监狱期间这个妹妹来看过他几次。有人说那不是妹妹，是他从小的朋友，由于尚杰忠的家里太穷，两人没成。尚杰忠出监后这几年倒卖文物发财了，把这个妹妹接过来了，实际上是两个人过上了，可能还有一个小孩，但不知道在哪里居住。我听说尚杰忠和陈剑虹的关系不错，那几年他妹妹来时回去没有路费陈剑虹给过几次。尚杰忠给陈剑虹磕过头，在监狱里声称只要他出去，他一定要以百倍价钱回报陈剑虹。”

“是吗，还有这个情况？我们应该尽快找到这个女人。估计她还不知道尚杰忠的死讯，以后她很有可能要找陈剑虹。这个女人对于我们来说太重要了。你为什么不早说这个情况呢？”龙啸天埋怨起来，“尚杰忠很有可能在走的时候和这个女人交代了什么，像尚杰忠那样的人一般在外面的情况都不回家和媳妇说，我估计他不能告诉媳妇去哪里的，这个情况你就应该早点和我说，耽误事了。”

“我的哥呀，我现在说还晚吗？我哪里知道尚杰忠的情况。我也是听说尚杰忠的情况后才想起来的。我对你收藏的那些破铜烂铁从来都不喜欢。”焦成金知道龙啸天有几件文物都是经过尚杰忠出手的，但尚杰忠逃跑的情况他不知道。对文物收藏他不感兴趣，这件事情牵涉不到他。

“只要你找到那个女人我就有办法让她不开口。至于陈剑虹，我和他谈一谈。我听说施弢在和市委组织部沟通，要提拔他做副监狱长，我用这件事情钓他，我得让他明白提拔干部不是一个人所能说了算的。”

“是吗，要提拔他？看来我是彻底没有希望了。”焦成金有些气馁，他也是监狱多年的后备干部，曾经有过一次动议，但因为他的学历低没有通过。

“这说哪里去了，有我在呢，人在阵地在，慌什么。你一定要把那个女人找到，她见尚杰忠长时间不回来还不得到处打听。要是实在找不到的话，就听天由命吧。”龙啸天仰天长叹了一口气。

焦成金看出来龙啸天说话的底气不是特别足，点点头走了。

欧阳惠雪来到了狱侦处处长室，先敲敲门，进屋就说道：“陈处长，昨天有个女人来找你，说是你的什么妹子，门卫说从来没有听说过你有什么妹妹，就没有让她进来，她在大门口站了挺长的时间才走了。”

“是，我没有妹妹，她是谁呢？”陈剑虹拍着脑袋想着。莫非是她？尚杰忠的妹妹！她找我肯定和尚杰忠有关。“她没有说她在哪里住吗，她还来不来呢？”

“不知道。”

陈剑虹向施弢汇报了尚杰忠妹妹找他的情况。

“我估计她还能来找你，她是有什么情况要和你说。别着急，详细查一查。只要她人在，我们何愁找不到她。”

“我担心有人对她下毒手。”

“嗯，也不是没有这种可能。必须保护她！怎么保护呢？必要时可以在电视台公开发布寻人启事，就直接说‘尚杰忠的妹妹，大哥要和你见面’，留一个联系电话，全天候守候。”

“好办法，我看行。现在就办，越早越好。”

“电视寻人启事播出一周了，一点消息都没有。”陈剑虹急得坐不住了。

“再播一周的时间，宁可多花点钱，钱我负责解决。”施弢也在分析着，到这个时候事情应该出头了。

下午，陈剑虹急匆匆地来到施弢的办公室："不好了，出事了，在江边发现了一具女尸，经过查证，这个女人就是尚杰忠的妹妹，尸检证明，是生前落水。据说是被人打昏后扔进沅江的。"

"下手好快呀。很可能她是在无意识下被扔进了江里。她是怎么被劫持的呢？"

"公安机关说是抢劫杀人。"

"抢劫杀人，这是根据什么定的？"

"说是有证据，现在还不能公开。"

"关键性的线索说断就断了，这是苍天无眼啊！"

"监狱长，你看我是不是有必要去广州一趟？说不准还能得到什么线索呢，我就不信尚杰忠一点口供没有留下来。"

"行，你的意见很好，我看你就秘密地去，除了我而外任何人都不能告诉，就是你的家里也不例外。"

"那我什么时候走？"

"我看事不宜迟，今天就走。"

"好的。"

"你带几个人去？"

"就我和欧阳俩去行不行，我考虑去多人也没有用。"

"行，一定不能走漏风声。"

欧阳惠雪对这次出差感到很高兴，上了火车后她才知道是去广州，她是第一次去广州。

"施监狱长，公安局办公室来电话通知你去一趟，龚局长请你，有事情和你商量，说他来监狱不方便，让你别挑礼。"

"我知道了，马上就去。"

"老施你先看看这封信，就什么都明白了。"龚震雷还没等施弢坐稳就把一封信递给他。

"是什么信？"

"你看看就知道了。"

施弢迅速浏览了一遍，他没想到信竟是尚杰忠写给他的："这真的是尚杰忠的信？"

“我们已经做了鉴定，确实是他的笔迹，你不用怀疑。”

信的字迹工整，写得很诚恳：“施局长，我老四对不起你，拿了你的钱吃了你的饭，我还失信于你，我做不了人了。你是一个好人，共产党的好干部，像龙啸天那样的人只能是共产党的败类。我敬重你的人品……”落款是尚杰忠顿首。

“这封信是从哪里得到的？”

“是从尚杰忠的妹妹身上发现的，信用塑料袋装着，她还没来得及给你就被害了。”

“显然，她身上带的十万元钱没有了，有人劫钱杀人。”

“这么说龙啸天肯定和倒卖文物有关系，尚杰忠在信中也提到了他，但没有具体说什么问题。”

“完全可以断定，尚杰忠妹妹的死和龙啸天无关，这是毫无疑义的。目前我们对他毫无办法。对这些人我们谁也不能动，动就违法。我们只能是继续扫外围，你们深挖狱内，我们随时碰头，你看这样行不行？”龚震雷很客气地问着施弢。

“你是局长，按老规矩还是由你决定，我没有什么意见。尸体什么时候火化？”

“该取的证据已经取完了，尸体没有保存的必要，可以火化了。但她的家属拒绝来认领尸体。”

“那就由我们检验负责火化吧，费用由监狱承担。骨灰就暂时保存在监狱。”

“那可就谢谢你们了，我们正愁这尸体怎么处理呢。”

“还谢什么我们，都是监狱给你们添的麻烦，我们明天就组织人进行火化。”

“添什么麻烦，这话不是说远了嘛。”

48.

焦成金喜滋滋地来到龙啸天的办公室：“龙监狱长，尚杰忠的妹妹死了。”

“是吗，真是天意呀！怎么说死就死了，是谁干的？”

“不知道，公安机关还在调查中。”

“焦成金，你相信神灵吗？我过去不信，这次我是服了。昨天夜里我在梦中就梦见了尚杰忠的妹妹被人杀死了，就和你今天说的情节一模一样。走，我们俩今天去双龙山庙里烧炷香，图个开心吧。晚上，我们再找几个朋友喝几杯去，你不要总是担心了。”

“今天邓文龙的媳妇苗翠竹通过关系来找我，让帮忙给邓文龙办保外就医。苗翠竹不光是人长得漂亮，办事也挺敞亮的，给拿来五万块钱。”焦成金这么多年是有什么事情都及时和龙啸天请示报告的。

“你收了？”龙啸天盯着问，“人家小媳妇找你你动心了？”

“那哪能收呢，你没态度我不敢答应。什么小媳妇都和我无缘的，我不是女人一勾就上套的人。”

“你的话是什么意思？”龙啸天对焦成金的话特别反感。

焦成金知道自己说走嘴了，连忙解释说：“大哥，我是口无遮拦，你别往别处想。”

“保外就医现在可难办了，过去不就是你我一句话的事情。下边让她先活动着，条件成熟了再往上报，别的人都好办，主要是施弢的态度。”

“哦，我还忘了，我答应她请我们吃饭了。”

“不吃饭，今后少和他们吃饭，人多嘴杂。那天施弢问我，听说你和蒙丽莎很熟啊？我说你怎么知道的？他说听他姑娘说的。你说巧不巧，蒙丽莎的姑娘和施弢的姑娘大学是一个班的。”

“蒙丽莎这个人就是这样，她就会到处炫耀她这个那个关系怎么厉害，以显示她在社会上怎么有实力。她太势利眼了，我就看不起她这样的商人作风。”

“一个女人嘛，在社会上靠的是什么？漂亮的脸蛋就是吃饭的本钱！她有啥？她爹妈就是给了她那点本钱，孤身拼搏到今天，有了这么一份成就。你我还不如人家呢！一个女人能混到这种地步就不容易了，人家和我们交往图个啥，我们有多大的能耐？”

焦成金知道一说蒙丽莎的不是龙啸天就不乐意，他看不上蒙丽莎不是因为别的，她在对待朋友上是没挑儿，谁有困难需要钱她都慷慨解囊，但她水性杨花，和哪个男人都不固定。用她自己的话说，只要我相中的男人我当天就可以和他上床，男人把我当衣服，我把男人当裤子。这段时间她又盯上了龙啸天，这不是什么爱情，纯粹是发泄和利用。他捧着龙啸天说：“我是不行了，还是大哥你监狱长有魅力，人家蒙总就是喜欢你呀，我是老面瓜一个了。”

“我有什么魅力，她是如花似玉、如狼似虎的年龄，男贪女爱，互相哄着玩吧，彼此间怎么回事儿还不明白吗？”

“施监狱长我向你报告一个重要的情况，尚杰忠没有死，死的是一个不知名的东北人，他俩长相十分相似。”陈剑虹从广州打来电话。

“你是从哪里得到这个情况的？”

“是公安局提供的情况。”

列车就要到广州站了，旅客也开始蠕动起来。“这是谁的东西？”乘警和列车长、乘务员在车厢里进行着例行的检查。

“我的东西。”尚杰忠站了起来。

“请你配合一下，把箱子打开我们检查一下。”乘警命令道。

箱子打开了，露出了一件金灿灿的金马车。“这是什么东西？”

尚杰忠笑笑，轻松地说：“你们可能误解了，这是一件仿古的工艺品。”

乘警用手掂了一下：“这是工艺品，你在说假话吧？”

“我没说假话，你们以为是什么文物吧。要是那么贵重的文物，我能这么简单地带着？”

“你从哪里来的？”

“东北。”

“东北什么地方？”

“沅江市。”

“你叫什么名字？”

“尚杰忠。”

“请你和我们走一趟吧。”

尚杰忠下车后被交给了广州市公安局经侦支队。

“你知道倒卖文物是什么罪吗？”侦查员讯问着尚杰忠。“知道，是走私文物罪。”“就凭你倒卖这一件文物就可以判你死刑。”

“是吗，原来我是真的不知道有这么严重。”“你被拘留了。”

尚杰忠在几名民警的押解下被送往拘留所。警车行驶到了立交桥，车速慢了下来。

“我要小便，我憋不住了。”车停在了停车道上。

“你就在桥上尿吧，快点，这桥上的车太多。”押车的民警想都没想到他会跳车。

尚杰忠下车了。他佯装小便，迅速从桥上奔下面驶过的一辆大货车跳下去。

“他跳车了。”民警拎着枪追了过去。“你站住！”但已经晚了，眼瞅着他跳下桥。尚杰忠没有跳正，掉到了桥下的公路上摔死了。“这人的脾气也太倔了，就这么一件文物是真是假还没有准呢，值得你玩命吗？”

“这个人不是尚杰忠！”陈剑虹看了尸体照片后当即就肯定这个人不是尚杰忠，是冒牌货。

“那么他是谁？”广州公安局的民警也意识到了问题不是那么简单。

“我可以把照片拿回去查一查。现在应该全力查找真的尚杰忠。”

“我们立即在广州发出通缉令，悬赏十万元。”局领导明确表态。

“那就太谢谢你们了，谢谢你们了！”陈剑虹连说了两遍谢谢，激动地握着广州市公安局领导的手说。

“我们兵分两路，一路去深圳，另一路在广州就地寻找。”

“这么说尚杰忠肯定还在广州一带，他要是知道他妹妹被害的消息是不会罢休的。他早晚是要回来的，你不要着急回来，一定要想尽一切办法找到他。”

“我分析他在深圳的可能性大，我们已经和深圳公安机关取得了联系，他们表示要全力以赴地帮助我们。带走的那件金马车我回去时带回来。”

“太好了，那是非常非常重要的证据！你什么时候回来，我要亲自到机场去接你们。”

“谢谢监狱长，我们一定圆满完成任务，不抓住尚杰忠我们誓不回营，你静候佳音吧。”

施弢正在办公室里看文件。手机响了，他拿起了电话：“是施监狱长吗？”对方很客气地问。“我是施弢，你是谁？”施弢感觉电话好像就在监狱跟前打来的。

“我是谁不重要，我受我的朋友委托，他让我给您打个电话，告诉你，你们监狱的龙啸天和焦成金与白鹏飞是一伙的，他们都坏透了。到时候我们给您提供证据。我贵姓？你别问了，你也别费劲地查我的电话了，我的电话是公用电话。”

“你的朋友在哪里呢？”

“我不知道，他肯定会回到沅江市报答你的恩情，特别是你对他妹妹后事的处理。对了，他说了他一定会把您的十万元钱还给您的。”

“你还能和我联系吗？”

“暂时不能，我们见面你能认识我的。拜拜！”对方很客气地把电话撂了。

“他能不能回来报复龙啸天呢？”施弢立即给还在广州的陈剑虹去电话，告诉他刚才接到的电话的情况：“剑虹，你们要特别地注意，尚杰忠很有可能在最近回东北。”

放下电话，施弢有了主意，立即叫来了龙啸天："龙监狱长，我听说尚杰忠没有死，是公安局弄错了人，他可能要回来。"

"是吗，他回来好，回来我们监狱的文物案件就能出头了。"龙啸天平静地说。

"我的意见是你组织人员在车站设伏，只要尚杰忠一露头就逮捕他，同时要和公安局取得联系，我们两家配合起来，请求公安局发通缉令，一定要抓住他。"施弢还特别提醒道，"龙监狱长，尤其是你的安全更要特别地注意。"

龙啸天见点到他，心里一怔，他感到施弢知道他和尚杰忠的关系，他明白了，尚杰忠肯定把他卖出去了，他给尚杰忠的是假的金马车，能不恨他吗？"好吧，施监狱长，就按你的意见办，我马上去布置。"

"焦处长，这回可麻烦了，刚才施弢和我说尚杰忠回来了。你组织人员在车站死蹲，必要时把他击毙。我说的意思你明白吗？"

"他怎么能没有死呢，能不能是个圈套？"

"不能，施弢是一箭双雕啊。他是怕老四报复我，变相告诉我有所准备。我要真有个三长两短，他就不好交代了。"

"我们要堵不住他怎么办？他能在沅江火车站下车？除非他是傻子。"

"听天由命吧。但愿他别死在我的枪口下。他回来肯定第一个目标是要报复我的。我在家里守株待兔，我让你大嫂也不在家里住了，可我一个人胥碌。我说你就那么的……"

"好主意，他肯定是要上当的。不过你也要格外注意安全，他这次回来是要对你下死手的。"

"我不怕，我就怕他不来。如果死在他的手里我龙啸天也认了。"

"我去布置了，一会儿回来后，我去你家里找你。"

三天过去了，尚杰忠始终没有露头。龙啸天和焦成金已经在家死守了整整三天了，焦成金的胡子都有半寸长了。

"等我把尚杰忠这小子处理完了，我们找个地方好好歇几天。"

"我们就到蒙丽莎的别墅去，她那个地方肃静，条件好。"龙啸天已经关机三天，没有和蒙丽莎联系了，事前他告诉蒙丽莎他出去追捕，那个地方没有网联系不上。

"你用我这支枪吧，我用了这么多年关键时候从未卡壳。"焦成金掏出了自己的七七式手枪递给龙啸天。

“不，我还是用自己的枪。”龙啸天今天带的是一支五四式手枪，“还是这玩意管用，射程远，有劲。”

“龙监狱长，你说尚杰忠这小子今天能来吗？”

龙啸天对自己的判断能力毫不怀疑：“能来，我感觉他就在我们跟前转悠呢，今天是第四天了，他肯定露头。我们俩要是把他解决了，就彻底了却了一块心病，这小子我恨死他了，那天还和我起誓说没有告诉施彧，实际上他早就把我卖出去了。”

“他要是敢来，那就是该死了，是送上门来了。已经都跑出去了，找个地方谋生得了，还回来报仇，不自量力。可也是，要是他媳妇不死他不可能回来。”

“他媳妇的死和我们有什么关系？他以为是我们杀的，把仇记在我身上了。我倒是有一件事情对不起他，给他带走的是那驾假的金马车，但我也是为了他好，那么大的金马车，他到广州也是出不了手的。他带了十万元钱，一时半会儿还花不了的，我这些年对他是不错的了，在钱的问题上我从来没有亏待他，他还要回来杀我，瞎了他的眼睛了。”

焦成金明白，龙啸天是不会把金马车给尚杰忠的，要是真的给了尚杰忠就不会回来了。但他不相信尚杰忠能回来找龙啸天报仇，他认为这是施彧设计的一个圈套。

“你就在门口堵着，厨房里有一个大沙发，累了你就躺着休息一会儿。我在保姆的房间里，能看见花园里的一切情况，尚杰忠上我家来过，他了解我家屋里的摆布，他可能就躲藏在小区的花园里呢。”

天空破晓，夜幕已经撕开了。

“我估计他今天不能来了，也许他就是吓唬我们，我们躺一会儿吧。”焦成金打了一个哈欠，已经困得睁不开眼睛了。

“他肯定会来的，我了解这小子，他说哪做哪。你先躺一会儿，我出去转一圈。”龙啸天拎着枪出去了。他刚出门口，只见一个黑影从树上跳了下来，正好落在他的跟前。

“你是谁？”龙啸天高声喝问。

“我是尚杰忠，龙啸天，你的死期到了。”真是尚杰忠来了。

“哈哈，我的死期，你也太小瞧我龙啸天了，你好大的胆子，我已经等你三天了。”

尚杰忠扑过去就是一刀，寒光一闪，龙啸天闪身躲过用左手别住了他的右手腕，胸部露出了破绽，他没有想到，尚杰忠是双手握刀，他反起左手照龙啸天的胸部就是一刀，龙啸天躲闪不及，被刺中了胸部。“老四，你好刀法呀！”龙啸天想起来了，尚杰忠的双刃插练得不错，他忽视了他的左手，他抬手就是一枪，尚杰忠应声倒地。龙啸天也倒地了，他又往前爬了一步，奋力朝倒地的尚杰忠射出了一枪。

焦成金听见了枪响，自语了一句，坏了！拎着枪从里面的房间冲出来。见龙啸天正倒在门口的台阶上，他扑过去，高声喊道：“龙监狱长，你怎么样，我看看伤在哪里了？”

“我没事！你快看尚杰忠怎么样了，要是没死赶紧再给他补上几枪。”龙啸天有气无力地说。

尚杰忠仰面躺在门前几步远的草坪上。他被一枪击中了头部，一枪击中了下颚，两枪全是致命伤。焦成金扒拉一下他的脑袋，已经没有气了：“他死了，大哥，你的枪打得够准的！”

“尚杰忠他死了，他真的死了，是天意不可违呀。”龙啸天自语了一句，昏了过去。

尚杰忠的一刀刺得不轻，刺破了龙啸天的肝脏，血汩汩地流着。焦成金一只手捂着他的伤口，一只手给120打电话，又急忙向施弢报告。他大喊着：“大哥，你不能死，你不能死呀！”焦成金也是第一次经历这样血淋淋的场面，浑身颤抖起来，说话时嘴都有些瓢了。他怕龙啸天就这样死了，几乎是哭喊道：“施监狱长，你快来吧，龙监狱长生命垂危了！”

施弢带人迅速赶到了现场。他看龙啸天伤在胸部，生命危险，厉声命令道：“快，立即把龙监狱长送往医院抢救。陈处长，你立即组织人封锁现场。焦成金，你给公安局打电话报告情况。”

“尚杰忠怎么办，送哪里去？”陈剑虹请示。

施弢摸了尚杰忠的鼻孔一下，似乎还有一丝鼻息，立即命令道：“快送医院，也许还能救过来。”他又说了一句，“要全力抢救，他对我们来说至关重要。”但尚杰忠活的希望已经不大了。他要是活了，事情就一切都完结了。世界上的事情总是不遂人愿的，它总是循着你的思路往相反的方向发展。

施弢打量着周围的环境，封锁得这么严，尚杰忠是怎么进来的呢？警力都到哪里去了，是谁下命令把人都撤了？他明白了，一定是他，他故意留了一个口子，龙啸天为了保住自己已经不惜一切了。

第十七章　清监暗捕

凌晨，参加清监的防暴队员悄然进入了狱内。大家都脚步轻轻，沿着巡廊逐个监舍巡查。有的直接进入了预定要检查的监舍。整个清监活动井然有序地进行。

49.

沅江市中心医院的高干病房外挤满了人，各行各业的代表都来看望龙啸天。龙啸天经过一天一宿的抢救已经脱离了生命危险。他俨然成了一个英雄，全市人民群众都知道了有一个文武双全的大警察，沅山监狱在社会上的威望更高了。

“真英勇！啸天，英雄啊，英雄，在身体受到重伤的情况下倒地了还打出了一枪，把那小子的下巴都打碎了，打得好。你为政法机关赢得了荣誉，我要号召全市政法机关学习龙副监狱长的英勇精神。”魏裕民代表市委、市政府来看望龙啸天。昨天他已经在医院候了一个整天，龙啸天脱离了生命危险他才回去休息。大家对魏书记对监狱民警的关怀都非常受感动。今天他是正式代表市委来慰问，并送来了慰问金，对着摄像机镜头说了几句话就走了。省监狱管理局的领导昨天也来过了，送来了慰问金和鲜花。

龙啸天的病床前围满了人，照相机的闪光灯不停地闪烁着。电视台的摄像机在录着全部的慰问过程，几只话筒就放在龙啸天的枕头旁边。新闻记者见龙啸天的精神状态很好，不时地提问着。一名女记者问道：“龙监狱长，当你面对歹徒的尖刀时是怎么想的？”

“我就想要抓住他，当他的刀刺过来的时候我就猛地冲了过去，当他的刀刺中我的胸膛时我没有什么感觉，就本能地朝他开枪了……我没有想到会一枪把他击毙了……”龙啸天能说话了，但不能用力，说一句话需要喘好几口气。

“龙监狱长，你不怕死吗，你现在觉得后怕吗？”女记者的问话是这样的直白。

“不后怕，我现在就是觉得疼。人的生和死就在一瞬间，不是你死就是我活，到时候你也得这样想，就是一个字，拼！那刀逼在胸前没有退路啊。”龙啸天的回答十分得体，话里还不忘调侃，女记者点头赞赏。

回忆那天的一切，龙啸天露出满意的微笑。他没有想到事情的结局是这样的理想。你尚杰忠纯粹是自己找死的，你找上门来了，不是我姓龙的心狠！

“啸天，你就安心养伤吧，监狱的工作你不用担心，你住院期间狱政工作就暂由贺海东代管吧。我听市委魏书记说决定给你记大功一次。”施弢也已经在医院待了一天一宿了。

“要说记功我可是心里有愧，现在能活着是最大的满足了。我没有管好狱政工作，白鹏飞至今还没有归案，这又冒出来一个杀手，他是被击毙了，否则，不知又要给沅江市的社会治安带来多大的威胁。我有什么功，只要市委、省局不批评我就行了，我有什么理由立功啊。我不接受政府给我的记功和晋升工资的决定。”

护士进来往外清理探望的人员：“好了，请大家赶快出去吧，病人刚刚脱离危险，需要休息。”

龙啸天也睡了过去。人陆续走了，病房的外间就剩下监狱的护理人员和龙啸天的亲友。

施弢在沙发的角上坐了下来，眯上了眼睛。他也困了。这时一个打扮入时的女人款款走到了他的跟前，主动和他搭话：“您是施监狱长吧？”

施弢闻声睁开了眼睛。眼前的女人瞅着十分面熟，这个女人在医院里也陪了一天一宿了，几次清理人员都没有撵她。“你是？”施弢站了起来，他见这个女人这样大方地主动和他说话心里画着问号。

“我是生命源生物科技公司的蒙丽莎，和龙监狱长是多年的朋友。”女人主动说出了自己的姓名，双手递过来一张名片。

施弢接过了名片，仔细地看着：“哦，是我市著名的民营企业家蒙总啊，久闻大名，只是无缘相见，今天有幸在这里认识，幸会。”他没有想到在这个场合能认识蒙丽莎，他早就知道这是一个不一般的女人。

“施监狱长真是一个标准的男子汉，你们监狱的男人真是一个赛一个。”蒙丽莎竟然不顾及房间里这么多的人当面赞美起施弢来了。她非常高兴今天能在医院里认识施弢，她觉得施弢的形象伟岸挺拔，气质非凡，谈吐优雅，身着一身得体的西装，落落大方，和她过去脑海中的印象完全不同。

“蒙总也是女中豪杰呀，你的生意在咱们沅江市那是数一数二的。”

“施监狱长你过奖了，我这点小本生意在社会上算个什么。实际上我们早就应该认识，你我的姑娘都在大学的一个班里。我没少听我姑娘说你家施雨的情况，你姑娘的学习可好了。”蒙丽莎在这个时候提到了他女儿，把双方的关系立即拉近了。这就是她的聪明过人之处，只要我和你接触就能有办法和你缩短距离。

果真，施弢一唠到他的姑娘施雨情绪立即兴奋了，话也多了起来。他以自豪的口气说：“我这个姑娘独立性很强，在学习上始终没有让我操心，爷爷、奶奶把她惯得非常任性，自己想干什么就干什么。孩子大了，我也管不了了。”

“现在就一个孩子，家家都当宝似的，我对姑娘也是这样，只要她愿意学习，往高处走，花多少钱都行，别的事情我都不管了。现在的孩子都有自己独到的见解，大人实际上你想管也管不了。”蒙丽莎的话入情入理，谁能说她不是一个良母呢？

“蒙总，和你比我可不是一个称职的爸爸，比不上你呀，多年来，孩子生活上的事情我没有照顾什么，也就是有时候我给姑娘准备俩钱，我得向你学习，孩子和事业两不误啊！”施弢的话里确实充满了对女儿的歉意。

“我这一天也都是忙活公司的事情，对孩子的事情我啥也没有管，还不如你呢。今天认识了，就是我们的缘分，我找时间请您吃顿饭，聆听您的教诲，不知道施大哥能不能给我个面子。”这么一会儿的工夫，蒙丽莎开口叫大哥了。

“教诲那就太过奖了，吃饭我看等啸天痊愈出院的时候再说吧。”

50.

夜里，病房里的人都走了，就剩下焦成金一个人了，他今天留下来陪龙啸天。

“焦处长，你说那天尚杰忠要是再给我一刀，我的命就休矣了，是不是他手下留情啊？”龙啸天总觉得尚杰忠没有想对他下死手。

“还留情呢，没有把你的肝脏扎烂了，是你枪打得准，把他打死了，他要是再有力气你以为他不会再给你一刀呀，他来找你就是要你的命的！要不是医院输血及时，你现在早见阎王爷去了。”焦成金觉得龙啸天怎么突然间变得这么幼稚呢，要不是自己救他，他的命早就没有了，不感谢他，倒怜惜起尚杰忠那个死鬼了。

龙啸天闭上眼睛点点头。多年来尚杰忠和他的感情还是挺深的，他死在了自己的手里总不是个滋味。他琢磨着原因：“他妹妹的死和我们有什么关系，他虎不虎，把这笔仇给我记上了。他以为是我们害的，死得冤不冤。平心而论，这些年，我和他的个人关系始终是不错的，在他身上我没有差过任何的事情。”

“那根本不是他的什么妹妹，实际上是他的老婆，我听说他家还有一个小儿子。”

“监狱里都有什么议论？”龙啸天很想知道自己受伤后监狱的情况。

“大家都说他回来为什么专门要杀你，人没有杀成反倒死在你的手里，觉得这里面有个谜。”

“听到施弢背后说什么了吗？”

“没有。他从不在背后议论什么，即使他背后说什么肯定也不能让我们知道的。”

他们俩对施弢从不在背后议论人是佩服的。

龙啸天的电话响了，焦成金接起了电话，递给了龙啸天。“龙哥，我是丽莎，你怎么样，还痛吗？我过去看看你方便吗？”“你过来吧，就我和焦处长。”

“那我走了。”焦成金听出是蒙丽莎打来的电话，起身要走。

“你走什么，也没有什么背着你的。你不是担心吗，听听她是怎么说的。”

门轻轻地开了，蒙丽莎来了，一阵风似的扑到龙啸天的身边，刚要亲吻，看见焦成金，不好意思了。她抬起了身子，笑了：“焦哥在这里呢，不好意思了。龙哥，你恢复得真快。”龙啸天没有想到蒙丽莎这么晚还会来，“丽莎，这么晚了你还过来干啥，我刚吃完止痛药。”

“不是想你嘛，想得都睡不着，要不这么晚谁来呀，焦哥，你说是不是？”

“你们唠吧，我走了，今天我就不在这里了。”焦成金觉得自己在跟前实在是不方便，“我明天上午过来，顺便把这几天的报纸和文件给你带过来。”

“那我开车送你呀，焦哥。”蒙丽莎说着往外掏车钥匙。

“不，我打车走。你们好好唠吧，再见蒙总。”

焦成金刚出房间，蒙丽莎低下头就要吻龙啸天。龙啸天躲着：“你大嫂就在这个医院，护士都认识我，快起来。”“我不怕！”蒙丽莎吮住了龙啸天的嘴唇不放。龙啸天只好随她的便了。

蒙丽莎挨着龙啸天躺了下来。“这么晚了，你待一会儿就回家吧。”龙啸天不想让医院里的人知道他和蒙丽莎的关系。“我不着急，晚上我睡不着觉，我是个夜猫子。”

“你买的什么东西？”

“龙哥，你看我都忘了，这是我特意给你加工的鳖精，吃了对你的身体特别有好处。”蒙丽莎打开了一盒，拿出了一瓶给龙啸天看。

“我向来不相信这些东西，那都是蒙人的。”

“我这可是纯野生的鳖精，你吃几盒就知道它的神奇效果了，你现在就吃一瓶。”蒙丽莎说着打开了一瓶递到了龙啸天的嘴边。龙啸天一口就喝光了，蒙丽莎用湿巾给他擦干净了嘴。

“龙哥，你可千万别把你牵累进来。你是个聪明的人，我相信你是不会干傻事的。哥们该帮忙的事情一定要帮忙，但违法的事情是不能干的。”蒙丽莎真担心白鹏飞的案子把龙啸天卷进来。

“唉，晚了。”龙啸天叹了一口气。他后悔不应该让白鹏飞跑，他是绝对走了一招臭棋，白鹏飞有那么严重的案底怎能让他跑呢。他是魏裕民的铁哥们不假，可白鹏飞逃跑他有什么好处呢。白鹏飞是给了他十几万元，可他都给了魏裕民，到头来倒霉的却是他。他握紧了拳头，咬了咬嘴唇：我要杀了他。

“天晚了，龙哥，你别多想了，我走了，你好好地睡一觉。”蒙丽莎看出了龙啸天有心事，她依依不舍地走了。

“这么晚了，别在路上出什么事儿，等天大亮你再走吧。”

“没有事的，我带了两个保镖，在病房门口站着呢，我明天晚上过来。”

龙啸天望着蒙丽莎的背影，心里充满了矛盾。他睡过去了。他做了一个梦，梦见自已化做一只苍鹰，飞得高高的远远的，身体在高空中被飓风撕得粉碎……

施弢和陈剑虹在办公室研究着案情。

“虽然尚杰忠死了，但足以证明龙啸天和他倒卖文物的问题。遗憾的是死无对证了。老天是瞎了眼睛，怎么就能让尚杰忠合理合法地死在了龙啸天的手里。你看看就是这封信也不能作为证据使用，都是单方面的证据，龙啸天可以有各种理由进行辩解。”施弢把信递给陈剑虹，告诉他信是怎么来的。

陈剑虹还是第一次看见这封信，看完后他说：“没想到尚杰忠的字写得这么漂亮。这封信还是很有作用的，他在信上明确点到了龙啸天的名字，就证明了龙啸天和他的关系，我们有那驾金马车和龙啸天送给荀河的那只香炉。”

“威胁和暗害荀河的肯定是一伙人，而且是狱内外勾结，我们要调查的情况罪犯都知道。他们向荀河下手，就说明荀河提供的情况对他们来说是致命的，所以他们要下死手。我们要大张旗鼓地打击一下狱内的嚣张气焰，让他们知道我们的决心。”

“对，这太有必要了。但是一定要保密，绝不能走漏了风声。”

“那我们就今天夜间动手，我看还能不能跑风。你组织警力，人不要多，一定要精。你给贺政委打电话，让他到我办公室来。”龙啸天住院后由贺海东代管狱政工作。

贺海东来了，陈剑虹站起来迎着。施弢和贺海东谈了想法。“清监我赞成，要动手就彻底地搞它一下子。”

“我看以后你就把狱政管起来吧。龙啸天现在的身体状况也不允许他再管了。”

“说心里话，我是真的不愿意管狱政，责任太大了。天天神经是高度紧张的，一来电话浑身都哆嗦。我试试吧。”

“开弓没有回头箭，你就动真格的吧，我相信你一定能干好。”

51.

6月的天气，夜间还是很凉的。夜静极了，沅山在夜空中是那样的深沉，远远望去犹如一条巨龙昂首朝天怒吼。夜空中，不时地有几只猫头鹰飞过，叽叽喳喳地叫着，时而俯冲下来叼起一只老鼠后又跃上夜空，时而落在电网旁瞪着灯泡似的双眼监视着监狱内的一切。

监狱防暴指挥中心灯火通明，三十名防暴队员在集结待命，这次行动是绝对保密的。监狱只是通知防暴队员十二点钟到监狱开会，开会后防暴队员才知道午夜要清监。这次行动事先就施弢、贺海东、焦成金、陈剑虹四个人知道。行动前，监狱班子成员接到通知后都来了。

施弢宣布了今天夜间清监的任务：“同志们，针对我们监狱狱内存在的实际问题，监狱决定对监舍进行一次全面清查。这次清查事先是绝对保密的，只有我和贺政委、焦处长、陈处长知道。我们要悄悄地进入狱内，保持肃静。”

陈剑虹宣布了清查的部位和人员分工，共分了六个小组，重点是监舍和伙房、医院等后勤岗位。

凌晨，参加清监的防暴队员悄然进入了狱内。大家都脚步轻轻，沿着巡廊逐个监舍巡查。有的直接进入了预定要检查的监舍。绝大多数服刑人员已经进入了梦乡。施弢和贺海东在电视监控室坐镇指挥。

整个清监活动井然有序地进行。各组人员一个一个监舍地搜查着，重点是储藏间。清监活动持续到清晨。一伙人正在监舍玩麻将赌博被抓个正着，现金被当场搜出，赌资达数千元；一伙人正在储藏间看黄色影碟，被连人带机堵在屋里；一伙人还在储藏间里喝酒，调侃着，清查人员进来也全然不知，桌子被掀翻了；几对睡在一个被窝的人员被叫醒，睡眼惺忪光溜溜地被叫到床下……

“小安子和邓文龙在监舍没有？”施弢给陈剑虹打电话问。

“没有，我在他们监舍呢。”陈剑虹在监舍大楼的阳台上。

“不要声张，布置好警力监控，看看他们俩从哪里出来。”

“你到哪里去了？”小安子刚进监舍门被民警堵住了。

“我起来的早，在外面溜达溜达。”

“溜达，你说得容易，你是怎么出去的？”

“就从监舍大门出去的，也没有人管我呀。”小安子说得很轻松。怪了，邓文龙不知道是什么时候回到了监舍。

“已经查清楚了，邓文龙和小安子是从菜窖出来的。”

“先不要惊动他们。”

天大亮了，清出来的物品全部摆在监狱广场上。菜刀、锯、锉、铁棒子、角铁、哑铃、电炒勺、电热水器、猪肉、白菜、大米、豆油、盐、酱油、醋、糖、菜墩、粉条、录像机、影碟机、小电视、黄色影碟……好大一堆东西。几年前465厂丢失的五十公斤重的银锭也在监舍被发现了。

“焦处长，这些东西你们过去不知道吗？”施弢指着地上的东西问道。

“哪个监狱都是这样，大同小异，只要不闹事不出大问题就行。”焦成金说得很轻松。

“这些问题纪检委多次和监狱党委反映过，可没有引起监狱的重视。”贺海东说。

“什么时候反映过，我怎么从来就没有听说过？”龙啸天冷冷地来了一句。这次清监清出来这么多的东西，也让他的面子过不去，毕竟他是分管狱政的监狱长。他出院了，接到焦成金的电话后今天早晨从家里赶来了。

“你可能不知道，我多次和郑监狱长说过，他总是说等一等，到现在我都不知道等什么。”贺海东在这个问题上对郑五常的成见很深。

“好了，我们先不要争论了。焦处长，你安排人通知各科室负责人八点钟来开现场会，一个部门也不能少。”

很快人到齐了，围着清出来的物品站了一圈，议论纷纷："这些东西太可怕了，真没想到我们狱内存在着这么多的隐患。"

"这才哪到哪儿，比这更严重的东西还有呢，就看施弢能不能下狠手整。说不准还有枪呢。"

"有枪？你看到了！唯恐天下不乱。"龙啸天在背后说了一句，铁青着脸。

"啊，是龙监狱长，你出院了，我们就是随便说说，今天都是监狱的中层干部，没有外人。"两名中层干部非常不好意思，他们不知道龙啸天站在背后。

"这话也是随便说的吗，你们坑谁害谁哪，说话是要负责的。我龙啸天眼睛里可容不得沙子，我是从死神边上回来的人，你们说我还怕什么呢？"

"龙监狱长，话要那样说就说远了，你是我们的领导，我们说话也不是冲你个人来的，狱政的问题也不是你个人的问题。"

施弢站在操场上，大声说："同志们，你们说说这些东西是什么？是炸弹！这些东西存在，你们不感到害怕吗？可能你们已经司空见惯了，但是我们不能忘记我们的职责呀。白鹏飞不是典型的案例吗？对这些东西我们要像林则徐烧鸦片一样销毁它，绝不留情。"

"点火，烧。"几桶汽油浇上去，火呼呼地着了起来。

"好，烧得好。"围观的服刑人员许多人在拍手叫好。

"焦处长，这次我们的面子是丢尽了，狱内怎么能管得这么乱呢？"龙啸天埋怨着焦成金，在办公室里发着脾气。

"龙监狱长，话不能这样说，我也是没有想到，你也没上班，谁知道施弢会来这么一手。何况事先就连你也不知道消息。"

"既然这样了，干脆借题发挥，彻底清理一下，对我们今后也有好处。反正这次也没有刮着我们，对那些不听摆弄的我们要彻底地打击一下，我们也是一举两得。"

"我看施弢是在一步步地向我们逼近，我不知道你感觉出来没有。"

"他逼我们，我还不知道逼谁呢，走着瞧吧。"

狱内几名这次被处理的服刑人员议论着："我们得想个办法把罚的分要回来，要不这一下子还得多蹲好几个月。""我看咱们去找找邓哥吧，别人谁也不好使了。""他能好使吗，前几天好几件事他都卷了面子，人家监狱根本不在乎他。""那也得看什么事，有的事邓哥说话还是有面子的。"

晚饭后，他们几个人来到八监区，在监舍门口乞求道："邓哥，我们求你来了，给我们出出面，帮我们周旋一下。"

邓文龙躺在床上，抬起头瞅了他们一眼，没有说话。"这时候想起来用邓哥了，你们平常连个屁都不放。"小安子在门口挡着，不让进监舍。

"怎么说话呢，都是自己的弟兄嘛，让他们进来。"邓文龙决定把他们几个收留下来。

"是，邓哥。快他妈的进来吧，邓哥今天心情好，给你们面子。"

"邓哥，真没有想到监狱会来这一手，怎么事先一点风也不知道。手里的那么点儿钱没收了，还得罚分，太窝囊了。"

"窝囊个屁，我说话你们就是不听，现在是人家施弢执政，比不得过去了。你们为什么还要往枪口上撞。"邓文龙说，"我没有你们的鹏哥说话好使，姓邓的是无德无能管不了你们了。"

"邓哥，那可不是，我们也是大意了，往常怎么事先也能给咱们打个招呼呀。今后我们绝对听您老人家的。"

"对。"几名服刑人员齐声说道，刷地给邓文龙跪下了，"今后我们一切听大哥的，谁有外心，天打五雷轰。"

"这是干什么，都给我起来。我看看吧，我也不一定好使了。"邓文龙对自己现在说话的分量还有多大，心里没底了。

"邓哥，这点钱你先用着，等过几天钱进来我们再送过来。"几个人说着点头哈腰地走了。

"邓哥你答应他们了？这几个王八蛋是最不可交的，鹏哥一走，他们就卖身了。"

"话不能那么说，人就是此一时，彼一时，你不也是如此。"

"我和他们可不一样，我是鹏哥交代的，让我投靠你的。"

"这倒是，你确实和他们不一样，我也是从内心喜欢你的。"邓文龙心里说道，人就是那么回事儿，爹死娘嫁人，个人管个人，什么讲哥们、讲义气都是假的。

小安子见邓文龙这样一说高兴了："邓哥，这次他们栽得不浅，连人带钱都给端了。我听说情况都是点子提供的。"小安子神秘兮兮地告诉邓文龙。

"端就端，我们不管那臭事，我说话他们不听，让他们和我装。"邓文龙显得幸灾乐祸，"我们的东西没有被发现吧？"

“没有，天衣无缝。咱们是干什么的，他们是啥手呀。”小安子洋洋得意地说。

“你小子最大的特点就是好吹。你吹漏了，我打折你的腿。他们的点子是谁我们得要防啊，说不准我们身边就有点子，我们的一切事情都得要小心。等有机会我们要归拢归拢那几个点子，对待叛徒我们不能客气。”

“我回来时被陈剑虹堵住了，他问了我几句就放过我了。他问我是和谁出来的，我说就我自己。”

“他们是知道我不在房间的，只不过没有抓住我。我是趁他们不注意的时候回到监舍的，他们对我们是留了一手。我们跟前肯定有人在监视，一定要找出来是谁。我听别人说出监的荀河前天到监狱来了，你知道不？”

“我听说了。”小安子心里琢磨着，这事情是怎么办的呢，看来是没有整住老荀头。凭白鹏飞的办事能力不至于把事情办成这样吧，信是他托人捎出去的，回话说一切都安排好了。那封信可别落入公安局的手里，小安子心里嘀咕着。“我那天夜里看得很清楚，地道的门他们肯定没有发现，我放的一根头发还是原窝没动。老荀头到监狱来肯定是帮助他们找地道出口的，不过他是怎么知道的呢？”

“我那天说不去，你小子非得去，差点就给抓现行了。那个地道是没有什么用了，必要时你揭发检举吧，还能立个大功减几年刑。”

“邓哥你这不是埋汰你老弟吗，我宁可不要那个功，蹲死在监狱也不能干那缺德的事情，今后在社会上就不做人了？”

“我不是那个意思，这是一个策略，让他们相信你，对我们有好处。你不干，我让黄青举报。你把黄青找来，我和他当面说。”

黄青今天晚上夜班，听说邓文龙找他就赶回来了。一进屋他就问道：“邓哥，找我有急事吗？”邓文龙直起了身子：“没有什么大事，我给你件案子，你揭发检举可以立功，你干不干？”

“举报？”黄青顿了一下，连连说，“我不干，这事儿让我这样的人干了，以后我怎么在社会上混呢？”

“有我给你做主，你干吧，至少可以减两年徒刑，你再挺两年就够假释了。”

“大哥给我做主，我不受气，我相信，但我真没那两下子，你让小安子干吧。”随着黄青在狱内地位的提高，他现在已经直呼小安子了。

“他也不干，既然你们都不同意，就算了。”

周末，汪兆月把雪静约到了自己公司别墅，两个人从那次在红鹤楼分手后再没有见面。汪兆月几次约雪静，雪静都按照蒙丽莎的吩咐推托有事情不见。她死死吊着汪兆月的胃口。蒙丽莎告诉她，男人只有爱你爱得疯狂了，他才会听你的话，什么都舍得给你。这几天汪兆月一天给雪静打几遍电话，她实在是招架不住了，问蒙丽莎怎么办？蒙丽莎说："火候到了，你去吧，以后的事情你自己把握，从现在开始你就是汪兆月的人了，我把你嫁出去不管了。"雪静对汪兆月说，她去他的别墅不方便，打车她花不起钱，就在市里见面吧。汪兆月说那不是很简单的事吗！昨天汪兆月就把自己的一部宝马跑车给了雪静。

吃完晚餐后，两个人洗完了鸳鸯浴就上了床。电话响了，汪兆月拿起了电话，是门岗打来的，告诉他客人到了。

"扫兴！"汪兆月不情愿地从雪静身上下来，穿上了睡衣。

"我冷，我不让你出去！"雪静把汪兆月搂住。

"也好，那就让他进来吧，我在房间里等他。"

冬冬带着一身寒气进屋了，颤抖着身子立在了床前，就像闯了大祸似的含着眼泪说："汪哥，我们把事情办砸了。强子连荀河的毛都没有伤着，就被昆明公安局的警察给抓住了。我流浪了这么长的时间，总算从云南逃回来了。"冬冬半夜和山炮找到了汪兆月的别墅，山炮没有进屋。

"什么，强子不会把我们撂出来吧？"汪兆月推开身边的雪静从被窝里坐起来，破口大骂道，"妈的，都是一帮废物，还能办成什么事，你们要是敢把我说出来，我把你们全家全杀了，剁碎了扔沅江里喂王八。"

"汪哥，你先别发火，想想下一步怎么办。"雪静从被窝里钻出来，顾不上穿衣服，裸着上身，抱住汪兆月的脖子嗲声劝着，"你先出去，让汪哥穿上衣服到客厅去谈。"

"不穿，就在屋里谈，你睡你的觉，少掺和，这事儿和你们女人没关系。"汪兆月一把摁住了雪静。"你就明说吧，强子到底把我撂出来没有？"汪兆月最担心的就是把他说出去。

"汪哥，你放心，强子就是被打死都不会招的。公安局也不知道是谁安排的，他也知道干我们这行的规矩，宁死都不会招供。我们都是用电话联系的，我的号是真的，但机主是假的，打完后我就把卡扔了。"

汪兆月的情绪稳定了，点燃了一支烟："你们这还差不多，一人做事一人当，就这案子到法院也判不了，啥证据都没有，你们一翻供法院就得宣告无罪。"

"汪哥，你是料事如神呀，我太佩服你了。"冬冬开始忽悠了。

“怎么样才能和鹏哥联系上呢？”自从上次宴请分手后，白鹏飞音信杳无。汪兆月觉得这个情况要马上告诉白鹏飞。

“你问问蒙丽莎她能不能和鹏哥联系上，她和我说过多次了，她和白鹏飞是铁子。”雪静提醒道。

“嫂子，我问过了，她说她原来和白鹏飞不熟悉，那天是第一次吃饭。”冬冬嘴甜了，嫂子叫得像是那么回事儿。

“第一次吃饭！臭婊子，你瞅她和鹏哥一见面的亲热样，肯定和鹏哥有事儿，她是怕受牵连，有意躲着呢。那天吃饭是后告诉她的，事先她确实不知道我请鹏哥吃饭，我考虑再三才告诉她的。我不怕，公安局要是找我的话，我就说我不知道白鹏飞是什么逃犯。”汪兆月没有想到蒙丽莎还和他玩起了心眼，过完河就想拆桥。

“那他们要追问你和鹏哥是怎么联系上的咋说呀？”雪静也有些害怕了，那天她毕竟也参加了，她现在有些后怕了，当时要是被警察堵在床上她在沅江是没法干了。

“那好办，我就说是白鹏飞给我打的手机，他用的是公用电话，我有的是理由辩解。”

“汪哥，整不好你的电话可能都被监听了。”冬冬提醒道。

“哈哈，我早就不用那部电话了，现在我用的手机是新产品，监听不了。”汪兆月掏出放在枕下的手机炫耀着。

“大哥，给小弟也整一个呗，我和你联系也方便了。”冬冬见缝插针，心里说不要白不要，不能白打了我一顿。

“行，一部手机，几千块钱，多大的事儿，就看你的表现了。你想办法给强子捎个信儿，告诉那个小崽子，要是把我给撂出来他必死无疑。否则，我会全力救他出来的。”

“汪哥你放心吧，看守所我有朋友，我现在得搞清楚他到底是在哪个看守所呢。一般重要的案犯，公安局都送到铁路看守所。强子过去没有什么案底，警方不会在他的身上下功夫。”

冬冬这几句话汪兆月听着挺高兴的，汪兆月心里平稳了，他拿出一万元钱扔给了冬冬：“拿去吧，喜欢什么手机自己去买吧，记住，闭上臭嘴，说不认识我，少给我添麻烦。”

冬冬接过了钱：“谢谢汪哥，谢谢小嫂，我走了。”他像个汉奸似的深深地鞠了一躬走了。

“你回来，再给山炮五千块钱。”汪兆月又扔过来一叠钱。

第十八章　狱内相残

焦成全带领防暴大队人员赶到了现场。严管队现场一片狼藉。朱天游等人横七竖八地倒在地上呻吟着。

52.

在阳光的照射下，牵牛花顺着监舍的墙壁不停地往上爬着，红绿黄粉蓝白花点缀了满墙，有的还爬进了窗里。楼前休闲长廊上的葡萄藤结满了琥珀般的葡萄，葫芦架上的葫芦也结得滴里嘟噜，随风飘荡着。俗话说，随风葫芦长。小鸟儿在廊里飞来飞去，架子的隐蔽处是它们新垒的窝，一窝小鸟出生了。不知谁当时触景生情，雅兴大发，给这个长廊起了一个充满诗意的名字："绿廊"。

午后，五监区的服刑人员廖胜利、于文刚、林永文等人被解除了严管，他们几个人放风时在绿廊里痛哭了一场，后沿着长廊一瘸一拐地回到了监舍，径直来到宋德玉的监舍，向宋德玉哭诉了严管期间被严管队的勤务犯朱天游、赵红伟等人殴打虐待的经过。

"玉哥，那拿我们是不当人对待呀！一进去就大骂我们，大嘴巴就抽了上来，说：'你们不就是他妈的仗着宋德玉那个活王八吗，他不就是当过几天警察吗，算个屁呀！他要是进到严管，我让他给弟兄们舔屁股。'"廖胜利声泪俱下，屋里的人都听得气不过了。

宋德玉一听骂他是活王八，脸色霎时变白了，他的媳妇和别人做生意的时候跑了，到现在都没有个信儿，他装着没有听明白，沉着脸说："他们不知道你们是我的人吗？"

"知道。我们说了，你们这样对待我们不怕玉哥收拾你们呀？可是提你不好使，他们说就是要给你个眼罩看看，就是你进到严管让你也尝尝滋味。"廖胜利继续添油加醋点着火。

严管队出事以后，孙德华等人全都被追究了责任，又换上了廖胜利等人，这伙人属于白鹏飞派的。孙德华能够大难不死，被改判了死缓，沅山监狱的服刑人员都认为是宋德玉的功劳，他的威信在狱内大长，很多人都主动向宋德玉靠拢。宋德玉说话的口气和以前大不一样了，他似乎觉得自己在左右着沅山监狱的形势。哪个不服，他就大打出手，监狱的对立面几乎全被他扫平了。要是把邓文龙再整住，大院里还在乎谁呀。

“妈的朱天游，白鹏飞在的时候你们仗着他，白鹏飞不在监狱了你们还仗个屁！等晚饭开饭时，我要亲自去收拾这几个兔崽子。你们给我带几样家伙，把我的皮鞭子带上，他们不和我叫爷爷，我饶不了他们。”宋德玉急了，恨不得马上就要动手。

许刚伏在宋德玉的耳边悄声提醒道：“玉哥你去好吗？你在监狱可是有影响的人物，又是我们的领袖，为了这几个小崽子值得吗？事情闹大了监狱能放过你吗？”许刚身材瘦小，个头不足一米七，戴着一副黑框眼镜。他原来是沅江市商业银行的信贷处长，因受贿被判了十年徒刑，刑期已经过半，再待一段时间他就可以假释出监了。他在银行的时候和宋德玉就是哥们，比宋德玉早进来两年。他在监狱里不显山不露水，是个有头脑的人物，他劝阻宋德玉不要去。

“我必须得去，他们把我们都欺负到什么程度了，就差没有骑在我的头上拉屎了。你别掺和，我要是有个一差二错的，以后你就是大哥了。”宋德玉下决心要搬掉这个山头，以后他在监狱就没有对立面了。

“玉哥，我哪有那个威望呀，我是个手无缚鸡之力的人，除了打算盘会算账其他的事情我啥也不会。”

“你们听着，我要是有什么意外，许刚就是你们的大哥了，他比我强，有韬略。许刚你就别去了，你在家听信儿，我们会速战速决的，要打闪电战。”宋德玉明确了分工，到时候听他的指挥。

晚上开饭了，监区的杠门打开了。宋德玉气得饭也没有吃，带领八个人冲出铁槛栅直奔严管分监区。

“你们要干什么，赶快回监舍去。”严管队的值班民警阻挡着。

“哥们儿，今晚和你们没关系，我们就是要替监狱收拾一下里面那几个小崽子，弟兄要出口气。”宋德玉很客气地把拦着他们的民警推开了。

朱天游等四个人正在吃饭，他们还没有弄清怎么回事，呼啦，就被冲进来的几个人打倒在地上。宋德玉站在门口指挥，高喊着："给我打，往死里打！"

"玉哥，你有话好说，我们什么地方得罪你们了，死也得让我们死个明白呀！"朱天游已经被打得鼻口出血，在地上翻滚着。

"我不说，你能明白怎么回事儿，我今天来就是和你算账的，你不是说要收拾我吗，我送上门了，你有什么本事请用吧。"宋德玉一手叉着腰，一手拿着胶皮管子比画着。

朱天游看见了廖胜利、于文刚等人明白是怎么回事了，彻底地告饶了："玉哥，我那两下子你还不知道吗，就是说说痛快痛快嘴，你饶了我们吧，再也不敢了，我们错了。"

"你和大哥叫爷爷，叫宋爷爷，和我叫爸爸。"廖胜利狠狠地照他屁股踹了一脚，"你小子也有今天，你给我叫呀！"

"宋爷爷，你是我们的亲爷爷呀！"朱天游、林永文、赵红伟等人嗷嗷地叫唤着，"玉哥饶了我们吧，宋爷爷饶了我们吧。"

"把他们的裤子扒下来，每人打一百大板。"宋德玉命令，"打的还没有到火候，不能停。"

"好！"朱天游、赵红伟等人被扒掉了裤子，廖胜利、于文刚等人抡起了木板噼里啪啦打着屁股，朱天游、赵红伟爹一声妈一声地嚎叫着。

"妈的，你们的能耐哪里去了，你倒骂呀，怎么不吱声了。"廖胜利骂道。

"玉哥，我们服你了，我们过去是眼睛瞎了，有眼不识金镶玉，以后我们就是你的人了，愿意给您老人家当牛做马。"朱天游几个人挣扎着跪下给宋德玉磕着响头。

"住手，算了吧。"宋德玉听不得软话，见这几个人真的服了，目的已经达到，发话说，"好了，杀人不过头点地，他们过去也是各为其主，既然他们服了，弟兄们就放他们一马吧。"他装起了好人。

"妈的，便宜你们了！"廖胜利气还没有出，又抡起木方砸碎了严管队监舍的玻璃，捣毁了严管队的固定床，边砸边骂着，"我看你们今后还用什么折磨弟兄们。"

"住手，混蛋，你拆床干什么，那是监狱的设施，赶紧给钉好。"宋德玉急忙阻止，可是已经晚了。

严管队队长荣志成、沈殿臣等人见状，赶紧给总值班长去了电话，总值指示他们稳定局面，避免事态扩大，很快焦处长就能赶到。

宋德玉临走的时候客气地说了一句："荣队长，大哥对不起你们了，这件事情和你们监狱没关系，出事我兜着，改日我专门给你们哥几个赔罪，损坏的东西我们赔。"

宋德玉等人打砸得很有分寸，对关在铁槛栅里的服刑人员碰也未碰。就是打了朱天游等几个勤务犯，廖胜利砸碎了严管监舍的四块玻璃，捣毁了固定床。

焦成金带领防暴大队人员赶到了现场。严管队现场一片狼藉。朱天游等人横七竖八地倒在地上呻吟着。朱天游裤子还没有提上，见焦成金进来就高喊着："焦处长，你可要给我们做主啊，我们可是为监狱做事啊！妈的廖胜利，你不得好死呀……"

焦成金见朱天游血红的屁股气得脸都变色了，喝道："把他们几个送医院去。"他转过身来训斥着荣志成："你这个队长白给的？菜货一个，就在这站着都压不住茬儿，还他妈的叫什么警察，丢人！"

"焦处长，你不是告诉我们夜间不要硬碰硬吗，我们也不是不敢管，如果他们再往下发展我们就拼了。你是了解我的，我荣志成什么时候怕过犯人！"荣志成对批评不服，心里嘀咕着，关系是你们领导养的，出事了怨我们小民警。

"我先不和你说这些，走，先把那几个人关起来，我们去监舍收拾宋德玉。"焦成金带人奔监舍去了。

宋德玉带人从严管队回来后，人员都聚集到了宋德玉的监舍。大家算是出了这口恶气，觉得很是痛快。宋德玉盘腿坐在床上总结着："这次行动非常成功，我们是大大地扬眉吐气了一番，今后谁再欺负我们弟兄就是这样的下场。太欺负人了，我姓宋的一直是让着他们，就白鹏飞那个小样的，我始终是忍让，没想到他下面的这帮小崽子倒是得寸进尺了。不过我们今天的行动也有不妥之处。"他埋怨着廖胜利，"你是一个十足的蠢货，砸什么玻璃呢？还他妈的拆固定床，你他妈的一拆性质就变了，虎蛋一个，我们不能和监狱对立呀！"

"玉哥说得对，我们哪有那个头脑，谢谢大哥，你给我们出了一口大气，睡觉都舒坦了。玉哥万岁！"廖胜利带头高呼。

"玉哥万岁！"监舍内的人员齐声喊道。

"玉哥，今后你就是我们的老大了。来，大哥在上，给玉哥磕头。"廖胜利带头跪下了。

宋德玉下床拽着："快起来，都是兄弟，不必整得那么客气，只要大家看得起我宋某，我一定当好这个大哥。廖弟，你去张罗，我出钱，今天咱们兄弟喝几杯，我自从到沅山监狱后第一次这么痛快！"

焦成金带人来到了宋德玉居住的监舍。焦成金一进门，只见屋里酒气熏天，杯盘狼藉，是刚刚喝完，罐头盒子、烟头扔得满地都是。

宋德玉在床上斜着身子躺着，一个人在给他按摩着。见焦成金进来了，他微微探身，笑道："焦处长，你早点来呀，我们大家好敬你一杯，酒已经喝没了。"

"对呀，焦处长您要是早点来，和我们哥们一块儿庆贺一下。这瓶里还有点酒，我给您倒一杯。您别生气，我们不是冲您来的。"廖胜利摇摇晃晃地走过来，给焦成金倒酒，"他们太狂了。"

"你老实待着，别找挨收拾，赶紧收拾东西。"一个民警警告他。

"我不老实又能怎么地，我还怕你们几个小民警？"廖胜利毫不在乎，把民警推了个趔趄。

"好，你和监狱叫板！"那个民警给了他一警棍把他戳倒了，接着又给了他一警棍，老实了。紧接着上来几个民警把酒桌掀翻，把餐具也砸了。

"宋德玉，你少给我来这一套，你别忘了自己的身份！我问你，严管队是不是你带人砸的？"焦成金厉声问道。

"我明人不做暗事，就是我领着干的，那几个人你们监狱不管我替监狱管了，怎么你心疼了？"宋德玉根本就不怕焦成金，傲慢地说着。

焦成金气得脸都变色了，高声喝道："宋德玉，你也当过警察，你这样干不考虑后果吗？"

"我替谁考虑，我当了那么多年的警察，出了那么多的力，出了点事，就进来了，谁给我说一句好话了？我蹲了三年监狱，现在还和我谈什么警察，我没有那个义务了，你们愿意怎么处理就怎么处理，我不在乎。"宋德玉气焰十分嚣张。

"你蹲监狱是犯到那里了，和别人没关系。既然你是这种态度，那你就等着转监狱吧，到时候可别说我们不讲同行一回的情义了。"焦成金认识宋德玉也有年头了，过去的关系始终不错，对宋德玉总是挺客气。

"我不怕，就是送我去新疆戈壁滩大漠我都不怕，正好我还想欣赏一下沙漠风光呢，况且，我进监狱后就没有想活着出去。弟兄们，我说得对不对？"宋德玉煽动房间里的人，但屋里的人没有敢应声的。

宋德玉几句话把焦成金顶得没话说了。焦成金本想用转监狱来压宋德玉，但还没有压住他，只得高声喊道："宋德玉，你下来！"

宋德玉躺在床上无动于衷："我就不下来你怎么样？你以为我怕你吗？我当警察的时候，你还不知道在哪儿呢。"

"宋德玉你骂我，我今天看看你到底有什么本事。你下来，我们单独较量一下，你要输了就老老实实地跟我走，蹲你的禁闭。"

"焦处长，那你输了呢？"监舍内的服刑人员齐声问。

"我输了，今天的事情我就不追究了，由我承担责任，我去蹲禁闭。"焦成金今天真动气了，他在沅山监狱还是第一次遇上硬茬口。

"好啊，别人怕你，我不怕你。"宋德玉下床了，脱下了上衣，亮出了一身肌肉块，"焦成金就你那两下子，我让你先过三招。"他跳到了地上摆了一个八极拳的过门。

"姓宋的，你话说得也太大了，你接招吧！"两个人就在房间内交起手来。焦成金旋即向宋德玉靠身，还没等大家看明白，一个大背，把宋德玉从后背上悠了过去，呱唧一声摔在了水泥地上。

宋德玉爬起来，还没有等他站稳，焦成金靠身又是一个钻扛，宋德玉被扛了起来，焦成金转了几圈，喊了一声"走"，宋德玉被扔了出去，呱唧一声又重重地被摔在了水泥地上。这次摔得比上次重，他有些站不起来了。

"怎么样，宋德玉你服不服？你起来。"焦成金叉腰叫着。

"你就是摔死我也不服。"宋德玉躺在地上充着硬汉，实际上他已经没有还手的力气了。

"不服，你就起来继续较量，你也算是男人。你们还哪个不服，也过来比量一下？"焦成金和屋里的人大声叫板。服刑人员一见这个架势，被焦成金的虎威彻底地镇住了，谁还敢吱声呢！

"好跤，摔得痛快，这才是我们警察的英雄本色！"施弢赶来了，后面跟着陈剑虹。施弢接到电话后，立即由家赶到现场。"焦处长，你这手活，是什么时候练出来的，大家一点不知道，你是真人不露相啊！"

"这才哪儿到哪儿呀，我多少年没玩了。"焦成金谦虚地搓着手。焦成金出身摔跤世家，他的父亲是著名的摔跤教练，在内蒙古草原的摔跤比赛中获全盟的摔跤冠军，家里的绝技传给了焦成金。从部队转业到监狱工作后他从来没有露过，今天他算让大家开了眼界。

“你为什么不制止他们砸严管队？你们还是不是警察？”施弢虎着脸用手指着荣志成问道。

“我……”荣志成满脸露着苦涩，显得委委屈屈。严管队的勤务犯人都是焦成金亲自选定的，平常也不把他放在眼里，他有什么办法。

“把宋德玉那几个人都关到禁闭室去，严格管理，追究责任，决不放过。”施弢向荣志成命令道。

“是，我马上去落实。”荣志成答应着马上去落实了。

“关禁闭我不在乎，施局长你不用吓唬我。但希望你主持正义，不要拉一伙打一伙，我们也是事出有因的，是那几个王八蛋把我们逼反了，我们才这样干的。如果监狱处理不公，我就把监狱闹翻天，大不了就是个死，你这个监狱长也别当了，我也不顾及你这个老领导的面子了。”宋德玉被扶起来，嘴里还不干不净地骂着。

“他们几个人监狱也要处理的，一码是一码。你愿意闹，是你的自由。你别过高地估计了自己的力量，监狱的事情你做不了主。”施弢也认识宋德玉，“在监狱不存在你说的拉一伙打一伙，我不管是哪一伙，只要违反监规就坚决查处。另外，在监狱里谁拉帮结伙也不行。”

几个民警过来把宋德玉拽起来带走了。廖胜利等人什么也没敢说，乖乖地跟着，他知道今天的祸是惹大了，这次减刑他是没戏了。许刚在一旁看着，一句话也没有说，他觉得宋德玉和那几人闹腾是因小失大。

第二天上午在会议室，施弢主持研究昨天晚上事故的处理。

“我们要采取严厉的措施，坚决打掉宋德玉这伙人，先从宋德玉开刀。龙监狱长，你谈谈那几个人怎么处理好？”施弢先征求龙啸天的意见。贺海东去省监狱管理局开会去了，没有在家。

“不用和他们客气，转监狱。自从白鹏飞脱逃后，宋德玉就开始装大，他也太能装了，根本不把我们监狱放在眼里。也是怨我，过去的面子给大了，我考虑他过去毕竟是一个警察，没进来前我和焦处长就认识他，一般事情都照顾他，可他还倒蹬鼻子上脸了，和监狱对立起来，敢砸监狱。”龙啸天出院后始终没有正经上班，今天早晨听焦成金汇报完事情经过后也非常生气。“他叫板，就把他转监狱，和省里说，把他转到辽河监狱去。”

“我同意，事不宜迟，今天就动手，那就让焦处长和省局联系吧，联系不通我亲自去。”施弢下决心要借此机会打掉狱内的团伙。

“我今天脱不开身，被关禁闭的廖胜利他们几个人闹监要自杀，宋德玉已经绝食了。我得采取措施，收拾他们几个。让狱侦处和省里联系吧。”焦成金推托着。

“那也行。”施弢操起了电话：“陈处长你来一下。”他撂下了电话，“焦处长你去忙吧。”

“那我去处理他们了，有什么事情随时叫我。”焦成金走了。

“监狱长有什么事情？”陈剑虹马上到了。

“你去省局联系对宋德玉等人的转监。现在就去省局送报告，由邵俨开车送你。我们晚上等你回来，咱们连夜组织警力，明天早晨行动。”

“好，那一会儿我就去省城。”陈剑虹走了。

清晨，整个监狱笼罩在晨雾之中，附近农家飘出了袅袅炊烟。转监在清晨五点进行，监狱的防暴大队全副武装，在狱外列队待命。按照预案，对这次要转监的服刑人员一个一个地点名从狱内带出，逐个搜身上车。这次转监是高度保密的，没有透出一丝风来。服刑人员趴在窗户上看着被不时带出的服刑人员，议论着：“这又是往‘北大’送了，要不就是‘黑大’了，肯定不是什么好地方，和监狱干是没有好下场的。”被转监的人员没有一个敢闹事的，上车后就老老实实地坐在座位上。

突然监舍出现了骚动。廖胜利打碎了玻璃杯，用一块锋利的玻璃片压在自己的颈部动脉上，声称：“我坚决要求见施监狱长，我有话和他说。他要不见，我就自杀，当场死在你们面前。”他已经把脖子的皮肤划破了，鲜血淌满了脖子。

押解的民警和廖胜利僵持着，不敢强行动手，竭力劝解着：“廖胜利，你有什么事情好商量，犯不上采取这样的办法自找苦吃。”

“再有十分钟施监狱长要是不来，我就不活了，我把脖子上的血管全割断！”廖胜利脖子上的血淌得更猛了。

“施监狱长能不能见他，是不是和他联系一下？”焦成金请示龙啸天。

“糊涂，这时见他说什么。要劝说，实在劝说不通，采取措施强行带出。这点事儿，你还处理不明白。”

“好，我有办法了。”

廖胜利继续和民警僵持着。“你把玻璃片扔了，否则，你死了也白死。有什么话可以说。”一名民警边说边向他靠近。

“别往前来，你再前进一步我就划脖子。”廖胜利又狠狠地划了一下子，鲜血淌得更多了，他的脸色明显变白了。

“你死啥呀，你要死还用这么费劲吗？转就转呗，有人能呆我们就能呆，我们别给监狱添麻烦。有本事就别进来，进来你就别装了。”一个服刑人员大方地走过来劝解着他。大家一看，是邓文龙，焦成金把他找来了。

廖胜利一看邓文龙过来，傻了：“邓哥，你别掺和进来，我们可是同道上的人呀！”

“我不掺和，你这样一整就给哥们添麻烦了，消停走了得了。”邓文龙边说边往前走，“你死吧，死了我承担责任，就算是我逼的，你就恨我吧。”

“你不够哥们义气，你太不讲究了。你……”廖胜利有些语无伦次，他没有想到邓文龙能管这事儿。焦成金把邓文龙找到后，和他一说，邓文龙连个奔儿都没有打就答应了，你放心，小事一桩。

邓文龙一个箭步蹿到廖胜利的跟前，利索地一个别臂，扼住了他的手腕夺下玻璃片，廖胜利嘴里不停地骂着：“邓文龙，你他妈不是人，关键时候你整自己的弟兄，今后在社会上你还有名了吗，你不得好死。你小子太不讲究了，我饶不了你。”

“你他妈的糊涂了，分不出里外了，我们是好心救你，你小子胆肥了，邓哥你都敢骂。”小安子上来啪啪就给了廖胜利两个嘴巴。几名民警冲上来将廖胜利摁倒在地，反背戴上铐子，戴上脚镣，拽出了监舍，塞进面包囚车。这辆车是专门给闹事的罪犯特殊准备的，廖胜利不服嗷嗷地叫着。

邓文龙望着廖胜利渐渐远去的背影，暗自骂道：“虎蛋一个，这么大的监狱死你一个人算个屁，自找苦吃。”他冷笑着，感到很得意。

宋德玉对这次监狱将他转监，倒是表现得十分平静。实际上他心里十分清楚转他走的原因，他曾几次和监狱发生冲突，特别是和狱政处的关系搞得那么僵，焦成金能放过他吗？他让廖胜利演了一出自杀的闹剧，但他没有想到这出剧的收场人竟然会是邓文龙，邓文龙充当了英雄的角色，让他钻了空子。他知道自己和狱方的关系远远不如邓文龙这伙人。临上车前，他扔给邓文龙一句话：“邓总经理，你的下场不会比我好到哪去，监狱下一个收拾的人就是你。”宋德玉明白监狱采取的是分而治之的策略，一个一个地打压下去。

邓文龙瞅着他微微一笑，没有吱声，心里说道：姓宋的，以后你什么都会明白的，逞匹夫之勇，警察你是白当了。

监狱大门外堵满了闻讯赶来的被转监的服刑人员家属。施彧从办公室的窗户上往外望去，黑压压的人群少说也能有二三百人。有一个女的喊着：“凭什么把我们的亲属转走，你们违法，我们要上市委告你们去。”“对，告他们去，我们去省里告他们去！”一些家属和社会上的人员附和着。

“我要见施弢，不接待我们，我们就上街游行示威。”为首的那个女的高呼施弢的名字，旁边的人跟着呼应着。

“你喊什么，监狱长是你说见就见的，闹大了把你抓起来。”值勤的民警训斥道。

“你把她领进来，我和她们谈谈。”施弢吩咐焦成金出去叫她们。

焦成金把人带进来了，领头的这个女人是宋德玉的表姐叫刘威鹃。施弢刚来时，刘威娟通过熟人找施弢，施弢答复只要宋德玉好好改造，肯定能公正对待他，施弢委婉地拒绝了她送来的两万元钱。

“你们看看这些信，就知道为什么要将宋德玉转走。”施弢拿出了几封上告信给刘威鹃看。

刘威鹃见这些信都是举报宋德玉在狱内的种种恶劣表现，信有的是写给监狱的，有的是写给市公安局的，还有写给省委、省监狱管理局的……

“既然这样我们也不说啥了，我们走了。大家都走吧，闹也没有用。这次转监挺正常的，在哪个监狱都是待着。”刘威鹃啥也不说了。

领头的人走了，其他服刑人员家属的劲头也下来了，逐渐地散去了。

警车缓缓开动了。“宋德玉，出狱后来找我学摔跤。”焦成金站在监狱大门口和宋德玉摆摆手。

宋德玉是被关禁闭后才知道了焦成金的底细，他知道自己根本不是焦成金的对手。他冷笑着：“哼，我怕你是等不到教我的那一天了，你说不准在哪个监狱待着，别拿我当猴耍，别以为我什么都不知道。”

“行，你怎么办都行，你当狱政处长我都没有意见。你要是有良心，你想想在沅山监狱我对你还可以吧，回头见吧。”焦成金后悔，这几年对宋德玉手软了，他在监狱里还成了一个手。

宋德玉也觉得焦成金没有什么对不起他的地方，也怨自己砸什么严管队，领这个头干什么。完了，彻底完了，没有退路了。

车开出城了，上了高速公路。廖胜利在车上不停地骂着：“我出去后第一个杀的就是邓文龙，这个人比白鹏飞坏多了。我要见施弢，走前我必须见他一面。”

“都他妈啥时候了，你还吵吵嚷嚷要见什么施弢，你以为施弢不知道吗？这都是邓文龙捣的鬼。他也不会有好结果的。到头来，我们都得栽到施弢手里。”宋德玉在开导着廖胜利，“留得青山在，不怕没柴烧”。

“你们对我们哥几个好点，我们还会回来的。”林永文和车上押解他们的几名防暴队员说。防暴队员戴着头罩毫无表情地瞅着他，双手握着防暴枪，警告他不要大声说话。

廖胜利知道惹不起防暴队员，他们个个都是身手不凡的人，逐渐地不吱声了，闭起了双眼，哼起了《青藏高原》，哼得还挺有味道。

囚车内平静了。一路上相安无事，当天晚上，顺利到达了边塞的辽河监狱。陈剑虹办完交接手续后，又过来看看宋德玉、廖胜利他们。“我们要回去了，你们还有啥话要捎吗？”陈剑虹瞅着这几个人也挺可怜的，尤其是宋德玉这个人太没有头脑了。

“告诉施弢，有本事把我们送新疆沙漠中去，只要不出东三省，我们谁也不怕。”宋德玉说着，“但我们不恨施弢，龙啸天、焦成金等人的下场，也不会比我们好。他和白鹏飞的一切我全知道，我把材料给他留着呢，我暂时不说，等着瞧吧。”

“这里比不得沅山监狱，别瞎闹腾了，你们努力改造争取早日出监吧。”陈剑虹劝说着他们几个。

“你不用和我们说，这里的人要是敢欺负我们，我们就把这个监狱给他烧个底朝上，都一块儿去死！”廖胜利恶狠狠地说。

“你别把自己的命往石头上碰，你的刑期也不长了，别再胡闹了，好好改造，争取早日回家吧。”

“陈处长，你说沅山监狱对我们的处理公平吗，打我们的那几个人你们怎么不处理，他们是好人吗？”宋德玉还是不服气。

“施监狱长已经有意见，他们出院后就处理他们。宋德玉，你也在公安干一回，你应该知道砸严管队是什么性质的问题，那就是砸监狱，发展下去就是要暴狱，监狱能不收拾你吗？谁敢和监狱这样明晃晃地对着干。你觉得你聪明，我看你是虎蛋一个，监狱有啥对不起你的，你充当什么老大？你好自为之吧。”陈剑虹这一番话把宋德玉说得哑口无言。“宋德玉，我把许刚给你的一万元钱给你存在卡上了，明天他们会把卡给你的。”

“那就谢谢你了！方便的时候告诉我媳妇一声，让她别等我了，赶紧离婚找人吧。”宋德玉悲怆地说。他说的是他后找的那个小媳妇，死活不离婚等着他出监呢，现在她还能等什么了。

陈剑虹带领押解人员连夜返回了沅江市。龙啸天听说宋德玉捎回来的话后，沉着脸一句话也没有说。

53.

监狱召开刑罚执行委员会会议，研究第二季度的减刑、假释案件。狱政处提出要给邓文龙记功，奖励三百分。

“我看是应该的，邓文龙在我们这次转监中发挥了重要的作用，遏制了一起自杀事故，保证了转监的顺利进行，属于立功表现，我同意重奖。”龙啸天直接表明了自己的意见。

“我不同意，我们的民警不去制止廖胜利的自杀，为什么让邓文龙上，我不赞成这种做法。”贺海东提出了反对意见。现在还是他分管狱政，他想说这是人为炒作，但话没有说出来。大家都面面相觑，谁也不吱声。

“奖分可以，但是不是多了一些？我看给一百分就可以了。”陈剑虹发表了自己的意见。

焦成金当即反驳道：“多多少，还能用秤称吗？我们既然给了，就应该大大方方的，让犯人们知道帮助监狱工作的人是不会吃亏的，在监狱里就是要树立这样一种风气。”他心里骂道，就你小子说道多，人家施弢都没有说什么，你他妈的显什么。我们狱政处的事你掺和什么。

“就这件事儿来说，对邓文龙奖三百分我没有意见，我同意。”施弢表态了。

其他委员都没有提出不同的意见，监狱刑罚执行委员会讨论通过了。

“这都是龙啸天他们捣的鬼，你怎么能拍板通过呢？”贺海东在散会后径直来到施弢的办公室，进屋后就表示了对施弢的不满。

“我们现在还提不出来不通过的理由，现在就是奖分，还不是减刑出狱，不要怕，恐怕他等不到减刑那天就自取灭亡了。”施弢胸有成竹地说。

“你心里有数就行，他们的行为已经充分证明他们是一伙十足的坏人。”贺海东气得恨不得在会上大干一场。

施弢心里明白贺海东说的“他们一伙”的含义：“贺政委，还不能这么早下结论，需要经过时间的验证，我们需要的是事实和证据。”

“施监狱长，我觉得你现在变得优柔寡断了，你怕他们了吗？”

施弢笑着说：“贺政委，我不是怕，事情的复杂性远远要超出我们预料。我们必须和他们斗智斗勇，要有耐力。这也是一种煎熬，在白鹏飞没有归案前，时间可能会更长一些。”

“贺政委在这儿呢，施监狱长，我有一件事要和你说。”龙啸天来了，他没有敲门就进屋了，用眼睛瞟了贺海东一眼。

“你们谈，我在这不方便，我走了。”贺海东故意躲避龙啸天。

“你是政委，我说的是狱政方面的事，你现在还代管狱政，没有保密的，你在跟前也好。”龙啸天满脸笑容地留着贺海东。

贺海东见龙啸天这样说就没有走，他和施弢的话也没有说完，他也想听听龙啸天要谈什么狱政问题。

“施监狱长，犯人扈晓文的姑姑扈冬萍想见你，她对这次监狱没有给扈晓文呈报假释有意见。”

施弢一怔：怎么刚刚研究完她就知道了，消息传得真快呀。“你们就接待吧，还找我干什么？我们不报假释是集体研究决定的，也不是个人的意见。如果她有什么意见可以直接向检察机关提出。”

“她非要见你，你就接待一次吧。扈晓文是市委夏书记的妻侄，这点面子，我们总得要给吧。”

“我就不相信这是夏书记的本意，我了解夏书记的为人，我和夏书记去解释。好，我在办公室接待她，你让她来吧。”

扈冬萍进屋了。她扫了一圈，和施弢轻轻握了一下手就毫不客气地坐到了办公桌对面的椅子上，自我介绍道：

“我叫扈冬萍，在卫生局工作，我是扈晓文的亲姑姑，他从小是我养大的，他妈妈死得早，他都没有看见过他妈妈是什么样子。这孩子就是酒后打仗，别的还真的没有什么问题，监狱要是能照顾一下，让他早点出去也就把他救了。”

“哦，是扈处长，这不是我们照顾不照顾的问题，是他按照法律规定的条件不能报假释。”扈冬萍是卫生局医政处处长。施弢很客气地做着解释。

“施监狱长，我知道这一点，要是依法应该呈报我还找你干什么？孩子岁数不大，你们从挽救青年人的角度也应该照顾一下嘛。”扈冬萍这句话口气很重，似乎是在发号施令。

“他不符合法律规定我们就不能办，如果扈处长有什么意见你可以和监督机关反映，你认为我们监狱在扈晓文假释上不公平，可以向有关部门提出意见，你有提出意见的权利。”施弢的口气中显露出对扈冬萍的反感，心里说道，你不就是市委书记的夫人吗，天子犯法还与庶民同罪呢，你侄子有什么特殊。

“施监狱长，看来是没有报的可能了？”扈冬萍在质问施弢。

“是的，我们是依法办案，不符合法律规定的就不能办。他在狱内喝酒，打我们的民警，你说我们扣罚他的奖分不对吗？按规定，这是要罚分的，你却还要给他办假释，这个要求太过分了吧，监狱还有没有执法机关的尊严了？你可以和扈晓文谈谈，看他今后的表现，如果表现突出可以考虑对他的假释。我正忙着，扈处长如果对我解释的都听清楚了，那就谈到这儿吧。”施弢下了逐客令。

扈冬萍气得脸都变色了，夹起包一句话也没有说就走了。龙啸天跟在后面喊着：“嫂子，你别生气啊，事情都可以商量嘛。”他追了出去。

扈冬萍钻进了车里，龙啸天站在车门外和扈冬萍说：“嫂子，你看到了吧，不是我不给你面子，是施弢说什么也不同意。”

“他不知道扈晓文和我的关系吗？”

“知道，他不但不给面子，他说还要去找夏书记解释。”龙啸天一煽风扈冬萍的火更大了。

“算了，你们沅山监狱的事情真难办，不办就不办，还找什么老夏，也不是老夏让我来的。我给我侄儿办事，我不管谁管，我是他的亲姑姑，还有没有骨肉情，我也没有出什么大格。在沅江市我还没有见过第二个像你们这样的单位，今后你们怎么和别人来往。是不是和我要人情呀，我可以给，就怕他不敢要。”

“那倒不是，施弢不是那样的人，他这个人不黑。他主要是对市委让他到监狱来工作有想法，他认为自己是市公安局长的料，他这是大材小用，把仇都记在夏书记身上了。”

“这样黑白不分的人太可恶了！老夏还总说他是一个人才，我看他是一个十足的奸臣。我过去真的是不参政，这次我一定在老夏那儿给他奏一本。”扈冬萍越说火越大。

“嫂子，你是知道的，我在班子里就是一个副手，有些事情我是说了不算的。我已经在沅山监狱干了十五年了，但是市委就是不用我呀。这要是我当监狱一把手，像你这样的事情就是一句话，官大一级压死人，我有什么办法呢！嫂子，我遭老多罪了。”龙啸天委屈地诉苦，他点了几件事情。

“算了，我没有时间听你们监狱的破烂事，我就不信管不了他，我找魏书记去，这样发展下去沅山监狱不成了独立王国。开车，走，赶紧离开这个鬼地方。”扈冬萍咣当一声关上了车门。

“嫂子，您走好。”龙啸天望着远去的车影，嘴角闪现出一丝冷笑，心里说道，施弢你这次可把沅江市的第一夫人得罪了，有你的好果子吃。

“她也太霸道了，我们是在市委的领导下，可不是在她这个老娘们的领导下。”龙啸天回头一看说话的人是焦成金，问道：“你是什么时候出来的？”

“我在门口看半天了，我看她走了，就过来了。太盛气凌人了，素质太差。这哪里是办事，是在给我们下命令。你看人家魏书记夫人的气度，比她要强百倍。”

“你把事情看哪去了，我们就是要把火烧到施弢的身上。我们回屋里谈去。”龙啸天实际上对扈冬萍也没有什么好印象。

沅江市级领导的住宅区位于沅江的北岸，坐北朝南，市级领导是两家一栋独立的欧式小楼，楼后是各家一块块象征性的菜地。

晚上，夏枫下班回家了，一进屋，见扈冬萍气囔囔地坐在沙发上，就问：“老伴，你怎么了，什么事情把你气成这个样子？”

“我到沅山监狱去了，晓文这次假释监狱干脆没有给报，也不说明理由。我通过龙啸天找到了施弢，和他说了，他绷着脸和我打了一通官腔。比晓文条件差的都走了，他是什么意思？我不借你这个大书记光，也不能让他用你这个大书记来别我吧。”扈冬萍以女性特有的方式叙述着，试图引起夫君的同情。

“你这话说哪去了。你认为监狱执法不公，你可以通过正常的渠道去告状，你以书记夫人的身份去找，人家肯定有反感。晓文已经是成年人了，他还有父亲，也用不着你直接出面，你要注意政治影响。”夏枫根本不相信扈冬萍说的话，事儿是会有的，但不会像她说的那样。

“施弢这个人也太傲了，不提你还好，一提你看他气得那个样，连起码的文明礼貌都不讲。我进屋了，他连个座都没有让，沅山监狱不在市委领导下怎么的？你看人家龙监狱长，大大方方的，事情可以不办，但话听起来让人感到舒服，当初你就不应该让施弢当监狱长。”扈冬萍这次是真的参政了，她把龙啸天说的话原汁原味地传给了夏枫。

“施监狱长做得对，你不要对人家说三道四的，我了解他的为人。你千万不要参与市委的政事，要不人家该误解了，你受点委屈也是应该的。”夏枫对夫人的话还是不信，他有着自己的主见，女人的话多数情况下是受情绪左右的，今天她生气了，是不会说施弢好的，他应酬道：“好了别生气了，等方便的时候我和施弢打个招呼。”

“还什么方便时候，现在要不马上报，这批就赶不上了。”扈冬萍急得火气又上来了。

“夏书记，沅山监狱的施监狱长来了，要见你。”保姆小王进来了，打断了他们俩的对话。

“哦，施监狱长来了，快让他进来。”夏枫起身去迎。

扈冬萍气呼呼地打断了夏枫的话：“小王，就说夏书记不在家，坚决不见！烦都烦不过来，还上家里来了。他敢进屋，我就撵他走。”

“你这是什么态度，我是沅江市委书记，不是你个人家的书记，你对监狱不满意是私事，不要带到家里来，快去，让施监狱长进来。”

“夏书记、嫂夫人，我是不打招呼就来，失礼了。”施弢看见扈冬萍在气势汹汹地瞪着他，笑着和她打招呼，“嫂夫人还生我的气呢，我是下班后直接上门来给嫂子赔罪的，嫂子有气就和我出吧。”跟在他后面的邵俨还拎着两兜水果。

“你这么大的监狱长给我一个犯人家属赔罪，我可承受不了。”扈冬萍给施弢一个脸子起身进卧室去了。

“施监狱长你坐下，你嫂子那个人就是那样，山东人，刀子嘴豆腐心，什么事情她自己得寻思一会儿，想通了就好了，你别和她计较。”夏枫话说得大度，不失领导风范。夏枫明白，在这沅江市，要是扈冬萍出面找谁，能办的事情谁能不办，只有傻子才能得罪市委书记的夫人呢。

“我来家里就是和嫂子解释一下白天的事情，嫂子可能有点误解。”施弢笑呵呵地说。

“解释什么，我是绝对相信你的。就是错了又能怎么着，你对每一名犯人家属都能上门解释吗？不是还顾及我这个市委书记的面子吗？”夏枫笑着把施弢拽进了客厅坐下。

“我不单纯是为嫂子来的，我还要和夏书记谈点监狱的事情。”

“夏书记，饭好了。”保姆进到客厅招呼着。

“那我先告辞了，我明天去市委谈，快吃饭吧。”施弢起身要走。人家市委书记还没有吃饭，自己来得太唐突了。

“别走，这个点儿你肯定也还没有吃饭呢，就在我家里吃点便饭吧。”夏枫拦着施弢。

施弢看出来夏枫是诚心诚意地留他，吃就吃吧，一个监狱长在市委书记家里吃饭平时还真赶不上这么巧，这也是一种殊荣了。

“把我的那瓶人头马打开，我俩今天喝点洋酒。我们不谈工作了，在家里说点家常的嗑。你不用惧你嫂子，一会儿让她敬你一杯酒。冬浡，你出来，和施弢喝杯酒。小王，你去招呼你扈姨去。”

夏枫的话扈冬萍还是要听的，她不情愿地从卧室里出来，赌气地坐在施弢对面的椅子上。

“嫂子，我借夏书记的酒敬你一杯，有怠慢之处请嫂子原谅。”施弢主动给扈冬萍倒酒缓和气氛。

“我不喝，我不会喝酒，我是罪犯家属，你上罪犯家属的家里来吃饭这是违纪行为，你不知道吗？”扈冬萍指着施弢鼻子问。

“冬萍，怎么这样没有礼貌和修养呢，你是普通的家属吗？现在是在我们家里，对客人要有礼貌，你是有身份的人，不是普通的家庭妇女，太过头了吧。”夏枫有些火了，声音不大，但充满着威严。

“让嫂子说吧，我不生气，我今天的话说得是太让您接受不了了。但我原来不知道嫂夫人和扈晓文的关系。”施弢一直在顺情说好话，这是在人家家里，先让扈冬萍消气再说。

“都是家里人，误解了。冬萍，你不了解施弢这个人的，他可是我们沅江市的政法精英……”夏枫介绍着施弢的经历。

“什么精英，老百姓都说你们警察是狗熊！南山街银行抢劫杀人的案子多少年了都没有破案，群众的反应很大。”扈冬萍也是借高下车，她见夏枫有些火了不敢再说什么了。夏枫要是真急了她也害怕。

哈哈，夏枫和施弢都笑了。扈冬萍自己忍不住也笑了。酒桌的气氛变过来了，扈冬萍也一个劲地给施弢夹菜、劝酒。

“夏书记，我不愿意喝这酒，我换白酒行不行？”施弢也放开了，既然来了就不客气了，到书记家里来一趟也确实不容易。

“喝什么酒，你自己点。对了，我还有两瓶衡水老白干，就喝它怎么样？”

“行，不知道夏书记你能喝动吗？”

门铃响了。保姆小王迎出去打开了门：“魏书记您来了。”

“哦，是裕民来了，快让他进来。冬萍，你去迎一迎。”夏枫吩咐道。

“那我走吧，你们谈工作不方便。”施弢撂下了筷子。

“你别走，我们一块儿喝点，谈工作明天到市委去谈，今天我们随便扯一扯。”夏枫用手拦着施弢。

魏裕民笑吟吟地进来了：“正吃饭呢，哦，施监狱长也在这呢，这么巧啊！”他主动和施弢握手。

“来，再上一套餐具，我们一块儿喝几杯。”夏枫张罗着。

“我都吃完饭了，你们慢慢吃，我去客厅看电视。”魏裕民要走。

“吃完饭了，喝几杯酒怕什么，我还不知道你的酒量，冬萍你也上桌来。”夏枫带着命令的口气。

“我不上桌了，我给你们再掂量几个菜。”

“嫂子，你不用弄什么好菜，炒块豆腐，拌个凉菜就行了。”魏裕民很随便地说。他是夏枫家的常客。

“都坐下吧，到我家里来了，都别客气了。来，小王，给我们倒满了，我们共同喝一杯吧。”

酒换成了衡水老白干，每人一大杯。

“施监狱长，你这一段时间把沅山监狱治理得不错了，逃犯白鹏飞也有了线索。来，我借夏书记的酒单敬你一杯，等抓回了白鹏飞我自己掏钱，请你们监狱的干部民警吃饭。”魏裕民起身给施弢敬酒。

“那可得谢谢魏书记了，我代表监狱全体民警敬两位书记一杯酒，我干了，你们随意。”施弢站了起来，把一大杯酒干了。

“都给我坐下，在我家里客气什么。”夏枫摆摆手让他们俩坐下。

“施弢，嫂子她侄子的事能办的话，如果不出大格，你给成全了吧，就算我求你了。”魏裕民完全是一副求施弢的口气。

“别，别，这么大的书记说求我，我可承受不了。我是在市委的领导下，魏书记你是我最直接的领导，你要这样说我以后还干不干了。没有什么问题，中间出了点差头，有些犯人写举报信，故意往扈晓文身上推。我们已经查清楚了，明天我们再复议一次，这批就能把他报上去。”

“我们不谈那些了，别让施弢为难。监狱的事情就够麻烦的了，别再给他添乱了。冬萍你不要再去找了，你是市委书记的夫人，不要给人家留下话柄。”

“嫂子，我单敬你一杯，算我对白天的事情赔罪了。”施弢站起来端起了酒杯走到扈冬萍跟前。

“施弢，你净瞎说，你也没有什么错误，我就是这样的人，说过就拉倒了，嫂子对你也是不了解，你今天也看到了，夏枫可是一个有主意的人，我这枕头风是吹不动的，不打不相识，我们喝了。”

“我了解嫂夫人，她可不是一个参政的女人，那可是一个典型的贤妻良母。”魏裕民奉承着，“嫂子，以后政法口的事情你就和我说，还用你亲自跑吗？”

“就我这样老夏对我还不满意呢，我和他是什么好光也借不上，还净挨他批评，我什么事情也不能办。我和局领导说了，我已经五十四岁了，赶紧办个退休手续回家得了。”

“你还差一年呢，怎么也得干满点呀，谁也不能剥夺你工作的权利呀！”

夏枫笑着说：“退就退吧，也不差那一年了，在家里抱抱孙子享受一下天伦之乐有什么不好，我都求之不得呢。”

“夏书记，您可不行，您是副省级干部，德高望重，至少要干到六十五岁以上，咱们沅江市是一天也离不开您呀！您要是提前退下来沅江市的老百姓也通不过。”魏裕民在实惠地捧着夏枫。

“我知道你这是在捧我，什么德高望重，那都是虚词，一个领导者在政治舞台上驰骋的岁月都是有限的，都是历史的过客。一个领导者在位期间到底干了些什么，人民群众心里都有杆秤。在位的时候你说什么都没有用，到结束你的历史使命的时候就一切都清楚了。其实什么著书立说那都是多余的。孔子写了什么，为什么传下来了，千古不朽啊！哈哈，我喝多了，随便说说。”

“深刻，深刻，想不到我们的市委书记还是理学大师呢！”魏裕民没有想到自己的一番话竟然引出了夏枫这样一番高论，他后悔自己这马屁没拍正。

施弢静静地听着，一句话也没有说，他知道自己没有资格插嘴人家领导之间的谈话，在这个场面他只能像一个学生那样老实地听讲了。

54.

晚上下班后，监狱大院里变得空荡荡了，人员都回到了监舍，狱内进入了封闭状态。龙啸天和焦成金相约来到了狱政处处长办公室唠嗑，图的是狱内肃静，这时候很少有外人干扰。

“我听说施弢去夏书记家了，和扈冬萍那天的误解都谈开了。我们怎么就整不住他呢？”焦成金摇晃着脑袋，“那天他还和夏书记、魏书记同桌共饮，扈冬萍的气也消了。”

“我早就知道了，施弢去夏书记家的第二天魏书记就告诉我了。我没想到他能直接去夏书记家，我们就是缺少和夏书记接触的机会。管干部还得书记说了算，副书记最后还是定不了的。你的消息够灵通，谁和你说的？”

“我有内线，我知道的事情你还真不一定知道，现在暂时还不能告诉你。”焦成金卖弄着关子，就是不告诉龙啸天。你说现在事情多复杂，他是听夏家的保姆小王和他说的，巧不巧，那个小保姆和他是老乡，就是他介绍她到夏枫家当保姆的，平常方便的时候，他请小保姆出来吃点饭，饭间他经常有意无意地通过小王套话，这一点龙啸天压根就不知道。

“你有内线，怎么还有人打进了夏家？”龙啸天的脑袋就是聪明，一句话就点破了焦成金的秘密。

焦成金见瞒不住了，只好说实话了，“我有什么秘密能瞒过领导，不就是逗大哥乐吗。”

“哦，我说过去什么情况你都比我灵，原来秘密在这里呢，人还真不能小看了谁。你还有这样的头脑，比我有先见之明，看得远啊。这条线倒是非常重要，可别断了。方便的时候我请小保姆吃顿饭，给她买点什么东西也行。”

“那就不必了，有我在你放心，她有什么情况都会告诉我的。你别接触，要是暴露了我和她的关系，那就麻烦了，夏书记立即就得把她辞了。”焦成金不赞成龙啸天和小保姆接触，要是再让蒙丽莎知道就更坏事了。他换了一个话题：“龙监狱长，你说这一段时间施弢对追逃怎么张罗得不欢了呢，过去他是逢会必讲的，现在他不提了。”焦成金在密切关注着追逃的动向。

“那是他有意给人造成的一种假象，让白鹏飞感到监狱不正经抓他了，引他出来，这就是引蛇出洞。施弢是不会放过他的，文章都做到背后了。”

“遗憾的是现在我们什么都不知道，白鹏飞也挺长时间没有动静了。”

龙啸天望着沅山若有所思地点着头，八个月前他就是从这个办公室送走了白鹏飞。他没有想到市委会派施弢来当监狱长。当时按照魏书记的说法，他当监狱长已经是顺理成章的事了，怎么会突然间杀出个施弢来，事说变就变了，要不是为了监狱长这个官，他是不会下这么大的本钱的。他的本意是白鹏飞你有什么了不起的，我龙某人能让你走，我也能让你回来。不行就在追逃中当场击毙你。现在龙啸天知道他的如意算盘打错了，放出去的老鹰不由人呀，官没当上把自己也赔进去了。但也没有什么了不起的，最终就是你死我活，还不一定怎么样呢。

龙啸天这一辈子就是没有服输的时候！想到这里他轻松地说：“成金，看来施弢的网已经架设完毕了，他是在背着我们。好一个施弢，我们走着瞧吧，不是鱼死就是网破，看最后的胜利者是谁。”

“你看那个陈剑虹，见我面时都懒得和我说话，现在他眼睛里只有施弢一个人，监狱里的犯人都服他，好像他比狱政处长高一格。”焦成金对陈剑虹的火大了，已经到了水火不相容的地步了。要不是龙啸天劝他，他都不知和陈剑虹干几仗了。

“哼，我们没有什么对不起他的，他还敢背后捅我们的刀子？”龙啸天沉着脸说，“我整不了施弢，还整不了他，找个什么理由把他整监区去。”

“那天我问他案件的进展情况，他牙缝没欠，和我支支吾吾地打哈哈。”

“等我亲自找他，他和我打哈哈，我当面骂他，没有我他现在还不知道干什么呢，忘恩负义的小人。”陈剑虹是龙啸天当年力排众议破格提拔的，陈剑虹连一天副职都没有当过直接提为正职。

“你说他就能听你的呀，今非昔比了，这个人你是看走眼了，这小子太鬼了，你是白培养他了，养了一条狼。”

“什么狼、狗的，我们不谈这些了，陈剑虹暂时还掀不起大浪。就按你说的，我们就下决心想招把白鹏飞送出沅江市，留在我们身边早晚是个祸害，必要时就下死手吧。”龙啸天的话暗藏杀机。

焦成金完全明白龙啸天不止一次说过的下死手是什么意思。见龙啸天终于听从了他的意见，他咬了一下嘴唇：“行，只要你有态度就行。我是敢下死手的，你要是不要尸首我就让他没有影。他和警察作对，小样！”

55.

监舍的人员围成一圈看电视。小安子朝坐在墙角的陈招远吩咐道：“去给邓哥打盆水洗洗脚。”过去这活都是小安子的，今天他故意支使陈招远。这几天他听说陈招远的叔叔和监狱合作生产项目，看陈招远和他说话的态度明显地变了，因此故意找碴儿要治一治陈招远。

陈招远的叔叔陈志雄是位侨居海外的企业家，这段时间一直在与监狱研究合作生产的项目。更重要的是，其间陈志雄曾和施弢提起自己的侄子陈招远曾和他说过在白鹏飞出逃后在狱内见过他：“我听我侄子陈招远说白鹏飞不是从大墙破门跑的，在白鹏飞逃跑后的第二天，他在打扫你们狱内监狱长接待室的时候，看见白鹏飞穿着一身警服躺在床上，他虽然蒙着被，但招远还是认出了他。”陈招远负责清理狱内几个办公室的卫生，龙啸天和焦成金都忘了他有钥匙，到现在他们都没有想起来。

“我谢谢你，你提供的情况对我们太重要了。”施弢心里说道，什么从狱墙撬门别锁逃跑的，完全是伪造的现场，太狡猾了！监狱追逃竟然走了这么大的弯路，他深深地感受到了龙啸天的阴险狡猾。

施彧马上交代陈剑虹："陈处长，你要秘密地找陈招远调查，不要让任何人知道。把陈招远争取过来，给我们工作。"

"你放心，我们狱侦处就这点事儿还完全办得明白。"陈剑虹心里的方案已经形成了。

"你们取完材料后我还要和市委汇报，现在可以初步断定，白鹏飞根本不是越狱逃跑，而是有人私放罪犯，太严重了。"施彧那天从市委书记夏枫家回来后，夏枫交代说对白鹏飞案件的进展情况要随时向他报告。

"同时，我们要防备他们杀人灭口，要保证陈招远的安全。通过昆明的事情可以看出，他们是敢下手的。"施彧补充道。

"我会安排专人保护的，绝对保证陈招远在狱内的安全。"

陈招远用眼睛瞥了一下没有动弹，继续看电视。陈招远是福建潮州人，三十六岁，个体老板，他在沅江市的外县开石场，因地界和当地农民发生纠纷，一怒之下，他用炸药炸了一家农民的一处房子，因爆炸罪被判处有期徒刑五年。他入监后，小安子始终对他比较客气，小安子听说潮州人非常团结，在沅江市他们专门有一个帮会，个个身手不凡。

"你听见没有，我让你给邓哥打水洗脚。"小安子又嚎了一声。

"你怎么不去打水，你有什么资格吩咐我。我愿意干我自己去，还用得着你管。"陈招远还是不动地方。

"反了，你小子仗着有个好叔叔被评上改造积极分子了，就和我们装？过去我一直让着你，看在你们潮州帮的面子上，我尊重你，可是你给脸往鼻子上抓，越来越狂了。"小安子拉开了架势要和他动手。

"我谁也不仗，我是凭我自己干得好评上的，和我叔叔没有任何关系，有本事你也评？"陈招远毫不示弱。

"哎呀，你敢和我叫板，你知道晚上是谁说了算吗？来给我归拢归拢陈招远。"小安子招呼着跟前的人。

几个服刑人员冲上来，把陈招远摁倒在地上，"叫安爷爷。"

"安公公。"陈招远的嘴还是那么硬，"阴阳人安公公。"

"灌凉水。"陈招远连连摇头闭嘴，两个人一掐鼻子，咕咚，一缸子凉水灌进去了。

"小安子，你他妈的不得好死呀！"陈招远用闽南话骂着小安子。

“告诉你叔给送一万块钱来，要不我一天揍你一遍。”小安子挓挲着双手。

几个打手也帮腔：“快说，你拿不拿？”

郜阳不知什么时候带着几名巡逻队员进来了。郜阳大喝一声：“给我住手！”

“又是你来管闲事，我们在执行家规。”小安子推搡着郜阳，其他的人也围了过来。

“共产党的监狱你有什么权力执行家规，你是不是装大了。”郜阳一扬手咔嚓咔嚓一阵电击声，将小安子击倒在地。

小安子挣扎着又爬了起来，朝郜阳扑上来。郜阳抬手又是一警棍，一道电火花闪过，小安子叫唤一声倒地了。

“好！”有的服刑人员叫好，鼓起掌来。

小安子在地上挣扎着还要起来，嘴里嗫嚅着：“姓郜的，我和你拼了。”

“小安子，你消停点，听郜队长的话，别自找苦吃。”邓文龙一声呵斥，小安子耷拉脑袋原地站住了。

“把他带走，送禁闭室去。”郜阳高声喝道。小安子乖乖地伸出手来，被戴上了铐子。

“邓哥你要给我做主啊。”小安子是按照邓文龙的指使收拾陈招远的，他知道邓文龙会救他的。服刑人员都怕送禁闭室，蹲过禁闭除了扣罚减刑奖分外，以后一般情况下不能假释了。邓文龙平静地坐在床头，一句话也没有说。郜阳扫了邓文龙一眼，带着小安子走了。

邓文龙琢磨着，陈招远平常老实得像个小猫，原以为吓唬他一下就行了，没想到他这么倔强，把事闹大了。他从郜阳的眼神中看出来今天是冲他来的，他沉住了气，没有上套，他知道自己已经成为狱方的注意对象了。

小安子被送进了禁闭室。耷拉着脑袋坐在地板上，他知道今天是装大了，关禁闭十天还得扣减刑奖分。

“小安子，这就是你当狗腿子的下场，今天是轻的，早晚你的腿要被人打折。”旁边禁闭室的罪犯在隔着门骂他。

“我当狗腿子我乐意，你有那个水平吗，你他妈的想当还当不上呢。”小安子也毫不示弱地回击着。

“安哥，你也不看看火候。郜阳你也敢惹他？”

同禁闭室的人员说着他。“我也是一时性起，都是陈招远那小子惹的，他不服摆弄了，过去溜溜的，现在根本就不怕我了，和我说话还敢带脏字。”小安子也后悔了，自己不应该惹郜阳。

“现在的监狱是今非昔比了，此一时彼一时了，谁装老大都不好使了，我劝你也消停吧，剩下的刑期也不长了，老实蹲一段就出去了。”

“我倒想当老实人，可人家不让我老实呀，我和你比不得呀。”小安子禁不住流下了几滴伤心的眼泪。他自己的苦处又和谁说，他知道监狱里瞧不起他的人太多了。

郜阳打开了禁闭室的门：“小安子，你出来，你被提前解除了禁闭。回去后不要装了，你再不老实我饶不了你。”

“郜队长，您放心，就是您借我个胆我也不敢了。”小安子点头哈腰地应着。

杠门响了，小安子被巡逻队的民警押送回来了，民警痛斥道：“你以后老实点，别再给监狱惹麻烦了。”

小安子连连应允：“我知道，我知道，我一定会接受教训的。”

小安子屁颠儿地跑回了监舍，把后面跟着的民警甩得老远：“邓哥，我回来了。我知道是你给我做工作了，要不我回不来。”

“回来就好，晚上我给你接风。焦成金够意思，还真的给我面子了，我托人捎话后，很快就把你放回来了。”

“安哥回来了，挨揍没有？”监舍里的人关心地问。

“挨揍，有邓哥在，他们谁敢碰我一根汗毛。我在禁闭室每天好吃好喝地供着，简直是神仙过的日子。”小安子又开始吹了起来。

“真是狗改不了吃屎，刚他妈的消停又吹上了。没有邓哥说话，你早就让人废了，你吃的喝的都是邓哥给你出的钱。”秦雨农损了小安子一句。

“邓哥，小弟我给你磕头了。”小安子跪下来给邓文龙磕了三个响头。

陈招远端着一盆水进来：“邓哥，你洗脚吧。”说完后规规矩矩地站在一旁。

“你看看，我丝毫没有逼陈招远，他是自愿的，我们的关系处得就这么好。你就是越来越不会办事了，人为地把事情闹大了。哥们嘛，有什么事情商量着来。”邓文龙以一副老大哥的口吻说。

“我乐意孝敬大哥，谁逼我是不行的，我不怕硬的。邓哥是我大哥，我给他洗脚洗啥东西也没有什么低气的。”

小安子瞅瞅陈招远和那天比简直是换了一个人，点点头说：“哎呀，我才走了两天，你小子就出息懂事了，看来要取代我的位置了。”

“你小子也得有危机感了，现在是市场经济，跟不上发展就淘汰，懂吗？”邓文龙教育了小安子一句。

“大哥，说得对，我还得多跟大哥学习，邓哥，你老人家那真是知识渊博，学高八斗。”小安子顺杆爬了起来。

“就他妈的耍贫嘴能耐，动真格的就全完了。”

“安哥，那天我错了，老弟给你赔罪了。我已经给安哥准备了一桌酒席，一会我们好好喝几杯。走吧，邓哥，都准备好了。”陈招远按照邓文龙的吩咐摆了一桌酒席，钱都是邓文龙出的，让他缓和一下和小安子的矛盾。

几名服刑人员拥着邓文龙进到里面的储藏间，请邓文龙坐到了上座。邓文龙也当仁不让，他端起酒杯：“以后大家都是一家人了，互相谅解吧。我提议我们共同喝一杯。”邓文龙扫视了一圈，拉长声问道：“黄青哪去了？我怎么一天没有见到他。”

小安子答道：“我听说他有病住院了，是心梗。”

病了？邓文龙疑惑地问：“心梗，有危险吗？”

“挺重的，有生命危险，大夫说得一天二十四小时监护。”小安子还挺了解情况的。

“那我们得去看看，我这个当大哥的对弟兄有病了得关心呀，给他买点营养品送过去。”邓文龙摆出了一副大哥的架势。

“邓哥，监狱不让见，你去了也没用，有这份心就行了。”小安子知道邓文龙也是假仁假义，明知道去不成故意说给大家看。

监区的杠门响了，巡逻队的民警把黄青送回来了。几名服刑人员迎上去，帮着拎东西：“青哥你病好了吗，怎么这么快就回来了。”

“我不能住了，家里不给钱，监狱又拿不起。我愿意和弟兄们在一起。他们把我送回来了，邓哥呢？”

“在里面吃饭喝酒呢。”

黄青径直进到储藏间，和邓文龙打着招呼：“邓哥，我回来了。”

“真是不禁叨咕，刚说完你，你就回来了。来，给青弟搬把椅子，倒满一杯。”邓文龙欠欠身子。

“邓哥，我这身体还敢喝酒吗。我就以水代酒吧，抱歉了。”黄青拱手表示了歉意。

“行，只要感情有喝什么都是酒。”小安子奉承着。

邓文龙瞪了小安子一眼，嘴角动了一下：就你他妈的嘴欠，喝尿也是酒吗？他没有骂出声，这段时间以来他特别厌恶小安子。

“邓哥，你看我给你带回来什么东西了？”黄青打开了兜子，掏出了一个黑色大绒小袋。

“是什么东西？”邓文龙盯着那个小袋问，旁边的人也都围了过来。

黄青从兜里掏出来一块金壳的怀表，这是一块纯正的罗马怀表，表壳上是手工刻制的花纹和一个古代武士，漂亮极了：“邓哥，你听听这机器的摆动声音，多么清脆，表蒙是永不磨损的。夜光表盘，表盘上的刻度非常清晰。这表走的准极了，十天都不差一秒。”

邓文龙接过怀表仔细地端详着，嘴里发出啧啧的赞叹声：“不错，这块表是正经玩意，让你破费了，我收下了。谢谢青弟的一片心意。来，我敬你一杯。”

“邓哥，我还给你带进来两瓶真正美国产的洛赛克胃药，吃完这瓶可以保证邓哥你的胃病三年不犯。”黄青拿出两个小药瓶。药瓶装饰精美，大家又发出了啧啧的赞叹声。

“好药！我听说过这种药，确实是特效药，据说吃过这药以后再吃别的药就不好使了。”邓文龙接过了药，转着瓶看了一圈。

“那倒不用担心，这药吃完以后也没有再犯病的。需要的时候，我的朋友还会给我们送的，邓哥你就吃吧，我满足供应。”

“这药也别光我自己吃，弟兄们的胃疼了都可以吃。”邓文龙摆阔，当场就把药瓶打开吃了一粒。

小安子看着说明书：“哥呀，这药要是大家都吃咱们可供吃不起呀，还是你自己吃吧，我们这肚子吃点一般的药就不赖了。”小安子说得对，在监狱里有谁敢和邓文龙抢吃这么好的药，那不是胆肥了吗。

“还有些零碎的东西是送给弟兄们的。”哗啦，黄青把兜子里的东西全倒出来了，袜子、手绢、眼药水、感冒药、胃药、清凉油、打火机、指甲刀、护肤霜等日常生活用品。大家抢了起来，这些东西在监狱里都是十分稀罕的。

秦雨农木然地瞅着这些东西无动于衷，他表情冷淡，不言不语，似乎在揣摩着什么。黄青也送给他一块怀表，可他连个谢字也没有，很随便地就把表扔到了床上。他叹了一口气，唉，这些东西都是身外之物，我没有兴趣了，谁喜欢就拿去吧。

“那瓶药给秦哥留着。”邓文龙知道这几天秦雨农的情绪不对头，始终在揣摩着原因。

“我这里还有呢。”黄青从兜里又掏出来一瓶。

第十九章　红颜梦断

她竟然怀孕了，要给我生孩子，你说这不是坑我吗？我这个身份地位，她这不是故意让我身败名裂吗？魏裕民绝不能允许事态发展下去，要快刀斩乱麻，立即了断这件事情。

56.

沅江市委银灰色的办公大楼坐落在沅江北岸，是90年代初建的中西文化结合的现代化建筑，气势雄伟，基础浑厚。

市委副书记魏裕民的办公室布置得雅俗共赏，一张老式的写字台规规矩矩地临窗而设。魏裕民不喜欢新式的板台，他认为那玩意没有尊严，充其量是商人的象征。“我身为堂堂正正的国家官员不能用那东西”。这张从50年代传下来的写字台，不知经历了几位市委领导的手，现在愈发显得古色古香。几盆清香的兰花放在窗台上，室内墙上挂着一幅书法名家题写的横幅“无欲则刚”。办公室的四周摆放着咖啡色的真皮沙发。

龙啸天七点钟就来到了市委办公大楼等着魏裕民。魏裕民这些年在市委工作养成了一个习惯，早晨要比其他书记早上班一个小时。办私事的人都在这个时间来找他。

龙啸天昨天和魏裕民约定，今天早晨来找他。他敲敲门，秘书出来告诉他，魏书记正和人谈话，让他在会客室等候。

龙啸天知道能这么早来找魏书记的都不是一般的关系。他坐在沙发上想着怎么和魏裕民谈。魏裕民讨厌磨叽，他喜欢让人把复杂的过程用简洁的语言表达出来，先让他听懂，然后再由他循着自己的思路提出问题。一般情况下龙啸天不轻易来找魏裕民，他不愿意让更多的人知道他和魏裕民的关系。

“等半天了。”魏裕民笑吟吟地来到会客室。魏裕民这个人外表永远给人落落大方的形象，凡接触过他的人都说他大气，而且不论你说什么话，他都能让你说完。

“我也刚到一会儿。”龙啸天站起身迎着。

“走，我们进里间谈。”早晨，魏裕民的情绪很好，头发整齐地向一边梳着，打扮的很有绅士的派头。

会客室连着魏裕民的办公室。市委领导的办公室都是这样的套间，外间是会客室，中间是办公室，里间是休息室。里间一般人是不能踏足的。

秘书知趣地给龙啸天倒了一杯茶，又给魏裕民的杯里续上了水，回避了。

“魏书记，绝对不能让施弢再这样折腾下去了。”龙啸天向魏裕民详细汇报了施弢这些天的所作所为，委屈地说：“他表面上似乎很器重我，一再说要发挥常务副监狱长的作用，实际上是完全防备我的。我了解他几次找过市委书记夏枫，每次都谈很长时间，这不是隔锅台上炕吗，他还有没有组织观念？”

“我是分管的书记，他这样干下去是不想好了，咱们看着办，走着瞧。我就不信，他再大还能大到哪里？！”魏裕民狠狠地在烟灰缸里捻着烟头，眉宇间透出一股子杀气。

“只要白鹏飞抓不回来，就没有什么了不起的，我谁也不怕。他要是回来了，我还干什么？”龙啸天突然间冒出这样一句，摆出了一副光棍不怕死的样子。

“这话是什么意思，难道你们和他还有什么瓜葛吗？不能这样说，功过必须分清，必须把白鹏飞抓回来，他要是拒捕，必要时就把他击毙。白鹏飞的藏身地点你们弄准了没有？”魏裕民倒没有更深地批评龙啸天，把话题转到了追逃上。

“谁也说不清楚，现在监狱把追逃的方向定在中越边境，主力都在那一带呢。”龙啸天心里明镜似的知道白鹏飞藏身之处，就是不能和魏裕民明说罢了。

魏裕民也不把话点开，两个人就这样打着哑谜唠嗑。“那就好了，但啸天，你也不能马虎，还要多留心，施弢可不是等闲之辈，那个人精明得很。对那个白鹏飞，要尽全力把他抓回来，但无论如何不能把你们搭上去。现在社会上议论纷纷，说什么白鹏飞的逃跑和上层有关系，有什么关系？我过去曾经和他是朋友，但他犯罪也不是我让他干的。我给你们下了死令必须将白鹏飞早日缉拿归案，否则我以渎职追究你们的责任，我已经和夏书记表明了态度。”

当年，魏裕民和施弢同在一个县里工作，两人同为乡党委书记。当市委准备提拔两个人中的一个人为县委副书记时，魏裕民工于心计，走了门路，被提为县委副书记。后魏裕民做县委书记，施弢才被提拔为县委副书记、政法委书记。魏裕民调任市委副书记，施弢调任市公安局常务副局长，两人的距离越甩越大，魏裕民在职务上始终是压施弢一级。魏裕民在市委分管政法，大权在握，在社会上交的朋友很多，可以说是“桃李满天下”。

白鹏飞原本和魏裕民没有什么关系，他是通过社会上的朋友认识的魏裕民。在魏裕民当县委书记的时候，白鹏飞常和魏裕民来往，要点什么工程一类的活，后来他把防火器材专门生产权全部抢过来了。白鹏飞从俄罗斯往回倒腾熊掌、山参什么的，挣了不少钱。后来他因为从俄罗斯弄回来两只虎崽犯事了，魏裕民通过省林业厅办理了认养手续，把这事平了，避免了牢狱之灾。白鹏飞自此和魏裕民的关系铁了。魏裕民在初任市委副书记的时候，白鹏飞一次性给了他五十万。魏裕民什么也没有说就收下了。白鹏飞这一宝押对了，他能够和魏裕民称兄道弟。白鹏飞也暗赞自己有战略眼光。对白鹏飞的事，魏裕民能不管吗？白鹏飞到沅山监狱后他和龙啸天说了一句话：“啸天，你是知道白鹏飞和我的关系的。”

龙啸天明白这一切魏裕民都是做戏给他看的，魏裕民是正话反说，没有魏裕民的授意他不可能对白鹏飞照顾得那样到位，但无论如何不能说白鹏飞的逃跑是和魏裕民有关系的。事都是他干的，他决不能往人家的身上推。“这都是社会上瞎议论，风源就在监狱，和施弢的导向有很大的关系。什么没有家贼引不来外鬼，说沅山监狱有什么黑幕。”龙啸天注意到他说这些话的时候魏裕民的脸色变了。他不露声色地继续说下去：“什么黑幕，那头又是谁？你是政法的总头，我们都是在你的领导下。我很担心，监狱要是让施弢这样任意地整下去，对我们是太不利了。”

听到“那个头又是谁”这句话，魏裕民如鲠在喉。“好你个施弢，你是一直想报一箭之仇。不用怕，我了解施弢这个人，他在政治上远去了。他一辈子总是锋芒太露，别人的话他很少能听得进去。让他先烧几把火，到时候我找机会调整他。你们和施弢现在还不能硬斗，他是在上风口，名正言顺地进行整顿，你们那个监狱都乱成那个样子，最后都控制不了局面，这样发展下去把我都搭上了。我们要借用施弢的刀砍掉一批，最后再用别人的刀把施弢砍掉。这就是手腕。”

“魏书记，我知道你是大智大勇，但你可要掌握火候，别到时候收不了场。我现在毕竟是一个副手，有些事情我是左右不了形势的。”龙啸天现在的地位比不得从前了，他想办什么事情必须及时请示，按程序办。

“嗯，我知道了。”魏裕民表现出不耐烦，“副手怎么了，正手也都是从副手干上来的。我知道怎么办的，这件事就谈到这吧。你们要硬实起来，办事一定要利索，和焦成金也说一说，不要给人留下把柄。没有这两下子你就白当这么多年的警察。成大事者不谋于众啊。”

“魏书记，你放心，我们这些人水平能力不一定很高，但是我们最大的特点是嘴严，什么是死无对证，我最了解这句话的内涵。”龙啸天知道自己说的那句话犯了为官大忌，带有指令领导办的意思，魏裕民能不反感吗？是哥们也不能那样说话。但今天的事情事关重大，他也顾不上那么多了。

魏裕民的脸色变了，语气缓和了下来：“啸天，别把话说远了，你要明白我和你说的意思。我们是什么关系，哈哈……”

龙啸天知道是告退的时候了：“魏书记，这几天你也够累的了，要注意休息呀，晚上我安排个地方陪你休息一下吧。”

“到晚上下班时再说吧。今天还要开书记办公会议，不知道几点能结束。”魏裕民表情冷淡，低头看着材料，“我今天还要在书记办公会议上做书面发言，稿子我还没有看呢。”这是明显地给龙啸天下逐客令了。

“大哥我走了。”实际上龙啸天要比魏裕民长一岁，但每次见到魏裕民他都自称老弟，显得毕恭毕敬。魏裕民也不喜欢别人在他跟前称大哥。但是，凡有第三者在跟前时龙啸天都是称呼魏书记。龙啸天知道魏裕民在这类事情上表现十分矜持，显出城府极深。

秘书也进来了，招呼他去开会。龙啸天和秘书点点头走了。

魏裕民眼见龙啸天走出了市委办公大楼，突然有了想法。他立即操起电话，拨着号码：“施弢，我是魏裕民呀，这一段你辛苦了，白鹏飞有什么新的线索吗？”

“啊，是魏书记，这么早给我打来电话，谢谢书记大人对我们监狱的关心。”施弢也是刚刚到办公室，“没有什么新的线索，现在处于相持阶段，白鹏飞沉不住气就跳出来了。”

“我们是多年的朋友，施弢你别和我转得那么远。说点正经的，白鹏飞有什么新的进展，不保密的话告诉我一声，市委夏枫书记非常关心，要不早点把他抓回来我也吃不消的。对了，我还得告诉你，夏书记那天和我说了，必要时市委常委会要专门听取白鹏飞追逃情况的汇报，你们要有个准备。”

“那得谢谢魏书记了，我们监狱工作能够上常委会这是市委对我们的关心，我们一定认真准备。不过，有些情况在常委会上说是否合适，你得给我们把关。”施弢心里是不同意上什么市委常委会的，就按正常的法律程序办呗。

“在常委会上谈不上什么保密的，还有谁能泄密吗？那你就多虑了。你们准备好了，把材料带来我先看看。”魏裕民态度坚决，带有批评的意思。一个监狱还想和市委讨价还价，党委怎么说你就怎么办。

“我不是那个意思，就是案件在没有侦查终结的时候，侦查的过程是不能公开的。”施弢在公安局的时候始终坚持这个原则。

“这是市委听取情况，谈不上什么公开不公开。否则，怎么谈得上党对政法工作的领导。”

“我觉得是不合适的，如果是市委定的我服从。”施弢不软不硬地顶着，他猜测保准又是龙啸天出的点子。

“话外音我听出来了，要是我定的你就不服从了，看来我得给你下个文件了。”魏裕民有些火了，“不要多说了，出了什么问题我负责任。”

“我说的可不是那个意思，你是书记，到什么时候我都得服从领导。”

魏裕民怕两人这样一句句斗下去会闹崩的，把话拉回来了：“行了，我的施大监狱长，你懂法，我就懂点政治，我讲不过你。但你要明白，你我干的事情都不是谁家的买卖，我们都是给人民扛活的，一切都要服从党委的决定。你就做准备吧，估计在这周就能开上会。我和夏书记再汇报一下。”施弢也不说什么了。魏裕民放下了电话，心里说道，哼，我谅你也不敢抗命。

57.

潇湘馆是沅江市一家很优雅的按摩院。名称优雅，服务小姐的素质也很高，美丽大方，都是经过专业训练的，完全是正规按摩，这一点正合魏裕民的意。魏裕民已经习惯到这里休息，睡上几个小时。

晚上下班后，龙啸天亲自开车将魏裕民接到这里，每次来就是他们两个人。

“魏哥，怎么这么长时间不过来玩了？”潇湘馆的老板屈小凤笑吟吟地迎上来。

“啊，这一段时间太忙了，没有时间出来。你还是那么漂亮啊，你可真会保养自己。等我让你嫂子来和你学一学。”

“我的大书记，再忙您也得休息呀，累坏了身体我们沅江市的老百姓心疼啊。”屈小凤拽着魏裕民的胳膊摇晃着。

“就你这张小嘴会说，什么话从你嘴里吐出来都是甜的。生意好吗？”魏裕民在屈小凤的手上轻轻地拍了一下。

“好，托您的福了，什么麻烦都没有，每天晚上来的客人还真不少，一分钱都不差。”屈小凤对自己小店的发展很满意。自己一个农村的女孩仗着有几分姿色傍上了一个大款，得了一笔钱开了这么个小店，她又能说会道，小店能发展到今天是托福了。魏书记就是小店的贵人，无意中很多人都知道魏裕民是这个店的主顾，谁还敢到这个店闹事。

“你是合理合法经营者，谁要是找你的麻烦，我替你收拾他们，领导干部就是要给民营企业创造一个宽松的发展环境。”魏裕民这时候还不忘摆点书记的谱。每次来玩，魏裕民都是一分钱不差。

“魏哥，有什么事情还能惊动您吗，龙哥都给办得明明白白的，你只要常来就给我撑腰了。”

“对，魏书记有我在，你就别操心了，我什么事情还能办不明白。哪个敢打横，一提到你马上就老实了。”龙啸天说得非常轻松。

楼上三楼的一个雅间是给魏裕民专门预备的，他不来时也不安排人，房间始终空着。

龙啸天出去打电话：“吴嫣你打车快来吧，魏哥可早已经在这等着了。”

“我马上过去。”吴嫣答应着。

吴嫣是市协和医院的外科护士，是龙啸天在医院看病时认识的，他俩相处一段后，龙啸天就把吴嫣介绍给了魏裕民。魏裕民在一次酒席中初见吴嫣，一眼就相中了。吴嫣是市卫校毕业的学生，参加工作已经三年了，魏裕民大她二十五岁。魏裕民喜欢的不是她的年轻漂亮，而是她从来不在金钱、物质方面向他提要求。吴嫣常和龙啸天说：“只要魏大哥这座山在，这山不倒，我就永远知足了。”

吴嫣很快就到了，服务员把她领到了楼上的房间。“小宝贝你来得真快呀。”魏裕民热烈拥吻着吴嫣。吴嫣对付男人似乎天生有着特殊的本领，她脱掉了身上那件淡绿色的旗袍，然后又脱掉了内衣，一尊白瓷般的女人胴体呈现在魏裕民的面前，太美了！她的身材是那样的姣好，皮肤光滑洁白，富有质感，每个部位是那样的性感，任何男人见了都会情不自禁。

魏裕民急不可待地扑过去。“别着急，慢慢来。”吴嫣俨然是一个老手，一步步地按节奏进行着。“都五六十岁的人了，还像小生猛子似的……”

两人折腾得大汗淋漓，魏裕民瘫软下来，搂着吴嫣睡着了。

龙啸天早就按摩完了，在一楼的一个包房中等着，每次都是这样，魏裕民什么时候下楼都是随他的便，龙啸天就是一个字——等。

屈小凤过来问：“龙哥，要不要叫醒魏书记，都快七点了。”

“别叫他，魏书记太累了，难得他能睡一个囫囵觉。来，我们几个人玩扑克。”

“行啊，怎么玩法？”几个小姐欢快地叫着。“龙哥得赢点什么呀！”“赢什么，你们定。”“我们要赢你点钱。”“那你们要是输了给不给钱呀？”“我们哪有钱呀！”“那好办，你们就脱衣服，衣服脱光了就算是一锅玩完了。”“龙哥，你也太坏了，明知道我们也没有穿什么衣服，两把就得脱光了。”

龙啸天和小姐们嬉笑打闹着，你掐我一下，我摸你一把。几个小姐把龙啸天摁倒在床上，滚来滚去……

“啸天，怎么不招呼我呢，菜好了没有？”魏裕民一觉醒来，已经是七点多钟了，“给我来杯茶，要铁观音。”他在楼上喊着龙啸天。

“快别闹了，领导叫我了。”龙啸天推开骑在他身上的小姐，起身整理衣服。

楼下餐厅的桌子上早已摆好了魏裕民特别喜欢吃的几样小菜，酸菜氽白肉、木耳炒肉、炒三丝和一个凉拌菜。主食是三鲜馅水饺，另外还有一瓶五味子酒。

吴嫣挽着魏裕民的胳膊下楼了，俨然是一对热恋中的情人。魏裕民已经几年不喝白酒了，他深知他这一级职务的人，现在的身体是十分重要的，只要身体好晋升到正市还是大有希望的。

魏裕民今天的兴致很高，话也多起来：“我们都是朋友，我们哥仨那才是铁哥们，今后就是有福共享，有难同当。”

“裕民，听说你要调到省内的其他市当市委书记，到时可别甩了我呀。”吴嫣撒娇道，“我可是你走到哪里我就跟到哪里的。”

魏裕民笑了：“这是哪里话，你是我的夫人，我岂能忘了你呀？”龙啸天接问道：“大哥，嫂子不能忘，那我就能忘了？”魏裕民承诺道：“你不但不能忘，我要把你调过去，做我的秘书长。”“那我自己连干三杯。”不管魏裕民的话是真是假，但听起来特别的舒服，刷刷刷，龙啸天三杯酒进肚了。

“啸天，你要记住，对施弢无论如何是要拉的，男人有几个不吃荤腥的。关键是感情到不到位，就像我们几个，还能分出彼此吗？钱不要吝惜。”魏裕民向龙啸天交代着。

“好了，今天已经尽兴了。我非常高兴，下周我们再过来玩。”魏裕民就是这样，不论多晚，从来不在外面过夜。

“监狱的事情书记尽管放心，我是不会给你添麻烦的。”龙啸天和魏裕民边走边说着，“我们已经定好了，明天请施弢，一定要搞定他。”

“啸天，你是一个有头脑的人，我放心。对付施弢要有办法，不，要有手段。但是对他未必有效啊，我太了解他这个人了。你们试试吧。”魏裕民嘴上这样说，心里对监狱是非常的不放心。他知道像龙啸天这样的人是永远不会当叛徒的，他是一个宁折不弯的人，就是一直没有找到机会当上一把手，好不容易有个机会还让施弢给顶了，在这一点上魏裕民也觉得欠龙啸天的。但龙啸天啥也没有说，一再说干部的事情不是一个人所能决定的。他理解魏裕民现在所处的位置，毕竟只是一个副书记。

吴嫣叫住龙啸天：“啸天大哥，我有一个女朋友的老公进去了，特意找到我，你费费心给照顾一下。哪天我让她和你见见面，人长得可漂亮了，你一见面就会喜欢的。”她还逗起了龙啸天。

“嫂子的话就是圣旨，你说话比大哥还好使，你让她来找我就是了。”龙啸天连连应允。

吴嫣笑着说：“你可别一见面就把人家给吃了。”

“嫂子此话差矣，她可是罪犯的家属，给我个胆我都不敢碰她一下子，那可是原则问题呀，况且，我龙啸天在男女问题上是从不乱来的。”

“我是和龙哥开玩笑呢，你是什么样的人我还不了解吗。裕民那么多的铁哥们，我认为就你是手，剩下的一个也靠不住。尤其是那个政法委的华少怀，你瞅他一见漂亮女人的表情，他也算是搞政法的？那次我们吃过一次饭后，我的一个女朋友就被他拿下了。我听说他和蒙丽莎是铁子，现在又和我女朋友搞上了，蒙丽莎现在还不知道呢，她的脾气要是上来了，都能把他的那玩意捏碎了。”

龙啸天明白了，哦，怪不得他和蒙丽莎来往后华少怀连个影都不见了。有一次华少怀见面后还和他开了个玩笑，“大哥，丽莎那可是个猛女人，我可伺候不了她，你可要悠着点，别不行时被她踹床底下去。”

“小吴，男女之间的这些破烂事你少跟着掺和，也尽量别和他们来往。啸天你也要注意，那个蒙丽莎跟前的人是非常杂的，她多次找过我，我没有搭理她。她还往夏书记办公室去过几次，夏书记明确告诉秘书以后她再来不见。”龙啸天和吴嫣唠得太热乎了，冷落了坐在旁边沙发上的魏裕民，魏裕民绷着脸给他们俩来了一句。

“大哥，你说得对，我注意就是了。”龙啸天知道是自己刚才的那句“在男女问题上不乱来”的话激怒了魏裕民，“嫂子，大哥可是我们男人中的豪杰，那才是真男人。”

“好了，你就别给我戴高帽子了，我们走吧。”魏裕民起身走了。

“魏书记非常关注监狱的情况，对我说的一切都非常重视。但最后他那么一句，必要时要把白鹏飞交出去，我真不明白像魏裕民城府那样深的人，能说出如此下策。他是不是听到了什么情况，要不就是有谁和他说了我们什么。”龙啸天和焦成金说着见魏裕民的情况。

“那怎么能行呢？白鹏飞也判不了死刑，到时候还不把我们全都撂出去。魏书记他怕什么，一推六二五，他就是三个字——不知道。也许是施弢和他说了什么，别人谁能和他说上话。”

“不能，他绝对不能和施弢搅和到一块的，他们完全是两股道上的人。是不是有人写信整我们呢？”

“这是很有可能的，要写就是陈剑虹这样知情的人。”

“不能，陈剑虹不是那样的人。但肯定是监狱背后有人整我们。”

“不管是谁，我们要防备。”焦成金这些天右眼皮始终跳个不停，走路的时候他都要时不时地回头看一下。

“看来魏书记的担心是不无道理的，对白鹏飞这样的人，宁可让他死，也不能让他活着归案。必要的时候我们亲自动手去抓捕他，以拒捕的名义当场击毙他。就是他真的活着归案，他有啥证据咬我们，到时候我们就是死死地咬住不知道，他就是和别人勾结跑的，别人是谁，你不知道我也不知道，我就不信还能他说是谁就是谁，法院是重证据的。明天一定要把施弢安排了，找个好玩的地方。”龙啸天认为白鹏飞是死老虎了，没有必要怕他。杀人灭口这是最后的一招，现在考虑还太早。

“白鹏飞又捎信儿来说要见你，说他手上钱不宽绰了，让我们给他弄几万块钱就行，并为上次对你的态度表示歉意。”

“要见我，简直是开国际玩笑！”龙啸天愤愤地说，“你说呢，我能见他吗？不过钱可以给他一些，毕竟我们过去花过人家不少的钱。”

“我赞成你不见他，给他点钱行，但得防备他得寸进尺，有第一次就有第二次。”焦成金已经感觉到了白鹏飞的无赖劲。

“他敢，他是谁？他以为我们是个体户，可以随意敲诈吗？我们手里可是合理合法的有枪，到时候我就不客气了。对付他们那样的人我绰绰有余。”

原来说得好好的，白鹏飞逃出后经广西出境去越南，但龙啸天改变主意，同意白鹏飞就地隐藏起来，这下可好跑不了了。焦成金在心里埋怨着。龙啸天有时候就是太聪明过分了，现在都绑到一块了，后悔也没有用了。

龙啸天在沉思，他也没有想到事情会是这样的一个结果。他和白鹏飞的认识也是很偶然的。当时他为了姑娘去美国留学，费尽了心思，就是办不成。这时突然闯进来一个朋友，是一个保险公司的经理，名字叫杜立魁，说是有路子能够帮助他办成，钱也不成问题。事情办成后，龙啸天设宴答谢，在酒桌上杜立魁提到了他有一个朋友在监狱，请他给照顾一下，说得很简单。一天晚上龙啸天值班时，把白鹏飞提出来谈了一次话，他被白鹏飞的豪气所打动，他知道白鹏飞也是魏裕民的朋友。交往就从那次以后开始了。白鹏飞全力帮助他运作监狱的一把手，龙啸天也承诺他上任的第二天就是白鹏飞的出监之日。说得好好的，郑五常下去后由他接替担任沅山监狱的一把手，市委在研究时突然发生了变化，调任施弢担任监狱长，搞得龙啸天措手不及。魏裕民说是市委常委会议上的临时动议。那天晚上，龙啸天把市委研究的结果告诉了白鹏飞。“施弢马上就要来上任了，对我们极其不利。”白鹏飞原来以为这个监狱肯定是龙啸天的了，不想半路杀出个程咬金，“我再给你五十万，运作你的官，你放我走。”白鹏飞早就知道施弢是主办南山街银行特大杀人、抢劫案的主官，此时不跑，他的死期就到了。龙啸天哪里知道里面的实情，他头脑一热就答应了，“怎么走法？”“我一定让你们脱开身，别牵涉你们，我要出境，去越南或俄罗斯。”两个人商量后，龙啸天说：“后天我和焦成金去省局开会，那你就在当天的夜里走。”龙啸天用手指着沅山脚下，“灯下黑嘛，看你的胆量了。”

龙啸天现在也不明白自己怎么会和白鹏飞绑在一起，连点后路都没有留，是金钱的魔力，还是权力欲望的恶性膨胀。焦成金是他给拉过来的。现在他也意识到当时坚持让白鹏飞远走好了，但为时已晚，他现在才体会到什么是玩火者必自焚！

“成金，现在给我们的机会不会太多了，我们从现在开始必须心要黑，手要狠。留白鹏飞这个活口对我们太不利了，他死了这块云彩就全散了。你想办法给他捎个信儿过去，把他稳定住，然后找机会对他下手。”

“找机会？我们现在要是动手收拾他，风险也是非常大的。”

“我们能亲自动手吗，那多蠢呀，恨他的人多了，他在社会上有很多的仇家，我一过话，他们就能动手，让他们自相残杀。”

八一建军节。

监狱领导在监狱招待所宴请驻监狱的武警官兵，菜是非常丰盛的，还特意杀了一口猪，施弢代表监狱党委致辞："全体武警指战员：我代表监狱党委向大家致以节日的祝贺……"

聚餐开始，宁进政委陪施弢等监狱班子成员逐桌敬酒，并逐一介绍着。"这位是中队长祖军，四川人。"祖军起身给大家敬礼，首长好！

"小平同志家乡的人啊。"施弢开着玩笑。

"这位是一班长鲍天书，黑龙江尚志市人，是入伍四年的老兵了，这小伙多标准，一米八〇的大个，要不是受白鹏飞脱逃案件的影响，他年初就提拔为副中队长了。"

"小鲍我认识他。"施弢和鲍天书握手，"委屈你了，我知道你的情况，一切都会清楚的。宁政委，我们准备专门给支队写一个报告。来，我敬你一杯酒。"

"谢谢首长，我不喝酒。"鲍天书站得笔直。

"快坐下吧，今天是过节，你们一定要吃好。"

"你们原来认识？"

"不认识，我是在岗楼下面和他见面的，他连瞅都没有瞅我一眼，等我给你看看我拍的照片，主题是风雪中的哨兵。"

"我知道你是业余摄影家，一定找机会让我欣赏一下你的大作呀。施监狱长，白鹏飞的案件进展得怎么样，我相信你这个刑侦专家一定能把他追捕归案的。"

"我对追逃是外行，现在是音信杳无，越抓越没线索了，断了。"

"需要我们武警的地方你不要客气。"

"我们是一家人，你放心肯定会麻烦你们的。我敬你一杯酒。"

"施监狱长，恕我直言，我是个外行，我认为白鹏飞的逃跑和你们监狱内部是有关系的，我不否认我们武警警戒的责任，白鹏飞这个人和监狱的关系太密切了。"

"政委同志，我们喝酒，今天是过节，我们不谈工作，让战士好好喝几杯。一会儿，你到我办公室喝茶，我有一筒好茶，你品一品。"

"好啊，施监狱长可以考考我品茶的眼力如何了。"宁进政委是广西人，喜欢喝茶，他对茶叶很有研究。

聚餐结束后，宁进政委来到了施弢的办公室。施弢拿出了一筒精装的茶叶给宁进沏了一杯，"怎么样，品品我的茶叶味道如何？"

宁进呷了一口，连连赞道："不错，是好茶，标准的贵妃茶，味道清香，回味绵长。"

“我怎么听着像品酒似的。”哈哈，两人笑了起来。施弢心里佩服宁进的品茶水平，喝了一口就知道了是什么茶。

“我听说白鹏飞在广西一带有走私的动静，需要的话我可以带人去抓他，我对广西的情况太熟了，只要他确实在广西有活动，我保证给你人赃并获。”

“我也是刚刚接到广西警方提供的线索，宁政委要是能够出山我是求之不得的。”

“那就这么定了，何时去我听你信儿。”

“事不宜迟，就这两天走。”

58.

魏裕民正在开书记办公会，他的电话响了，一看号是吴嫣打来的，他和夏书记点头示意佯装上卫生间走出会议室去接电话。“我的小宝贝，是什么事情这么着急，这么早给我来电话。”“我有急事找你商量，你能出来吗？”“我在开书记办公会呢，晚上好吗？”“不行，我着急，今天上午必须见面。”吴嫣的口气不容商量，她还从来没有和魏裕民这样说过话。

魏裕民问吴嫣有什么急事她就是不说，说必须当面才能告诉他。过去从来也没有这样的情况，他琢磨着能有什么急事呢？“好吧，我十一点钟会议能结束，你找个背静的地方等我，我们不见不散。”

市委书记办公会议结束了，魏裕民匆匆赶到了天福茗茶楼三楼的一个雅间，吴嫣已经早到了。他拉着脸问道：“是什么事情这样急着找我？”

吴嫣扑到魏裕民怀里，伏在他的胸膛上嗫嚅道：“裕民，我怀孕了。”

“什么，你怀孕了？！你经过我的同意了吗？你怎么能怀孕呢？你这不是坑我吗？”魏裕民一把推开了吴嫣，气得坐到了椅子上。

“怎么，你不愿意我们有个孩子，我自己的肚子怀孕还得经过你的同意，我连一个女人的基本权利都没有了？”吴嫣的眼泪落在了茶桌上，她是把自己怀孕作为喜讯告诉了魏裕民，没有想到魏裕民竟然不高兴。

魏裕民看着吴嫣腮边晶莹的泪水，不知道该和她说些什么，两个人就这样尴尬地坐着。魏裕民握着茶杯想了想，终于先开口了：“宝贝，听我的话把孩子做掉了吧，你还小，你承受不起呀。”

吴嫣猛地抬起了头：“都怨你。既然有了，生米已经做熟了饭，我坚决要这个孩子。”她使起了性子。

“那怎么能行呢，我不同意要这个孩子。你当时不是说你吃药吗，你怎么骗我呢？”魏裕民明白了自己是被吴嫣耍了。

“我没有骗你，你不是一直说盼望我们俩有个孩子吗？你说有个孩子我们的爱情就完整了，我真的有了你又不要了，你是口是心非。我都这么大了，我坚决要这个孩子，你不养，我自己养活。我一分钱不要你的。”

“你糊涂，这不是钱的问题，你知道一旦传出去我这个官就干到头了。你说哪头重要，这个道理你是明白的。你想做未婚妈妈？你太年轻了，你承受不了社会压力，你的父母和你们单位周围的人会怎么看你？小宝贝，你一定听我的，要不以后我就真的不搭理你了。”

“你不搭理我，那好办，我就抱孩子到市委门前静坐，看你搭理我不？你这么个大男人竟然敢作而不敢为，我算是认识你们男人了。”吴嫣急了，满脸泪水，起身走了。

“小吴，你回来听我和你说……你回来……”魏裕民跟在吴嫣后面叫着，可她头也不回就像没有听见似的，出门打车就走了。

魏裕民又回到了茶楼，急忙给吴嫣打电话，可无论他怎么打吴嫣就是不接，后来吴嫣的电话就关机了。魏裕民沉吟了一会儿。这事和谁能说呢？他拨通了龙啸天的电话：“啸天，你马上到天福茗茶楼来一趟，要自己开车来，别让别人知道，我有事情找你。”

龙啸天接电话后，他也蒙了，什么事情这么急着找他，他二话没说立即开车赶到了天福茗茶楼。他几乎是跑步上楼的，他知道没有急事魏裕民是不会这样着急找他的。他见魏裕民一个人呆呆地坐在椅子上，脸色都变了，忙问：“魏书记，有什么急事吗？”

魏裕民摆摆手，把茶师撵了出去：“嗯，事情倒不是什么急事，但必须马上办。”魏裕民口气上说得倒是很轻松，龙啸天看出了他的脸色变得很不自然，他伸手拿杯子的时候都不小心把杯子碰翻掉到了地上。龙啸天第一次见到魏裕民失态，他知道魏裕民肯定是有严重的事情要告诉他。他急忙弯下身子把杯子捡起来，用毛巾擦着，然后又倒了一杯茶。

魏裕民意识到了自己的失态，很快恢复了平静：“啸天，你是我的哥们，我就和你明说吧，就是上个月那次在潇湘馆，我和吴嫣完事后，她竟然怀孕了，要给我生孩子，你说这不是坑我吗？我这个身份地位，她这不是故意让我身败名裂吗？这个小娘子跟我玩起心眼了。”他长吁了一口气，用恳求的口气说：“啸天，你必须帮我这个忙，得给我想办法把这件事情了断了，这个女人是异想天开，我怎么能和她生孩子，胡闹!”魏裕民这时候也是求人的口气了。龙啸天第一次听到魏裕民用这样的口气和他说话，他虽然也感到了这件事的严重，但故意显得十分轻松：“哎呀，我的大书记，我当是多大的事情，没有什么了不起的，不就是一个做人流的事吗？在咱们沅江市我处理这件事情不就是像玩一样嘛。”

“我怎么劝，她就是不听我的，你要抓紧，她要是躲起来把孩子偷着生下来，事情就麻烦了，性质就大变了。”魏裕民决不能允许事态发展下去，要快刀斩乱麻，立即了断这件事情。

“这好办，我提供一个人，轻松就能把这件事摆平。”龙啸天想把这个人说出来，名字刚到嘴边他又咽了回去，他瞅着魏裕民的脸子，不知他是否同意他这样做。可今天魏裕民是出奇地爽快，没等他把话说完，就打断了他的话。

“不管他是谁，只要能把这件事情给我摆平了，今后在沅江市有用得着我魏裕民的地方，我在所不辞。”

“大哥，既然是这样，我就办了，你听信儿吧。”龙啸天起身要走。

魏裕民又交代了一句：“啸天，你马上就去落实，晚上就要出结果，你要是办不成你就别来告诉我了。”

龙啸天见魏裕民这样一说，不禁为自己刚才的仗义之举后悔，哪有这么快的，那是让一个女人做人流啊。他硬着头皮说：“你就放心吧，我今天要是办不成以后我们就不是哥们了。”

魏裕民见龙啸天这一番慷慨的表态，脸上露出了微笑：“你抓紧去办吧，我知道你的能力。”

龙啸天飞速开车来到了蒙丽莎的公司，他和外间的秘书薛花打了个招呼，就匆匆忙忙进了蒙丽莎的办公室。“什么事情，这么着急来找我，事先也不打个电话，你不是想我想疯了吧？”蒙丽莎从办公桌后绕过来和龙啸天拥吻，他们俩也真的有十多天没有见面了。蒙丽莎这些日子一直忙于和日本的一个公司洽谈一个代理项目。

龙啸天吻了蒙丽莎一下，连忙推开她：“丽莎，先别着急，一会儿再忙活我们俩的事。”龙啸天和蒙丽莎述说了魏裕民交代的事情经过，“丽莎，魏书记可把这件事看成是天字第一号的大事，这吴嫣要是真的把孩子生下来，那魏书记他就干到头了，我们的大树就倒了。我的宝贝，事情就交给你去办了，我知道咱们蒙总在沅江市的能力。”

“你就别忽悠我了，你交代的事情我能不办。我当是多大的事儿，瞅你们老爷们吓得那个熊样，也叫男人！就那么个小娘子，我收拾她是轻松加愉快。她不听我的话，我就是硬挤也得把孩子给她流出来。你负责把她给我弄到我的别墅去就行了，剩下的事情我来办。”蒙丽莎真是一个女中豪杰，这么大的事儿让她几句话就点化了。

“我把她弄到别墅是没有问题的，你去别墅等着我，我把她给你请过来。”龙啸天完全相信蒙丽莎办这件事情还是绰绰有余的，他开车奔往市协和医院。“嫂子，你出来一趟，我有话和你说。”龙啸天用手机叫吴嫣下楼，每次来都是这样叫她。“龙哥，是什么事情？”吴嫣刚从病房出来。“在电话里面说不方便，你见面就知道了。”

吴嫣穿着白大褂出来了，龙啸天迎过去：“嫂子，我有话和你说，你上车跟我走。不用换衣服了，一会儿我把你送回来。”

“我怎么也得换一件衣服呀，这让人一看是啥事呀！”吴嫣转身就要走。

龙啸天急忙拦住了她：“嫂子，先上车吧，一会儿回来再换吧。”龙啸天没有一点商量的余地，打开车门把吴嫣拽上了车。

“什么事情这样着急？”吴嫣狐疑不想上车，她怀疑龙啸天是不是知道了那件事。

“是蒙总有急事找你，到时候你就知道了。”龙啸天很随便地说着理由。

“哪个蒙总呀，那个蒙丽莎吗？”吴嫣想不出蒙丽莎找她能有什么事。

龙啸天车开得飞一样快，把吴嫣拉到了蒙丽莎的别墅。

“这是什么地方呀，装饰得这么豪华？”吴嫣下车，进屋后打量着室内的装饰。

“一会儿，你就知道了。”两个人在沙发上坐了下来。

蒙丽莎从室内出来了。她上下打量了吴嫣一番，拉着吴嫣的手亲热地说：“我的老妹子，你长得真美呀，难怪魏大哥会爱你爱得死去活来。去吧，龙哥，你忙你的吧，我和老妹说点女人之间的话。”

“好，好，好！”龙啸天连连点头走了。

“老妹，受朋友委托，大姐今天来和你商量点事，我们都是女人，说点女人的嗑。你的事情，我都听啸天说了，你和魏书记的关系我知道。”

吴嫣听蒙丽莎这样一说，明白龙啸天把她找出来的用意了。她心里骂道你龙啸天也太不是人了，这不就是绑架我吗？有这样干的吗，谁说我也不听，看你们能把我怎么样！

蒙丽莎看出吴嫣是在暗中和她较劲呢，心里说道，小丫头，我什么样的女人没有见过，我就不信治不住你。她不温不火地开导着吴嫣：“老妹，你大姐我这一辈子什么样的男人没有见过。他男人要是不喜欢你给他生孩子，你非得要生你不是虎吗？我也是从那时候过来的女人，你还年轻，还不完全了解男人是怎么回事儿。我们女人讨男人喜欢的时间就是那么几年，他们总有把我们玩腻味的时候，你就别太认真了。”

“大姐，你不知道，我和老魏在一起的日子虽然不长，但我对他是有感情的，不是为了他的地位和钱，我就是喜欢他，却连一个给他生孩子的权利都没有，我还做什么女人。”吴嫣哽咽起来。

“你想过给他生这个孩子的后果吗？你要是心疼他就不能这么做，他要是有了这个孩子还能当那个市委副书记了吗？他是共产党的干部，和未婚的婚外女人生孩子是什么性质的问题，你知道后果严重性吗？那是要开除他的党籍、撤他的职务的。他完了你也完了，那可两败俱伤啊，听姐的话，这个孩子你高低不能要，以后有的是生孩子的机会。”

蒙丽莎的一番话把吴嫣说得低下了头。蒙丽莎看出来她被说得动心了，话锋一转：“老妹子，这是大姐给你准备的两万元钱，你把孩子做了。你还年轻，有的是生孩子的机会。你仍然是魏大哥的夫人，我们都是大哥的朋友，我们都听大哥的话。谁要是不听大哥的话，就别说我们不讲情谊了。”蒙丽莎的最后一句话显然是丢给吴嫣的。

吴嫣怎能听不出蒙丽莎话中的个数，她想玩一个心眼：“大姐，我回去准备一下，明天就去做人流，我今天出来和院里领导连个招呼都没有打。”

蒙丽莎见吴嫣想通了，心里说我的姑奶奶，你可别回去，明天你再变卦，我上哪里去找你：“老妹，你既然下决心了，就别拖了，一会儿，你就在大姐这里洗洗澡，然后就去把孩子做了，我陪你去。完事后这几天你就在我这里休息，你想吃什么大姐我都给你准备，这里非常方便。”

吴嫣看着窗外站着的四个彪形大汉，知道自己今天是没有别的出路了，只能彻底屈服了：“好吧，大姐，我听你的话。”

“妹妹，你真懂事，你比大姐我年轻的时候可聪明多了，我就是由于太任性吃了大亏了。”蒙丽莎把吴嫣搂到了怀里，“我陪你去洗澡，然后我们简单吃点饭就走。”蒙丽莎就像哄小姑娘一样，还真的把吴嫣哄住了。

两个人出门口的时候，吴嫣看见了龙啸天，狠狠地瞪了他一眼。龙啸天笑着赔礼：“嫂子，你可别恨我，我龙啸天做人光明磊落，完全是为了你和大哥好，你实在要生，就说是我的孩子得了。”

“好了，你别和我说这些了，我恨你们男人，包括你在内，男人没有一个好东西。”吴嫣恨恨地说了一大堆女人常说的话。

“好了，为了魏大哥，我这蜡就算是坐了，恨就恨吧，你打我骂我都可以。”龙啸天一个劲地赔笑。

“你快忙你的吧，我们女人的事情不用你们男人干涉。”蒙丽莎推开了龙啸天，“你在别墅等我们，晚上给老妹做好吃的。”

“好，蒙总，我代大哥好好谢谢你。”龙啸天对蒙丽莎更是刮目相看了。

“谢我，你能谢得了吗？”蒙丽莎洋洋得意地卖弄着自己的风骚，看你龙啸天以后敢不听我的。

龙啸天过去给蒙丽莎打开了车门，蒙丽莎把吴嫣扶上了车。他眼见蒙丽莎开车拉着吴嫣去了医院，立即给魏裕民去电话报信儿：“大哥，事情处理完了，我的一个哥们办的，她们去医院了。你晚上下班后到我朋友的别墅来，我开车去市委接你。”

“这么快，就把事情办完了，不会有什么影响吧？”魏裕民担心龙啸天别让吴嫣骗了。“魏书记，你就放心吧，干净利索。”“你找的是谁呀？他有这么大的本事能把小吴劝通了？”“沅江市著名民营企业家蒙丽莎，你知道这个人的。”

“什么，你找的是她？”魏裕民暗暗叫苦。让蒙丽莎来给他平这件事，他完全没有想到，但事已如此，他也挺高兴的，毕竟事情比预想的要好：“我晚上去答谢她，让她等我。”

晚上，魏裕民来到了蒙丽莎的别墅：“蒙总我得谢谢你了，真是危难之中见真情啊。”魏裕民一进屋就放下了书记的架子，主动向蒙丽莎伸出了手。

“我们是谁和谁呀，我的大书记，你以后别忘了老妹子就行了。”蒙丽莎话里有话，她知道魏裕民对她成见很深，每次到市委他几乎都不搭理她。

“啸天，我今天要和蒙总好好地喝几杯，你去张罗，钱由我出。”魏裕民煞有介事地说着，好像真的要掏钱似的。

“这是在我的别墅，让你出钱我不是太没名了吗？社会上的哥们知道了都得说我蒙丽莎太小气了，我还怎么在社会上混呢，龙哥你说我说得对不对。”蒙丽莎知道魏裕民也就是说说做个样子。

“对，哪有到人家里来请客的，魏书记你这事儿做得不对。”龙啸天在一旁也敲了一句。

“好，好，一切听蒙总的吧，账就后算吧，我欠蒙总的情后还。吴嫣在哪呢，我先去看看她。”魏裕民打量着四周。

“哎呀，真是谁家的人谁心疼呀，我们怎么好也赶不上人家了。”龙啸天在旁边笑着不吱声，听着蒙丽莎在数落着魏裕民。

“她在楼上的房间躺着呢，情绪还挺好。你哄哄人家，别摆你那个大书记的架子了。”

蒙丽莎陪魏裕民来到了楼上的房间，招呼道：“小妹，你看是谁来看你了？”

吴嫣在床上躺着，脸色苍白。一看魏裕民进来，立即把脸转向了里面，不搭理魏裕民。

“我对不起你了，我向你赔礼道歉。”魏裕民笑呵呵地说着，坐在了床上，用手搬着吴嫣的身子。

“你们聊吧，我给你们准备饭去。”蒙丽莎用眼睛瞥了魏裕民一眼，扭腰摆臀下楼去了。

“魏裕民你也忒狠了吧，我跟了你那么长的时间，你下这么狠的手。你别碰我，我以后决不搭理你了。我算是认识了你们男人，把女人玩够了，甩我们就像扔一件衣服那样容易。”吴嫣是第一次直呼魏裕民的大名。

“我的小宝贝，你不能那么说，你不懂政治，你要的是小孩子脾气。你愿意要小孩，以后有的是机会，但现在不行，还早了点。”

吴嫣把身子转过去了，用手捂着耳朵不搭理魏裕民。

魏裕民动情地说：“我的宝贝，你是我的心肝，我离不开你呀。你骂我打我吧，我不让你要孩子，我自私。你理解我的苦处吧，等我不当这个官的时候，你给我生几个孩子都行。”他觉得自己是对不起吴嫣。

“裕民，我能不听你的吗？你还下死手动真的了，我要是不把孩子做了，我看你都能把我杀了扔大江里。”吴嫣伏在魏裕民的胸膛上抽泣起来。

“那是吓唬你的，我知道你是和我使性子，我能舍得你吗？别哭了，我错了，你刚做完人流，要注意身体。你就在这儿休息几天吧，我天天过来看你，给你带好吃的。”

“我不让你走，你今天晚上在这儿陪我。”吴嫣搂住了魏裕民的脖子撒娇。

"陪着你也是干着急，你的身体状况也不允许干什么，我明天还要开市委常委会。"

"你搂着我睡觉就行，我一个人睡不着。我感觉这地方像是个土匪窝子，对我都是凶狠狠的，我就好像是被绑架的人质。"

"那你说哪里去了，蒙总可不是那样的人，她是为了帮助我才这样做的。在咱们沅江市她可是有影响力的人物，你和她好好处一处。"魏裕民哄着吴嫣，"我听你的，今天就不走了，陪你睡在这里。"

夜深了，魏裕民见吴嫣睡着了，便穿上衣服来到楼下的客厅，一个人静静地坐在沙发上抽烟。

龙啸天和蒙丽莎住在楼下的一个房间里。"我听见好像是魏裕民下来了，你去看看，别说我在你的房间里。"龙啸天起来要穿衣服。

蒙丽莎打掉了他的衣服："你装什么，魏裕民他是何等人物，人家还看不出来我们之间的关系。好吧，你老实躺着，我去陪他。"

蒙丽莎穿着睡衣来到了客厅，坐到了魏裕民的身边。她看出了魏裕民心事很重，关切地说："大哥你把她甩了得了，那也是一个闹人的小妖精。"

"难啊，她一个大姑娘之身给了我，人要有良心哪，她没有什么对不起我的，我难的不是这件事。"魏裕民滴下了眼泪。

秘书薛花端着茶盘进来倒茶。"来薛花，我给你介绍一下，这是咱们沅江市委的魏书记，是我们的大父母官。"

"魏书记，您好。"薛花大方地伸出了手。

"不，不是书记，是市委副书记，叫大哥就行了，这不是市委大院。好，好，蒙总你的秘书有素质、有修养。"魏裕民当面夸起了薛花。

"不，魏书记您过奖了，不打扰你们了，我下去了。"

"你看人家的一句'我下去了'说得多有水平。"魏裕民望着薛花的背影赞叹道。

"你看我的秘书多好，你喜欢的话，今天她就是你的了。我的秘书都是正经姑娘，不是社会上的野小姐，干净着呢。"蒙丽莎特意把薛花找来就是这个意思。

"那成何体统了，我大小也是沅江市的一级官员，这不是逼良为娼吗，这要是传出去我还有名了吗？"魏裕民没有想到蒙丽莎竟然敢这样放肆地和他说这事儿，面有愠色。

蒙丽莎看出来了，嗲声道："哎呀，我的大书记，不就是一个女人吗，多大的事情。我去找她过来陪你，你等着。"蒙丽莎出去了。一会儿工夫，她就把薛花找来了。薛花身穿睡衣，笑眯眯地望着魏裕民。蒙丽莎像是下着命令："薛花，你今天夜里就陪我大哥，把你的本事都使出来。"

魏裕民摇摇头："蒙总可别开玩笑了，我不能那样办，我的身份比不得你们。"

"就你总是一本正经的，多大的事。薛花，你陪魏大哥到后面的小楼去好好地休息一下，大哥明天还要开会。你陪不好，我明天就把你炒鱿鱼。"

"走吧，我的书记大哥。"薛花嗲声嗲气，就像一条蛇似的把魏裕民紧紧地缠住了，魏裕民在蒙丽莎和薛花的拉扯下到后楼去了。

第二天早晨，魏裕民的司机来到别墅把他接走了。

"你们俩怎么样，玩得高兴吗？"蒙丽莎来到了后面小楼，"小妮子，你的眼圈都黑了，你是干了一宿，没有把人家魏书记给累死吧？"

"蒙总你说哪里去了？"薛花撅起了小嘴："他和我睡在一个被窝里，对我又搂又亲的，就是不做那事儿。没有一点反应，我都怀疑他是不是男人。我都不知道他是什么时候起来的。他早早坐车走了，就说让我以后有什么事情可以直接找他，说他喜欢我。我汇报完了，没有一点假话。"

蒙丽莎笑了："世上还有这样的男人，送上门的荤腥都不吃？他心里想的是吴嫣呀，小吴真的有福气，找了个对她负责任的男人。你别上火，我一定给你介绍一个标准的男人，让你满意。我去楼上看看吴嫣醒了没有。"

蒙丽莎一进房间，吴嫣就扑到了她的怀里痛哭起来。"快别哭了，哭坏了身子，还有孩子呢。你什么都不要怕，孩子生下来，大姐给你养着，等到魏裕民退休后再让他认这个孩子。"

原来昨日午后本来都谈妥了，可吴嫣突然又变卦了，蒙丽莎怎么说她也不听了，坚决要这个孩子。蒙丽莎软话硬话都说尽了，可吴嫣是铁了心了，不行她就要自杀。"大姐，你只要是让我把这个孩子留下来，我给你做牛做马怎么都行，我给你磕头，认你做我的姐姐。你要是不同意，我就把这瓶药喝了。"蒙丽莎一看傻了，那是一针管氰化钾，吃下去瞬间就没有命了。她不敢再逼了，她同意帮助她把孩子生下来。两人商量好了办法。龙啸天对这一切都蒙在鼓里。两个女人把男人耍了！

下午四点市委常委会结束了。秘书蹑手蹑脚地进到办公室："魏书记，有一个人要见你，他说他是市武术协会的副主席，姓白。他说一提你就能知道他是谁。"

魏裕民不敢相信，"难道会是白鹏飞？"他猜疑着。"你把他给领进来吧。"

客人进屋了，很客气地和魏裕民问候："魏书记你好吗？我今天抽空来看看你，打扰了。"魏裕民一看果真是白鹏飞，"你怎么来了，你的胆子也忒大了。""我来看看大哥，想你了。"

"任何人找我都不见。"魏裕民和秘书交代着，"晚上我不坐车了，让司机自己走吧。"

"你是大变样了，一般人是认不出来你了。"

"都是那个施弢逼的，这个人是太厉害了，你选的人是真准呀。"白鹏飞也听说了施弢的好多情况。

"那是夏书记亲自点的将，原来我让龙啸天当一把都是定死的事了，沅山监狱的人写信告他，硬是给告下来了，也怨啸天自己，没有防备。我提醒过他，他就是不注意。"

"我了解他，他要是有你一半的城府就行了，要不他怎么当不上市委领导呢。"

"你来的也正是时候，我也正要有事情找你。施弢这个人真可恨，非得狠狠地教训他，你给我找个人，必要时准备除掉他。"

"这太容易了，你就说什么时候动手吧，我告诉你怎么找他们。"白鹏飞写下了一个电话号码，"到时候打这个电话提我就可以了，那是咱们铁哥们，掉脑袋都不会把你撂出去的，活干得也好。"

"既然你来了，晚上我安排你吃顿饭，就去'聚聚'小吃部怎么样？我给啸天打电话让他也参加。"魏裕民说着就给龙啸天打电话。

晚上六点钟，约定的人准时来到了"聚聚"小吃部楼上的一个贵宾包房。菜早就上齐了，龙啸天逐个人给魏裕民介绍着："这是杜立魁，保险公司总经理。"

一个矮胖秃顶的人快步走了过来："魏书记您好！"杜经理点头哈腰地和魏裕民握手。"杜总，我早就认识你，我去过你们公司多次呢。""这是汪兆月。"龙啸天给魏裕民介绍着。

"汪兆月？"魏裕民似曾相识，他努力回忆着在哪里见过他。

"魏书记你不认识我了，当时我的案子你不是坚持要定的吗？要不是高法挡了一下，我就判死刑了。”汪兆月坐在座位上屁股没有动。

“哦，”魏裕民上下打量了一番，感慨道：“这人就是此一时彼一时，我现在还不如老兄你了，你说是不是？”

“那可不能那么看，你是大权在握，要风有风，要雨有雨，整谁就像捻死一只苍蝇那么容易。”汪兆月话里有话，站起来了。

“好了，过去的事情就不提了，我们都是铁哥们，绑到一块了，就别说谁大谁小了，喝的是哥们酒。”白鹏飞调和着气氛。他后悔不应该找汪兆月来，他不知道汪兆月和魏裕民还有这么个过节儿。

“龙哥，和魏书记吃饭，你们怎么不招呼我一声，信不着我呀，还是我的地位和身份不行？”蒙丽莎风风火火地进来了。

魏裕民一看就知道是龙啸天让她来的，他们是做戏：“既然来了，就坐下吧。什么事情能瞒得过你，你是我们沅江市的顺风耳，千里眼，对不对？”

“过奖了，哈哈，我来晚了，先敬大家一杯酒，今天我埋单。”蒙丽莎端起了酒杯。

“鹏飞，你要的钱你不用担心，我们都给你准备好了，是打在卡里，还是给你提现金？我的意见你还是分开好，那叫几十万元钱，挺大的一堆呢。”龙啸天和白鹏飞悄声交代着。

“我这个书记也不准备干长了，我已经找好了地方，准备辞职下海了。我曾经和夏书记流露出这个想法，他不赞成，说在国家机关干一辈子了，到私有企业你干不了。我就不信有什么干不了的，你们在起步的时候还没有我的条件呢。”魏裕民是真的不想干了，早下来早解脱，没准就会躲过这场牢狱。

“我赞成你的选择，现在的机关有什么干头，左也不是右也不是，要是选演员我看就从你们机关选，太能装了，笑都可以是假的。”汪兆月和魏裕民喝了几杯酒感情顺过来了，他和魏裕民谈得非常投机。

“知我者，兆月兄也。来，咱们哥俩干一杯。”魏裕民今天破例喝起了白酒，今非昔比，地位毕竟和过去不一样了。

“魏哥，你要下海的话，我赞助你二十万元。”蒙丽莎也活跃起来。他们完全忘了今天的主题是什么。

“我的事情已经办完了，我就先走了。”白鹏飞告辞了。他知道在这个场合没有可说的，大家也在有意地和他回避，不往下谈。

“我去送你。”汪兆月起身要送，白鹏飞把他摁住了：“我是来无影去无踪的人，你们送我做什么？我要走了，我说一句话，我白鹏飞是个讲感情重义气的人，只要哥们对得起我，我不会做出任何对不起朋友的事情。请大家放心，如果这次我再被抓回去，我就是一死。”

“你有什么需要我们办的，尽管吱声，哥们怎么样，不是搁嘴说的，咱们事上见。我龙啸天也是如此，宁死不屈。”龙啸天的话实际上也是给魏裕民听的。

白鹏飞向大家拱拱手走了，汪兆月送到了楼下。在门厅里白鹏飞和他耳语了一句，汪兆月吃惊地瞪大了眼睛，压低了嗓子说：“什么，你要去沅山监狱一趟，不行，那是送死，自投罗网。”“放心吧，我不会干傻事的。你不要告诉龙啸天，他们翻脸就不是人了，我看得出他们的表情，是在应酬我，我得防备着他们点，你也留点心眼，无毒不丈夫啊。”白鹏飞就是白鹏飞，到什么时候都是敢出招，看问题也总是有独到的见地。汪兆月知道自己劝不住他，无奈地点点头眼见白鹏飞上车走了。

魏裕民闷闷不乐地回到了家里。他坐在沙发上，默默地抽着烟。一般情况下他都不抽烟，只有在心烦的时候，他才抽闷烟。妻子禹晓兰看出来他的情绪不好，小心翼翼地问：“怎么了，又有什么不愉快的事情了，工作不是你一个人干的，你也得拿得起放得下。”

禹晓兰是非常贤惠的，比他大三岁，是他大学时候的同班同学，两人都是恢复高考后考上的大学，学的都是经济管理专业，她在市工商银行担任纪委书记，威信非常高。她给他生了一个姑娘，现在在加拿大留学。妻子除了长得不甚漂亮外，挑不出来任何的毛病，多少年来都是顺着他，两个人从来不吵架，这在市直机关是出名的。

“你自己睡觉吧，我一个人静静地待一会儿。”魏裕民拍拍妻子的肩膀。

“不，我陪着你。”妻子在一旁不吱声了。魏裕民后悔当年不应该花白鹏飞的钱，当时就是为了一个官，他通过几个社会上的朋友，认识了白鹏飞……

“你怎么了，裕民，你是精神压力太大了，仕途上的事情就适可而止吧，当多大的官是个头。”禹晓兰倒是一个知足的女人。

“我没事的，你放心。”魏裕民抚着妻子的手温和地说：“这些年你受累了，我没有时间陪你。我记得有这样一句话，你嫁给了一个政治家，你就嫁给了眼泪，你就失去了做女人的自由。男人的政治欲望远远大于性欲。”

“你别和我说这些，这么大的岁数了，我也没有什么性欲，你的事情我不想管什么的，只要家里平安无事，你好、孩子好，比什么都幸福。”

“好吧，我们睡觉吧。”妻子的话刺痛了魏裕民的心，他想起了妻子多年来对他的恩爱，他感叹道：托生女人是太不容易了，女人这两个字就意味着付出。

夫妻两人上床了。魏裕民疯狂起来，把所有的能力都给妻子用上了，他已经好长时间没有和妻子有这样的激情了，他觉得有些对不起妻子，今天就权当是一种补偿吧。

妻子嗫嚅着：“裕民，当女人太幸福了，我下辈子还当你的女人！”她躺在自己男人的怀抱里睡着了，睡得是那样的香甜。

女人啊，是太容易满足了。

第二十章　虎穴会面

邓文龙坐在床上把皮衣摊开慢慢地捋着。他在衣服的胸脯处摸到了一个硬东西，仔细一摸是一把枪，弹夹压满了子弹。

59.

三伏天，就像小孩的脸说变就变。刚才还是晴空万里，突然间就来了一场大雨，砸得大地冒起了烟。整个沅江完全被雨雾笼罩着，狂风大作，电闪雷鸣，街头上没有人了。偶尔有几辆出租车驶过去，也是在选择停车地点。监狱大院里的几棵大柳树被吹折了腰，有的房盖也摇摇欲坠。

施弢和贺海东在办公室谈话。他们俩一看天下起了大雨，转移了话题。“这是什么天气，春天大雪下个不停，这伏天里大雨又下个不停，要发大水呀。”施弢望着窗外，用手指点着：“你看我们的那几棵大树，都几十年的树龄了，太可惜了。我对树有特殊的感情，我始终认为树是有灵气的，一个地方人气旺，树长得就茂盛。”

“我们沅江市是风水宝地，旱涝不怕。下多大的雨，江是掀不起大浪的。那几棵树你心疼它干什么，你看那树干都空了，生老病死是大自然的规律。”贺海东总是和施弢有不同的观点。

“可我们监狱怕呀，我们这个地方北高南低，老百姓的地可要遭罪了。”施弢望着土地担忧。监狱的位置是在高处，积水直接流冲着农民的菜地。

“施监狱长，我看咱俩是在杞人忧天了，这么大的雨你我是左右不了的，我们还是研究监狱自己的事情吧。”

“现在有很多情况都可以证明龙啸天、焦成金等人和白鹏飞有联系，可他们完全是一副毫不在乎的态度，以为监狱什么也不知道，仍然是我行我素，太藐视我们了。”施弢咬了一下嘴唇，鼻子里哼了一声，“就以为我整不了他们，走着瞧吧。”

“事情发展的规律是不以人的意志为转移的，他们心里明镜似的，和我们兜圈子，尤其是从焦成金的情绪上可以看得出来。你瞧他的眉宇间透出一股子霉气，印堂发青，必有大祸临头。”贺海东和施弢谈起了相学。

“哈哈，贺政委，你什么时候还会看相了，我怎么看不出来呢，我瞅他一天蛮精神的，满脸都是得意之气。”

“这就是外行和内行的区别了，你得拜我为师好好地学一学，我把真谛毫不保留地传授给你。”

“好，我愿意当你的学生。贺政委，我准备和焦成金谈一谈，你看怎么样？我们还是争取把他拉过来。”

“谈也白谈，毛主席说过，犯了路线错误的人，改也难。他是不见棺材不落泪的人，我看是没有什么希望的。不信，你试试吧。”

“我就不明白一个军人出身，受党培养教育多年，当了这么多年的警察，一个政治上非常有前途的人，为什么就非要往绝路上走呢？”施弢一个劲地摇头。

“就你说的这些话，现在还有多少人能听得进去，我都觉得你说的这些话幼稚。现在是什么年代了，你这样下去岂不也成了老古董了？”

“哈哈，你也这样认为，我一定要找他谈谈，我就不信春风唤不回，我就是要用春风吹开他的窗户。”

“焦成金是和龙啸天绑一块儿了，龙啸天说啥他听啥，他已经没有退路了，你和他谈，他能在乎你？”贺海东觉得施弢的想法有些过于幼稚，到这时候了还要谈什么帮教。

“你说他们这样干是为了什么呢，龙啸天这个人给我的感觉他不贪财，头脑非常清醒，多少钱能打动他的心？”施弢来到沅山监狱这么长时间了，在经济问题上人们对龙啸天没有任何的反映。

“这不单纯是钱的问题，他主要是有政治野心，达到了恶性膨胀。他就是近五六年发生了巨大的变化，确切地说就是白鹏飞来了以后，和白鹏飞打得火热，陷进去了。”

晚上下班后，施弢把焦成金找到了办公室。无论是从面相看，还是从哪个角度看，焦成金都不像是搞阴谋的人。焦成金这个人给人的感觉是非常憨厚的，言语不多。不知龙啸天用了什么魔法，将焦成金牢牢地拉了过去。

“没有什么急事儿，和你随便唠唠。我这有好茶叶，你尝一尝。”施弢给焦成金泡茶。

“你别动手了，我自己来。你喝什么，我给你沏一杯。”焦成金站起来自己沏茶，接着要给施弢沏茶。

“你喝吧，我习惯喝我自己泡的茶，我这茶里有四五味中药。”施弢有意地把话题引得挺轻松的，不让焦成金感到紧张。

焦成金对今天施弢找他其实早就有了思想准备，施弢一找他，他就知道要和他谈什么。他和龙啸天通了电话，分析了施弢的用意，龙啸天给他打气：“你什么都不要怕，他就是想把你拉过去。我估计是贺海东给他出的点子，挖墙脚都挖到我们跟前了。”

“焦处长，你是受党培养教育多年的老同志了，干事情要有个原则呀，党培养一个干部是不容易的，你的年龄也不算是年轻了。”施弢直截了当地说了这么一句。

“施监狱长，是不是我们监狱里有人和你说了什么，沅山监狱里的人员复杂，谁好谁坏你要有个数。我在沅山监狱的为人大家是清楚的，我的工作表现怎么样不是我自己说得如何，我们的狱政工作连续几年在省里评比中获得名次，要不是跑了一个白鹏飞，我们就进入部级先进行列了，我个人是被推荐到司法部的劳模，出事后被拿下了。我这样干工作，你是监狱的主要领导，你说还让我怎么样？”焦成金对施弢的话不以为然，摆着自己过去的辉煌经历。

“是呀，你的为人大家是清楚的，你的工作成绩也是不能否认的，要不我今天也不能找你谈了。我始终认为你是一个好同志，现在认识还为时不晚。”施弢特意把“认识”两个字说得挺重。

“认识？”焦成金反感地问：“施监狱长，你这是什么意思，我不明白‘认识’是什么意思。听你这样一说我的问题是够严重的了，好像我已经处在悬崖勒马的边缘，对不对？”

谈话僵住了，两个人都不出声了。施弢也觉得刚才自己的话说得太唐突了，但话已经说了也不好往回拉了，干脆就这样谈下去吧。

“我说的话你可能接受不了，也许说得也不见得完全对。但我说的是心里话，焦处长我相信你心里是明白的，我不想让你在岔路上走得太远呀！”施弢又用了一个“岔路”。

“岔路？”焦成金明知故问：“施监狱长，你的话我就更不明白了。”

“焦处长，你说白鹏飞到底是怎么跑的你我是再清楚不过的了，问题是出在钥匙上，别看董华君去世了，但事情早晚能够查清楚，白鹏飞就藏在市内，他现在想跑也来不及了，天罗地网在等待着他。你那天也看见我捡的那把锁头了，你说这不是天意是什么？他犯了累累罪行，人民群众是放不过他的，他的归日不会太远了。”施弢索性把话说开了，焦成金几次要说话，他都给挡住了。

焦成金坐在那里低着头，一句话也不说了，头脑里盘算着和施弢说什么，施弢已经把问题摊开了。

施弢看出焦成金的内心斗争是十分激烈的，又狠狠地来了一句：“我实话和你说吧，你说扔给我的字条是谁扔的？我认为就是你扔的，你我都是搞了一辈子政法工作的人，你说我的分析对不对？”

焦成金平静地说：“那你可是猜错了，我扔这个字条干什么？”出乎施弢意料，焦成金的反驳并不强烈。

“要干什么只有你自己知道，你问我？我还要问你呢！”施弢干脆单刀直入。

“施监狱长，这是哪儿和哪儿呀，你越说越离奇了。我听着好像是大侦探福尔摩斯在破案呢，你要是不相信我，你可以搞字迹鉴定。”

“焦处长，我说的话你真听不懂吗？”施弢心里气得真想给他两个大嘴巴，让他好好地清醒一下。

“这——”焦成金支吾着没有正面回答问题。

“上贼船容易下贼船难啊！”

焦成金有些火了，这句话他是听懂了，他竭力掩盖着内心的空虚，开始反问施弢：“我上什么贼船了，贼是谁，船又在哪里。施监狱长你就明说吧，今天你想和我谈什么？”

施弢笑了。见话不能谈下去了，他把话拉回来了：“焦处长，我今天就是和你随便聊聊，你别介意。我说得不对之处你尽管和我争论，我这是在故意将你呢。希望你把今天我和你的谈话真正地理解为同志式的交心，对我有什么意见你也要毫不客气地指出来。”

“施监狱长，你这个玩笑可开大了，我可真承受不了，党委要是不信任我的话，我这个狱政处长可以不干了。对不起，晚上我还有点急事儿，我告辞了。”焦成金还没等施弢说话，起身走了。

施弢静静地望着焦成金走了。他没有留焦成金，谈话出现这样的结果是在他预料之中的，他已经完全看清楚了焦成金内心的矛盾，他今天乃至以后也是永远不会说实话的。董华君已经回忆起来，在白鹏飞逃跑的前几天，他在焦成金的办公室迷迷糊糊睡过一觉，这一觉睡得是那样的沉，蒙眬中好像有人叫他说是要用钥匙，他答应了一声那人就把钥匙摘走了。他醒来后，见房间就焦成金一个人，他问是谁用过钥匙，焦成金说没有用过，是你睡魇了。董华君记得清清楚楚，有人要用会见室外墙铁门的钥匙，他想起来可就是动不了。他就喝了一罐可口可乐。检察院找他时他谈了这一情节，他说那个易拉罐他还在家留着呢。他家生活困难，他媳妇经常到监狱附近来捡易拉罐卖钱。真没想到这个易拉罐有用了。检察院的办案人到他家里提取了那只易拉罐。后来有意留他一天，故意设计给别人看，这个情况监狱里只有施弢一个人知道。经过化验，这只空罐还残留有乙醚的成分。事情再清楚不过了。这一切都在秘密侦查之中，还没有直接证据证明这药就是焦成金下的，所以，检察院始终没有动焦成金等人，等着白鹏飞被追捕归案后，才能对焦成金等人正式立案审查。

焦成金从施弢办公室出来，直接找到龙啸天，满脸怒气地说："我们俩谈崩了，我从他的口气上感觉，好像他也没有什么证据，就是敲山震虎，跟我绕弯子。"有些话他没有和龙啸天说。

"你就和他唠呗，干吗要不欢而散，太沉不住气了。走吧，我们俩吃饭去，蒙丽莎等着呢。"龙啸天意识到施弢要出手了，已经把墙脚挖到他跟前了。

"我不去了，今天我的心情格外不好，没有情绪。"焦成金感觉事情暴露就是早晚的事了，哪还有心思吃饭。

"你看看，你就好整这样的事，也不是我请客，上次说得好好的，大家都在等你，可你硬是没有去，弄得我都没有面子。人家蒙总对你可真的有意见了，说你不讲究，和你这样的人交不透。"龙啸天对焦成金的成见挺深，他也是一肚子的气。

"说我不讲究，少吃一顿饭我就不讲究了？她仗着有两个钱就以为谁都能支使动，我不吃她那口……"焦成金把今天的气全都撒到蒙丽莎的身上了。

"看看，你说到哪里去了，人家也没有招惹我们，在背后讲究人家，我们讲究吗？"龙啸天火了，训斥着焦成金，"你不去就不去，说这些废话干什么？"

"我知道你……"焦成金想说龙啸天是被蒙丽莎彻底地迷住了，他的话一点也不愿意听了，但他又把话咽了回去。

"你知道我什么，我怎么了？"龙啸天喝道。

"好，你别生气了，我去，我去，都怨我，你是大哥，我听你的。"焦成金不敢再说什么了。他刚才的话有些过分了，他们俩决不能起内讧。

60.

龙秀山庄，坐落在沅江市著名的风景区凤凰山脚下，各式各样的木板房掩映在白桦林、松树林、硬杂木林之中，这里是一个天然的大氧吧。一条小溪从山谷中款款流出，一节节的白桦木槽把溪水引到了山庄。溪水中游动着山区特有的冷水鱼，别看鱼不大，但无论溪水多猛它都能牢牢地吸在山石上，在它的肚皮上有一个圆圆的吸盘。用这种鱼炖出来的汤，放上一些山菜，鲜美无比。特别是在酒后喝这种鱼汤，既能缓解胃里的压力，又能迅速解酒。

晚上下班后，龙啸天、焦成金几个人聚集在龙秀山庄商量着对付施弢的对策，龙啸天皱着眉头说："我就不信，就凭我们的实力对付不了施弢。"

"你们就是胆小，该出手的时候就出手，大不了就鱼死网破。"

"焦成金，你怎么通知的，陈剑虹怎么没有来？"龙啸天不满意地问。

"我告诉他了，我说龙监狱长邀几个朋友晚上在龙秀山庄吃饭，让你参加，他说他晚上有事，参加不了。他现在可是施弢的红人，整天形影不离。"

"不等他了，上菜。今天我们喝点好酒。"

"老板娘说我们挺有口福，今天有一条纯野生的沅江大鲤鱼，足足有十斤重。"焦成金知道龙啸天喜欢吃鱼。这些年江里的野生鱼是越来越少了，现在能吃上一条纯江鱼是不容易的。

龙啸天今天哪里有这个胃口？他呷了一口酒说："对陈剑虹这个人我们可要防啊。施弢知道什么，许多情况都是他提供的。这也是我的失误，我忽视了他，没有想到他能坏事。"

"这个陈剑虹处处和我们作对，我觉得背后有一双眼睛盯着我。从昨天施弢和我谈话的情况看，似乎他什么都知道。这哪里是什么谈话，完全是在劝我坦白自首。"焦成金显得很沮丧。

"他都和你谈了些什么？"

"能有啥谈的，还是老一套，什么白鹏飞的脱逃和内部人有关，早晚能查清钥匙的问题了，等等，都是些老生常谈。"焦成金没有说施弢怀疑他扔字条的问题。

龙啸天暗自高兴：都这时候了，施弢你还在钥匙里头转呢，我看你什么时候能把人抓回来。他安慰着焦成金："不，我们不能气馁。施弢来沅山监狱才几天，他有啥势力，急眼了轰也把他轰走了。"

焦成金心里说，轰走，能那么简单吗，你也是借酒劲说大话吧。他忧虑地说："前几天，我看见施弢上医院去看了几次郑五常。郑老头能不能和他说啥呢？"

“什么，他去医院了？怎么不早告诉我，你的情况总是晚半拍。”龙啸天不客气地斥责着焦成金。他最担心的就是郑五常。

“我也是听施弢的司机邵俨无意之中告诉我的。我见他买了两兜水果和一个花篮，问他干什么去，他说陪施弢看郑五常去，他说施弢上楼不一会儿就出来了。”

“郑五常有那么多的把柄在我们手里，我们不怕他。特别是他吸毒的问题，我们要是给他折腾出来够他喝一壶的。”

“龙监狱长，话可别这么说，他可是一个要死的人了，还有什么可顾忌的呢。我看他早晚得把我们卖出去，他根本就不是我们的人。”

61.

8月的阳光温和明媚，监舍里散发着秋菊的芳香。监舍里的人都出去劳动了，邓文龙一个人静静地躺在床上。

“邓文龙，你弟弟看你来了。”分监区的管教员来叫他去会见，“你弟弟好厉害呀，给你带来了不少好吃的东西，够你吃一阵子的了。”

“好东西，大家都有份，我不能吃独食。”邓文龙心里嘀咕着，“我弟弟，他怎么会来呢？”他往会见室走去。

接见室里，一个戴着深色墨镜、留一脸络腮胡子的中年人起身迎了上来：“大哥，你挺好吧，我想你呀。”

“你是？”邓文龙努力回忆着，这个人似曾在哪里见过面。

“我是你的弟弟邓文才呀。”来者自我介绍说。他摘了眼镜让他看了一眼，马上把眼镜又戴上了。

“是二弟呀，咱们哥俩可有三年没有见面了，走在大街上我都认不出来你了。你什么时候从日本回来的，咱妈好吗？”邓文龙也假戏真做，“来，咱哥俩坐下唠。”两个人找了个边座坐下了。

“我昨天回来的。本来妈是要来看你的，后来嫂子劝说她，说妈的身体不太好，就我自己来了。哥，这是我从日本给你带回来的茶叶，味道非常好，你一定要喝呀。”“邓文才”用右手指着茶叶筒用力地压了一下，“这是几个日本金枪鱼罐头，味道非常鲜美，骨头都酥了，吃了可以大大地补钙。”

“哦，我喜欢喝日本的绿茶，这两样东西都是我喜欢的，二弟你想的可真细呀。”邓文龙喜欢吃鱼罐头，还喜欢吃日本料理。

监视的民警过来了，“邓文才”故意大声说：“哥，你们监狱的伙食怎么样？”

“还不错的，还可以点菜、订盒饭。”

邓文龙知道他是谁了，民警离远了：“你的胆子也忒大了，敢上这地方来！”邓文龙压低了声音。

“我不怕他们，还是原来的那几个小管教，远去了，我不在乎他们，我几枪就能撂倒他们一片。”白鹏飞枪法一流，可以百米穿透硬币。

“现在的沅山监狱和过去可大不一样了，你可别大意了。”

“不一样，我不信，怎么现在钱不好使了？”他站起来，朝着监视的民警走过去，笑呵呵地说，“兄弟，给我们个方便，我们哥俩三年没有见面了，让我们多唠一会儿。”他说着握了一下监视民警的手，监视民警一句话也没有说走开了。

“有什么变化，还不是和以前一样，你看好使了吧。我们尽管唠吧。我把五百块钱塞过去了，我们就是呆半天也没有人管了。”

“你不要待的时间太长，我们该说的都谈完了，你快走吧，这地方可太危险了，要是被抓住了，我们俩全玩完。”邓文龙可不想就这么简单地把自己毁了。

“那我走了，你多保重身体吧。这件皮衣你留着穿吧。”

“监舍里面不冷，我这件衣服也穿不出去，你带回去吧。”邓文龙不喜欢这件衣服，这在监狱里多招风呀。

“你拿着吧，肯定会用得上的。要保存好，别让虫子嗑了。”白鹏飞用眼睛示意了一下。

邓文龙明白了：“我多放点卫生球，这么好的东西要是捂了就可惜了。”

白鹏飞走了，邓文龙夹着皮衣、拎着东西回到了监舍。小安子迎上来接过了东西。“这些东西你保管起来，鱼罐头我们先慢慢地吃吧。还有几箱子罐头他们一会儿能给送过来。”小安子把包裹打开一看是各式各样的食品，拎着包裹去储藏间了。

邓文龙坐在床上把皮衣摊开慢慢地捋着。他在衣服的胸脯处摸到了一个硬东西，仔细一摸是一把枪。他前后左右环顾了一下，监舍的人员正在看电视，没有人注意他。他把线挑开了，抽出来一看，是一把崭新的六四式手枪，弹夹压满了子弹。他在想着，这白鹏飞的胆子也忒大了，大白天就敢进到监狱来，要是让监狱发现了，就全完了，刚才白鹏飞和他见面的一幕太惊险了。

“邓哥，真家伙呀！”小安子过来了。他的眼睛真尖，不知何时像个幽灵似的回来了。

邓文龙两眼露出了凶光，那是要杀人前的凶光。他压低了声音恶狠狠地说：

“闭上你的臭嘴，你说什么也没有看到，要不我第一枪就毙了你。”

“是的，我什么都没有看到，啥也不知道，邓哥你就放心吧。”小安子身体几乎要缩成了一团，他都被邓文龙吓出病来了。

“我放心，我最不放心的就是你，监狱要是收拾你，你都过不了三招。嘘，黄青过来了。”邓文龙急忙把枪藏到被褥里面。

“哥俩唠什么呢，这么高兴。”黄青没有看到什么。

“有什么可唠的，和他就是扯淡，教育教育他，这小子是三天不打上房揭瓦。”邓文龙的口气倒像是在管孩子。

“对，邓哥给我讲课呢，让我老实改造，别给他惹事。”谁看都知道小安子是在做戏，黄青也看出来他们俩有事情在背着他。

“邓哥，你也不能完全这么说，有安弟消愁解闷也是一种享受。安弟可是绝顶的聪明，就是在大哥跟前让你给管傻了。”黄青坐到了床头，替小安子理论着。小安子和他的关系处得不错，什么话都和他说。

“怎么样，邓哥，你看青哥也这样说吧，你是离不开我的。”小安子洋洋得意，“邓哥，你出去后开公司少不了我，我给你当公关部主任，凡是女客户我全部给你拿下。”

黄青瞥到了露在枕头外的枪柄。他不露声色地说：“邓哥，听说你弟弟来了，给你捎来了不少日本罐头，也不给兄弟们尝一个。”

“青弟真是消息灵通，这么快就知道了。”邓文龙目视着小安子，心里说，又是你小子嘴欠给我扬出去了，“什么一个两个的，有的是，你吃就是了。小安子，给青哥拿几个去。”邓文龙后背一靠把枪柄推了进去。

“邓哥你歇着吧，那我去了。”黄青和小安子去储藏间取罐头。

储藏间里的东西很多，金枪鱼罐头好几大箱。“邓哥可真有面子，带进来这么多的罐头，这才叫大手呢，沅山监狱里谁行，不服气的比比。”黄青羡慕地说。

“这才哪到哪，一共是十来箱呢，都在监狱供应站放着呢，你搬一箱吧。”

“我不要那么多，给我几个就行。我想吃的时候随时找你要。邓哥的弟弟可是真有本事，看来是做大生意的，听说还给他一件高级皮衣呢。”

“哼，他兄弟，他兄弟可能连一两银子都拿不出来。他以为我看不出来，他小瞧我了。”小安子话里有话，他知道刚才邓文龙是用话敲打他呢，可他确实没有告诉黄青他弟弟接见的事。

黄青没有往下问，他看出小安子心情不好：“你不用怕，我知道你是受委屈了，我不是从你嘴里知道他弟弟来接见的事，是秦雨农告诉我的，等我和邓哥给你说开。”

“其实那都是公开的事情，不就是接见嘛，大家知道怕什么，是他自己心里有鬼，他瞅谁都多心。我那么卖力气给他办事，他还天天防着我。”小安子对这一段时间里邓文龙对他的态度表示不满，有点太欺负他，是典型的拿他不识数。

“安弟，我们不说他了，他是大哥，我们背后讲究人不对。你看看，这是我带给你的东西，喜欢吗？”黄青掏出来一块蓝色的玉佩，是避邪的挂件，成色非常好。

小安子接过来一看，确实是个好东西，高兴地说：“我从小就喜欢玉，青哥，太谢谢你了，给我破费买这么贵重的东西。”

“我们都是哥们，等出去后我们联手干一番事业。我发现你确实是一把好手，当什么公关部主任，必须给你一个常务副总经理干干。”

“青哥，那是你高看老弟。我是一个什么东西，我自己有多大的本事。我清楚。你知道今天邓哥他弟弟给他捎来了什么东西吗？邓哥有这个了……”小安子做着手势，比画着。

“你看准了，是真的吗？他不是说就给他带来一件皮衣吗？”黄青对小安子说的东西明白了。

“是绝对的真家伙，嘎嘎新的，还有子弹。不让我告诉你，邓哥这个人就是多疑，他背着你是没有道理的。这是让我看见了，要不他连我都不能告诉。让我起誓说什么都没有看到，这一点他就不如鹏哥了，鹏哥你要是和他处透了，对你怎么都行。你对哥们不掏心窝子，那谁能对你是真心？”小安子确实不糊涂，什么事情他是心里有数的，他卑躬屈膝的样子使人很难看到他真实的面孔。

“安弟，你真的是一个讲究人，我敬重你。忘告诉你了，我看见你母亲了。”黄青在外诊的时候看到小安子的母亲，他母亲一听说黄青在沅山监狱就打听儿子的情况。

“是吗，她说什么了？”小安子听到他母亲的情况显得很激动。

“她捎信让我告诉你，别和监狱里的人瞎掺和，刑期不长了，争取早点出来，这是她给你的信。”

小安子打开信认真地看着，确实是他母亲的笔迹，他母亲的字写得不错。他看着，眼泪不断地涌出来了。

邓文龙一伙人躲在监狱会见室仓库里，预谋越狱的方案。邓文龙摊开了一张纸煞有介事地讲解着，不时地比画着。

“来，我们研究一下我制定的越狱方案。这是监狱内部路线图，我们从楼里的防火通道出去，奔菜窖，进地道。白鹏飞安排人在外面接应我们。他还弄了一架直升机，是从俄罗斯顶账过来的，他说他要亲自驾机来接我们。”邓文龙就像一个指挥官在布置战斗任务。

“他驾机我们可不坐，我们还是坐汽车走吧。”

“妈的，整的像真事似的。别他妈的乱打岔，听邓哥的。”小安子骂着。

“如果暗走不行，就炸开大墙，强行越狱。”

“火娃被判的是死刑缓期二年执行，听说有重大立功行为，举报了一件重大案件。”秦雨农阴沉着脸说了一个情况。

邓文龙担心地问：“重大案件，他能知道什么，不会和我们有什么关系吧。”

“他平常和我们从不来往，天天就是在会见室做饭。他和秦雨农的关系不错，有什么困难都是秦雨农帮助解决。他和鹏哥都接触不上，到不了跟前。”

邓文龙晃晃头，自语道：“这里面肯定有文章，我们不能马虎。现在监狱追逃为什么这样消停，施弢就能这样草草地收兵吗？要注意我们背后的眼睛。”他感觉到监狱已经瞄上他了。

陈剑虹几乎是跑步来到施弢的办公室的，他激动地说：“白鹏飞到监狱来看邓文龙来了。我们晚了一步，要不就逮住他了。”

施弢神情激动地说：“好啊，他终于露面了。不要惊动他，死死地盯住他。不过，这小子的胆子也忒大了，光天化日之下敢进入狱内和邓文龙见面，也太藐视我们了。剑虹，这是我们的耻辱啊！”

“施监狱长，你不说我都知道，会见室的民警没有认出他来，我们是通过耳目得到情报的，白鹏飞还给邓文龙捎进来不少的罐头。”陈剑虹的情报工作做得不错，他下的底线开始发挥作用了。

62.

晚上，巡逻队副队长栗伟在监舍楼内巡逻着。他接到了举报，八监区的监舍里有人喝酒。他迅速赶到了监舍里面，但一切都很正常，只是房间里散发着酒味。服刑人员陶刚笑嘻嘻地迎上来：“栗队长，有什么指示吗？”陶刚满口酒气，舌头都硬了。

栗伟厉声说道："你把酒交出来！"

"我没有喝，你不能冤枉好人。你搜吧，看这屋里哪儿有酒。"陶刚和栗伟叫号。

"你是好人，监狱就没有好人了。你跟我出去说。"陶刚见就栗伟一个人也不害怕，拍着胸脯："栗队长，我就不去，你能把我怎么样。"

栗伟上来拽陶刚，陶刚回手给栗伟面部一拳，当即把栗伟打倒了。"打他！"不知是谁喊了一声。立即有十多名服刑人员一拥而上，围着栗伟拳打脚踢："妈的，今天打死你，让你知道知道我们犯人的厉害。"

宫全见秦雨农不动手："你他妈的不动手，想当好人。"他抬手朝秦雨农的脸上打来。

秦雨农根本就没有躲，一抬手握住了宫全的手腕："你们知道打警察的后果有多大吗，赶紧住手！"

宫全一把挣脱了手腕，骂道："你一个臭强奸犯，他妈的少和我装，我顾不了那些，大不了给我加刑送北大荒去。"

"什么，你敢骂我？"秦雨农气得脸都变紫了。他握紧了双拳，但他咬咬牙，又放开了拳头。

"我他妈就骂你了，和我玩深沉，不好使……"在监狱里敢这样露骨地骂秦雨农的，宫全是第一人。

"骂吧，骂吧，随便骂。"秦雨农笑着说。一名服刑人员在背后拿起一个木方子朝栗伟的头上砸去，秦雨农大喊一声扑过去："住手！"木方子砸在了秦雨农的头部，"啊！"秦雨农大叫一声倒地了。

"打，连他一块儿打，让他当汉奸。"宫全高喊着，几个人上来打秦雨农。

"妈的宫瘸子，你连秦哥都敢打，还反了你，我饶不了你。"邓文龙冲进来了，没过三招就把宫全打倒了，小安子在左右往他的脸上、肋骨踢着，骂着："你太狂了，比宋德玉还狂！魏铁成比你厉害不，都被劁了，你小子不知道？"

"邓哥，你怎么能打我呀，我可不是冲你来的。"宫全无力反抗了。

"妈的，打的就是你。"小安子和几个人扶起了秦雨农，张罗着要送医院。

巡逻队的民警都赶到了，屋里的人全都老实了。

龙啸大在办公室里默默地思考着施弢来了以后监狱发生的一切问题。他按照

《易经》的原理给自己画了一张分析图，他惊讶了，图形显示他步入了死门，施弢设计的竟是一幅八卦阵，把他一步一步地引入了死门。难道他懂《易经》吗？这可是他没有想到的。他过去根本不信什么鬼呀，神呀，但他对《易经》始终是感兴趣的，特别最近一段时间《易经》给他带来了精神上的慰藉。

龙啸天的手机响了，对方是一个完全陌生的声音："你是谁？先问问我是谁，你给我打电话，你要找谁。让我先说是谁，好，我是龙啸天。"

"龙监狱长，这才几天的时间，连我的声音都听不出来了。"白鹏飞恢复了原声，哈哈大笑起来。

"啊，你是……"龙啸天的话打住了，"你的胆子也忒大了，你敢打电话，你的电话都被监控了。"

"放心吧，我过去的手机早就不用了，这是一个外地的卡。"白鹏飞早有准备。

"外地的卡也不行，现在就能测出你在哪里，可能我的电话都被监控了。你快说找我有什么事情。"龙啸天揣摩着白鹏飞又来打他什么主意，还是离不开钱的。

"龙哥，你别着急，我就是缺钱了，我总得要活着吧，我不找你找谁呀？"白鹏飞的口气很傲慢。

就是白鹏飞不说，龙啸天也能猜出他来电话的用意："缺钱了，好，我知道了。要五十万？是不是太多了，前些日子不是给了你几十万元了吗，你以为我是开银行的？"

"我是和你借，我姓白的从来不白花别人的钱，你是了解我的。你看着办，你保重吧，我祝你能早日当上监狱长。"电话挂了。

龙啸天气得浑身颤抖着，一拳下去把办公桌上的玻璃板砸碎了，手被碎玻璃碴子扎得鲜血直流。他真想告诉施弢马上把他抓起来。这是整什么事，得给汪兆月打电话。

当当，焦成金敲门进来了。见龙啸天右手鲜血直流："这是怎么了？"焦成金放下手中的材料急忙扑过来，给他包扎着手上的伤。

龙啸天和焦成金说了白鹏飞来电话的情况，气得脸色都变了。焦成金一听是为了钱的事儿，轻松地说："人是活的，钱是死的，不就是五十万元嘛，给他，有什么了不起的。"

"给他，你说得轻巧，我们的钱是大风刮来的，决不能便宜了他。"龙啸天决意要除掉白鹏飞。

“我怕他不敢要，你给他挂电话，我和他说。”焦成金也觉得这样让白鹏飞纠缠下去不是个办法，他们俩在被白鹏飞牵着鼻子走了，他们连起码的尊严都没有了。

龙啸天调出了手机号：“你看看这是外地的手机号。”

焦成金打了几遍，对方一直关机：“我估计他不能给我们来电话了，白鹏飞那个人的性格我比你了解。”

“告诉陈剑虹，我们接到了白鹏飞的电话，通过公安局侦查他所在的方位。”龙啸天想出杀招了。

“上哪儿查去，白鹏飞他能在藏身的地点给你打电话？他懂得这一点。我说先等一等，看看他还能不能来电话。”

“我恨不得一枪毙了他！”龙啸天今天是被白鹏飞气得够呛，白鹏飞以黑社会老大的口气和他说话，他怎么能容忍这样的人。他狠狠地说：“早晚我让他死在我的手里，什么他妈的讲究，讲究个屁！安排人给他一个眼罩。”他不止一次说过这话了，可当焦成金真的要动手时，他又说再等一等。这次焦成金看出来他要动真的了。

施弢很长时间没有回家了，今天突然接到父亲的电话，让他回来一趟，说有事情，从口气听得出是挺急的，他放下手中的工作立即赶回来了。

“小弢，今天来了一个人，长得挺精神的，说是听说大叔病了，特意过来看看，给拿来一棵人参，说是野山参，还有一万元钱。我和你妈也撕巴不过他，他扔下东西就走了。”

“是个什么样的人？”

施冬青描绘着来人的特征：“个头在一米八左右，身材魁梧，四方大脸，眉毛很浓，牙齿非常白。我估计是你们监狱的人。”

施弢寻思着，这是一棵纯正的野山参，少说也得有六七两，至少也值几万元。是谁送给他这么重的礼呢？这不是送礼，是在试探我呢，他明知道这样送的礼谁能收又有谁敢收！

“东西怎么办呢，你可别在家里放着，到时候该说不清楚了。”施冬青当了一辈子的官也没有人给他送过这么大的礼，在过去这可是掉脑袋的事情啊。世道变了，世风变了，但他们这一代的信念还没有变。

“东西我带走，你们不用担心。”施弢知道对方已经把他瞄上了，连他父母的家都下起了工夫。

“小弢，这东西高低是不能要的，这是在贿赂你呢，你可要堂堂正正地当官做人，千万不能在钱财上出问题。”施冬青对儿子有些担心。

“我知道，无缘无故的，谁能给你白送东西，我在政法机关干了这么多年，能连这点常识都不懂？”

“你这样说我们就放心了。你快回去上班吧，我们老两口不用你担心，我们能走能颠儿的。”

“爸爸，妈妈，那我就走了，过几天我再回来看你们。”

施母望着儿子眼泪汪汪的，几乎是以乞求的口吻：“常回家来看看妈，妈想你呀，你常来电话报个平安。和欧阳的事情要是定了就抓紧时间办了吧。”人到岁数了，就是这样，整天想这个想那个的。

“哎，都在一个市里住，他离家里这么近，不是说回来就回来嘛，是很简单的事情，你这是干什么，孩子哪有时间天天陪你呀。”施冬青埋怨道，老伴一掉眼泪他更心烦。

“妈，我听你的，我和欧阳的事抓紧办，这几天我找时间去欧阳家见见她母亲，商量一下结婚的事情。我会常回来的，你们保重身体吧。”施弢上车了，他的心里很酸。

施母眼见儿子的车走远了，擦了一把眼泪进屋了，她还要尽一个母亲的责任。母亲是只奉献而从来没有怨言的。

人老了，活的是又一种滋味了。每天看着太阳，望着月亮，数着星星，在默默地算着自己的归去之日，想着逝去的亲人，所以眼睛里的泪水就多了一些，瞅着谁都是亲切的了，她开始留恋世间一切东西。

人最终都要离开这个世界，这是大自然的必然规律。当你离开这个世界的时候，应该感悟的不是你活的一生得到了什么，而是你的一生给这个世界留下了什么，给后人留下了什么。因为人类生命的繁衍还在进行着，每个人对后人都要有一种负责的精神。

63.

秋高气爽，国庆节到了。监狱大门挂起了大红灯笼，门额挂上了“欢度国庆”的横幅。监狱大院里干干净净的。监舍里的被褥摆放得整齐有序。

邓文龙知道保外就医的路是走不通了，剩下的唯有跑这条路了。这几天里，他感受到了监狱的紧张气氛。邓文龙和一伙人会聚到储藏间研究越狱脱逃的方案。

“同意跑的就按手印。”大家依次按下了手印。

“既然大家都同意，我们就把跑的时间定下来。谁要当叛徒，就是这个下场。”邓文龙拿起一个酒瓶狠狠地摔碎了。

“邓哥，我们一切都听你的，你是我们的大哥。”

“我们确定一下越狱的分工。小安子你的任务是想办法解决两套警服，到时候会有大用处的。”

“邓哥，现在你让我上哪去给你搞警服，这可太难了。你安排别人去干吧，给我一个别的什么工作好了。”

“什么好干？”邓文龙的眼睛瞪了起来，“你他妈的不愿意干，就给我退出去，我安排别人干。”

“好，好，邓哥，你别发火，我干就是了，我保证完成任务。”小安子赶紧应允下来。

“这就对了，你小子有的是办法，你是和我玩心眼，讲价钱。我给你两万元的活动资金够了吧。我听说监狱有一个防暴预案，我们一定要想办法把它搞到手，那对越狱是十分有利的。”

小安子顺杆爬道：“对，邓哥，这个预案对我们是太重要了，可谁有这个本事把它搞到手呢？”

众人都沉默不语了，足足闷了有五分钟。邓文龙急了：“都他妈的说话呀，到关键时候都缩回去了，说说想法还不行吗？”

小安子说话了：“我说个想法，这件事情只有一个人能够办得到，但我不知道邓哥我是当说不当说。”

“你小子是故意和我卖关子，我让你说的时候你就跟我玩轮子，你有屁就赶紧放出来，有屎拉出来。”邓文龙又急了。

“安哥，你就快说吧，看看你有什么高招。”旁边的人劝着。

小安子晃了一下脑袋说：“这件事情只有黄青能够办得到。”

“黄青？”邓文龙一听迟疑了，“他这个人可靠吗？我始终对他存有戒心，你可真会推荐人呀。”

“我仔细观察过他，黄青那可真是一个人才。在座的各位，我们谁能比得上人家。”

“嗯，小安子说的倒是对的。我是真担心呀。”邓文龙头枕双手紧闭双眼不语了。

“邓哥，用人不疑，疑人不用，你不能总是对别人不放心吧。”

“你他妈的这话是什么意思，我总对谁不放心了？”邓文龙声音阴沉，双眼微睁。

“邓哥，我不是那个意思，你对弟兄们没有不信任的，我只是说对黄青你的疑心是大了点，给你提个醒。”

“我疑心大点怎么不对，你懂个屁，有的人太狡猾了，不能不防啊。”

“邓哥高明，安哥，你别瞎说了，我们听邓哥的。邓哥，我们不能让监狱过消停节，监狱这一段对我们的打击太大了，我们要给监狱整点事。”

其他人也应和着：“对，给监狱整点事，让施弢分散一下注意力。”

“可别打草惊蛇呀。”黄青不请自到了。他有些不满意：“这么大的事情都不让我参加，邓哥对我是不放心呀。如果是这样的话，我黄青只能老老实实地服刑了。”

“我的黄青老弟，你说远了，我这是不得不防啊。过去是大哥我多心了，等哥哥给你摆酒赔罪。青弟，你就坐那里，我们继续研究。你有什么想法一会儿谈出来，你是有文化的人。大康，就让你干吧。”

“行，我是光棍一条，我是什么都不怕，要钱没有，要命一条。”

“好了，今天的会议就开到这里，大家撤吧，分散回去，管好自己的嘴，谁漏了风声我就割下谁的舌头。”邓文龙摆起了老大的架势。

“邓哥，你就放心吧，我们向老天爷保证，谁漏了风声你就割谁的舌头。”小安子又溜了一句。

“青弟留下，我有话单独和你说。”邓文龙表情严肃，把黄青留下了。其他的人都走了。“青弟，我要是有个三长两短，我就把你嫂子托付给你了，你要是真喜欢她，我死了后你就替我照顾好她。”

“大哥，你怎么能说这么不吉利的话。”

“也许我们都是在演戏，如果我没说错的话，这张纸也别捅破了。”

“邓哥，我是越听越糊涂了，你是大哥，我有什么地方对你照顾不周的，你尽管说出来。如果老弟有半点对大哥的不忠之处，你就把我的脑袋打扁了。”

小安子来到分监区管教室，就王清远一个人在屋里：“王队长，邓哥想求你给他借两套警服，他要照几张相做个纪念。”

“那能行吗，那年有一个民警因为借给犯人警服照相，都被扒皮了。现在谁还敢借警服给犯人，那不是虎蛋一个。”王清远一口回绝了。

“邓哥和他们是两回事儿，白不了你，这个是给你的辛苦费。”小安子甩过来一个信封。

王清远用眼睛扫了一下，里面能有五千块钱：“这不是钱的事情，弄不好饭碗就敲了。”

“哥们，你就别装了，我们早就绑一块了，我们完了你也好不哪去，干到底吧。”小安子威胁了一句。王清远动心了：“我试试吧，不是那么容易的了。”

“多大的事情，你还试什么呢，你现在是和哥们的感情越发地疏远了，你要是和我们变心，鹏哥能答应吗？”小安子的话中带着威胁。

“没有什么了不起的，你小子少和我装，不用吓唬我，大不了我就不干了，脱掉这身警服。”

“脱掉警服，恐怕不是那么简单的事情。鹏哥的脾气你是知道的，他最恨的就是忘恩负义的人，你花了他多少钱都是有账目的。”

“别鹏哥鹏哥的，他说不定死在我前面呢，放不过我？施啰天天都在张网等着他。我那点破事怕什么，他们比我的事大，抓住都得挨枪子，我算个屁！”王清远强硬起来。

小安子知道王清远说的他们是谁，见硬就收了：“好，王队长你够手，我惹不起你。”小安子灰溜溜地回到了监舍。“邓哥，他不同意，他见钱后说试试吧，没有答应，话说得老硬了，我提你他也不买账。”

“他不干倒不怕，我担心他能不能把我们出卖了？”

“他没有这个胆量，我了解他。他在外面还养一个女人，缺钱缺得要命，他还得主动地来找我们。”

晚上，王清远在家喝着闷酒，唉声叹气，旁边一个女人在伺候着他。王清远离婚后，一直是单身，在监狱宿舍住。他养的女人是他在酒店跳舞的时候认识的，名字叫胡燕如，长得非常漂亮，是一个农村姑娘，当时是“永乐福”酒店的服务员，吃了几次饭后两个人就好上了。王清远在郊区租了一间平房，两人就这样过了起来。

“你今天怎么了，像死了爹似的。”

“要是死了爹还好了呢。小安子他们要……”王清远和胡燕如说了借警服照相的事，“我知道他们是要弄警服准备越狱用，照什么相，是骗我呢。”

“我们不干，弄不好都是掉脑袋的事情。我们坦白去。你大不了就是生活作风的问题。我明天早上就陪你到监狱自首去。不让你干了，你和我回农村去种地。这城里我是待够了。”胡燕如是一个非常有主意的人。

第二天，王清远和胡燕如来到了施弢的办公室。王清远详细地交代了他这几年的问题：“我这个人就是贪小，一步步地被他们拉下水的。监狱长我错了，你给我一次机会吧，我要将功补罪。”

“我欢迎你的这种态度。你就按他们的要求办，把警服借给他，你要绝对保守秘密。具体怎么办，由陈剑虹处长和你谈。”

王清远把小安子叫到管教室：“小安子，你要的警服我给你弄到了。我这可是冒着生命危险的，你们可别坑我呀？”

小安子一看是两套全新的警服，还没有拆封呢，警徽、警号都是全的。

“王队长你够哥们意思，你就放心吧，我们不会坑哥们的。”他说着掏出了一叠钱，递过去，“这是给你的报酬，多少就是这个心意了，说明邓哥心里有你。”

“钱你上次不是给了吗，怎么还给我呀？”小安子上次给他的那五千元钱他没有退。

“上次那是给的一半，我不是说了吗，事成了以后还有。”

第二十一章　警匪畸恋

白鹏飞真有手段，使王文娟这么漂亮的女警官投入了他的怀抱。这是一种畸形的关系，一种扭曲的关系。

64.

一年一度的中国沅江啤酒节开幕了。滨江路的两旁张灯结彩，街面马路被冲洗得干干净净，空气也是那样的清新。

晚上五点钟，监狱机关下班了，忙碌了一天的民警们说笑着走向停车场，大客车整齐地排列在那里，陆续向外发车。服刑人员都回到了监舍，马上就要开饭了。监狱大院里又恢复了平静。“文娟，快走吧，通勤车就要开了，我们坐最后一班车。”会见室的民警董荷琴招呼着女民警王文娟。

“好，我收拾完东西马上就下楼。”突然，王文娟的手机响了。一看是个陌生号，她犹豫着接不接，慌忙往楼下走着。电话始终响个不停，她接了，还没有等她说话，一个低沉的男人声音从话筒传了过来：“文娟，我是白鹏飞。”

“什么，你是鹏哥，你等一会儿。”王文娟惊呆了。她从声音判断出是白鹏飞打来的电话。她捂上电话前后左右环顾了一圈，朝楼下喊着：“董姐，我不坐通勤车了，你们别等我了，我自己打车走。”眼见下班的人都走光了，通勤车一辆接一辆地开了，她才拿起了电话继续和白鹏飞通话，悄声说：“鹏哥，你跑哪里去了，这监狱天天在抓你，都什么时候了，你还敢给我打电话，你不怕被监听？”

“监听我，我还不知道监听谁呢，我连这么点常识还不知道吗，笑话！我这都是临时卡，我买了一打，用完随后就扔了，谁也别想知道我在哪里。但我离你是不太远的，我就在你的身后。”

“不太远是哪里呢，在我身后，这都什么时候了还有闲心开玩笑？”王文娟没有往下追问。“鹏哥，我没想到你还活着，他们都说你可能自杀了，前几天在沅江岸边发现了一具尸体，都说是你，我还去看了呢。公安局检验了好几天，说不是你的尸体，你可想死我了，我以为这辈子再也见不到你了呢……”王文娟哽咽了。

“你千万别哭，电话时间有限，我也非常想你。我走的那天，有一件事忘了和你交代了，我给你留了一笔钱，今天我把密码告诉你，你记一下，到银行就可以取出来的。”

“你现在正是用钱的时候，你留着用吧，我不缺钱，你只要能活着就比什么都强了。”

“我还有用钱的机会吗？抓回去就是一个字——死。我也想开了，五条人命顶着，我死了也不屈了，是他们把我逼上绝路的，没办法的时候我还是会杀人的。”

“鹏哥我求你了，你也是家里有老有小的，也是苦命出身，可别再伤害老百姓了。”王文娟知道这些话和白鹏飞说也是没有用的。

“你就别和我说这些了，我心里有数，今天是我最后一次和你联系了，以后无论出现什么情况，你都要保重自己。我想我们之间关系的暴露，也就是早晚的事情，你要有个心理准备。他们大不了就是开除你，你还年轻，没有什么大不了的，就凭你的美貌找个好男人还是不难的。我的案子和你没有任何关系，你构不成犯罪。我给你那笔钱够你养老了。”

“你卡里有多少钱？鹏哥，你知道我不是贪财的女人，我跟的是你的人，钱我是高低不能要的，你留给你的孩子吧。”

“卡里有多少钱你取款的时候就知道了。什么孩子不孩子的，你别操那么多的心了，就这么定了，赶紧把密码记下来，我们通话不能时间过长，你的电话也是不把握的。”

王文娟把密码记下了，她叮嘱道：“鹏哥，你快远走吧，我们来的那个监狱长可厉害了，追捕有一套，社会上的人都怕他，他们说已经把你圈住了，不着急起网。”

“他们是在吹牛，你不用担心我，保重你自己就行了。如果以后有机会见到我儿子，告诉他我永远是爱他的，让他走正道。再见！”白鹏飞的电话撂了。

第二天，王文娟把钱取回来了，拎到了家里。她打开了手机，回拨着白鹏飞打过来的号，可始终说是空号，电话怎么也打不通了。钱是取回来了，厚厚的二十捆，摆起来也是好大的一堆，她是第一次见过这么多的钱。放在哪儿呢？她选了一圈，最后相中了厨房的冰箱，就放冰箱吧。人哪，要那么多钱有什么用呢？

王文娟和白鹏飞的接触是在白鹏飞入监一年后。那时她的弟弟在饭店吃饭时，对方挑衅，骂她弟弟是他妈和别人搞破鞋在高粱地里生出来的，所以一条腿不好使。她弟弟一条腿神经麻痹，像麻秆似的。这句话是对她弟弟莫大的侮辱，她弟弟一怒之下，一棒子将对方的颅骨打成粉碎性骨折。案子到法院了，为了保住她弟弟不进监狱能判缓刑，王文娟找了好多人说情，但都不行。因为伤者开价三十万元，说只要钱到位判不判刑都行，把人放了也都不管。她家里实在拿不出来那么多的钱，办案的法官一再说，民事赔偿不解决判不了缓刑，被害人闹法院受不了。后来一个出监的犯人和她说："你要想救你弟弟，你就得求白鹏飞了，那个被害人是他手下的马仔，他说一句话比公安局的人好使。"无奈，王文娟找到了白鹏飞："白哥，为了我弟弟你得给我说一句话，要不他判不了缓刑。他要我们家出三十万元，我们能拿得起吗？就是把我卖了也拿不出来。"白鹏飞听了以后，轻松地说："不就是潘老六吗，多大的伤还敢要三十万元，一分钱也不给，我一个电话他就消停了。我现在就打，你看我有多大面子，我让他一分钱也不敢和你要。"果然，潘老六接到白鹏飞的电话后，啥要求也没有了，一分钱也没有敢要，王文娟的弟弟被判了缓刑。王文娟特意从家里给白鹏飞包了三鲜馅水饺答谢他，告诉了白鹏飞事情的结果："白哥，你说我怎么谢谢你呀？"白鹏飞看看保温盒里热乎乎的饺子，叹服王文娟真是一个心细的女人："谢什么，我得蹲多少年刑你不清楚吗？以后我用你的地方多着呢，只要老妹心里有大哥我就行了。"两个人就这样有了来往，从此以后就以兄妹相称，年节王文娟都给白鹏飞带些什么好吃的东西，帮助他洗洗衣服什么的。终于有一天两个人的感情升腾了，王文娟把女人的一切都给了他。王文娟天真地问："白哥，你真的喜欢我吗？""我喜欢你，你是一朵水灵灵的鲜花，我不能祸害你。你跟我这样一个罪犯值得吗？""我要的是人，不是什么罪犯，在我的眼睛里你就是一个男人，是一个我喜欢的男人。"王文娟的心铁了，她和所有女人一样，铁了心的事情就一条道跑到黑，就是亲爹亲妈都劝不回来。

晚秋时节，时不时地就飘下一场绵绵细雨，有时还夹杂点雪，早晚已经露出了寒意。清晨监狱大院里洒满了银霜，休闲长廊的葡萄藤上还时而能看见没有摘净的葡萄，几乎成了葡萄干了。

白鹏飞的案件又有了重大的进展。白鹏飞和监狱女民警王文娟的关系被查出来了，线索是汪道渠提供的。那天，邓文龙和一帮服刑人员闲聊着，正好王文娟从监舍楼前路过。大家不约而同地说："好美呀，就这女人要是能睡一把，判个无期也值了。”“鹏哥是真有福呀，就这女人他都能搂上。”“你别他妈的瞎说，你看见她和鹏哥睡了？”“那当然，只要这个女人当班，鹏哥准过去。我都堵住过，他们俩在房间里正干呢……”

经过反复考虑，施弢决定要和贺海东找王文娟谈话。

王文娟穿着一身得体的警服，苗条的身段，没有施任何胭脂，干净利索地来到施弢的办公室。

施弢上下打量了一番，王文娟确实漂亮，亭亭玉立，人看起来非常大气，文静高雅。“来了，小王，我们坐下谈。”施弢热情地招呼着，茶水已经泡好了。

办公室里就施弢和贺海东两个人。他们闲聊了一会儿就切入了主题，施弢先说道：“小王，我们今天找你来，就是要了解一下你和白鹏飞的关系。你可能也知道了，监狱里对你传闻很多。组织上希望你能把实情说出来。”

“我们之间也没有什么关系呀，我就是会见室一个普通的民警，他的逃跑和我有什么关系？追逃也不能追到我的头上吧！监狱还讲不讲理，对自己家的民警都不相信。这大白天里领导这么找我，我以后还做不做人？”王文娟话里充满了委屈，哭了起来，“无论你们怎么说我和白鹏飞也没有什么关系，他是一个罪犯我怎么能和他扯到一块儿去，组织上可不能冤枉好人呀？”王文娟表现给人的感觉确实是受了委屈。

施弢打量着王文娟，他真服了，白鹏飞真有手段，不知是用了什么魔法，使王文娟这么漂亮的女警官投入了他的怀抱。这是一种畸形的关系，一种扭曲的关系。

“小王，你和白鹏飞的关系就像你说的那么轻松吗？你知道吗，我们今天找你肯定是有一定证据的。你可能认为只要白鹏飞不抓回来，我们就什么也定不了。你的想法是对的，现在确实也是这样，别人再怎么证实有什么用呢？”施弢柔里带针地敲打着王文娟，“但是你错了，我们不是为了追究你和白鹏飞是什么关系，我们的目的是通过你提供线索早日缉拿白鹏飞归案。”

“你认为白鹏飞帮助过你，对你好，我们不否认。但是他还是占有了你，毁了你，世界上没有免费的晚餐，你付出的代价和他对你的帮助是不成比例的。他帮助你是有目的的，我实话和你说吧，经过监狱调查，什么你弟弟打伤人，钱不赔偿到位就判不了缓刑，那都是白鹏飞为了占有你，有意设计了这场骗局。最后有人给你出招，逼着你找他，你终于上套了，玩得多高明呀。他有多大的威信，一个电话就解决了问题，他比法律还好使？那个所谓的被害人的重伤也是他做了手脚的，根本就没有什么粉碎性颅骨骨折，只不过是轻微的骨折。”施弢的话把王文娟的心灵彻底地震撼了，她听傻了，一句话也说不出来，两眼发呆，大脑全木了。这是真的吗？她由沉默变为了哭泣，由哭泣变为了痛哭。施弢和贺海东谁也没有劝她，让她尽情地哭，她哭出来、哭透了就一切都解脱了。

施弢娓娓道：“小王，你现在觉悟还来得及。我们认为你也是受害者，过去走错了路，还可以走回来。我们今天以这种形式和你谈就是为了保护你，挽救你。我们从来不相信你是白鹏飞脱逃的共犯，你是被他利用了走上了错误的道路。”

王文娟记不得施弢他们两个人说了多少话，最后她心动了：“好，我说了，我承认我和白鹏飞有不正当的关系，至于多少次我就不说了，但有一点我可以坦白地说，对他的脱逃我什么也不知道。我知道我这警察是当到头了，我敬重你监狱长。我可以肯定地说，白鹏飞在沅江市没有走。他前些天曾经给我打了一次电话，我们就唠点闲嗑。”王文娟把白鹏飞给她二十万元钱的情节隐瞒了。她想，我再把钱交出去，被开除了公职，我还活不活了，白鹏飞说得对，这些钱够我养老的了。“他给我打电话用的是一个临时号，他说打完电话就把卡扔了。我隐约感到他就在沅江市，他说了，他坚决不走。我就知道这些情况，全说了，组织怎么处理我都没有怨言，脚上的泡是我自己走出来的。”王文娟说出了实情，反倒轻松了。

“小王，你别把话说死，你回去后再好好地想想，至于你所说的处理嘛，现在还谈不上，你今天回去休息吧，我们明天再谈。”施弢故意把话说得很轻松，不想让王文娟有太大的精神压力。

“算了吧，我今天回去也睡不着觉，就今天全谈了吧，要说的我都说了，我没有说清楚的你们尽管问吧。”王文娟犹豫着要把钱的事情说出来。

“钥匙是怎么回事？”施弢故意问了一个和王文娟不相关的问题。

“什么钥匙？”王文娟茫然地问。

“好吧，你也挺累了，明天谈吧。” 施弢竭力想给王文娟创造一个宽松的氛围，让她感到监狱对他们之间的男女关系不当回事儿，他是要王文娟在追逃方面再提供一些有价值的情况，王文娟也说了，她感觉白鹏飞就在跟前。

王文娟知道自己的警察是当到头了，她狠狠地咬着自己的嘴唇，她当时是为了自己的弟弟才牺牲自己的，从这点说她心理平衡，但白鹏飞和她玩了一个这么高明的手段她是万万没有想到的。她觉得自己是这个世界上最愚蠢最愚蠢的女人了。她又狠狠地咬了一下自己的嘴唇。

第二天上午九点，施弢、贺海东在等着王文娟，他们把一切工作都放下了。约定的时间都过了两个小时了，可人还没有到。

施弢觉得情况不妙：“昨晚定好了她今天八点钟过来，这都十点了，她怎么还没有来？贺政委，会不会出什么问题呢？”

“我想不会吧，她昨天走时的情绪挺正常啊。”

办公桌上的电话铃响了，施弢操起了话筒：“我是施弢，什么，你再说一遍？”

“王文娟服毒自杀了，现在还没有死，正在医院抢救。”

“无论如何要救活她。”施弢懊悔不已，直拍大腿，“哎，我昨天怎么就没有想到她会自杀这一点呢？”他昨天看见了王文娟临走时狠狠地咬了一下嘴唇，他以为是无意识的，走的时候她还面带轻松的微笑，他明白了她给他们的是一个假象。

施弢和贺海东迅速赶往医院。

65.

晚上下班后，施弢就回家了，难得他今天回家这么早。这些天白鹏飞的案子几乎把他的脑袋搞乱了。王文娟经抢救已脱离了危险，她交代了白鹏飞往她卡里存钱的事情。

今天是他妻子白兰的忌日，五年前的今天，妻子白兰因患乳腺癌去世了，每到这个日子施弢的心情都是格外地难过。人是有感情的动物，陪伴自己二十来年的女人没有了，这是一种什么滋味呢。白兰原来在市公安局外事处工作，她二十二岁到公安局工作，四十五岁就离开了人世。施弢每天回到家里只要一闭上眼睛就会想起妻子的形象，那是一个多么好的人啊，怎么能说没就没了呢！至今，施弢都不愿承认这是事实。

“我给你买点吃的吧，要不还得现做，挺费事的。”邵俨把施弢送到了门口，关切地说。

“不用了，我自己做吧，想吃什么就做什么，家里菜很多的，吃着顺口。”

邵俨开车走了，他也不明白监狱长今天为什么回来这么早。但他看出来施弢的心情有些异常，他问了一句，监狱长你身体不舒服吗？施弢说没有什么，让我自己静一会儿就好了，你走吧。

施弢原本有一个幸福的家庭，现在却变成孤家寡人。中年丧妻是一件十分痛苦的事情。施弢就一个女儿，现在省城北方大学念书。妻子去世后，女儿不大愿意回家，说一进家门就想起了妈妈。没有女人的家庭是空洞的家庭，是不完整的家庭，是没有内涵的家庭。

狼狗铁头一听开门声乐颠颠地跑了过来，亲昵地趴在施弢的膝下。狗天生是人的朋友，一天没见到主人了，它也无聊得很，它已经在这个家庭生活八年了，成为了这个家庭的一员。

施弢下厨房蒸了两碗小米饭，一小碗鸡蛋羹，摆上了两双碗筷，他把妻子的遗像摆在餐桌上默默地诉说着自己的思念之情。他恍惚看见妻子的身影就在自己的身前身后转着，那分明是一个活生生的人。他不相信什么鬼神，但他妻子确实是不愿意离他而去的，他永远不能忘记妻子临终前撕人心肺的情形，妻子的一双大眼睛睁着就是不闭上。她是睁着眼睛离开这个世界的。这饭他能吃得下去吗？与其说是吃饭不如说是一种煎熬！

饭后，施弢坐在沙发上翻着妻子的日记。白兰有写日记的习惯，几乎天天都写，在她临终前的三天还留下了一篇日记。他仔细地看着这篇日记，在日记中出现了这样一段话："天空飘来了彩云，五年后会有一个美丽贤惠的姑娘扑进他的心怀，天空还有乌云，花开的时间是不会太长的。"这是什么意思呢？五年后会有一个姑娘……这段话应验了，但下一句话是什么意思呢？他百思不解。都说人在临终前的预言是非常灵验的，那又预示着什么呢？

"铃——"，电话响了。是父亲施冬青打来的。父母都记着今天的日子，往监狱打电话没人接估计儿子是回家了。

"小弢，我和你母亲都很担心你，家里就你一个人，实在是不放心。你妈妈说让你今天回家吃饭。"父亲的话语充满了慈爱。

"我都是快五十岁的人了，你不要担心，我会自己照顾自己的，我已经做饭了，我今天就不回家去了。"

"你要注意安全呀，都说你们监狱很乱，我这些天听到了很多传闻，监狱是一个大染缸，千万别自己掉下去。"

"爸爸您就放心吧，我已经干了一辈子政法工作了，保证自己的安全和干净还是没问题的。"

"铃——"，电话又响了起来，施弢接起电话一听是欧阳惠雪打过来的。欧阳惠雪对施弢这个硬汉子打心眼佩服和敬重，两个人的感情发展很快，已经打算登记结婚了。

"你不要过来了，这么晚了也不方便。"施弢一再不让欧阳惠雪过来。

"不，我过去帮你收拾收拾屋子，你怕我咋的？我打车过去了。"欧阳家离这里不远，就是一个起车费的路程。

"怕你，我干了一辈子公安工作还怕你一个小女子？只是今天是我亡妻的忌日，我想陪陪她。”

“哦，这样啊，那好，我改天再去。”欧阳惠雪很懂事地挂了电话。施弢觉得很欣慰，他喜欢善解人意的女人。

外面下着瓢泼大雨，砸在地上都冒起了烟，气候反常，都晚秋的尾声了，雨怎么下得还是这么大，监狱机关的人员都憋在了办公室里观着雨。

龙啸天对施弢、欧阳惠雪之间的关系发展非常高兴。他在施弢的办公室兴致勃勃地闲扯着：“春天多雪，秋天多雨，这是一个什么样的天气呀！”

“是吉兆啊，明年肯定是一个丰收年。看来我得快和欧阳叫嫂子了，什么时候请我们喝喜酒呀，这事可不能马虎，人家欧阳可是纯正的大姑娘。”贺海东正好经过，也来凑热闹。

“你愿意叫就叫，办喜事得靠你张罗了。”施弢顺水推舟。

“那我当然愿意承担此重任了，我就是你们的证婚人了。”

说句实实在在的话，龙啸天这个人有头脑、有本事，在监狱里有相当的实力，龙啸天在办事上是绝对不含糊的，可他政治上选择的是黑白两道结合的道路，也可以说是多元的政治追求吧。其结果只能越陷越深，最终必然是不能自拔。

妻子去世后，多少人给施弢介绍对象，也有不少的女人主动追求他。以他的年龄和身份找一个女人并不难，但始终都是不如意。不是长得漂亮不漂亮的问题，而是和原来的妻子比，总是缺少什么东西。人就是这样，失去的东西才觉得宝贵。直到遇到欧阳惠雪，他终于又有了和这个女人共同生活的愿望。他和欧阳惠雪的关系确定后，按纪律规定，他请求组织在他们结婚后将欧阳惠雪调出沅山监狱。

“我说施监狱长啊，你和欧阳是谁追求谁的？”贺海东逗着，“我真看不出来，你这么大岁数了搞对象还这么厉害。”

“那只能说是我追求人家呗，欧阳是大姑娘。怎么你羡慕了？”到底是谁追谁呢，实际也真是说不清的，一切都是在不自觉中，顺其自然地发展过来了。

“施监狱长，你把话说反了，我和欧阳差一辈呢。”

“好，愿意当大辈，到时候可得给改口钱啊。我们说点正事吧，贺政委，我们结婚后，需要由你出面联系单位把欧阳调走。”

“那得看欧阳愿不愿意走啊，先有人家欧阳后有的你，你得讲理呀。”

“那两口子总不能在一块儿工作吧，欧阳的工作由我来做，你负责找个对调的单位。龙监狱长我的想法对头吧？”

66.

施弢主持会议，这是今年第十次研究白鹏飞的追逃问题。人员比上次少多了，龙啸天和焦成金都没有参加会议。

突然施弢的手机响了："施监狱长吗，我是施雨的老师，你姑娘出车祸重伤住院了。"电话是从省城打来的。

"什么，车祸？现在是什么情况？"

"在医院抢救呢，有生命危险，你赶紧过来吧。"

时间不允许再耽误了，施弢的脑子没有做更多的考虑："我家里有急事，我需要马上回去处理。"施弢匆匆下楼招呼着邵俨。

"我马上就往医院赶。"施弢坐邵俨的车急速赶往省城。这车祸怎么来得这么巧呢，他脑海里思索着，莫非是冲着他来的？沅江市到省城就一个小时的路程，他们直接赶到了医院。学校的老师在医院门口迎候。走廊里站满了施雨的同学。肇事的车跑了，公安机关正在追查，几名交警在等着和施雨取材料。

施雨做完手术后，从手术室推出来了。医院的大夫交代着："请大家不要打扰病人，她现在必须静养。"施弢静静地坐在床边，等着姑娘苏醒过来。姑娘长得太像她妈妈了，这孩子从小就懂事，在学习上从来没有让他操过什么心。

"病人需要安静地休息，现在没有生命危险了。她的头部和腿部受了伤，主要是腿部的伤重，出血量很大。"医院大夫向施弢介绍着伤情。

"谢谢你们，谢谢你们。"施弢紧紧地握着大夫的手。

"施监狱长，你姑娘的意志真坚强，连一声都没哼。真是个好姑娘啊。没有生命危险了。但她的一条腿可能要保不住。我们尽全力保，就看孩子的造化了。"

施弢落泪了。姑娘要是没有了一条腿，那会是一个什么样呢，他不敢想下去。他几乎是带着颤声求着大夫："大夫，无论如何要把我姑娘的腿保住，就是把我的腿卸下去安给孩子我也舍得。"他从心里往外心疼自己的女儿。

"我们已经尽力了，腿能不能接活那就要看孩子的造化了。"大夫的话留有余地，没有说绝。

晚上，施雨的眼睛睁开了，麻药劲已经过了，她环顾着四周，努力回想着自己到底是在哪里。

施弢轻声说：“小雨，我是爸爸，你认识我不？”

“当然认识，爸，我没事，别告诉奶奶。”施雨笑呵呵地说。

“宝贝，你要坚强，有爸爸在什么也不要怕。”

“我想我妈妈，她在哪里呢？”施雨突然说了这么一句，她的麻药劲儿又上来了，一阵清醒一阵迷糊。

“你妈妈肯定也想你的，她在的地方非常好，她始终在关心着你。”施弢哽咽着说不下去了。

夜里，一个小伙子拎着一个保温瓶来到了病房，非常有礼貌地和施弢说：“施叔你好！”

“你是？”

“爸爸他就是我和你说的白翔。”施雨在病床上介绍着。

施弢知道了，他是白鹏飞的儿子。他上下打量一番，小伙子长得真精神，个头有一米八。白翔寡言少语，默默地坐在床边。施弢说什么他就是点头应允。

“孩子，施雨要是残废了你不后悔吗？”施弢很欣赏自己未来的姑爷，以长辈的口吻问了一句。

“不后悔，我伺候她一辈子。”白翔态度坚决，毫不动摇，话说得十分干脆。

施弢点点头，这孩子符合他的性格：“我今天在这陪小雨，你回去休息吧。”

“不了，叔叔，我也在这儿。”白翔坚决不走。

“爸爸，你别让白翔走，让他在这吧，他走了我也不放心。”施雨拽着白翔的手，今天要不是白翔推她一下，还不知道要把她撞成什么样，命有没有都两说了。

“小雨，这是我让饭店特意给你加工的龙骨汤，里面有十几味壮骨的名贵中药，快趁热喝了吧。”白翔打开了保温瓶，房间里飘溢着汤的香味。他一口一口地喂着施雨，怕烫着施雨，他不时地用嘴吹着。

施弢看着，眼睛湿润了。他问道：“孩子，你爸爸知道你和施雨的关系吗？”

“我也不知道，他进监狱后我就再没有看见过他。”

“你希望叔叔把你爸爸抓回来吗？”施弢问白翔。

“抓回来好，我也就静心了，他就不会再作案了。”

“你不心疼你爸爸吗？”

“心疼归心疼，一码是一码，我了解我爸爸，路是他自己走的。”白翔这孩子说话很大气。

第二天上午，大夫来巡房，检查了施雨的腿，他高兴地说：“手术成功了，孩子的腿保住了，但要恢复正常还要凭自己的毅力。”

“我相信我的女儿会有毅力好好康复的。她认准了道谁也别想把她拽回来。”

施雨说撞她的车是一辆捷达车，开车的人是一个大胡子。施弢联想到那天跟踪他的那辆捷达车：莫非他们是一伙人？那就是说不是一般的车祸，是有目的的伤害。他的分析是对的，明摆着，是冲他来的。突然，他的电话响了：“施监狱长吗，我受老板的委托，给您通个话，您也这般的年纪了，您就消停下来吧，沅江市就那么大的一个地方，抬头不见低头见，互相照应一下吧。我们也得吃口饭呀。您把我们毁了，我们怎么活呀。”

“毁了你们是我的职责，你们自己走上了与法律对立的道路，你们要毁掉的是我们的国家，我个人与你们素不相识，没有任何私仇，你们想过消停的日子，我奉劝你们趁早改邪归正，这是你们唯一的道路。你敢告诉我你是谁吗？”

“我是谁，你不用管了，我们老板说了不是想废了你姑娘，就是给你个眼罩看看，让你明白我们也不是好惹的。”

“你们有能耐和我来，冲着一个女孩子算什么男人。我不怕你们，这种小儿科手段，我见得多了。你给你们的老板捎个话，就说我想拜见一下他，地点由他定。”

“好啊，要见我们老板我欢迎，但这事我们定不了，我现在就给我们老板打电话，看看老板是什么态度，您就开机等着听信儿吧，我一会儿给您回话。”

打电话的人彬彬有礼，看来是一个有文化的人。他要通了老板的电话，在电话里和老板请示着。“好啊，他要见我，我同意。就在这两天。”老板爽快地答应了。“他能不能设计你？”“施弢不是那样的人，我了解他，你想的小家子气了。”老板和施弢是熟人。“我们对他姑娘放不放过去，下一步怎么办？”“放过去吧，目的已经达到了，你没看见他姑娘和白翔在一块吗，你们也不好下手了，你们晚上回来后到饭店来找我。”

电话又给施弢打过来了：“施监狱长，我们老板听说您要和他见面，非常高兴。这两天就安排。条件是只能是和您一个人见面，不能带任何武器，地点由我们定。”

“行，这些你都不用说，这是起码的常识。我希望就在明天。”

“时间不定死，您听通知吧。”双方的心计都够用，谁都怕被对方设计了。

施弢陪护了三天，下午他要走了，他对姑娘有着一种难舍之情：“小雨，我走了，什么也不要担心，好好地养伤。”

“叔叔，你不用担心，还有我呢，我会照顾好施雨的。”

“爸爸，您早点接我出院。”施雨哭了。

午夜，喧嚣了一天的城市终于静了下来，街头已见不到拥挤的车流，巨大的霓虹灯广告牌也懒散地闭上了眼睛。

一辆奔驰车来到指定的地点接施戬。地点选在了去城郊墓园的路口，道上一个人也没有了，车辆也很少有路过的。施戬暗暗佩服，这个人选的接头地点太高明了。

“施监狱长您上车吧。”司机是一个戴着深色墨镜的小伙子，他下车主动迎上来给施戬打开了车门，“对不起，监狱长请您戴上这个头罩，委屈您了，您是知道我们这行的规矩的。”施戬什么也没有说就戴上了头罩。

“太谢谢您了，您真是大人大量，不愧是大监狱长。”

“小兄弟，我们去哪里呀？”施戬故意问道，他明知道人家不能告诉他。

“对不起，我也不知道，我是一个开车的，我就知道往前开车。”施戬再问什么司机也不说了。

车上还有一个押车的人，戴着头罩一句话也不说，用手比画着车往哪里开。

车在市郊外转着圈，突然很快地狂奔起来了。施戬努力辨别着方向，他感觉出来车是逆江而上的，他听到了滔滔的江水声，他对这个声音是太熟悉不过了。

车跑了能有二十多分钟，下公路了，行驶在崎岖不平的山路上，是在往大山里开。施戬也蒙了，分不出东西南北了，索性闭上了眼睛不再辨别方向，任凭着车开了。他有些迷糊了。不知道过了多长的时间，有人在他耳边轻轻叫道：“到了，请您下车吧。”司机叫醒了他。

司机下车搀扶着施戬。有人迎了上来：“小狗子，你把人请来了，后面没有尾巴吧，老板在大厅等着呢。”

“人家是按咱们的要求来的，哪里有什么尾巴，就你们总是瞎猜。”司机的名字是叫小狗子。

施戬闻出了一股子松香味，里面肯定是点着火把呢。肯定这是一个什么地方的山洞，有一股子褐铁矿的味道，肯定是一个废弃的矿井了。

“施监狱长，这就是我们的老板。”小狗子指着前方，“监狱长，我的任务完成了，你和我们老板谈吧，我出去了。”

“施监狱长到寒舍来做客，以这种方式欢迎你也是没办法的事情，望施监狱长大人海涵！”老板戴着面具，坐在洞中的高台上，左右两旁分别站立着四个人，就像是威虎山里的聚义厅，“给施监狱长安排座椅，你们都不要紧张，施监狱长是我请来的朋友，把施先生面罩去掉。我们明说吧，施监狱长今天请您来就是一件事情，我们希望你们放弃对白鹏飞的追捕，网开一面。”

“你们让我不抓他我就不抓了，事情能那么简单吗？简直是笑话！你们知道我是共产党的官员，我的上级能答应吗，老百姓能答应吗，你们不觉得这个要求过分吗？”施弢这几句响当当的话语似乎把对方镇住了，霎时山洞里静了下来。

“老百姓谁操那么多的心，白鹏飞给我们沅江市也干了不少好事，沅江大桥建设他一次性就拿出了五十万元，不是一个小数额吧？”

“只做了好事吗？不一定吧，恐怕事情不是像你说的那么简单，你们知道南山街银行的杀人抢劫案的凶手至今还没有归案，那几个女营业员的冤魂还没有散呢。”

“施监狱长您太聪明了，什么事情是不点自破。您看这样行不行，条件是给您一百万元钱。今后我们互不干扰，白鹏飞也不再作案了。您看那就是给您准备的钱，在钱上您不用担心，要嫌少您再开价。”老板指着墙角的一个皮箱子说。

施弢看到了墙角确实有一个箱子：“魔高一尺，道高一丈，你们为什么这么怕我抓他呢，你们认为他能被抓到？”

“如果要是换了其他的人，我们都不在乎，但施监狱长您确实是沅江市公安系统的精英，白鹏飞难逃您手啊。”

“你们为什么要选择和社会为敌的道路呢，就凭你们的组织能力完全可以合理合法地干一番事业，为什么要走黑道呢？”

“我们到了今天都是没有办法的事。你干得舒心吗？一个小小的监狱长，多遭罪呀！”老板开始游说施弢，“一个月挣的工资是有数的，你想想都什么时代了，还谈什么信仰啊主义啊，年轻人都会笑掉大牙的。”

施弢听出来了，这个老板是个有文化的人，他听声音好像挺熟的，竭力回忆这个人是谁。他驳斥道：“你的观点我不能苟同，你说你没有信仰，那你们今天找我是出于什么动机呢？你是为了钱来求我吗，我们共产党的组织还不至于不如你们严密吧？”

老板被驳得哑口无言，他换了个话题：“其实，我们知道今天十有八九和您是谈不通的，今天请您来是叙友情的，不是来辩论和吵架的。”

狼和羊能谈友情吗？施弢干脆来个以静制动，不吱声了。

“施监狱长您怎么不说话了，您是在揣摩我是谁呢，您别费心了，您永远猜不出来我是谁的。我们谈正事吧。我们今天对你的要求不高，你完全能办到，不为难你。”

“我有我的信仰，我们要互相尊重。我不能出卖我的组织，你们不是也恨叛徒吗？”

“说得好，我佩服，不谈了，送客。把送给监狱长的纪念品呈上来。”

“送我东西，你们有什么，我是搞收藏的，我喜欢的东西你们有吗？”

“我们给您的是一部最新款式的白金壳镶钻电话，在沅江市是没有第二部的，当然给您送东西不是以价值的多少论的，相信您不会拒绝的。”一个女人端着一个盘子把电话呈了上来，笑吟吟地说：“先生请您欣赏。”

施弢接过电话，用手摸着，手感很好：“确实是好东西，但不适合我。我粗茶淡饭吃惯了，偶尔的山珍野味怕消化不良啊。”

“施监狱长，今天别把话说死了，您回去再考虑一下，方便的时候给我们个信儿，大家都行个方便吧。”

“不用考虑了，我们就斗吧，不是鱼死就是网破，我坚信正义必然战胜邪恶。”

“施监狱长，杀人不过头点地，希望你也别和我们装大了。”老板不自觉地露出了原声。

施弢知道这个人是谁了，他笑道：“哈哈，你说错了，我说的是实话，你是了解我的，我什么时候装过？”

老板似乎也感觉出来这戏继续演下去实在没有什么意思了，大度地说：“施监狱长，刚才和您的玩笑开大了，不论今后的事情是什么结果，我们都是朋友。您的性格是永远不能改变了，我们也知道我们费心也是徒劳的，但只要有一丝的希望我们还是要努力一下的。”

施弢彻底知道他是谁了，他就是那天给他打匿名电话的那个人。他也不想在这个场合把这张纸捅破，这样对他的安全不利。只能是装糊涂了！他说：“我理解你们的处境，我们处处看吧。”为了他女儿的安全，他只好先屈服了。

突然，旁边有一个女声，好像是说，快让人家施监狱长走吧，我说过了，你们不能伤害他一根汗毛。“送客。”彼此间都很客气，似乎是亲戚间的走动。

目送施弢走出了山洞，他们呼啦都摘掉了面具。女人先出声了：“哎呀勒死我了，这剧演的有意思，好过瘾呀！”老板说了：“还过瘾呢，你在旁边说了一句，弄不好他会听出来你是谁的。”女人说：“还怕听出来我是谁，我告诉你说，你是谁，最后也跑不了你的，施彧是何等精明的人物，就这么点小鬼把戏骗我都困难。”“好了，不说了，走吧，都到我的酒店喝酒去，我今天犒劳弟兄们。”

回去的路上，还是小狗子开车送施彧，但押车的人没有了。一路上，小狗子比来的时候话多了：“施大哥，您是一个讲究人，我们大家都佩服您。我的弟弟就关在沅山监狱，方便的时候就靠您关照了。”

“好啊，我们今天认识了。在你认为方便的时候告诉我你弟弟的名字。”

“我弟弟的名字叫小蚕蛹，事不大，法院给判了四年。我给这个老板开车已二年了，每月的工资五千元，包吃住，我还兼保镖，如果有缘分的话，您会找到他的，看天意吧。”

“肖成勇，你弟弟的名字我记住了。”施彧把小蚕蛹听成了肖成勇，小狗子也没有纠正。

车披着一身银霜从大山里转出来了，天也放亮了。车几乎转了两个小时，小狗子在一个山口停下了车。

“施大哥，我不能再往前送你了，这我都破例了，我估计就凭您的智商您能猜出我们的地方，但这也没有什么用，他们也不固定地待在那里，您就别费脑筋了，随他们去吧。”小狗子给施彧摘下了面罩。

施彧下车了，他努力辨认着方向，沅江市的外县区有盘山路的地方是有数的，他想回忆出是怎么转到这里的，他计算了一下时间，车足足跑了有两个小时。一辆出租车开过来了，他上了车。

清晨，施彧回到了监狱，立即打电话找来了陈剑虹，两个人分析着施彧去的是什么地方，什么地方有废弃的铁矿。沅江湖上的地区太大了，究竟是哪个山洞太难找了。

施彧决定先从狱内着手：“陈处长，你仔细地查一查，我们监狱里有没有一个叫肖成勇的人。”

“我今天就安排人查，好查，监狱姓肖的人不多。”全监狱的人陈剑虹都记得八九不离十，他见面几乎都能叫出姓来，有事没事的时候他都要翻翻服刑人员的名册，重点人员他记得滚瓜烂熟。

晚上，陈剑虹到办公室来向施彧汇报查找的情况：“全查遍了，我们监狱里没有叫肖成勇的犯人，他哥哥能不能忽悠我们，有意地混淆我们的视线？”

施弢摇摇头，自信地说：“不能，他不是那样的人，我感觉他是一个地道的农村青年，没有那个心计。也许是我把名字听错了。你别灰心，细致地查到底，多筛几遍。”

“小蚕蛹，你去给陈处长搬个椅子来。”一个瘦小的服刑人员应声跑步出去搬椅子。

陈剑虹来到了邓文龙的监舍调查情况，他指着小蚕蛹的背影说：“他怎么叫小蚕蛹呢？”

“他的那东西特别的小，还不长毛，可好玩了，我们大家都喜欢摸着玩。他的真名叫王正东。”

“他是什么地方的人，我怎么没有见过他呢？”

“他因伤害罪进来的，刑期四年，他家是老郊区的人，他家是渔民，在沅江湖上打鱼为生，他父亲在沅江湖上很有名气。据说他爸爸会在水里换气，可以在水底下待上几个小时。渔民都叫他爸爸浪里白条王顺。有一次捞一具落难的尸体，怎么也捞不着，王顺硬是潜水在湖底给捞上来了。”

小蚕蛹搬椅子回来了，他里外擦了一遍，铺了一个垫，很有礼貌地让陈剑虹坐下，又给陈剑虹沏了一杯茶，然后毕恭毕敬地站立在一旁。

“王正东，你家里还有什么人呀？”

“我还有一个哥哥，给一个大老板开车。我爸爸除了打鱼、做鱼什么也不会，我家现在包了一个江汉子养鱼呢。陈处长，以后有机会去我家吃鱼，我爸爸的鱼餐做得可好了，完全是土办法做的，那味道绝了。”小蚕蛹对自己的爸爸很自豪。

“你哥哥现在和你来往吗？”

“昨天还来看过我呢。”

邓文龙见陈剑虹今天对小蚕蛹突然这样感兴趣，可能这里面有什么情况，他戒备起来了。

“你有他的联系地址吗，我要见见他？”

“我，”小蚕蛹见邓文龙在用眼睛瞪他，吓得什么也不敢说了，到嘴的话也咽回去了，“他具体在哪里我也不知道，下个月我哥哥来会见的时候你问他吧。”

“好，你哥哥来的时候告诉我一声，我有话问他。”陈剑虹走了。

邓文龙火了，威胁着小蚕蛹：“你今天的话怎么这么多，是不是嘴欠呀，我不瞪你，你还说个没完了，你敢再胡咧咧，小心我把你的舌头给割下来。你就说找不到你哥哥，告诉你哥哥再也别来了。”

“我再也不敢了，我没有想到这里有什么奥秘，我以为他就是随便地问一问。我不懂事，邓哥你多告诉我点。”小蚕蛹非常怕邓文龙，他总是这样听话，邓文龙说什么他听什么，从不顶嘴。邓文龙总认为小蚕蛹还是一个雏，拿他当小孩对待。

“好了，今天的事情就过去了，睡觉吧。”邓文龙温和地说。

小蚕蛹给邓文龙铺床，打水洗脚，又试了一下水温，请道：“邓哥，你快洗吧，要不水凉了。”

“雨农，你说是怎么回事呢，今天陈剑虹盯住小蚕蛹不放，好像是找他的哥哥有什么问题？”邓文龙在后半夜把秦雨农叫到了储藏间。

“我只听说鹏哥他们把施弢的女儿撞伤了，要教训一下施弢。他们的人可能找过了施弢，听说和施弢见面后谈的效果还不错。”

“什么，和施弢见面了，那不是送上门去了吗？效果不错，那可能吗？我不信，他们肯定是在忽悠鹏哥呢，骗鹏哥的钱。”邓文龙笑笑：这不是开小孩玩笑吗，施弢能上钩吗，这帮人是什么脑袋，纯粹是猪脑子。

“不能，是兆月大哥出面办的，他不是那样的人。你说的那一点是对的，施弢能听他们的吗，他们是异想天开了。”

“那小蚕蛹的哥哥是怎么回事，这和施弢还有什么关系？”

“这我还不清楚，是不是别的什么事情呢？”秦雨农也觉得这里面有文章，施弢是掌握了什么情况。

一个月后，施雨要出院了，她可以拄着拐走路了，腿恢复得很好。当施弢去医院住院处结账的时候，大夫告诉他不知道是谁提前把账全结了，还给留下了一万元钱，他们走的时候就说是施监狱长的朋友，过去有恩于他们。特别还有一个女人非常大方，还给了我们大夫一万元的红包。大夫说着那女人的模样，施弢想了想，按大夫的描述，那个女人特别像蒙丽莎。她怎么来了？施弢感觉那天夜里在那个老板身边的女人可能是蒙丽莎。她怎么和他们搅和到一起了呢？他回到病房给施雨收拾东西。突然，施弢的电话响了，他问道：“喂，你是谁？对，我是施弢。方便你说吧。”

“施监狱长，您是贵人多忘事，您忘了我们是见过面的了。我告诉您一声，孩子的账我们已经结完了，用钱的时候就和我们说一声。社会上传说，你要当什么市委常委、政法委书记，那得花钱呀，到时候您可别客气，大哥有话钱随您的便用。”

施弢听出来了，还是那天夜里见面的那个老板的声音，好大的胆子！他周旋着：“谢谢了，恐怕我是不敢花你们的钱的，永远也不可能的。”

“其实这也是你认识上的误区，我们也是一个重要的社会阶层嘛。”

施弢大笑起来：“哈哈，真是高论啊，但我提醒你们，要想共产党承认你们，恐怕一百年内是实现不了的，你可能把历史的黑白给颠倒了。”

“哈哈，”对方也大笑起来，“施监狱长，我们说不过你的，您能承认存在的合理性就行，我们愿意找时间和您畅谈。”

“好啊，方便的话，我愿意和先生你再次见面，不过你就用你的原声吧，用假嗓多累呀，看起来你的招法似乎很聪明，但是实际上你犯了一个错误，你已经告诉我你是我的熟人，是在我跟前的熟人，这样就把我找你的圈子缩小了，所以你怕我听出你的声音来。”施弢的话里带着讥讽。

“用原声那是不可能的，那你不就知道我是谁了吗，实际上你的分析也不完全对，我就是你的生人我也不会用原声的，因为你们搞公安的，对声音的辨别能力很强，我们必须时刻提防着。至于我是不是你的熟人，你随便理解吧。”老板又换了一个声音，用的是广东话，“您好好地照顾你女儿吧，对不起，上次我们出手重了一些，把你女儿撞得不轻，好在事情也过去了，您也就别记恨了。但是，假如我们合作得不愉快，今后再发生的事情就不是轻重的问题了。”老板的话里带着明显的威胁。

“我也提醒你们，以后你们可千万别到我这个监狱来服刑，我恐怕还一时半晌不能退休。你们要是来了，那多尴尬呀！你们也知道监狱也不是好惹的，那禁锢自由的滋味是不好受的，我欢迎贵老板尝尝监狱的刑罚，哈哈……”施弢的话丝毫没有让步的意思。

“不说了，不说了，我们别斗嘴了，都是开玩笑的话，后会有期吧。”老板的电话撂了。

“爸爸，给你打电话的人是谁呀？”施雨看出了爸爸的表情不对。

“宝贝，没有什么事情，和你没什么关系，你就安心养好伤就行了。收拾东西吧，爷爷和奶奶还在家里等你呢。”施弢不希望把姑娘搅和进来，给姑娘的心理带来压力。

“那晚上我就可以看到爷爷、奶奶了。”施雨特高兴，她拄着双拐在房间里走来走去，恨不得一步就回到家里去。

邵俨和白翔一趟趟地楼上楼下搬着东西，施弢忙着和医院的大夫们答谢告别。

医院门口的两个人眼见施弢他们的车开走了，忙着打电话：“老板，他们走了，太便宜他们了吧。”

“放行，不许为难他们，跟住他们，这是大哥的指示，有什么情况随时向我报告！”老板厉声命令。

“遵命。”一辆捷达车猛追施弢的车去了。撵不上了，施弢的车已经出城了。说来也巧，这辆捷达车在眼见就要追上施弢的车时，鬼使神差，与前面的一辆大货车发生追尾，车内的两个杀手当场殒命。施弢在前面的车里对后面发生的情况全然不知。白鹏飞闻讯后说了一句，施弢，你的命太硬了，我克不了你呀。

白鹏飞不相信他会败在施弢的手里，在他的脑海里，胜利永远是属于强者的，实力决定成败。正义和邪恶只是政治家的术语，在他的眼里世界是混沌的。

第二十二章　终吐真言

“施监狱长，我有话要单独和你说……”郑五常示意人们出去。施弢朝大家摆摆手，人都出去了。郑五常要从胸部掏什么，“你别动，我来，我来。”施弢从他的衬衣兜里掏出了一封信。郑五常用手指着信说：“我要说……都在这……这封信我早就应该给你，我犹豫了挺长时间……都是要死的人了……我也没有顾忌的了……”他嘴角嚅动着不知还说着什么话。

67.

盛夏的天空是那样的晴朗，蓝得找不出一丝的白线线。江水时而透亮如镜，静如处子，亮得都能照出你的身影；时而山洪侵入，江水浑浊得如熬过的中药汤，它变成了青春期的少女，脾气不稳定了。沅江市协和医院的高干病房里，原沅山监狱监狱长郑五常静静地躺在病床上。自从住进医院后他就再也没有出来，医院的最后诊断是肝癌晚期。医院已正式通知家属，郑五常的死亡就这几天的事儿了。他已经出现多次肝腹水了，抽出来的水一次比一次多。他的生命现在已经以小时计算了。他似乎感到自己要走到生命的尽头了，头脑突然变得清醒了。今天他感到浑身格外轻松，情绪也格外好了起来，这好像就是人们常说的回光返照了。这几天监狱里来看他的人越来越多了，特别是一些和他多年共事过的老同志，大家都老了，见面后都是惺惺惜惺惺了。

郑五常在监狱岗位干了整整一辈子，他是带着不尽的遗憾从监狱长的职位上退下来的。在他任职后期的那几年，他干的是一年不如一年。去年底白鹏飞脱逃案件发生后，沅江市委和省监狱管理局沟通后让他退了下来。他退下来后不过一个月就住院了，检查结果是肝癌晚期。他的病情发展得这么快，看来是和身体免疫功能的降低有很大的关系。郑五常在职时那么累也没听说有什么病，一退下来简直换了一个人似的，大家一下子感觉郑五常老了，说话也啰唆起来了。过去的他可不是这样子的，郑五常办事干净利索在全省监狱系统都是出名的。

郑五常病重住院后，施弢第一次去看望时就和医院打了招呼，无论如何要尽量争取延长郑五常的生命。医院表示延长生命是无能为力了，只能让郑五常少遭点罪。施弢多次去探视他，郑五常深受感动。他不止一次地拽着施弢的手，泪水盈眶，似乎要说什么，但他说不出来。家属说出了他的要求，死后把他的骨灰埋葬在沅山的山顶上，每天他都可以望到沅山监狱，望到沅江市的街景。他太爱这个监狱了，他的一生是伴随着这个监狱度过的。施弢答应了他的要求。

上午，施弢正在三楼会议室主持监狱长办公会，办公室主任石磊匆匆进入会议室，低头伏在施弢耳边告诉他："郑五常眼瞅着不行了，医院来通知了。"

"是吗？"施弢神情紧张。他昨天去了医院，郑五常说趁这两天他身体好点，准备给他写一封信。"医院不是说还得一段时间吗？这人怎么说不行就不行了？他眼瞅就要过生日了，看来老天爷不给他这一岁了。会议就到这吧，大家也都听到了，郑五常要不行了。班子成员都去医院，看看后事怎么安排。"

郑五常的病床前站满了人，他刚刚苏醒，用目光扫着周围的人，最后停在了施弢身上，挣扎着要和施弢握手，施弢急忙按住他的手说："你别动，你看大家都来看你了，你应该高兴。"

郑五常哪里还有握手的力气？从嗓子眼儿挤出了几句话："施监狱长，我对不起党，我没有管好这个监狱呀！"郑五常有气无力地嚅动着嘴角，还说着一些什么话。

"别这样说，郑监狱长，你已经尽力了，组织上是了解你的，监狱广大民警是肯定你的。"施弢劝着。

"施监狱长，我有话要单独和你说……"郑五常示意人们出去。施弢朝大家摆摆手，人都出去了。郑五常要从胸部掏什么，"你别动，我来，我来。"施弢从他的衬衣兜里掏出了一封信。郑五常用手指着信说："我要说……都在这……这封信我早就应该给你，我犹豫了挺长时间……都是要死的人了……我也没有顾忌的了……"他嘴角嚅动着不知还说着什么话。

施弢接过信扫了一眼，揣进了衣兜里："你不要说话了，你会好起来的。"施弢哽咽着。人的生命是如此的脆弱，生命的终止是如此的简单，任何人最后都要回到出生的地方，施弢叹息道。

送行的人们又回到了病房。望着这生离死别的场面，大家都落泪了。人到这时候，你还能和他说啥呢？人之将死，其言也善，鸟之将死，其鸣也悲。

郑五常大口大口地倒着气，呼吸的频率越来越慢了。他终于呼出了最后一口气，安详地闭上了眼睛。一位老政法就这样走了。老伴和孩子们恸哭起来，亲属们劝着，赶快穿衣服吧。谁来穿呢，郑五常没有儿子，只有两个女儿。“我来穿！”他的衣服是一套崭新的警服，施밸接过了衣服穿了起来，龙啸天和焦成金也到跟前一块儿帮着穿衣服，很快，衣服穿完了。施밸拿着棉球轻轻地擦着郑五常的面容。他泪水盈眶，自己来到沅山监狱还不到一年，和郑五常的见面机会几乎都是在医院里。他看出来了，郑五常实在是不愿意从监狱长的位置上退下来，还没有顺过架来他就走了，离开了生他养他的这个世界。一位干了一辈子监狱工作的监狱长就这样走了，毕竟还不满六十岁呀。有人计算过，干政法工作的人都是不长寿的。沅山监狱的几任监狱长都已经不在了。郑五常是第五任监狱长，他由副职上来，干了十五年的正职。

监狱工作实在是太折磨人了，精神天天处于高度紧张的状态，当这个官累的是心呀!

医院大夫、护士进来了，给遗体盖上了一张白床单。大家把尸体缓缓地推向了太平间。

三天后，郑五常的追悼会在沅山殡仪馆遗体告别室举行。参加郑五常遗体告别仪式的人来了很多，监狱里的老同志差不多都来了。遗体告别室摆满了挽联，中间摆着郑五常的遗像。遗体摆放在告别室中间，郑五常身着一套崭新的警服，警帽摆放在枕边。哀乐低回，参加仪式的人鱼贯而入依依鞠躬告别，排在前面的是省监狱管理局领导和沅山监狱班子成员。

郑五常的老伴紧紧握着施밸的手哭泣着说：“老郑不应该死得这么早啊，他舍不得离开这个监狱呀！”

“嫂子，你就别多说了。老郑是个好同志，我们大家都怀念他。”施밸安慰着。

外面人群骚动起来，市委副书记魏裕民来了。魏裕民能来，出乎施밸的意料。监狱就是告诉了市委办公厅一声，他又给魏裕民去了一个电话，魏裕民说只要没有特殊的事情他肯定到场。施밸、监狱办公室主任石磊赶紧迎出去，石磊打着场子，给魏裕民开道，告别的人们自觉地给魏裕民让开了一条路。

“别往前抢了，这也不是开什么会议，还讲什么领导不领导的，我就排在后面，跟着大家走吧。”魏裕民排在了人群的后面。

“那怎么能行呢，您的时间太宝贵了，您能来就是对我们监狱在政治上的最大关怀了。”石磊还是往前让着。

魏裕民来到了前面，他向郑五常的遗体三鞠躬后依次和排在遗体旁边的家属握手，连连说着节哀二字。之后他掏出一个信封递给了郑五常的老伴，悲戚地说：“老嫂子，我个人的一点心意，还有什么要求尽管找我。”市委、市政府专门送来了花圈。

郑五常的老伴带着颤音，激动地说：“魏书记你能来，还记得老郑这个老警察，我们家属太谢谢你们了！”

“我应该来，应该来。我不光记得他，监狱的老警察我都记着呢。我和郑大哥是多年的朋友，他走了从哪个角度说我都必须得来，本来我爱人也是要来的，赶上她今天有急诊，我代表了。”魏裕民态度非常谦恭，表情沉重，说得非常感人。

大家都被魏裕民的行为感动了，悄声议论着：“看人家魏书记多够意思，不但来了，还给拿钱。”“瞅那大信封，少说也有五千元。”

魏裕民一直等郑五常的尸体火化完毕才走，大家把他送上了车。他的表情一直是沉重的，他是伤心还是感怀谁也看不清楚了。

68.

午后，施弢正和贺海东兴致勃勃地研究政治工作，这几天监狱接连受到了省监狱管理局的表扬，明天要组织一支队伍去省里参加岗位大练兵比赛。龙啸天突然来到了施弢的办公室，连门也没有敲就进来了。

龙啸天一进屋脸色就变了，话语咄咄逼人，言语锋利，毫不客气：“贺政委，你在这呢，我不背着你，我有话和施监狱长说。老贺你也别走。”他也不叫贺政委了。

“龙监狱长，今天你是怎么了，我们换个时间谈行不行？”施弢看到龙啸天的情绪不对头，他闻出来龙啸天的身上有一股子酒味。今天是省监狱管理局来检查监区的规范化建设工作，午间他陪着检查组在监狱食堂吃的饭。

“不，我今天就是要和你谈谈，我不管你有什么事情，我就不客气了，我憋了好长时间了。”龙啸天今天的目的就是要向施弢发难。

“龙监狱长，你坐下，有话慢慢说，都是多年的老同志了，有什么话能说不开。”贺海东劝着，他看出来龙啸天是要和施弢吵架的。

“施监狱长，你不要总是自以为是，共产党的事业不是你一个人干的，我的官也不是你提拔的，所以要免我也难，你别拿我当阿斗，自以为你就是诸葛亮，我也不是好欺负的！”龙啸天的话一点儿也不客气，几乎就是在喊。

施弢也看出来了，龙啸天是有备而来的。他压低了声音淡淡地说："龙监狱长，你把我看高了，我就知道我是共产党的干部，我要按共产党的要求办事。我没有什么了不起的，我就是一个普通的人，在很多方面我都不如你，我还要多多地向你学习。"施弢压住了火气，不与龙啸天正面交锋。

"自从你来了以后，你处处和我作对，你一步一步地逼我，你根本就不信任我，我在你的眼里是个什么位置，你始终认为我的存在对你是一个潜在的威胁，你在绕弯子要把我整走、整垮。"龙啸天几乎吼叫起来。

施弢笑了，轻松地说："龙监狱长，话说远了，说大了，我和你作什么对，我是这个监狱的一把手。你知道，是市委和省局决定让我到沅山监狱工作的，我不是来和你争什么一把手，你的一把手当不上和我个人没有什么关系，你有什么想法你和我个人也说不上话。如果你做得对，就不存在我对你做什么不对的问题了。我们两个人总有一个人是对的，你说吧，我哪些方面是错的你点出来？"

"我不说，你心里明白。你和陈剑虹天天搞得神秘兮兮的，什么侦查保密，我常务副监狱长都不如一个中层干部，就你们控制的那点线索就连监狱的犯人都知道。"龙啸天摆出了一副受到很大委屈、严重伤害的样子，不把所有的话说出来就不罢休。

"龙监狱长，我来到监狱以后没有做过一件违反组织原则的事情，保密完全是侦查工作的需要，这点常识你是明白的。你要是非要那么想我也是没有办法的。你可以行使你的权利，直接到市委或省局反映我的问题。你要认为你是对的，你就坚持到底，让时间和历史来检验吧，我们个人之间不做那些无谓的争论。龙监狱长，我的提议你看行不行？"施弢封口了，他和龙啸天是以商量的口吻，稳定情绪就是不和龙啸天交火，表情始终是笑呵呵的。

龙啸天哑口无言了。他喘了一口粗气默默地走了，他觉悟到了刚才他干了一件大蠢事。

"贺政委，你看到了，他们沉不住气了，他们心里有鬼，来刺探我们了。他们的好日子不会太长了。"施弢觉得这样也好，彼此间今后的关系也好处了。

"好了，他摊出了底牌，是要和正义决斗了。"贺海东也不明白，龙啸天为什么突然出此下策。

晚上，龙啸天和焦成金来到了"聚聚"小吃部。龙啸天的心情坏极了，接连喝了五杯酒。

“你今天不应该找施弢，把矛盾过早暴露了。我们有没有问题你还不清楚吗？他就是要把矛盾激化，引我们上钩。现在好了，全监狱的人都知道你们吵架的事情了。”焦成金埋怨道。

“是的，我今天实在是沉不住气了，我是够愚蠢的了。原来我的本意是投石问路，后来火气就上来了。我也知道我们要是真正地挑施弢毛病什么也找不出来，我就是找碴儿和他吵架。”其实激起龙啸天去和施弢吵架的是魏裕民的一个电话。

“我们还是应该把话拉回来，现在还不是和施弢彻底决裂的时候，人家毕竟是在掌管着监狱大权呀。”

龙啸天长叹一口气：“晚了，施弢没有和我发火，说明他的决心已经下定了。”

“晚了，也得这样办，以时间换空间。不知你是否知道郑五常在临终前曾给施弢一封信，在场的人都看到了。”焦成金忧心忡忡地告诉龙啸天。

“有信怕什么，他不是死了吗，死无对证，不要怕。”

“我担心郑五常把咱们俩都扯上去，他的头脑是一点也不糊涂的。”

“活着我们都不怕他，况且他都死了，他又能怎么样，他不是早就把我们扯进去了吗？没有什么了不起的，不是鱼死就是网破。事情走到这个地步了就是一个字‘干’，没有退路了，下死手整他。”

“怎么整他？”焦成金不知道龙啸天又有什么绝招了。

“先用文的，再用武的……”龙啸天说出了自己的想法。

“好，高明，就照你说的办。我今天晚上就去办，底下的事不用你管，我会办好的。”

晚上焦成金从监舍里提出了十名服刑人员，他拿出来十封信，一人一封让每人抄一遍，每个人给奖分三十分，相当于减刑一个月。这十个人一听写封信就是这样的价码，情不自禁地说：“焦处长，我们一定给你抄好。”十个人纷纷向焦成金献着殷勤，很快信抄完了。

焦成金打电话传来了一名刑满释放人员，告诉说：“你去把这十封信复印一百份。这两千元钱你拿去，剩下的钱都是你的。”“这么多钱，用不了，我不能总是花大哥的钱。”“用不了，也给你了。”

一百封信复印回来了，焦成金拿出几大摞信封，吩咐着几名服刑人员填写地址。

“我就不信告不倒你！”焦成金看着厚厚的信，发出了得意的笑声。

第二十三章　马仔之死

半夜，突然有人叫起来："小安子上吊了！"监区的人拥向厕所。小安子直挺挺地吊在棚角的暖气管子上，已经死了挺长时间了。

69.

街头雾气蒙蒙，阳光穿透雨雾射进了几缕霞光。沅江市区三面环山，江水逶迤穿城而过，这种特殊的地形地貌每年到了这个季节就形成了一种特殊的气候，有着海洋性气候的湿润，又避免了海风袭来的咸涩。

施弢冒雨来到了市委，他不知道魏裕民找他有什么事情，还特别告诉他让他自己来。这几天他为监狱的事情已经到市委来过多次了，市委政法委开始插手追捕白鹏飞的案件，华少怀多次和监狱要情况。案子要透亮了，关心的人必然就多了，都明白了。

"施弢，你看看这些都是举报你的信，几天的工夫，市纪委转过来的你的举报信有几十封了，那边还有，加起来能有百十来封呀！我告诉秘书处再来信不要往我这里转了，就在秘书处留存。"魏裕民指着办公桌上厚厚的一摞信说。

魏裕民把施弢叫到他的办公室，专门和施弢谈话。魏裕民的谈话一开始就显得火气很大，但施弢不买账："我请求组织查吧，有个说法对我个人也是有好处的，给群众有个交代。如果我确实有问题，对我怎么处分都行，够罪了就把我交检察院去。"施弢的火气也很大，这不是明摆着整人吗？

"查，查什么？你是我分管部门的干部，查你别人如何议论，再说我俩也是二十多年的交往了，查你不是等于查我一样吗？有问题我都不能让查，别说还没有问题了。"魏裕民的话完全是对施弢保护的口气。

"我在明处，他们在暗处，写信是他们的自由，那是谁也挡不住的。"施弢对魏裕民的态度没有一点领情的意思。

“你看看这里还有男女作风的事情，说你和欧阳的关系不正常，还有什么工作作风专横跋扈，无视上级领导。还好，总算是还没有告你有经济问题的。”

“真是欲加之罪何患无辞啊，我明白了，什么叫坏人，什么叫整人。他们怕我说明我干对了。几十封信算得了什么，我等着再来几百封信。”施弢愤然地说。

“沅山监狱的有些事情都是过去的事了，我看你就别折腾了，白鹏飞也不是你在位时跑的，省监狱管理局把他已经上网了，你们等着公安机关抓他吧，《监狱法》不也是这样规定的吗？你在监狱稳稳当当干几年就离开监狱吧，愿意回公安局、法院、检察院都可以，到市委政法委也可以，安排做常务副书记。”

施弢明白了魏裕民话里的深意，反驳说：“魏书记，你知道这白鹏飞会在社会上干什么大案呢？他一天不归案，就是对人民群众的潜在威胁。我抓他不是为了我个人的荣誉和地位，市委把我放到了这个位置上，我得对人民群众负责任，我要是追求享受和安逸就不到沅山监狱来了。”

“施弢，你要是这样折腾下去不怕把监狱整乱套了吗？监狱是安全稳定第一，我想这个道理你还是明白的。”魏裕民质问道。

“乱，有啥乱的？监狱的秩序正常，有牵连的就是那几个人，我干正常的事情还能把监狱搞乱，那监狱不是是非颠倒了吗？这世界上有没有公理了？”施弢反唇相讥。

“好，那你就查吧，我没意见，但你要记住，工作的事情不是一个人干的，好多问题的解决还要有一个相当长的时间过程，历史问题还需要站在辩证唯物主义立场上去分析。”

“不查，就是辩证唯物主义？我还没听说过这是哪家的马克思主义规定的。监狱是我个人家的买卖吗？我也是为了党的事业。”施弢把魏裕民驳得哑口无言。

谈话在不愉快的气氛中结束了，施弢没有接受魏裕民的批评。

魏裕民憋了一肚子气，在电话里和龙啸天说了和施弢谈话的情况。他真想和龙啸天发作，但还是忍住了，平静地说：“啸天，我今天和施弢谈过了，他丝毫没有收招的意思，你们也是，写几封信就行呗，整那么一堆，一看就是假的，事前也不和我商量，夏书记都有看法了，搞得我这么被动。”

“施弢也太狂妄了，连你那么大的市委书记都不放在眼里，这回你知道他是什么样的人了吧，平常就是这样，谁也不放在眼里，我看必须给他点厉害让他尝一尝。”龙啸天的话里暗藏杀机。

“给他点什么厉害，你们可别瞎整，要是让他抓住了把柄，我们就都说不清楚了。”

“你就放心吧，我就是让他知道一下和大哥你过意不去的下场，让他有苦难言。这点事情我还是能办明白的，我亲自安排，你就听好吧，看看老弟我办事的水平。”龙啸天已经想好了路子。

“我不允许你们瞎整，你们不听我的话，出了事我是不负任何责任的。”魏裕民必须把自己的责任推得一干二净。

龙啸天明白魏裕民对这件事情采取的是一种放任的态度，领导嘛，就是会玩这样的手腕，他一辈子也学不了这种权术，他继续给施弢奏本：“魏书记，你就放心吧，我龙啸天什么时候没有听过你的话。我是在上级的绝对领导下工作，对待上级领导我从来都是毕恭毕敬的，施弢后脑勺有反骨，天生就是抗上，他眼睛里有谁呀，目空一切，他要是真的得手了，他都能把你书记的位置夺过来。”

魏裕民知道龙啸天在故意激他，说的都是没边的话，又端起了架子：“我不多说了。我马上去开书记办公会，监狱的事情你们办好吧，班子还是要团结的，特别是你要注意讲政治，别给市委添麻烦了。”

傍晚，正值下班的时间，沅江大路上车辆拥挤，施弢去省监狱管理局开会回来进入了市区，邵俨开着车在车流中慢慢地行驶着。车赶上了红灯，停在湘潭街路口。“杀人了！”只见一个人捂着头部满脸是血在前面跑，后面几个人拎着木匠斧子在追着，狂喊着：“杀死他！”

“怎么回事？”施弢摇下了车窗。

“是一伙打架的，好像是两伙民工。”邵俨说。

“我下去看看。”施弢打开了车门。

“监狱长你在车上我去吧。”

“不，我下去。”施弢不顾邵俨的劝阻已经冲出了车外，邵俨想要阻挡已经来不及了。

“我是警察！”施弢迎着追来的人群举起了警官证。这时有一个人悄悄地绕到了施弢的背后，举起了木棒。

邵俨在车里看得清楚，高声喊道：“施监狱长注意你的后面！”

施弢一转身，这个人迎头给了施弢一棒，正好打在了施弢的额头上。施弢“啊”的一声倒地了。“施大监狱长，你明白为什么打你的。记住，这是轻的，就是给你个眼罩看看！”这个人教训了施弢一句，扔下棒子飞快地跑了，眼瞅他搭上了停在不远处的一辆摩托车。呼啦，两伙人跑没影了。

110警车赶来了，人早已跑光了。

施弢被送到了医院。经过检查，他的额头被打了一个口子，没有伤到骨头，医生迅速做完了缝合手术，让他住院治疗。施弢不同意，坚持回监狱医院，谁劝也不行。后来大夫说让他先观察一个晚上，没有什么情况再回监狱。

“魏书记，施监狱长被不明身份的人给打了，现在医院呢。”当天，龙啸天向魏裕民报告了情况。

“具体伤到什么程度？”魏裕民心里明白肯定是龙啸天组织人打的，动手太快了。

“我看就是皮里肉外，骨头没有受伤，在医院观察呢，他说啥不住院，要回监狱上班，谁劝也不听，我刚从医院回来。”

“那不行，不能让他上班，伤口别感染了，我马上过去看他。”魏裕民放下了电话，立即坐车来到了医院看望施弢。

施弢正躺在急诊室的病床上打点滴，头部缠了一圈绷带。魏裕民带着秘书来到病房探望，一进屋就说：“施监狱长，多危险呀！小邵你怎么能让他一个人下去呢？”

“不怨他，正好是街路口，他还把着方向盘。”

“以后你不光是开好车，还要负责保护你们监狱长的安全。你把枪带上，我就反对那么多的枪不让带锁在枪库里，那样的话你们配的枪还有什么用。”魏裕民的口气很大，一方面是在训斥着邵俨，一方面是故意做戏给屋里的人看。

邵俨的脸上紧张得冒出了冷汗：“魏书记，我记住了。”一个司机哪里经历过这样的场面，他连连点头。

“那你就住几天吧，不要急于上班，这一切就听大夫的了，没有我的命令，施监狱长不能出院，这个就落实给龙监狱长了，他要是跑了我拿你是问。”龙啸天在旁边连连点头称是。

“好，我听魏书记的，今天就住在医院了。”施弢看这架势知道自己也回不去了，几个点滴打完就得半夜了。

半夜，施弢的伤口疼得十分厉害。他打了一针止痛针刚刚睡着，手机响了，是市委夏枫书记打来的电话，他嘱托道："我在省里开会呢，施弢啊，你们沅山监狱的对敌斗争很激烈呀，我听了情况，你这不是误伤，是有意对你来的，是报复你。"

"我心里明白，我不怕他们，他们越是这样，越是说明我已经触到了他们的痛处，他们离灭亡不太远了。"施弢被打后就明白了，这是有人报复他，他想到了是谁，但他还是有些不相信他会使出如此卑劣的手段。

"要注意安全，等我在省里开完会后过去看你。"夏枫在第二天会议结束后就回来了。

施弢接完夏书记的电话后，再也睡不着了。他觉得自己这一棒子挨的是窝囊透了，他气血上涌，伤口疼得更厉害了。他坐了起来，与其在这里睡不着还不如回监狱去。他招呼着睡在旁边床上的邵俨："邵俨，我不住院了，我回监狱。"

"那怎么行呢，让你住院这是市委魏书记的指示，你怎么能违抗书记的指示呢？"

"我是监狱长，你是听我的还是听他们的？"施弢火了，他这也是第一次和邵俨发这么大的火。

"当然是听你的了，但是监狱长我得提醒你一句，现在都是大半夜了，你回去和在这里有什么区别呢？有什么急事，明天早晨回去也不迟。"

施弢一听邵俨说得有道理，情绪稳定下来："我听你的，就当什么事情都没有发生，我这一棒子是不会白挨的，监狱警察也不是好惹的，我饶不了他们。"

"监狱长，两个法院的同志找你。"监狱办公室主任石磊告诉施弢。

"法院找我干什么？让他们进来吧。"施弢不知道是监狱的什么事情又惹着法院了。

"这是早已生效的判决，你们监狱拖欠的工程款，我们来过多次，你们以各种理由予以推托搪塞。你是法人代表，带头拒不执行人民法院已经生效的判决，我们已决定对你进行拘留。"执行员亮出了拘留票子。

施弢没有想到是这件事情，他冷静地说："拘留我这是你们法院的权力，但是我要声明一点，我一不是抗拒，我身为监狱长，监狱的首席执法官，我知道抗法的后果。二不是拒不执行，而是监狱没有经济能力执行。你们认为拘留我就能拘出钱来，那就拘留吧。"施弢说着伸出手来，"请给我戴上铐子，我跟你们走。"

"施监狱长，请你脱去警服，换上便装。"一位法警说道。

“对不起，你们没有权力让我脱去警服，你们可以拘留我，但我没有违反警察法的规定，你们是依法执行怕我穿警服干什么。法律有哪条规定我必须脱掉警服？你们拿出法律根据来！”施弢说着整理一下警服，正了正帽子。

法院执行法官、法警面面相觑，和施弢僵持起来。把一个穿着警服的高级警官押进拘留所，的确有损于法律的尊严，他们也不敢强行动手。闻讯而来的监狱民警围了过来，七嘴八舌地吵吵起来：“凭什么带我们监狱长走，钱又不是他当监狱长时欠的，找前任领导去！”“你们谁也别想出这监狱大门，就你们这几个人有什么了不起的！”“把他们的车扣了，轮胎的气放了。”外面又来了一帮服刑人员，可能是民警有意找来的。

龙啸天和焦成金也赶来了。龙啸天大声嚷着：“我看看谁有这么大的胆量，敢到监狱里面来抓监狱长，简直是反了。你们要是把施监狱长带走，我宁可监狱长不当了，我就领着监狱警察到市委大门口示威去，我让全世界都知道。”

气氛十分紧张，大有一触即发之势。

“对，我把犯人都带出去上市委静坐去。”焦成金也跟着喊着。

执行法官哪里见过这样的场面，他们向施弢求救：“施监狱长，我们也不希望出现这种结果，都是上指下派，你说句话把人撤了。我们毕竟都是政法机关的，把事情弄大了，对我们两家都没有什么好处。我们也不想拘留你，要不你和我们院长直接通个电话，说明一下情况？”

“龙监狱长你们这是干什么，赶紧把人领走，焦处长你把犯人带回去。”

“不行，法院的人没有态度我们就不走，我就一个小小的副监狱长，大不了我不干了。大家说对不对呀？”龙啸天不听施弢的命令。

“对！”众人都跟着附和着。

“龙监狱长，你不能这样胡闹，再这样闹下去，性质就变了。大家都回去，我们要相信法律是公正的！”施弢急了，“谁不回去，我处分谁！”

龙啸天也明白事情不能闹大了，连忙说：“好吧，听施监狱长的话，回去吧，相信法律，相信人民法院。”

大家见龙啸天这样一说，逐渐散去了。执行法官用手机和法院联系着，向院长汇报着情况。院长指示：“你们先回来，不要发生冲突。”

“施监狱长，我们先回去了，对不起了！”执行法官客气地和施弢握手告别了。

施弢给市委夏枫书记打电话，汇报了今天发生的情况。夏枫听完情况后，当即给市中级人民法院院长郑四平打了电话，开口就急了：“荒唐，实在是荒唐，你要拘留一个监狱长，就不怕带来社会影响，你知道会带来多大的政治后果吗？”

“夏书记，我们事先和市委副书记魏裕民打了招呼，魏书记说他没有意见，让法院按法律办。实际上我也非常了解监狱的情况，申请人闹我们也没有办法。我哥哥原来是监狱长，这个案子已经拖了这么多年了，监狱一点都不配合。我也是没办法的事情，现在我只好下手了。”郑四平是郑五常的亲弟弟，过去他哥哥当监狱长的时候他始终下不了手。

“这和施彧这届班子有什么关系，都是历史遗留的问题了，你们还是要稳妥处理，我建议你们法院撤销对施彧拘留的决定，你亲自带办案人来市委汇报，我要听情况。”夏枫的命令不容商量。郑四平连忙应诺，我过去，我马上过去汇报。

陈剑虹从法院回来了，汇报着沟通的情况：“施监狱长，我见过了法院的办案人。您知道吗，监狱欠的钱实际是白鹏飞的，原来说好了是赞助给监狱的。那年监狱盖办公大楼，白鹏飞说是赞助一百万元的建筑材料，监狱给他立了一个大功，减了二年刑期。减完刑后，他又要这笔钱，监狱无力给付，他唆使别人起诉了，在执行阶段又中止了。他始终是用这件事叼着监狱。前些日子，原告又组织了一伙人去市人大上访，给法院施加压力。我分析背后的指使人还是白鹏飞。”

“是吗，这件执行案件会和白鹏飞联系起来？”施彧没有想到这一点。实际上那伙人是在折磨他呢，招都想绝了。

“我听法院的同志说，原告今天又撤回了执行申请，法院问为什么，原告说他们老板说钱不要了，法院问他们的老板是谁，他说是白鹏飞。”

“这么说还是冲着我来的了，白鹏飞的用意是很清楚的，这更加证明了我们追逃的方向是正确的，触到了他的痛处。好啊，我们就看看他还有什么高招，他都给我们使出来吧。”

“白鹏飞就在沅江市是肯定了，他太嚣张了，我们已经对那个所谓的原告采取了监控措施，他只要和白鹏飞有联系就跑不了。”

“好，一定要保密，不能透露任何消息。白鹏飞露一次头，就会多一个钓他的钩子。明天夏书记到监狱来视察，有些情况我要详细地向他汇报一下，市委必须给我们撑腰啊。”

市委书记夏枫到监狱视察工作，魏裕民和政法委的领导陪同。施彧带领班子成员在监狱大门前迎接。夏枫和班子成员依次握手，然后在施弢的引导下来到了会议室。

夏枫见施弢明显地瘦了，眼圈黑黑的，关心地问："伤口都好了吗？"他仔细地查看了施弢头部的伤口。夏枫年长施弢几岁，原来是一个国有大企业的党委书记，到沅江市委工作已经整整十年了。

施弢满不在乎地笑着说："好了，骨头没有伤到，就是留下了一个大疤瘌，这么大的岁数了，有了疤瘌那是光荣了。"

"那是光荣的伤疤，事业不是一天干的，要走的路还很长，你一定要注意身体。"

"谢谢夏书记。我这辈子没有别的出路就是搞政法了，干这行是没有退路的。善始容易善终难啊！"

"我这次来沅山监狱就是看看同志们，大家这一段时间很辛苦，监狱工作不容易啊，市委是了解你们的，监狱的困难很多，市委有责任帮助你们。"夏枫做了简短的讲话，大家不约而同地鼓起掌来。

临上车时，夏枫语重心长地说："施弢，我知道你的压力是不小的，监狱工作比不得公安工作，人员情况都是非常复杂的，你们天天是踩在火山口上，你一定要争取尽快将逃犯白鹏飞追捕归案。需要公安机关配合的，我说话。"夏枫对逃犯看得很重，这是对的，白鹏飞毕竟是一个重刑犯啊，谁知道他还会干出什么恶性案件。他一天不归案，对社会就永远存在着威胁。省里的领导对此案也是非常重视，也担心白鹏飞会干出什么大案来。施弢感觉到夏枫这番话的分量，可现在还是没有追捕的线索，他和市委书记的表态也是留有余地的，他知道话说大了就不好收了。

70.

秦雨农疯了。他天天说着疯话："我是强奸犯，我是杀人犯，鞋儿破，帽儿破，身上的袈裟破……"他唱得有滋有味，还配合着舞蹈动作。

焦成金接到报告，带着处里的人来到了秦雨农的监舍。秦雨农笑嘻嘻地迎了上来，扇了一下手里的破扇子，一阵臭味袭来："焦处长来了，我请您吃饭，我是特级厨师，我会做菜。"秦雨农伸手拽他。只见房间里桌子上摆着秦雨农做的四个菜：红烧烟头、清蒸桑塔纳（一块铁皮）、醋熘水晶（玻璃碴子）、群芳争艳（炒蟑螂），还摆上了一瓶鱼子酱——一罐粪便。

焦成金看着秦雨农，问着同监舍的人员："昨天还好好的怎么突然间就疯了呢？是装的还是真的疯了？”他指着那罐粪便，“秦雨农，你先替我尝一尝鱼子酱的味道。”他寻思你要是装的你就吃不进去。

“您是信不着我呀，我做的鱼子酱味道好极了，您不吃我全吃了。”秦雨农用一个小勺舀着吧唧吧唧地吃了起来，房间里散发出大粪的臭味。恶心死了，有的人瞅着都呕了起来。

焦成金火冒三丈，喝道：“把他先给我送禁闭室去！”

“怎么样，好吃吗，焦处长我还给您做，我的鱼子酱是沅江市大皇鱼的鱼子呀，过去是皇帝吃的贡品呀……”秦雨农捧着那罐鱼子酱不放。民警和他一抢，弄得民警满身都是。

“别和他抢了，给他带走，留着他自己吃吧。”焦成金捂紧了鼻子。实在是太臭了，他也受不了。几个服刑人员上来，也顾不得脏了，把秦雨农按住，戴上了手铐，架走了。“你们再跟着去两个人。”可屋里的服刑人员谁也不动地方。焦成金见自己说话不好使，急了，抄起了警棍：“怎么，我说话你们没有听到吗？”

谁也不愿意去照顾一个疯子。秦雨农经常梦魇，连喊带叫：“我没有杀人呀！”有一次他半夜起来掐着同监一个人的脖子不撒手，要不是发现得早，人就被他掐死了。同监舍的人几乎没有人敢和他在一个房间，所以谁也不愿意跟着去。

“方波，你跟着去，好好看着他。”焦成金用警棍指着方波交代着，“先由你照顾他的生活，每个月我都给你满分奖分。”

方波回监舍取东西，屋里的人围过来问着情况，监狱是不是要把秦雨农送到精神病院去。

“秦雨农的人品你是知道的，白哥有交代，你要是照顾不好他，我就拿你是问。钱有的是，你随时和我说。”邓文龙特意向方波交代着。

“我知道了。但这样下去总不是长久的事情，我也不能天天陪着他呀！”

“你就当在医院护理你亲爹了，每天按时给你护理费。”邓文龙不依不饶地说。方波寻思要是我爹我早就跑了。他还不敢顶邓文龙，小心翼翼地问：“邓哥，他真的疯了吗？”

“疯不疯和你有什么关系，监狱都不管，你操那么多的心干什么，你就记住一点，我们永远是哥们就行了。”

“前几天紫云还来看他，哭着走了。他干吗要这样地糟蹋自己，我真不理解。”

“你看过《水浒传》吧，当年宋江为什么会疯呢？”邓文龙给方波讲了一段《水浒传》的情节，方波的脑瓜多少有些开窍了。

“那他可别弄假成真呀？少玩点儿埋汰的，我受不了。我一寻思他满口地吃大便就想吐，我已经好几天没有吃饭了。这样下去，他不疯我也疯了。”方波想，出什么招不好，谁给他出的吃大粪的损招呢？

“也就是这几天，他躲过去就好了。”

“他要躲什么呀，躲过去是什么意思？”方波不解，晃晃脑袋走了。

上午十点钟，狱内就传来消息——爆狱了！教育处的女民警舒捷被劫持在监舍内。为首的一名叫周广堂的服刑人员高声喊着：“要严厉惩处邓文龙等人，不答应我们的条件，就放火烧监舍，杀掉人质，同归于尽。”

宋德玉走后，邓文龙等人在狱内称王称霸。他不碰白鹏飞的人，但欺侮其他服刑人员。监狱管教员也管不了，终于使矛盾激化了。

舒捷今天上午进狱内开展心理咨询，她和教育处另一名心理教师金宇对周广堂进行心理咨询。突然，金宇的BP机响了，他说我出去回一个电话。他刚一出屋，周广堂凶相毕露，扑过去一把将舒捷的脖子搂住，拿出一把刀横在舒捷的颈部，边喊边往外拖着舒捷：“你们别过来，过来我就杀死她。哥们，把汽油浇上，听我的指挥。”

闻讯赶来的民警眼瞅着周广堂把舒捷拖进了监舍。

金宇回了传呼，对方说没有传过他。他莫名其妙地回到心理咨询室，被眼前发生的一切惊呆了。

“你们听着，让施弢进狱内来，我们要和他对话。”周广堂点着施弢的名字，揉搓着舒捷，“宝贝，你别怕，我不杀你，我留着你。”他恶狠狠地用刀在舒捷的颈部一比画，划出了口子，血顺着颈部流了下来，看着非常恐怖。

焦成金来到施弢的办公室报告情况：“施监狱长，你进不进狱内？”

“我马上就进去，救人要紧，你们要稳住罪犯，别戗他，先慢慢和他唠。”

“施监狱长，危险，你应该带上枪。”焦成金提醒着。

“带什么枪，还没等你拔出来呢，人质早就死了。”

施弢来到了监区，望着眼前发生的一切，简直就和电视里的情节一模一样。

“请无关的人员立即离开现场，回到你们所在的监舍，不要以身试法，这是政府对你们考验的时候。”龙啸天拿着手提话筒喊着，“周广堂，你有话说吧。你有啥要求我们好商量，只要是合理合法的，我们满足你的要求，但你们不能伤害人质。”

防暴大队在悄悄地行动着，陆续到达了指定的位置。几名狙击手已经将枪口瞄准了周广堂，只要他一有伤害舒捷的举动就一枪将他击毙。

施弢脱掉了警服，举着双手说：“周广堂，你把人放开，我和你谈。你这样做不是解决问题的办法。”

周广堂又变卦了：“你别过来，我不和你谈了，让你女朋友欧阳过来，我和她谈。”狱内的服刑人员大都知道施弢和欧阳惠雪的关系。

“好，我过去，你有啥话和我说吧。”欧阳惠雪大方地走了过去。

周广堂放开了舒婕，把刀横在了欧阳惠雪的颈上：“我知道她是你媳妇，你们就要结婚了。这都是他们逼的，我不怕死。我今天压根就没有想活。”

“你还年轻，也不能这样简单地就死了呀，你有啥要求直接和我说吧。你这样做是犯罪，放下凶器现在觉悟还来得及。你还不到三十岁，家里还有年轻的妻子和孩子。”施弢边说边往前走着。

欧阳惠雪被勒得满脸通红，她用眼神示意施弢不要过来。周广堂听施弢这一番话有些分心，勒着欧阳惠雪的胳膊有些放松。突然，欧阳惠雪一个漂亮利索的闪身，用一个大背将周广堂重重地摔了过去，施弢一个箭步冲上去将周广堂摁住，几名防暴队员上来迅速制服了周广堂。“看看你们谁敢点火，把手举起来！”旁边的罪犯扔掉了打火机，乖乖地举起了手。

“小娘们，算我看走眼了，我小瞧你了，我们后会有期。”周广堂躺在地上昂着头说。

“你没有受伤吧？”施弢急切地问着欧阳惠雪。

“没有。”经过刚才的紧张场面，欧阳惠雪说话还有些气喘。

大家都没有想到欧阳惠雪还会这么一手。实际上她在警校学习时，在女同学中就是柔道高手，有的男生都不是她的对手，她自己都想不到今天派上了用场。

金宇满脸是汗地跑了过来。他目睹了刚才精彩的一幕，喃喃道：“怪我……都怪我……”边说边往上不停地推着眼镜。

“你为什么要把舒捷自己留在狱内？”龙啸天严厉地斥责着他。

“不怨他，怨我自作主张太大意了。”舒捷平静地说道。

施弢冲着龙啸天厉声说：“龙监狱长，今后监狱女警绝对不允许一个人进狱内，必须进去的，保证有两名以上的男警陪同。”

龙啸天反驳说：“这个责任，我可担当不起，今天要是出现后果我就干到头了。监狱早就有规定，只不过是舒捷他们马虎了。你说是不是，舒捷。”

“是的，施监狱长，是我的责任，是我的敌情观念不强。”

71.

晚上汪兆月急忙赶到了白鹏飞的秘密住处，白鹏飞这些日子就住在汪兆月给他提供的那套房子中。

“鹏飞，我们连连失利，事都坏在了小安子的手里，荀河没整住，还搭了两个弟兄，你现在得下决心收拾他，小安子要是彻底投向了狱方就一切全晚了。”汪兆月气得脸色都变了，“我们是一步一榔头，好像一切都在施弢的掌握之中。”

“小安子不至于这样呀，他这样干是为了什么？”

“为了啥，为了早日出监。”

“他的胆也忒肥了，他不怕出来后我收拾他？”

“恐怕你还没有动手就先完蛋了。我听说他在狱内和邓文龙打得火热，经常埋汰你。”

“他敢埋汰我，就他那小样的有多大的胆子呀，我饶不了他。这事你不用管了，我有办法对付他，我明天就安排。”白鹏飞脑袋一转一个歹毒的计谋形成了，他暗笑着，我吓吓他，吓死他拉倒。

邓文龙在监舍的床铺上偷偷地看着白鹏飞捎给他的一个字条：“文龙，小安子知道的事情太多了，我们干掉他。这小子是成事不足，败事有余。至于怎么干掉他，我自有办法，你看结果就行了。小安子死后，还有人和你联系。枪支我已经订购好了，准备近期运回东北。”

“邓哥，你看啥呢？”小安子不知深浅地凑了过来，他还不知道死神已经向他逼近。

“没看啥，是捎东西的清单。你玩去吧，让我静一会儿。”

小安子在监狱会见室通着电话，这已经是第三个恐怖电话了。“小安子，你听着，你必须死，你死后，会有人很好地照顾你的母亲，弟兄们会永远记住你的，每年你的忌日给你送钱送物。”对方在电话里恶狠狠地说。“我要不死呢？”“那就由你妈替你去死。”“你是谁？”“我是鹏哥的朋友。”

几天里，小安子精神恍惚，他明白了是鹏哥让他去死的，为什么呢，他不理解。晚上他和邓文龙突然冒出了一句：“我心疼我妈呀，为了她我啥都愿意。”他自语着：“为了我的母亲我可以去死，但我临死前我要知道我的生身父亲是谁。”

“小安子，你说啥呢，你说你的父亲是谁，那你得问你妈，别人谁能说得清。”

“我的命怎么这样苦啊，我这样活着还真的不如死了。”

“你他妈的挺好的一个大活人，谈什么死呀，我看你和秦雨农一个样，得精神病了。明天我就让监狱把你送精神病院去，给你过电刑。”邓文龙吓唬他，说得和真的一样。

小安子被吓得睁大了双眼：“邓哥，我可不去精神病院，我死也不去……”

半夜，突然有人叫起来：“小安子上吊了！”监区的人拥向厕所。小安子直挺挺地吊在棚角的暖气管子上，已经死了挺长时间了。

施弢早就发出了指令，要立即提审小安子。陈剑虹报告：“小安子他在夜间上吊死了，我们晚了半拍。”

“唉，我们怎么没有想到这一点呢？”施弢懊悔地一拳砸在桌子上。

“自杀是清楚了，但他自杀的原因是什么还没有查清楚。”陈剑虹现在也不能做更多的解释，不管是什么原因人都是死了。

施弢等人迅速来到现场。现场保护得非常好，一切都没有动。法医经过检验小安子确系自缢身亡，完全排除了他杀的可能性。他自杀的位置正是电视监控的死角。监区当天值班的民警睡得死死的，他喝了一罐饮料后，就昏睡过去了。经过检验他喝的饮料中被注入了麻醉剂。他回忆不起来这饮料是从哪里来的。

“你这几天发现小安子有什么反常的行为没有，你实事求是地和我们谈一谈。”侦查人员提审了邓文龙。

“他的死我们大家都觉得挺突然的，我们睡觉前他都挺正常的。大家都说他家是精神病遗传，说他爸爸也是他这个年龄上吊死的。”邓文龙轻松地回答着监狱侦查员提出的问题。但同监的一名罪犯证实了这样一个情况，当天晚上小安子没有吃饭。邓文龙却说小安子吃晚饭了。还有人证实，小安子在当天接见回来情绪就不正常。

监舍内这几天变得肃静多了。

“邓哥，你下来洗脚吧。”小蚕蛹在招呼着邓文龙。小安子的死给邓文龙的打击是很大的，从他入监那天起就是小安子身前身后围着转，像伺候爹似的恭敬他，突然间就死了，他心里也特别的不好受。一个大活人说没就没了，他还伤心地哭了一场，觉得对不起小安子。他吩咐人去给小安子烧了点纸心情才安稳了一些。

“对小安子的死大家都有什么说法呀？”邓文龙坐在底铺上双脚泡在水盆里，小蚕蛹蹲在地上给他洗脚。

“都说他不应该死，这里肯定有什么说道。还有的说你肯定知道原因。还有的说……”小蚕蛹不说话了。

“你怎么不说了呢？”邓文龙质问。

“我不敢说，我怕你揍我。”小蚕蛹哆嗦着说。

“妈的，你说，不要怕，我不揍你。”邓文龙换了一副嘴脸。

“他们说小安子的死肯定和你有关，说监狱这次不会放过你的。”小蚕蛹一股脑儿把话全说出来了。

“他妈的，这是放屁，小安子是自己上吊死的，和我有什么关系，监狱法医有明确的结论。”邓文龙说着气得一脚踢翻了洗脚盆，一扬手又摔碎了一个玻璃杯子。

“邓哥，都怨我嘴欠，惹你生气了，你打我吧。”小蚕蛹说着跪在了地上。

“你起来，我发火和你没有什么关系，我知道这是有人在往我头上扣屎盆子，真是瞎了他的狗眼。我邓文龙是什么人，告诉他们我眼睛里绝对容不得沙子。”他故意大声喊着，给监舍的人员听着。自从宋德玉等人转走后，监狱里还真没有人敢和他抗衡。

有几个服刑人员过来劝着邓文龙，有的赶紧拿着拖把拖地：“就你他妈的瞎说，惹邓哥生气。”

小蚕蛹给邓文龙擦干了脚，扶着邓文龙站了起来：“邓哥，你上床休息吧。我给你按摩按摩。”

邓文龙的气消了：“你别往心里去，我不是冲你来的。你还差多少分能出去？”

“邓哥，还差整整三百分，我上哪里整去啊？”小蚕蛹做出一副为难状。

“没事，大哥给你弄六百只耗子不就够了吗，我明天就落实。”

“那可太谢谢邓哥了，到时候我给大哥磕头。不，现在就给大哥磕头。”小蚕蛹给邓文龙磕了三个响头。

“大哥，你需要的一千只耗子我已经给你运进来了。你看这耗子个头有多大，是地道的粮库耗子。”“怎么弄进来的？”“从监狱大墙那边抛进来的。”“岗哨没有发现吗？”“事先都打点了。”

“你这是给谁整的呢，下这么大的力气？”

“给小蚕蛹，他够三百分就能走了。用不了的耗子给别的弟兄用。”

“你明天就走了，你过来，我给你交代办一件事情……”邓文龙伏在小蚕蛹的耳朵上耳语着，小蚕蛹不时地点着头。

“邓哥，你是我的再生父母，我一定把你交代的事情办得明明白白。”小蚕蛹的减刑法院核准了，明天宣判完他就可以出监了。

“小安子死了，对我们是有利还是没利呢？”焦成金在龙啸天家里和他议论着。

“死了好，当天晚上不是贺海东值班吗，他的责任大了，官这下当不成了，我们少了一个对手。”

前几天施弢对监狱班子成员的分工做了调整，龙啸天主动提出来不管狱政了。贺海东分管狱政，龙啸天分管行政工作。

“看来我不管狱政是因祸得福呀，我得谢谢施弢了。他们选的时机真准，下手确实利索，我服了。施弢这次是真的栽了，我看他怎么向市委、省局交代。”龙啸天洋洋得意。

“小安子为什么会死呢，那小子平常多欢实？”焦成金心里知道龙啸天说的他们是谁，他也是明知故问。

“不用说，肯定和白鹏飞有关系，我估计是白鹏飞逼他，他处于什么压力下，被逼无奈才去死的。施弢搞了一辈子公安，他非常清楚这一点。让狱侦处去侦查吧，我们等着有好戏看喽。”

“我们也得小心呀，白鹏飞这小子是够狠的了，活生生的一个大活人就能给逼死了。”焦成金忧心忡忡地说。

“就得这样，白鹏飞也是没法子的事情。但我没想到他手会下得这么快。也好，知道我们情况的人又少了一个。”

“我们总得要留一手呀，我们是一步一步被施弢逼向绝路了。”

龙啸天拍拍焦成金的肩膀，轻松地说：“焦处长，你不用怕，我们有现成的去国外的手续，必要时我们可以逃往外国，怎么也能混碗饭吃。”

“那我们不是成了民族败类了吗？我不去，我宁可死在国内也不往国外跑。”

“你不去，抓住我们还有什么好啊。我们没有退路了。”

“我就是死也得死在国内，我们这类人到哪里也是丧家犬。共产党不容我们，别人更不能留我们。悲哀呀，悲哀。”

“你这是什么话，你后悔了？”龙啸天对焦成金有了一丝担心。

“我不后悔，我后悔也没有用了。不过，你放心，无论到什么时候我都不会当叛徒的。”焦成金从龙啸天的话里和表情上看出了不信任，他连连表白自己。

“我家里还有几件正经的东西，出手都是好价钱。”龙啸天从床底下拽出了几个箱子，“你看这是北宋时代的白釉褐彩剔花牡丹纹矮腹瓶。这是北宋时期的白釉殿宇形枕，这是白瓷孩儿枕……”龙啸天如数家珍。

“这些玩意儿都是真的吗？”

“百分之百的真品。”

焦成金晃晃脑袋，他不相信，年代这么久远了，上哪整这么多的真东西，这些东西他看得眼花缭乱。他无心观赏这些破瓶烂罐子：“龙监狱长，邓文龙昨天和我说了，他要见你，说是有话和你说。”

“他要见我，他是什么人敢点名见我，我不见，告诉他我已经不分管狱政了。”

“我的意见是你见他一面，说不定对我们有利呢。他对我们的情况都知道，他和白鹏飞是一伙的，到这时候我们也顾及不了那么多了。”

“好，那我晚上见他，你把他提到你的办公室，要绝对保密，不能让任何人知道。”龙啸天现在对什么事情都格外小心，他的胆子小多了。

“不用怕，保什么密，我们提审犯人是很正常的事情。”焦成金心里说，该怕的时候你不怕，正常的事情你倒害怕了。

晚上，焦成金把邓文龙提到了狱内办公室。一进屋，邓文龙想和坐在靠椅上的龙啸天握手。他一看龙啸天根本没有握手的意思，把伸出的手又缩了回来。他知道龙啸天瞧不起自己，毫不在意地说：“龙监狱长，谢谢你给面子肯见我。但我要说一句，你要是不见我会后悔的。我会帮助你和施弢干，我和社会上的朋友都打了招呼，他们都表示只要我吩咐一声在所不辞。”

龙啸天习惯地在靠椅上晃着，掰掰手指头，指了一下靠墙角的凳子，意思让他坐下，他耷拉着眼皮说：“邓文龙，我不明白你一个犯人能帮我什么呢？”

邓文龙哼了一声，心里说，你让我坐在那里太瞧不起我了，他干脆站在龙啸天的跟前：“我能让施弢离开这个世界，在沅江市消失，你信不信？”

“你的口气好大啊，你现在身陷囹圄还有这么大的本事？”

“龙监狱长，你不信我的话就算了。但我告诉你，我们要想活下去，必须把他干掉，还有那个陈剑虹。”

“你有什么办法，说给我听听。”龙啸天的口气全变了，他看出来邓文龙确实是一个有头脑的人，比白鹏飞是强多了。

“具体什么办法我今天不说，到时候你给我提供机会，我安排人动手，其余的事情不用你管。”

“什么条件？”龙啸天明白黑社会的价码，没有白给你卖命的。

“事后帮助我逃出沅江市，我不能像白鹏飞那样耍小聪明，躲在沅江市装老大。至于费用嘛，我不多要，你给我准备五十万元钱够用就行了。”

“好，你放心，钱是不成问题的，但你怎么能跑得了呢，现在和白鹏飞那时候可不一样了，动手的速度是会相当快的，怕到时候来不及了。”价格还不高，龙啸天答应了。

“这个不用你管，你提供方便就行了。”

“你怎么能证明你有这个能力呢？事情败露后，你再把我撂出来，我也完了。”

“我的龙大监狱长，你小瞧我邓文龙了，我生是一条汉子，死了是一副硬骨头架子，你既然这样看待我，我就不和你说什么了。”邓文龙转身要走。

龙啸天起身拦住了邓文龙：“慢着，文龙老弟，我相信你。到时候我会找你的，你知道监狱人多耳杂，这可是掉脑袋的事情，我们从长计议，后会有期。你在里面老实改造，这监狱早晚是要有一场恶战的，我们都是舞台上的演员，看看胜利属于谁吧。”

“既然你我以兄弟相称，我就什么也不说了，今天是你我哥们的分水岭，我们事上见吧。用到老弟的时候大哥你就喊一声，我会肝脑涂地的。我走了。”邓文龙双手抱拳大步走了，到门口后他又停了一下，“对了，我还有一句话，蒙丽莎这个女人是个讲究人，大哥，你选择她是不会错的，有机会替我问一声好！”

龙啸天见自己和蒙丽莎的关系他都知道了，喊道：“文龙，你等一下，我有一样东西送给你，可能对你会有用的。”龙啸天打开了办公桌，拿出了一部移动电话，“这个手机的最大优点是电池用的时间长，你留着用吧。”

邓文龙接过一看是一部新款的手机，这份礼物在这监狱里确实是非常贵重的，他没有想到龙啸天会来这么一手，他推辞道：“监狱最忌讳有这个东西，我收下容易给你惹祸，心意我领了。”

“这话说哪里去了，我敢给你，就不怕你惹祸。邓弟是什么样的人我还不知道，你是有头脑的人，就这么一个破东西，要是在狱外你还不稀罕呢。”

“既然大哥这样说，我就收下了。你放心，这个手机我轻易不会启用的，关键的时候我用这部手机和你联系。”

“这个手机的号码就我一个人知道，你该用就用，我不发话谁也不敢碰你的。”实际上这部手机是蒙丽莎送给龙啸天的，他今天一狠心就给邓文龙了，邓文龙在监狱里的势力已经形成，他要把邓文龙这个人拉过来，为他所用。

邓文龙在监舍里和几个人炫耀着那部手机：“你们猜猜是谁给我的，谁猜对了我就送给谁。”大家七嘴八舌地猜着，连个边都没有搭上。“邓哥，你说说是谁给的？”

“猜不着那就没办法了，这个人可不能告诉你们。黄青，你看我的手机好吗？”

“真漂亮。”黄青爱不释手。

“黄青，你喜欢就送给你了！”

“那是大哥的心爱之物，兄弟我怎么能夺人所爱呢。”黄青知道一部手机在监狱的价码，两三万元都买不到的。

“你拿去吧，我说给你就给你了，多大的事呀。”

“大哥，这手机在你的手里，可比我的用处大呀。”

“什么用处大，它是个惹祸的东西，轻易不能用它。”邓文龙对龙啸天也不放心，他怕龙啸天在手机上和他做手脚，控制他，所以这部手机他是不能留的。

“大哥那我就收下了。”黄青倒是非常高兴，凭空就得了一部好手机。

“这就对了，谁让咱俩是真正的铁哥们了，现在我跟前的这些人我就是相信你的水平能力，还是有文化的人厉害呀，以后你就是我的参谋长了。”

第二十四章　藏枪龙潭

“沅江的上游大峡谷处，方圆十里八村没有人家，有一个山洞，洞里住着两条大蟒蛇，能有一百多岁了。我们就把枪藏到那个洞里，有两条蛇看着，再安全不过了。”

72.

清晨，沅江岸边的广场上全是晨练的人。这边身着白色练功服的大型太极拳队随着音乐表演着，那边离退休的老干部聚在一起议论着沅江市的时政，另一边东北秧歌队在欢快地扭着。这里几乎就是老年人的世界。年轻人还在熟睡着，等着自己的父母锻炼完后把早点买回去。

早晨一上班，施弢就带着狱政处处长焦成金来到市委，向魏裕民汇报昨天夜里发生的罪犯安文山自杀死亡的情况。本来贺海东也应该来，但他在监狱处理几件急事没有来。

魏裕民听完施弢的汇报后暗自高兴，好你个施弢，终于抓住了整你的把柄了，我看你还说什么。他立即大发雷霆：“怎么，死了？你们把这监狱是怎么管理的，你们这个监狱不是跑人就是死人，这人说死就死了。你们监狱警察的素质是太差了！你们这是支什么队伍，市委说什么也不听。”魏裕民一口气用了四个“你们”，他几乎把这些天憋的火全都迸发出来了，他的这些话是赤裸裸地冲施弢来的。

施弢的火气也上来了，毫无惧色：“魏书记，你不能这样说话。什么你们你们的，难道我们监狱警察不是党领导的人民警察吗？你有权可以把我施弢免职，但谁也无权侮辱我们这支警察队伍。我既然当了这个监狱长，我就要对这支队伍负责任，说这支队伍不好我不愿意听。”他今天是豁出去了，看你能把我怎么样，“监狱怎么样。监狱的好坏你作为分管书记你没有责任？冰冻三尺非一日之寒，我才到监狱几天，对监狱情况的熟悉我还不如你呢。”

施弢太爱这支队伍了，他深深知道，为共和国的法制建设，司法警察付出的代价太多了，献了青春献终身，献了后代献子孙。他们不求回报，只要人民群众能理解就行了。市委、市政府的个别领导对监狱除了谴责就是责备，此外还做了什么呢？施弢曾向市委、市人大、市政府、市政协和社会各界大声疾呼，对监狱警察太不公平了。今天，魏裕民作为分管政法的市委领导竟然这样谴责、挖苦监狱警察，他能接受吗？

“你这话是什么意思，就是说监狱出现的问题我有责任呗！那你和市委夏书记说吧，追究我的责任吧。”魏裕民一看对施弢没有批老实，还把责任给他安上了。公平地说，现在还不能追施弢的什么责任，两个人要是这样地戗戗下去对他没有什么好处，他觉得有失自己的身份。他不和施弢正面交锋了，这就是魏裕民的高明之处，“你是来的时间短，那还有时间长的人呢。那个贺政委为什么今天不过来汇报，他是分管的领导，他应该承担领导责任，我早就和你说过他管不了狱政，你根本就听不进去我的意见，现在看看，怎么样？决不能让他再干了。”魏裕民对调整龙啸天的分工是相当不满意的，但他又没有办法，分工是监狱长的权力，他又不能直接干涉。

秘书进来了，他给两个人各倒了一杯茶，他还说了一句施监狱长您喝茶，借此缓和一下两个人的气氛。施弢明白了，很礼貌地说了一句谢谢。他的声音也降了下来，笑着和魏裕民说：“魏书记，我们不争论了，你说得对，事业不是一个人干的，沅山监狱的问题，不是一个人所能解决得了的。如果你要追责任那就追我吧！你忙吧，我不打扰了。”施弢说完迈着大步头也不回地走了。

“施监狱长，你也不用和我叫板，我今天就向市委组织部提出意见把他免了。”魏裕民也急了，见施弢不搭理他了，火又蹿了上来，他必须给施弢一个厉害尝尝，他要借机狠狠打施弢一棒子。

施弢听魏裕民这样一说，反倒平静了，在办公室门口停下了，笑着说：“魏书记，你最好把我也免了，当大官的就愿意说这句话，过去的皇帝动不动就说把谁拉出去砍了，你现在虽然说还没有这么大的权力，但是免一个我这样的小小芝麻官还是绰绰有余的。我不是和你说气话，我谢谢你了，大不了我回公安局当刑警去，我给老百姓破案子还称职吧。”

魏裕民被施弢的这几句话气得脸都变青了，他被戗住了。他眼见施弢走出了市委办公大楼。

“走，回监狱，回我的花果山！”施弢上车后奋力关上了车门。

“监狱长，您和领导吵架了？”邵俨小心翼翼地问，来的时候他就看出施弢的情绪不对。

“没有，就是和魏书记争议了几句。”施弢的情绪恢复了平静，他知道今天肯定是得罪魏裕民了。

“都是工作方面的事情，监狱长你也犯不上那样认真，私下里你和魏书记还是多年的朋友，有些事情也不是你能左右的，沅山监狱的事情还得慢慢地来。”焦成金也劝着。眼见施弢和魏裕民争论得半红脸了，他一句话也没敢说。

“焦处长，慢慢来可以，但你知道事情是不等人的，问题的发生是不会等你的。”施弢恢复了常态，他在反思着和魏裕民的争吵有什么过火之处。

“我看都是我这个狱政处长不称职，狱政工作没有管好。特别是自从你来了以后，我给你添了多少麻烦呀，我对不起你，我请求监狱党委把我免了吧。”坐在后座上的焦成金俯身和施弢说，“给我安排在哪个部门都行，就是当教导员我也没有意见。”

“不是免谁的问题，狱政的问题也不是你一个人所能左右的，沅山监狱的问题必须从根子上解决。”施弢的态度坚决，“看来我把事情想得简单了，还是龙监狱长说得对呀，监狱和公安局确实不一样，光换一个分管狱政的监狱长是不行的。”

“根子？”焦成金听到施弢这句话浑身一颤。他咬咬牙，预感到和施弢的关系是真的要到头了，“监狱长，我的免职要求是真实的，你不相信的话，我可以写一个书面的辞职书。”

“焦处长，现在不是谈你辞职的时候，当务之急是把小安子的案件处理完，把监狱的局面平稳下来。”施弢在这时候能和焦成金说什么，有些事情只能是走一步看一步了。

施弢走后，魏裕民就来到书记办公室找夏枫。他气冲冲地说：“夏书记，您看看这也太不像话了，简直是目无党的领导，我就批评了几句，他就给我脸子摔门走了。全市哪个局级领导敢像他这个样子。我的意见必须免掉分管狱政工作的副政委贺海东的职务，继续由龙啸天分管狱政工作。”

夏枫听了情况后，沉稳地说：“施弢是有些个性，你们也是太熟了，你也了解他的为人，还不能说是他目无党的领导。过后你再和他谈谈，他会接受的。贺海东的免职问题你可以正式向组织部提出意见，最后由市委讨论决定。至于监狱分工谁管狱政，那是监狱自己的事情，市委不能直接参与，让监狱党委自己研究决定吧。”夏枫说起话总是那样的平和，很少看见他发火。

魏裕民见夏枫是这个意见，也不能再说什么了：“夏书记，沅山监狱这样下去是很危险的，我建议对沅山监狱的领导班子还要做调整，由龙啸天做政委，实行双轨制。”

“沅山监狱的班子是刚刚调整完的，我们还是给施弢一段时间让他放手去干吧。你哪天过去一趟，给他们的班子开个会，市委要求他们要尽快地把白鹏飞追捕归案。他要是做出什么惊天动地的大案，你我可都逃脱不了干系！”

“夏书记，您放心，在沅江市我们已经布下了天罗地网，他要露头就绝对跑不了的，我已经下了死命令，只要他稍一抵抗当即击毙。你别听施弢说得那么轻松，就沅山监狱那点警力把一角都不够用。”

“话也不能那么说，施弢肯定是有他的打法的，我就看最后是谁把白鹏飞给我逮回来。年底必须把他追捕归案，可不能让他过年呀，那对沅江市的老百姓威胁是太大了。调整贺海东的职务这个时候是否合适，你再考虑一下。”

“这个人不能留了，自从他分管狱政以后，沅山监狱就没有消停过。”魏裕民的火上来了，“他的水平能力不行，他不仅仅是管狱政不合适的问题，他就是当副政委也不称职，郑五常那个时候我就要把他拿下，军转办的领导和我说他在部队的时候是模范政委，还是要考虑地方和军队的关系，所以我放过了他。”

夏枫沉吟了半天，表态同意了。

“是施弢同志吗？我代表市委通知你，鉴于沅山监狱的狱政管理工作问题，市委决定免掉贺海东副政委的职务。”市委组织部的工作人员把电话直接打到了施弢的办公室。

“什么？免掉贺海东的职务，我不同意，我有意见。这样做不公平。越干工作的人罪过越大？我要直接找市委夏书记去，免掉贺海东的职务我就辞职。”施弢在电话里高声说道。

“这是已经决定完了的事情，你找也没用。我劝你也不要以辞职来要挟市委，这样硬顶对你个人有什么好处。这么大的市委别说免一个副监狱长，就是免掉一个监狱长又算个什么，你冷静想一想吧。”对方冷冷地说了一句话把电话放下了。

贺海东代管狱政工作时间不长就出了这么一个事故，原因还没有查清就把他免职了，这也太不公平了。这背后有问题，肯定是有人在这件事情上做了手脚。

“不让我干，我就不干呗，我也眼瞅是快奔六十岁的人了，退下来也好。昨天我们两口子都想通了，这监狱的官实在是没有啥干头了。”贺海东确实心态平和。

“不行，你可以不干，那也不能这样不干。我上市委去找夏书记当面陈情。我先找魏书记，他不就是因为那天我和他吵架了吗，有火冲我来，把我免了。”施弢操起了电话。

贺海东一把按住了电话：“都在火头上，你别打电话了，弄不好，真的对你来了。”

施弢笑了：“我能和他吵架吗？今天我是按程序办事，你放心，看我怎么说。这点涵养我还是有的。”他接通了魏裕民的电话，先对那天和魏裕民争吵表示了歉意。

魏裕民倒是很大气地说：“我们都是多年的老朋友和老同志了，为了工作发生点摩擦是很正常的，尤其和你施弢更是没有什么说的，谁让我们是朋友了，年轻时在一块儿共同干了那么多年，我们俩分不出来里外，夏书记都这样说。在沅江市就是你有这个胆量，换一个人他敢和我吵架，你也是知道我的脾气的。”

“我不尊重你这个大书记了，你可以当面骂我，你是大哥，还可以打我，但无论如何贺政委的职务是不能给免了的！”施弢几乎是在恳求魏裕民。他必须把贺海东保住。

“施监狱长，不是我驳你的面子，这是研究完了的事情，你找我说也没有用了，你也知道研究干部不是一个人能定得了的，你可能对我有想法，那也是没有办法的事情，那么大的岁数，下来待遇也不变，也不一定是什么坏事。有什么意见你直接找夏书记谈吧，我没有任何的意见。夏书记他说留，那就复议一下，我和贺政委也没有什么过节儿。”魏裕民知道贺海东肯定是在跟前呢，他的话也是有意说给贺海东听的，他的话语非常温和，说完后他放下了电话。

魏裕民现在的心情逐渐地平静下来了，别看自己是市委分管政法的副书记，但要一个人决定撤掉一个县团级的领导也不是那么简单的事情，他个人仅仅是有一个建议权。凭什么撤职，就因为一次吵架，严格地说是争论就把人撤职了，这个理由是上不了台面的。他知道沅山监狱是把自己沾上了，想到这里他怨起了龙啸天。他狠狠地拍了一下头，叹了一口气，唉，我怎么一步一步地跳进了龙啸天设计的圈套了呢？男人在漂亮的女人面前可以屈服，权力在金钱面前可以拱手让出，权力、女人、金钱三者要是搅和到一起，其结果是必然带来灾难性的后果，丧权、辱国、败家、丢命。在搞政治的人眼里，游离于政治需要之外的东西都是多余的附属物，为了达到政治目标可以牺牲一切。

施弢和市委书记夏枫谈了一个下午，把心里的话都说透了。夏枫的后背都湿透了，施弢几乎就是自己谈，他听得连连点头：“看来你是对的，对贺海东的免职是简单了一些，好，我同意你的意见，明天开书记办公会的时候我把你的意见提上去。不过工作你们可不能马虎，监狱的事情可放松不得。”

两人正说着，魏裕民来找夏枫，夏枫招呼他坐下：“你来得正好，施弢对贺海东的免职有意见，我听了一下理由，我的意见是提到书记办公会议上再议一下。”

“我知道，是我让施弢找你的。我没有什么意见，如果留下贺海东也可以，那天我坚持意见也是有些个人的情绪，我和贺海东也没有什么私仇。龙啸天也给我来电话了，说他今后宁可退休也坚决不管狱政了。施弢你也别误会，我们都是二十多年的交情了，只不过是我的机遇好比你早上来几年。”魏裕民的话说得非常有风度。这一天的功夫，魏裕民的态度变化这么快，大大出乎施弢的预料。

“哈哈，你们这样的气度才是共产党员的风范，我很高兴。走，晚上去我家吃饭，我们三个人喝几杯去，施弢说了白鹏飞已经锁定了，我听了这个消息也跟着高兴。”

“夏书记高兴，我也高兴，我看就别去夏书记家了，我给沅江宾馆去个电话，晚上我们去那里吃饭，别劳累嫂夫人了。”魏裕民说着就要给宾馆的经理挂电话。

“裕民，我们不去宾馆，菜做得都是花架子，况且，我们去那吃饭公不公私不私的，传出去影响也不好。施弢今天我们就陪你了，你说我们上哪里吃饭去？”夏枫认真地征求施弢的意见。

“我的意见哪也不去，就到我们监狱培训基地去，我们那里的菜都是绿色食品，领导品尝一下，刚好今天还杀了口猪，我们可以吃猪大全，啥影响也没有，两位书记正好也深入基层了。”

“你这个人啊，我服你了，好，就去你们监狱。”夏枫高兴地答应了。

几天后，市委组织部通知监狱党委，贺海东的免职决定撤销，恢复原来的职务。

73.

监狱四楼会议室，监狱狱务工作会开了一天，施弢在做最后的讲话。

“我们要是不把白鹏飞抓回来，我们能对得起谁，能对得起党委，对得起人民群众吗？只要我施弢在职一天我就要将白鹏飞缉拿归案。”施弢狠狠地朝会议桌上砸了一拳。

小安子是在厕所的暖气管子上自缢身亡的。经过法医鉴定，确系自杀，完全排除他杀。他为什么要死呢？他是迫于什么压力要死的呢？什么事情使他想不开？小安子才二十二岁，长得眉清目秀，是一个很英俊的小伙子。他因诈骗、盗窃罪被判八年徒刑入狱，已经服刑四年多了，现在还有减刑奖分三百多分，实际上再服刑一年就可以减刑出监了。在侦查中，不少服刑人员都认为小安子知道白鹏飞是怎么跑的，他是白鹏飞的“姘头”，白鹏飞对小安子是宠爱有加。据人证实，白鹏飞逃跑前的上半夜，和小安子还睡在一个被窝里。在小安子死的前一天，小安子曾接过一个电话，有人隐约听到对方说什么“我让你妈没好”。小安子和她母亲的感情是非常深的，他母亲每月都要给他存上五百元钱。他母亲为了抚养他辛苦了一辈子，小安子常说：“我这辈子就欠我妈的，为了我妈我死都愿意。”

监狱侦查员在沅山市小白天鹅洗浴城找到了安母曹娜芯。她见监狱侦查员在这里找到了她，感到很惊讶，她在这里用的是化名，监狱是怎么知道的？她在洗浴的中医按摩室工作，实际上是为了给白鹏飞打掩护，听听社会上的情况。这家的老板是白鹏飞的小兄弟黑豹，洗浴城的资产都是白鹏飞的。她干多少活每个月都照拿工资不误，实际这也是白鹏飞的意思，给她一个心理安慰。

“我们是在你儿子的遗书中，了解到你在这家洗浴城工作。”

“遗书？他——”曹娜芯瞪大了眼睛，“他死了，不可能呀！”她“啊”的一声晕了过去。

几个服务员过来，连掐带捏的，把曹娜芯弄醒过来了。侦查员详细地介绍了安文山的死亡情况。

她听完了小安子的死亡过程，咬住了嘴唇，泪水不住地流了下来。“唉，这都是天意呀，报应啊。”她痛哭起来。

“如果你对小安子的死有异议，你有权申请法医解剖鉴定。”侦查员征求她的意见。

“不，我没有异议。我相信政府。”曹娜芯知道监狱里是不会有人害她儿子的。

“他的生父是谁？”侦查员在工作中了解到，小安子曾说过，他活了这么大还不知道自己的父亲是谁。

她摇摇头。看得出来她有很多话要说，但她最终还是拒绝了。实际上昨天晚上她在洗浴城自己的更衣箱里发现了五万元钱和一张打印的字条：“大姐，这是给你的精神补偿款，请笑纳。”她看后觉得挺蹊跷，给她补偿什么。她没有在意，还设想是不是谁搞错了，把钱放错柜了，所以她把钱放柜里没有动。今天监狱的人就来找她了。前几天她去看儿子时，啥都挺正常的，怎么突然间就自杀了呢？

晚上，曹娜芯回到了洛河村家里，她没有像往天那样和白鹏飞述说白天遇到的情况，而是默默地在厨房做饭。

白鹏飞来到厨房，捧过曹娜芯的脸问：“发生什么事情了，你今天的情绪和往天不一样。”

曹娜芯咬着嘴唇就是不说话，任凭泪水横流。白鹏飞把她揽到了怀里，哄道：“宝贝，告诉我，到底发生了什么事情？”

“鹏飞，安文山死了。我以后没有儿子了，我也不想活了。”曹娜芯伏到白鹏飞的胸膛上呜呜地哭了起来。

白鹏飞一惊，小安子死了，怎么会这么快，这完全出乎他的预料。这小安子的心理承受能力也太脆弱了，几个恐吓电话就玩完了？他假意激愤地说：“怎么会出现这样的情况，是怎么死的，得找监狱说道说道。”

“还说道啥，是上吊死的。法医有明确的结论。他为什么要死呢，这里肯定有事。监狱在查呢。一定要查清楚，要不我儿子死得不明不白。”曹娜芯后悔白天不应该和监狱表态她对死亡没有异议。

“那监狱也有责任，人是怎么监管的，起码也得承担监管的责任。告他们，不赔二十万元坚决不答应，决不火化。”白鹏飞实际上是在说反话，他恨不得马上就把小安子烧成灰。

“人都死了，还要什么钱呢，让他早日入土为安吧。我不能为两个钱眼瞅着儿子的尸体在一天天地腐烂。”曹娜芯不明白这孩子的性格为什么这样的脆弱。她暗自看了一眼白鹏飞，他哪里还有一点他爸爸的遗传基因呢！

“那样也对，那你就别找了，就让监狱赶紧处理后事吧。骨灰按规矩是不能留的，撒大江里得了，你也就静心了。找个机会，咱俩争取再生一个。我是没问题的，就看你的肚子好不好用了。”白鹏飞说得十分轻松。

“都这时候了，你还拿我取笑，你叫人吗？”曹娜芯扬手给了他一巴掌。白鹏飞的话尽管是半真半假的，但对她来说是一个安慰。

“从今天开始，我们就孕育孩子。实在不行，我们来一个试管婴儿。”

“好了，我也不听你表白了，你进屋去，别让外面的人给看到。我给你把饭做完。”曹娜芯去擀面条，她要给白鹏飞做打卤面。

两个人吃完饭了，躺在炕上唠着家常嗑。白鹏飞和她完全是两样的心情，小安子死了，了却了他的一块儿心病，监狱的那一段就成为了无人知晓的历史了。他兴奋起来，拽着曹娜芯的手说：“走，我们去沅山顶上透透气，溜达溜达，散散心，望望沅山监狱。”

“这半夜三更的，上什么沅山，你有精神病呀，赶快睡觉吧。”曹娜芯哪有这个心情。

“我就是有精神病，人都是有精神病的，有的可能重，有的可能轻，现在精神好的人不多，你也是有精神病的，要不怎么和我在一起呢。”白鹏飞穿起了衣服，曹娜芯只得跟着了。

深邃幽蓝的夜空无边无际，繁星在夜色中闪耀，一轮满月把银色的月光洒满了沅山。白鹏飞和曹娜芯沿着沅山后坡的曲径爬上了山顶。

白鹏飞搂着曹娜芯，往山下指点着：“你看那监狱夜景多漂亮，那就是我住的监舍大楼，那就是我呆的禁闭室，他们谁也不会想到我白某人就在这沅山上呢。”

74.

贺海东、陈剑虹、欧阳惠雪、兰竺都来到了施弢的办公室，研究白鹏飞的追捕案情。这几天白鹏飞的追逃有了新的进展，沅山监狱赴广西的追逃小组报告了一个重要的情况：追捕侦查员从中越边境一个小城公安机关抓获的一名犯罪嫌疑人的口供中了解到，白鹏飞在3月份给他打过电话，让他给订购了三十支枪：二十支冲锋枪、十支短枪，枪支已经全部被截获。嫌犯供述他是通过中间人从境外买进的枪支，每支枪一万元，枪款已交。5月份枪就买到了，什么时候取枪，白鹏飞让他等电话。白鹏飞还特别交代他要想尽一切办法买三支火箭筒，火箭筒是买到了但没有带过境。从白鹏飞电话打出的时间上看，是在他脱逃后的第三天，即和广西那边联系买枪。

“白鹏飞要枪干什么？”施弢眉头紧皱，“他这样急于买枪，看来这里有一场大的阴谋，他从哪里弄来这么多的钱？”

“看来，我们是小瞧了白鹏飞，他是拉开了架子要和我们大干了。三十支枪是一个加强排的火力，再加上三支火箭筒，我们监狱的警力恐怕还干不过他呢。”陈剑虹笑着说，“我这个侦察连长也要派上用场了，贺政委这个野战部队的首长也要发挥作用了，有仗打了。”

“不行了，我在部队学的那些战术已经过时了，我们得动用特种部队了。”

“那我充其量只能是当一个卫生员了。”欧阳惠雪不相信事情会有那么严重，她认为白鹏飞在吓唬监狱，“你们别当真格的，这是白鹏飞放的烟幕弹。”女人有时候看问题也是一针见血的，让你不能不信。

他们几个人分析了几句，看施弢始终沉思不说话，就都不吱声了。

“我们一定要查清白鹏飞买枪的目的，他需要这么多支枪肯定不是一般的用处，我估计还是和我们监狱有关系。莫非他要组织劫狱和我们大干？你们说是不是？”施弢非常清晰地谈了自己的看法，“白鹏飞的胆子确实是太大了，他是根本不把我们放在眼里。”

“我们也是这样认为的，白鹏飞可能是和我们玩着两手，我们已经在狱内安排了耳目，控制的重点人物就是邓文龙，他的一举一动全部在我们的视线范围之内。”陈剑虹详细地谈了布控情况。

“从今天开始，我们监狱就进入了一个非常的时期，要保持高度警戒的状态。我们的防暴预案开始启动。”施弢考虑要马上向市委、省监狱管理局报告。

“我已经和陈处长挑选出一批优秀的防暴队员，可以组成一个大队的建制，随时可以调动，我们有能力应付各种突发的事件。”贺海东信心十足。

“目前，对案情要绝对保密，仅限于我们几个人范围内。”施弢特别嘱咐陈剑虹，“你们已经看出来了，可能我们监狱内部有问题，这些事情千万不能传出去，凡是和邓文龙接触的人都要密切监视。对和他会见的人员、邮寄的物品、信件都要严格检查。白鹏飞的联系方式是非常重要的，估计他现在还不知道枪已经被公安机关截获了。我们要严密封锁消息，广西公安机关也表示会全力配合我们侦查此案，他们已经设伏，就等着白鹏飞的人员上钩呢。”

“我们还留有两个人配合当地公安机关破案，如果需要人，我们随时派过去。”陈剑虹安排得十分周密，思路清晰，这一点施弢非常放心。

“白鹏飞订枪订得那么早，可迟迟没有取枪，可能是他在等什么。我们不能低估他，他不可能再派人去广西了。”贺海东谈了他的看法。

“我认为贺政委的分析是对的，但白鹏飞能在哪里呢？”陈剑虹在不断地画着问号。

“他哪也没有跑，就藏在沅江市，前几天又有人给我打了传呼，说白鹏飞就在监狱跟前隐藏着。这是不是有人在故意扰乱我们的视线，但几次证明这个人提供的情况是真实的。这个人是什么目的呢？欧阳你大胆说说，你年轻没有框子。”施弢给欧阳惠雪出了个难题。

“我懂什么，你们这些侦查高手，再加上你这个刑侦专家，我听指挥就行了。我认为广西已经没有什么意义了，白鹏飞是在和我们兜圈子呢。他肯定知道了枪支已经被公安机关截获，他的枪支来源也不一定就是一个地方，他那么有钱肯定有大款支持他。”

“施监狱长，事先也没有和你商量，我们已经和公安机关取得了联系，对打给你的文字传呼和手机号要格外注意，个别的手机号进行了监控。”陈剑虹满脸带着歉意说。

“这回好了，我的个人隐私权利被彻底剥夺了，我要告你们侵权。”施弢没有想到这几个小年轻的和他来了这么一手，他佯装生气。

“我说施监狱长，你就别吓唬他们年轻人了，你是他们的监狱长，对他们还保留什么隐私，不就是你和欧阳那点事吗，你们就快正式登记结婚了，那时就是合法夫妻了，对我们也别保密了。你要告他们也得要等我们把白鹏飞抓住后再告，告赢了就算是给你结婚的贺礼了。”贺海东开着玩笑。

尽管大家都笑了，但其实每个人的内心深处都有着一种巨大的压力。

案情在逐渐明朗。狱侦处经过详细的排查，初步了解到，白鹏飞确实预谋劫狱，他已经制定了一个劫狱计划，准备将罪犯邓文龙等人劫出，然后从广西出境在柬埔寨落脚后，去泰缅边境的金三角，这个劫狱计划已经传给了邓文龙。但劫狱的时间还不掌握，还在进一步的侦查之中。

监狱侦查员截获了一封白鹏飞邮给邓文龙的信，信上是一句诗：盛夏雨纷纷，滨江路上会友人。

“看来，他已经把文章做到雨雾蒙蒙的日子里，要严密防范，这几天一直是连雨天。”施弢和陈剑虹研究分析这封信。信是白鹏飞的字体，是从沅江市内发出的，白鹏飞显然还在沅江市。

“邓文龙现在哪个监区呢，天天出工吗？”

“在八监区，他们每天在市政府附近出劳务，挖地沟。邓文龙原来不出工劳动，近期是他主动要求参加外役的。”

“监狱的警力是有限的，要立即和市公安机关通报情况，请求他们帮助，现在案情已经向社会发展，我们监狱机关没有权力在社会上抓人。请求公安机关全力协助侦查此案，我今天就去市委汇报。”

“这几天要安排邓文龙正常出工参加外役劳动，不要走漏一点风声，绝对保守秘密。”施弢向陈剑虹命令着。

“我们的保密工作做得非常成功，监狱里仅限于几个人知道，这封信我和贺政委都没有说。”

“好，把信给邓文龙送过去，看看他有什么反应。”

“小蚕蛹这个人可靠吗？”

“没有问题，他决心戴罪立功。”陈剑虹下了一番苦功，把小蚕蛹教育了过来，发展为监狱的耳目。

雨不停地下着，路面格外泥泞，昨天挖过的地沟塌方了。八监区承担着市政府下水管道的维修，市政府门前近二百米的路段上分散地排满了沅山监狱的服刑人员。邓文龙混杂在劳动的人群中，不时地向四处张望着。他已经收到了白鹏飞的信，今天做好了逃跑的准备。

街头的一切情况都很正常，到下午了也没有发生什么特殊的情况。午后三点，从西边开过来一辆大货车，开到劳动现场附近停下了，从车上跳下来三个穿着雨衣的人，掀开汽车发动机的盖子佯装修车。

值勤的几名交通警察走过去，很礼貌地叫下了司机：“这条路不允许大货车通行，你违章了，请出示你的驾驶证。”同时命令他们立即将车开走。

车慢慢地开走了。当拐进一个胡同时，突然被埋伏的公安人员截住，车上的人来不及反抗被全部抓获。公安人员在车上搜出了三支AK47冲锋枪和十颗手榴弹及食品、衣物等。经过讯问，他们供认是受雇于他人，准备伺机将邓文龙接走，送上接应的汽车，他们每人已得到酬金五万元。背后的总操纵是谁，他们都不认识，只是负责将人给劫走，半路上还有人接应。接应的地点是沅江市地区所属的临海市大峡谷，过了临海市就进入了K省，越过边境就进入俄罗斯了。

“我们化装与他们接应，好像还来得及。”公安人员准备去追。

“晚了，我们的对手是非常狡猾的，接头的时间差一分都得警觉，我们已经错过一个多小时了，对方肯定已经知道出事了，早就跑了。”

“施弢，劫狱的人员已经被全部抓获，但接应的人员跑了，我们错过了时间。”龚震雷局长向施弢通报着情况，“施监狱长，以后的情况还是很复杂的，我们两家还要紧密配合。”

“我们有什么情况及时向公安机关汇报，先口头谢谢了！”

“施监狱长，你什么时候也学会玩虚的了？”

“监狱穷啊，拿不出来实际的东西慰问公安的弟兄们，就口头说点感谢的话吧。”

夜间，黄青悄悄地爬到邓文龙的跟前，伏在邓文龙耳边悄声说：“邓哥，情况有些不对呀，你注意到没有，今天监狱的岗楼都是双岗，机关枪都架上了，肯定我们内部有叛徒。事没办成，还搭了几个弟兄，差一点把你卖进去。”自从小安子死后，他和邓文龙的关系铁了，他的办事能力、智商远远超过小安子。

“一定要找出这个人，我们身边有点子，会是谁呢？”邓文龙一个一个人地盘算着，他甚至算到了秦雨农。他摇摇头，很快又否了。

“这个人和我们的关系是挺近的，能不能是你们监舍的。”黄青帮着提示着。

“对了，我估计是他，没错，肯定就是这小子。”

“是谁？”黄青也急切地想知道这个人。

“李建国，这小子最愿意干这事儿。小安子活着的时候和我说过他，我没有信，我今天晚上就收拾他。”

“别这样简单就动手了，还是要找出证据来，再观察他几天，这小子好像没有那两下子。”黄青佩服邓文龙的分析能力，看人那么准。

“必须收拾他！不要走漏了风声让狱方知道。我这几天在想狱方为什么没有动我呢，看来他们还是指着我钓白鹏飞，说明他们还没有明确找到白鹏飞的藏身地点，弄不好地道狱方也已经知道了。”

“不能。这件事就我们三个人知道，要怀疑你就怀疑我吧。大哥你现在已经了解我了，我在政府那里已经没有退路了，把我整这个熊样，我还能和他们扯吗？”黄青佩服小安子对邓文龙性格的了解，真准。

“对你，我是绝对放心的，等我们出去后，有了钱，我一定不会亏待你的。”邓文龙现在对黄青信任有加。

“谢谢邓哥了。”黄青完全是奉承的口气，他在邓文龙跟前就没有直起过腰。

“我在炮台山还藏有一百万现金，加上我过去的钱，我还有二百多万。越狱的事漏不漏也就是早晚的事。你喜欢翠竹，你以后就娶她吧。越狱的事情你就别参与了，我估计我们也不会成功的。我和翠竹说，让她嫁给你，她会听我的话。唉……”邓文龙长吁了一口气。

“大哥，你今天是怎么了？”黄青觉着邓文龙可能是见白天的劫狱失败了，知道自己的出路彻底地没有了，准备就以死相拼了。

75.

山区的气候凉爽如春，深深的沟谷是天然的大氧吧。北方的山谷几乎处处都是疗养胜地。山谷里的红果树果实已经开始变红了，滴里嘟噜地挂满了树。山民们在这个季节静等着丰收，采摘节就要到来了，年轻的男女嬉笑打闹着，山谷不愁找不到谈情说爱的好去处。

白鹏飞一伙人聚集在远郊山区的一个农家小院。几群农村的笨鸡在大公鸡的带领下，吃着今年的新粮，养得膘肥体胖，活得优哉游哉。大公鸡不停地抖着漂亮的羽毛，追逐着漂亮的小母鸡。几只大白鹅哦哦地叫着，对着今天来的生人怒吼着，成为看家护院的好手。成群的麻雀在粮食堆旁边啄食。这几年麻雀被国家平反了，也成了国家的保护动物，很少有人祸害它了。野鸡群也经常飞到粮食场院来啄食。

白鹏飞站在院子里观看着，感叹道，我现在都不如它们自由了。山野生活太令人羡慕和向往了。院里的四个墙角，拴着四条剽悍的狼狗，它们不时冲着白鹏飞摇头摆尾。这狼狗的记性就是厉害，几年不见面到时候还能认出来你是它的主人，和你那亲热劲就甭说了，那种感情是淳朴的。

“这年头交人不如交狗啊，我从监狱出来它没有任何嫌弃我的意思，见面了比过去还亲热。”白鹏飞边和狗嬉戏着边对旁边的人说，“你们说人和动物的最大区别是什么？”

“人能制造劳动工具。”有人回答道。

“也对，你这是进化论的观点，站在科学角度回答的。但我看人和动物的最大区别是，人他妈的永远是势利眼，而狗永远不势利眼。儿不嫌母丑，狗不嫌家贫，狗能够做到，你恐怕就很难做到了。你们看我从监狱出来了，它们照样和我亲热，一点也不害怕，比人讲究啊。”

“精辟，太精辟了！”大家都奉承着。

“还没喝呢就开始说胡话了，你要是当狗先把我拉的那泡屎吃了。”

院子里的大铁锅煮着狗肉，锅底烧着稻草，锅内咕嘟咕嘟地翻着汤花，散发着狗肉的香气，一进村子里就闻到了香味。伏天吃狗，秋天吃羊。今天的美味是纯正的农家狗肉汤。还没有开席，大家都馋得有些挺不住了。

当年建这个农家四合院的时候，没想到今天派上了特殊的用场。真是人无远虑必有近忧啊。人都下到了地下室，地下室的面积足足有一百平方米，室内生活设施齐全。当年建房的时候是为了建一个像样的菜窖，后来改造成了一个多层的地下室。地下室完全用混凝土浇灌，可以抗拒一般的炸弹轰击。

“汪哥，人员都到齐了吗？”白鹏飞扫视了一圈室内的人。

“到齐了，有两个弟兄和我打了招呼有事情来不了，事定完了告诉他们，出钱出力都不差事。”汪兆月是组织者。

“我们这个地方公安局来查过吗？特别是监狱警察来过没有？”白鹏飞还是有些不放心，他这一段时间晚上睡觉有时都换两个地方。

“没有。这个地方谁也不知道，当年房子建完后大家都没有来过，就一个看房子的老光棍，外界不知道我们这里的情况。刚才村长问我们干什么，我说哥几个凑一块儿吃狗肉，他一会儿备不住也过来。”

“好，把家伙拿出来给大家看看，验一下货，看看他们蒙我们没有，然后把东西送走，此地不是久留之处。”白鹏飞发话开箱子。

几个人撬开了地上的几个木头箱子，打开了油纸，里面都是枪支和子弹。

“鹏哥，你真高明，在越南搞的那批枪只是一个幌子，从俄罗斯弄枪才是真的。就你这招儿谁也不会想到。”

“那几支破枪，送给他们烧火吧。”白鹏飞为自己的计谋得逞高兴。

“哈哈哈……”大家都笑了起来。

“鹏哥，我们何时动手？”

“等我和文龙商量完后再定。来，为了我们的胜利干杯！”白鹏飞端起了半大碗白酒，咕咚咕咚干了。

“大哥都干了，我们跟上。”大家都端起酒碗干了。

“上狗肉汤。”山炮喊着。

两名朝鲜族妇女拎着装满狗肉汤的木桶、拿着水瓢进来，逐人上着一大碗热气腾腾的狗肉汤：“管够喝，管吃管添。”

“那天本来是万无一失的事情，公安局和监狱怎么知道的呢？兆月大哥你办事是从来没有掉过链子的，怎么会出意外呢？”白鹏飞指的是那天劫狱的事情。

“信是小蚕蛹直接交给邓文龙的，别人怎么能知道呢？要不就是他把信的内容透露给别人了。”

“你的意思是说邓文龙跑的风？”

“那是不可能的，邓文龙这个人我了解他，对这样的事情就是他老婆他都不能说。”

“能不能是小蚕蛹的问题？”

“他是个小孩，什么也不知道。我从来也不在信上明写什么内容。好了，你我累那个脑筋没有什么用，事情都已经过去了，我们不猜了，事情到这个地步，猜也没有什么意义了。”

“幸亏鹏哥你留了一手，我们雇的那几个人是单线联系，要不把你都交代了。”

“天不灭我呀！我们只有最后一条路了，把劫狱计划修订一下，给邓文龙再捎进去一份，看后就让他烧了。”

白鹏飞和山炮回到了汪兆月给他提供的那套房间里，他在市里办事晚上都住在这里。房间里的设施一应俱全，吃喝玩的东西什么也不缺。汪兆月有急事走了，山炮和白鹏飞商量着藏枪的事情。

“这批枪必须找一个安全的地方，放在市里太不安全了。”白鹏飞在想，这批枪是他的命根子，如果被发现了那就彻底地完了。

“我过去不是把任务交给你了吗，你找得怎么样了？”

“鹏哥，你放心，你交给我办的事情我敢差事吗？我已经选好了藏枪的地方，可以放几十吨的东西，就是神仙都找不到。”

“是什么地方，不能又是你说的那个什么墓地吧？”

“那可不是。我说的这个地方在沅江的上游大峡谷处，方圆十里八村没有人家，有一个山洞，洞里住着两条大蟒蛇，能有一百多岁了。我们就把枪藏到那个洞里，有两条蛇看着，再安全不过了。”

“那是什么样的蛇？”

“那蛇是太大了，当年我爷爷亲眼看见那两条蛇活吞了一头二百多斤重的大野猪。”山炮伸直了双臂比画着。

“你净他妈的瞎忽悠，你也没有见过，我不信，大蟒蛇要是能吞野猪，吃个人不是像玩似的，人都得吃多少了，国家早把它消灭了。”

“鹏哥，你别不相信，到跟前的时候你就堆了，山里的人连个户口也没有，吃几个人你上哪查去。”

第二天早晨，一条龙船等在了江边码头。今天的天气是太成全人了，晴空万里，气候温暖。白鹏飞等人上了船，船舱里早就摆满了水果、熟食、啤酒、白酒、饮料，大家在船舱里面放量喝了起来。

“山炮，这船需要开多长时间能到达山洞？”白鹏飞呷着啤酒，吃着红肠。

“怎么也得三个小时，我们到的时候正好就是午间。”山炮对这条路线熟透了，那一段路他什么情况都知道。

船逆江而上，两岸的山势逐渐变得险峻起来，山峦起伏，郁郁葱葱。

“我在沅江市混了一辈子了，都没有享受过这样好的美景。”白鹏飞伤感地说，他在想他要不是戴罪之身在这条江上游玩那又是何等心情。人要是丧失了自由就一切都乏味了。

山炮一路上当着义务导游，众人俨然都忘却了自己的身份，憧憬着未来：“大哥，我们要是成功了，咱们就把这条江买下来，给哥们多建几个别墅，天天龙舟荡漾，美女盈怀，山珍海味你就尽情地享受吧。”

“想得美，我恐怕等不到那一天了，留给你们享受吧。”白鹏飞是在以日计算着自己的自由，归期恐怕不远了，他的第六感觉告诉他。

“到了。”天近晌午，山炮喊了一声。在悬崖的腰部隐约能看见一个山洞口，船缓缓地停了下来。

大家仰望着崖上的洞口，实在是太高了，洞口就在悬崖的探头处，距地面足足有几十米高。低头看那江水霎时间变成了墨绿色，平静得没有一丝水纹，周围的一切都变得平静了。这个地方是一个非常奇怪的地方，似乎有着什么魔怪在统治着这个领域，水鸟都不往这一带飞。当地渔民也没有谁到这儿来打鱼。据当地渔民说，有一年，一条渔船在这里网了一条大鱼，结果大鱼把船都掀翻了，把网拖走了，有人看见了说那是一条好大的虹鳟鱼，能有上千斤重，以后谁也不敢到这个地方来打鱼了。

“啊，这地方就是卧龙潭！”在悬崖的半腰处，不知是何年何人用隶书体书写的三个斗大的字“卧龙潭”，大家惊叹道。

“这么险峻谁能爬得上去？”白鹏飞觉得就是专业的登山队员攀登都是困难的。

半夜，白鹏飞和山炮回到了住处。

“明天我就不参加了，山炮你有眼力，你选的地方真漂亮，你小子的能力是大大提高了，将来有些事情就得由你挑头了，大哥我老了，我应该让位了。明天天气预报有雨，老天爷成全我们。你把事情办好，人越少越好。我的身份太显眼了。你们要绝对保密，不要告诉别人是枪支弹药，就说是医疗器材。完事后给邓文龙去个信儿。魏裕民交代的事情你一定要办好，然后你就走吧，先到俄罗斯等我。”

山炮被白鹏飞表扬得有些飘飘然，他觉得自己的身价在白鹏飞的眼里提高了很多，有了开口的资本：“鹏哥，你能给我这样的评价，那是抬举我了。我这点本事不都是鹏哥你带出来的吗，我和您老人家比还差得远呢。”山炮说着从包里拿出了一个盒子，“这是一根纯野生的鹿鞭，你吃吧，那是真有效果的。”

白鹏飞掂了掂这个鹿鞭，确实是一根真正的野生鹿鞭，夸奖道：“难得你对大哥还有这样的关心，比我儿子都强。”自从白鹏飞被关进监狱后，他就没有看到自己的儿子，但他保证每个月定时给儿子存钱，儿子也不知道钱是从哪里存的，花钱是很宽绰的。

“你和王廷坚还来往吗？”王廷坚也是白鹏飞手下的一个马仔，现在他生拉硬套地搞起了房地产，在沅江市建筑市场上也混了个一席之地。

“经常来往，这次要是干掉施弢，我一个人不行，我得把王廷坚拽着，他办事果断利索，完事后我们一块儿走。”

“他知道我回来吗？”

“知道，但他不知道你在哪里，他和我打听过多次，我没有告诉他。”实际上山炮早就告诉他白鹏飞在沅江市没有走。

“你明天可以带他去，他的嘴特别的严实。我们真到动手的时候算他一个，这小子枪打得特别地准。”

“好，我明天就去落实。”

暗淡的灯光下，白鹏飞伏在炕桌上写信。他是午夜从市里打车回来的。

“你几天不回来，好不容易把你盼回来了，我在被窝里等你半天了，你都不进来，我的情绪全没有了。你还不睡觉，我也不睡了。人都出来了，就应该消停猫着，还给人家写什么信，人就是这样，你一干什么，肯定要留什么痕迹。”曹娜芯躺在被窝里数落着白鹏飞。

“你们女人不懂，我这样做就是为了扰乱施弢他们的视线，他们越是认为我不能干的我越是要做。”白鹏飞洋洋自得地卖弄着。

“我不管你那些臭事，你别聪明大劲了。聪明反被聪明误。”

“哈哈，老婆，我和你睡了这么多年还真没发现你还挺有文化水平的。”

昨天白鹏飞和小蚕蛹见了面，收到了邓文龙的亲笔信。越狱的时间定死了。干就干大的，白鹏飞一想到这里就兴奋不已。是往越南跑还是往俄罗斯跑，邓文龙让他最终决定。前天，枪支弹药已经运过来了。他给汪兆月去了电话，告诉他已经找到一个非常神秘的地方，沅江上游大峡谷的一个山洞，就是神仙都找不到。

晚上他刚刚陪汪兆月从实地回来。那个地方真是太神奇了，汪兆月看了后连连拍手叫绝。一切都安置完毕了，他给邓文龙写信，告诉他外面的情况。明天苗翠竹去探监，让她把信捎进去。

晚上，山炮到洛河村来报告情况。他和几个哥们查了三天，摸到了实情："鹏哥已经查清楚了，出卖我们的人就是小蚕蛹。他一出监就被公安局给瞄上了，没过三招就全撂了，这小子太坏了，我们把他做了得了。"

"你们得到的情况准确吗，这小孩是一个挺机灵的人呀，会不会是有人利用了他，怎么一出监狱就掉脚了？"

"没有谁利用他，是邓哥选的人，信也送出来了，可是谁也没有想到信被公安局截获了。"

"那就干掉他吧，活要利索一些，不能留任何的后遗症。"

"我们约好了，明天晚上在沅江西岸的小树林见面，我答应给他一万元钱。"

"一万元钱少点，至少两万元。去几个弟兄？"

"对付那个小崽子我一个人就绰绰有余，我一刀就让他玩完。"

"还是去两个人好，互相照应一下。"

"那就我们俩去。"

曹娜芯对山炮找到这里好不乐意，山炮一走她关好了门窗就和白鹏飞吵了起来："你怎么往这里领人呢，你不要命了，就你们那些人哪有一个靠得住？"

"到这时候了，顾不上那么多了，反正沅江我们也待不了几天了。"白鹏飞一想曹娜芯说的确实是有道理的，后悔不应该让山炮来洛河村。

沅江西岸的小树林正处在江边灯光的暗处。

"到了。你看前面那个小个子肯定就是小蚕蛹。山哥，你在道旁边等着我。"

"好，花子，我打一部车等你，你利索些，给他一刀就行。"山炮安排别人动手自己躲了。

花子大步迎了过去："你是小蚕蛹吗？"

“嗯，我是小蚕蛹。”

“你的死期到了。”花子举起了刀，就要刺过去。

“把刀放下！”对方一支乌黑的枪抵住了他的胸口。

花子知道上当了，举刀刺过去，对方一把握住了他的腕子，一较劲，刀掉了，对方站起了身子，一米八十的大个！“再不老实就打死你。老实跟我们走。”

“大哥是哪个道上的人，给兄弟个明白话。”花子猜想是不是碰上黑吃黑了。

“你也算是在社会上混一回，到这时候了，还不知道我是干什么的，你看看这个就明白了。”对方亮出来了警官证，是公安局的人。

埋伏的民警一拥而上，花子被戴上了手铐，他喊了一声“山哥，你快跑呀”。

“快走！”山炮看到了这一幕，知道中了公安局的埋伏，出租车开走了。

“鹏哥，差一点就把我抓住了，幸亏我离他远。”山炮逃到市内白鹏飞的藏身处。曹娜芯不让外人去洛河村，白鹏飞只好到市里和山炮见面了。

汪兆月也赶过来了，他也感觉到情况不妙了。

“哎哟，我怎么就没有想到公安局会把小蚕蛹作为诱饵，我太蠢了，都笨到家了。有没有人跟着你？”白鹏飞警觉起来，他怕山炮把公安局的人领来。

“没有，我在市内绕了老大的一个圈又换了一部车才回来的，车都没有到楼跟前，我下车后走了挺远的路才进的屋。”

“现在是我们一动作就有人知道，在我们的周围都是公安局的眼睛，邓文龙在狱内肯定是也被瞄上了，是怎么回事呢？从现在开始，我们全部转入地下，一律单线联系。我这里你们以后也不要来了，把手机号全都废了。今天晚上我们就搬家，走！”汪兆月说。

“这事情也是怨邓文龙，没有看透小蚕蛹。我琢磨着他跟前可能有公安局的人，他已经被监控了。”白鹏飞没想到自己这么快就被盯上了。

“你的分析是有道理的，我通过公安局的内线打听一下，看看里面的人是谁。”

第二十五章　蛇窝遇险

忽然，草丛嗞嗞地响了起来，十几条蛇窜了过来。北方山里的人都知道，这种蛇叫作野鸡脖子，它的头像野鸡脖子一样美丽，尤其是在阳光的照射下，十分耀眼。它在草尖上行动迅速，人们都称它草上飞。

76.

晚饭后，邓文龙和秦雨农在狱内生活区漫步走着。秦雨农疯了以后，在监狱里没有多少人管他，这一段他的精神有所好转。邓文龙经常陪他溜达。当走到监狱大墙旁边的化粪井旁时，邓文龙低头不语，围着化粪井转了一圈。

"文龙，你在想什么？"秦雨农没有看出来这里有什么奥妙。

邓文龙指着化粪井说："我们从这里可以迈向自由，可以去往一个自由的国度。"

秦雨农不解："这里怎么能出去？"化粪井泛着臭气，足有二十多米深，不用说进去就是在井边站立几分钟就会熏得头脑发晕。

"能，完全能。我观察几个月了，这是一个自动控制的排水泵，化粪井里的水一满，水泵就启动。你看化粪井里的下水管道正好通向狱外，在每天的下水落差时下水道口正好露出井口，我算了一下，排空一井水是十分钟，再灌满一井水是五分钟，爬出这个下水道的时间完全够用，可以借这个机会从这个管道逃出去，天衣无缝，这地方跑一个人是没有问题的。"

"文龙，你真有眼力，这个管道已经用了几十年了，谁也没有想到这个地方能跑人。"

"我把这个秘密留给你吧。你也是死罪在身，被发现只是早晚的事情。你的体形能够爬出去，我就不行了，得卡在管道里。"邓文龙怕自己死在这个脏水井里，他要死得轰轰烈烈。

“不，我们同甘苦，共患难，我不能一个人走。”

“秦哥，你必须出去，一定要赶在上冻前。冬天管子里结冰，你爬不出去。留得青山在，不怕没柴烧。你挺住，你装疯就要装到底。”

“我连粪便都敢吃，还怕什么。”

“我的意见是在我们越狱的那天，你不要动，还是就地潜伏下来吧。你的刑期就剩两年了，如果年底能报假释或保外就医的话，你就出去了，我们还能留下一个种子选手，越狱是九死一生了。你说，我们这么干，能成功吗？”

秦雨农没有出声，他心里说，和法律对抗只能是找死了。

“秦哥，你出去后，告诉我老婆，不要等我了，让她带孩子远走高飞。”邓文龙望着天空中南归的大雁，感慨地说：“自由对于我来说是下辈子的事情了。你看看，这是白鹏飞给我的信，他在等待我们。”

秦雨农接过信后，浏览了一遍：“鹏哥真是一个人物，可惜没有走正路呀，这封信可要保存好，千万不能让任何人知道。他怎么把信捎进来的？”

“还能有谁，通过我媳妇给带进来的，她经常和汪兆月联系。”

“信你还给别人看了没有？”秦雨农最担心的就是这一点。

“我给黄青看了，他说让我把信赶紧烧了。”

“什么，你给他看了？哎呀，你糊涂，他是个什么人，你这样信任他？”秦雨农陡然间有了不祥的感觉，女人也掺和进来了，社会上的人也知道了，事情暴露也就是早晚的事了。

“我是对他有怀疑，但通过几件事情考验他，我觉得没有什么问题。他要是卧底的话，白鹏飞能跑得了吗？再说他的身体特征都是对的，我媳妇知道。”

“黄青，绝对是个非凡之人，就怕……”

“现在说啥也没有用了，他知道的不只是这一件事情。晚了，听天由命吧。”

“我把真实情况告诉紫云行不行？我太对不起她了。是我毁了她的一生，也毁了我自己的家呀。”

“不行，她要是说出去，我们就全完了，那就前功尽弃了。有些话你婉转地和她说吧。她明天来探监。”

“我让苗翠竹和她说，她明天也来探监。”

紫云来到监狱会见室：“雨农，你真的不认识我了，我是紫云。你看我给你带的什么好吃的东西？”

“现在说什么也没有用了，想想办法争取办个保外就医吧，出去后找个大医院好好地治一下，也许能好。”

秦雨农神情茫然，两眼呆滞。无论紫云怎么摇晃，秦雨农就是不说话，好像是没有了意识一样。上个月她来合宿的时候，一切都很正常的，现在怎么会变成这样了？

“紫云，别伤心了，队长说得对，我们共同想想办法，争取把他保出去吧。”苗翠竹今天也来会见，她听见哭声特意过来劝着。

“嫂子，你说我家是上辈子作了什么孽了，在我这辈子得到报应。”

“话不能这样说，我们女人就是命苦，比如我们不也是这样吗，日子过得好好的，文龙这不也进监狱了，我这不也是活守寡吗。妹妹你得好好地活，你是一朵花还没有开呢。雨农，你要是好了后，你可得好好地对待紫云。我的话你听得懂吗？”

秦雨农连个反应都没有，简直就是一个活脱脱的木头人。

“紫云妹妹，你就啥也别说了，好好地陪他住一宿吧。他一定会好的，缺钱就和大哥我说，我们是一家人。”邓文龙也进来了。

“我们走了，你们两口子亲热吧。”邓文龙夫妻走了。

“你把这衣服脱下来，我给你洗洗，这浑身上下都不是正经味，你老实地在床上躺着。”紫云脱掉秦雨农的衣服，里里外外、仔仔细细地给他擦起身体来。

秦雨农和紫云脱光了衣服躺在了一个被窝里，他没有什么反应。紫云生气地说：“你的精神头都哪去了？”秦雨农不搭理他。她气得身子扭过去哭泣着。秦雨农好像比刚才有了激情，有了阳刚之气，他狠狠地吻着紫云不说话，很快疯狂起来，嘴里还嘟囔着什么。

紫云也似乎明白了什么，紧紧地搂着秦雨农睡着了。

早晨，会见室里一对对夫妻吃完了早饭，陆续走了。在房间里紫云和秦雨农嘱咐着：“秦哥，我今天就走了，你安心养病，多保重吧，我要想尽一切办法，把你保出去。我说的话你能听懂吗？”

秦雨农还是没有反应，他的眼睛里闪现出一丝旁人看不出来的泪花。紫云也看出了他的病是半真半假的，但她不知道他的目的是什么。

77.

傍晚，整个沅山都被白色的雾气笼罩着，山谷、森林间的气压低，湿气散发不出去，风又吹不进来，雾气和沅山结缘，像一对热恋中的情人，亲吻缠绵。它们在草地上翻滚，在水面上扑腾，在高空中翱翔。这迷漫的雾气何时能够散去呢？

追捕会议整整开了一天，会议的多数时间处于沉闷的状态，没有人争论，没有人发表观点，没有人敢开玩笑。与会者谁也不敢更多地说话了。种种迹象表明，白鹏飞就在市内，查来查去线索又断了，人没有了信息。有人传言说，白鹏飞又回到广西了，那边有人见到他了。还有的人说白鹏飞早就死了，他在沅江市一露头就被仇家杀了，尸体被剁碎后扔沅江里喂鱼了。什么他在这儿在那儿，都是他的同伙炒作出来的故事。追捕工作陷入了迷雾中，会议无奈地结束了。

施弢深深地感受到了来自各个方面的压力，最近监狱在接连不断地开会排查线索，可是没有什么新的进展。大家都感到情况不妙，一般来说，追逃要是出现这样的情况就预示着逃犯已经出走了。可他就不相信白鹏飞会往外走，这么严密的网他逃得出去吗？要说几个月以前大家对施弢的判断还是坚信的，可是从今天召开的会议上，施弢明显看到了大家对他的判断已经打折了。他透过窗户望着远处云遮雾盖的沅山静静地沉思。沅山能给他带来灵感，能给予他前进的力量。

山是什么，山是沅江人不屈的象征。雾是永远遮不住山的。雾渐渐地散去了，山谷、森林显现了原貌。

要下班了，机要员舒捷蹑手蹑脚地进屋来送报纸和文件。施弢翻开了报纸，里面夹了一封信。这是一封普通的平信，封皮写着施弢监狱长收。这样的信他经常收到，多的时候一天可以收到十多封。他随意地把那封信撕开了。一看信的内容，他霍地从靠椅上挺直了身子：这封信竟然是白鹏飞邮给他的！他把信迅速地浏览了一遍，确信无疑是白鹏飞写来的信。信上写道：

施监狱长：

原来我真的想离开沅江市，但你来了以后，我和你玩起了猫捉老鼠的游戏，感到很有意思。我决定不走了，看最终鹿死谁手？不是你死，就是我亡。但就算我死了你也活不长的。我敬佩你的胆识，我们无冤无仇，望你网开一面，俗话说，穷寇勿追，实际上你也追不到我。我天天都在看你。

白鹏飞 敬上

从邮戳上看，信确实是从沅江市内邮出的。

施弢愤慨了：真是太嚣张了，白鹏飞竟敢直接给我写信。他以一个刑警特有的警觉端详着这封信，观察着信纸、信封，想从这里找出一些蛛丝马迹。他随意地把信送到鼻子跟前闻着。他眉头一皱，信纸有一股子什么味道。他抽了几下鼻子，好像是烧酒的曲子味。

陈剑虹兴致勃勃地进屋了，打断了施弢的思考。今天他去省监狱管理局拉回来了一批最新式的防暴器材。有盾牌、催泪弹、防暴枪、防弹衣、防护网、气垫和红外线报警设施等。

施弢和陈剑虹到防暴指挥中心看设备，陈剑虹逐件介绍着：“监狱长，我带回来的这些防暴设备，是我国目前最先进的，过去我们想都不敢想。”

“好，太好了。”施弢看着这些先进的设备，激动地说：“防暴指挥中心要马上成立，要把优秀的民警选到防暴大队。你们狱侦处拿出一个方案，报党委研究。你和我到办公室，我给你看一样好东西。”“要给我看什么好东西，还挺神秘的。”陈剑虹狐疑地来到了施弢的办公室。

“我们的老朋友想我们了，特意给我们来了一封信，你看看这封信就明白了。”施弢把那封信递给他。

陈剑虹搭眼一看，眼睛一亮，惊讶道：“这是白鹏飞的信！”他太熟悉白鹏飞的字迹了。

“你认为这封信是真的还是假的？”施弢考问陈剑虹。

“真的，百分之百真的，我认识白鹏飞的字体，他以前在狱内也练上几笔。”陈剑虹完全肯定。

“这封信能证实他就在沅江市吗？”施弢感到气愤，这也太藐视监狱了，简直就是给监狱公开下战书了。

“没错，我看他在本市的可能性很大。”陈剑虹始终认为白鹏飞根本就没有走远。

“他能不能和我们玩调虎离山之计，这个人可是让我们上了几次当了？”施弢质问道。

“不能。一般人都是这样想的，可白鹏飞他就敢打破常人的思维，给你来真的，专门往你明处捅，你爱信不信。信了他也不怕你，他恐怕也看出了我们也没有什么高招了。他明白，我们破案就是靠最平常的招法，我们不动他，他也沉不住气了，自己跳出来了。”

“陈处长，你分析得有道理，你看看，这不是公开和我们叫板吗？你闻闻信纸上面酒的味道是什么酒。”施弢要考考陈剑虹。

陈剑虹闻了闻：“这是纯正小烧酒的味道。在信的一角好像还滴了一滴，看来是边喝酒边给我们写信的。”

“他说能天天看见我，在我们监狱附近有做烧酒的地方吗？”

“有啊，多得很，就在沅山脚下的村子里几乎家家都有小酒坊。”

“沅山脚下？难道这么多天以来他真的就藏在我们的周围？”施弢不敢相信自己的设想。

“这个人有这个胆量，我太了解他了，过去我们的追捕重点始终是在市内搜查，忽视了对监狱周边的搜捕。”

施弢知道追捕的整体布置是龙啸天安排的，他点头没有明说：“陈处长，你对沅山周围的情况熟悉吗？”

“熟悉，沅山的海拔不高，古树参天，溪水奔流，怪石嶙峋，洞穴相连，植被保存完好，可以和浙江的雪窦山媲美。沅山周围村子里的好多人我都认识，当地村民淳朴善良，他们自觉地守护着祖先的土地。那年我们监狱跑的那个犯人就藏在沅山上，村民给我们领路，不出三天就把他逮回来了。”

施弢没有想到陈剑虹对沅山的情况这样熟悉，他的思路打开了：“好，那我们就把文章做到沅山上，一定要保守秘密。你制定一个方案，看看怎么动手。我明天去市委汇报白鹏飞案件的追捕情况，你也得去。但白鹏飞来信的情况切记不能说，咱们就梗概地说说追捕的情况。原来我和魏裕民说了不同意公开汇报，但夏书记有话，说市委要听听情况，就是听个大概。”

市委常委会议室里坐满了人。长条会议桌北端坐着市委书记夏枫，紧挨左侧坐着市长栗顺成等人，右侧坐着市委副书记魏裕民等市委党政的常委们，市委常委按会议的要求全部到齐，大家都默默地等着会议的开始。施弢和陈剑虹坐在会议桌的最南端，按要求他们的身份不能坐正座的。

“施弢，你们坐中间，我们好听得清楚。”夏枫招呼他们俩挪地方。秘书立即过来把施弢和陈剑虹请到了会议桌的中间。夏枫用威严的目光扫视了一圈到会的人员，说了一句：“人都到齐了，咱们开会吧。今天的会议主题是听取沅山监狱对脱逃犯白鹏飞追捕情况的汇报。”

“夏书记，我可以汇报了吗？”施弢谨慎地问。

“说吧，要简洁，少讲过程，常委们的时间都是有限的。”

“经过狱方侦查，完全可以确认白鹏飞脱逃是狱内外勾结，不是强行脱逃而是私放罪犯。”施弢第一句话就切中了要害。

“有确凿的证据吗？”夏枫打断施弢的话问。

“有。”施弢回答得十分干脆，“这是一件有预谋、有准备、有计划、有接应的脱逃案。案情还在发展之中。据检察机关讲，可能要牵连监狱内外许多人……”

“魏书记你知道这些情况吗？”夏枫感到情况严重，把目光移向魏裕民。魏裕民应声回答：“我不知道，我今天也是第一次听说这些情况。施弢，你们监狱为什么一直不向我汇报这个情况？”魏裕民的不满之情溢于言表，他认为施弢是有意在常委会议上向他发难。

“因为监狱侦查始终没有结束，我们拿不出结论意见，所以始终没有向你汇报。”施弢说的是实情，在程序上侦查阶段的情况是不能公开的，即使是监狱侦查也是有保密性的。魏裕民提的意见是他外行。“今天，我们是突然接到通知要来开会的，我们连和你打招呼的时间都来不及了。”

“啊，这不能批评监狱，是我定的，我怕泄露了案情，不让他们扩散。”夏枫替施弢解释。

魏裕民心里明白是怎么回事儿，虽然他无言以对，但他还是大度地说：“好，我没有什么意见，施监狱长，你继续汇报吧。”

“白鹏飞就潜伏在沅江北岸一带，他已经在市里先后露过几次头了。我们已经严密布控，他跑不出沅江市。”施弢今天用的全是肯定的语气，胸有成竹，腰杆硬实。

“你们监狱有这个把握吗？”夏枫放下了手中的笔问道。

施弢干脆地回答：“有！请市委放心，抓住他是没有问题的。如果这次让白鹏飞漏网，我这个监狱长不当了。”

“好，有决心、有气魄。省委主要领导对这个案件也非常重视，前几天省委书记在和我谈话时特意提到这个案件，嘱咐我们要尽快将白鹏飞缉拿归案。魏书记，你们好好地研究一下，必要时让公安局配合一下，牵涉的社会面这么大，监狱机关办案是不方便的。你们一定要尽快地将白鹏飞追捕归案。沅江市的父老乡亲在关注着我们呢，谁知道白鹏飞还会做出什么大案。会后你们把详细的情况向魏书记汇报一下，公安局相关同志也要参加，看看怎么配合监狱追捕。”夏枫说。

"好，我马上就组织研究，你们俩别走，就在我办公室，我让龚局长过来。"

午后，魏裕民把龙啸天约到潇湘馆，告诉他上午市委常委会的情况。

"你知道吗，监狱已经做好了准备，要动手抓白鹏飞了，那力度是够大的了。公安局、武警都参与进来了。"魏裕民把常委会的机密全都泄露了。

"谁也不知道白鹏飞的藏身之处，施弢那是吹牛。魏书记，你放心他抓不到。即使就是抓到了，也不会连累你的，我龙啸天是一条汉子，任何情况都不会牵连你的。谁不让我活，我就先让他死。"龙啸天信誓旦旦地表态。

"啸天，你们现在是一天比一天地被动啊，从今天施弢在市委常委会上汇报的情况看，他是胸有成竹，已经做了大量的工作。他对监狱的情况了如指掌，有些情况我都没听你说过。你和焦成金的情况是不是他都知道了？"

"不能，监狱里都是我的人，他能知道啥？"龙啸天对监狱的情况是不闭塞的，他几乎天天都在狱内转悠。

魏裕民打断龙啸天的话："不能？我看不见得吧。他说到监狱花钱买刑的问题，常委们都很吃惊。"

"这都是公开的事情，没有什么了不起的。也不是我们一个监狱这样干。"

"钱的去处都有谁知道？"

"账在焦成金那里，花钱就我一个人，他不知道我干啥花。"龙啸天提到了账目。

"糊涂，你们还有账？这破账你们还留着干啥，马上销毁，没有账也就一了百了了。你们怎么净干糊涂事，不要留下一点痕迹。"魏裕民训斥着龙啸天。

龙啸天连连点头应诺："你放心，我回去就办。"

"对施弢我们不能再犹豫了，必须除掉他。"龙啸天狠狠地说，"他不仅仅是把目标瞄向我，我看他现在眼睛是盯着你呢，我们和他是你死我活的斗争。"

"除不除他和我有什么关系，那是你们之间的事情，不要和我说。你们连监狱的局面都控制不住，我不知道你一天都在忙活什么。现在可倒好，整个监狱的主动权都被他抓过去了。在今天的市委常委会议上，夏书记已经显示出对我不满意，一再问我沅山监狱的情况我知不知道，我说不知道。你们监狱内部有谁给他提供情况，这个人你们掌握吗？"魏裕民平和地说着。

"我一直也在找这个人，在沅山监狱只有两个人有这个能力，一个是焦成金，另一个是陈剑虹。"

“我知道陈剑虹这个人，就是今天施碶领着来汇报案情的那个人。那可是一个非常精明的人，案情汇报得十分精炼，常委们对他印象很深，是个人才呀！这个人能不能拉过来为我们所用？”

“不可能了，他已经牢牢地跟住了施碶，在上次的监狱党委会议上，施碶已经提出了要提拔陈剑虹做副监狱长。”龙啸天到此才明白他已经败给施碶好几步了。

“那也得争取，狱侦处长在监狱里是多么重要，你没有把他拉过来是政治上最大的失策。”魏裕民看出了龙啸天在政治手腕上远逊于施碶。

龙啸天心里说，都这时候了，还说什么失策有什么用，可他表面上还是恭敬地说：“魏书记你的批评是对的，你在看问题上确实是始终高我们一步，甚至是两步三步，我差远了。陈剑虹这个人我原来根本没有瞧得起他，他是今年才显露出来的，过去都不上数。”

魏裕民笑了。他知道自己刚才的话说得重了，就往回拉：“你别丧失信心，就是在监狱提不起来的话，我也会想办法把你调到公安局去做副局长。那天龚局长和我说了他们班子自施碶走后始终缺一个领导干部怎么办，我答复先等等，我争取把你推荐上去。”这就是魏裕民作为一个领导者的高明之处，他把使用、重用、臣服三者之间的关系摆布得非常和谐。

“那得谢谢魏书记了，但我觉得在白鹏飞的事情没有个说法之前，我不能离开沅山监狱。”龙啸天心里说，都到这时候了，还谈什么提拔，那都是托词了，也是哄他玩呢。

“嗯，你的这个想法倒是对的，你自己把握吧，对白鹏飞你得有个办法，你总不能让他牵着你走呀。”魏裕民是站在局外人的位置上说话的，他从不承认白鹏飞的脱逃和他有什么实质性的关系，但现在，魏裕民也感到了白鹏飞给他带来的潜在危机。他也开始为自己的命运担忧了，宦海沉浮，就他这一级官也是说下就下的，出了问题谁能保你?

龙啸天明白魏裕民说的办法是什么意思，除掉了白鹏飞他们才能没有后顾之忧。但这也是一步险棋呀，不到万不得已的时候是不能下手的。

78.

龙啸天来到了焦成金的办公室，紧张地关上了门。平时他几乎从不上自己分管部门的办公室，实际上一般的领导者都是这样，这也是为了保持领导的尊严。他从市委回来的路上就告诉焦成金不要走，等他回来有话说。

“焦成金，立即把账烧了，这几天的风声太紧了，市公安局交警支队的曾支队长因倒卖驾驶证被抓起来了。那是个糊涂人，舍命不舍钱呀。事情已经露了好几个月了还在装，人家已经给口了，他不当回事儿，上周公安局开大会他还上台一本正经地讲话做指示，都啥时候了，他还装，赶紧把钱退回去不就没有事了。我们不能再犹豫了，赶紧动手。”魏裕民让他烧账是太对了。

“烧账？这可是好几百万元，到时你我可是要说清楚的。”焦成金担心烧了账没有了证据把责任都推到他的身上。

“有账你就能说清楚吗？事情要是到了那个地步，我们还说啥，只能是一死了之。”龙啸天说得很凄惨。

“那就烧吧。”焦成金无奈地说。

“我们不是还有百八十万元吗，你我各一半，分了，待应急用。”

“账面上有几十万，我明天就把钱提出来，还有些现金在我保险柜里呢，先给你。我一会儿就给你送去，要不我就给你换成美金。”

“美金不用你换了，我让蒙丽莎换，你先去烧账。”

“烧账很简单，你不用管了，我一会儿就把账扔进犯人伙房的锅炉房里。”焦成金寻思，这大白天的总不能在外面明目张胆地烧账吧。

“那我跟你去。”龙啸天对焦成金有些不放心。

“还是我自己去吧，我再带着一个人，以检查伙房为由，瞅没人注意的时候把账本扔火炉里。”

“施弢这两天在干什么，怎么看不见他？”

“不清楚，据说是明天和陈剑虹上双龙山万德寺，调查白鹏飞的情况。”

“好啊，天助我也，是他送上门了。我们现在就布置，还来得及。我们和他是势不两立，有他没我们，豁出去了……”龙啸天终于找到下手的机会了。

“我们找谁呀？”

“人不是现成的吗，你去把山炮和皮皮那俩小子找来，各给他们五万元钱，事成以后再给他们五万元钱，只许成功不许失败，我这次就是要用钱买施弢的命。”

“这事情你不和蒙丽莎商量一下呀？”焦成金不明白龙啸天怎么突然变了一个人，这杀人的事情能这么简单行事吗？

“我和她商量什么，男人的大事让女人一掺和非得坏事，不能告诉她。你现在怎么变得婆婆妈妈了，你不是最烦蒙丽莎吗？”龙啸天最担心这事儿让蒙丽莎知道，这个女人接触人杂，一旦传出去就完了。

“那是过去我对她不了解，我发现她的办事能力有很多方面是在你我之上啊。”

“我明白了，你是被她的那个小秘书薛花给迷住了，你也是当事者迷呀。我说成金啊，你可别掉进蒙丽莎设计的美人计圈套啊。”龙啸天此时反倒劝起了焦成金。

焦成金找来了山炮和皮皮，交代了任务和酬金。山炮笑嘻嘻地说：“我们俩今天夜间就过去安排，事情成了那部分钱你们可不能差。”焦成金先付给他们俩十万元，剩下的钱说事成之后再给。

“你真是个山炮，说那话不是太小气了吗，我们是那样的人吗？我们也不是打一两天的交道了。”焦成金急了，骂了山炮一句，“钱保证不差一分，你们放心吧。不给你们钱，你们到检察院告我们去。”

“焦哥，告，那可是开玩笑了。办事一码是一码，亲兄弟明算账，不留后遗症。我们也是把丑话说在前面，免得哥们伤了感情。”

“那也得说明白，干不成可不能提钱了。”

“那是对的。我们知道，我们不能像去昆明的那次，事情没有成，把自己的哥们还卖进去了，太呆了！”皮皮挖苦着山炮。

“那底下可是蛇窝，咱们俩别让蛇给吃了，我得把刀全带上。”皮皮是什么时候都忘不了他的刀。

山炮骂道：“傻呀，打蛇刀不好使，有一个木条子就行了。你就会耍那几把破刀，都什么时代了，还靠那玩意，动真格的时候一枪就把你撂倒了。我从小就是不怕蛇，那江边的大蛇窝我都进去过。”

“胡咧咧什么，说哪儿去了，你给我打住，忘了大哥的话了。”皮皮骂了山炮一句。

“对，我是说多了，该骂。”山炮打了自己嘴巴一下。

焦成金听出来了，他们是话里有话：“你进过什么大蛇窝，给大哥说说。”

“他就是能吹牛，从小就是有骆驼不吹牛的手。”皮皮把话岔过去了。

连夜，山炮和皮皮来到了双龙山的万龙谷顶。他们在山顶的亭子里歇着抽烟，闲聊着。

“山炮，我今天要是不提醒你，你今天就把大蛇窝里的事情给捅出去了，鹏哥知道了，你还有命？”

“皮皮，我谢谢你了，明天我请你喝酒。天不早了，咱俩下去吧。”

“你不是说了从小就不怕蛇吗，你下去吧，我等你。”

“行。这可不是吹的，我摆弄那玩意就像玩似的，那蛇就是不敢咬我。那天你们谁敢进蛇洞，不还是我钻进去了，你们都在旁边卖呆。”

“你别吹大了，你看那是条大蛇，眼睛锃亮的。”

“你看我把它抓过来，明天我们有好菜吃了。”

“你小子是吃了什么药，胆子这么大？”

“我是祖辈家传的，我们家就我得到了我爷爷的真传。现在蛇多值钱呀，我现在要是真吃这碗饭一年弄个十万二十万的就像玩似的，在沅江市甚至全省也是冷门呀。”

“山炮，我说咱俩应付一下得了，就这个招根本摔不死人，还不知道施弢他明天到不到这悬崖边上来。龙啸天净他妈的想当然，包括上次去昆明，那都是不可能的事情，怎么样，事没有办成还搭了一个弟兄。”

山炮见皮皮这样说也泄气了，把崖边上的一块石头撬活动了也就拉倒了。他拍拍手说：“完活！”

“炮哥，你再撬一块，他只要到跟前你必须保证他掉下去，至于他能不能摔死那就看他的造化了。”

山炮又糊弄撬了一块石头后，爬上了崖顶。

79.

早晨，双龙山山顶的雾气还没消散，草丛中挂着串串露珠。空气中飘着花草的芳香。万德寺就坐落在群山怀抱之中，两山怀抱呈现出太师椅状。这是改革开放后当地一个富户捐资修建的寺庙。山不在高，有仙则名。他们从峨眉山请来了一位高僧担任寺庙的住持，寺庙开光那天，山谷里人山人海。当时山中雪雾蒙蒙，开光的时间到了，霎时，霞光普照。从此，万德寺名声大噪，成为北方的一座名寺。

经过侦查，有线索反映白鹏飞藏在万德寺里，据说他与寺里的弘一和尚交情不浅。

清早，施弢、陈剑虹和司机邵俨来到了万德寺。施弢站在山门前打量一番，万德寺坐北朝南，红墙灰瓦，果然气势非凡，真是世外桃源。山谷里静悄悄的，香客、游人还没有上来。他们三个人顺着山路缓缓地往上走着。施弢注意到有个人始终跟着他们，当他们爬上了山站着休息时，那个人不见了。

“施监狱长，我们先上舍身崖看看。”陈剑虹提议道。到万德寺必上舍身崖。从崖顶上扶栏看日出，是万德寺的一大景观。

施弢大步往崖前走着，大口地呼吸着新鲜空气，惬意极了。万德寺落成后，施弢也是第一次来。“施监狱长，你别往前去了，那地方的石头松散，非常危险。”陈剑虹提醒着。

“没事的，我不怕登高。”施弢的话音未落，突然，他脚底下的石头塌落了，他意识十分清醒，双手护着脑袋，径直向崖底滚去。陈剑虹、邵俨眼见施弢掉落了崖下，声嘶力竭地喊着：“施监狱长——施监狱长——”喊声在山谷中回荡。他们只听见一阵石头的滚动声，眼瞅着施弢没有了踪影。

“完了，监狱长你这次可九死一生了，都怨我的提议，上什么舍身崖呀！”陈剑虹自言自语道，“走，我们俩赶紧找人救施监狱长去。”

“这大清早的找谁去呀？”

“去庙里！”

两人向庙里跑去，他们找到了万德寺的住持弘一，亮明了身份，说明了情况，他们今天来的主要目的就是要见他。

弘一听后连连打着揖说：“阿弥陀佛，施先生的命要休矣。”

从崖上绕到谷底至少得一个小时的路程。为了救施弢，弘一领着陈剑虹、邵俨从崖顶往谷底下攀。俗话说，上山容易下山难。他们艰难地一步一步地往下运动着。这条深谷里毒蛇出没，除了偶尔有山里的采药人踏入，平时很少有人出入，谁敢上这里来。

施弢苏醒过来了。他努力回忆着刚才发生的事情，他知道自己是掉到了崖下。在他滚进深谷时，被崖边的一棵松树挡了一下，要不然不知道现在还能不能活着。

施弢活动一下四肢就是疼痛，但还能正常活动。肋骨疼得厉害，可能是骨折了，头部成了血葫芦。“我还活着，还活着。”他的意识开始清晰，周围的树从渐渐地看清楚了。他不知道自己伤得多重，但摔下崖的情形已经回忆起来。忽然，草从里咝咝地响了起来，数十条蛇窜了过来。北方山里的人都知道，这种蛇叫作野鸡脖子，它的头像野鸡脖子，蛇身布满了花纹，在阳光的照射下，十分耀眼美丽，它在草尖上行动迅速，人们都称它草上飞。施弢曾听人说过，蛇是不咬静物的，他静静地屏住呼吸，观察着，任凭蛇在身边窜来窜去。蛇越聚越多，草从里，树上，都爬满了蛇，一双双蛇眼在鼓鼓地盯着他。施弢知道自己是掉进了蛇窝，有的蛇竟然趴在了他的腹部和腿部，蛇眼紧紧地盯着他。他不能动实际上他也动不了。他索性闭上了双眼，等着人们来救他。

陈剑虹、邵俨和弘一和尚来到了崖底。他们看到施弢还活着，眼睛瞅着他们不说话。弘一示意停下脚步，打着“嘘”的手势，示意不要说话，谁也不要动。

山谷的雾气还没有完全散尽，草丛中挂着串串露珠。

露水渐渐地消失了，弘一吹起了动听的口哨，这就是山里人说的蛇哨，这是唤蛇出洞的声音。他的哨声尖脆，曲折，独具风韵。蛇哨响起，施弢身边的蛇纷纷爬向弘一和尚。只见草丛中粼光一闪，一条蛇已经吐出信子冲到弘一的脚下。陈剑虹、邵俨眼睁睁地瞅着这可憎的场面，还没看清是怎么回事，只见弘一和尚手起蛇飞，在空中连划了几道弧线，这条蛇就乖乖地趴在了弘一的脚跟前。紧接着又有几条蛇闪着彩光从草丛中蹿起，直奔弘一而来。而弘一的身手速度比蛇还快，他左右开弓，很快几条蛇被高高地挂在崖底边上的柞树枝上。蛇在树枝上足足缠了四五圈。蛇身早已脱节，失去了反扑的能力。弘一仍然保持着高度警惕的身姿。

陈剑虹、邵俨在惊心动魄中目睹了弘一和尚捕蛇的精彩一幕。他们慢慢地走近了施弢，急切地问施弢怎么样。还没等施弢回答，一条胳膊粗的蛇从旁边的石缝中突然蹿出，长长的蛇尾飞速缠住了施弢的脖子，细长的蛇信迅速刺向施弢的面部，喷出了毒液。

说时迟那时快，弘一以飞快的速度卡住蛇的脖子，毒液没有完全喷射出来，张着的狰狞蛇口，露出两根长长的蛇牙。蛇尾在施弢的脖子上越缠越紧，他一时难以透气。弘一的手紧紧卡住蛇的脖子，蛇的红信子怎么也够不到施弢的脸。

“你们也太嚣张了，我饶不了你们！”陈剑虹大喝一声，冲上来用随身携带的公安匕首飞快地切断了蛇脖子。蛇身渐渐松弛下来，弘一的手松开了。三人把毒蛇从施弢脖子上解下来。施弢被勒得面色青紫，气流不通，身子一歪，昏了过去。陈剑虹愤怒地用公安匕首砍割盘在地上和挂在柞树上的蛇，邵俨也用树条抽打着。

“算了，放它们一条生路吧。祸在人，而不在这些生灵，让它们去吧，蛇是有灵气的动物，它通人性的。你不惊动它，它永远不会伤害你。这山谷中要是没有了蛇就会鼠患无穷。”弘一一边说着一边用手捋着一条条毒蛇。一会儿，这些蛇逃得无影无踪。有几条蛇已经被刀割得残肢断体，有的被树条抽死了，有的还没有死透蠕动着。这场惊心动魄的人蛇大战结束了。

“阿弥陀佛，我们走吧，老天还是有眼的，没有一条蛇伤害施监狱长，要不他的命早就没了。蛇是上天派下来的护花使者，哪里有鲜花哪里就有毒蛇，要不这鲜花就被采绝了，你看那棵大芍药花的下面盘着一条多大的蛇。”

陈剑虹、邵俨一看果真有一条色彩斑斓的大野鸡脖子，昂着头注视着他们。

弘一和尚对蛇很了解，感情也很深。在他的指挥下，他们三人用树枝做了一个临时担架，把施弢抬出了谷底。

医院的救护车到了。弘一被施弢的诚意感动，告诉施弢说白鹏飞是属于土龙离不开山的，他不会跑远的。白鹏飞只要到庙里来，他会劝他放下屠刀。他给了施弢一大包自己配的草药，说喝下去不出三天就可以下床走动了。

在沅江市协和医院的高干病房，施弢已经完全恢复了健康。除了右肋骨折了三根以外，其他部位都是擦皮伤，头顶部碰破了。

施弢明白这次是有人要置他于死地。那天他一上山，他就感觉到背后有一双隐秘的眼睛始终监视着他。他大意了，没有想到他们会下这么狠的手。他问邵俨：“那天我们上万德寺去，监狱还有谁知道？”

“没有谁知道啊。”邵俨努力回忆着，“莫非是他？”上山的头天晚上，焦成金和他商量明天上午要用一趟车，说他的车出毛病了，跑不了长途，能不能串一下，邵俨说明天早上要和施弢上万德寺，不知道几点能回来。

施弢听邵俨说完后沉思不语。他努力回忆着他那天从崖上掉下去的情形：难道他们要下狠手整死自己？实际上在施弢后面的人是山炮和皮皮，他们眼见他上山了才走的。

病房内气氛沉重，两个人谁也不说话。

“邵俨，你和我说的情况一定要保密，你也要注意安全。”

上午，欧阳惠雪闻讯后立即赶到了医院，护理施弢。

午后，病房就剩下了他们两个人。

“欧阳，你是龙啸天的外甥女？”施弢突然问了这么一句。

“是呀，怎么了？”欧阳惠雪被施弢问愣了。

“你是通过魏裕民说话调到监狱的吧？”

“是啊，当时要不是魏书记说话我就进不来了。”欧阳惠雪干脆地回答着。

那时监狱女民警已经严重超编，魏裕民和郑五常一句话，欧阳惠雪就调进来了。监狱班子中在研究时有人不同意，郑五常说人家魏书记能替龙啸天说话，让龙啸天的亲外甥女调到我们沅山监狱来，就是瞧得起我们这个监狱了，监狱再超编也不差这一个人了。

“哦。”欧阳惠雪恍然大悟，明白了施弢对她冷淡的原因，欧阳惠雪努着嘴，满脸的委屈：“我把一片真心都给了你，你对我还不相信，对我还是这样的态度？”她委屈地啜泣着，“你有良心吗，你的心里只有监狱。”

“不，我们个人之间的关系和监狱工作没有关系。我爱的是你，我冷落你的地方太多了，但请你理解我，沅山监狱的情况不允许我有丝毫的懈怠。”施弢突然担心欧阳惠雪会是自己身边的卧底，那样追捕白鹏飞的工作就将成为泡影。现在他彻底明白了对方是要置他于死地，已经对他出两次杀招了。

“我就是我，他就是他，我不参与你们的斗争，我知道正义是在你这面，我坚定地跟你走。我就是爱你，我没有别的意图，我不想从你的手里得到什么官啊、钱啊，这些我都没有兴趣。我爱的是你的人品。龙啸天确实一直想从我的嘴里得到你的一些情况，但是他错了，他以为我是什么人？我绝不是任何人能够利用的。”

施弢被欧阳惠雪这一番掷地有声的话语感动得热泪盈眶，他那倔强的心被欧阳惠雪温柔如水的情怀深深地打动了。

“等我伤好出院后我们就正式结婚，我陪你选嫁妆，喜欢什么自己选。”施弢说的是欧阳惠雪最想听的一句话，她追问道：“你说话算数？”

“算数，我出院后就办，正式提交结婚报告，然后把你调到公安局去，我们两口子可不能在一个单位，组织部有明确的规定。”

连续几天，焦成金都觉得自己的眼皮跳个不停。施弢真是命不该绝，从那么高的悬崖上滚下去硬是没有死。他从施弢的眼神中看出施弢对他已经完全不信任了，似乎掌握了他的好些情况。特别是小金库几百万贡献款已经被追查出来，如果继续追查下去后果是不堪设想的。这么多年来，焦成金还没有这么不安过。这次发生的施弢坠崖事故，无疑更加重了施弢对他们这伙人的怀疑。

“龙监狱长，看来施弢把很多情况都查清楚了。”焦成金说。

“都是谁和他说的呢？”龙啸天疑惑地问。

“是谁，我也不清楚。”

“全监狱都在议论着有人要害施弢，我感觉议论中心是咱们俩。”

“议论怕什么，别让人抓着证据就行。对白鹏飞施弢没有摸着什么须子吧？”

“没有。唉，当时就应该让白鹏飞远走高飞，你非得让他留在本市。现在就是他想远跑也跑不出去了。”焦成金现在敢和龙啸天争辩了，脾气也大了，时不时地顶龙啸天一下。

“智者千虑，必有一失。当时我同意不让他远走，也是走了一步险棋。现在说这些都没有用了。一定告诉白鹏飞绝对不能露头。”

“晚了，我听说他还敢化装来监狱会邓文龙，这不是找死吗？这个混蛋！我要见到他，坚决毙了他。”焦成金现在真的有了要整死白鹏飞的心。

“蠢到家了，匪就是匪，狼就是狼，狗永远改不了吃屎，他白鹏飞自己是什么身份不知道，这下子可能要坏我们大事了，必要时就得干掉他了。”龙啸天也格外地恨白鹏飞，到这时候，什么哥们感情都彻底没有了。

“你看我们何时动手处理他？”焦成金现在就要动手。

“暂时还不用，但得给他个眼罩警告他一下。就这两天夜间下手，你去落实人。”

“我找谁呀，你又让我落实？”焦成金一看又把这件事情交给了他，心里好不乐意。

“你把冬冬找来，先给他一万元钱，事成以后再给他一万元。”

“能不能把白鹏飞惊了？”

“就是要惊他，他现在拿我们根本不当回事了。我们不就是花他两个钱吗，我们完蛋了也得先把他干死。他有案底不和我们说，这小子够他妈的有心计了。”

80.

晚上，吃完饭后，白鹏飞和曹娜芯闭了灯早早地上炕躺在被窝里。白鹏飞觉得监狱追逃的势头明显地降下来了，对他现在也没有什么高招，他已经在外面逍遥这么多个月了，活得很潇洒，他洋洋得意地和曹娜芯炫耀着。

“我天天跟着你担惊受怕，晚上睡个安稳觉都不容易。鹏飞，这几天外面的风声很紧，你要尽量少出去。”

“我不怕，他们要是能抓到我早就下手了，不是鱼死就是网破。等把邓文龙接应出来后，我们就远走高飞了。”

“这可是掉脑袋的事情，你既然出来了，就别操那么多的心了，管好你自己的事情得了。你和法律抗衡是不会有好下场的。”

“我不怕，从我出来混社会那天起，就有多少人要杀我，二十多年了，我还是我，该死的都死了。现在我的脑袋已经别在裤腰带上了，我还有什么退路呢？”

“那你也得留条后路，不能硬是拿鸡蛋往石头上碰。你要是再有个三长两短我就不活了。”

“过一天少一天，要是想那么多，我们就没有办法活了。我就是图个快活！是谁？”白鹏飞恍惚听到院里有人跳墙。

“谁也没有，你纯粹是精神太紧张了。”曹娜芯也竖起了耳朵听，确实有人在窗户跟前。

“肯定有人，我们快到炕底下去。”白鹏飞迅速地从枕头下面抽出了枪，跳到了地上，伏在炕沿瞄准了窗外。曹娜芯也滚到了地下。

啪的一声，子弹从窗户射了进来，击中了炕柜的玻璃。枪的声音沉闷，很明显，枪上挂了消音器。啪，又射进来一枪，击碎了挂在墙壁上的一面镜子。

白鹏飞冷笑道：“朋友，枪法也太不准了，是和你师娘学的吧，就这手法还想杀我？”

啪，又一枪击碎了灯泡，然后没有了动静，脚步声渐渐远了。

曹娜芯紧紧地搂住白鹏飞，颤抖着说：“鹏飞，我们离开沅江市吧，这种日子我实在是过够了。”

“不，不用怕，不是真的要打死我们，他们还不是想杀人灭口。就凭刚才那个杀手的枪法打死我易如反掌。他是在警告我呢，我知道是谁干的。”白鹏飞知道来的人是谁了。

“是谁呢，是不是你社会上的仇家在追杀你？”

“不是，肯定是龙啸天派来的，我估计是对我和他要了几次钱不满意。”

“他为什么不告诉监狱派人来抓你？”

“他敢，我归案了，他也就完了，我们是一根绳子上的蚂蚱，谁也跑不了。哼，什么他妈的铁哥们，到关键时候都是各顾各的，狗屁不是！现在就你和我是老铁。”

“这回知道了吧，我这样的女人是不好找的，你在外面勾的那些女人，都是看你的钱来的，吃你的肉，吸你的血，一帮骚货，她们是花瓶里的花，中看不中用，我过去和你说过多少遍了，你就是不信，现在明白了吧，还有哪个女人搭理你？”曹娜芯在表白着自己。

“也不全都是那样的，你对我不始终不变心吗？另外，人家蒙丽莎就不是那样的女人，关键时候就敢往上冲。”

“哎呀，就那个全市都知道的臭女人，你还当个宝呢。她是敢冲，她是不要脸，敢往男人的身上冲。”曹娜芯一脸蔑视的表情。

“我说你这个老娘们怎么什么都知道，过去我小看你了，我进去那些年你就那么老实，跟前一个男人也没有？”

“我们女人和你们男人不一样，我们跟定了一个男人是不会轻易变心的，就是看见了漂亮的男人也不会马上就动心的。我什么都知道，就是不说罢了。”

“好，我服了，你是正经人，睡吧，没事了。”白鹏飞拍拍曹娜芯光滑的后背，把她紧紧地搂在怀里。她偎依在他的胸膛上，她的体温永远是那样的低，没有男人的温暖就热不起来。白鹏飞说她是蛇托生的。

第二十六章　拨云见日

老人临终前终于向施弢道出了心中的秘密，老人说得是那样清晰。施弢的脑海中映现出沅山脚下一幢不显眼的农家小房……

81．

深秋的艳阳天，蓝得没有一丝白云。沅江水透明如镜，柳树的枝条还泛着些许的绿。农贸市场上秋季的时令产品已经上市了：黑的是熟透的山葡萄，红的是酸里带甜的大山楂，黄的是成熟的山梨子，绿的是山里的元枣子，金黄色的是晒得干干的榛蘑……

施弢经过一段时间的休养，身体恢复得很好。到底是习武的底子，要不哪能康复得这么快。这些日子他心情格外好，追捕工作稳步向前发展，网正在逐步地收拢着。白鹏飞的归案是指日可待了。突然，他办公室的电话急促地响起来。

“监狱长，我是焦成金，我有重要的情况向你报告，八监区犯人李建国在劳动现场越狱潜逃，已被我值勤狱警抓获，正押解回来。”

“什么？前几天刚开完会又发生了脱逃，是几点跑的？”施弢急了，两眼瞪了起来，真是一波未平一波又起。

当晚，陈剑虹连夜审讯李建国。陈剑虹一再追问李建国逃跑的原因：“你为什么要跑呢，你的刑期已经过半了，再有两年你就刑满了。”

“我实在活不下去了。我不跑，我得死在这个监狱。我知道你们肯定能把我抓回来，就是给我加刑转监我也认可。”他交代了逃跑的原因：实在是不堪忍受监狱的那些人对他的虐待。

李建国历数了邓文龙、宋德玉等人一桩桩令人发指的罪行。

李建国揭发说："我听他们议论说，顺城街小学那起学生绑架案是白鹏飞在狱内用手机指挥干的。绑票得到的十五万元钱，给了白鹏飞十万元。"

陈剑虹还是第一次听说这起案件，他鼓励说："李建国，你立功的机会到了，你还知道什么都说出来。"

李建国又提供了一个惊人的情况。"白鹏飞已经组织好人了，他们要把邓文龙劫持出狱，枪都买好了。他们前些日子把枪藏到了沅江上游大峡谷的一个山洞里，那个洞里有两条大蟒蛇。江边住的一个柳老头知道山洞的情况，那个老头在当地可有名气了，到江边一打听都知道。"

陈剑虹向施弢全面汇报了审讯李建国的情况，施弢一边翻看着卷宗，一边被白鹏飞血腥的罪行惊呆了：枪也有了，他要大干了。

"看来，那天欧阳说得对，他和我们玩了一个鬼把戏，果然是这种情况，怪不得白鹏飞不去越南取枪。"施弢真是不敢相信，"太可怕了！你们要抓紧去找那个柳老头，务必起出那批枪，这枪要是到了他们的手里沅江市就太危险了。"

"事不宜迟，我明早就带人去湖上，一定找到那个柳老头，他一个犯人都知道的人我们再找不到那就太笨了。"陈剑虹已经熬了一宿，神经正处于亢奋之中，"不，现在离天亮不远了，我们干脆现在就出发，在路上吃早饭。"

"也好，你们的辛苦监狱党委记着，到时候我给你们披红戴花。"施弢恨不得马上就找到那个柳老头，找到那批枪。

"邓哥，咱们这屋又新分来一个雏，人挺守规矩，给弟兄们表示了好几次了。"晚上，刁小三向邓文龙打着小报告。刁小三真名叫刁喜旺，由于长得十分瘦小，监狱里的人不知道谁给他起了个绰号刁小三，他接替小蚕蛹，成了邓文龙的马仔，天天围着邓文龙转。"还有一个人，姓朱，长得又高又壮，不守规矩，和我们直瞪眼睛。"

邓文龙立即吩咐："什么来头，敢不守规矩？他姓朱，我他妈的还属虎呢，归拢归拢他。"

正说着，新来的那个服刑人员进屋了，站到床边收拾自己的被褥。"邓哥，就是他……哥们叫什么名字？"几名服刑人员围着新来的服刑人员撸胳膊、挽袖子，连说带吓着。

"朱大维。"他高高的个子，规规矩矩地低头回答着。

"猪打堆？这个名字好哇。给哥们打个堆看看，哈哈……"几名服刑人员围着朱大维耍笑着，推推搡搡的，“来，你给哥们打一个堆呀，快呀！”

“你还不服，哎呀，你和谁瞪眼睛，你没有看见邓哥在跟前吗？藐视邓哥，找打！”一名服刑人员挥拳向朱大维打过去。朱大维抬起胳膊一挡，那小子“啊”的一声，捧着小臂叫了起来，“我胳膊折了，疼死我了！”

“哎呀，你小子还真有几下子！”呼啦，几名服刑人员同时打过来。和朱大维刚过几招，这几个人就被朱大维打得趴在地上，爹一声、妈一声地叫唤着。

“邓哥，我们都不是他的对手，全被他打趴下了。”刁小三带着哭腔向邓文龙求救。

邓文龙走过来上下打量着朱大维，朱大维不露声色地从窗台上拿起一个瓷碗，“咔嚓”一声捏得粉碎，他又捡了几个碎的碴扔进嘴里像吃冰糖似的嚼了起来，拿起水杯喝了一口水咽了下去。

监舍里的人员都看傻了，这可不是变魔术，那碗碴子确实吃了。邓文龙倒吸了一口冷气，喊了一声：“好功夫！”自知自己不是对手。他刚才听人说朱大维原是部队的侦察员，擒拿格斗、武术、拳击、摔跤样样精通，是沅江市九威公司老板的保镖。为了维护老板，他一拳将一名侮辱老板的人打成重伤才进来的。

“算了吧，都是道上的人，交个朋友吧。”邓文龙自己找了一个台阶，向朱大维抱起拳，自我介绍道，“兄弟是邓文龙。”

“哦，原来是邓哥，久闻大名，无缘相见。刚才兄弟放肆了。”朱大维抱起拳表示歉意。

刁小三一看两人和解了，急忙搬过来一把椅子，又去张罗着沏茶。

“兄弟有这么好的身手，不愁以后没有出路，如果你不嫌弃的话，就先跟大哥我干吧，委屈一段，绝对耽误不了你的前途。”邓文龙先摆出了大哥的架子，看看朱大维是不是买他的账。

“邓哥，你这话说外道了，能到你的手下是我们哥们儿的缘分，从今往后我一切听大哥的，你指向哪里我就奔向哪里。”朱大维欣然同意了。

“好，痛快，刁小三，你去备菜，朱老弟，晚上，哥给你设宴接风，找几个弟兄陪你，小三，你去安排。”邓文龙要把朱大维拉过来为他所用。

82.

秋末天气渐凉，百花凋零，唯独菊花还坚挺着。沅江大地的一切都平静下来，江水放慢了流速，似乎在默默地等待冬天的到来。

午间，施弢刚从食堂吃完饭回到办公室，监狱医院大夫给他打来电话说那个老囚犯眼瞅已经不行了。施弢立即赶到了医院，老囚犯已经进入弥留之际。

“决不能让他死掉，药钱由我出，要尽力抢救，延长他的生命。”施弢发话。大夫哪里知道施弢内心的秘密，说已经没有抢救的必要了。

这是一个曾经有过风光的很受人尊重的老囚犯。他隐名埋姓在监狱里待得文明老实，他没有想到自己会病死在监狱。他一辈子没儿没女，也没有亲戚朋友来探望他。他患有尿毒症，每天的透析费用要两百多。监狱无力支付，可又不能眼看着他活活死去，他毕竟也是人呀。

施弢几次到老残监区看望这位老囚犯，多次给这位老囚犯捐款，大家都不理解，他为什么对这个老囚犯这么上心。

“施监狱长，你是个好人，我一个犯人不值得一救。”老囚犯握着施弢的手哽咽着说。

“不，你说得不对，我们是社会主义国家的监狱，是最讲人道的监狱。我们会尽全力救助你。监狱是不会嫌弃你、抛弃你的。哪里有什么地狱，你就安心养病吧。”施弢态度坚决地说。

老囚犯的眼睛中滚出几行浑浊的泪水。死死地盯着施弢，似乎有什么话要说。施弢俯下身去，大声说：“师傅，您有什么话尽管说吧。”

师傅？他怎么是施弢的师傅呢？大家面面相觑。施弢看出了大家对他的疑惑，抬头对大家说：“他确实是我师傅，我八岁就跟师傅习武，学习八极拳……”施弢在那天巡查时知道了老囚犯就是自己的师傅霍东奎，他没有向任何人透露，从那天以后他就非常关心老囚犯。霍东奎深受感动，在临终前向施弢提供了重要的线索。

老囚犯嘴里吐出一串谁也没有听清的话。施弢俯耳听着，不停地点头。听着听着他紧锁的眉头骤然放开了。老人临终前终于向施弢道出了心中的秘密，老人说得是那样清晰。施弢的脑海中映现出沅山脚下一幢不显眼的农家小房……

“您放心地走吧，您说的话我听懂了。政府是不会忘记您的，家里没有人我们来安葬您。”施弢大声地说道，又吩咐身边的人，“你们给我打盆水来，我给他洗洗身子，刮刮胡子，尽一点我做徒弟的孝道。我出钱，给他买一套像样的新衣服，刚才他说了，他不能穿着囚服到阴间去，来世他不能再做犯人了。”

“我们这就去办。”医护人员答应着。

老囚犯的眼睛微微地睁开了，从他的眼角处渗出了两颗硕大的泪珠，慢慢地沿着他那清瘦的脸颊流淌。显然他听到了施弢的话语。施弢满足了老囚犯的要求，给他换了一身崭新的衣服，老囚犯走向了另一个世界。

“白鹏飞藏在沅山脚下的村子里。那个老囚犯就是我师傅霍东奎，他的为人我非常了解，他一辈子不说假话，他让我们在沅山周围的村子里找，肯定能抓住白鹏飞。”施弢说老人临终前头脑非常清醒，他请求监狱留白鹏飞一条命。他怎么知道白鹏飞的藏身之处呢，他和白鹏飞是什么关系？霍东奎说的情况和监狱掌握的线索紧紧地扣到了一起，更加认证了施弢、陈剑虹判断的正确性，但他们还是不敢轻易地就把追捕的方向定到沅山脚下的地带。

施弢沉吟了一会儿说：“陈处长，你安排人仔细地查一查，把霍师傅和白鹏飞的关系查清楚，我不明白他怎么能和白鹏飞搅和到一起。”他也是多少年不和霍东奎来往了，霍东奎是从外地遣送回沅山监狱服刑的。

经过调查，原来霍东奎和白鹏飞的父亲是师兄弟，霍东奎除一身好武功外，还精通五行八卦。白鹏飞进来后也经常照顾他，一口一个叔地叫着，大家看着都受感动。平常都是他给霍东奎买吃的和生活用品。平时两人无话不说亲亲热热，白鹏飞经常搀着他在狱内放风，俨然一对父子。白鹏飞逃跑后，霍东奎的生活就没有人管了，身体是一天不如一天。白鹏飞做梦都不会想到自己会败在这个老囚犯的手里。

霍东奎火化那天施弢亲自到场送行，几个监管的警察把霍东奎的遗体推进了炉里，没有一个亲人到场送行，没有哭声，没有哀乐，孤独的老人，就这样上路了。这是一个凄惨的场面，人活一回竟落到这般下场，孤独地回到了他出生前的世界。施弢落泪了，他答应老人，把他的骨灰送回河北沧州老家的祖坟，埋葬在他母亲的身边。

83.

施弢透过办公室的窗户凝视着沅山。在晨光的照耀下，沅山云雾缭绕，飞鸟翱翔。沅江像一条银带从山脚下绕山而过。真是山灵水秀！施弢打心眼里佩服先人的眼光，让监狱坐落在沅山脚下，枕山面水。他觉得不能再犹豫了，白鹏飞就藏在沅山脚下，霍师傅说的不会错。他操起了电话：“陈处长，你到我办公室来一下。”

陈剑虹来了，向施弢敬礼，这是他的习惯：“监狱长有什么要吩咐的？”

“我们应该动手了，你迅速带几个人，在沅山脚下的村子拉网，查一查有没有和监狱有关系的人。要高度保密，暗中查访，不让任何人知道是监狱在调查，不能走漏半点口风。”

“是，请施监狱长放心。”陈剑虹的回答干净利索，“什么时候动手？”

“今天就去，晚上，我听取调查结果。”

施弢打心里喜欢这位军队侦察连长出身的狱侦处长，说话办事处处显现着军人的气质。

沅山脚下，共分布着五个自然村。和监狱有来往的村民太多了。“从哪里下手调查呢？”陈剑虹反复琢磨后，决定先从和监狱在押人员有亲属关系的人查起。

陈剑虹带着侦查员欧阳惠雪装扮成羊毛收购商，蹬着三轮车逐户逐人调查着。

“陈处长，你说白鹏飞能这么傻就藏在这沅山脚下，这胆子也太大了，也太藐视我们监狱了。”欧阳惠雪有些疑惑。

“几条线索都证明白鹏飞就藏在这一带，这个人胆大心细，他选择的是一条最危险的路。他非常聪明，但最终他是聪明反被聪明误，就应了这样的一条真理，一切要小聪明的人最终都是要吃大亏的。我坚信他就藏在这一带，我们就和他熬到底，跑不了他。”

线索一条条上来了，很快又一个个否定了。洛河村里小酒坊的老板田大川在卖羊毛的时候提供了一个线索。田大川吹嘘他家的酒怎么好，喝了就是不上头，纯粮食酿造。陈剑虹说现在酒厂都不冒烟了，一堆酒糟都见不到，哪里还有什么粮食酒。田大川说就我家的酒好，纯高粱，你尝尝。他给陈剑虹打了半两。陈剑虹一喝还真有味道。听说三块钱一斤，买十斤还赠一斤。陈剑虹说：“你给我装一桶。”现成的二十斤桶，田大川又给灌了两瓶子。陈剑虹又说：“大哥我饿了，你这里有什么吃的东西卖给我们点？”田大川说：“哦，要吃的东西太多了，现成的冻饺子、方便面、火腿肠，对了，还有酱肉。”“好，那我们就在你这里吃了，钱不会差你的。”

“这话说哪里去了，我打眼一看就知道老弟是个敞亮人，要不怎么能有这么一个漂亮的弟妹呀，跟着你收羊毛真的委屈她了。我要是有这么漂亮的媳妇可舍不得让她出来，风吹雨淋的。”别看田大川是农村人还真的挺会唠嗑的。

不一会儿，饺子煮好了，几个冷盘也摆上了，陈剑虹邀请田大川一块儿吃。田大川看了一眼欧阳惠雪说：“好，我出酒，我给你们两口子切一盘酱肉，不要钱了。”

陈剑虹吧嗒着嘴说：“这酱肉的味道真地道，入口回香，在城里是吃不到的，你们农村人还有这个手艺？”

几杯酒下肚，田大川的话多了起来：“这哪是我们的手艺，整个洛河村都做不出来，这是城里一个女人给我送的，这个女人常到我家的酒坊来打酒，这个女人长得漂亮，就跟弟妹似的，说话办事非常利索，出手也很大方，有时买酒剩的零钱就不要了。她说她家老公特别乐意喝我家的小烧，喝了不上头。这个女人不是我们村里的人，是三年前从市里搬过来的，听说她有一个儿子在山那边的监狱蹲着呢，为了看她儿子方便特意在监狱后边的村里买了一户房子。”

“田大哥，那个女人的儿子叫着什么名字？”欧阳惠雪急切地问道。

“具体叫什么名字我不知道，但常听她叨咕什么小安子，听着就像个小太监的名，他们家怎么给孩子起了这么一个名字？”

“小安子！”陈剑虹暗喜道，人找到了。这个线索太重要了。

“有一天夜里我去找羊，在沅山顶上看见一个男人和这个女人在干那事儿……”田大川借酒劲把那天在山顶上看见的事儿当笑话讲了一遍，但他被打的事情没有说，现在他都不敢走曹娜芯家门前的路。

晚上，陈剑虹、欧阳惠雪兴致勃勃地向施弢和贺海东汇报着今天在洛河村的调查情况。施弢全神贯注地听着。“监狱长真是神机妙算，我们这些天没有白跑，我们通过一个开小酒坊的叫田大川的村民，了解到了村里有一个人和监狱有关系。”

“是谁？”施弢追问。

“是小安子的母亲曹娜芯，现在村里的人都知道有一个漂亮的女人住在两间草房里。”

“什么，她不是在市内住吗？”施弢两眼一亮。

“现在清楚了，自小安子入狱后，她就在沅山脚下的村里买了两间草房，谁也不知道。过去她把我们骗了。在沅山脚下到处都是酿造小烧酒的小作坊，她常去田大川的酒坊买酒，她还加工一些酱肉出卖。”

“是吗？她一个女人常买酒干什么？肯定在她家里有男人，陈处长你说是不是？”

施弢明白了，那男人就是白鹏飞！难怪他从白鹏飞邮给他的信上闻到了一股小烧酒的味道。“怪不得白鹏飞说每天都能看到我，太狂妄了！白鹏飞玩得高明呀，你终于露出了狐狸尾巴。”施弢心中暗喜。

“监狱长分析得太对了，据田大川反映，他在夜间听到过曹娜芯家传出男女嬉笑打闹声，虽然这个男人从来没有露过面，但他肯定屋里确实藏有一个男人。”

“田大川知道你们的身份吗，他怎么知道这么多的情况？”施弢担心农村人嘴快，把陈剑虹他们说出去。

“让他知道我还当什么侦查处长，我们是在闲谈中了解到的。喝了一顿酒，我们处成了哥们，他对欧阳的印象老好了，一口一个弟妹叫着，说她长得漂亮，这才引出了曹娜芯。”

“你那么大的处长还有脸和我说，他一叫弟妹你就顺杆往上爬，这仇我记着呢。”欧阳惠雪这次是当施弢和贺海东的面狠狠地掐了陈剑虹一下。

施弢、贺海东都笑了。“你们俩的账等抓回来白鹏飞再算吧。陈处长，你也别吹大了，看走漏了风声我怎么收拾你，欧阳你也有责任。我们要立即和当地公安机关联系，监控小安子的母亲。从现在开始，要监视小安子家的周围，封锁整个洛河村，决不能让白鹏飞跑掉！”施弢完全相信陈剑虹的能力。

“对，今天晚上我们监狱就要上人，死蹲在曹娜芯家的周围。万一走漏了风声，煮熟的鸭子就飞了。”贺海东的担心是有道理的，施弢点头称是。

“我回来后已经把处里的两个精干的侦查员派过去了，昼夜监视。现在要是能找机会把机侦装上就厉害了。”

虽然施弢确认白鹏飞就藏在洛河村，但在没有绝对把握之前还是不能动手的，他思索了一会儿，抬头征求着几个人的意见：“你们看这样行不行，我和公安局联系一下，让他们帮助我们想个办法。”

贺海东、陈剑虹、欧阳惠雪都表示赞同。陈剑虹又汇报了一个重要情况：“两位领导，按照李建国提供的线索，我们已经找到了当地那位八十岁的老人，他的名字叫柳忠武。他说确实有这么一个山洞，他在小时候和他的父亲进洞里捉蛇卖钱。解放后，这个洞已经多少年没有人进去过了，传说洞里有什么怪物，眼睛像灯泡那么亮。老人答应领我们去找这个山洞。我们准备去探查，两位领导是什么意见？”

施弢非常高兴，今天听到的都是极其重要的情况，白鹏飞的案件熟了。他立即表态：“去，立即去，我要亲自去。要组织精干的警力，把他的老窝端了。我马上向市领导汇报，看看武警部队能不能帮助我们一下。”

贺海东不赞成武警部队参加，他希望扩散的面越小越好，尽量避免这件事情带来什么社会影响。

施弢同意贺海东的意见。但他坚持自己去：“我必须去！”

柳忠武老人的家坐落在沅江的东岸边，是一个传统的农家四合院。站在院里，可以直接眺望江面。他家院里的架子上摆满了刀枪剑戟，地上摆着举重用的杠铃和石锁等锻炼器具。

“柳大爷，这是我们的施监狱长，他要和我们一块儿进山洞。”陈剑虹介绍着施弢。施弢今天专程来拜见老人，给老人带了不少营养品。

“到屋里谈吧，我有好茶。”老人家有着渔家特有的热情，他给施弢他们泡上了自己采制的茶。

“老人家，给您添麻烦了。”施弢紧紧握着老人家的手，“您老的身体真棒，腿脚这么灵便，哪里像是八十岁的老人。哦，老人家您这是一个武术之家。”

“我认识你，他们说了你的情况，施监狱长，论辈分你还得管我叫师叔呢。”

“师叔？”施弢狐疑。

“我早听说了，你是霍东奎的徒弟，我和你师傅是师兄弟，我比他小。”

“是吗，这么说您也是练八极拳的？”施弢没有想到还有这么巧的事情。

“我的功夫远远不如你师傅，在我们师兄弟中他的武功是最好的，你是得到了他的真传了。”老人很健谈。

“我也是马马虎虎，已经扔了多年了，现在岁数大了，就更不用说了。”

“你师傅现在怎么样了，我有十多年没有见到他了，他还好吗？”柳大爷看来是不知道霍东奎的情况。

施弢见老人不知道实情，也就不告诉老人实话了，他含糊地说：“师傅还好，只是身体是远不如您了，已经卧床病了多年，生活不能自理了。”

“练武的人晚年身体都不太好，等过几天你带我去看看他，我挺想他的，你给我捎个话去。”老人和霍东奎的感情很深，说得眼泪汪汪的，“我们明天早晨出发，多带点水，吃的东西准备两天的就够了。如果顺利的话，当天就能赶回来。”

“路线怎么走呢？”

“先坐船过去，到地方后我们再爬山上去，要走一段很险的小道。那洞口是太高了，在江这边现在是谁也爬不上去，我年轻的时候还爬上去一回，那地方水流非常急，泛漩涡，一般人是不敢下水的。”

“他们都怕蛇，我们是不是带点蛇药？”

“蛇只要你不惹它，它对人从不主动攻击。但药还是得带点，我这儿有草药，你们再备点西药，留着救急用。”

84.

第二天是一个风和日丽的天气，施弢带着三十名民警上船出发了。岸边就是柳家自己的简易码头，从这里上船非常方便。柳家自己有一条机械船，柳大爷给船起了个好名字叫“云龙号”，亲自驾驶。

大家一路上说笑着。船速很快，柳大爷不愧是弄潮的老手，船开得又快又稳。中午时分，他们顺利到达了目的地，大家简单地吃了点东西，便开始爬山。柳大爷选择的是从阴坡上山，两个小时后，到达了洞口。洞口位于江岸阴坡的山腰上。洞口不大，四周布满了杂草。

柳大爷用木棍拨动着洞口的草丛，几条野鸡脖子蛇飞速地逃窜了。柳大爷叮嘱着：“你们都要准备一个棍子，那用处可大了，可以拨草惊蛇，还可以拄着走路，使人多了一条腿，可以大大地减少疲劳。从这里进去得走三里多的路，可以直达江边的山洞。洞里有暗河，这条河通到江里，千万注意，掉下去就没影了，一定要保证安全。”大家按柳大爷说的，每个人就地砍了一根腊木杆子。柳大爷在前面带路，三十多个人鱼贯进入了山洞。大家摸索着走了一个多小时，感到迎面有凉风袭来，柳大爷提醒大家：“孩子们，快到了，注意安全，旁边是暗河。”

洞里暗河的水流打着漩涡咆哮着向前流去，声音在洞内回荡，让人听着胆寒。轰隆，一声巨响，后面的通道塌方了，退路被彻底堵死了。

“施监狱长，后路被彻底地堵住了，我们回不去了。”后面的民警害怕了。

“别着急，看看手机有没有信号？”施弢沉着冷静。

“没有信号。”民警递给施弢看着。

“你们把手机都关掉，节省电池，也许一会儿能有信号。留我的一部手机。过前面来一个，把打火机点着。”一个民警过来打着了打火机，施弢观看火苗往后方急速闪动着，说：“你们看空气流通得很猛，说明前面的路还是通的，大家都别慌，沉住气，跟着柳大爷往前走，天无绝人之路，我们一定能出去。”

柳大爷大声地安慰大家：“孩子们不要怕，我们离江边不会太远了，我们有枪有炮，什么妖魔鬼怪都怕我们。后面的路堵死了，还有别的路。”

队伍稳定下来，继续缓缓地前行。走在前面的欧阳惠雪高声地叫着：“监狱长，通了，施监狱长，你看啊！”

洞口正好在沅江岸边的崖头上，洞口下面是波涛汹涌的沅江，洞口距江面有五十多米高，太险峻了。他们看见了停在岸边的“云龙号”。

“你看那是什么？”只见一条胳膊粗的大蟒蛇盘踞在从崖缝探出的一棵松树上，两眼闪闪发光，吐着红红的信子，民警小鄂端起微冲就要开枪。

“不要打，它没有伤害我们的意思，它是在猜测我们是不是好人。”柳忠武老人按住了小鄂的枪。

大蟒蛇能有十米多长，粗的地方都赶上人的大腿了。据当地的老年人说这蛇得有一百多年了。过去日本鬼子修电站，在崩砬子头时，一排炮下来崩出的蛇把江面都堵住了。

“一般情况下可能还有一条，雌蛇和雄蛇相伴生活。”施弢正说着，欧阳惠雪又喊了起来：“快看，又出来一条！”这条蛇的个头比刚才那条还大一些。

松树根底下是蛇窝，有一棵粗壮的灵芝迎风摆动着。当地的渔民都听说过沅江边的悬崖有大蟒蛇，过去有人爬上去，被吓得滚下崖掉江里淹死了。

施弢望着蛇窝眼睛一亮，在蛇窝的入口处，有一个攀登用的钩环，肯定是曾经有人进去过。看来，那批枪支很有可能藏在洞里。两条大蟒蛇虎视眈眈地守在洞口，人怎么样能进到蛇窝呢？他看着柳大爷，焦急地问：“大爷，那个蛇窝你进去过吗？”

“我父亲就是采蛇窝边上的一棵灵芝，让那蛇窝里的一条大蟒蛇给活活勒死了，尸体甩到了沅江，连个影都没有找到。进蛇窝必须先用一种草药点燃后把蛇熏跑，这样还不伤害蛇。这么大的蛇都通人性了，你说什么它都懂。”在柳大爷眼里，蛇是有灵性的动物，他不想伤害它们。

“大爷，您现在敢不敢进去？”

“我有什么不敢，我都一大把年龄了。如果蛇能把我吃了，那就是天意了。那是我父亲在召唤我，我都八十岁的人了，我对生命还有什么吝惜的呢？如果我的生命在这个地方留下了，我也就瞑目了。其实熏蛇的草药也不是什么稀罕之物，就是我们用来熏蚊子的艾蒿。”柳大爷的一番话把大家说得都受感动了，老人的心地淳厚，他对人对动物都是那样善良。

大家掏出手机准备与市里取得联系。结果发现在这深山密林的，根本没有信号。怎么办？现在需要和市里联系报信，让家里派人来解救。现在只有一条出路，就是从洞口下去游过江去报信。来的这些人谁能下去呢？施弢往洞口下看看，根本攀不下去，除非有悬梯，可哪里有啊，带来的绳子也留在了船上。

欧阳惠雪抢到前面说：“我跳下去，我会游泳，还能跳水，十多米高的跳台我不费劲就能跳下去，这个高度我敢跳。”

“柳大爷，这水面的深度够不够，里面有没有礁石？那条大蛇能不能咬人，它能不能追过来呀，这个季节的江水已是很凉了。”施弢担心大蛇追进水里咬人，那么大的蛇完全可以吞进一个人了。他看看欧阳惠雪实在是不忍心让她跳下去。

“孩子，江水的深度你不用担心，我小的时候在这个悬崖下游过泳，这里是个深潭。那两条大蟒蛇你不惹它，它是不咬人的。”

欧阳惠雪态度坚决地说：“监狱长让我去吧！”施弢想不让她去，可又有什么办法呢，这是唯一的生路。来的民警大多是旱鸭子，有会游泳的也不会跳水。

欧阳惠雪脱下了警服，露出雪白的肌肤，就像一条美人鱼。可这时候有谁还有心欣赏这些呢。欧阳惠雪爬到了蛇窝边。大蛇慢慢地蠕动过来了。欧阳惠雪轻轻地拍了拍蛇头：“别咬我，我们是来保护你的。”施弢让小鄂和另一个枪法好的民警，把枪紧紧地瞄准了两条大蟒蛇，它们一动就立即开枪击毙。大蟒蛇的眼睛直盯盯地瞄着欧阳惠雪，也许是闻到了她身上特有的气味，感觉她对它们并没有威胁，大蛇没有动，欧阳惠雪平静地爬过去了。在距离江面十多米高的时候，没有可抓扶的树木了，那是一面光秃秃、刀切似的峭壁。

“我跳了。”欧阳惠雪跳进了潭的中心，一下子沉下去不见了。大家的心都提到了嗓子眼……“出来了，出来了。”有人喊道。只见欧阳惠雪慢慢地浮出了水面，她在水底下躲过了漩涡。她的水性很好，踩着水，和大家高兴地摆手示意。“欧阳，好样的！”大家不约而同地赞赏着。洞口边的民警把她的警服捆得结结实实地扔了下去。她接住了，摆摆手奋力向下游游去了，不见了身影。

施弢的眼圈红了，自己心爱的女人他能不心疼吗？他的心就像是刀剜的一样。大家逐渐地静了下来，听着柳大爷讲着一个又一个故事。不知谁说了一句：“那大蛇要是进洞里来怎么办？”两条大蟒蛇的眼睛始终瞄着洞口。“不用怕，有我在，你们千万不要用枪打它们，它们已经成仙了，枪打不死它们。它们要吃人的话，就吃我吧，省着我火化了。”

欧阳惠雪走了足足有两个小时了，柳大爷的故事也讲累了，大家饿得都打蔫了，有人躺在地上睡着了。施弢心里说着，要是不出现塌方的情况，现在都往回返了。

天色渐渐暗了下来，太阳就要落山了，晚霞映照着江面，山影倒立，明天肯定是一个晴天。“真是太美了！”施弢一个人在静静地欣赏着晚景，他也是给民警做着一个姿态，让大家平和下来，实际上他的心始终惦记着欧阳惠雪。

江面上传来了发动机的轰鸣声。“监狱长，我回来了。”欧阳惠雪站在甲板上高声喊着，武警部队的支队长兼政委宁进同志带着一个分队的武警战士前来救援了。巡逻快艇已经到了崖下。宁进政委在崖下高声喊着：“施弢，我来救你们了。同志们好吗？”

“监狱长，你快来看，船来了，是武警一号。”山洞里的人欢呼雀跃起来，不知谁喊了一声解放军万岁，大家立即都喊了起来：解放军万岁！这是发自内心的呼喊！

宁政委指挥着几名武警战士背着绳子从悬崖下的峭壁向上攀爬着，这几个人是攀岩高手，但攀到崖的中间峭壁的时候也爬不上去了，那里正好是凸起部位。他们往洞里甩着绳子，绳子掉了出来，一次又一次地甩着，终于把绳子扔进了洞里。洞里民警拽着绳子，武警战士顺着绳子爬进了岩洞，放下了悬梯，后面的武警战士陆续爬了上来，把食物和水给大家送来了。

“我们不回去了，今天晚上就住在洞里，我们明天进蛇窝，大家同意不？”施弢征求大家的意见。

“同意，我们就当作是一次野外生存训练了。”大家一致表示同意，肚子里有食了，不饿了，也不渴了。宁政委还安排武警战士们特意送上来一箱啤酒和几个西瓜。吃着香肠面包，喝着啤酒，观着江景，还有比这更惬意的事情吗？

“柳大爷您是什么意见？”施弢征求老人家的意见。

“我听党的！”柳大爷太像山里的老猎户了。哈哈，柳大爷的一句话把大家逗乐了，他也被武警战士和民警的精神感动了。

天大亮了，旭日发出的第一缕曙光撕破黎明前的黑暗，透过云层射了出来，东方天幕由漆黑逐渐转为了鱼肚白、红色，直至耀眼的金黄，喷射出万道霞光。江面上雾气蒙蒙，今天是个晴天。大蟒蛇早早出来沐浴着晨光，盘在了蛇窝边上的松树上。它似乎知道今天有人要进去搬东西。

民警们在洞里站好了队伍。施弢在进行着动员。进入蛇窝只能从洞口出去爬过去，民警们已经做好了准备。柳大爷介绍说只要人们不主动伤害大蛇，它绝对不会对人攻击。

“看看谁先进去？”施弢征求大家的意见。

“我去！”“我去！”民警都抢先报名。

“还是由我们正规军先进去吧，我们的装备也比较齐全。”宁政委带着武警战士也爬上来了。

“那怎么行呢，这是我们的任务，怎么能有劳于解放军呢？”

“你们谁也别争了，我先进去，你们等着听信儿。我这么一把年龄了，什么也不怕。我还懂蛇医，我不怕蛇，它们也不会咬我，我从小的时候就看见过我父亲从这个蛇窝进去过。”柳大爷态度坚决，“我去，那条大蛇认识我，它是不会咬我的。”

“那怎么能行呢，您这么大的岁数了，把我们领到这里就够感激您老的了。”

“监狱长你这样说话就外道了，我们谁和谁呀。”只得依老人家的意见了。柳大爷先点燃了蛇香熏了一会儿，两条大蟒蛇缓缓地离开了。大家眼见柳忠武老人腰间系着绳子攀下了悬崖，钻进了蛇窝，老人几乎是爬着进去的，洞口小得可怜，换一个人都得卡住。

一个多小时过去了，老人没有动静，大家焦急地等待着。又一个小时过去了，还是没有动静。有人说话了：“柳大爷都进去两个小时了，还没有动静，会不会出什么意外啊？”“别胡乱说，要相信柳大爷。”

又是一个小时过去了，柳大爷还是没有动静。

施弢也沉不住气了：“小鄂，给我准备一下，我进去。”

“施监狱长，你进去是绝对不行的，我们不能眼瞅着你往蛇的肚子里头钻。”

“不行，我必须进去。”施弢想，到这关键的时刻他怎么能躲在后面指挥呢，而且也没有什么可指挥的。

“鲍天书，你负责找两个人给我把他看住，没有我的命令不许松开。”宁政委向鲍天书下达命令。两个非常壮实的武警战士站到了施弢的左右，监狱民警也劝着施弢不要进去。

施弢寻思着柳大爷十有八九是出事了，他不敢再想下去了。

“你们不用怕，我回来了。”大家往后一看，柳大爷出人意料地从这边的山洞里面出来了。柳大爷的身上发出一股子怪味，那是蛇的粪便的味道。

“柳大爷，您可回来了，把我们急坏了。”大家围了过来，问长问短。

“柳大爷，您老先喝点水，然后给我们说说里面的情况。”欧阳惠雪打开一瓶矿泉水给柳大爷递过去。

“这个蛇窝是越往里头越宽敞，那是一个好大的厅……”

柳大爷一步一步地往蛇窝里面爬着，他也不知道是爬了多长的时间，窝里面越发的宽敞了，能够弯起腰来走了。他又走了一段，能够直起腰来了。这是一个洞的大厅，只见又一条大蟒蛇盘在一堆箱子上，柳大爷到跟前一看，那条大蟒蛇被牢牢地绑在那里。他自语着：我说怎么没有看到你呢，原来你被抓起来了，别怕，我来救你来了。他把捆绑蛇的绳索松开了。他看那绳扣完全是柳家特有的手法。难道是自己家里人干的，蛇身底下是木头箱子和用塑料布包裹着的一捆捆长条的东西。他用手摸了一下，是枪支。他又看了看箱子，是子弹和手榴弹。大蟒蛇的身上多处受伤，他拿出了药给大蟒蛇涂抹着，大蟒蛇温顺地趴在那里。他又顺着洞口走着，最后竟然就从洞里面转出来了。洞口是藏在一个瀑布的后面，他们在来的时候路过了。

太惊险了，大家不约而同地发出了啧啧的赞叹声。

“好，同志们，检查携带物品，立即进入蛇窝。”施弢果断地下达命令。

“我带领你们进蛇窝。”柳大爷还是精神抖擞，没有一点倦容。

“您就休息吧，我带人进去。”施弢担心柳大爷的身体，身体再健康毕竟是八十岁的老人了。

“那可不行，那条大蟒蛇不认识你们，它会伤害你们的。”

宁进政委走到施弢的跟前：“柳大爷说得有道理，我看就按柳大爷的意见办吧。”宁进也是全副武装，挎着一支微型冲锋枪，还有几个武警战士戴着防毒面具。

“还是你们正规军想得细呀，武装到了牙齿。好，就听你的了，我们进蛇窝吧。”

在柳大爷的引领下，队伍很快来到了石洞的大厅，那条大蟒蛇在那堆东西上盘着，朝着人群发出嗞嗞的声音，吐着长长的信子，它不让人们靠近，完全是不友好的态度。

“别怕，别怕，我们是来给你们腾房子的，请你走开吧，蛇大哥。”柳大爷就像是哄着孩子似的慢慢地走过去。他抚摸了大蟒蛇几下，大蟒蛇走开了，盘到了洞顶的钟乳石上。

“大家动手搬吧，争取一趟搬完。”

很快，东西搬完了。“柳大爷，我们走吧。”

“我和它告告别。”柳大爷招呼着，“蛇大哥，你下来吧，我们走了，谢谢你。”突然大蟒蛇从洞顶松开了身子，把柳大爷缠住了。柳大爷抚摸着蛇头：“你要干什么，你是舍不得我走呀，我还会来给你治伤的。”无论柳大爷怎么劝，大蟒蛇就是不松身。

大家在旁边看得胆战心惊，真是佩服柳大爷的胆量。柳大爷毫无惧色，继续和大蟒蛇谈笑着。他又从挎包里拿出了药给大蟒蛇涂抹着，可以看出来大蟒蛇对柳大爷是留恋不是伤害。

“快看，那条蛇也来了。”那条大蟒蛇不知道什么时候也进来了，两条大蟒蛇把柳大爷盘在了中间，又来了一条大蟒蛇嘴上叼着一个什么东西在柳大爷的脸上扫来扫去。三条蛇和柳大爷玩了起来就是不走，大家都不害怕了，看得津津有味。

“这样等下去总不是个办法。怎么办？开枪打吧！”旁边的一个武警战士说了一句话。

“胡说，你一开枪大蛇一用劲能把柳大爷勒成肉饼。”施弢急了，训斥了武警战士一句，“你们把东西都搬走吧，往船上运，我们少留几个人在这里慢慢地等。”

“我们要走了，你看大家都着急了，让我走吧，以后我会常来看你们的，行吧？”柳大爷像哄小孩似的和三条大蟒蛇说着话，并用手轻轻地抚摸着蛇的身子。奇迹发生了，三条大蟒蛇真的把柳大爷松开了，它们爬到了山洞顶的窝里去了，六只眼睛发出灿灿的绿光，望着柳大爷他们。

大家都顺利地上船了，“你们看，那三条蛇都出来了。”果然，三条大蟒蛇都在那棵松树上盘着，高昂着头，吐着红红的信子。

施弢回头看了一眼，默默地说道，大蟒蛇，再见了，你们不要着急，过几天我会来看你们。施弢决定要向市里反映，把这里变成自然保护区，让动物永远和人们和睦相处，维系自然界的平衡。

“这蛇是神呀，它们通人性，多好的三条蛇呀！崖下的那些蛇都是它们的子孙，论辈分它们都比我大一辈呢。它们是为了感谢我，特意送给我的灵芝，多少人要采这棵灵芝，把命都丢了。”柳大爷非常动感情，“原来是两对蛇，不知道是哪个丧良心的给打死了一条，那条大蟒蛇才开始报复伤人的。”

好大的一棵灵芝，这可是无价之宝啊！大家互相传看着。“这可是真正的野生宝物，吃了能长生不老！柳大爷，回去后您老就把它吃了吧，您就是活神仙，我们都借您的光了。”

“你们才是鬼都害怕的活神仙呢，你们没有听说鬼都怕横的吗，你们的领章帽徽都避邪。”

“宁政委，我们能够大获全胜，多亏了你们，要不是你们及时地来营救我们，今天还不知道是什么结果哪。我要好好地谢谢你们。”施弢激动地说。

“什么你们我们的，军警本是一家人嘛。”

天彻底黑了，两岸的群山成了一片黑影，游船、渔船都已归去了，只有湖水静静地泛着银光，“云龙号”成了湖上的一叶孤舟。船停泊在柳大爷家的那个简易码头。施弢和柳忠武老人告别。他感激地拉着老人的手，动情地说：“老人家，不，师叔，我们太感谢您了！”

“这话都说一千遍了，我听着不舒服，既然我是师叔，那我们就更是一家人了，以后用得着我老头子的时候，你们吩咐我就行了。年节方便的时候过来看看我老头子，我还能活几年！”老人家的话语充满了孤独和悲伤。

“师叔，您放心吧，我会常来看望您老人家的。我想再问一下，师叔，这个山洞，除了您之外，还有谁知道？”这是施弢一直想要问的问题，正好借这个机会问问老人家。

“我有个小孙子，过去我领他进过这个洞，他是我们家继承采草药和抓蛇本领的晚辈。这个小子不着调，一年不如一年了，和社会上的人混到了一起。我一年都见不了他一次面，有时候他给我送点吃的东西，给我点钱，倒挺孝顺的。”

“师叔，他叫什么名字？”施弢始终觉得这个洞和柳家的人有关系，他又不能明说，老人主动把话说出来了他顺势问下去。

“叫柳毅，他从小也是在这一带长大的，这小子有一手绝活，那弩射得才准呢，射飞翔的野鸡和奔跑的兔子，一箭一个。”

老人家见施弢问到他孙子的名字，心里一怔：“你们是怎么知道这个洞的，怎么这个案件和他有关系？”他警觉起来。

“我们是通过侦查获取的线索，才找到您的。我们听别人介绍的您老人家的情况，费了老大劲了。”施弢现在还不能告诉老人家实情。

“你们瞒着我，他肯定和你们的案件有关系，在沅江市里敢进这个山洞的人我敢说找不出第二个，如果他真的和这案子有关系，你们一定要高抬贵手，我去劝他改邪归正。”老人家隐约感到了孙子和案子肯定是有关系的，他恍然大悟，施弢他们为什么专门找到了他。

“老人家给您添麻烦了，我们以后会常来看您的。您就是我们的父亲了，我们会像照顾自己家的父母那样照顾您，吃的用的我们会经常给您送来，还有您用的药。您帮助我们破案有功，我们要奖励您的。”施弢一番动情的话语，把老人家说得掉眼泪了。

车子徐徐开动了，雪亮的车灯照亮了江岸的夜空。几辆车同时鸣笛向老人家告别，武警战士在宁进的带领下齐刷刷地给老人家敬军礼告别后上了船。

施弢连夜向夏枫、魏裕民报告了这次行动的详细情况，下一步的行动就要展开了。

“大获全胜，好！”夏枫高兴地说，“要给参战的监狱民警请功和奖励，你们给市委写专题报告。”

85.

施雨午后刚下课，从教室里走出来，手机就急促地响了，一个自称是沅山监狱办公室的人：“你爷爷病重，你父亲让你迅速赶回去，受你父亲委托我们来接你，车就停在校门口。”施雨一听说爷爷病重，连个奔儿都没有打，赶紧招呼白翔和她一块儿回去。

车上的人都穿着警服，一看她上车了，十分热情地和她打着招呼，告诉她别着急，她的爷爷正在医院抢救，现在已经没有生命危险了。一个胖男子热情地给她拿饮料，开完盖后递给了她。她接过来就喝了，不一会儿，施雨就睡着了。白翔接过了饮料，说谢谢叔叔，我不渴，他没有喝。

车一进入沅江市的郊外，车上的几个人就动手了，像捉小鸡似的，几下子，就把施雨给捆上了，围绕着胸部绑了一圈炸药，嘴上贴上了一条透明的胶布，眼睛也给蒙上了。白翔见状立即扑了上去，和几个人撕巴起来，大声质问：“你们要干什么？”

“小崽子，你上旁边待着去，没有你的事情，要不把你也捆了。”

“不行，快来人啊！”白翔大声呼救，可跟前哪有人会救他们呀。

“把他也捆了。”白翔哪里是这几个人的对手，很快就被按倒在后座上捆了个结结实实。他们被拉回了沅江，藏到了一个废弃的铁矿井里，他们的眼罩和嘴上的胶布被拿掉了。两个人互相对望着，“都怨我，是我连累了你！”施雨自责地说。她明白了对方的目的是要绑架她，肯定是和她爸爸有关系，看来对方还不知道白翔的身份。

“怎么能怪你呢？你别怕，他们不敢把我们怎么样。”白翔想，他爸爸总不至于把他一块儿杀了吧。

“小丫头，你能不能活，就看你爸的了，他要心疼你就能救你。明天就有结果了。”看守他们的小胖子冷笑着。

“你敢碰她一根毫毛，我就和你拼了！”白翔眼睛瞪了起来。

“小崽子，你少和我装，现在我还没有那个雅兴，别把大爷我惹急眼了，把你一块儿收拾了。”胖子看起来岁数不大，顶多二十出头的样子，说几句话就上喘，他太胖了。

“你们把他放了，我和我爸的事情和他没有关系。你比我们也大不了多少，你是小哥了。你干这事是要杀头的，他们给了你多少钱值得你不要命了？炸药响了，你的命也就没有了。你就是不死也得挨枪子，我看见过枪毙人，那一枪下去就把脑瓜门掀开了，我是学法医的，我知道那滋味太难受了，还不如我呢，炸药一响就啥也不知道了，一点疼痛的感觉都没有。”施雨游说着胖子。

“放了，你以为这是过家家玩的。小丫头，心眼儿倒是挺好的，但是现在说什么都没有用了，等死吧。你爸不是要抓白鹏飞吗，我先把他的姑娘抓住了，他只要能放鹏哥一马，我就把你放了，小小的年纪死了也是太可惜了，我也不忍心杀死你呀，但干我们这行的，不是你死就是我活。我出去给鹏哥打电话，你们给我老实点！”胖子此时虽然嘴上说得硬，但心里有点被施雨的话说动了。

白翔彻底明白了施雨被绑架的原因。他们听到了胖子在井口打电话的声音：“鹏哥，报告你一个好消息，你交代的人我们搞定了，还有一个小崽子和那个小丫头一起的，让我们一块儿搞定了。好，我明白了，看情况动手。”

“施雨，你快过来，帮我把绳子扣解开，他们还不知道我的身份，千万不要说，到时候可能还会有用的。”白翔明白了对方不是对他来的，他和施雨在一块儿他爸爸不知道。

两人靠到一块儿，互相解着绳扣，绳子松动了。他们透过洞口看到天黑了下来，一天就要过去了。胖子给他俩拿来了两瓶饮料和两袋蛋糕，冷笑着说：“吃了吧，明天你们就要上路了，看你们的造化了，我也救不了你们，你们俩别恨我。”

施雨和白翔明白“上路”的意思，爱情的力量鼓舞着他们战胜了对死亡的恐惧感。我们是当代大学生，还斗不过你一个社会上的小流氓，要充分利用这一宿的时间把胖子的思想工作做通。施雨先说话了，她甜甜地叫了一声：“胖哥，咱们都是同龄人，我们前世无冤后世无仇，你就忍心看着我们去死？他们能给你多少钱，你说个数，我们给你。我们学校还有好多女大学生，我给你介绍个好对象，现在的女孩子可喜欢你这样的有阳刚之气的男孩了。”施雨和胖子玩起了心理战术。

“我家有的是钱，到时候我给你，胖哥，二十万怎么样，够了吧，以后我们按哥们处，你当我们的大哥，我们自己干，挣钱的道多着呢，你何苦给他们当小马仔呢。”白翔也跟着施雨忽悠，社会上的事情他比施雨懂得多。

胖子低着头一声不吭。他瞅着施雨身上的炸药，叹了一口气。他有些被忽悠蒙了，他才二十多岁也怕挨枪子儿。

施雨和白翔三唠两唠还真的把胖子唠进来了，荀河是他的舅姥爷，胖子知道是监狱长救了他舅姥爷，便放弃了杀害施雨的念头。后来他得到了从宽处理，再后来，他和白翔、施雨还真成了朋友。

第二十七章　束手就擒

白鹏飞举着双手穿着一件军大衣从地洞里出来了，他被熏得满脸鼻涕、泪水，沮丧地说："我服了，陈处长，你们好厉害呀，来得这么快，我盼望的这一天终于到了！"

86.

冬日的太阳变得懒散起来，仿佛贪睡懒觉的老太婆。沅山监狱笼罩在初冬的朝阳之下，祥和平静。追捕的大网收得更紧了，数十条线索都指向了一处：白鹏飞就藏在沅山脚下的洛河村，目标已经被牢牢锁定，插翅也难逃法网了。

市委、省监狱管理局于今天正式批准了沅山监狱的行动方案，任命施弢为行动总指挥，副总指挥为公安局长龚震雷和武警部队支队长兼政委宁进。施弢让龚震雷担任总指挥，龚震雷说情况你们监狱熟悉，案件是你们破的，我们就是全力配合。市委夏枫书记也一再说，施弢，你就负责吧，都是一家人别推让了，无论谁是总指挥抓住罪犯是关键。

监狱戒备森严，如临大敌。白天监狱就全部封闭了，服刑人员不得进出监狱。指挥部设在了沅山监狱防暴指挥中心，指挥部的外面站着四个荷枪实弹的武警战士，室内各个角落是配备明枪的监狱警察。

凌晨，监狱班子成员和各处室一把手接到通知到监狱开紧急会议。大家悄声猜测着会议的内容，是不是要搜捕白鹏飞了。

龙啸天、焦成金来到会议室一看，会议室的外围是全副武装的武警战士，室内是监狱防暴队员，心头油然而生一种不祥的预感。市公安局长龚震雷、武警支队长兼政委宁进都准时来到了会场。

凌晨二时，施弢宣布会议开始。施弢首先宣布了会议的纪律："从现在开始，任何人不得随意走出会场，关掉手机、BP机，断绝和外界的任何联系。"接着，他说："同志们，现在到了收网的时候了。"施弢有力地挥了一下手，大家都看出来他的情绪非常激动，"经过几个月的侦查，得到确切线索，白鹏飞就藏在沅山脚下的一个农户人家。白鹏飞和狱内的邓文龙等人已联系好，准备明天劫狱暴乱。经过市委批准，我们决定今天拂晓行动，一网打尽……"大家终于盼到了这一天，参战的民警听到这个消息，神情振奋，不约而同地鼓起掌来。

"请大家安静，现在，我宣布任务分工。"会议室骤然静了下来。施弢宣布命令："陈剑虹同志，我命令你带领二十名民警直接去抓捕白鹏飞。另有三十名武警负责外围警戒。宁政委具体参与对白鹏飞的追捕指挥。"

"是！"陈剑虹起身"咔"一个立正，响亮地答道。

"李勇，我命令你带领二百名民警搜捕狱内人员。另有一百名武警负责外围。副政委贺海东同志具体指挥狱内的搜捕，待追捕白鹏飞的战斗打响你们即刻开始行动。"

"是！"贺海东、李勇起身响亮地应道。

"龙监狱长、焦成金处长在监狱中心指挥部参与指挥。大家对任务都听清楚了吗？龚局长和宁政委还有什么指示吗？"施弢征求意见。两个人摇头示意没有，施弢发出第一道命令："从现在开始监狱彻底封闭，任何人不得走出监狱大门。"

龙啸天、焦成金面面相觑，他们两个人被晒干了，露出了一丝无奈的苦笑。焦成金悄声嘀咕着："我们怎么办呢？就这样束手就擒？"

"听天由命吧。他们还是没有什么证据，要是有，今天就对我们采取措施了。"龙啸天跷起了二郎腿，闭目养神了。

凌晨三时，施弢用对讲机下达了行动命令："各行动组注意，行动开始，立即进入指定的阵地执行抓捕！"

监狱探照灯齐射，大院里亮如白昼，岗楼上架了机关枪，警戒区已迅速划出了，凡进入警戒线的格杀勿论。

兵分两路，一路由陈剑虹、宁进带领去抓捕白鹏飞。他们乘车迅速奔向洛河村。在离村子很远的地方车灯都关闭了，武警立即包围了这个小村庄，民警下车步行悄然向村里摸去。

"到了，这就是白鹏飞的藏身地点。"陈剑虹小声告诉大家。宁进带领武警战士围住了这个农家小院的外围。院墙有两米多高，院门是农村老式的黑漆铁门。几名民警翻墙进入了院内，打开了院门。陈剑虹等人进入了院内，几名民警分散堵住前后窗户。室内的门没锁。陈剑虹他们悄然进入了屋内。几只手电筒照过去，就曹娜芯自己裸身睡在被窝里。几道手电强光直射曹娜芯的脸上："不许动，你被捕了。"

陈剑虹厉声问道："白鹏飞哪里去了？"

曹娜芯用手遮挡着脸："我不认识什么白鹏飞，你们想干什么？"她认出了陈剑虹。

"你少和我们装，你不认识白鹏飞，都这时候了，你还执迷不悟，你起来，把衣服穿上，把灯打开。"欧阳惠雪带着两名女警过来看押她。

灯亮了，炕上铺着一床被子，摆放着两个枕头。陈剑虹用手一摸，被窝还是热的。他指着两个枕头问："曹娜芯，这是怎么回事？"

曹娜芯咬着牙不吱声，紧紧地用被裹着身子。

"跑不了他。"陈剑虹环视着房间的四周。人肯定没有走，就这么一个房间，他会藏到哪里呢，屋里就这么大的地方。他看了一下炕，炕被歪歪扭扭，显然是动过了。他命令曹娜芯："你起来。"他掀翻了被褥，用手摸着炕被，"把炕被拽开！"

炕面上露出了一个盖板，两名民警掀开了盖板，砰，砰，从炕洞里射出了几枪。"躲开！"陈剑虹大喊一声，"开枪！"几支微冲同时射向了炕洞，几梭子弹打进去了，又扔了几颗催泪弹，顿时满屋子硝烟、瓦斯味，洞里没有动静了。

"白鹏飞，你出来，要不我们扔手榴弹了！"陈剑虹高喊着。

房间里全是瓦斯味，静得能听到呼吸声。几分钟过去了，洞里传出了白鹏飞的声音："好，你们别开枪，我出来！"他吃不住劲出来了。

"你先把枪扔出来，举手出来！"陈剑虹怕白鹏飞施诡计民警上当吃亏，已经有一个民警负伤了，"大家不要往前去，离洞口远点。"

两支冒着烟的五四式手枪扔了出来，白鹏飞举着双手穿着一件军大衣从地洞里出来了，他被熏得满脸鼻涕、泪水，沮丧地说："我服了，陈处长，你们厉害呀，来得这么快，这一天终于到了！"几名民警猛地扑过去要给白鹏飞戴铐子。"慢着，别碰我！"白鹏飞闪开了身子，刷地撕开了军大衣，他的腰间挂了一圈抽了弦的手榴弹。他冷笑两声："哈哈，陈剑虹，你还嫩了一点，你们别为难曹娜芯，把她放了！要不我们就同归于尽！"他的右手中指扣紧一颗手榴弹的环，只要轻轻一拉便会引爆。他的身上至少有五颗手榴弹，一旦拉响，全房间的人一个也剩不下。

陈剑虹没有想到白鹏飞会有这么一手。他挥手道："大家都别动，白鹏飞，我答应你的要求！欧阳，给曹娜芯穿衣服放她走！”

曹娜芯被反戴着铐子，披一条床单赤条条地站在墙角。曹娜芯哭喊着：“我不穿，我不走，我要和白鹏飞死在一起，你们打死我吧，我儿子没有了，我的一切都没有了，我不活了……”几名女警察好不容易才给曹娜芯穿上了衣服。

“白鹏飞，她不走，我们没有办法，她的罪和你不一样，你就别管了，我们不会为难她的，让她走也就讯问一下。你都归案了，我们还为难她干什么？我不会欺骗你的。”陈剑虹知道这时候不能刺激白鹏飞，他的眼角始终在瞄着弹弦，他想必要时就扑上去压住白鹏飞，豁出自己一个人了。

“她不走，让施弢来护送我们出去，给我准备一辆车，我们坐车走。陈处长，你别想和我耍心眼，你听这是什么？”白鹏飞拿出来一个手机。拨完号后，他和对方说道：“我是白鹏飞，你们让那个小丫头听电话。”

“爸爸，我是施雨呀。”电话那边清楚地传来了施雨的声音。陈剑虹眉头紧锁：他们怎么把施雨给绑架了？

“陈剑虹，我再问你一遍，你到底放不放我们走？现在还来得及。”白鹏飞和陈剑虹最后叫板。周围的民警和武警战士都注视着陈剑虹。

“好，我给施监狱长打电话。”陈剑虹立即拨通了施弢的电话。

施弢正在指挥中心，接电话后他犹豫着，是去还是不去。他捂着话筒和龚震雷商量，龚震雷说人命关天，你必须立即过去，家里这边由我来指挥。“好，我马上过去，让白鹏飞等着，你们稳住他，什么要求都先答应他。”

陈剑虹告诉白鹏飞，施监狱长答应过来了。“好，我等他来，二十分钟不到我就拉手榴弹，引爆炸药，我们一块儿上天！”白鹏飞的眼珠子都红了，他扣弹弦的手指头颤抖着。

二十分钟的时间显得那么漫长，施弢如果不能按时来到后果是不堪设想的。“白鹏飞，你放心，施监狱长会准时来到的，你喝点水！”陈剑虹在尽量缓解着他紧张的情绪，欧阳惠雪给他送过去一瓶矿泉水，特意给他扭开了瓶盖。白鹏飞没有拒绝，仰起脖咕咚咕咚地把一瓶水喝光了，情绪稳定了很多。

外面警车响起，施弢到了。他身着一套粗布迷彩服，穿着一双高腰警用皮鞋，进屋后，解开了纽扣，伸直了双手，表示自己没有武器。他直奔白鹏飞跟前，打量着白鹏飞，和他想象中的人几乎就是一个模样，白鹏飞的眼睛比他想象的要大一些，可能是见阳光的时间太少了，他竟是一副苍白的书生面孔。他想着办法和白鹏飞周旋：“白鹏飞，我们俩终于见面了。你有什么要求直接和我说，让他们出去怎么样？”他指着满屋子的人说。

“好，我同意，咱们俩单独谈一谈，叙叙旧。”白鹏飞略微放松了警惕，他猜测着施弢是怎么发现他的藏身之处的。陈剑虹等人带着曹娜芯退到了外屋，狙击手已经从不同的角度瞄准了白鹏飞，等待着时间差。

施弢微笑着说道：“白鹏飞，你说我都抓了你一年了，耗费了我们监狱多少的精力和财力，监狱民警能同意放你走吗，我有权力放你走吗，在这种情况下你又能走得了吗？把你放走了，还会有多少善良的人再受到伤害！”施弢语气沉稳，掷地有声，白鹏飞有些发怵了。

“施弢，讲得好，是这么个道理。你能来，是条汉子。我在临死前，不，应该说是你我在临死前能够见面，我死而无怨了。我是真的遇上对手了。哈哈，我知道你不会答应的，要是答应了我的要求那就不是你施弢了。能告诉我，你是怎么知道这里的吗？”白鹏飞寻思总不能是曹娜芯和汪兆月出卖了他吧。

“白鹏飞，你是个聪明人，还用我告诉你吗？你自己想一想吧。”施弢点化着白鹏飞，他不能说出霍东奎师傅。

白鹏飞的脑袋转了一圈，豁然明白了，啊，是他，他为什么要出卖自己呢，他们之间的关系如同父子，监狱是用了什么手段撬开了他的嘴，他又错误地判断了他的师叔。他咬咬嘴唇：“我不想了，到这时候了我还想什么。”

“是啊，白鹏飞，你不用多想了，我告诉你吧，他老人家在临终前为了救你才说出了他心中的秘密，我劝你放下屠刀吧，你已经害死了自己的一个儿子，你还想害死你这个宝贝儿子吗？”施弢巧妙地转移了白鹏飞的注意力，专门挑能打动他的话说。

“我害死了一个儿子，还要害死这个儿子，你什么意思……”白鹏飞似乎对自己和小安子的关系并不清楚，更不知道白翔此时正和施弢的女儿一起被绑上了炸药。

“白鹏飞，你还记得死了的小安子吧，他是曹娜芯和你的儿子……有本事你就炸吧，就是被你炸成了碎片、烧成了灰我也是不能放你走的。你炸吧，我就愿意这样轰轰烈烈地死！”施弢出奇地冷静。他又往前迈进了一步，他达到了一下子就可以扑倒白鹏飞的距离。

“施弢，你少唬我，你以为我不敢炸啊？那好，我成全你，我先炸碎你的宝贝姑娘！给我引爆——”白鹏飞高举着手机，“你们听声音吧，给我引爆——”

现场的气氛紧张得呼吸声音都听到了，手表咔咔地响着。等了一会儿，没有声音。

“怎么回事？”白鹏飞和对方吼叫着。

“老板，我不敢引爆呀，我到现在才知道那个小崽子是你的亲生儿子白翔，他和那个小丫头绑在一块儿呢。不怨我们呀，我们之前不知道他们俩是对象关系。你儿子要和你说话。”对面传来的是胖子的声音，他一直在等待着白鹏飞的指令。

“一群蠢货！你们怎么把我儿子弄一块了？你们他妈的还能办成什么事？我要把你们全废了。”白鹏飞知道自己完了，也就是骂骂而已了。

“爸爸，我也在这里呢，你要爆炸就把我也炸死吧，我要和施雨死在一起。”白翔的声音从电话里传过来。“小兔崽子，你怎么跑那里去了？”

“爸爸，不是我跑的，是他们抓我来的。不过他们对我还挺好的，尤其是胖哥，给我们不少好吃的东西。爸爸我想你了！”白翔动情地和父亲说着，感化着父亲的心，他怕父亲再出什么杀招伤害施雨。

白鹏飞自语了一句，“唉，天灭我也！”他的手不自觉地软了下来，手指退出了弹环。时机到了！陈剑虹迅速扑上去夺下了白鹏飞的手机，把白鹏飞死死地按在了地上，并握住了白鹏飞的右手，不让他拉弦。又上去了几名民警，按住了白鹏飞，用匕首割断了弹弦，把白鹏飞的双手反背过来，戴上了铐子。

实际上施雨和白翔两人已经彻底地把看守他们的小胖子的思想做通了，炸药的引爆线路已经剪断了。

白鹏飞气喘吁吁，四周环视着：“你们的行动好快呀，我服你们了，施弢，栽到你手里我心服。”

白鹏飞刚一上警车，门还没有关，曹娜芯突然大喊一声：“鹏飞，小安子是你二十年前的亲生儿子呀，他死得冤啊！”

“什么，小安子真是我的儿子，这是报应呀。我作孽太多了。我是什么男人，竟然把我自己的儿子给逼死了。”白鹏飞喊道，“施弢、陈剑虹你们听着，我们一家三口都毁在监狱的手里了，我就是到了阴曹地府也绝不会放过你们的。”

施弢叫住警车，他真想给白鹏飞一记大耳光，但他没有出手：“白鹏飞，你听着，你干了那么多伤天害理的事情，让那么多无辜的人失去生命，你这是咎由自取。我们在维护着社会的正义，你是必然要灭亡的。”

白鹏飞大声吼着：“我是什么也不会说的，我不怕死，我能活到今天都多活好几年了，你们枪毙我吧，你们开枪打死我吧。”

“我们不会开枪的，你等着法律对你的审判吧，开车。”陈剑虹押车去看守所。白鹏飞终于抓到了，他松了一口气。

另一路人员由贺海东带领，拂晓对狱内展开大搜捕。狱内的广播响了起来，贺海东在做广播讲话：“各位服刑人员请注意，我现在宣布，从现在起监舍彻底封闭，任何人不得出入，违者将受到严惩。我再宣布一遍……”

二愣子提着裤子慌张地从厕所跑回来，跑到了邓文龙监舍大声喊道：“邓哥，大事不好了，监狱已经集中了大批的警察，马上要进行大搜捕了。”

“这么快就动手了，我们马上行动。”邓文龙从床上跳下来，高喊着，“发武器。弟兄们，我们的机会到了，白鹏飞在狱外等着接应我们，我们从地道走。给你钥匙，你去打开防火通道门，其余的人跟我去领武器。”

越狱人员在邓文龙的带领下，来到了通道门口，杠门上一把大铁锁。黄青和二愣子说：“给我钥匙，我来开门。”黄青接过钥匙，顺着窗户就扔了出去。

“你，你小子要当叛徒，不，你是卧底，弟兄们干死他！”邓文龙明白了，黄青是他身边的公安内线，他指使逃跑的人员上，把黄青干掉。逃跑的人一拥而上，将黄青围住，乱刀刺过去。

“不许动，我是警察。”跟在后面的朱大维高声喊道冲到了前面。他和黄青联手了，双方激烈地搏斗起来。

邓文龙骂道：“原来你他妈的也是一伙的，施弢，我是服了你了，今天老子拼了，弟兄们，干死他。”邓文龙抬手一枪射过去。

“黄青注意——”朱大维喊着朝黄青扑过来。

“大维注意——”子弹将朱大维打倒了。又一伙人持刀朝黄青扑了过来，两伙人合到了一伙，把黄青围在了中间。罪犯中不时地有人倒下，黄青的身上也中了几刀。

邓文龙举枪高叫：“都闪开，我来对付他。”邓文龙把枪对准了黄青的眉心：“你小子和我玩得漂亮，你够手，我早就看出了你是卧底，但我就是不相信，你嫂子没有看错你。你告诉我你到底是谁，我不杀你。”

“好，我到此时也不保密了，我是公安局的侦查员，黄青早就押到了别的监狱，我就是受组织委派专门来跟踪白鹏飞和你的，我的任务完成了，你告诉他们缴械投降吧，否则，只有死路一条。”黄青简直变了一个人。

“好，戏演得好，演得出色。好孬我们也是在一块儿混了一年，你对我还是不错的，我饶了你，你好好地对待你嫂子吧。”邓文龙没有开枪，他一枪托把黄青打昏了，留下了几个人做掩护，“走，我们往外冲！”邓文龙领着人边走边打，很快冲到了监狱的大墙底下。

“不许动，都靠墙站好。”武警战士和监狱的防暴队员已从两翼包围过来。

“抢他们的枪！”邓文龙喊着向前冲去，王清远飞身扑过去，欲抢下邓文龙的枪，却被邓文龙一枪打倒。

鲍天书端着冲锋枪冲过来，几个点射，撂倒了几个罪犯。他喝道：“都老实趴下，动就打死你们。”他又扫出了一梭子弹，子弹把地皮打得直冒烟，逃跑的罪犯被镇住了，都乖乖地抱着头趴在了地上。

邓文龙从背后一枪撂倒了鲍天书，高声喊道：“要跑的跟我走！”他捡起了冲锋枪在前面开路。

“文龙，我跟你走。”邓文龙回头一看是秦雨农喊他，“不行，你必须留在狱内！”“不，我不能留下！”秦雨农紧紧地跟在了后面。邓文龙回手就是一枪，秦雨农被一枪击中了胸部，“你怎么打我呀？”他捂着胸部倒下了。“秦哥，兄弟我对不起你了！”邓文龙头也不回地跑了。

邓文龙领着人冲到了监狱的排污井旁边，指着井说：“我们就从这里出去，你们看见下面那个排水口了吧，跳下去顺着那个管口就出去了，我们就获得了自由。弟兄们，谁先下去？”

井内的粪便不停地往上翻着气泡，臭味呛得人睁不开眼睛。这么深的化粪池谁敢往下跳，白鹏飞也没有和他们交代过是怎么回事儿，没有人吱声，面面相觑。

“都到这时候了，你们不跳就等死吧。来，看我怎么出去的。”邓文龙跳进了排污井，只听见咕咚一声没有影了。

“弟兄们，跳，怎么都是死！”又有几个人高喊着跳进去了，可是水位又上来了，他们找不到出口，在井里乱扑腾着，一会儿都沉下去了，剩在井边的十来个人谁也不敢跳了。

贺海东带人追到了。他端着微型冲锋枪高声喝道：“都别动，谁动打死谁！抱头趴下！”在井边的人听令全趴下了，一个罪犯还想动手，一颗子弹射过来，他应声倒下了。其余的人都乖乖地趴着，再没有谁敢动了。

邓文龙那个监舍里的人都跑光了，就剩下方波在抱着秦雨农痛哭：“秦哥你不能死啊，你还有很多的话没有说呢。”

秦雨农被击碎了肩胛骨，回到了监舍。他咬着牙从上衣兜里掏出了一份被鲜血染红的材料："方波，这份材料留给你，你交给政府我保证你至少可以减两年刑。共产党是惹不起的，我家还有一个八十岁的老母亲，你替我照看一下，告诉我儿子，要走正道……"

"大哥，你放心吧，我一定对得起你，你的母亲就是我的母亲，我一定把毒戒了。"方波哭着说，"大哥，你可不能死啊！"

"我还有一笔钱，藏在我父亲的骨灰盒里，你拿去用吧。"

"我不用，我交给嫂子。"

秦雨农自语道："我死了好，我就这样死才好呢，我是天报应呀！"他的眼前浮现出过去的一幕幕情形："雨农，公安局已经瞄上你了，画的像几乎和你一模一样，他们到处拉网查呢，你得想个办法躲起来，要不就一切全完了。"白鹏飞把他从宾馆叫出来。

"我往哪里躲呢，我有什么办法，鹏哥你有什么高招你就明说吧，我听你的。"

"办法倒是有一个，不知道你是否同意，你得遭点罪。"

"你总不是让我自杀吧，或者让我出家当和尚吧。"

"最安全的办法就是躲到监狱里面去，谁也查不到了，那比出家还保险。"

"那监狱是咱们家开的，说进就进，说出就出？"

"你犯一件案子，不就进监狱了吗？"

"我犯什么案件，我去抢劫杀人？"

"那倒不用，我看你就地取材，你把那个小丫头强奸了就行。"白鹏飞指着刚才从眼前走过的漂亮的女服务员秦紫云。

"你说的就是刚才走的秦紫云，她是我的一家子妹妹，又是我的学生，一口一个大哥叫着，我怎么能下得了手？"秦雨农从内心里是真的喜欢秦紫云。

"就是那么一个八竿子扯不到的妹妹，心疼什么。"

要下班了，秦雨农把紫云叫到了房间："紫云，我晚上送你。你快去换衣服，我晚上有事情，我先送你。你就在我的房间换吧，给你钥匙把门锁上。"秦雨农出去了。

"你是我哥，我锁什么门呀。"紫云脱掉了裙子，只剩下了内衣裤。

"你真漂亮呀，过去我没有发现你的皮肤这么白，就像刚采下来的棉桃。"突然，秦雨农推门进来了。

“秦哥，人家还没有换完衣服呢，你就进来了。”紫云撅着嘴，但她没有怕他的意思。继续换她的衣服。秦雨农一把抱住了她。“秦哥，我是你的妹妹呀，你不能这样干呀！”

“妹妹，哥哥就是要你，你给我吧。”

秦雨农把秦紫云抱到了床上，压到了身子底下，处女的贞洁就这样的被他毁掉了，秦紫云惨叫着：“秦哥你不能这样呀，你不怕进监狱呀？”

秦雨农满足地说：“我不怕进监狱，能得到你我这一辈子就是死了我也满足了。”

秦紫云下身流出来的斑斑鲜血染红了床单，她光着身子在床上痛哭着。“紫云，我对不起你，你打我吧！”秦雨农跪在了床下。“你不是人，你是禽兽，不，你是禽兽不如，我怎么能和你这个禽兽叫哥呢，我是瞎了眼睛。”秦紫云扑过来连掐带咬的，秦雨农闭着眼睛挺着。

当天晚上，秦紫云就报案了。

第二天，秦雨农即被先行拘留。沅江宾馆里传得沸沸扬扬，对事情的发生大家都感到特别的突然，太蹊跷了，怎么突然间会发生强奸的事情呢？平时，紫云一口一个哥的叫个不停，她也经常在秦雨农的房间里换衣服，都不背着秦雨农，有时还和秦雨农撒娇，秦雨农像哄小妹妹似的呵护她。下班的时候她经常坐秦雨农开的车。有的说是秦雨农钱没有给到位，有的说他们两个在发生关系的时候被别人发现，秦紫云反咬一口。秦雨农的妻子左湮来到宾馆指着秦紫云的鼻子破口大骂：“你这个小妖精，你跑男人的房间脱光了衣服，你不等着男人碰你吗，你还他妈的有脸告什么强奸，你会有报应的。”

“我尊重你叫你一声嫂子，是不是强奸秦雨农他是明白的，我秦紫云是人是鬼大家都是明白的，你这样说是对我人格的最大侮辱。”

“就你这样不要脸的女人还讲什么人格，真不要脸！”左湮唾了紫云一口。

秦雨农在法庭上对自己的强奸犯罪供认不讳，被法院判处有期徒刑七年。

白鹏飞到看守所来看望秦雨农：“你放心地进监狱吧，里面的事情我都给你安排好了，没有一个人敢欺负你。”果然，他进到沅山监狱第二天，就被分到了会见室当厨师。在整个沅山监狱里没有一个服刑人员敢欺负他，就是和他吵架的几乎都没有。监狱民警对他也非常客气，每天晚上他可以自己住在会见室，每个月都有人按时给他存五千元钱。

左湮到沅山监狱来会见秦雨农："你犯什么罪我作为一个妻子都能接受，唯独你犯强奸罪我接受不了，我实在是咽不下这口气。"

"我对不起你，咱们离婚吧，孩子和所有的财产都归你。"

"离就离，你就蹲一辈子的监狱吧。"左湮头也不回地走了，从那以后再也没有来会见。一年后，一切都平静了，也没有什么朋友来看他。秦雨农在监狱里过的也算是潇洒自如，不愁吃喝，每天没有什么事情了，他就默默地望着沅山沉思，他特别喜欢看沅山的落日。

一天，管教员到会见室厨房来招呼秦雨农："秦雨农，你妹妹来看你了。"

"我妹妹，我没有妹妹呀？"秦雨农心想着，会不会是她来了。他一见面，果然是秦紫云来了："紫云，你怎么到这地方来了？"

"怎么，我不应该来吗？我现在一切都没有了，宾馆里我待不下去了，我在一家私营企业打工。那家公司的老板多次对我动手动脚的，让我做他的贴身女秘书，每月工资一万元，我没有答应，他就故意败坏我的名声。他妻子还到公司里来骂我，你说我有什么过错？我家前辈子做过什么坏事了，在我这辈子得到报应。"秦紫云泣不成声了。

"都是我造成的，我是魔鬼，我会下地狱的，我会下油锅的。"秦雨农痛苦得狠狠地打着自己的嘴巴，脸都红肿了，"下辈子我托生牛马报答你，我变成猪、变成狗。"

"秦哥，你到底爱我不？我就不相信你下得了手糟蹋我，大家都议论纷纷。你能和我说实话吗？"秦紫云睁着泪汪汪的双眼乞求他。

"你怎么恨我都不过分，你就是把我杀了，我都不会还手的。"秦雨农没有正面回答她。

"听说你和嫂子离婚了，她恨我恨得要死，你说我这黑锅背的。"

"你们俩都是好女人，我秦雨农不是人呀！"秦雨农失声痛哭起来。秦紫云从他的哭声中听出了秦雨农有难言之隐。

"我等你，你出狱后我就和你结婚，我今天就是为了这件事情而来的。"

"那是不可能的，我们来生见吧。我给你存了十万块钱，过几天就会有人把卡给你，密码就你一个人知道。"

"你不说实话，我就不要你的钱。"

"我以后会告诉你的，钱就算是你替我保管的，这样总可以了吧。你有时间的话，常来看看我，我就死也瞑目了。"

一年后，白鹏飞进到了沅山监狱服刑。他们就像不认识似的，见面也不说话。有什么事情都是传条子或者写信。抢劫银行的其他两名罪犯，因犯其他罪被枪毙了，就剩下了白鹏飞和秦雨农了。白鹏飞告诉秦雨农，只要我们俩不露，今后就死无对证了。在白鹏飞越狱脱逃的前一天晚上他们见面了。

“你耐心地等待，我一定会把你救出去，到万不得已的时候你可以和小安子联系，千万别暴露了身份。我不能再待下去了，施弢来了，我的死罪肯定要露出了，我不能在这监狱混吃等死，我必须赶在他到来前逃出去。”

“小安子，我最瞧不起的就是他那样的人，大家都说他是你的干儿子，他长得倒是真的像你，可是他怎么那样窝囊。我的性格你是知道的，你别管我了。”小安子到会见室来找他，他没有搭理。他告诉小安子，你以后不要再找我，我们各走各的路。

“紫云，紫云——”秦雨农喊着紫云的名字昏死过去了。方波抱着秦雨农干号起来。

贺海东带人继续搜捕着，他不相信邓文龙跳井跑了。“陈处长，秦雨农没有死，他的脉搏还在动。”兰竺摸了一下秦雨农的脉搏。

“赶紧送医院抢救。”

“大维，我的好战友……”黄青抱着朱大维的身体，向狱外走去。路上滴满了鲜血，留下了黄青那沉重的带血的脚印。

民警们现在知道了黄青的真实身份。他的真名叫黄盟，和黄青长得就像双胞胎，他是沅山市公安局的侦查员。一年前，公安局长把他叫到了办公室，交代了任务，让他打入沅山监狱，任务就是查清隐藏在监狱的南山街银行抢劫案的罪犯。他冒名顶替黄青打进了监狱，和白鹏飞在一个监区。他的真实身份，沅山监狱里就施弢一个人知道。后来，公安局又派朱大维打进了监狱。但朱大维也不知道黄青的真实身份。

“大维，你听见没有？”大家都呼喊着，大维已经听不见战友们的呼唤了。

天放亮了，施弢从洛河村回到了办公室，战斗胜利结束了。不知怎么回事，今天他没有往常那种胜利后的喜悦，今天没有发生他想象中的激烈搏斗。对手没有了，他反倒有了一种失落感、孤独感。幕前的人已经谢幕了，可幕后的人仍然在扮演重要的角色。他给自己沏了一杯浓茶，刚呷了一口，陈剑虹匆匆进屋了，高喊道："监狱长，白鹏飞死了！"

"什么，白鹏飞死了，他是怎么死的？我不允许他死！"施弢大吼起来，就是这个白鹏飞和他斗了整整一年，他就这么便宜地死了。

"白鹏飞上车后，就咬碎了藏在衣服领子里装有氰化钾的小玻璃瓶，人到看守所时已经彻底死透了。"

哎，施弢抬手狠狠地一拳砸在了桌子上，完全是不容商量的口气："建议检察机关立即对龙啸天和焦成金采取措施，要保护好曹娜芯，必须让她开口说话，就把小安子作为教育她的素材。"

"焦成金已经被先行拘留了，龙啸天还得经过市委批准，魏书记说证据不足，他说让市检察院请示省检察院。"

"什么魏书记，到这时候了还护着、挡着！我找夏书记去，等跑了就啥都来不及了。"施弢几乎是喊了出来，一年来他受了多少窝囊气只有天知道，他起身就要走。

"施监狱长，你要冷静，控制自己的情绪，我们需要的是证据。人家魏书记还是市委领导啊，我们必须按法律程序办事。"陈剑虹死死地把施弢拦住了，他不能让这个监狱长去干傻事。

施弢暗自咽了一口气。知道现在和魏裕民还不能硬干，他平静地说："龙啸天在哪里呢，我怎么没有看到他？"他担心龙啸天能不能自杀。

"好像就在办公室没有动，我刚才上楼的时候还看见他了，他和我说了一句话，好像是说你们胜利了祝贺你们。"

"他倒稳坐钓鱼台呀，他心里有底，知道我们是动不了他的。"

87.

施弢、陈剑虹、龙啸天眼瞅着焦成金被押上警车带走了。焦成金和龙啸天打了个招呼："龙监狱长你多保重啊。"焦成金的目光中充满着凄凉，他知道他快要走到头了。龙啸天在心里喊道，兄弟，你可挺住呀，只要你不撂，我们还能保住半壁江山。他知道难了，焦成金挺的时间不会太长的。

龙啸天满脸愁云地回到了办公室，操起了电话："魏书记，焦成金被逮捕了，我们怎么办呢？焦成金肯定挺不过去，我们得有个准备。"

"有什么准备，那是你们监狱的事情，焦成金和我有什么关系，一个小处长，我也不认识他，我只是认识你龙啸天。我想，应该怎么办你是知道的，我希望你不要再给我来电话了。”魏裕民的态度十分冷淡。

龙啸天握电话的手颤抖着，他没有想到魏裕民对他说出了这种无情无义的话：“魏裕民你记住，龙啸天永远是条汉子，就是到阴间我也是一个厉鬼。但是魏老弟你要明白，就怕我们是分不开了，事已至此，我是怕共产党放不过你。”

“啸天，我不是那个意思，你听我说，听我说呀……”魏裕民在那边喊着。

龙啸天拿着电话，一字一顿地说：“我还听你说什么，我们的戏演到头了，装了一辈子了，我临死前还要说假话吗？一切都是假的，你方唱罢我登场，你魏书记的官也当到头了，为了名和利我们断送了多少性命呀！”龙啸天第一次称呼魏裕民为老弟。完了，一切全完了，完得这样快，出乎他的预料。他的两手已经不听使唤了，一松手，话筒咣当一声掉到地上。

龙啸天仰靠在座椅上沉思，今天他才想起十五年的副监狱长生活，抱上魏裕民这棵大树后提升的问题非但没解决，反而陷进了泥潭。脚上的泡自己走的，认了吧。悔不当初！手机响了，他拿起来一看，是蒙丽莎来的。他把电话放下了。座机又响了起来，他知道他不接电话蒙丽莎是不会罢休的。

“啸天，情况我都知道了，你午后过来吧，我在别墅等你。”蒙丽莎完全是命令的口气。

“我不去了，都这时候了，你还敢让我过去，弄不好会连累你的，我的一切不足惜了。你还年轻，多保重吧。”龙啸天坚决不过去。

“不行，你必须过来，就是死了我也必须见上你一面。你不来，我就自杀，我说到做到。”蒙丽莎呜呜地哭了起来。

“好，我去，我去。”龙啸天自语着，“都这时候了，她还给我来电话，比那个魏书记强，那他妈的也叫男人。丽莎这么对我，我也算是不枉活一生，死不足惜，该得到的我都得到了，这个世界我也没有什么眷恋的了。”

施弢在办公室从窗户眼瞅着龙啸天离开了监狱。他没有任何理由限制龙啸天的人身自由。望着龙啸天渐渐远去的身影，他无奈地摇了摇头。

“监狱长，龙啸天就这样走了，他要是飞了我们案子就永远留下伏笔了！”施弢回头看是陈剑虹站在身后。

“有什么办法呢，焦成金的口供拿不下来，我们没有什么直接的证据，动不了他呀，谁都无能为力。”

“他要是跑了怎么办呢？”陈剑虹恨不得亲自动手。

“他能跑吗，龙啸天的性格你还不了解，我就怕他不跑，他一动就有抓他的理由了。”施弢已经安排了公安局和安全局布控监视他了。整个沅江市已经布下了天罗地网，谁也跑不出去的。施弢坚信龙啸天是不会跑的，他要跑的话有的是机会。没有了张屠夫，我们照样吃猪肉，让他去吧。“邓文龙找到了没有？”

“没有。他能跑到哪里去呢，总不会是土遁了吧？”

“估计他是从监狱的下水道里跑出去的，我们做了一个侦查试验，那个下水道完全可以跑出去，他太狡猾了，可能就藏在市内。现在还没有线索。”

“必须把他抓住，这是隐患呀。”施弢在思考追捕邓文龙的方案，决不能放过他。

龙啸天打车来到了蒙丽莎的别墅。当他走出监狱后，前后回顾了几圈，奇怪的是竟没有人跟踪他，这就说明魏裕民说话还是有分量的，没有他的话还不能动他，硬是给他留了一个口，让他走。他估计焦成金挺不过明天，他是今天上午被逮捕的，是直接下的逮捕令。焦成金肯定把他撂出来，一旦被突破了他就会倒得一干二净。这是人的通病，求生的欲望驱使着人要把一切说出来。

“啸天，你要换的美金我给你换来了。”蒙丽莎从保险柜里拿出了美金。

“怎么多了两万？”龙啸天接过来数了一下是十七万，他要换十五万美金。他点出了多余的两万美金。

“那两万是我送给你的，到国外用钱的地方多着呢。”蒙丽莎就像要送情人出国访问似的，给他准备着出国的物品。“这是去美国的护照。”

“哈哈，我恐怕走不成了。”龙啸天苦笑了一声，他知道机场早就有人监控了。

“你就在这里住几天，实在走不了，你就在这藏着，谁也不知道的。”

龙啸天摇摇头，白鹏飞死了，小安子死了，可还有个焦成金没有死，他知道下一个人肯定是轮到他了，也就是一两天的事。

“我谢谢你！”龙啸天把蒙丽莎紧紧地搂在怀里，“那样会连累你的，而且焦成金知道这个地方。这一切都在预料之中，是天意呀。”他深情地吻着她，抚摩着她的身体。蒙丽莎呻吟起来。龙啸天紧紧地把她搂在了怀里。这是两个人最后一次的缠绵疯狂。

“啸天，我不要你走，你别回监狱了，就从这边直接奔机场跑吧，我开车送你，正好你的那个身份证还在我这里。”蒙丽莎从保险箱里拿出了龙啸天的假身份证。

“别连累你了，我估计我也走不出机场了。”

“啸天——”蒙丽莎头浸在床上痛哭着，“你不能走啊，我要和你一块儿去……”发现龙啸天钱没有带走，她知道龙啸天去意已决了，她号啕大哭起来。

对焦成金的审讯在紧张地进行着。“焦处长，我们希望你能配合一下，别为难我们。事情到了今天你扛也没有什么实际意义了。你当了那么多年的狱政处长，应该知道在证据面前任何人都是要低头的。”

“你们让我好好地想一想。今天不谈了，明天我们谈，好吗？”

“好，我们等着你，你冷静地考虑考虑。”

“我不会让你们失望的。”审讯焦成金的人多数他都认识。

“焦大哥，你想吃什么，明天我们给你带来。”审讯人员也竭力在感情上感化他。

经过审讯，焦成金交代出是他将东狱门伪装成狱外有人砸碎了铁锁的。他将事先准备好的铁锁碎块扔在现场，但慌忙中将原来的那把铁锁遗失在现场。事后，他找了几回，未能找到。焦成金还交代了他与龙啸天、白鹏飞倒卖减刑奖分的问题，三年数额高达三百五十多万元。

晚上，龙啸天打车回到了监狱。他一进到监狱就感到气氛变了，很多狱警都用异样的眼光看着他，几乎没有人同他说话。他刚进到办公室，魏裕民就打来了电话：“啸天，你在哪里，我刚才给施弢打了电话问你在哪里，他说不知道。”

“我在监狱，我刚从蒙丽莎那里回来。”

“什么，你还在监狱，你糊涂，你为什么不走啊？”

市委常委刚开完会，公安局通报了案件的进展情况，决定逮捕龙啸天，下午已经去人到省监狱管理局沟通，履行法律手续。魏裕民估计龙啸天可能早就出境了，但他不放心，试探着打了个电话。

“我不走，看看他们能把我怎么样。”龙啸天望了下窗外，已经布满了警察，还有一些穿便服的人。他知道自己就是想走也走不了了。

“这都到什么时候了，你和谁别劲呀？”

“我不愿意亡命天涯。”

“那你想挨枪子呀？”

“你放心吧，我龙啸天不会走到那步的。你把电话撂了吧，可能电话监听了，他们该怀疑你了。”龙啸天把电话挂了。他拔出了电话卡，顺手一放。他把枪掏出来放在了办公桌上。他脱下了警服，叠得整整齐齐放在了桌上。他把一个记事本拿出来烧了，保险柜里还有几万元现金，那是他的应酬款。

“施监狱长，我回家了，有事情可以往我家打电话。”龙啸天到施弢的办公室打了个招呼。市委还没有通知施弢常委会议的决定，施弢瞥了龙啸天一眼什么也没有说。龙啸天说了一句话就走了。

“龙监狱长，去哪里？”司机问。

“回家。”龙啸天真的回了家。

翌日凌晨，龙啸天在睡梦中被叫醒了，是陈剑虹领着检察机关和公安局的人来的。

“龙啸天你被逮捕了。”检察官出示了逮捕证。

“哦，你们才来，我都着急了，我估计我躲不过今天，果然不出我之所料。”龙啸天起来穿衣服。

“龙监狱长，请你收拾一下跟我们走吧。”

龙啸天的夫人站在旁边默默地流着泪水，她知道这一切都是预料中的事情。“我没有什么准备带的东西，咱们走吧。”龙啸天很快穿完了衣服，“你也多保重吧，我对不起你了，告诉孩子记住他爸爸的教训，别走我的路。”他和夫人轻轻地握了一下手。

“我会去看你的？”夫人哭了起来。

龙啸天摇摇头，夫人全都明白了，这就是永别。

龙啸天被带下了楼，他看见施弢站在楼下警车旁边，他知道施弢肯定会来的：“施监狱长，你赢了，我佩服你。”

“不，不是我赢了，是正义和法律赢了。你总是过于相信自己的力量，你精明过分了。”

预审室，对曹娜芯的审讯正在进行着。“我们希望你能揭发检举白鹏飞的一切罪行，争取法律对你从宽处理。我们知道你的一切情况，对你非常同情。”

曹娜芯任凭你说啥就是不吱声，始终是不停地哭泣。“你看看这是什么东西？”预审员递给她一封信。

曹娜芯接过来一看，是小安子写的遗书。她看着看着突然间大叫一声晕倒在地。信上写道：

妈妈：

我是为你，我知道是谁逼我去死的，是白鹏飞。我知道你和他的关系，他不是人。他霸占你，毁了我。我就是变成鬼，也要让他还了这笔债。我在九泉之下等你了，妈妈。

儿绝笔

曹娜芯的精神彻底地崩溃了。后来，她被做了不起诉的处理，回到了洛河村。她已经没有了往日的风采，几天的工夫，就变成了老太婆了。她把白鹏飞的骨灰埋在了大青石的下面。

88.

沅山的黄昏霞光万丈，和山下的监狱交相辉映，呈现出祥和的氛围。

“施监狱长，焦成金供认几次给你打传呼和写字条的都是他，他说从你来了以后，他就感觉事情的败露是早晚的事，他为自己留了一手。你在双龙山遇难、那些上访信都是他和龙啸天策划整的。他干了这么多丧尽天良的坏事，觉得实在对不起你。这是他写给你的信。”陈剑虹把信递给施弢。

“你说有法律在，我怎么宽恕他呢？不过他在暗中给我们提供了破案线索这一情节，有助于对他的减轻处罚。早知今日，何必当初，悔之晚矣。”

施弢望着沅山灿烂的晚霞不尽感慨地说：“人生是一个从生到死的过程，这个规律世人都能认识到，可是许多许多的人就是跳不出功名利禄这个圈，这是不是人类自身的悲哀呢？如果一个人战胜了自身的贪婪，那他就是一个真正的人了。我要是退休了，我就在沅山上选一块地，建几间房，真正地过一番田园般的生活，做一个完整的自然人。”

“施监狱长，我看你的想法只能是一种愿望了，到时候你也过不了那种生活。活到老，奋斗到老，不会有你说的那种生活的。”

“剑虹，你还年轻，今后我们这个监狱就看你们年轻人的了。对了，我还忘了和你说一件重要的事情，经过市委研究，已经决定，任命你为副监狱长，明天市委组织部会和你谈话，你回去准备一下。同时任命贺海东同志为监狱政治委员，党委副书记。我的工作可能也要有所变动，已经和我谈完话了，我到政法委工作。但我本人是不想动了。”

“是吗，我能行吗？”陈剑虹听到这个消息显得十分激动。他从施弢的话语中隐约有一种要离别的感觉。“那我的工作有人接吗？”

“我提请党委，由欧阳惠雪担任处长，她在追捕白鹏飞的案件中立了大功，破格提拔，我和贺政委沟通了，他表示赞成。不知你的意见如何？”

“我赞成，对欧阳惠雪这样的优秀警察就应该破格提拔重用。”

“狱政处的班子也要做大的调整。黄青，不，黄盟也经过市委同意调过来了，担任监狱长助理兼狱政处长。明天上午他正式到监狱报到，公安局龚局长亲自来送他。”

“监狱长，黄盟在监狱卧底您是什么时候知道的？”

“在我上任时市委领导和我谈话后，公安局的领导就告诉我了，但是他不和我联系，就是让我知道了就行了，要严守纪律，监狱的任何人都不能和黄青接触。我们的情报有一多半都是他搞出来的，通过公安那边再告诉我。”

第二天上午，市委常委、政法委书记邱天书、市公安局龚震雷局长亲自陪同来送黄盟。施弢带领班子成员到监狱大门口迎接。

“谢谢你，龚局长，你老大哥把这么优秀的干部输送给我们监狱了。”施弢握着龚震雷的双手激动地说。

邱天书宣布了市委组织部的任命：市公安局刑侦大队副大队长黄盟同志任沅山监狱监狱长助理兼狱政处长。

黄盟对那天和母亲告别的情形历历在目。母亲已经在床上病卧多年了，他知道自己这一走不知道多长的时间才能回来。“妈，我要出去参加一个学习，时间是一年。组织上不让回家。妈，到时候我会给你来信的。”“什么重要的学习还不让回家，你们公安局就好整得神神秘秘的。”母亲去世了，她临死都没有看到儿子一眼。

“小黄在监狱待了两年，实在是没有办法的事，组织亏你的太多了。”龚震雷紧紧地握着黄盟的手，施弢也把手搭了过去。

会议室里响起了热烈的掌声。

“这是给你补发的你潜伏在监狱期间的一年零六个月的工资，在监狱里每天给你补助三十元钱。另外，你在破获白鹏飞抢劫银行案件中有功，市政府决定给你晋升一级工资，奖励人民币五万元。省厅给你荣记个人一等功。”邱天书宣布了政府的决定。

“工资和补助费我收下了，要说有功是大家共同努力的结果，特别是我们的战友还献出了宝贵的生命，我那点功算什么？奖金我是一分也不能要的，给牺牲的战友们的家属吧。我当初潜入监狱是抱着牺牲的准备进来的，我能活下来是同志们保护的结果。”黄盟说什么也不收奖金。

“牺牲民警家属的抚恤金组织上早就做了妥善的安排，是不会亏待他们的。政府给了抚恤金三十万元，家属安排了工作。你的奖金就收下吧。”

“我提个建议，把给我的奖金就留在沅山监狱作为今后民警的奖励基金。”

“把我的也算上。”陈剑虹也拒绝接受给他的奖金。

“把我的也算上。”施弢把奖励他的奖金也算上了。

邱天书被这几个功臣的高尚精神打动了，高兴地说：“那就这样吧，我提议政府再给你们监狱二十万和你们的奖金加在一起，作为监狱人民警察每年的奖励基金，用来奖励对监狱工作有功的人员。”

“那就太谢谢市委和政府了。”

黄盟带领巡逻民警进狱内巡查，许多服刑人员都认出了他，纷纷议论起来：“这不是黄青吗？”“这邓文龙是真呆呀，对黄青那么个大活人瞪眼就是没有认出来。”服刑人员都明白了怎么回事。

89.

对龙啸天的审讯进行一个月了，龙啸天在一个月里是啥也没有交代。“你们不用费心了，我不会和你们讲什么的。我龙啸天敢做也就敢当，我都扛了。”

“龙啸天，你以这个态度继续对抗下去对你有什么好处，我们劝你还是应该走坦白从宽的道路，否则，就是死路一条了。”

“别浪费时间了，我不想了，我是历史的罪人，我罪孽深重，我也应该死，白鹏飞也逮到了，施弢也静心了。你也不要为难焦成金，都是我的主意，一切都是我定的，我怎么都是死路一条，可我一个人追究吧。”

“白鹏飞的逃跑你到底起了什么作用，是不是你放的？”

“我说不是我放的，是他自己跑的，你们肯定不相信。找证据，白鹏飞又死了，我说什么也没有用了，咱们谁也别为难谁，你们就按证据定吧。”

龙啸天认为白鹏飞的逃跑是事实，不过究竟是怎么跑的，没有证据谁也说不清楚了，但他错了。“有人看见白鹏飞逃跑的第二天在你的办公室，是怎么回事？”审讯人员宣读了荀河和陈招远的证词，龙啸天不回答了。

“你把狱政收的几百万元钱怎么花了？”

“请客送礼了，我自己没有留一分钱。你们还想问我给谁送了，对不起，我记不起来了。”

“施弢在双龙山坠崖，是你设计陷害的吧？”

“是我，我不否认，我知道摔不死他，就是给他个厉害瞧瞧。”

“那两个杀手呢，他们现在哪里？”

“我不知道，是白鹏飞替我安排的，详细的情况那就得问白鹏飞了，我给他打过电话，他说不让我管了。”

“和焦成金有什么关系，人不是你让他找的吗？”审讯人员宣读了焦成金的口供。

“我是焦成金的主管领导，他听我的，我是主谋，他没有什么主意，听我的都习惯了。”龙啸天不推脱自己的责任。

“邓文龙组织越狱阴谋事先你一点不知道吗？”

“不知道，我已经早就不分管狱政了，施弢来了以后一步步地把我架空了，后期的狱政工作完全由贺海东负责。我和邓文龙也不是一个道上的人，过去没有来往。监狱里不知何时公安局下的内线，我是案发后才知道的，事前我一点情况也不知道，我估计施弢能知道，要不他的消息怎么那么灵通呢。简直神了，监狱犯人的一切情况都在他的掌控之中。”龙啸天今天倒是有问必答，他知道反正自己是必死无疑了，没有必要再难为他们了。

“龙监狱长，我们是最后一次提审你了，明天我们就要正式提起你的起诉意见，你就是不说还有焦成金的供词，都可以确认你有罪。你要把握自己的机会，你知道自己所犯罪行的严重性，你私放的白鹏飞是一个重大刑事罪犯，在他的身上还犯有特大杀人、抢劫银行等大案，他出去了还组织了一起重大越狱案件。你还是要争取坦白从宽保命吧。”

龙啸天笑了，说：“我懂，谢谢你们了！”

第二天传来消息，龙啸天在夜间用刀片割断左手腕部的动脉自杀了。

市公安局局长龚震雷给魏裕民打来了电话，派公安监管支队长专门到他的办公室来做检讨，当面请求处分。

魏裕民闻讯霍地站起来，满眼的不敢相信：“怎么，龙啸天会畏罪自杀？”他一直在关注着对龙啸天审讯的进展。这个结果实际上也是在他预料之中的，但龙啸天能死得这样利索是出乎他预料的。

公安监管支队长低垂着头：“是的，他确实自杀了，他留下了一份遗书，说一切事情都是他干的，他全顶了，遗书我给您带来了。”

“我看看他的遗书。”

遗书写得非常简单：

一切和焦成金无关，都是我指使人干的，钱都让我挥霍了，不要再追究了。

龙啸天死了，线索彻底断了，钱已不知去向，他和魏裕民的一切线索都断了。在焦成金家搜出一本他记的流水账，记载着这些年监狱收受的服刑人员做贡献花钱买刑期的钱数。实际上正是狱政科小金库的账。账上反映出的三百多万元中，经龙啸天拿走的钱有一百多万。焦成金交代，龙啸天曾和他说过，他为能当上沅山监狱一把手，花了一百万元，钱多数都给了市委副书记魏裕民。可如今龙啸天死了，焦成金的供词成了单方面的证据，只能作为参考。

魏裕民心中的一块石头落了地，说钱给我了，有什么证据，我不在乎！两个重要人物都死了，都死得那样干净利索，今后他的罪过都是死无对证的事情了，就剩下一个去向不明的邓文龙，也是九死一生了。

魏裕民轻轻吐了口气。

第二十八章　狂徒末日

施弢被一颗子弹射中了头部，受伤了。陈剑虹一看施弢受伤急了眼，大叫一声：“邓文龙，我和你们拼了！”他探出身子，端着枪朝山上扫过去一排子弹，对方又有人大叫一声中弹，伏击的人又扔了过来一颗手榴弹，手榴弹扔过了头掉进山涧爆炸了。

90.

凌晨，邓文龙在夜幕中踏着霜雪，顺着山路钻沟壑、穿林子逃到了沅江湖畔蒙丽莎的别墅。他在别墅的后山坡上观察了半天，很怕监狱警察在这里设伏。看到别墅的一切都很正常，他给蒙丽莎的手机打电话。

蒙丽莎在睡梦中被电话惊醒了。她在龙啸天死后的这段时间里，几乎不参加任何社会活动了，悲痛始终在缠绕着她。她懒洋洋地操起了电话，心里嘀咕着：谁呀，真烦人，这个时间来电话。

“丽莎，我是邓文龙，我从监狱跑出来了，实在是没有地方去了，想在你家里躲几天，不知道你家里安全不，有外人吗？”邓文龙的声音压得很低，他知道蒙丽莎是一个不甘寂寞的女人，不可能自己在家，他主要担心的是有没有警察埋伏。

“什么，你是邓文龙，邓哥？”蒙丽莎惊讶地光着身子从被窝里坐了起来，一边捂着话筒一边轻声唤着睡在旁边的男人：“少怀，快醒醒，怎么办，他真的是邓文龙，他逃到我这里来了。”

当晚，华少怀陪蒙丽莎在床上折腾了大半宿刚刚睡下。他被惊醒了，压低了声音说：“什么，邓文龙来了，整个沅江市都开锅了，全市总动员都在抓逃犯。撵走他吧，就说你不方便。都这时候了，你一个女人家还和他接触不是自己往监狱跳吗？”华少怀原来以为邓文龙肯定死了，不想他还活着。邓文龙的胆子忒大了，竟然能从警察和武警的包围圈里跑出来，投奔蒙丽莎，看来是走投无路了。

这些日子里，华少怀几乎天天到别墅来陪伴蒙丽莎。蒙丽莎已经没有了往日豪爽泼辣的风采，变成了一只懒洋洋的大病猫，女人在这个时候特别需要男人精神和肉体上的慰藉。华少怀和蒙丽莎谈不上什么爱情，四十多岁的女人皮肤松弛，性格多疑，也缺少了男人需要的温柔，他也不愿意搂她睡觉了。但这也是无奈的事情，他平常花了蒙丽莎那么多的钱，蒙丽莎到了这个时候他总是要尽点义务，装着笑脸陪吧。

“你说的倒是那个理，但是哥们一回，总不能这样不讲究吧，传出去我在社会上还怎么做人呀。”蒙丽莎对华少怀的话听不进去，起身穿衣服。

“那我走，你就接待吧。”他连忙起身穿衣服。他知道自己是劝不住蒙丽莎的，他要迅速离开这个是非之地。

蒙丽莎也看出了华少怀的心思，他要是真的和邓文龙碰上也确实不是那么回事儿，她也不忍心让他走回去：“那你在楼下等我，我把邓文龙安置完后开车送你回市里。”

“好吧。”华少怀点头应允。

蒙丽莎放开了话筒和邓文龙说话：“喂，是邓哥吗，你具体在哪个位置？”

“我在哪个位置，我就在你家后山松树林子里头呢，你怎么才和我说话，是不是不想搭理我？”邓文龙等了半天，说话的火气很大。

“邓哥，你把话说哪里去了，我是那样的人吗？我在穿衣服，不能光着身子见你吧。你下山到我家后门口来，我给你开门。”蒙丽莎知道邓文龙的脾气，再说多了他该气走了。

“丽莎，我马上下山，你赶快准备给我开门吧，谢谢老妹子了。”邓文龙知道这个时候无论是谁要是能收留他都是要冒着坐牢的危险的，自己啥身份，还和人家掰扯什么，他的口气也软了下来。

华少怀到楼下保姆间躲了起来。蒙丽莎穿着一身睡衣，故意在屋里转了一圈，然后假装睡眼惺忪地给邓文龙打开了后门。邓文龙浑身散发着一股臭味，一副鬼脸，穿着一身警服，脚上穿的是一双黄色解放鞋，逃兵一般，狼狈极了。臭味迎面袭来，蒙丽莎捂着嘴躲着：“太恶心了，这是什么味，你掉进厕所里头了？”

邓文龙上气不接下气地说：“你不知道，我是从监狱的化粪池子里的管道爬出来的，和掉进厕所里没有什么两样，晚两分钟我就憋死在那管道里头了。”

“你快进屋说话吧。”蒙丽莎见邓文龙冻得浑身发抖，嘴唇都紫了。

“我先进屋，你注意一下后面有没有人跟踪我。”邓文龙回头张望。

“这都大半夜了，哪还会有什么人，你是吓破胆了。我这地方挺安全的，很少有外人来的，他们不知道我和你的关系。”蒙丽莎四周看了一下关上了后门。

“怎么不知道我们的关系，你都到监狱看过我，全监狱的犯人都知道你和我的关系，说你是我的情妇。沅山监狱的警察太厉害了，就善于在这个时候抓人。”邓文龙摸透了监狱抓人的规律，所以他几次都躲过去了。

“邓哥，既然你说监狱警察这么厉害，我也得防备一下。你先进屋去，到地下室躲起来，我开车出去往前面看看。”蒙丽莎借故找理由脱身，好送华少怀走。她把邓文龙领到了地下室，安置完后她来到了车库。她把车开出来了，闪了几下灯光，华少怀从楼里出来上车了。

蒙丽莎把车开得飞快，从别墅开出来拐个弯就到了高速公路的引线，在路口处不时可以看到荷枪实弹的警察。车被拦截了几次，华少怀出示了工作证立即就放行了。邓文龙说的情况是真的，警察们一个个都很精神，没有一丝的困意。

迎面一辆警车闪着警灯开了过来停下了。几个警察把车拦住了进行检查，为首的竟是陈剑虹。华少怀又出示了工作证，武警一看是政法委的领导敬了个礼正要放行，陈剑虹说了一句：“我看看是什么人。”他接过了工作证用手电一照一看是华少怀，心里一惊：怎么把他截住了？他又看看车里是蒙丽莎在开车，便说：“华书记，怎么这么晚了才回家，哎呀，还是蒙总亲自开车呀，这是要往哪里去呀？”

华少怀和蒙丽莎只得下车了。华少怀热情地和陈剑虹说：“原来是陈监狱长呀，这么辛苦，深更半夜，亲自带领同志们出来追捕。我今天晚上和几个朋友到蒙总的别墅玩一玩，我明天还有会，蒙总就亲自开车把我送回来了。”

蒙丽莎很机智地说道：“是啊，我留他过夜人家不干，那是正经人，说是和媳妇没法交代，这不半夜三更的非得折腾我送他回去，心疼自己的媳妇不心疼我。”

“蒙总是太知情通理了，这么大的老板还亲自送，华书记你得领情啊。那就上车快走吧，对不起了。”陈剑虹客气地挥手放行。

陈剑虹在夜色中望着华少怀他们渐渐走远的车，这么晚了他们俩怎么在一起呢，是像他们说的那么简单吗？他往深处想着。突然他联想到了邓文龙和蒙丽莎的关系，心里一惊：邓文龙会不会逃往蒙丽莎的别墅，这些天监狱对这条线索可是没有布控呀！他立即把电话打到了施弢的家里，客气地说：“施监狱长打扰了，我有一个紧急的情况向你报告，我们刚才在郊外堵截，截到了华少怀从蒙丽莎的别墅回来，蒙丽莎亲自驾车送他，我想到了一个问题……”

施弢一听陈剑虹说的情况，一个机灵从床上坐起来。他知道邓文龙和蒙丽莎的关系，他以肯定的口气说："他们这个时候出来，肯定是有情况，不会是像他们说的那么简单的，你的分析是对的。邓文龙非常有可能去找蒙丽莎，你们应该把圈子往蒙丽莎的周围移动，对别墅进行远距离的控制，把外围封锁住。"

"可惜是没有法律手续呀，要是有的话我们今天可以去搜查，没准邓文龙就在她家里呢。太遗憾了！"陈剑虹的联想能力很强，他感觉邓文龙百分之百在蒙丽莎的别墅里。

施弢不语了。是啊，陈剑虹说的是有道理的，蒙丽莎那样的人可不是普通的老百姓，轻易不能碰她："这样吧，我给蒙丽莎打个电话，听听她的口吻，然后我再告诉你什么情况。"

蒙丽莎送完华少怀回来了，松了一口气。突然，她的手机响了。这天都要放亮了，又是谁来的电话。她犹豫了一下不想接，可她一看电话是施弢的手机号码，她拿起了电话。

"蒙总吗，这个点儿给你打电话，打扰了。"施弢非常客气。

"施大哥，这么早给我打电话有事吗？"蒙丽莎明知故问，不用说施弢肯定是为夜里截车的事来的电话，陈剑虹能不告诉他吗，这是在她预料之中的。

"蒙总，我听陈监狱长说他们把你开的车截了，我给你道个过。这几天夜里天天清查，你是知道的，监狱的逃犯邓文龙失踪这么多天了，至今生不见人，死不见尸，逮回来一个白鹏飞又跑了一个邓文龙，全市闹得沸沸扬扬，我的压力太大了，我们必须对上面有个交代。"施弢知道对蒙丽莎这样的人是不能硬来的，她是一个商人，你能把她怎么着，为了赚钱，她接触的人就是三教九流。他的口气温和，始终是商量的口吻。

"施大哥，你就是有水平，啥事我听你一说心就透亮了。这不算什么，都是为了工作，我理解你们。人家对我们非常地客气，没有一点儿为难我们，打了个招呼就放过了。"蒙丽莎知道施弢在和她转悠套话呢。

"蒙总，你没有生气我就放心了。我想问问，你这两天家里没有去什么外人吧，大家可都知道你和邓文龙的关系呀。我说这话你别生气，我可是没有把老妹子当外人才这样直说的。"施弢把话挑明了，说得很婉转。

"怎么，你对老妹子这地方还有怀疑吗，他是什么人我还不知道吗，我还能留他，这点法律意识我还是有的。大哥，要是信不过我，那你现在就亲自带人来搜查吧。”蒙丽莎和施玳叫板，但她的心已经颤抖了，要是真的来搜查那就坏事了。

“蒙总，你把话说哪里去了，我是给你提个醒，你这个人太重感情了，我怕你跳不出感情的圈子。情和法的关系你可要摆正呀！好了，这些道理你都明白，我是和圣人讲道了，不打扰了，蒙总你快休息吧，晚安。”

“施大哥，还晚安什么，天都要亮了，早晨好吧。”

“可不是嘛，都已经早上四点多了。把账都记到邓文龙的身上吧，抓住了他算总账。我们摆庆功宴的时候你一定要过来喝喜酒。”施玳很客气地撂下了电话，什么都明白了。他不能再睡了，起身穿衣服。他要立即赶到监狱。

蒙丽莎撂下电话怔怔地坐在那里，她明显感觉到了监狱对她的怀疑，施玳是何等的人物，能被她的话蒙住。她知道自己这个地方保不住了，施玳的到来也就是早晚的事，她看了一眼邓文龙，是不是该让他马上走。

邓文龙早已听出来了是施玳打来的电话，他从蒙丽莎的表情上看出来她动摇了：“怎么样，他们要追上来了吧，他们是不给我活路了，非要把我赶尽杀绝，尤其那个施玳和陈剑虹不把我追捕归案是绝对不会善罢甘休的，你还让我放他们一马，我能放吗？我和他们已经到了你死我活的地步，好，我不牵累你，这两天我找魏裕民去，他不给我掏钱我就把市委大楼炸了。我就在你这里住一天，今天午后走，不给你添麻烦，我是站在地狱门口的人，死不足惜了。”

晚上，天彻底黑透了，蒙丽莎先让司机开着她常坐的那辆车走了，直奔正道去市区。她亲自开着另一辆车绕行到湖上，转路进市区把邓文龙送到了红鹤楼。邓文龙急于要和汪兆月见面，到红鹤楼后，汪兆月派来的车把他接走了。她和邓文龙轻轻地握了一下手就返回了别墅。

蒙丽莎刚回到家，施玳就带着监狱警察赶到了。今天下午公安机关批准了对蒙丽莎的搜查，施玳就直接来到了别墅。他出示了搜查证，蒙丽莎平静地说：“施大哥，你们不用搜查了，我和你们说实话，邓文龙来找我了，刚走，打车回市内了，他说要找你报仇，你可要小心呀。他那个人我是了解的，他说要干什么，从来没有戏言的。你要相信我，我和你说的全是实话，你要是不相信，把我带走，我也没有意见。”

施玳相信蒙丽莎说的是真话，来晚了，邓文龙跑了，实际上也不能说晚了，办案就是要受到法律的约束，没有什么遗憾。没有了约束，权力就要泛滥。他摆摆手，让大家停止了搜查都退了出去。“蒙总，你为什么要告诉我这些呢，你不恨我吗？我这个监狱长这么不讲情面？”

“我也说不清楚，你相信我一次吧。在你的眼中我是一个浪荡的女人，和我上床的男人很多，但我不是一个本质上坏的女人，男人是永远不能知道女人的苦处的。我是不能骗你的，邓文龙真的要杀你，你要有所防备呀！”她声音中带着哭腔，带着乞求。

“蒙总，我谢谢你了，白鹏飞要杀我，龙啸天要害我，怎么样，他们先走了。邓文龙又要害我，他在暗处我在明处，那就让我等着他吧，蒙总，你说有什么办法。”施弢带人走了。

施弢回到了监狱，和贺海东、陈剑虹说了去蒙丽莎家搜查的情况。“你们说蒙丽莎和我说的情况能是真的吗？对她这样水性杨花的女人说的话我是历来不相信的。”

“我看她不能骗你，你必须防备一些。”陈剑虹非常担心施弢的安全，到现在邓文龙在哪里还是未知数，对施弢的威胁太大了。

“他多大的胆子敢公开害我，我不怕他们。你也是他瞄的对象，也要有所防备。”施弢熟知黑社会的人心狠手辣，防备还是必需的。

“我得和邵俨交代一下，天天必须不离你左右，我们毕竟是在明处啊。能不能和市委领导请示一下，监控蒙丽莎的电话，我认为对追捕邓文龙是非常必要的。”贺海东也感到邓文龙和白鹏飞不一样，他现在正处于穷途末路，要拼一个鱼死网破。

冬天的寒意日渐浓了，沅江大街两边火锅城的生意开始火爆，吃着鲜美嫩香的地产东沟羊肉，喝着甘醇地道的沅江湖高粱酒，一天的疲劳全被驱散了。

晚上，魏裕民、华少怀、蒙丽莎、薛花来到红鹤楼酒店吃火锅。酒桌上的气氛非常沉闷，也没有谁张罗喝酒，火锅在那里干烧着，已经添了几次汤了，大家都没有了往日的欢笑。

“唉，龙兄没有了，焦成金进监狱了，白鹏飞也死了，我们还有什么意思呀！”蒙丽莎面容凄惨，心情格外悲伤。

“丽莎，你不能这样说，魏大哥这棵大树不是还在吗？我们还要围着太阳转，一切都会好起来的，你一定要振作。你也对得起啸天了，作为一个女人你已经尽力了，我们大家都敬重你。”华少怀的情绪倒是蛮好的，他公安局常务副局长的任职令已经正式下了，今天的宴席就是他张罗的。

91.

市委决定施弢调任市政法委常务副书记，市委书记办公会已经开过了。施弢闻讯找到了市委书记夏枫：“夏书记，我已经是快五十岁了，我在监狱工作仅仅一年多的时间，监狱工作只能说是一个开头，要干的事情还有好多好多，天让我给捅了一个窟窿，还得由我给补上，我也舍不得离开沅山监狱，从内心愿意留在沅山监狱，邓文龙归案后再考虑我的情况吧，希望组织上能考虑我的意见。”

“施弢，你的心情我可以理解，你究竟是走还是留下来，最后还得由市委研究决定。我可以把你的意见提交市委常委会议。”夏枫觉得施弢的意见是有道理的，怎么也得把邓文龙追捕归案后他才能走的。

“既然施弢不愿意走，那就让他再干一段吧。”夏枫在市委常委会议上最后拍板决定。

魏裕民还要坚持意见，可夏枫拍板了，他不能再说了。从内心上说，他不希望施弢继续在沅山监狱工作，这对他是极其不利的。

施弢主持监狱党委会，专门研究王清远的烈士呈报问题，大家已经争论多次了。贺海东首先表明了自己的态度：“我认为对王清远应该报批烈士，王清远死得不壮烈吗？他在关键时刻奋不顾身扑上去，有这一点就足够了。”

施弢同意贺政委的意见，班子的成员都表态同意了，党委会讨论通过了。

“等市委批准后，我们准备开个追悼大会。我们一定让人民群众知道在共和国的旗帜上也有监狱警察血染的风采。”施弢的话语十分动情，大家的心里也很不平静。

施弢带着监狱党委的报告到市委来请示魏裕民，魏裕民还是那样的温文尔雅，从座位上站起身来热情地和施弢握手，从表情上看得出他的心情是非常愉快的。这次沅山监狱一举粉碎了邓文龙等罪犯越狱的阴谋，大获全胜，并配合公安机关破获了南山街银行抢劫案件，魏裕民也受到了省委组织部的通报表扬，被评为年度优秀厅局级领导干部。

魏裕民听完汇报后，连个奔儿都没有打就同意了监狱党委的意见：“施监狱长，我赞成你的意见，你们上报吧，我签字，民政局有分歧的话我和他们单独说。追悼大会我参加。”

“那可得谢谢你了！”施弢第一次和魏裕民谈得这样投机，沅山监狱的问题还没有完，他和魏裕民的关系在许多方面就是在做戏，但今天的事情必须魏裕民点头才能办成，彼此间都感到了这是一种政治需要，只不过是角度不同罢了。“监狱人民警察给国家的付出是太多了，我们不求回报，只要理解就行了。”

“你们打报告，把报告提到市委书记办公会议讨论。干脆，你们就把报告拿过来我直接签了吧，我和夏书记打个招呼，多大的事情，你就别来回跑了。”魏裕民直接把这件事情定了后绕开了话题：“施监狱长，我的意见政法委你应该去，政法委书记是我兼的，我还能干几天？夏书记已经透露出来意思了，我不再兼政法委书记，你就可以进市委班子了，职级不就上来了？”

“这么大的年龄了，还是务实吧，让年轻人干吧。干了一年的监狱警察，对监狱工作有感情了，我准备再干几年，现在走了对不起弟兄们。况且邓文龙还没有追回来，我就是这个命了。”施弢明白，命是什么？命就是事情的必然结局，无论谁也是抗拒不了的。

“行了，我不劝你了。你的脾气就是改不了，监狱的事情你就定吧，我绝对信任你的。”

邓文龙跑得一点踪影都没有，很多人都证实了他跳进了化粪池就不见了，化粪池彻底掏干了也没有他的尸体，他应该是从监狱的下水道跑的。线索断了，全市的大搜捕仍在进行着，网在一天天缩小了，追捕的人员已经失去了信心。

一天午后，陈剑虹灵机一动，来到了施弢的办公室：“施监狱长，你说龙啸天那天他把手机留下了，而另一部手机的电话没有卡，他会把电话卡扔哪里去呢？他办公室座机电话的录音带也不见了。”

施弢被陈剑虹的聪明折服：“想得好，太聪明了，按照一般的规律，龙啸天会顺手扔了的，你们到他的办公室里外彻底地搜查一下，特别是楼下的窗户底下，一般的人是会顺手往窗外扔的，录音带也不会扔远了。彻底地查找一下，没准能找到呢。”

龙啸天的办公室还继续封着，谁也不愿意用他的办公室。陈剑虹领着人在龙啸天的办公室里仔细查了一天，电话卡和录音带没有查到。陈剑虹反复地琢磨会扔到哪里呢？事情就这样先撂下了。

初冬的阳光直射市委办公大楼，市委办公室里温暖如春，这里没有喧嚷，没有吵闹，工作人员走路都是踮起脚来，生怕惊动了市委领导。

魏裕民正在办公室和别人谈话，他分管的外事办的领导来汇报工作。突然，办公室的电话响了，他的外线电话很少有人直接打进来，这部电话多数情况下都是沉寂的。他进入室内操起了电话："喂，哪一位？"对方的口气温和、彬彬有礼，客气地问："您是市委魏书记吗？我是您多年的朋友，非常想念您，虽然我们没正式见过面，但我们是神交了。""什么朋友，你说出来你是谁，什么神交，我不明白，我告诉你这里是市委，我是市委副书记魏裕民，我正忙着呢，对不起，我要撂电话了。"魏裕民故意把书记二字说得很重，以此来镇呼对方。

对方毫不买账，哈哈笑着："我知道您是魏副书记，大名鼎鼎的魏裕民，黑白两道的领军人物。我和你明说吧，我想见见你，能不能给我一个面子！"对方的口气强硬。

"市委书记也是你轻易能见的吗？按市委的规矩，见我必须通过秘书，任何人不能直接找我，除非是我的私人朋友。""对了，我就是您的私人朋友，明说吧，白鹏飞大哥曾和我交代过，让我在关键的时候直接找您。""白鹏飞我知道，全市人民群众都知道，他是沅山监狱的逃犯，和我有什么关系。""您是聪明人，话唠到现在还听不出里面的个数？既然您不愿意搭理我，看来我就得给夏枫书记打电话了。"

魏裕民似乎明白对方是谁了，难道他会有这么大的胆子，把电话直接打过来？他的口气软了下来："要真的是我的朋友，就直接告诉我姓名吧，还怕什么？""名字肯定不能告诉您的，见面自然就知道我是谁了。我的名字现在可值银子了，现在想发我财的人太多了。话唠到现在就别说了，知道我是谁了吧。说吧，我们约个见面的时间。""我要是坚决不见你呢？""您不能，我是已经到阎王殿门口的人了，您和我计较什么，您还得当大官呢，熬个市委副书记多不容易，您不心疼我还心疼您的位置呢。"

魏裕民相信自己的判断力，彻底知道对方是谁了，他也笑了："有胆量，好，说吧，在什么地方见面？"……

深夜，街头上很少见人影，沅江西岸江畔花园的松树林内，邓文龙带着山炮、冬冬、皮皮和魏裕民见面了。魏裕民自己开车来到了约定的地点。他打量着对方。

没有人介绍，互相猜着。一个高个的人走了过来，他先开口问：“您是魏书记吗？我是鹏哥的朋友。”他先把手伸了过来。

“你就是邓文龙？真是一表人才呀，这么好的人才怎么都给黑社会拽过去了？”魏裕民握着邓文龙的手略显得很激动地说。

“大哥过奖了，我邓文龙算个什么人物，大哥相貌堂堂，气宇非凡，天庭饱满，地阁方圆，一看就是领袖之才。”邓文龙也奉承着魏裕民。

“客套话不用多说了，邓文龙，你找我干什么，是要敲诈还是要举报？现在满大街都在抓你，你敢给我直接打电话，你不怕我把你抓起来吗？”魏裕民心里说，你也太嚣张了，一个逃犯竟胆敢把电话直接打到市委的办公室，还要和我见面。

“我的魏大书记，你就别和我兜圈子了，我知道您和白鹏飞、龙啸天的关系，您现在需要我。我想您会明白我们共同的敌人是谁。”邓文龙根本没有害怕的意思，他在一步步地逼着魏裕民就范。

“我是市委副书记，你是罪恶滔天的罪犯，我和你有什么共同的敌人，你说的话我不懂。”魏裕民口气强硬，他摆出了架子要走。

“哈哈，我的魏大书记，您就别和我演戏了，您抓我那咱们俩可就有好戏演了。”邓文龙毫不在乎地说道：“您和龙啸天的关系我是最清楚的，白鹏飞是有重大杀人案件的背景才逃跑的，龙啸天他花了白鹏飞多少钱，您又花了龙啸天多少钱，我告诉您，焦成金已经全撂了，他的那个账本我也有一份，你没想到吧。如果再加上我的证词您的罪就能定了。白鹏飞是轰动全市的南山街银行抢劫杀人案的主犯，包庇重大杀人案的案犯是什么罪，您这么大的书记不会不清楚应该判多少年吧？自己对照法条量一量。”邓文龙这一番话把魏裕民说无语了。

魏裕民沉思了一会儿，开口了：“都半夜了，我们不争论了，你有什么想法明说吧。”

“我和您明说了吧，我准备把施弢杀了，您头上的一块儿乌云也就全散了。您继续当您的书记，我就亡命天涯了，您是知道我们这样的人，到什么时候都不会出卖朋友的。”

邓文龙这几句话点到魏裕民的要害，魏裕民被邓文龙的这一番话给镇住了。杀施弢，有这个必要吗？自己就是被抓了还能定什么罪，龙啸天死了，白鹏飞死了，我就死不认账谁还能把我怎么样？说实在话，魏裕民过去还真的不知道白鹏飞和杀人抢劫案件有关系，龙啸天可能也是不知道的，他到这时候明白了，错就错在不应该放纵白鹏飞的逃跑。他最担心的是他那几天和龙啸天的通话，他担心龙啸天的电话被监控了，要是那个电话卡被截获了，事情那就彻底地暴露了。这些天市委书记夏枫对他的脸子不对，说话的口气和以往也不大一样，莫非他知道了什么，他隐约地从监狱那边听说了陈剑虹在查找龙啸天的手机卡，他知道龙啸天的那个电话卡几乎就是和他专用的，那上面有他的通话记录呀。要是查到了卡，那他就彻底地完了，还有龙啸天办公室的电话……他不敢想下去了。量小非君子，无毒不丈夫，他下了决心："好吧，说说你的条件吧。"

邓文龙的要价毫不客气，要了一个整数："给我准备一百万元，不多吧。今后您走您的阳关道，我走我的独木桥。"

"什么？一百万！"魏裕民一怔，他想还个价，算了，这是做什么买卖："好，我答应你。"

邓文龙没有想到事情这么轻易就谈成了，"好，痛快，魏哥是大人大量，鹏哥没有看错人。"

"邓文龙，你不怕我设计你呀，你看那满大街都是警察，我喊一声就好使的。"魏裕民试探了邓文龙一下。

"哈哈，您设计我，现在您想的应当是我会不会设计您的问题。我了解您，鹏哥多次和我说过您，您现在让我投案自首我都去，您敢让我去吗？"

"好了，都什么时候了，还有这个闲心咬文嚼字，大家都别客套了，时间有限，赶快说怎么办吧。"山炮在一旁不耐烦了，他在旁边看着他们俩演戏都着急。他冻得直跺脚，实在忍不住了，给他们俩来了一句。"你他妈的着什么急，我还没有说话呢，你装大呀！"邓文龙对山炮大呼地插嘴特别不满意。

"我没有什么说的，就是一个要求，决不能让施彧这样折腾下去了，干就干个狠的，决不留活口。"魏裕民狠狠地说道。

"我懂了，大哥你放心吧，说说价钱吧？"山炮先提起了钱，他知道这是一笔大买卖。

"你他妈的就是认钱，活还没有干呢就掉钱眼了。这几次事情，哪回你干利索了？都他妈的怨你，要不也没有今天的麻烦了。"邓文龙骂了山炮一句。

"邓哥，过去的事情我是没有办利索，我不是也没要钱吗？干我们这行的都是明码实价，差事就别给钱呗，我们也是脑袋瓜子别在裤腰带子上，也是拿命换钱呢。另外也不完全怨我们哥们，你们提供的什么情况，明知道事情不行逼着我们哥们跳火坑。魏哥，您说说我的话有毛病吗？"山炮现在根本不怕邓文龙，他敢和邓文龙顶嘴。

“都是铁哥们，过去的事情就过去了，鹏哥也过世了，就说这件事情怎么办吧。”邓文龙现在也惹不起山炮，他把话软了下来。

“这样吧，我先给你们十万元，事成之后再给你们五十万元，然后你们就远走高飞，不过，活要绝对干得干净利索，不能留下任何马脚。”魏裕民掏出了一个信誉卡，“这上面有十万元，你们先花着。其余的钱我给你们准备美金。施弢这个人精明得很，你们可是知道他的身手的，一般人可不是他的对手。你们用什么下手？”

“魏大哥，我还忘了给您介绍了，冬冬老弟是我们沅江市的头名杀手，他的枪法绝透了。”邓文龙给魏裕民介绍着，这半天冬冬一句话都没有说。

山炮和冬冬、皮皮对魏裕民给的价码非常满意，他们原来以为最高价也就是二三十万元，没有想到给六十万元，还给准备了美元。“我们用枪。我有一支收藏的德国布朗宁，还有两盒子弹，这种枪后坐力小，准确性高……”冬冬提起枪来津津乐道。“枪不行，我用刀补充。”皮皮在一旁跟着溜缝。

“行了，这些就别和魏大哥卖弄了，咱们商量一下何时动手？”邓文龙打断了冬冬的话。“邓哥，我们准备一下，让大哥后天听信儿吧。”冬冬把动手的时间定在了后天。

“这次是只许成功不许失败，决不能再像双龙山那次给他留下活口。”邓文龙也知道那次双龙山施弢坠崖的事情。

山炮一听火了，“邓哥，你当大哥的，话可不能那么说，我们兄弟俩上次的活做得够利索的了，完全是按龙啸天设计的路子，只能说施弢他福大、命大、造化大，经我手的活，至今还没有失手过。”

“好了，你们别斗嘴了，说说你们要是被抓住怎么办，能不能把我交代出去？那样的话就别干了！”魏裕民提出了他最担心的问题，实际上他提出的也是最愚蠢的问题，这些黑道上的人到时候他们能保护你？在他们的眼睛里，你没有了权力还有什么价值？你就像是一条断了脊梁骨的癞皮狗会被踢到一边，他拍打着自己的脑袋，心里叹道，蠢啊！

“魏书记您就放心吧，干我们这行的没有这点精神那还干什么。”邓文龙的态度明朗。

“那我就听你的消息了。”魏裕民的心也铁了。魏裕民告诉他们，“施弢他们后天要去青山峡接省监狱管理局来的客人，去青山峡的道路险峻，洞多沟深，便于埋伏，是你们下手的机会。”

“是吗，还有这么好的机会，天赐良机，请大哥放心，这次我们要是不成功，我们哥几个就自觉地从这个地球上消失了。”山炮信誓旦旦地说。

92.

早晨，施弢、欧阳惠雪两口子躺在被窝里说着悄悄话。窗外飘着清雪，室内充满浓浓的春意。窗台上的那盆杜鹃花开得非常鲜艳，房间里飘着淡淡的花香，铁头安静地趴在床下。欧阳惠雪像小鸟似的偎依在施弢的臂窝里，她深深地体会到了做女人的幸福。

施弢原打算还要等把邓文龙追捕归案后再结婚，但欧阳惠雪坚决不同意，大家也都说，你们结婚和追捕是两回事儿，在大家的劝说下施弢只好服从了。婚礼很简单，施弢答应欧阳惠雪等追捕回邓文龙再给她补一个浪漫隆重的结婚仪式。

欧阳惠雪沉浸在新婚的喜悦之中，她像一朵绽开的花朵，是那样的娇艳美丽。“这么早就醒了。”施弢关心地问道。“我这几天一闻油烟味就想吐。我什么也不想吃。”“那是怎么了，会不会是新婚蜜月病？”

“蜜月病？亏你想得出来，连这点都不明白，还搞了一辈子公安呢。你摸摸，这是怎么回事儿。”欧阳惠雪拽过施弢的手放在自己的小腹上。施弢惊喜道：“你怀孕了？我摸摸……”

“你说我们的孩子长大以后让他干什么？”欧阳惠雪脸上溢满了要做母亲的喜悦之情。施弢的态度明朗：“那还用说，当警察，要不就当军人，别的什么也不干。”“我也是这么想的，警察和军人才能体现男人的血性方刚，我多么希望他是一个男孩呀！”

“肯定会是一个男孩的，我心里有底，我就是按照男孩设计的路子，你就放心吧。”施弢说着把身子紧紧地贴了过去。“我的肚子，你设计的路子，听你的。”“你老实躺着吧，我去做早饭。”施弢要起床做饭，结婚后始终都是由欧阳惠雪做饭。

“不，还是你老实躺着吧，我起来做饭。”欧阳惠雪起来了，她觉得洗衣、做饭收拾屋子是一个妻子应尽的责任。

早餐是很丰富的，大米粥，烤馒头片，煮鸡蛋，一碟子香肠、花生米拼盘，一碟子自己家腌制的小咸菜，还用老醋泡了一碟子黑木耳。欧阳惠雪招呼他：“快吃饭吧，一会儿都凉了。”

施弢吃得很香：“欧阳，这几天监狱正在全力配合检察机关审理白鹏飞这伙人的案件，我还要研究对邓文龙的追捕，这几天晚上可能回不来，你一定要好好地吃饭，不要糊弄，想吃啥就做啥，需要什么我给你买。”施弢拿起公文包边说边朝门外走去。

“施弢你可要小心呀，我前一天看电视，见西部工委野牦牛队的索南书记被人暗杀在家门口，我有一种不安。现在陈剑虹、黄盟都上来了，追捕的事情就让他们年轻人干吧，他们的经验水平都够，你就坐镇指挥闪开身子吧。”欧阳惠雪十分忧虑地说。

施弢吻了欧阳惠雪一下：“你不用担心，光天化日之下他们还不敢对我下手。现在还是共产党的天下，他们是不敢从明处出来的，只能是躲在阴暗的角落里窥视着我。”施弢心境平稳地说。实际上现在追捕邓文龙的工作已经由陈剑虹在一线指挥了，施弢也决定等抓住邓文龙后他就不参与具体的案件了。

“我这些天总觉得有一个人在我们家跟前转悠，不会是冲你来的吧。”欧阳惠雪有着一种担忧——一种女人特有的担忧。

“别胡思乱想了，我的枪也不是假的，你是知道我的枪法的。”施弢拍拍腰间的枪，这几天他一直带着枪。

“你把监狱内外给翻了个，社会上会有很多的人恨你，他们能放过你吗？我看监狱你就不要再干了，市委既然调你走，就去政法委上任吧。”欧阳惠雪还是十分担心。

“我不怕，已经晚了，就是我离开了监狱他们就能放过我吗？我不能走，有些事情你不知道，我已经和市委表态了，我至少在沅山监狱再干一年。”施弢就像一名要出征的战士那样精神饱满，他还是那样开着玩笑，轻轻拍拍欧阳惠雪的脸，微笑说：“等着我，我会早点回来的，今天我和陈监狱长去青山峡接省里的客人。对了，既然有了身孕，明天我就把你送回家去吧，我们施家也是老来得子，老爷子和老太太会非常高兴的。”

“再说吧。快走吧，邵俨的车到了。”欧阳惠雪站在阳台上默默地看着施弢上了邵俨的车，施弢向他摆摆手。

车开动了，施弢又回头看了一眼，欧阳惠雪还是站在阳台那里没有动，他对今天的分别感到心情特别惆怅，眼圈湿润了。这一段时间他经常不回家，他原来答应周末休息要好好地陪陪欧阳惠雪的，今天又有事了。邵俨看出来了，他逗道：“怎么，监狱长，嫂子舍不得你了？”“瞎说，都老夫妻了，你看哪里去了。”

星期六的早晨，江滨路上的车不多，路面清扫得非常干净。江面上雾气已经变得清晰了，江堤公园里晨练的人们还没有散去。施弢望着窗外，他想起了一年前他来沅山监狱的情形，这条路上的雪是那样的厚。

突然，一辆红色宝马车撵到施弢的车前面停下了。司机摆手示意邵俨停车。他要干什么？施弢警觉起来，把手放到了腰际的枪上。“好像是蒙丽莎的车。”邵俨认出来了车牌号。

果真是蒙丽莎。她披着大红披肩从车上款款下来，过来热情地和施弢打招呼。几个月没见，两个人寒暄了几句，蒙丽莎直截了当地说：“施大哥我有话要单独和你说，你到我车上吧。”她告诉施弢昨天夜里邓文龙给她来电话了，说今天要对他们动手，他们要防备呀。

蒙丽莎这样的话已经不止告诉过施弢一次了，施弢每次都是表示感谢一笑了之，这次他还是过去的口气：“蒙总，谢谢你这大清早的亲自驾车来给我报信儿，我们会注意的。”上次蒙丽莎也是这样告诉的施弢，结果什么也没有发生。

但这次蒙丽莎的口气和过去不一样，一再说：“施大哥你务必要防备，邓文龙这次好像是真的要动手了，具体什么情况我不太清楚，但今天你要防备呀！”蒙丽莎说的情况实际是雪静今天早晨告诉她的，雪静说昨天汪兆月和她疯狂完后，高兴得把什么都告诉她了，说施弢的命逃不过今天了，明年的今日就是施弢的周年了。她详细问汪兆月是怎么回事儿，汪兆月没有告诉她，她觉得这个情况必须告诉蒙丽莎。

“蒙总，你为什么要几次告诉我邓文龙的情况呢？”施弢微笑着问道。

“你说呢，你是个聪明人。我在江湖上混了这么多年，好男人和坏男人我还分得清的。好吧，我今天说的情况信不信由你。”蒙丽莎意味深长地说了一句上车走了。

陈剑虹已经早在监狱办公楼门口等着呢，昨天施弢就和他说了今天要去迎接来沅山监狱考察的邻省的监狱局领导。施弢一下车就交代陈剑虹马上到枪库去领两支微型冲锋枪备用和两套防弹衣。“带枪干什么？”陈剑虹问了一句，他不明白施弢的意思，而且还要带长枪。施弢和陈剑虹说了早晨蒙丽莎和他说的情况。

“监狱长你别听他们瞎忽悠，肯定是邓文龙在玩鬼把戏，蒙丽莎那样的人说话我从来都不相信。”那天蒙丽莎把他骗了以后，陈剑虹对蒙丽莎没有一点好印象，要是证据充足他恨不得马上就把她抓起来。

施弢微微一笑，说：“有备无患吧，两支枪带着也不沉，蒙丽莎也不至于无中生有吓唬我们。防弹衣就算了，我们总不能穿着防弹衣去接客人啊。”

初春，空气透明。车进入了山区，天开始飘雪了，在阳光的照耀下雪花银光闪闪。青山峡的风景是非常秀丽的，一年四季都有看点。

施弢他们开着越野吉普兴致勃勃地上路了。因为今天跑长途，邵俨特意让施弢坐到了后座，施弢把微型冲锋枪放在了身边。

突然间，一辆无牌照的越野吉普车从后面强行侵右超过去了，把邵俨的车挤到了防护栏边，差一点就撞上了。“靠，他们这是怎么开的车，连个超车信号都不给！”邵俨骂了一句，要追上去。

“算了吧，我们今天有任务不和这辆车计较了。”施弢一路上谈笑风生，“我爱山胜过爱水，我是大山的一部分，我选择大山作为我一生的最终归宿。”陈剑虹、邵俨看出施弢的心情很好。最近他们已经锁定了邓文龙的行踪，如果在短时间内把邓文龙捕获就大功告成了。他们丝毫没有感觉到劫难已经悄悄地朝他们逼近了。过了山弯就要到飞云瀑了，那个地方道路险峻，一面临山，一面临百丈深涧，他们是逆流而上，虽是刚值初春，但山涧河水哗哗地流着，流速很猛，在山谷中咆哮着。

施弢叮嘱邵俨开车要格外小心，车尽量侵左，远离右边的山涧。“今天晚上我们就在飞云瀑山庄吃饭，现在春天的林蛙出水了，红焖林蛙，那鲜嫩的林蛙油籽味道是太美了，尤其是那和林蛙一块儿炖的土豆，香甜可口。”

“施监狱长，你就别讲了，我们馋得受不了了，把我们都讲饿了。”

施弢把两个人讲得口水都流出来了，他也不自觉地咽了下口水：“我们再炖上一只纯正的山里人养的鸡，喝几碗香喷喷的鸡汤，吃上一碗用山里溪水灌溉的大米，哎呀，那才真正是人间的美味呀！”

“监狱长，你先别说那么多，你和欧阳结婚后，到现在我们还没有喝到你们的喜酒呢，你未免太不讲究了吧。”邵俨翻起了小肠。

“对，说得对，我回去后这几天就安排。不，等逮住了邓文龙后一块儿安排吧，要不这酒我喝不下去。”施弢心里说自己这是什么命呀，到监狱来了以后他就没有平静过一天。

93.

山谷中飘起了片片雪花，群山显得虚无缥缈，瞬间变得一片银白。突然一声巨响，一个手榴弹在车前爆炸了，车闪了一个趔趄，风挡玻璃被炸碎。

施弢大喝一声：“不好，有人伏击我们。好家伙，蒙丽莎说的还真的应验了！”他顺手操起了微冲。邵俨一脚踩住了刹车，好险，再晚一步，车就掉进山涧了。一排子弹打过来，从风挡玻璃射进了车内。他们三个人滚到了车底下。三个人会意了一下，知道是遇到了专业杀手。邵俨恍惚认出来了，这几个人就是他们来的路上强行超车的那几个人。他们观察着射击的来源方向，看到了对面山弯的沟壑里卧着四个人在向他们射击，他们的枪几乎全是短枪，有一支散弹枪，距离太远，杀伤力不大，但他们占了有手榴弹的上风，不时地甩过来一颗手榴弹，短枪射击得很准，他们一露头子弹就贴脑瓜皮射过来。

“剑虹，我们上车，你照顾邵俨开车，全力冲过去，别让这几个王八蛋把我们车的油箱炸爆了，那我们就被动了。”施弢左手抓住车把手，探出身子，以车门做掩体，右手端着微冲射击着，施弢的百米点射水平还是很过硬的，伏击的人中哎呀一声，被射中的人从山上滚落下来掉到了山涧里。哎呀一声，又一个人被击中滚落到山涧里，对方已经有两个人中弹了。邵俨开动车子猛冲了过去，他们转为了主动。

“啊……”施弢被一颗子弹射中了头部。陈剑虹一看施弢受伤急红了眼，大叫一声：“我和你们拼了！”他探出身子，端着枪朝山上扫过去一排子弹，对方又有人大叫一声中弹，伏击的人又扔了一颗手榴弹过来，手榴弹扔过了头掉进山涧爆炸了，山谷中响彻着爆炸的回声。

施弢命令道：“别恋战，我们快撤，我掩护。”陈剑虹看见施弢的头部鲜血横流，伤得不轻，他喊道：“监狱长，你能挺住吗？”“我没事，你们俩尽管开车！”施弢说得轻松，他又射出了几发子弹后无力地倒在了后座上，手一松枪掉进了山涧。

“邵俨，我来开车。”陈剑虹握过了方向盘，邵俨的胳膊也受伤了。陈剑虹心急如焚，他把车飞也似的向市里开去。邵俨在不停地往监狱打电话报告情况，可这一段山路几乎全是盲区，等有信号电话通了的时候都快到市区了。百公里的路程陈剑虹仅用了四十分钟，车都开飞了，抢救施弢要紧，车直接开到了市中心医院。

贺海东带着一大队民警已经在医院门口接应。“快闪开！”当救援的民警打开后车门的时候，他们全傻了，后座上哪里还有施弢的人影，他早已不知道什么时候不见了，肯定是从车里甩出去了。

陈剑虹大喊一声：“施监狱长你在哪里！”他一口鲜血从嘴里喷出来晕了过去。

贺海东意识到事态太严重了！他迅速向市委和省监狱局做了紧急报告。然后，他带领着监狱防暴大队的民警迅速从市里返回了青山峡寻找施弢。当他们赶到被劫击的地点时，现场除了一摊摊血迹和打完的一堆子弹壳外什么都没有见到。

公安局长龚震雷接到消息后，和武警部队政委宁进带着市公安局全副武装的防暴大队警察和一个中队的武警随即赶到了。龚震雷被任命为总指挥，他命令包围整个飞云瀑，连夜展开搜山！他又调来了警犬大队，全力配合搜山。

山区突然飘起了大雪，搜山严重受阻，从军分区调来的一架军用直升机转了一圈能见度太低，无奈只好飞走了。搜山的人员就地搭起了帐篷，点燃了篝火。午夜，山谷中的雪渐渐地散去了。舟桥部队的一队工兵驾驶着冲锋舟摸黑开着探照灯沿着山涧的河流往返寻找，经过地毯式的搜查，在山涧里发现了被击毙的冬冬、皮皮的尸体和摔断的施弢使用的那支微型冲锋枪，可还是没有见到施弢的丝毫踪影。人能哪里去了呢？龚震雷、贺海东和宁进组织人员又拉网式的筛了两遍，还是没有找到施弢。他究竟是死是活，会到哪里去了呢？大家焦急万分，遥望着群山，呼唤着：施弢你在哪里啊？

青山峡的这条山涧河流是属于沅江湖的分支，俗称江汉子，在河流的两旁暗流、暗洞较多。三天后，搜山的工兵在山涧下游的暗河里终于找到了一具尸体，尸体头部几乎全碎了，面目全非，从尸体特征和衣物确认，特别是他的那条警服裤子基本可以判断是施弢的遗体。狼狗铁头被大家带来辨认气味。但完事后它说什么也不跟大家回去。大家刚要抓它，它就跑进峡谷不见了踪影。大家感到奇怪，这狗怎么不认主人回家呢，它往大山里跑干什么？贺海东带领几个民警护送，一路上竭力避免磕碰，大家精心地把施弢的遗体运回来了。

施弢的遗体放在了市中心医院的抢救室，房间里、走廊里挤满了人。“什么，施弢的遗体找到了，我马上就过去。”市委书记夏枫撂下电话立即赶往医院，省、市的领导都惊动了。

夏枫掀开了蒙在施弢遗体上的白床单，望着施弢那已经粉碎的头部，哪里还有一点他的模样，哽咽道：“施弢，我对不起你，在光天化日之下，一个监狱长高级警官就这样被劫杀了，我没有管好这个市呀！”他说着捶胸痛哭起来。

魏裕民在一旁劝着，他慷慨陈词：“夏书记，要承担责任应该由我这个分管政法的书记负责，我没有抓好沅江市的治安。耻辱啊！龚震雷，我们一定要在最短的时间里破获劫杀施弢这起严重的案件，否则，我们没有资格管沅江市的政法了，老百姓要骂我们的。”

龚震雷态度坚决地表示：“是，请市委领导放心，我们要投放最精干的警力，尽快破案，要是破不了案我这个公安局长就不当了。”

“魏书记，你去安排，要连夜召开政法委员会，全市总动员，调动武警和公安民警、联防队，并要和当地驻军求援，封锁全城，绝不让罪犯逃出沅江市！”夏枫在行使市委书记的权威，他就像是一个战时的司令员在下达着作战命令。

欧阳惠雪接到通知赶来了。她疯了似的扑到施弢的身上，撕心裂肺地喊着：“施弢，施弢，你睁开眼睛啊，看我一眼呀……”她的喊声那样凄楚，撕裂了长空、震荡着沅山，撞击着千千万万善良人的心灵。大家拽住了她的手，不让她掀开床单。欧阳惠雪晕过去了，人们把她抬了出去。

“欧阳，我对不起你，没有保护好监狱长！”陈剑虹大声地哭喊着，他捶着自己的胸脯，他的眼睛都红了。

“监狱长是为了掩护我们才牺牲的呀！”邵俨也吊着一只胳膊在一旁哭着。

整个沅江市都开锅了，施弢的遇难被炒得沸沸扬扬，就像是一颗巨雷把沅江市的上空炸开了一个黑洞。群众把医院围得里三层外三层的，很多人都落泪了。围观的人群发出叹息声，“太可惜了，肯定是得罪人了，要不人家不能下这么狠的手！”“这罪犯的胆子也忒大了，大白天的就敢在半道劫车杀人，我们沅江市还有没有安全感呀？！”

施弢的灵堂设在了家里。赶到家里来吊唁的人们，望着身着警服的施弢英俊的遗像发出叹惜，很多人泣不成声。荀河带领全家都来了，他们一家四口齐刷刷地跪下来给施弢的遗像行着大礼。荀河磕了三个头。荀娘和兰竺结婚了，他们俩跪在地上痛哭着，哭诉着施弢对他们家的种种恩情。他们全家天天过来陪伴着欧阳惠雪，安慰着欧阳惠雪，荀娘给欧阳惠雪喂水喂饭，就像伺候自己的亲姐妹一样。冯成成也一再劝着：“孩子你要吃点东西呀，人死不能复生，身体要紧！”大家都商量着怎么告诉他的父母。老人家听到儿子牺牲的消息会受不了的，都八十岁高龄的人了，他们的生命也会随时发生危险的。还是先慢慢地和施冬青老人谈，他毕竟是在生死线上过来的人，然后再由他和自己的老伴谈。

“孩子，你爸没有死，你爸会回来的，你爸说过，这一段时间忙完，要领我们看爷爷和奶奶去，我们一块儿出去旅游。”欧阳惠雪劝着施弢的女儿施雨，不，是她自己的女儿。

“欧阳姨，我离不开我爸爸呀，我爸没有了，我活着还有什么意思呢？”施雨和爸爸的感情太深了，她太爱自己的父亲了。

白翔劝着：“你不能这样想，不是还有我吗，我们还有爷爷奶奶和欧阳姨呢。”施雨打断了他的话：“他们谁也代替不了我的爸爸呀！”妈妈没有了，爸爸没有了，施雨她太想随他们而去了。白翔也百感交集地哭了，从内心说他是恨自己的父亲：“你要那样的话，我怎么办呢，我也只好跟你去了。”“你们两个年轻人不许胡说，你们一朵花还没有开呢。”欧阳惠雪搂着两个孩子哭得更厉害了。

施弢被害的消息传开后，沅山监狱里的许多服刑人员都落泪了。监舍里不时地传出有人吟唱的施弢作的那首歌曲《妈妈门前的一条小河》，委婉凄凉的音调，更加深人们对施弢的怀念。一位六十五岁的老服刑人员说：“这么好的人怎么能死了。我想他呀！他从来没有把我当成罪犯，对我就像儿子对待父亲那样尊重。”一周之后，这位老人由于过度悲伤去世了。监狱里的服刑人员自发地用鲜花编织了“狱魂”两个大字，放在施弢的遗像下面。沅江市一位八十八岁的老书法家，施弢的忘年交，听说施弢被害后，老泪纵横，挥毫写了这样一幅挽幛：“共产党员的光荣，人民警察的骄傲，死得快哉，死得壮矣。”

施弢的追悼会由贺海东主持，市委副书记魏裕民致悼词。他几次哽咽，读不下去，会场上不时地响起了哭声。施父和施母在人们的搀扶下参加了儿子的追悼会：“弢儿，妈妈很快就陪你去，你一个人太孤独了。”施母的精神受了严重的刺激，神情恍惚，大家都任凭她叨咕着，没有人劝，也劝不了。

“老人家节哀，施弢不在了有我们这些人在，我们大家都是你们的儿子。”贺海东、陈剑虹等人簇拥在两位老人的周围。施冬青一滴眼泪也没有掉，他以一个军人的标准步伐走到了儿子的跟前，给儿子敬了一个军礼，迟迟没有把手放下。施母扑到了儿子的尸体上，端详着儿子的面容：“这是我的弢儿吗，他额头的伤疤怎么没有了？”施母哭着问。“大娘，美容师已经给他整容了。”实际上施弢的头部是修补的，面部都是用蜡造的型，形象逼真。

“老人家我对不起你，我没有当好这个市委书记！”夏枫双手紧紧握住施父的手，又一次说出了这句话，“我是一点没有想到他们敢杀害施弢，他们的手真狠哪！”夏枫狠狠地咬着自己的下嘴唇。

“树欲静而风不止，夏书记你不要过于悲伤。毛主席他老人家早就说过，要奋斗就会有牺牲，警察就是搞面对面的对敌斗争的，哪里能保证不死人呢。我也是曾经死过几次的人，阎王爷没有留我，让我活到了现在。”施冬青有着老革命的坚强，话语铿锵有力。

“老人家你是家里的主心骨，您只要挺住大家都能熬过去，特别是还有孙女施雨呢！”魏裕民劝着。

“你们不用担心我，我十四岁就参加革命，这样的场面我见多了，小弢的路走的是对的，当一名人民警察总是会有牺牲的。我能活到今天是托共产党的福了。我们会很好地活着，绝不会给组织添麻烦的。只不过苦了我那老伴了。儿子是她身上的肉，她能不心疼吗？”施冬青也哽咽了，再坚强的老人也是受不了白发人送黑发人，那是一种什么滋味呀！

在施弢的遗体告别人群里，有一位年轻漂亮的女子，身着一身白色的连衣裙，头上披着黑纱巾，面部捂得严严的，戴着墨镜，顺着告别的人流。她给施弢的遗体献上了一束鲜花，深深地鞠了三个躬后，默默地走了。她是谁？送葬的人群猜测着。她走到外面，在签名簿上写下了“施弢大哥英名千古永存”几个大字，留下了一万元钱，一句话也没有说就走了。“小姐，请留下您的名字。”负责丧事接待的监狱女警追着。她摆摆手，钻进了一辆红色宝马车里，猛踩一脚油门车蹿了出去。

“是蒙丽莎，生命源公司的总经理。”许多人认出了她，看见她哭了。她能来给施弢送行人们感到惊讶。

蒙丽莎趴在方向盘上哽咽着。她没有料到施弢会真的死在邓文龙的手里，她不理解施弢怎么就不相信她的话呢，她后悔自己要是跟着施弢去就好了，他们就没法下手了。

94.

夜里，沅江市被飘落的大雪完全覆盖了，店铺都关门了。街头几乎见不到一个行人，偶尔有几辆出租车艰难地驶过，送客至胡同口就停车了，他们不敢往里头开，怕车窝里头出不来。街头的主要道口都封锁了，追捕的人员还在艰苦地守卫着盘查着行人和车辆。

山炮披着一件风衣，一个人铤而走险，按约定的时间在江边的小树林和魏裕民见面了。

魏裕民没有想到事情会办得这么利索，在遗体告别那天他都不敢正眼看施弢的遗容。晚上下班回到家里后，他总觉得施弢睁着眼睛在死死地盯着他，他知道自己犯下这样大的罪孽肯定是要得到报应的，人民群众是不会饶恕他的。

两人见面后没有一句多余的话，山炮开口就是要钱：“大哥，事情办完了，皮皮、冬冬都死了，我在大山里转了三天才逃出来，那条该死的狗始终跟着，让我给它抡了一棒子老实了。邓哥受了重伤，坠落山崖，也是九死一生。施弢果然厉害，他一个人打死了我们两个人，重伤了邓哥。冬冬还号称什么神枪手，那小样，我眼见他一枪就被施弢给撂那了，施弢到底是谁打死的都说不清楚，肯定是受伤了，他不行了，对方的抵抗力就下降了，他们拉着施弢跑了。皮皮这个人也纯粹是一个废物，我眼见他打了几枪，就吓得抱着脑袋躲起来了，还是邓哥有挺呀，那几颗手榴弹扔得太有效了，要不我们几个人都得报销了。好了，不说这些了，现在就剩我一个人了，这次你满意了吧。剩下的钱都给我带来了吗？”

魏裕民哪里有闲心听山炮讲这些过程，现在大街上也不安全，必须尽快把山炮打发走。他安抚说：“干得不错，哥几个够手，我说过一分钱也不会差你们的，我已经把给你们的钱全带来了，就剩下你一个人了，全给你吧。”魏裕民把装钱的兜子交给了山炮，“你数一数，对不对？”

“这钱还能差吗？大哥，我就要走了，方便的时候我们会给你来电话的。大哥，事情已经做了，别后悔，当官嘛，干就要干个大的。”山炮见魏裕民神情沮丧，耷拉着脑袋似乎有些后悔了，他瞧不起当官的。

魏裕民摇摇头，摆摆手，他心里明白没有了官职到他们那里就是一条癞皮狗了。他轻声说了一句：“老弟，你走吧，我们后会无期吧。我开车送你出郊外，包围圈还没有那么大。”魏裕民的车一路绿灯，他把山炮送到了沅山的南坡脚下。

魏裕民怅然地望着山炮远去的背影，吁了一口气：这下子好了，施弢也死了，现在真的是死无对证了。他希望山炮这个小子也快快死去，这样他就没有任何后顾之忧了。一切都过去了，该死的都死了，斗争的对手没有了，魏裕民感到自己也好像是多余的人了。从这天往后，他没有睡过一天的安稳觉。市委书记夏枫急了，把他和公安局班子的全体成员都叫到了办公室，给他下了死令，身为沅江市的政法书记，必须在一个月内把杀害施弢的罪犯捕获归案，给沅江市人民群众一个交代。夏枫自己已经向省委做了专门的检讨，请求给予处分。如果破不了案子，他就辞职回家。他在电视台发表了对全市人民的道歉讲话。市委正式成立了在魏裕民直接领导下的侦查小组，龚震雷任组长，陈剑虹任副组长，目标锁定邓文龙的残余罪犯，在全市展开了大搜捕。

追捕邓文龙的通缉令下发了，抓捕邓文龙的悬赏奖金是四十万元。原定奖金是三十万元，市委夏书记提议又加了十万元。

魏裕民知道自己是掉进了死门。这案子怎么破呀？他在一步步地往自己设的圈套里走。他知道把杀人犯抓捕归案是早晚的事情，他在位的时日已经不多了，他知道自己是逃不掉了，现在他对权力、女人、金钱都没有了兴趣。他看着市委机关食堂门前卖雪糕的老太太，觉得这是一个最幸福的老人，一个最幸福的人，活得多自在呀，那是真正的生活，人活着就是求一个生活的乐趣。他感觉自己的背后都是眼睛，是无数双盯着他的眼睛，尤其是施弢那双炯炯有神的眼睛天天在他的眼前晃动……

山炮从阴坡上了沅山，沿着山路向北方逃窜。他走的正是白鹏飞当年逃跑的路线，翻过大山他就有救了。夜里他步行了一百里的山路，饿了啃方便面，渴了吃雪，天大亮后，他累得不行了，晕倒在一户山民的草屋院里。山民把他背到了屋里，他说自己去走亲戚迷路了。山里人根本不在乎你是干什么的，你有难了我就要帮，这是山里的规矩。老大嫂现给他熬的小米粥，摊的煎饼，炒的鸡蛋，拌的咸菜。他饱餐了一顿后，在热炕上睡了一个上午，午后他醒了，体力恢复了。他要赶紧去逃命。他给山民夫妇磕了一个头留下了一千元钱，带着一包煎饼和几个老咸菜疙瘩冒雪向北逃去了。上了公路后，他截了一辆北去的货车，给了司机一千元钱，上车了……

第二十九章　苍天有眼

匿名电话让陈剑虹对自己的判断动摇了，他是多么希望施弢真的没有死啊！

95.

沅江市又下了一场厚雪，大地一片洁白。淡淡的阳光穿透了空中阴寒的薄云，北风吹着飘扬的雪花，莽莽的沅山披上了银装。几只苍鹰在监狱的上空盘旋，它们已经几个月不见了，不知今天怎么突然间回来了。一年前，施弢就是踏着初春的一场厚雪来到了沅山监狱的。监狱画廊施弢的遗像下摆满了鲜花，监狱的民警都记得他第一天来监狱的日子，很多人在望着遗像落泪。

早晨上班后，贺海东就接到了市委办公厅的电话，让他速到魏书记的办公室，也不说有什么事情。他放下电话，和办公室主任石磊打个招呼，迅速来到了魏裕民的办公室。施弢牺牲后，贺海东被任命为监狱党委书记兼政委，主持监狱工作已经两个月了。

魏裕民热情地给贺海东沏了一杯茶，摆出一副大领导的架子矜持道："贺政委呀，我有件事情想和你商量一下，施弢牺牲以后我看他的司机小邵一直闲着，这样吧，把小邵借给我开车，干一段后我正式把他调到市委机关车队来，等我退休的时候，我把他安排到公安局去，行不行？"贺海东原来以为魏裕民找他是为了要谈监狱什么追捕的事情，一见面知道是为了调邵俨的工作，他立即表明了自己的态度："魏书记，我们是在市委领导下，别说你相中了个司机，就是调一个大队的民警我们也得服从呀！监狱警察永远听党的，党指挥枪的原则我们是懂得的。"贺海东故意唱了一通高调，附和着魏裕民。

贺海东的话让魏裕民听起来感到很舒服，贺海东说话没有施弢的冲劲。魏裕民带有指示性地说："实际上我要你们监狱的一个司机，是市委对你们的信任，我为什么不从公、检、法三机关要呢？别人都说我和施监狱长有什么积怨，我们都是脚前脚后上来的，谁不了解谁，水平能力能差多少，就是一个机遇问题。现在你明白了，这都是一些传言，我用他的司机就是告诉大家，我魏裕民是一个什么样的人。我非常怀念施彧同志，他是一个难得的好同志呀，我们政法口今后再很难有他那样的人才了，我们是吵过架，但那是工作之争，是兄弟之间的争论，是朋友之间的争论。我怀念他呀！”魏裕民低下头半天也没有说话。他抬起了头，满眼泪水：“去年的今天是我送他到沅山监狱的，他曾和我说过他就留在监狱不回来了，我说你可别把话说得这么绝，市委有考虑，是不会让你干太长的时间的。你看看，这倒真的应验了他的这句话……”魏裕民这些天里是吃不下饭，睡不好觉，时刻在受着良心的谴责，昨天他去看望了施彧的父母，以此慰藉一下自己不安之心。他想到了自首……

贺海东的眼眶也禁不住红了，他默默地听着魏裕民的叙述。一会儿两个人都平静了，他劝着魏裕民：“事情都过去了，魏书记您也别难过了，施彧能走得这么壮烈，也不枉当一回警察。大家都很怀念他，我们准备在监狱立一座纪念碑，把监狱这些年牺牲的警察的名字都刻上，让后人永远缅怀他们，魏书记，不知我们的想法对不对？”

“这个想法好啊，什么时候开工我去给你们奠基。贺政委你现在是监狱的一把手了，一定要注意搞好和各个方面的关系，你比不得施彧。当时对你的提拔使用，市委是有争议的，省监狱管理局也有不同的说法，我可是力排众议，一再坚持，沅山监狱的监狱长不要再外派了，民警的意见很大。为什么我们监狱自己就出不了一个监狱长呢？这沅山监狱监狱长的位置谁能坐得住，那就看他的造化了。龙啸天追求了一辈子最后落得个那样的下场。他就是不听我的话，耍小聪明，任着性子往前走，我不明白他怎么能和白鹏飞绑得那么紧呢，还要参与杀害施彧，到头来自己把命搭上了，不值得呀，不值得呀，蠢啊！”他似乎在悔恨自己，不值得。“施彧到监狱后，是干得轰轰烈烈，我也提醒过他，要平衡各方面的关系，可他也听不进去，他倒是和龙啸天一个性格，可惜是两条道上跑的车，最终他闹了个那样的结局。为什么不防呢？人哪，还是中庸一些好，老祖宗说的话还是对的！锋芒毕露要招人非议的。”

魏裕民话里暗藏玄机，贺海东完全明白了他话里的意思，他谦恭地说：“魏书记，您就放心吧，我可比不了施彧的阅历和胆略，借给我一个胆我也不敢和魏书记您吵架呀！我是一个军人出身，我所懂得的就是服从二字。我耽误您的时间了，我明天就让政治部派人把小邵送过来。”

贺海东从市委回来后，把邵俨找到了办公室，和邵俨谈了魏书记的意见，让他马上报到给魏书记开车。这要是在过去，能到市委去给领导开车那是绝对的上等活。

“什么，让我给魏书记开车，我不去，坚决不去。”邵俨一口回绝了。邵俨虽不敢说魏裕民是个坏人，但他知道自己和魏裕民中间有着一道永远无法逾越的鸿沟，在龙啸天的背后有一只黑手，这只黑手是谁，现在就是一张纸没有捅破。

“我知道你的心事，一切都暂时埋在心里吧，听我的话，你必须去，为了施弢你必须去。魏书记说了，你的警籍、干部身份不变，干几年后，保证把你安排到公安局去，愿意的话先调过去也行。我知道你舍不得施弢的那部车。但你不要忘了杀害他的凶手还没有归案呢，我们作为他的战友还没有尽到责任呢。”贺海东说着哽咽了。

“好，政委，我去，我去……”邵俨泣不成声：“我们不把杀害施监狱长的凶手缉拿归案，施监狱长在九泉之下是不会瞑目的。我要是抓着杀人的凶手，我要亲手把他毙了。我的关系留在监狱就不要动了，我也不去什么公安局。魏书记不用我的时候，我还回到监狱。”

午后，邵俨和贺海东、陈剑虹告别。陈剑虹现在已经晋升为代理监狱长、党委副书记。“贺政委、陈监狱长，明天我就要走了，我真的舍不得离开沅山监狱，我有一样东西交给你，也许对抓获杀害施监狱长的罪犯有帮助。”邵俨拿出那天他拍的跟踪施弢那两个人的照片，“这东西我没有给任何人看过，原来我要亲自抓着这两个人，我调走了没有机会了。”

照片的效果不是太好，但人的面孔还基本可以看得清楚。陈剑虹看着照片上的人有些面熟，他惊喜道：“这太重要了，你好好地回忆一下，这两个人有没有那天在现场的？”

“哎呀，我怎么就忘了这个了。我看看，我好好地看看。”邵俨拿着照片仔细地辨认着。“那个人我是看不准了，这个大胡子肯定是在现场的，我瞅他好像是柳大爷的孙子。”

“你把照片交给我吧，我保证把他逮捕归案。我今天晚上就去找柳大爷去。干脆，你跟我去。贺政委，你看行不行？”

“事不宜迟，我赞成你们连夜去，要真的是他孙子，杀害施弢的案子就有线索了。”

陈剑虹、邵俨连夜赶到了沅江湖岸边的柳大爷的住处。柳大爷刚从湖上打鱼回来。他打了满满的一舱野生湖鱼。自从在蛇窝分手后柳大爷始终和他们没有见过面，他们的到来，柳大爷高兴极了，一再说你们今晚就不要走了，现在就要开江了，这时候湖里的鱼最肥嫩，我给你们炖新鲜鱼吃。他俩和柳大爷扯了一会儿后进入了正题，给柳大爷出示了照片。

柳大爷戴着花镜，仔细地看了半天，最后以肯定的口吻说："这个人是我孙子，就是他，我现在明白了是这小子把东西送进了蛇窝。那天我就寻思，在沅江市没有第二个人敢进蛇窝，这小子有这个胆量，我领他去过那个地方，他和我进去过，我把抓蛇的绝技都传给了他，可他不务正业啊，认识了那个白鹏飞，称兄道弟的，就不走正道了。我七十三岁生日那年，他们过来一大帮的人给我磕头祝寿。"

"柳大爷，你的孙子有什么外号没有？"陈剑虹提示了一句，人必须认准，要是错了那得走好大的弯路啊。"他从小就愿意舞枪弄炮的，有一次他上山打猎让洋炮崩了，以后不知是谁给他起了个外号叫什么山炮。以后他就不用枪了，专门用箭射，他不知从哪里弄来的各种型号的弩，有的还带瞄准镜的，你们看看墙角摆的那些都是。"柳大爷的记忆非常清晰，表达问题清楚。照片上的人完全确认了，山炮就是柳毅。陈剑虹趁热打铁，进一步做老人的工作，"柳大爷，您老得大义灭亲，帮助我们把他抓回来呀！"

"什么大义灭亲，别说那么复杂，他犯罪了我就得收拾他。我就知道共产党好，我们的国家好。"柳大爷思想开通，连个奔儿都没有打就答应了。他爽朗地说："小毅这小子作的孽太大了，我饶不了他。他从小就和我好，说心里话我喜欢这个孙子，他学啥像啥，胆子还大，那弩射的才准呢，国家射箭队都相中他了，可他去了以后，说是纪律太严，偷着跑回来了。几个马戏团都要他，他不干呀！唉，我扯远了。你们放心，他肯定会给我来信的，你们就听我的消息吧。"柳大爷对施弢的印象是相当深的，他听说施弢牺牲后，大病了一场，几天没有起来床。他经常自言自语："这么好的人怎么说没就没了呢，哪怕我去替他呢，这好人怎么不长寿呢！"今天他听说自己的孙子参与了杀害施弢的犯罪，气得胡子都颤抖了。

"大爷，我们给您老带来了四瓶好酒，您老看看？"陈剑虹、邵俨带来的是四瓶竹叶青酒和一箱红烧猪肉罐头、一箱牛肉罐头、一袋面粉及挂面、豆油等物品，还特意给老人带了一些常用药。柳大爷就愿意喝竹叶青酒，他喜欢竹叶青酒的清香。

柳大爷高兴地转着酒瓶看着："是真的，是真的，现在这个酒一般地方是买不到了，我们农村这个地方就更没有了，我们准备吃饭吧。你们今天有口福，碰巧，我今天网了一条大鳌花，能有五斤多重，太少见了，还活着，我把它炖了，正好下酒。我家里还有腌的沅江野鸭蛋，煮上几个，再给你们来一个爆炒野猪肉，拌一个白菜丝，油炸一个辣椒瓢，我们爷仨喝几杯。我给你们下老黄瓜种面条汤，你们就吃吧，准把你姥姥家的姓都忘了。”

陈剑虹看看邵俨，点点头，知道今天夜里是不能走了：“柳大爷，我们就不走了，陪您老一醉方休，彻夜畅谈。”

“好，太好了！”柳大爷像个孩子似的乐得手舞足蹈。

夜里，陈剑虹、邵俨睡在了柳大爷的热炕上，柳大爷把柳毅经常活动的地方、常来往的朋友是哪些人都详细地说了。他善良地说：“你们抓他就别费什么大力了，那小子特别能吃苦，在雪地里他都能睡觉，跟着我练出来的。你们等我的消息，他肯定给我来信儿，到时候我给你们抓住送过去，还可以算投案自首，你们给他留一条小命，我这个当爷爷的也算是把他救了。”

“柳大爷，您真是一个好人，您老人家积了大德呀！”陈剑虹非常高兴，案子露头了，柳大爷提供了这样重要的情况，今天来找柳大爷的收获太大了。

“剩下的鱼你们明天早上都带回去吃，我今天给你们放鱼窖镇上。别忘了给我那个大孙女欧阳几条，告诉她我想她了，让她过来看看我，我去城里不方便。和她说说，事情都过去了身体是主要的，愁也好想也好哭也好都没有用。我真为她感到痛心，这世界怎么就没有什么十全十美的事情，多好的家说散就散了。”

第二天回来后，陈剑虹和贺海东商量，认为柳大爷说的有道理，要是惊动了山炮，他就不会给柳大爷来信了，决定给公安局的通缉令就先不发出了。

96.

邵俨正式到市委上班开车了。“小邵，你给我开车，连当我的警卫员都有了。”魏裕民非常热情地拉着邵俨的手。今天是邵俨第一次开车接魏裕民，魏裕民对邵俨表现出极大的热情：“你安心给我开车，我不会让你伺候我一辈子的，在我工作调动前，我一定先把你安排到一个好地方，政法口你随便挑，争取给你提一级。”

“谢谢魏书记，我知道怎么当好一个司机，给领导服好务是我们当司机的职责。”

“我就喜欢你的性格，实际上领导什么事情能躲过你们司机的眼睛，但司机的职责就是开车，什么事情和司机有关呢，你过去那么做就对了。大家都说你的嘴最严，我这个人是用人不疑的，我会拿你当亲兄弟对待的，我相信我们会成为好朋友。”

“魏书记，今天我送您去哪里？”邵俨小心翼翼地问道，伺候市委副书记和监狱长可是不能比的，一切都得从头来了。“我们去蒙总的地方，就是那个她公司的别墅，你知道那个地方吗？”魏裕民亲切地问。“知道。”

魏裕民在车上琢磨着，不知是什么原因，最近一段时间，吴嫣总是躲着不乐意和他见面，即使和他见面了，也不让他沾身。蒙丽莎竭力撮合，把薛花介绍给他了。两个人这些日子，好得神魂颠倒，几乎天天见面，今天约好了在蒙丽莎的别墅见面。

汪兆月、雪静、薛花、华少怀早就到了。魏裕民来了，人就都到齐了，一桌丰盛的饭菜都准备好了。邵俨在车里等着，怎么叫他也不进来，这个场合他知道自己是不能上桌的。在外间给他单独准备了几个菜，他吃完后很快就出来了，他不能听人家书记唠什么，男男女女的他在那里也碍眼。

薛花为自己能靠上这么一棵大树很是高兴，魏裕民在沅江市那可真是要风有风，要雨有雨。蒙丽莎一再和她说，千万不能忘了她这个大媒人。龙啸天死了后，蒙丽莎寂寞了一段，最近又和华少怀来往了。现在他们六个人成了铁哥们，最近经常在一块儿聚会，魏裕民当然是领袖的身份，证据都没了，他的腰杆又硬了起来，说话的分量又重了。

“魏大哥，事情都过去了，你的心情也要好起来呀，可不要再想多了。”薛花莺声劝着。

“我是在想龙兄啊，那是多么刚烈的男人呀，市委没有用好他，我对不起他！”魏裕民泪流满面，他是为龙啸天哭的，他今天是动了真感情哭的，他恸哭起来了。

大家都哭了起来，酒喝不下去了。蒙丽莎哭得更伤心了，华少怀也跟着哭了起来。汪兆月心里骂了华少怀一句，你他妈的跟着凑什么热闹，和你有什么关系？

华少怀是看魏裕民哭了自己不能卖呆儿，自己总得要有一个同情心。他已经意识到了魏裕民和施弢的被害有关系，他今后不能和魏裕民走得太近了。

陈剑虹终于在龙啸天的办公室找到了他的电话卡和电话录音带。电话卡就是很随意地插在了龙啸天养的那盆紫罗兰的花叶上，大家谁都没有注意。录音带扔到了暖气片的后面，偶然间陈剑虹就发现了，也许是龙啸天有意留下的伏笔。陈剑虹把卡上到了他的手机上，一打竟然还有费用完全可以开通，电话里存有和魏裕民的通话记录。电话录音带一放，全是魏裕民和龙啸天的通话录音。他立即来到贺海东的办公室。

龙啸天和魏裕民的关系彻底暴露了，贺海东听完了录音带，感到这情况太严重了，二话没说："立即向市委夏书记报告。"

他们俩迅速地赶到市委，连秘书都没有通报径直进到了夏枫的办公室。

魏裕民碰巧也在屋里，他看他们俩进来，脸色一怔。两个人客气地和他打了招呼，就直说了，对不起，魏书记，监狱有个情况要和夏书记直接汇报。"好，好，你们谈。"魏裕民知趣地出去了。

"什么情况这么严重，你们还要背着魏书记？"夏枫这时候也明白了，事情肯定是和魏裕民有关系，要不他们怎么能要求魏裕民回避呢。

"夏书记，你看这是我们最近发现的龙啸天的手机卡和电话录音带，卡里有他在被逮捕那天白天和魏裕民的通话记录，带子里有他们的通话录音。"

"什么，他真的参与进来了？"夏枫大吃一惊，他最担心的事情终于发生了，他感到了问题的严重性。他要和省委请示，可怎么和省委说呢？他决定连夜去省委一趟，当面请示领导。

第二天早晨，魏裕民刚到办公室，就被省纪委双规了，双规的地点在沅山附近的一个秘密地方。

消息传出，整个沅江市一片哗然。市委书记夏枫交代办案机关要绝对保证魏裕民的人身安全，绝不能再出现龙啸天那样的自杀事故。

那是一个特护的监房，房间的四壁软得就像棉花似的，一丝线头你都甭想找到，全天候的电视监控把你的一切行为举动尽收眼底。魏裕民对电话记录毫不在乎。他辩解说，我是市委分管政法的书记，他和我通话是很正常的。但是他不知道龙啸天还留下了和他通话的录音带。

魏裕民听了他和龙啸天的电话录音后，他开始不和一切人员言语。监管人员每天定时给他送着几份报纸，他天天看得很细。纪检委派员几次要专题采访他，都被他撵走了。他知道自己的死就是个时间的问题，他盼望死亡的早日到来。但他也明白，杀手还没有归案判他的死刑是不可能的。

97.

柳大爷坐着由沅江湖开往市里的长途客车，专程来到沅山监狱找陈剑虹。急匆匆地告诉陈剑虹，他孙子柳毅给他来信儿了。他现在东北边境的一个小城，和当地的几个哥们在一起，等着办完护照后去往俄罗斯，说以后不知道何时能和爷爷见面了，这小子也算是孝顺，还知道给我来个电话。“你们看这是他留给我的电话号，你们得快点去，要不他就跑了。”

陈剑虹没有想到这么快就会有山炮的消息，他激动地说：“好，我们立即和那边的公安局联系，我们监狱的人员马上赶过去。”

柳大爷走了，他告诉陈剑虹有孙子的消息随时告诉他，并叮嘱他一定要留孙子一命。

“我去吧，我熟悉那边的情况，我去过那里几次。”兰竺要去，陈剑虹同意了。“我也去，”欧阳惠雪听到消息也赶来了。陈剑虹看着她红肿的眼睛，心疼了，一咬牙：“去吧，要注意安全。”

在当地公安机关的全力配合下，山炮在北疆边境一个小城被缉拿归案。他被押解回了沅江市。山炮审讯中装聋作哑什么也不交代，他在看守所里绝食了，他以为邓文龙已经死了，死无对证，连自己的真名都不交代，已经三天没有吃喝了。

陈剑虹决定先拿下山炮的口供，他要亲自审讯。“山炮，不，柳毅，你别以为我们没有什么证据，你看看照片上的人是你吗？”陈剑虹给他出示了邵俨拍摄的照片。

“不是，就不是我，能把我怎么样？你们打死我吧，最好现在就给我一个枪子。我不认识照片上的人，你们是在诈我！”柳毅的态度强硬，嚣张极了。

“经过辨认，照片上的人就是你，你否认不了。”邵俨在背面观察，他指认出了几个人中的柳毅。

“你们要是这样说，我什么也不说了，我就坐等着你们把我送上法庭判死刑了。”柳大爷说得没有错，山炮这小子的性格确实宁折不弯。

“你小子到这时候了，还跟我们装，你是欠收拾了。”审讯的民警气得要揍他。

“欠揍，我姓柳的什么时候怕过挨揍？”山炮还是软硬不吃，就是不招供。他趁民警不注意狠狠地朝桌角撞去，被民警给拽住了，头部撞了一个大紫包。

审讯陷入了僵局。陈剑虹冷笑了一声：“你等着，我有的是办法对付你。”他安排专车把柳大爷请来了。

柳大爷来到了审讯室。审讯的民警往门外一指：“柳毅，你看看是谁来了？”

一个白发苍苍的老爷爷在欧阳惠雪的搀扶下进来了。

“爷爷？”柳毅愣住了，“你们好厉害呀，把我爷爷整来了。”他一下子给爷爷跪下了，哭喊着：“爷爷，我对不起你……”柳毅的武功都是他爷爷亲手传的，他是家里最得宠的孩子。别看他在农村长大，可他过的一直是城里人的生活。

“小毅啊，你赶紧把你的罪恶交代出来，这都什么时候了，你还执迷不悟，自己往死路奔，晚了，你的命就没有了，爷爷也救不了你了。”柳爷爷用他苍老的声音劝着孙子。

山炮在爷爷的劝导下供认了犯罪事实：“邓文龙那天找到了我和冬冬、皮皮，说是有一笔好买卖，给的是大价钱，他领我们和魏裕民见面后，我们知道是要杀害沅山监狱的监狱长施弢。我们一听挺害怕的，他的大名我们都知道，要是杀不了他我们的命都得搭上。但他们给了我们六十万元，我们同意了。他给我的钱，我一分也没有花，让我给藏到蛇洞里了。伏击施监狱长的地点都是魏裕民给选定的，他对青山峡的路线非常熟悉。你们知道我不会打枪，我是拿了一支短枪凑热闹，要是射箭我还有两下子。施监狱长是被谁打死的，我不知道。我估计是邓文龙打的。我和施监狱长没有任何仇怨，我掺和这事儿就是为了钱。”

“罪孽呀，这么好的人，让你们给暗害了，施监狱长我对不起你呀。你们把这小子给我枪毙吧！”柳大爷号啕大哭起来，他没有想到孙子的罪行是这么严重，他真的和杀害施弢的案件有关。老人被扶着出去了。

柳毅把所有的犯罪事实都交代了，他供出了幕后指使杀害施弢的人是魏裕民。后经沅江市中级人民法院审理，柳毅被依法判处无期徒刑，剥夺政治权利终身。

“魏书记，你看看这是柳毅的口供和龙啸天那天最后和你通话的电话录音带，你还有什么可说的？”魏裕民被省纪检委双规后，纪委办案人员在和他谈话时，他一句话也不说。案件没有任何进展，最后案件已经移交给司法机关。办案人员始终对他是很客气的。

“魏书记，你别再抱什么幻想了，你再看看柳毅的讯问笔录。你不要认为只要你不说话，我们就定不了你的罪，我们就是用证据和你说话，你这么大的书记没证据谁敢动你。”办案人和魏裕民说道。

魏裕民颤抖着双手把笔录接过去，默默地看着。这个该死的山炮已经把他的一切全都撂出来了，钱也全部返赃了，他的心凉得透透的。此时，他终于明白了哪里有什么铁哥们，全他妈的软骨头。完了！他的大脑嗡嗡作响，他知道自己彻底完了，心跳得没办法控制，好半天才抬起头，目光呆呆地把笔录还给了办案人员。

“魏书记，你就说了吧。你就是不说，现在的证据也足以证明你犯有谋杀罪。”办案人始终对他彬彬有礼，不和他发生任何冲突。魏裕民的嘴角露出了一丝苦笑，说道：“那你们就定吧，还和我谈什么。”

“那我们就走了，你静等着审判吧。你需要和家里说什么吗，我们可以给你捎个信儿。”

魏裕民摇摇头。办案人员走了。魏裕民的神经已陷于疯狂，他哈哈地笑了起来。他知道自己的命运会是一个什么样的结果。他想到了自杀，眼前晃过了龙啸天、白鹏飞的面孔，笑着招呼他快点跟我们来吧，那是一片祥云飘然的地方。可是房间里干净得连一根牙签都找不到，没有可自杀的工具，他深感罪孽难逃了。监视的镜头全天候地运转着，他无力地躺到了床上，拒绝吃东西了。

“被告人魏裕民，你对检察机关指控你犯有杀人罪，有什么意见？”审判长对他发问。魏裕民不语。法庭为魏裕民指定了律师，可他不接受，律师无法辩护。虽然魏裕民在一天的庭审中始终保持着沉默，一句话也没有说，但庭审按程序有条不紊地进行着。

魏裕民看见了坐在旁听席上的妻子禹晓兰，妻子在不住地用手绢擦着眼泪。最后陈述阶段，魏裕民还是不说话，放弃了一切权利。魏裕民以零口供最终被判处了死刑，剥夺政治权利终身。审判长宣判：“被告人魏裕民因犯杀人罪判处死刑，剥夺政治权利终身。如不服本判决，可自接到本判决书之次日起十日内向……”

“哈哈，我还上什么诉呢，我谢谢你们了！”魏裕民出乎预料地说话了。他弓腰深深地给主审法官鞠了一个躬：“我给你们添麻烦了，我对不起沅江市五百万父老乡亲了，我是罪有应得。”他到此时终于明白是自己膨胀的个人野心害了他。

“被告人魏裕民不论你是否上诉，我们也将要按照法律规定的程序，将此案移送省高级法院复核。”

“那是你们的权力，我管不着了。”他给旁听席上的妻子也鞠了一个躬，高声说了一句：“晓兰，我对不起你，我们来生见吧！”他拖着沉重的脚镣走出了法庭。

省高级法院核准了魏裕民的死刑，死刑执行命令下达了。临刑那天，市委书记夏枫来了，他来到了沅江市中级人民法院候审室。死刑命令已经宣布完了，就要将魏裕民押赴刑场执行枪决。

夏枫同他见最后的一面，也不知道该说什么好，想啥就说啥吧：“裕民，我送送你，也不枉我们共事一回。你有什么道理要杀施弢呢，有多大的仇恨？党白培养了你那么多年，你的法律意识和法制观念竟然是这样的淡薄！”

魏裕民被押上了刑车，他望着车窗外。刑车缓缓地开动驶向刑场，那是魏裕民去过多次的地方，他曾经在那里目睹了多少个罪犯倒下的身躯。那是一片孤魂飘荡的荒郊野外，他也要进入那个飘荡的群体了。

魏裕民觉得自己飞了起来，他的灵魂出壳了，他看见了龙啸天、白鹏飞在招呼着他，也看见了施弢在摆手嘲笑他，他的灵魂飘进了一个长长的黑洞，那是他从母体出来时的产道。他是被人架到刑场的，枪还没有响的时候，他已经完全是一副没有灵魂的躯体了。

98.

陈剑虹同志就任沅山监狱监狱长、党委书记，黄盟任监狱政委、党委副书记。沅山监狱平息半年后，邓文龙被警方认定在青山峡枪击案中受伤坠崖身亡，黄盟受监狱的委托带着邓文龙的遗物找到了苗翠竹。半年不见了，苗翠竹已经变老了许多。她没有想到是黄盟来看她。

“嫂子，我来看看你，这是给孩子买的东西。我和邓文龙不管怎么说也是叫了一回大哥，虽然我们不是一个道上的人，但他的年龄大，我和他叫大哥也是人之常情。”

“你别叫我嫂子，现在你的身份变了，我是罪犯家属。我第一次在狱内见到你，就觉得你不是那个混蛋黄青，我也纳闷，怎么一进监狱后，黄青就变成了另外一个人？但你们俩长得太像了，邓文龙让我考察你，我提供了你的身体特征，我也看走眼了。”

“实际上是小安子成全了我，邓文龙让他检查我的身体特征，他压根就没有看，向邓文龙报告了假情况。这样邓文龙才对我确信无疑了。”

“这都是天意呀，邓文龙要是听我的话，就不是那样的下场了，就他们那几个人想和共产党斗纯粹是找死呀！他杀施监狱长干什么？”

“嫂子，我以后会常来看你的，有什么困难给我打电话。我走了。”

99.

冬雪消融，又一个春天来了。清明节，陈剑虹领着监狱党委班子全体成员和一部分民警穿着崭新的警服，胸前戴着白花，来给施弢、朱大维、王清远扫墓。施弢和朱大维埋葬在沅山南坡的绿树松柏之中，应了他们的心愿，让他们天天都可以看到监狱，看到自己的战友们。

陈剑虹站在墓前不知不觉地哼出了过去那个年代的少先队员扫墓歌："墓前想烈士，心潮正澎湃，意志如长虹，气节像松柏……"陈剑虹失声地痛哭起来，虽然他和施弢仅仅相处一年，但他和施弢的感情太深了，他们有着深厚的师生之谊！他连一顿饭都没有请过施弢，他永远在缅怀着施弢的知遇之恩。

施弢的音容笑貌像过电影似的展现在战友们的眼前。是啊，一个活生生的施弢已经作古，太残酷了，真让人受不了。大家都在落泪。监狱人民警察多么需要理解呀，不知是谁哭泣起来，没有人去劝阻。哭吧，今天就是一个哭的日子。

欧阳惠雪带着出世不久的孩子来到施弢的墓前，指着墓碑上的遗像泣不成声地说："孩子，这就是你的爸爸，你长大以后也要当警察。"她亲眼看见了主谋杀害施弢的罪犯魏裕民被执行了死刑，了却了她的最后一桩心事，今天和孩子一起过来给施弢扫墓，孩子还不知道爸爸是谁呢。

施雨在痛哭着："爸爸，爸爸，我想你呀——"悲怆的声音在山谷中回荡……几名女警扶着施雨，忍不住也跟着哭了起来。

黄盟抚着朱大维的墓碑痛哭着。

夏枫同志今天也特意赶来了，他和几个月前相比，显得苍老了许多。他身着一身得体的藏青色西服，雪白的衬衣，黑色的领带。他走到施弢的墓碑前，深深地三鞠躬。他抚摸着墓碑，潸然泪下说："施弢同志，你是党的好同志，你永远活在我们的心中。"他紧紧地握着陈剑虹的手说："剑虹同志，你们辛苦了，我听说你干得很漂亮，现在的监狱秩序井然，队伍稳定，班子团结，人大这边会全力支持你的。我相信沅山监狱的工作在你的领导下会有更大的飞跃。"

"谢谢书记的鼓励，我是借了施监狱长的福分了，沅山监狱的今天都是施监狱长打下了坚实的基础，是市委、省局正确领导的结果，夏书记的人格和品质是永远值得我们敬重的。"陈剑虹对夏枫的表扬非常激动，监狱能得到市委领导这样高的评价是一份难得的殊荣。

黄盟走过来以一个标准的军人姿势给夏枫敬礼，问候道："夏书记好！"

"你是谁，我怎么不认识你呢？"夏枫端详着黄盟高高的身姿，英俊的面容，他好像不是一个普通的民警。

"夏书记，你还记得不，我们那次向您汇报时说了，他就是当时打进狱内的优秀侦查员黄盟呀，他在狱内可是遭了不少的罪，邓文龙开始的时候把他欺负苦了，后来对他是言听计从，没有他我们粉碎不了邓文龙的越狱阴谋……”陈剑虹介绍着黄盟的情况。

“哦，我想起来了，你曾经就是那个侦查员黄青，你提供的重要情报我都看到了，太及时了，你是沅江市的大功臣啊，你的英雄事迹我孙子都知道。现在是副监狱长了，一表人才，好好。”

“你们看，老人家也来了！”一个年轻的民警喊着。大家一齐往山下望着，果然是施冬青挽着老伴沿着崎岖的山间小路，一步一步地往上走着。施母边走边自语着：“小弢，妈来看你来了，妈妈想念你呀！”苍老的声音在山谷中回荡，听起来是那样的让人揪心。

陈剑虹等人连忙跑下去搀扶着两位老人家：“大爷、大娘你们要小心，慢走啊！”夏枫迎上去，握手问候道：“老司令好！”“好，好，书记好！”施冬青还是那样的硬朗，声若洪钟。

“柳爷爷也来了。”柳爷爷穿的是施弢送给他的那套马裤呢警服，蛮精神的，拄着一根圆枣藤子拐杖，他的小孙子搀扶着他，大家都说他像是一个老将军。柳爷爷高兴极了，孙子柳毅的命保住了，他也了却了一桩心事，死了也能闭上眼睛了。

陈剑虹的手机响了，他接起来一看是个生号。他猜想着是谁把电话打到这里了：“喂，我是陈剑虹，什么，说施弢没有死？！”

“施弢确实是没有死，你们就凭尸体身上的衣服就认定是施弢，既没验指纹，也没验DNA，就火化了……”

陈剑虹一时竟无言以对，当时他们确实没对施弢的遗体做什么鉴定，确认他的身份后很快就火化了，连骨灰都没有留。今天突然间又冒出了匿名电话，他自己的判断突然动摇了。他是多么希望施弢真的没有死啊！他摇摇头，这张纸就别捅破了，把美好的期盼永远留在人们的心中吧，更主要的是对欧阳惠雪是一个精神上的永远安慰。他招呼了邵俨一声，和大家一块儿下山了。邵俨从市委调回来了，他给陈剑虹开车，他追逃有功，已被提拔为监狱办公室副主任。

雪过天晴，春天来到了。这是一个春光明媚的春天，沅江市，一座多美的城市啊！

第三十章　英魂永在

100.

五年以后。

沅江市的夏天，艳阳高照，鸟语花香。

施弢是否还活着成了一个谜。人们曾经对施弢的生死传得神乎其神，一度在沅江市炒得沸沸扬扬。

沅山监狱连续五年实现了“六个零”指标，陈剑虹荣获了“五一劳动奖章”。省监狱管理局决定提拔他为省局副局长，被他拒绝了，他决心留在沅山监狱。陈剑虹每当听到有关施弢的传说时，总是笑笑不置可否，让它继续传下去吧！他和施弢一样，深深热爱着沅山监狱，喜欢监狱火热的生活，愿意把自己的一切都和监狱绑在一块儿。他退休后，黄盟接任了沅山监狱的监狱长。

三十年后。

施弢的儿子施正道已经从军校毕业后分到了东北军区，成为一个大部队的团长。母亲欧阳惠雪跟着儿子、孙子幸福地在一起生活。

施雨毕业后分配到了沅江市公安局刑警队，当了一名女侦查员，白翔则改行到体委工作，竭力发展武术事业。施雨和白翔结婚后，始终和爷爷奶奶生活在一起，为百岁高龄的爷爷奶奶养老送终。

沅山监狱动迁到郊外五十公里处的沅山南麓，人们称为虎踞龙盘之地。一座新型现代化的监狱拔地而起，成为远东地区最好的监狱，被共和国司法部授予“现代化文明监狱”称号。

吴嫣顺利生下了儿子魏文征，她辞去了医院的工作，自己开了一个社区诊所，她把儿子抚养成人。在姨妈蒙丽莎的资助下，魏文征考入了中央司法警官学院。毕业后又继续攻读法律研究生，考取了博士学位。后回到沅山监狱工作，先后任警员、教育处副处长、狱政处长、副监狱长，后被提为沅山监狱监狱长。母亲给他讲述了父亲过去的种种事情、她对父亲的爱和恨，他对母亲充满了强烈的爱，他太同情母亲了。他在工作之余，时常到沅江边缅怀他那没有见过面的父亲魏裕民，他对父亲的人生结局表示原谅和理解。他说在那个年代必然有父亲那样的社会牺牲品，任何个人都没有和社会抗拒的能力，谁违背社会的潮流必然是灭亡的结果。

沅江大地一派祥和的景象，稻米飘香，鱼儿肥壮，水果甜脆，江水清荡，一群群野鸭在水中嬉戏，社会和谐，现代文明和古朴民风达到了最完美的结合。沅江人不讲究自己有多少钱，他们求的是生活的滋润祥和，人生求的是善始善终。海外的游子都回来了，沅江市被联合国评为最适宜人类居住的绿色城市……

沅山监狱的过去已经成为历史，成为一段人们永远难以忘怀的历史。

三版后记

真没想到，这部《监狱长》会第三次出版。我想，它之所以能够得到读者的喜爱、市场的认可，应该是因为监狱警察波澜壮阔的战斗生活打动了读者的心。想当年，这部作品第一次出版的时候，我还风华正茂；如今第三次出版时，我已经成了一位花甲老人。《监狱长》是我的第一部长篇小说，出版后我又一鼓作气创作了三部长篇小说和若干的影视剧本。总是有人问我，在这些作品中，觉得哪部写得最好？我也总会毫不犹豫地回答，当然是《监狱长》。因为那是我十几年监狱长工作、生活岁月的浓缩。十几年如一日的监狱警察生活，让我深刻地了解到高墙内特殊人群的服刑生活和监狱民警的艰辛工作。记得一位哲人曾说过：阅历是一笔丰厚的财富。正因如此，我当初才会下定决心要写出一部真实反映监狱生活的作品，这也正是我创作《监狱长》的原动力。所以我始终认为，一个作家最成功的作品往往就是他的第一部作品，处女作。因为第一部作品大都是作者用心血写成的，那里反映着作者的“魂灵”。

我原本是一名法官出身，可是偏偏当上了一名监狱警察，业余时间又偏偏爱上了文学创作，一写就是很多年。创作的作品多了，火了，别人对我的称呼也开始有了变化：有的叫我老师，有的称我作家、剧作家，有的甚至还在这些称谓前冠以“著名”……我听后不免有些惭愧，我哪里是什么作家，只是一个还算勤奋的作者罢了。作家的称呼多神圣啊，我实在是承受不起。

在“位高权重”的时候，我就在想将来退下来以后干什么？掂来掂去，只有文学创作最适合我。写作，让我找到了晚年的归宿。写作的感觉真好，就像每天在一个虚拟的王国里驰骋，而我就是国王。通过写作，我有了自己新的天地、新的朋友圈，到一块儿谈天说地，吟诗品茗，泼墨挥毫，笔走龙蛇。朋友们问我要写到什么时候？我的回答是：活到老，写到老，直至生命的尽头。

创作的间隙，我也经常给自己画像：爱读书、肯钻研、热爱生活、喜欢小动物、性格直爽、自学成才。当不了大官了就做大文章吧，发不了大财就发掘大智慧吧。文学创作对于我来说是一个梦、是一种理想，也是我的情感世界。闭门谢客不谈工作，读书写作自寻其乐，颐养天年随日起落。作品见人品，一部好的作品正是作者人品、修养的体现。事业是否成功，评价的标准在你自己；文学作品是否成功，标准则在读者心里。很多人都说，市场上警匪、刑侦类的作品不少，但是警察写警察的不多，监狱长能写《监狱长》的，更少！

《监狱长》的故事是属于全体监狱民警的，《监狱长》的成功是属于所有帮助过我的朋友们和所有喜欢它的读者们的。我愿与读者同在。

作　者

2016年11月于江城